HEYNE <

Das Buch

Wir schreiben das Jahr 2065. Seit sieben Jahren hängt ein fremdes Raumschiff im Orbit über der Erde. Auf Kontaktversuche reagiert es nicht. Ohne sich um die Menschheit zu kümmern, schickt es Kundschafter in das Sonnensystem aus und schürft Rohstoffe. Mit jedem Monat wächst das Raumschiff, mit jedem Monat stößt es Dutzende von Artefakten aus, die in den Pazifik stürzen.

Was hat die Aliens zur Erde geführt? Welchem Zweck dienen die Artefakte? Und: Kommen die Aliens in friedlicher Absicht oder als Invasoren?

Fragen, die niemanden unberührt lassen. Fragen, auf die es womöglich eine Antwort gibt: Von jenen Aliens, die sich in Menschen zu manifestieren versuchen ...

Der Autor

Frank Borsch, geboren 1966, lebt in Freiburg. Seit 1997 arbeitet er – mit wechselndem Schwerpunkt – als Übersetzer, Journalist, Autor und Redakteur. Er übersetzte zahlreiche Superheldencomics wie *Daredevil* oder *Hulk* ins Deutsche, publizierte zu diversen Internet-Themen und etablierte sich als Stammautor der PERRY RHODAN-Serie. Mit ALIEN EARTH wendet er sich nun der nahen Zukunft der Erde zu.

Mehr zu Frank Borsch und der Trilogie ALIEN EARTH finden Sie unter www.alienearth.de.

FRANK BORSCH

ALIEN EARTH

PHASE 1

Roman

Originalausgabe

WILHELM HEYNE VERLAG
MÜNCHEN

Umwelthinweis:
Dieses Buch wurde auf chlor- und
säurefreiem Papier gedruckt.

Originalausgabe 1/07
Redaktion: Angela Kuepper

www.heyne.de
Printed in Germany 2006
Umschlagbild: Dirk Schulz
Umschlaggestaltung: Nele Schütz Design, München
Satz: C. Schaber Datentechnik, Wels
Druck und Bindung: GGP Media GmbH, Pößneck

ISBN-10: 3-453-52230-3
ISBN-13: 978-3-453-52230-5

Für Geli und Tim

14. März 2058
Astronomen entdecken ein Objekt auf Höhe der Pluto-Bahn.

20. Juni 2058
Das Objekt passiert den Mars. Es ist ein Raumschiff.

3. August 2058
Das Raumschiff erreicht die Erde. Es bezieht Position über dem Pazifik.

– *AlienNet Unterforen /Statistik und /Chronologie*
Stand: 1. 1. 2065

KAPITEL 1

Ekin hatte den Alien im Visier ihres G5. Er stand in seinem Badezimmer, putzte sich die Zähne und gab sich als Mensch aus.

»Sieh dir die Fliesen an!«, sagte Paul von rechts. Sie hörte seine Stimme doppelt: über Funk aus den Ohrhörern und durch den Helm. Paul lag neben ihr auf dem rostfleckigen Beton des Flachdachs. Unangenehm nahe. Die beiden Hunter hatten das ganze Dach für sich, ein halbes Fußballfeld. Und Paul suchte sich den Platz unmittelbar neben ihr aus. Typisch.

»Bah! Sind ein Verbrechen an der Menschheit, die Dinger. Allein diese Farbe!«

Paul berührte Ekin beinahe. Gegen die Regeln. Konzentrieren - nein, streuen - ja. Kein einfaches Ziel bieten. So simpel, dass es jedem Menschen mit einem Abklatsch von Gehirn einleuchtete. Paul nicht.

»He, weißt du was? Wieso drücken wir nicht einfach ab? Dieses Kotzgelb - rote Spritzer wären die perfekte Ergänzung. Ein Dienst an der Menschheit! Dazu sind wir doch hier, nicht?« Paul lachte bellend. Er hätte sich auf die Schenkel geklopft, wäre er nicht flach auf dem Bauch gelegen.

Sein Ellenbogen stach ihr in die Seite, als er lachte. Anmache. Sex. Beziehungsmist. Verstrickungen. Die Wand, gegen die die meisten Teams irgendwann rannten. Es kam zu Sex oder eben nicht, aber auf jeden Fall krachte es, und wieder waren mehrere Millionen Steuergelder verpufft. So viel kostete es, ein Hunter-Team auszurüsten, ihm eine Tarn-Identität zu verschaffen, es ins Geschäft zu bringen und zu halten.

Paul nervte. Sie sollte ihm den Ellenbogen in die Seite stoßen, zwischen die Aramidfaserplatten seines Körperpanzers. Die Lektion hätte ihm gut getan.

»He, bist so still, Mädchen – was ist los?«

Mädchen. Provozieren. Pauls Lieblingsspiel. Sein Lebenselixier. Ekin dachte an Trixie, daran, was sie besprochen hatten. *Reg dich nicht auf! Das will er doch nur. Lass ihn machen. Du weißt, was du wert bist. Du stehst doch über so was, nicht?*

»Nichts.« Ekin holte tief Luft und achtete darauf, dass der Brustkorb des Aliens nicht aus dem Fadenkreuz verschwand, als er gurgelte, ausspuckte und sich wohlig reckte. »Du weißt genau, dass wir hier sind, um zu sichern. Feuern nur im äußersten Notfall. Außerdem versuche ich mich zu konzentrieren.«

»Auf den da? Das ist nicht dein Ernst, oder?«

»Wir haben unsere Befehle.«

»Der Kerl geht nirgendwo hin. Höchstens zum Kacken, wenn die anderen ihn noch lassen. Und danach gehört er dem Korps.«

Die anderen. Ekin hörte den Atem mehrerer Hunter, der aus den Ohrhörern kam, ihre knappen, regelkonformen Kommandos. Ruhig, ohne ein überflüssiges Wort. Ekins Datenbrille zeigte ihre Positionen an. Es waren insgesamt drei Teams, sie und Paul eingeschlossen. Im und um den Wohnblock verteilt, Gefechtsmodus, G5-Gewehre, Körperpanzer, Vernetzung, Masken – so wie man Hunter in den Rekrutierungskampagnen des Korps sah. Zwei Teams stießen auf getrennten Wegen zu dem Alien vor. Und eines, sie und Paul, hielt Abstand, um den Überblick zu behalten und sicherzustellen, dass kein UFO auftauchte und den Alien abholte, wie Paul immer bemerkte. Haha. Ein Glück wenigstens. Den einen Pseudo-Witz hatte er ihr heute bislang erspart.

»He, ich habe eine Idee. Wir wetten!«

»Paul, ich ...«

»Komm schon! Sei nicht immer so verdammt verklemmt. Steht nirgendwo in den Regeln, dass Wetten verboten ist, oder? Also, was meinst du? Lassen sie ihn noch kacken?«

»Paul, verdammt! Lass mich endlich in Frieden, sonst nehme ich dich ins Visier und drücke ab, kapiert?«

Paul sagte nichts. Kapiert.

Der Alien stellte den Zahnputzbecher ab. Er hieß Werner Mittenraiter. Mitte 50, gesuchter Innenarchitekt, Reisefreiheitserlaubnis des Alien-Ministeriums der Stufe BIII für die Verteidigungsbezirke Süd, Südwest und Südost. Ein Mann von Gewicht und gewissem Einfluss und – sollte man denken – Geschmack. Eigentlich. Die Fliesen waren wirklich scheußlich, in dem Punkt musste Ekin Paul recht geben, so sehr es ihr gegen den Strich ging. Mehr noch: Die Fliesen waren sogar abgrundtief scheußlich. Die Geschmacksverirrung musste ein Symptom der Alien-Manifestation sein. Man wusste nie, welche verrückten Wege eine Manifestation gehen würde. Alles konnte ein Symptom sein, auch schlechter Geschmack bei der Fliesenauswahl. Es kam immer darauf an.

Bei Mittenraiter passte es. Er musste gut in seinem Fach sein, sonst hätte er unmöglich so viel Geld in seine Wohnung stecken können. Sie hockte auf dem Wohnblock wie ein fetter Wohlstandspickel. Ein Traum aus Licht, viele große, bodentiefe Fenster, nein, eigentlich *nur* Fenster. Das Ganze von den ersten Strahlen der in Ekins und Pauls Rücken aufgehenden Sonne durchflutet, als stünde er im Freien. Vielleicht gab es ihm das Gefühl, näher bei seinen Kameraden im Orbit zu sein, vielleicht brauchte er die maximal mögliche Nähe zu den Sternen über sich einfach wie die Luft zum Atmen. Vielleicht war es einfach ein Zufall. Andere, Spezialisten wie Trixie, würden das herausfinden. Das war nicht Ekins und Pauls Aufgabe. Sie waren Hunter. Sie brachten das Wild zur Strecke, den Rest erledigten andere.

Neben ihr knackte etwas. Ekin sah nicht hin. Genau das wollte Paul bestimmt.

Der Alien wandte sich ab, zog die Unterhose herunter und setzte sich auf das Klo.

Kein Kommentar von Paul. Was war los?

Ekin drehte den Kopf. Paul glotzte durch seine Datenbrille

ins Leere – und quatschte. Er hatte den Funk abgeschaltet. Sie schob den rechten Ohrhörer etwas zur Seite, um ihn besser zu verstehen.

»Das klingt ja interessant«, sagte Paul. »Genau das, was ich brauche. Wissen Sie, mein Nachbar, er ist nämlich ein Alien. Ich weiß es genau, auch wenn das Hunter-Korps sich weigert, sich um ihn zu kümmern.«

»Paul!«

»Er benimmt sich so seltsam. Besser gesagt, völlig daneben. Pflanzt in seinem Garten einen Baum. Um Schatten zu haben, sagt er. Und was macht der Trottel? Sucht sich eine Stelle, an der sein Schatten nur einem die Sonne klaut – nämlich meinen Tomaten! Und jetzt weigert er sich, ihn wieder auszugraben.«

»Paul, das geht nicht!« Sie zischte die Worte, ohne es gewollt zu haben.

»Wie blöd kann man sein, frage ich Sie? Verdammt blöd, sage ich Ihnen. Ich sag ihm, was Sache ist, und er glotzt mich so an, als wär ich ein Alien. Ausgerechnet mich! Ich und meine Frau lassen uns zweimal im Monat durchchecken, doppelt so oft, wie es die Alien-Gesetze verlangen. Auf eigene Kosten! Wie ...«

»Paul, wir sind im Einsatz!«

»Einen Augenblick, bitte«, sagte Paul freundlich. »Meine Frau. Sie will mich etwas fragen.« Er hob die Datenbrille an und hakte sie an den Gummi-Alienfühlern ein, die er sich auf den Helm geklebt hatte. Gegen die Regeln, natürlich. Aber das hatte Paul nicht gekümmert, natürlich. »Was ist los? Siehst du nicht, dass ich im Gespräch bin?«

»Was soll das? Keine Privatgespräche im Einsatz! Wir brauchen volle Konzentration für den Zugriff!«

»Das ist kein Privatgespräch. Ich eruiere neueste Alien-Detektions- und Abwehrtechnologien.«

»Paul, der Zugriff erfolgt jeden Moment!«

»Na und? Ich habe unser Freundchen im Visier. Eine falsche Bewegung, und die Fliesen kriegen endlich ein anständiges Muster.«

»Du bist mit den Gedanken woanders. Du ...«

»Soll ich es dir beweisen?« Er rückte das G5 demonstrativ einen Fingerbreit herum. »Hirnrot auf Kotzgelb – hast du schon unsere Wette vergessen?«

»W... wir haben keine Wette, Paul. Hör auf mit diesem Mist, oder ich muss dein Verhalten in meinem Bericht erwähnen!«

»Tu dir keinen Zwang an. Und wenn du mich jetzt bitte entschuldigst – es ist unhöflich, jemanden so lange in der Leitung hängen zu lassen. Auch Verkäufer sind Menschen.« Paul zog die Datenbrille wieder herunter. »Da bin ich wieder. Entschuldigen Sie. Meine Frau ist manchmal unmöglich«, flötete er. »Fragt mich jeden Morgen, wie ich mein Ei haben will. Immer bemüht um mich. Dabei weiß sie doch genau, wie ich es am liebsten habe. Wachsweich, natürlich. Das Leben ist hart genug. Haha ... ach ja, Ihr Spray ... nur 99,99, sagen Sie?«

Dann eben ohne Paul. Ekin kam klar damit.

Der Alien, Mittenraiter, stand auf, zog die Unterhose hoch und spülte. Kein Zugriff. Gut, dass sie nicht gewettet hatten. Ekin hätte einen Monatssold darauf gegeben, dass eines der beiden anderen Teams ihn auf der Kloschüssel hochnehmen würde. Es gab keinen besseren Moment für einen Zugriff, als wenn jemand die Hosen runterließ.

Die Nachbarn hatten den Alien auffliegen lassen. Es musste der Neid gewesen sein, der sie auf die Idee gebracht hatte. Mittenraiter saß ihnen einfach zu aufreizend im Nacken. Der Wohnblock, zehn Stockwerke zerbröselnder Beton aus den Achtzigern des vorigen Jahrhunderts, großflächig von Alienisten mit Alienkreuzen und Friedenssymbolen besprüht, diente ihm als Fundament für seinen Aussichtspunkt. Ein chinesischer Spezialhubschrauber, der früher dazu gedient hatte, in Asien tonnenschwere Betonfertigteile zu Staudämmen zu schaffen, hatte seine Wohnung komplett auf dem Dach abgesetzt. Ein gepanzerter Fahrstuhl fuhr exklusiv für Mittenraiter aus seiner exklusiven Tiefgarage zu seinem exklusiven Nest. Und exklusiv war der Blick tatsächlich, das musste Ekin ihm lassen. Im Westen sah Mittenraiter an einem klaren Tag wie diesem bis zu den Vogesen, im Osten zum Schwarzwald, und im Süden glaubte Ekin die schneebedeckten Gipfel der Alpen zu erkennen.

Fragte sich nur, was ein Alien mit dem Blick anfing. Das würden ihn später bestimmt die Vernehmungsspezialisten fragen. Wenigstens hätte Ekin es an ihrer Stelle gefragt. Und wäre damit bestimmt nicht weitergekommen. Trixie plauderte nicht viel über ihren Job aus, aber eines hatte Ekin sich bereits zusammengereimt: Der gerade Weg führte bei Aliens nie zum Ziel. Zumindest nicht der, der einem normalen Menschen gerade erschien.

Ekin und Paul hatten auf dem Nachbargebäude Position bezogen. Eine verlassene Ruine. Die Stadt hatte es als Zwischenlager für Überschussmenschen genutzt, bis es so weit heruntergelebt war, dass es nicht einmal mehr dazu taugte. Jetzt wartete die Stadt darauf, dass es von selbst in sich zusammenstürzte, um die Kosten für die Sprengung zu sparen. Ein kleines Wunder, dass Mittenraiter nicht seine Brieftasche gezückt hatte, um den alten Klotz pulverisieren zu lassen. Ekin hätte es an seiner Stelle getan. Aber vielleicht gab der Klotz Mittenraiter erst die Würze. Ein Sprengsel Elend half, nicht den Blick dafür zu verlieren, wie gut man es hatte. Zumindest konnte es sich Ekin vorstellen, die keine Ahnung hatte, wie sich Reichtum anfühlte.

»... und Ihr Spray vertreibt Aliens zuverlässig?«

Der Alien wusch sich die Hände. Gründlich. Die Finger griffen ineinander, als kneteten sie Teig, drückten Seifenschaum heraus.

Immer noch kein Zugriff. Was war los? Ekin holte sich die Statusdaten der Teams auf die Datenbrille. Sie steckten fest. Eines im Fahrstuhl, zum Glück ohne dass Mittenraiter es merkte. Die Einsatzrechner der Hunter lieferten sich eine Schlacht mit dem Wohnungsrechner Mittenraiters. Illegal, alarmierend und höchst verdächtig. Hunter-Rechner hatten Vorrang. Mittenraiters Rechner hätte längst kooperieren müssen. Was er nicht tat. Der Alien musste ihn manipuliert haben. Das würde ihm nicht gut bekommen, selbst wenn er sich als Mensch herausstellen sollte. Die Gerichte verstanden keinen Spaß, wenn sich jemand Huntern in den Weg stellte.

»Nicht wie Pfefferspray? Ich muss es also nicht direkt ins Gesicht sprühen?«

Das zweite Team war dabei, sich durch den gepanzerten Boden der Wohnung zu bohren, und wurde von den Bewohnern des zehnten Stocks massiv behindert. Sie waren nicht begeistert darüber, dass man einen Zwei-Meter-Durchlass in ihre Decke fräste. Typisch. Erst beklagte man sich darüber, dass die Alien Hunter nicht kamen, und waren sie erst da, dann war es auch nicht recht. Die Leute keiften und schrien so laut, dass Ekin glaubte, sie durch die geschlossenen Fenster zu hören. Ekin hätte liebend gern auf diese Komplikationen verzichtet, aber sie tröstete sich mit dem Gedanken, dass sie und Paul auf dem Dach der Ruine wenigstens davor sicher waren, von Alienisten überrascht zu werden.

Vor einigen Monaten war es ihnen passiert. Ein Zugriff in einer engen Altstadt, unübersichtlich, verworren. Der Alien hatte Verdacht geschöpft und war geflohen. Ekin und Paul hatten ihm nachgesetzt. Ekin hatte alles um sich herum vergessen, bis auf das Wild, ihren rasenden Puls und das langläufige G5, das ihr bei jedem Schritt im Weg war. Schließlich hatten sie den Alien in eine Sackgasse gedrängt. Ekin hatte angelegt, sich gefragt, wieso die Augen des Aliens plötzlich freudig leuchteten und ...

... die Falle der Alienisten war zugeschnappt. Ein Eisenrohr hatte Ekin am Knie erwischt und hätte es zertrümmert, hätte der Protektor ihres Körperpanzers sie nicht geschützt. Der Schlag hatte sie gefällt, und im Fallen hatte sie ein Dutzend Menschen gesehen, die sich aus ihren Verstecken gelöst hatten, mit Knüppeln auf sie zugerannt waren und ...

... und dann waren die Schüsse gekommen. Von Paul, der sie ihrem Schicksal hätte überlassen können. Die Hälfte der Alienisten hatte Paul betäubt, die Übrigen hatte er mit dem Gewehrkolben abgewehrt, bis das Backupteam eingetroffen war, und dann ...

... dann hatte er sich über sie gebeugt und »Ekin?« geflüstert. »Ekin, alles okay? Sag doch was! Bitte!«

Die Worte klangen in Ekins Gedanken immer noch nach. Aber sie hatten keinen leichten Stand.

»Ähnlich wie Verpiss-dich-Pflanzen gegen kackende Katzen?«, hörte sie Paul. »Nur, dass man nicht ständig gießen muss? Ha, ha, Sie sind gut! Jemanden wie Sie könnte ich bei uns in der Kanzlei auch gebrauchen. Wissen Sie, Sie sind nicht so verbissen wie diese ganzen Juristen. Locker. Lassen mal fünf gerade sein, wenn Sie verstehen, was ich meine. Kommt man doch viel weiter mit im Leben, wenn man nicht ständig auf Paragraphen und Regeln herumreitet, nicht?«

Mittenraiter kämmte sich. Er hatte nicht viel, was sich kämmen ließ, aber umso mehr kümmerte er sich um jedes Haar. Er schmierte sich Gel ins Haar, zwirbelte es selbstverliebt zu kleinen Zöpfen. Ekin sah ihm verwundert zu, während sie gleichzeitig auf der Datenbrille die beiden anderen Teams im Auge behielt. Mittenraiter brauchte sich nicht zu wundern, dass man ihn angezeigt hatte. Es war keine gute Idee, der Welt seinen Erfolg mit der Brechstange vorzuführen. Es machte die Leute wütend, brachte sie dazu, genauer hinzuschauen, eine Anzeige bei HunterNet einzureichen. Man geriet ins Visier. Noch nicht in das eines G5, aber der Anfang war gemacht.

»Also, verstehe ich Sie richtig? Ich sprühe einfach auf den Boden, so aus zwanzig Zentimetern Entfernung? Vor die Tür, auf die Fensterbretter oder entlang des Grundstücks?«

Eine Akte wurde angelegt. Die Kommunikation überwacht, aufgezeichnet, ausgewertet. Beobachtungen wurden korreliert, Wahrscheinlichkeiten errechnet. Und irgendwann überschritten sie den Schwellenwert. Eine Nichtigkeit genügte. Dreimal hintereinander Hundefutter eingekauft, ohne einen Hund zu besitzen oder Umgang mit einem zu haben. Ein wirres politisches Statement in der Kantine. Eine ziellose, Benzin verschwendende Fahrt mit einem Mietwagen.

Und *Ding-dong*: Die freundlichen Alien Hunter standen vor der Tür ...

»Jetzt muss ich doch mal fragen: Ist das auch bestimmt nicht giftig? Wissen Sie, wir haben ein Kind in der Nachbarschaft und ein paar Katzen. Teure GenMods, Designerstücke. Nicht, dass so ein Kind oder eine Katze an dem Spray schnüffelt und grün anläuft und ...«

Die Hunter-Rechner hatten gewonnen. Der Fahrstuhl setzte sich wieder in Bewegung. In Mittenraiters Bad ging die Leuchte über dem Spiegel aus. Der Alien hörte auf, das Gel einzumassieren, klopfte gegen die Lampe. Er schüttelte unwillig den Kopf, wütend über sich selbst, als er den Gelfleck auf der Lampe bemerkte, und wusch sich die Hände. LED durchgebrannt, musste er denken. Ekin wusste es besser.

»Sie garantieren die Unbedenklichkeit? Wirkt ausschließlich auf Aliens? Bestens. Ich will nämlich keinen Ärger. Wissen Sie, eine gute Nachbarschaft ist viel wert. Das will man nicht so einfach aufs Spiel setzen. Aber man darf sich auch nicht kaputtmachen lassen, von irgend so einem dahergelaufenen Alien. Sollen sie doch alle auf den Mars. Oder nach Alpha Centauri oder sonst wohin. Hat ja Platz genug für alle. Aber eben jeder an seinem Platz, sage ich immer.«

Mittenraiter hantierte an der Lampe. Gut. Er würde nichts von den Teams mitbekommen, so lange er beschäftigt war. Ekin hielt ihr G5 ausgerichtet und betete, dass die Teams endlich zugriffen. Ihr linkes Bein war eingeschlafen und kribbelte wie die Pest, und die Sonne schickte sich an, den Inhalt ihres Körperpanzers zu rösten.

»Bestellen? Ja, schon, aber eine Frage habe ich doch noch. Na ja ... woher wissen Sie das? Sie wissen schon, das mit der Wirkung nur auf Aliens. Ist ja ... ah, verstehe. Sie haben Zugang zu Korps-Laboratorien. Top-Secret-Erkenntnisse. Mann! Aber sagen Sie mal, ist das auch legal?«

Ein dumpfer Knall, als hätte jemand eine Betonplatte von einem Hubschrauber abgeworfen. Laute Schreie. Wütend. Einer durchdringend und hell. Klagend. Eine Statusmeldung flammte auf Ekins Datenbrille auf. Ein Hunter verletzt. Mist! Die Panzerplatte musste sich vorzeitig gelöst haben.

»Geld-zurück-Garantie bei Nichtgefallen? In Ordnung, Sie haben mich überzeugt, ich nehme gleich einen Kanister!«

Mittenraiter zuckte zusammen, als hätte die Platte ihn im Nacken getroffen. Er blickte sich ängstlich um. Als suche er einen Ausweg. Doch es gab keinen.

»Schicken Sie die Sendung an meine Kanzlei, zu Händen Herr Morlock.«

Ekin verfolgte durch die Fensterflächen, wie sich die Tür des Aufzugs öffnete und das Hunter-Team herausstürzte. Sie sah nur huschende Schatten, unmöglich schnell. Die Rechner ihrer Körperpanzer mussten ihnen auf dem Weg nach oben eine Injektion verpasst haben. Neurobeschleuniger. Die Hunter bewegten sich durch eine erstarrte Welt, in der ein fallender Apfel in der Luft zu schweben schien, G5-Kugeln in gemächlichem Schritttempo den Lauf verließen. In diesem Augenblick waren die Hunter schneller als der schnellste, auf Geschwindigkeit getrimmte GenMod.

»Ich habe Ihnen zu danken. Und denken Sie an mich, wenn Sie genug vom Telefonieren haben. Gute Leute kann ich immer gebrauchen.«

Sie waren nicht schnell genug. Mittenraiter schrie auf, als die Tür des Badezimmers unter dem Ansturm der Hunter in zwei Hälften barst. Er wirbelte herum – und mit einem Satz sprang er durch das offene Fenster.

»Einen schönen Tag und gutes Gelingen!«

Ekin hatte ihn im Visier, folgte ihm. Sie musste nur abdrücken. Aber dann würde er den Halt verlieren und die elf Stockwerke hinunter auf das Pflaster stürzen. Ein blutiges Stück Fleisch. Ein nutzloser, toter Alien. Ihr Finger auf dem Abzug schloss sich fester um das Metall. Aber wenn sie nicht abdrückte, würde er sowieso ... Was sollte sie nur ...

Bamm!

Der Alien überschlug sich im Sprung, wickelte sich halb um den Pfosten des Geländers, kam zum Liegen. Der Schock der Kugel hatte seine Glieder bretthart gemacht. Ein Bein hatte sich im Geländer verfangen, bewahrte den Körper vor dem

Absturz. Aus dem anderen spritzte Blut in einer hohen Fontäne bis auf die Fliesen. Dann waren die neuro-beschleunigten Hunter heran. Sie rissen den Alien hoch, fesselten und sicherten ihn.

Mit einem Klicken rastete die Sicherung von Pauls G5 ein.

»Was habe ich dir gesagt? Blutrot kommt gut auf Kotzgelb.« Er montierte das Gewehr auseinander, verstaute es im Transportkoffer. »Lass uns verschwinden. Mir wird langsam heiß in der Sonne.« Er stand auf und ging. An der Treppe, die nach unten führte, blieb er stehen und rief zu Ekin: »Ach ja, das mit dem Abdrücken sollten wir noch einmal üben, Mädchen. Wer zögert, den bestraft das Leben.«

Dann war Paul verschwunden.

»Fürchtet euch nicht!«

– *Funkbotschaft des Alienschiffs, gesendet kontinuierlich in 372 Sprachen seit dem 10. Januar 2059, 14 Uhr 31 GMT*

Einschlagszeitpunkt des ersten Alien-Artefakts in den Pazifik, 200 km nordöstlich von Guam: 10. Januar 2059, 15 Uhr 06 GMT

KAPITEL 2

Rudi war jung, die Nacht war jung – und die Nacht rief ihn.

Rudi ließ sich nicht zweimal bitten. Viel zu lange hatte er in dem Company-Flugzeug gesessen, in dem er mit einer Hundertschaft aufgekratzter Flyboys um die halbe Erde gekarrt worden war, bei Laune – oder im Zaum? – gehalten von endlosen Clips über die Bergung von Alien-Artefakten. Mit steifen Gliedern wankte er die Gangway hinunter und trank die feuchtwarme, würzige Luft eines fremden Kontinents.

Sie schmeckte ihm.

Über ihm leuchteten die Sterne der Subtropen, vor ihm die Scheinwerfer des Suvarnabhumi Airport, dahinter die Lichter Bangkoks und dahinter wiederum, ein fernes, lockendes Glitzern, die Lichter Neo-Bangkoks.

Ein Bus brachte sie in das Hotel am Rand des Flughafens. Rudi verabschiedete sich von Beatrice, die den Flug im Sitz neben ihm verbracht hatte und keine Anstalten machte, von seiner Seite zu weichen, mit der Entschuldigung, er wolle schlafen, um für den großen Tag ausgeruht zu sein. Er ging auf sein Zimmer, zog die Uniform mit dem Alienkreuz aus und Shorts, T-Shirt und Sandalen an. Dann rannte er das verlassene Treppenhaus die zwölf Stockwerke zur Lobby hinunter, lächelte dem Angestellten an der Rezeption freundlich zu und lächelte wieder, als er die Wache am Tor des Hotels passierte.

»Cigarettes?«, sagte er, hob zwei Finger vor den Mund und paffte. Kein illegaler Wunsch, auch wenn es im Company-Hotel natürlich keine gab. Die Wache war zwei Köpfe kleiner als er, hatte glattes, dunkles Haar, das vor Pomade glänzte, ein

Plastikgeschossgewehr – das Äußerste, was die Company sich an Gewalt zugestand – über der Schulter hängen und Augen wie Schlitze. Aber sie war ein Mensch wie er.

»Ah, cigarettes!«, machte die Wache und zeigte die Straße hinunter. »There!«

»Thanks!« Rudi trabte los. Locker. Entspannt. Ein Mann, der Zigaretten holte. Und wie es von Zeit zu Zeit geschieht, bei Männern, die mal schnell Zigaretten holen gehen: Er kam nicht zurück. Rudi war kaum um die Ecke, als er nach einer Rikscha pfiff. Eine Hand voll von ihnen bremste quietschend. Genau, wie Jonathan es ihm im Camp prophezeit hatte. Rudi brauchte einen Augenblick, bevor er seiner Wahrnehmung traute. Er kannte nicht viel von der Welt: Himmelsberg und sechs Monate Ausbildungscamp im Norden Norwegens. Entschlossen schüttelte er die Befangenheit ab, stieg in die nächste Rikscha, wobei er den Fahrern der leer ausgegangen Rikschas entschuldigend zuwinkte, und sagte: »Neo-Bangkok, please.«

»Nee-bankek?«, kam es zurück.

Der Fahrer roch nach Schweiß. Rudi störte es nicht. Eine weitere Würze in einer Nacht, auf die er lange gewartet hatte. Und der Schweiß beruhigte ihn. Schweiß kannte er.

Rudi beugte sich vor. »N-E-O-B-A-N-G-K-O-K«, sagte er langsam und deutlich. So gut er es hinbrachte. Also ziemlich gut, fand er. Sie hatten es ihm im Company-Camp eingetrichtert. Langsam sprechen, jede Silbe betonen. Mehrfach wiederholen. Es fiel schwer, nicht die Geduld zu verlieren, aber die Ausbilder hatten in dieser Hinsicht keinen Spaß verstanden. Die Aufgabe der Company war zu wichtig. Jeder der Flyboys konnte der erste Mensch sein, der das entscheidende Artefakt barg. Die Chance war gering, aber irgendwann würde der Fall eintreten, und dann ...

»Ah, Nee-bankek!«, machte der Fahrer jetzt. »Island of Angels?«

»Yes.« Ging doch. Die Insel der Engel, von der ihm der bedächtige Jonathan erzählt, nein, vorgeschwärmt hatte. Genau dorthin wollte er. Zu den Wesen, die so zart waren, dass sie nicht von dieser Welt stammten. Das Nächstbeste zu Aliens.

Die Rikscha fuhr los, tauchte in das Meer des unmotorisierten Verkehrs ein. Rudi lehnte sich zurück, ließ andere Rikschas, Passanten und Straßen an sich vorbeiziehen, als sähe er einen Film, zu aufgewühlt, um mehr zu tun. Endlich. Es ging los. Er war unterwegs. Frei. Heute Neo-Bangkok, morgen der Flug nach Funafuti und danach ...

Die Rikscha bremste scharf. Sie standen.

»Neo-Bangkok?«, fragte Rudi den Fahrer.

Der schüttelte den Kopf. »No. Here, boat! Klongs, then Chao Praya, then Island of Angels!«

Jetzt bemerkte Rudi das Glitzern zu seiner Rechten. Natürlich. Klongs. Kanäle. Jonathan hatte ihm auch von ihnen erzählt. Und natürlich musste Rudi ein Boot nehmen, um nach Neo-Bangkok zu kommen. Es war eine Insel.

Rudi bezahlte den Fahrer, fürstlich, nach den allzu überschwänglich ausfallenden Dankesbezeigungen des Mannes zu urteilen, und kletterte in das Boot. Rudi kümmerte es nicht. In Himmelsberg hatte es kein Geld gegeben. Es bedeutete ihm nichts. Für Rudi waren es nur bunte Papierblätter oder sinnlose Zahlen in einem Computersystem.

Das Boot war offen und vielleicht fünf Meter lang. Ein Frachtkahn mit Elektromotor, der die Engel der Insel belieferte. Rudi fand einen Platz zwischen den Paletten und quetschte sich hinein. Der Mann, dem das Boot gehörte, kletterte mit traumwandlerischer Sicherheit zu ihm, als kenne er – im Gegensatz zu Rudi – keine Übelkeit, nahm ihm einige der hiesigen bunten Scheine ab und machte das Boot los.

Die matten Lichter Bangkoks blieben hinter Rudi zurück, während sich die grellen Lichter Neo-Bangkoks vor ihm aus dem Dunst und den Wellen schälten. Jonathan hatte nicht gelogen. Sie waren heller als alles, was Rudi je erblickt hatte. Die Amerikaner mussten hinter Neo-Bangkok stecken, es mit Strom und Öl versorgen. Das Boot hüpfte auf und ab, als sie den Fluss, der Bangkok durchzog, hinter sich ließen und auf das offene

Meer des Golfs von Thailand steuerten. Rudi hielt sich an den Paletten fest und konzentrierte sich auf die Etiketten der Waren, um sich von der Übelkeit abzulenken, die ihn überkam. Das Meer war kein guter Ort für Rudi. Er war weder seefest noch konnte er schwimmen. Der einzige Tümpel Himmelsbergs war nicht tief genug gewesen, als dass es sich gelohnt hätte, es zu lernen. Und im Sommer trocknete er sowieso aus. Rudi, der Nichtschwimmer. Es hatte ihn beinahe das Lebensglück gekostet. Ein Flyboy musste seefest sein. Die Luft war das Element des Flyboys. Darunter ... kam noch mehr Luft. Nur, irgendwann kam das Wasser, zu 99,999999 %. Zumindest im Revier der Flyboys. Früher oder später, hatte man ihnen eingetrichtert, würde es jeder von ihnen zu schlucken haben.

Hätte Rudi am entscheidenden Tag des Tests im dunklen Polarmeer, das für den tropischen Pazifik hatte herhalten müssen, seinem Innenohr nicht mit einem halben Dutzend verschiedener Pillen auf die Sprünge geholfen, und hätte Jonathan die Ausbilder nicht im entscheidenden Augenblick mit einer seiner tief schürfenden Fragen abgelenkt, dann wäre es um ihn geschehen gewesen. Sie hätten gemerkt, dass Rudi nur marginal besser schwamm als ein Stein, den man ins Wasser warf. Die Company hätte ihn niemals antreten lassen, ein Stellvertreter hätte für Rudis Platz geboten, ein Millionärssohn wie Jonathan vielleicht, und ihm das Ex-Glückslos ausbezahlt. Und Rudi wäre die Wahl geblieben, auf welche Weise er sich hätte lebendig begraben lassen wollen: auf demütige Weise mit einer Rückkehr nach Himmelsberg, um zu schuften, bis erst sein Geist und schließlich sein Körper tot umfiel, oder auf die großkotzige Tour, als Neureicher, der an den dahinschwindenden Pools der Welt herumlümmelte und wehmütig in den Nachthimmel glotzte, welcher einst ein einziges Versprechen gewesen war, und sich mit teuren Cocktails zuschüttete, bis jede Sehnsucht in ihm abgesoffen war.

Eine Welle warf das Boot hoch, ließ es einen Augenblick schwerelos in der Luft schweben, dann klatschte es hart auf das Wasser.

Rudis Magen wand sich. Gut, dass er den Gratis-Drinks im Flugzeug widerstanden hatte. Blöd, dass er die angebrochene Pillenschachtel im Lager vergessen hatte.

»Big boat!«, rief der Bootsmann von seinem Platz am Heck und zeigte auf einen riesigen Umriss, der wie eine Wand neben dem Boot aufragte. Im Licht eines vereinzelten Scheinwerfers konnte Rudi den Fuß zweier Masten erkennen. »No worry!«

Rudi winkte dem Mann zu, um ihm anzuzeigen, dass er den Frachter gesehen hatte, und las zum zehnten Mal die Etiketten der Waren. Papiertücher und Bier waren es, was die Engel der Insel verlangten. Chlorfrei gebleicht das Erstere, aromatisiert beide.

Und dann, er hätte die Etiketten bereits auswendig vorsingen können, lag endlich Neo-Bangkok vor ihm. Die Insel der Engel – errichtet aus Stahl, Bauschutt und Müll. Begonnen als schwimmende Plattform in den späten Zehnern, um den damals dritten internationalen Flughafen der schrankenlos wachsenden Stadt zu beherbergen. Eine Bauruine, als der zivile Flugverkehr im Feuer schultergestützter Boden-Luft-Raketen zusammenbrach, danach – lange Zeit – eine praktische Müllkippe für Bangkok, dann eine Zuflucht für alle, für die sich in der Multimillionenstadt kein Platz fand, und auch für diejenigen, die dort keinen Platz finden wollten, und – schließlich – der Ort, an den die Konfuzius-Puritaner, kaum waren sie an der Regierung, den ungeliebtesten Gewerbszweig der Stadt trieben. Neo-Bangkok nannten es die hartnäckig nach Thailand vorstoßenden Touristen rasch und vergaßen das alte. Insel der Engel nannten die Einwohner Neo-Bangkoks selbst ihre Stadt, in Anspielung auf Krung Thep, die Stadt der Engel, aus der man sie vertrieben hatte.

Das Boot legte an. Rostgeruch vermischte sich mit dem Salz in der Luft. Ein Heer stählerner Pfeiler verschwand vor Rudi in der Dunkelheit. Was er sah, war nur die Spitze des Eisbergs. Der überwiegende Teil der Insel der Engel verbarg sich unter der Wasseroberfläche, reichte fünfzig Meter tief bis zum Meeresboden. Die Insel war die Mutter aller Flyboy-Basen. Eine künstliche Insel, die den Namen verdiente. Nicht an eine schützende Küste angehängt, sondern auf sich allein gestellt den Stürmen und den Wellen ausgesetzt, denen der Golf von Bangkok gehörte. Eine Welt für sich. Die Erfahrungen, die hier gemacht worden waren, hatten den Weg für die Basen geebnet. Europäer und Amerikaner hatten damals den Anfang gemacht, Spezialisten für Ölbohrplattformen. Sie hatten das Geld, das reichlich geflossen war, eingesteckt und hatten sich abgesetzt, als der Geldstrom versiegte, um auf bessere Zeiten zu warten. Sie waren nicht gekommen. Thai-Ingenieure, ihre vormaligen Lehrlinge, hatten übernommen, als wieder Geld geflossen war, ein schmales Rinnsal wenigstens. Zu wenig, um die Weißen zurückzulocken. Und als die Aliens gekommen waren, hatten die Thai-Ingenieure ihr Wissen teuer an die Company verkauft.

»Sir?«

Der Thai stand vor ihm, bedeutete ihm, sein Boot zu verlassen. Rudi tat es – ungeschickt – und wankte feuchte, merkwürdig feste Stufen hinauf.

Rudi betrat die Insel der Engel.

Sie leuchtete heller, als es seine Augen ertrugen. Er zog die Sonnenbrille aus der Hemdtasche, setzte sie auf und machte sich mit klopfendem Herzen auf den Weg zu den Engeln.

Bald erreicht er den ersten der Paläste aus Licht, in denen die Engel residierten. Ein Turm aus hunderten LED-Schlangen – er allein musste mehr Strom verschlingen als ganz Himmelsberg benötigte – schraubte sich über dem Palast in die Höhe und formte Worte: »World of Pleasures.«

Rudi blieb stehen, legte den Kopf in den Nacken und betastete den Turm aus Licht mit Blicken. Er war wunderschön, vielleicht das Schönste, was er je gesehen hatte. Jonathan hatte recht.

Rudi staunte, minutenlang.

Dann winkte ihm einer der Engel zu. »Come here! Come here!« Es dauerte einige Augenblicke, bis Rudi verstand, dass der Engel ihm zuwinkte. Ausgerechnet ihm. Rudi ging los, stolperte beinahe über einen größeren Stein, der aus dem Schotter hervorstand. Er fing sich ab, stellte im Fallen fest, dass der Schotter der Engelsinsel mit den Scherben von Bierflaschen vermischt war – und dass es ihm nichts ausmachte. Das Licht der Türme spiegelte sich in ihnen wider.

Zwei Stufen führten in den Palast. Der Engel erwartete ihn schon an seinem Rand. »Come! Come!«, rief er.

Rudi hatte den Fuß auf der ersten Stufe, als er zögerte.

Der Engel trug einen Bikini. Er war klein und dünn, als bekäme er nie genug zu essen, und auf dem Oberschenkel hatte er einen Bluterguss, so groß wie eine Hand.

Der Engel streckte ihm die Hand entgegen. »Come on!« Er lächelte. Die Zähne waren braun. Make-up zerfloss in der subtropischen Nacht unter den Augen.

Rudi starrte dem Engel für einen Augenblick ins Gesicht, dann rannte er los, verfolgt von einem Chor von Engelsgelächter.

Rudi rannte schneller. Er rannte über den Schotter, aus dem die Straßen der Engel-Insel bestanden, über die Scherben, die sich in seine dünnen Sohlen gruben. Er rannte zwischen den Palästen her, die eigentlich Bars waren und die, sah man genauer hin, aus Abfällen errichtete, windschiefe Hütten waren. Er rannte zwischen den Männern hindurch, die die Straßen Neo-Bangkoks bevölkerten und sich nicht daran zu stören schienen, dass die Paläste keine Paläste und die Engel keine Engel waren, machte sich, wenn es notwendig war, mit seinen starken Armen den Weg frei.

Und während er rannte, fragte er sich, was Jonathan, den stillen, nachdenklichen Jonathan, der den Dingen immer auf den Grund gehen musste, dazu bewogen haben konnte, die Insel der Engel nicht so zu sehen, wie sie tatsächlich war. Er musste zu viel getrunken haben. So etwas in der Art.

Schließlich hielt Rudi an. Wo war er?

Er wollte weg, nur weg. Aber wie? Vor ihm waren Bars, hinter ihm waren Bars, nirgends war ein Ende abzusehen. Nirgends die Schwärze, die das Meer bedeutete. Das Meer schien Rudi unendlich weit weg. Er konnte es nicht einmal mehr riechen. Die Luft war nicht mehr salzig frisch, sie stank nach Schweiß und Alkohol.

Wo ging es zurück zu den Booten?

Rudi rannte weiter. Er schwitzte. Nordnorwegen war eine schlechte Vorbereitung für subtropische Nächte gewesen.

Durst regte sich in Rudi, erst leise, dann quälend, schließlich fordernd.

Rudi hielt an, links und rechts Bars und »Come here! Come here!«-Rufe.

Weg, nur weg. Ja. Aber erst etwas trinken. Nachdenken. Zur Ruhe kommen. Dann würde er weitersehen.

Er überwand sich und betrat eine Bar. Die Engel, die keine waren, ließen ihn in Ruhe. Sie sahen ihm an, dass er nichts von ihnen wollte. Rudi suchte sich den Barhocker mit maximalem Abstand zu den Engeln und ihren Kunden aus und bestellte Wasser. Einfaches Wasser. Er trank zwei Krüge, bestellte einen dritten. Es half. Der Durst klang ab, so wie der Drang, einfach nur wegzurennen. Das führte nirgendwo hin. Er würde den Barkeeper nach dem Weg fragen – wenn nötig, würde er ihn für die Auskunft bezahlen, die Scheine in seiner Tasche bedeuteten ihm nichts – und dann ...

»He, Flyboy!«

»Woher ...?«

Ein Mann lehnte neben ihm an der Bar. Ein Thai, unmöglich zart gebaut, wie es hier alle Menschen zu sein schienen. Er trug einen Klimaanzug, der nur Hände und Kopf unbedeckt ließ. Er musste vernetzt sein, wie Rudis Ausbilder. Die Drähte der Antennen schimmerten durch den Anzug wie ein zweites Aderngeflecht.

»Du fragst dich, woher ich dein Geheimnis weiß?«, sagte er auf Englisch. Mit Akzent und merkwürdig hoch, aber fehlerfrei.

Rudi wollte, dass der Mann ihn in Ruhe ließ, hätte ihm am liebsten gesagt, er solle verschwinden. Aber Rudi war allein und fremd hier. Also sagte er: »Ja, schon.«

»Man sieht es dir an.«

»Wirklich?« Rudi blickte an sich herunter. Hatte er vergessen, einen Teil der Company-Uniform auszuziehen?

»Nicht die Kleider. Wie du dasitzt. Gerade. Flyboys haben Haltung. Sie haben etwas. Sie sind keine gewöhnlichen Menschen.«

Rudi fiel keine Entgegnung ein. Niemand hatte ihm je gesagt, er sei etwas Besseres als die anderen.

»Darf ich?« Der Mann wartete seine Antwort nicht ab. Er rutschte auf den Barhocker neben Rudi, bestellte zwei Bier. Eines hielt er Rudi auffordend hin. »Trinkst du eines mit?«

Rudi zögerte. Eigentlich sollte er nicht ... aber der Barkeeper hatte beide Flaschen vor seinen Augen geöffnet. Was konnte schon passieren?

»Ja. Danke.« Er nahm die Flasche, stieß mit dem Thai an und trank einen Schluck. Es schmeckte wie Bier, etwas wenig Kohlensäure vielleicht, aber gekühlt. Es tat gut.

»Gefällt dir die Insel?«, fragte der Thai.

»Ja«, log Rudi. Er wollte keinen Ärger. Er wollte nur weg.

»Und die Engel?«

»J... ja, natürlich ...«

»Ich kann dir einen Engel besorgen. Ein Mädchen.«

Rudi kapierte. Ein Zuhälter. Natürlich. Das musste es sein. Die Engel hier waren keine Engel, sondern Prostituierte. Und wo es Prostituierte gab, gab es auch Zuhälter. Das wusste sogar ein Himmelsberger wie er. Deshalb konnte sich der Thai den Klimaanzug leisten. »Danke für das Angebot«, sagte Rudi, ohne sich etwas anmerken zu lassen. »Aber das ist nichts für mich.«

»Verstehe. Du suchst etwas anderes. Jungen?«

»Nein.«

»Dann GenMods? Hast du es je mit einer Katzenfrau gemacht? Nein? Unglaublich. Sollte jeder Mann einmal im Leben gemacht haben. Wenn man sie gebändigt bekommt. Aber du bist ja ein Flyboy, du bekommst das hin. Ihre Krallen ...«

»Nein, danke!«, sagte Rudi. Etwas lauter.

»Okay, okay.« Der Zuhälter hob beschwichtigend die Hände. »Nur ein Angebot.« Er nahm einen langen Schluck von seinem Bier. Rudi hoffte, ihn los zu sein, aber der Thai stellte die Flasche ab und sagte: »Gefallen dir unsere Mädchen nicht?«

»Das ist es nicht.«

»Du kannst es ruhig sagen. Die Geschmäcker sind verschieden.« Der Thai nahm die Flasche und deutete mit ihr ans andere Ende der Bar, an dem sich die Prostituierten versammelt hatten. »Sind alle gleich, wenn du mich fragst. Gewöhnlich. Gewöhnliche Mädchen für gewöhnliche Männer.«

Rudi hatte genug. Er sah demonstrativ auf die Uhr. »Ich muss los.«

»Aber du bist kein gewöhnlicher Mann«, ließ sich der Thai nicht beirren. »Du bist ein Flyboy.«

Rudi leerte die Flasche in einem Zug. Das Bier schmeckte plötzlich scheußlich. Es musste daran liegen, dass er es zu lange hatte stehen lassen. »Nichts für ungut«, sagte er. »Aber ...«

»Du hast etwas Besseres verdient. Hier!« Der Junge zog ein zerknittertes Foto hervor.

Im Aufstehen streifte Rudis Blick das Bild.

Er hielt abrupt inne, sank langsam zurück auf den Hocker.

Die Hitze war vergessen, der Ekel, sein Wunsch, einfach nur hier wegzukommen.

Auf dem Bild war das schönste Mädchen, das er je gesehen hatte. Kein Nacktfoto, wie er erwartet hatte. Ein Porträt. Kein Make-up. Helle, wache Augen in einem makellosen Gesicht. Nicht von dieser Welt. Ein Engel. Und die Augen des Engels sahen ihn an. Nur ihn. Sahen in ihn hinein. Fanden sein Innerstes, griffen es und ... und ...

»Wer ist das?«, fragte er. Keuchte er.

»Dein Engel, Flyboy.«

»Kann ... kann ich sie treffen?« Der Puls schlug ihm plötzlich bis zum Hals. *Sein Engel!* Mit einem Schlag verstand er Jonathan.

»Natürlich. Sie wartet auf dich.«

»Wo?« *Sie wartet ...*

»Gleich hier in der Nähe. Soll ich dich zu ihr bringen?«

»Ja!« ... *auf mich.*

»Dann komm!«

Der Thai führte Rudi durch die Straßen Neo-Bangkoks, bog in eine Gasse zwischen zwei Bars ab. Rudi folgte ihm ohne zu zögern. Er kannte nur eine Angst: zu spät zu kommen, seinen Engel zu verpassen.

Der Thai klopfte an eine Tür, wechselte einige Worte mit dem Mann, der sie öffnete. Er und Rudi wurden hereingewunken. Vor der dritten Tür hielt der Thai an und flüsterte Rudi zu: »Sie wartet auf dich, Flyboy!« Er öffnete die Tür, machte einen Schritt zur Seite und lud Rudi mit einer Handbewegung ein, einzutreten.

Rudi ließ sich nicht zweimal bitten und stürzte los. Da war sie. Sie saß auf dem Bett, das beinahe das ganze Zimmer einnahm, lehnte mit dem Rücken an der Wand und lackierte sich die Fingernägel. Als sie ihn hereinkommen hörte, blickte sie auf und sah ihn an. Sie lächelte.

Sein Engel.

»Da bist du ja endlich«, sagte sie. »Komm!« Sie streckte ihm einen Arm entgegen.

Rudi trat ein. Hinter ihm schloss sich die Tür. Er ging bis an das Bett, streckte seinem Engel beide Arme entgegen ...

... und aus dem Augenwinkel raste ein langer Schatten auf ihn zu. Er traf ihn am Kopf. Hart. Einen Moment lang stand Rudi noch, sah seinem Engel in die großen Augen, die eigenen Augen mehr vor Überraschung als vor Schmerz geweitet, dann knickte er weg.

Rudis Nacht war zu Ende.

»Verpisst euch!«

– *An das Alienschiff gerichtete Funkbotschaft. Gesendet in 578 Sprachen (Stand: 1.1.2065)*

KAPITEL 3

Katzen.

Säckeweise Katzen.

Wieselflink stand mit Fleischberg an der Rampe und sah dem Dicken zu, wie er eine der Zigaretten paffte, die unfehlbar ihren Weg in die Fabrik fanden, als existierten weder Zäune noch Stacheldraht.

»Mist, sind zu früh dran!« Das automatische Innentor der Schleuse öffnete sich quietschend. Fleischberg zog noch einmal an der Kippe, ließ sie beiläufig fallen, als handle es sich um ein unschuldiges Kaugummipapier, und setzte den bloßen Fuß darauf. »Ist doch reine Schikane. Als wenn die blöden Viecher es eilig hätten!« Dem Dicken war nichts von der glühenden Kippe unter der Sohle anzumerken, gewöhnlicher Schmerz schien ihm nichts anhaben zu können.

Der Laster rollte durch das Tor, ein ausrangierter Müll-LKW mit der Aufschrift TIERHEIM KASSEL-WEST. Die Fahrerkabine war leer, dennoch behielt Fleischberg den Fuß auf der Kippe. Die Nomaden hatten das interne Überwachungssystem der Fabrik im Lauf der Monate penetriert, sich Freiräume geschaffen, in denen sie unbeobachtet blieben, darunter die Rampe. Die Steuerung des Lasters entzog sich ihrem Zugriff. Sie war unmodifiziert. Jeden Augenblick würden die beiden Männer in den Erfassungsbereich der Kameras des Lasters geraten.

Der Laster kam heran, schlug ein und setzte zurück.

»Scheiße, die Mistkarre kenn ich!«, rief Fleischberg über das hupende Warnsignal des Lasters für die Rückwärtsfahrt hinweg. »Die Hydraulik ist hin, schon seit Wochen. Wetten, die Schweine haben sie immer noch nicht repariert?«

Wieselflink sagte nichts. Er sagte nie etwas auf Fleischbergs Geschimpfe. Es wäre sinnlos gewesen – und außerdem stellte sein Schweigen die Basis ihres Arrangements dar. Er und Fleischberg bildeten ihr eigenes Pack. Fleischberg schimpfte, fluchte und beklagte sich. Wenn ihm beim Zerteilen das Messer abrutschte – was öfters vorkam, weil sie ohne Ausnahme stumpf waren –, wenn er sich über die Füße pinkelte – was öfters vorkam, weil sein Bauch ihn daran hinderte zu sehen, wohin er zielte – oder wenn ihm gerade danach war – was öfters vorkam, weil Fleischberg nie zufrieden war, außer vielleicht, wenn er sich gerade den Wanst vollgeschlagen hatte.

Und Wieselflink schwieg.

Es war kein übles Pack. Fleischberg war kein schlechter Mensch, niemand, der wie viele andere Bahnnomaden Geschmack daran gefunden hatte, der Welt die Grausamkeiten zurückzuzahlen, die man ihnen angetan hatte. Fleischberg wollte nur in Ruhe gelassen werden, sich so wenig wie möglich bewegen, schimpfen und jemanden haben, der zumindest den Anschein gab, seinem Geschimpfe zuzuhören.

Andere hielten für den Schutz eines Packs den Hintern hin, Wieselflink die Ohren. Und das mit der beharrlichen Ausdauer, die er sich in seinem vorherigen Leben angeeignet hatte, in dem er Worte wie »Scheiße« nur in Filmen gehört hatte. Ihr Zweierpack hielt sich seit Monaten, seit man Wieselflink mit einer Hand voll anderer Nomaden aus ihrem Zug geholt und in der Fabrik abgeladen hatte. Ersatz für Leute, die nicht mit Messern, Beilen und Knochensägen hatten umgehen können oder nicht hingesehen hatten, wohin sie den Fuß setzten, und herausgefallen waren. Aus dem Leben an sich oder aus der Arbeitsfähigendatei des Ministeriums. Wieselflink wusste nicht, ob es einen großen Unterschied machte: Beide Gruppen wurden von den Bahnpolizisten abgeholt, und man hörte nicht mehr von ihnen.

Monate – eine halbe Ewigkeit nach den Begriffen der Nomaden, die selten lange an einem Ort oder in einem Zug blieben. Zu lange, wie es Wieselflink dämmerte. Auch Ohren hatten Grenzen. Es war Zeit, sich von Fleischberg zu trennen, bevor er die Beherrschung verlor und den furchtbaren Zorn des Dicken auf sich zog. Noch fehlte die passende Gelegenheit, aber die würde sich finden. Wieselflink gab viel darauf, eine feine Nase für die Gelegenheiten des Lebens zu haben. Flink zu sein war wichtig. Zu rennen, wenn es darauf ankam, war wichtig. Aber wichtiger noch war es, rechtzeitig loszurennen. Und in die richtige Richtung. Er musste nur herauskommen. Sobald es ihm gelungen war, Kontakt zu seinen alten Freunden aufzunehmen, würde sich alles Übrige für ihn ergeben.

Bis dahin ... Fleischberg hatte jemanden, der ihm zuhörte. Wieselflink fand so viel Sicherheit, wie man sie in der Fabrik finden konnte. Niemand ertrug Fleischbergs ewiges Gezeter, aber niemand traute sich, sich mit ihm anzulegen. Der Dicke hatte riesige Metzgerhände, mit denen er ein Tier in der Mitte auseinanderreißen konnte, einfach so. Kein Nomade war scharf darauf auszuprobieren, ob das auch auf einen Menschen zutraf. Also ging man Fleischberg aus dem Weg, ließ ihn machen, was immer ihm einfiel. Ihm und seinem Burschen Wieselflink.

»Was sag ich dir?« Der Laster hielt an der Rampe, das Warnsignal brach ab. Fleischberg drückte die Knöpfe am Heck. Nichts regte sich. »Kaputt. Schweine! Als wenn wir's nicht schon schwer genug hätten. Nichts von wegen ›die Ladung einfach auf die Rampe kippen‹! Jetzt müssen wir schuften!«

Schuften machte Fleischberg nervös. Er glaubte daran, dass sich die Halsbänder durch die Bewegungen ihrer Träger aufluden. Je mehr man sich bewegte, desto schlimmer die Schläge, die das Band einem verabreichte. Also sah Fleischberg zu, dass er stillhielt.

Der Dicke schlurfte fluchend und jammernd in die Halle und kam mit zwei langen Metallstangen wieder. Wieselflink nahm seine Handschuhe aus dem Rucksack und streifte sie über.

»Mach schon!« Fleischberg hielt ihm eine Stange hin. »Haben nicht den ganzen Tag Zeit. Hab keine Lust, wegen dir überfeinem Lahmarsch ’nen Schlag abzukriegen, klar?« Er langte sich an das Halsband.

»Ich bin ja schon dabei.« Zeit, den Mund aufzumachen, dem Dicken ein Signal zu geben, dass er sich anstrengte. Sonst drehte er durch. Fleischberg, der wuchtige Fleischberg, dem keiner schräg zu kommen wagte, fürchtete sich vor den Schlägen des Halsbands wie ein kleines Kind. Vielleicht aß er deshalb so viel. Essen hielt die Angst im Zaum. Und vielleicht verband Fleischberg damit eine uneingestandene Hoffnung: Sein Hals wurde zusehends dicker. Irgendwann musste er das Band sprengen – oder Fleischberg würde ersticken. Auch ein Weg nach draußen. Aber nicht der von Wieselflink.

Die beiden Männer postierten sich links und rechts am Heck des Lasters und packten mit jeweils einer Hand die Griffe.

»Auf drei. Eins, zwei, drei!«

Die Klappe flog mit Wucht hoch und riss Wieselflink um ein Haar mit.

»Ziehen, hab ich gesagt, Kleiner, nicht festhalten!« Fleischberg stützte die Klappe mit der Stange ab und glotzte in den Frachtraum.

»Scheiße!«, sagte er. »Was für ein Scheißtag. Erst kommt der Laster zu früh, und eine gute, kaum angerauchte Kippe geht drauf, dann ist die Hydraulik am Arsch, und wir dürfen schuften – und jetzt kommen die mit so was.«

»Was hast du?« Wieselflink trat neben den Dicken. »Sind doch nur Säcke.«

Der Frachtraum war bis ungefähr auf halbe Höhe mit Müllsäcken gefüllt. Ungewöhnlich. Seit Wieselflink in der Fabrik war, hatte sich noch niemand die Mühe gemacht, eine Fuhre in Säcke zu packen. Aber: mit oder ohne Säcke – was machte es für einen Unterschied? Einen vielleicht: Die Tiere, die in den Plastiksäcken steckten, würden garantiert tot sein. Die Säcke waren mit robustem Band zugeklebt. Was immer in ihnen steckte, musste längst erstickt sein. Es kam gelegentlich vor, dass ein Tier sich noch rührte. Kein schöner Anblick. Noch unschöner als ein totes Tier. Zum Glück drehte Fleischberg allem, was noch nicht ganz tot war, schnell den Hals um. Fleischberg konnte es nicht mit ansehen, wenn ein Tier litt.

»›Sind doch nur Säcke.‹ Kapierst gar nichts, Kleiner, was?« Fleischberg packte einen Sack. »Ich zeig dir deine Säcke!«

Er riss die dicke Folie auseinander. Mehrere Fellbündel klatschten auf den Beton der Rampe.

Wieselflink zuckte die Achseln. »Katzen. Und?« Die eine oder andere Katze war bei jeder Ladung dabei. Sie fielen nicht weiter auf neben den Schlachtabfällen, den Knochen und Knorpeln, den überfahrenen Tieren, den kuh- und mausgroßen Hunden, den Hunden mit Leoparden-, Tiger-, Neon- und Was-wusste-Wieselflink-Fell, den Hunden ohne Kopf, den Känguruhunden, den Biberhunden, den Hundeschlangen, den Hunden mit sechs Beinen, denen mit acht oder zwölf, oder den Tieren, die so schräg aussahen, als wären sie direkt aus dem Alienschiff auf den Laster abgeworfen worden.

Aber das war der Fabrik egal. Was zählte, war, was am Ende herauskam. Für Menschen verträgliches tierisches Eiweiß. Und wenn die Fabrik mit den Tieren durch war, merkte dem Ergebnis niemand mehr an, was es früher gewesen war.

»Ja, Katzen. GenMods. Der ganze Laster voll. Ich sag's dir.«

»Ich kapier' nicht, was du hast. Katzen, na schön. Solltest dich freuen. Die hier sehen doch gar nicht übel aus. Wie ganz normale Katzen sogar. Man muss innen an ihnen gedreht haben – an ihren Organen oder was weiß ich an was. Nichts, was uns kümmern muss. So lange sie sich gut greifen lassen und nicht so schwer ...«

»Probier's. Fass eine an. Wirst sehen, was ich meine.«

»Wenn's sein muss.«

Wieselflink ging in die Knie, zog an einem Bein, das aus dem Knäuel herausragte. Ein Hinterbein. Es fühlte sich normal an. Pelz und ... nein, nicht normal. Das Bein in seiner Hand bog sich, war weich. Die Leichenstarre hatte noch nicht eingesetzt.

»Sie ist noch frisch«, sagte er, ohne zu Fleischberg hochzusehen.

»Frisch, als hätt' es das Vieh eben erst das Leben gekostet. So wie die ganze Ladung, wetten?«

Und wenn schon?, dachte Wieselflink, sagte aber nichts. Fleischberg war schon aufgeregt genug.

»Los, guck dir die Miezekatze mal genauer an. Mach schon!«, drängte er.

Wieselflink zog die Katze auf die Seite. Ihr Fell war verklebt; kein Blut, wie sonst, sondern Schweiß oder irgendeine andere Flüssigkeit. Irgendwie erinnerte ihr Geruch ihn an Krankenhaus. Was hatte das Tier getötet? Gift? Die Erklärung bot sich an. Aber da war noch ein zweiter Geruch. Nach Verbranntem. Ja, eindeutig Rauch. Aber woher kam er? Er konnte keine Verbrennungen erkennen. Wieselflink ließ das Hinterbein los, langte an das Vorderbein, um die Katze auf den Rücken zu drehen.

Er hielt inne, ohne die Bewegung zu vollenden.

»Na, kapierst du langsam?«, fragte Fleischberg.

Nein. Nicht einmal im Ansatz. Das Vorderbein endete in einer Hand. Einer Hand, wie die eines Menschen, eines Kleinkinds, doch mit langen Nägeln, so lang und dick, dass sie eher an Krallen erinnerten. Wieselflink nahm die Hand vorsichtig in die seine. Zum ersten Mal sah er Blut. Die Fingerkrallen hatten sich tief in die Handflächen gebohrt. Transplantiert? Er besah sich das Handgelenk. Das Fell war unversehrt. Keine Spuren einer Narbe. Nein, die Hand musste ein gewachsener Teil dieser Katze sein, nicht anders als die Hinterpfoten. Ein GenMod. Aber ein GenMod, den es nicht geben durfte. Menschen- und Tiergene gemischt. Illegal. Zumindest war es das früher gewesen. Jetzt nicht mehr? Es war Zeit, dass er wieder rauskam. Er verlor den Anschluss an die wirkliche Welt.

Er sah zu Fleischberg. »Was hat das zu bedeuten?«

»Das fragst du mich? Scheiße, ich lade die Viecher nur aus. Du warst doch früher so ein feiner Pinkel mit weißem Kittel und klimatisiertem Labor, oder? Erzähl du es mir! Ich weiß nichts. Ich fahr schon so lange Zug, dass ich nicht mehr weiß, wie lang schon. Und davor hab ich auf dem Bau geschuftet. Und davor – Scheiße, will ich nicht mehr wissen.« Der Dicke schüttelte sich. »Was weiß ich armes Schwein schon? Ist 'ne echte Schweinerei, das weiß ich. Passiert alle paar Monate, dass so 'ne Ladung kommt. Die armen Viecher. Kann man doch nicht machen. Haben keinem was getan, sind doch nur Viecher ...«

»He, krieg dich wieder ein. Also gut, diese Katzen haben Hände statt Vorderpfoten. Menschenhände. Die Leute, die das getan haben, werden sich schon was dabei gedacht haben. Vielleicht wollten sie die Tiere als Haushaltshilfen einsetzen. Aber was macht das schon für einen Unterschied für uns? Es sind immer noch Katzen. Eben mit ...«

»Ach ja?« Fleischberg beugte sich vor und drehte die Katze ganz auf den Rücken. »Immer noch Katzen?«

Die Katze hatte Schnurrhaare, ein Maul mit spitzen Zähnen und lange, spitze Ohren. Fell überall, mit Ausnahme der Nasenspitze.

Wie es sich für eine Katze gehörte. Nur, da war, wie eine durchsichtige Folie über das Gesicht gelegt, ein zweites Gesicht.

Ein menschliches.

Ein gequältes.

Die Augen waren geschlossen. Wieselflink schob die Lider mit den Fingerspitzen hoch. Er erwartete, Menschenaugen zu sehen. Er sah keine. Die Augenhöhlen der Katze waren ausgebrannt – von einem Feuer, das von innen gekommen sein musste. Anders war die Unversehrtheit des Gesichts, der Lider nicht zu erklären. Was ...?

»Diese Schweine!« Fleischberg stieß ihn in die Seite. Wieselflink hatte Mühe, das Gleichgewicht zu behalten. »Was sag ich dir immer? Den Schweinen da draußen ist alles zuzutrauen. Nehmen eine Katze, machen aus ihr ... was weiß ich? ... machen sie zu was anderem, und dann bringen sie sie um! Wer tut so was?, frag ich dich. Und wieso sperren sie uns ein und nicht die Leute, die so was tun?«

Wieselflink atmete tief durch, schloss die Augen und öffnete sie wieder. Das Gesicht war immer noch da. Die Hände. Er nahm die Linke und legte sie in die seine. Keine Einbildung. Wenigstens das. Er sah keine Gespenster. Es passierte den meisten nach einer Weile in den Zügen und den Fabriken. Irgendwann sah man überall Spitzel oder Aliens. Hörte von neuen, sauberen Zügen, schön geräumig. Von einer Amnestie. Einer Überprüfung aller Fälle. Von Reservaten. Im Osten. Im Westen. Im Süden, im Norden. Wo es schön warm war, wo es nicht zu heiß war. Wo es nicht so kalt war. Wo es nicht nur Hundefutter zu fressen gab. Davon, dass man sie alle vermietete. Nach Italien, wo es in den Zügen lockerer zuging. Nach Frankreich, wo man jeden Tag zur Wasserration ein Glas Wein bekam. Nach Sibirien. Die Russen hatten eine Möglichkeit gefunden, Plattformen auf dem Matschozean zu verankern, den der zurückweichende Permafrost hinterlassen hatte. Jetzt brauchten sie Siedler, die den Matsch trockenlegten. Die Russen selber waren zu schlapp und zu verweichlicht geworden, um es selber hinzubekommen.

Oder man sah eben Katzen mit Händen und Menschengesichtern.

In Wieselflinks Nacken zog es. Das Halsband schlug an.

Fleischberg japste. »Scheiße! Wir sind zu lahm. Komm, Kleiner, mach schon, wir müssen ran. Sonst ...« Der Dicke schwankte, als hätte man ihm eins mit einem Vorschlaghammer übergezogen.

Wieselflink schob die andere Hand unter den Kopf der Katze, wollte ihn behutsam ablegen. Irgendwie brachte er es nicht übers Herz, ihn einfach fallen zu lassen. Die Katze wie ein totes Ding herumzuwuchten, wie er es mit Tausenden von Kadavern zuvor getan hatte.

»Komm endlich, lass das Vieh! Wir müssen den Laster ausladen, sonst drücken sie uns noch einen richtigen Schlag rein, nicht nur eine Warnung!«

»Schon auf dem Weg!«

Wieselflink zog die Hand unter dem Kopf weg – und blieb mit einem Finger hängen. Da war etwas Hartes.

»Kleiner, mach!«

»Ja!«

Er drehte die Katze auf den Bauch. Aus dem Hinterkopf, am Ansatz des Nackens, ragte ein raukantiger Plastikstummel.

»Kleiner!«

Wieselflink streifte einen Handschuh ab, strich den verklebten Pelz beiseite.

Eine runde Plastikhülse, so breit wie ein kleiner Finger. Offen. Die Schnittstelle für ein Datenkabel. Und in der Schnittstelle ...

»Jetzt reicht's aber!« Fleischbergs Metzgerhände packten Wieselflink und warfen ihn in den Laster, zwischen die Säcke. Er kam weich wie auf Kissen auf. »Pack endlich mit an, oder du liegst gleich da wie die Katze! Kapiert?«

Kapiert. Wieselflink wuchtete tote Katzen, als ginge es um sein Leben.

Säckeweise.

Und dachte an Schnittstellen und Stecker.

Lassen Sie uns eines niemals vergessen, meine Damen und Herren: Wir führen einen Krieg. Er ist lautlos und unsichtbar, aber dafür umso bedrohlicher. Auf dem Spiel steht die Erde, auf dem Spiel stehen unsere Körper *und* unsere Seelen.

Seit Jahren hängt das Damoklesschwert des Feindes über uns. Seit Jahren verfolgt er seine finsteren Pläne, ist sein Schiff zu einer Festung herangewachsen, bereitet er sich auf den Tag X vor. Seit Jahren versucht er sich in unsere Seelen zu schleichen, um unsere Gemeinschaft zu unterminieren.

Doch wir haben standgehalten. Wir haben seine Pläne durchschaut und den Kampf aufgenommen. Wir stehen ihm nicht wehrlos gegenüber. Nein, das tun wir nicht …

Wenn ich heute hier stehe und meinen Blick durch die Halle schweifen lasse, kann ich nicht anders, als Stolz zu empfinden. Im Hunter-Korps versammelt sich die Elite der Menschheit, die Besten und Edelsten unserer Art. Selbstlose Kämpfer, die nur ein Gedanke beherrscht: die Menschheit zu schützen!

– *Auszug aus der Rede des Ministers für Alien-Fragen Misfer vor Führungsoffizieren, anlässlich des sechsten Gründungstages des Hunter-Korps am 3. August 2065*

KAPITEL 4

Zurück in der Kanzlei.

Ekin sah zu, dass sie den vierten Latte Magico herunterbekam, bevor Paul kam, und ärgerte sich bei jedem hastigen Schluck über ihre Eile.

Es war kurz vor zwölf, Pauls Zeit. Er konnte jeden Augenblick durch die Tür hereinspazieren und sie mit dem Becher in der Hand erwischen. Na und? Eine Frau mit einem stressigen Job gönnte sich eine Tasse zwischendurch. Was war schon dabei? Nichts, Magicos waren legal, trotz der endlos langen Liste von Zusätzen, trotz Taurin, Guarana, Pektin, Dextrose, Limbatril und den anderen -ins, -oses, und -trils, die sich potenziell in jeder Tasse tummelten.

Und außerdem: Was bildete Paul sich ein? Ausgerechnet er! *Er* hatte die Maschine bestellt, *er* hatte sie aufgebaut, *er* hatte ihr die erste Tasse aufgezwungen. Ekin hatte sich gewehrt, so gut sie konnte. Sie gab viel auf Einfachheit. Einfaches Essen, und zum Trinken gab es Wasser. Das Leben war kompliziert genug. Aber Paul hatte nicht locker gelassen. Er hatte sie an den Arm genommen, sanft – unwiderstehlich sanft –, sie zu der Kaffeemaschine geführt, die er was-wusste-Ekin-wo aufgetrieben hatte, und ihr die Bedienung und Wartung in jeder Einzelheit erklärt.

»Ganz locker. Sie beißt nicht«, hatte er gesagt. Ekin war sich wie ein scheues Pferd vorgekommen, das von seinem Reiter gegen seinen Instinkt Huflänge um Huflänge an einen Abgrund geführt wurde. »Ich gebe zu, die Liste ist lang, aber das ist ja gerade der Punkt. Du bekommst immer einen anderen Mix, immer nur einen Bruchteil der möglichen Stoffe. Das gibt dir den Kick, ohne dass du süchtig wirst. Verstehst du?«

Klar. Sie war nicht komplett blöd, sonst hätte sie es nicht zum Hunter geschafft. Trotzdem. Irgendwie ...

»Hier, probier!«

Paul hatte ihr den Becher hingehalten.

»Komm schon, er beißt nicht!« Als sie weiter gezögert hatte, hatte er aus einem verborgenen Fach einen Streuer hervorgezaubert und einen Hauch Schokopulver über den Schaum gegeben. Und gelächelt.

Ekin hatte klein beigegeben und die Tasse genommen. Die unschuldige Freude, die Paul an seinem neuen Spielzeug hatte, die leuchtenden Augen, mit denen er die Maschine betrachtete, die Ehrfurcht, mit der er sie bediente, die Geduld und Wärme, mit der er ihr die Bedienung erklärte – es war einfach zu viel gewesen. Für einige Augenblicke war der Paul aufgeblitzt, den sie sich im Ausbildungslager ausgeguckt hatte.

Ekin hatte an ihrem ersten Latte Magico genippt. Paul hatte ihr zugesehen. »Na, habe ich zu viel versprochen?«

Ekin hatte den Kopf geschüttelt und einen zweiten Schluck genommen. Plötzlich hatte sie die Welt gestochen scharf gesehen, wie unter dem Licht eines starken Scheinwerfers. So scharf, dass es beinahe wehgetan hatte.

»Wer hätte gedacht, dass so viel Magie in eine Tasse Kaffee passt?«, hatte Paul gesagt. Und: »Merk dir das, Partnerin: Ein Kaffee kann die ganze Welt verändern!« Damit hatte er sie stehen lassen – und Ekin zurück auf den Boden geholt.

Der Aufprall war hart gewesen.

Ekin hatte angebissen. Sie konnte nicht mehr genug bekommen. Jeden Tag führte sie ihr erster Weg zur Maschine für einen Schuss Magico. Jeder Tag im Außeneinsatz war ein Tag, an dem es ihr vorkam, als brächte sie mehr Konzentration für die Jagd nach Magico-Maschinen auf als für die nach Aliens.

Jeder Gang zur Maschine war eine Demütigung. Das war es, was Paul von Anfang an gewollt hatte. Er hatte ihr eine Falle gestellt, und sie war wie ein dummes Kalb hineingestolpert. Nicht das erste Mal, und – gottverfluchtnochmal, sie wusste es genau – nicht das letzte Mal. Und dennoch, Ekin konnte sich nicht helfen, in ihr glimmte immer noch ein Funken Hoffnung, dass sie sich den guten Paul nicht nur einbildete. Dass da nicht nur dieser zwanghafte Zyniker war, der es nicht lassen konnte, alles und jeden in den Dreck zu ziehen und speziell sie. Es musste den guten Paul geben. Den Mann, der sie davor gerettet hatte, von Alienisten gelyncht zu werden. Den Mann, der sie geduldig durch die Abschlussprüfungen im Ausbildungslager – Ekin war alles andere als dumm, aber sie brauchte eben ihre Zeit für Dinge – gecoacht hatte. Den Mann, der Stunden damit verbringen konnte, einem eine Kaffeemaschine zu erklären, als werde sie über das Schicksal der Menschheit entscheiden und nicht das Schiff der Aliens, das über der Erde hing ...

Ekin leerte den Becher mit einem großen Schluck. Das Schicksal der Menschheit, richtig. Sie klickte sich durch die Mail. Der Zugriff auf den Alien am Vortag hatte ihr den Boden unter den Füßen weggezogen, den sie sich in den drei Wochen davor mühsam erarbeitet hatte. Jetzt hieß es Aufholen, sich von Absaufen zu Schwimmen zu Zehenspitzenkontakt mit festem Grund durchzubeißen. Bis zum nächsten Zugriff. Dann ging das Spiel von vorne los, immer weiter und weiter. Der Feind ruhte nie.

50.000 Menschen zählte ihrer und Pauls Sektor am anderen Ende Kölns, ein Subsektor des Verteidigungsbezirks Groß-Köln, dieser wiederum ein Subsektor des Verteidigungsbezirks West-Mitte, dieser wiederum ... Das Spiel ließ sich noch lange fortsetzen. Die Hunter waren global organisiert, eine feste Präsenz weltweit mit Ausnahme der USAA und den Besitzungen der Human Company.

Ekins und Pauls Sektor stellte lediglich ein winziges Steinchen in diesem Mosaik dar. Er umfasste die Stadtteile Godorf, Raderberg, Sürth, Hahnwald und ein halbes Dutzend weitere – jeweils aber nur zu Anteilen, um keine einfach zu erratende Struktur zu bilden. Der Sektor war weit genug entfernt, um nicht die Tarnidentität des Teams durch Zufall und zu große Vertrautheit zu gefährden; nah genug, um Terrain und Menschen zu kennen und unkomplizierte Vor-Ort-Termine zu ermöglichen. Recherche, Vorermittlungen, die eine oder andere als unverbindliches Gespräch getarnte Vernehmung – die Zugriffe an sich wurden stets von auswärtigen Hunter-Teams durchgeführt, um das Risiko persönlicher Verstrickungen zu minimieren.

50.000 verängstigte und wohlmeinende Seelen, die ihrer Bürgerpflicht nachgingen, die Augen offen hielten und jede noch so unwichtig erscheinende Kleinigkeit meldeten. »Jeden Furz«, wie Paul es nannte, der selten eine Gelegenheit ausließ, eine Obszönität anzubringen. »Und unser Job ist es, daran zu schnüffeln.«

Es war nicht nur eine Obszönität, sondern auch eine Verzerrung. Tatsächlich stellten Ekin und er lediglich den langen, starken Arm einer Organisation dar. HunterNet, der supranationale Rechnerverbund des Korps, nahm sich jeder einzelnen Meldung an. HunterNet archivierte sie, setzte sie in Bezug mit früher archivierten Meldungen, schwitzte aus jedem Satz, aus jedem einzelnen Wort und Satzzeichen mögliche versteckte Bedeutungen aus, prüfte die innere Logik der Aussagen, die Übereinstimmung mit den Verhältnissen vor Ort. HunterNet filterte die Spaß-Mails von übermütigen Jugendlichen heraus, die gezielten falschen Spuren, die AlienNet-Aktivisten legten – und leitete gegebenenfalls deren strafrechtliche Verfolgung ein –, die Anzeigen von Neidern, betrogenen Partnern, betrügenden Partnern, Abgewiesenen und anderen von ihren Mitmenschen auf irgendeine Weise Enttäuschten. Oh, und natürlich die von Spinnern aller Couleur.

»Morgen!«

Paul stand in der Tür. Er trug Anzug und Krawatte und polierte das Schild an der Tür mit einem Taschentuch. Eine unnötig schwere, getönte Datenbrille verbarg seine Augen.

»Morgen«, entgegnete Ekin und versteckte den leeren Becher hastig in einer Schublade.

Zufrieden mit dem Erfolg seiner Bemühungen faltete Paul das Taschentuch wieder zusammen und steckte es sorgfältig in die Tasche seines Sakkos, ganz der seriöse Anwalt. Er lächelte Ekin freundlich an und sagte: »Liebe Partnerin, mal ganz ehrlich: Du siehst einfach beschissen aus.«

»Paul!«

»Gestern Nacht keinen abgekriegt, was?« Paul hob die Datenbrille an, um Augenkontakt zu suchen.

»Paul ... du ...« Wann würde sie endlich kapieren? Sie durfte ihm niemals vertrauen, sie musste immer das Schlimmste erwarten, immer wachsam sein. Wie oft musste Trixie es ihr noch einbläuen?

»Ich habe recht, ist doch so, oder?« Paul ließ sich auf seinen Stuhl sinken. »Du machst mir Sorgen, Ekin. Menschen brauchen Sex, das ist ganz natürlich. Bekommt man keinen, leidet man wie ein Tier.«

»Ich ...«

Paul winkte ab. »Man sieht es dir an, ist dir das klar? Ist kein schöner Anblick für mich. Du solltest mehr Rücksicht auf deinen Partner nehmen, weißt du das? Wir führen eine sehr belastende und buchstäblich überlebenswichtige Tätigkeit aus. Es ist zentral, dass wir unsere Leistungsfähigkeit erhalten.«

»Das soll wohl ein Witz sein! Deine Puff-Touren ...«

»Das ist ein sehr unschönes Wort. Ich kaufe in Ermangelung anderer Möglichkeiten eine Dienstleistung ein, mehr nicht. Du solltest deine Vorurteile ablegen. Ich bin dir gern dabei behilflich. Ich kenne eine Menge guter Adressen ...«

»Es reicht!« Ekin brüllte. »Ich will das nicht hören!«

Paul überlegte, dann sagte er achselzuckend: »Gut, wenn du meinst. Ich wollte dir nur auf die Sprünge helfen.«

»Ich kann auf deine Hilfe verzichten – danke!«

Paul hörte sie schon nicht mehr. Er widmete sich seinen Bestellungen. Da war das Anti-Alien-Spray, das er gestern während des Zugriffs geordert hatte, ein großer Zwanzig-Liter-Kanister. Paul schraubte den Deckel ab, und ein Schimmelduft verbreitete sich in der Kanzlei. Paul nickte zufrieden, murmelte etwas von: »Die Frau hat nicht zu viel versprochen!«, schraubte den Deckel wieder auf und wuchtete den Kanister zur Seite.

Es war die letzte Beachtung von Pauls Seite, die der Kanister erfahren würde. Morgen, spätestens in ein paar Tagen, würde er verschwunden sein – entsorgt, verschenkt oder verkauft. Es war der übliche Zyklus von Pauls Leidenschaft für Ramsch: Der kurzen Phase des Um-jeden-Preis-haben-Wollens folgte die schlagartige Abkühlung und danach die Veräußerung. Der durchschnittliche Alienschlüsselanhänger durchlief den Zyklus innerhalb von Stunden, wie überhaupt der meiste Ramsch, der mit Aliens zusammenhing. Ekin mutete es manchmal wie eine bloße Pflichtübung an. Paul kaufte das Zeug aus einem Impuls heraus, der sich längst verbraucht hatte. Eine Alien-Puppe sah er sich ein paar Sekunden an, dann flog sie mit Wucht in die Ecke, als wolle Paul sie dafür bestrafen, dass sie ihn enttäuscht hatte. Und doch: Die Hoffnung musste hartnäckig genug sein, um Paul weiter Alien-Ramsch hinterherjagen zu lassen.

Bessere Aussichten auf eine höhere Verweildauer in der Kanzlei und Pauls Aufmerksamkeit hatten die Taschenwelten. Vor einiger Zeit, aus der Wut über ihren unmöglichen Partner heraus – und auf Anraten Trixies –, hatte Ekin eine Woche lang Buch darüber geführt, worauf Paul mehr Zeit verwandte: auf die Taschenwelten oder die Recherchearbeit? Die Recherche war mit einem hauchdünnen Vorsprung durchs Ziel gegangen, und Ekin wurde den Verdacht nicht los, dass es nur daran gelegen hatte, dass Paul sie durchschaut hatte. Paul, das gestand Ekin sich ein, hatte ihr eines voraus: Er war in der Lage, sich auf mehrere Dinge zugleich zu konzentrieren. Ekin dagegen musste ihre ganze Aufmerksamkeit immer auf die Aufgabe lenken, die vor ihr lag, und die übrige Welt ausschließen.

Die Taschenwelten waren eine Konstante in Pauls Welt. Jeden Tag brachten Paketboten Dutzende von ihnen ins Büro. Paul breitete sie vor sich auf dem Schreibtisch aus und genoss eine Zeit lang die Vorfreude. Er nahm mal eine, mal zwei in die Hände und befühlte sie mit einer Vorsicht, als bedeute ein falscher Handgriff einen Weltuntergang, aber noch schloss er sich an keine an. Die meisten der Taschenwelten hatten abgerundete Formen, passten bequem selbst in eine kleine Hand oder in eine Hosentasche – sie trugen ihren Namen nicht umsonst –, aber manche gingen ihre eigenen Wege, kamen als Spazierstock daher oder eingewebt in ein T-Shirt oder als Tierfigur, als vierrüsseliger Elefant oder natürlich als vielgliedriger Alien.

Hatte Paul genug von der Vorfreude, legte er die Kontakte an und war fort von dieser Welt.

Es war ein Anblick, der Ekin unangenehm war. Pauls Blick war leer, wenn er in einer Taschenwelt weilte, als hätte er – oder sein Geist, seine Seele, seine Essenz, wie immer man es nennen mochte – den Körper verlassen. Aber sie hatte sich daran gewöhnt. Mit Paul als Partner gewöhnte man sich an vieles. Und Pauls Trips in die Taschenwelten hatten immerhin den Vorteil, dass sie ungestört die Anzeigen durcharbeiten konnte.

Bis er zurückkehrte.

»Stell dir vor ...«, sagte er dann, und sein Blick war plötzlich stechend und ließ nicht mehr von ihr ab, »stell dir vor, der Dritte Weltkrieg hätte letztes Jahrhundert stattgefunden. Irgendwer hätte die Nerven verloren, den roten Knopf gedrückt und zehn Minuten später ... bumm! Alles weg, nuklearer Winter. Radioaktive Eiswüsten. Eine Hand voll verstrahlte Überlebende stolpern umher – und dann kommen die Aliens. Was würden sie tun? Dem Haufen Menschen den Gnadenschuss verpassen? Sie jagen und ausmerzen, damit die Unreife des Menschen nicht die sternenfahrenden Rassen anstecken kann? Oder hätten sie Mitleid mit den armen Teufeln und würden sie an einen besseren Ort mitnehmen, um ihnen eine zweite Chance zu geben?«

Und dann schwieg Paul, als erwarte er ernsthaft eine Antwort von ihr. Aber wenn sie endlich so weit war, irgendetwas darauf zu sagen, war er schon weiter.

»Oder stell dir das vor!«, rief er und hielt eine Taschenwelt hoch. »Die USAA lassen sich im Zweiten Taiwan-Krieg nicht von den Chinesen bluffen. Taiwan bleibt amerikanisch. Das kommunistische Regime wankt, ausgehend vom Süden, wo die Leute einen Vorgeschmack von Wohlstand bekommen haben. China fällt an die USAA. Und wenn die Aliens auftauchen, sehen sie sich einem Machtblock gegenüber, der 70 Prozent der Menschheit, 80 Prozent der globalen Wirtschaftsmacht und 95 Prozent der militärischen Schlagkraft vereint. Dann würde man schon merken, wer hier wen zu fürchten hat ... Oder das: Die Aliens sind gar keine. Es handelt sich um unsere Nachfahren, die aus der fernen Zukunft zurückgereist sind und nun so entsetzt sind über uns rückständige Barbaren, dass sie nicht wissen, was sie mit uns anfangen sollen!«

Fragen über Fragen, über denen Stunden vergingen. Bis Paul genug hatte. Dann brach er mitten im Satz ab, stand auf, ging auf die Knie und konzentrierte sich auf seine Modelleisenbahn. Sie nahm einen stetig zunehmenden Anteil an den Räumen der Kanzlei ein und stellte eine Großbaustelle dar, die nie zum Abschluss kam. Ekin hatte nie jemanden gekannt, der so verrückt gewesen wäre, eine Modelleisenbahn zu besitzen, aber ihr war sonnenklar, dass ihr Sinn darin bestand zu fahren. Modelleisenbahnen waren zu klein, um Überflussmenschen hineinzuquetschen, und das war es gewesen, was Bahnen früher gemacht hatten: Sie fuhren. Nicht Pauls. Seine Modelleisenbahn stand. Ekin kam es vor, als richte sich sein gesamter Ehrgeiz darauf, das Maximum an Gleisen und Zügen auf einem Minimum an Fläche unterzubringen. Nie war er mit den Ergebnissen für länger als ein paar Tage zufrieden. Dann nahm er sein Schienennetz komplett auseinander und fing von vorne an.

An manchen Tagen, bevor Paul in die Kanzlei kam, hielt Ekin auf ihren zwanghaften Wegen von und zur Magico-Maschine inne und nahm sich einen Augenblick Zeit, Pauls aktuelles Schienennetz, seine bunten Taschenwelten und seinen Alien-Ramsch zu betrachten. Irgendwo in diesen Haufen musste sich der Schlüssel zu Paul verbergen. Für gewöhnlich blieb Ekin einige Minuten stehen, wartete auf die Eingebung, die nicht kommen wollte, und setzte ihren Weg fort. Kopfschüttelnd. Die Aliens hingen der Menschheit im Nacken, setzten sich in den Köpfen von Menschen fest – und Paul hatte nichts Besseres zu tun, als Ramsch zu sammeln, sich in Fantasiewelten zu verlieren und mit Schienen und Zügen zu spielen.

Es überstieg Ekins Horizont.

Heute hatte Paul keinen Eisenbahn-Tag. Ekin sah zum Fenster. Pauls Display spiegelte sich darin. Er hatte den Schirm viergeteilt, wie üblich, wenn er am Rechner saß. Ein Viertel für die von HunterNet vorselektierten Anzeigen, eines für AlienNet – »um über den Tellerrand hinauszuschauen«, wie Paul es nannte –, zwei für das, was ihm gerade einfiel. Paul ahnte nicht, dass Ekin ihn beobachtete. Das allein schon war Grund genug für Ekin, es zu tun. Cleverer zu sein als Paul war ein Gefühl, das sie nur selten kosten konnte.

Paul holte HunterNet in den Vordergrund, klickte sich durch die Anzeigen. Natürlich auf Paul-Weise: Er sprang willkürlich von Anzeige zu Anzeige, gönnte manchen nur einen Augenblick, anderen lange Minuten.

Kein aufregender Anblick, musste Ekin sich eingestehen. Nach einigen Minuten wandte sie sich wieder der eigenen Arbeit zu und behielt das spiegelnde Fenster nur aus dem Augenwinkel im Blick. Es gab nicht viel zu sehen, aber das Gefühl, dass Paul nichts davon ahnte, beobachtet zu werden, tat ihr zu gut, um es nicht bis zur Neige auszukosten.

Nach einer Weile sah sie wieder auf ihr eigenes Display. Ein Ehepaar, das angeblich Waffen in seinem Keller hortete. Ekin überlegte einen Augenblick, leitete den Fall dann an die Polizei weiter. Zu direkt für Aliens. Eher AlienNet-Aktivisten, die genug von Worten hatten, oder Endzeit-Gläubige, die sich auf den Jüngsten Tag vorbereiteten.

Ein Verwaltungsbeamter, von einem Kollegen angezeigt. Ging manchmal wegen Nichtigkeiten in die Luft, wirkte die übrige Zeit apathisch. Persönliche Probleme? Ekin überprüfte seinen Hintergrund. Keine familiären oder finanziellen Turbulenzen. Eine psychische Erkrankung? Sie setzte einen Marker auf die Anzeige und ging zur nächsten.

Eine Frau, die ihre Bekannten zur Seite nahm und ihnen beichtete, ein Alien zu sein, und gegen Zahlung einer erheblichen Summe ihren persönlichen Schutz bei der bevorstehenden Invasion zusicherte. Ekin schüttelte irritiert den Kopf. Wie konnte derart durchsichtiger Mist durch die HunterNet-Filter gelangen?

Sie blickte zum Fenster hinaus. Eine Straßenbahn arbeitete

sich quietschend um die Kurve. Sonst war niemand zu sehen. Die Leute mieden die Hitze. Sie ... *was?*

Ekin ruckte hoch. »Paul!«

Eine blitzschnelle Bewegung am anderen Schreibtisch, dann ein unschuldiges »Ja?«

»Was hast du da eben gemacht?«

»Was du mir immer predigst: Ich habe gearbeitet.«

»Nein, nicht das. Mit der freien Hand!«

Paul hob einen Arm. Langsam, so als habe Ekin eine Waffe auf ihn gerichtet und er wolle sichergehen, dass sie keine Hastigkeit beging, die sie später bereute. »Was ist mit ihr?« Er schüttelte den Kopf. »Was soll das, Ekin? Denkst du etwa, ich hätte mir einen heruntergeh...«

»Ich will das nicht hören!«, versetzte Ekin. Sie war drauf und dran gewesen, die Sache zu vergessen. Trixie predigte ihr, Dinge manchmal einfach im Raum stehen zu lassen. Nicht jeden Kampf, der sich aufdrängte, auszutragen. Aber nach dieser Bemerkung ... *nein, Paul, so nicht!* »Du hast geschrieben«, beharrte Ekin. »Etwas gekritzelt. Auf einen Zettel.«

Gekritzelt, ja. Und Ekin hatte sogar geglaubt, das Gekritzel entziffern zu können. »Fischer«, hatte sie gelesen. Und: »14.500«.

»Ich soll *was* getan haben? Ich bitte dich! Du ...«

»Das ist gegen die Regeln. Du bist Hunter, deine Gedanken gehören nicht dir. Wenn du dir Notizen machen willst, dann tu es auf deinem Schreibtablett, damit HunterNet sie analysieren kann. Jeder Gedanke ist wichtig.«

»Oh, selbst meine? Danke! Damit hätte ich nicht gerechnet!«

»Paul, lass deine Spielchen. Das ist zu ernst. Was hast du da gekritzelt? Hat es mit deinen Geschäften zu tun? Du weißt, dass das nicht geht. Wir sind nicht hier, um Geschäfte zu machen, sondern ...« *Sondern um die Menschheit zu beschützen,* wollte Ekin hinzufügen, aber sie ließ es sein. Es klang ihr zu groß und zu pathetisch für den Vorfall, irgendwie nicht angemessen. Und irgendwie wiederum doch.

»Sondern?« Paul bemerkte ihre Schwäche und hakte ein. Natürlich.

»Das ist jetzt egal!«, wehrte sie ab. »Was hast du gekritzelt?«

»Nichts.« Er senkte den Arm wieder. »Rein gar nichts. Du musst dir etwas eingebildet haben. Außerdem: Wie willst du sehen, was ich hier auf dem Tisch mache? Oder hast du vielleicht heimlich eine Überwachungskamera installiert?«

»Nein. Ich ...« *Ich habe dein Spiegelbild im Fenster gesehen.* Sie schluckte den Satz herunter. Er hätte ihr Fenster in Pauls Seele kaputt gemacht.

»Aha. Also Einbildung.«

»Nein!«

»Halb so schlimm. Nach ein paar Latte Magicos kann das schon vorkommen. Ich habe dir ja gesagt, dass du mit der Maschine vorsichtig sein musst.«

»Du hast ... das ist egal. Ich weiß, was ich gesehen habe!«

»Ach ja? Und weißt du, was ich weiß? Das, was du *nicht* gesehen hast! Schau mal auf dein Display!«

Ekin tat es gegen besseres Wissen. Etwas blinkte. Ein Vernehmungstermin. Verdammt! Woher ...?

»Nicht zu übersehen, was? Noch voll da, Partnerin, richtig?«

»Ich ... ich ...«

»Schon gut. Kein Grund zum Stottern. Vergessen wir die Sache. Ich bin ja zum Glück nicht nachtragend.« Er nahm das Sakko vom Stuhl. »Bereit zum Einsatz, Hunter?«

Sie nickte benommen. Wie hatte sie nur ...? Paul gab ihr keine Gelegenheit zum Nachdenken.

»Dann los! Worauf warten wir noch?«

Wir, zwei Menschen der Erde, erachten folgende Wahrheiten für offensichtlich:

- Der Mensch ist gut. Man muss ihm nur die Gelegenheit dazu geben. Wir wollen sie ihm geben – und die Gelegenheit, über sich hinauszuwachsen.
- Gewalt ist keine Lösung. Jedenfalls nicht, solange uns jemand dabei aus dem Orbit zuschaut.
- Es gibt keine Alien-Manifestation. Wenn der Mensch besessen ist, dann von sich selbst. Und von der Angst, seine Besessenheit zu verlieren.
- Kein Mensch ist unersetzlich. Jeder Mensch ist einzigartig. Jeder Alien ist einzigartig. Wir sind Brüder. Reichen wir einander die Hand.
- Wenn jeder alles gibt, können wir alles schaffen.

– *Human Manifest, veröffentlicht von François Delvaux und Jan De Hert am 1. August 2059. Grundlage der Charta der Human Company*

»He, wir wollten den Aliens einfach zeigen, dass die Menschheit nicht nur aus sich in die Hose machenden, paranoiden, schießwütigen Irren besteht, deren Horizont nicht über den eigenen jämmerlichen Planeten reicht. Das war alles.«

– *Jan De Hert am 23. September 2065, drei Tage vor seiner Ermordung in Freetown, Liberia*

KAPITEL 5

Funafuti war ein ehemaliger Südseetraum, ein halb vom Pazifik über- und unterspültes Atoll, auf das man eine Piste und links und rechts davon alles Übrige gesetzt hatte, was zu einem Flyboy-Stützpunkt gehörte.

500 Meter unter dem zur Landung ansetzenden Company-Zubringer lag der Beton unter einer Schicht flimmernder Hitze. Rudi tat der Anblick weh. Alles tat ihm weh: Funafuti; die grelle Sonne, die auf den Wellen tanzte; das gedämpfte Licht in der Passagierkabine; das Fischgrätenmuster der abgewetzten Sitze; der begeisterte Aufschrei, mit dem die Hundertschaft Flyboys den ersten Blick auf den Ort quittierte, an dem sich ihre wildesten Träume erfüllen sollten; die demonstrativ leer gebliebenen Sitze rechts und links von ihm; die Abbauprodukte der Droge, die ihm der Zuhälter in Neo-Bangkok in der präparierten Bierflasche untergeschoben hatte; das Aufputschmittel, das ihm ein gnädiger Company-Arzt injiziert hatte, damit er den Flug nach Funafuti überhaupt hatte antreten können; das Bild seines Engels, das ihm nicht aus dem Kopf gehen wollte und von dem ihm der Arzt gesagt hatte, er solle sich keine Gedanken darüber machen, es habe nichts zu bedeuten, das Bild seines Engels, das halb transparent über allem schwebte, selbst wenn er die Augen schloss; jeder Schluck, jedes Anheben des Bechers an die Lippen, das dennoch nur das kleinere Übel war, denn sein Körper schrie nach Wasser.

Schmerz überall. Aber auszuhalten. Rudi kannte Schmerz, es zählte zu den wenigen Dingen, die es in Himmelsberg im Überfluss gegeben hatte. Was er jetzt durchlitt, sagte er sich, war im Grunde nicht anders als damals, als er sich eines Nachts hinausgeschlichen, sich eine Leiter genommen hatte und auf einen Apfelbaum geklettert war, um sich heimlich satt zu essen. Es war die Sache wert gewesen, auch wenn ihm beim Herunterklettern ein Ast unter den nackten Sohlen weggebrochen war und er sich mit einer gerissenen Sehne am Boden wiedergefunden hatte. Die Sehne war schließlich verheilt, der Schmerz der Verletzung vergangen, genauso wie derjenige von den Knüppelschlägen, die er als Strafe eingesteckt hatte.

Am Ende war ein Gutes bei all dem herausgekommen: Rudi, gerade 14 geworden, war klar geworden, dass Himmelsberg nicht sein Leben sein konnte.

Der Pilot setzte zur Landung an. Funafuti sprang Rudi entgegen. In den Betonbuchten, die in regelmäßigen Abständen aus der Piste herausragten, parkten Flugzeuge vor Hangars. An den ausgefransten Rändern der eigentlichen Insel hatten ein Tanker und ein Versorgungsschiff festgemacht, die Säulen ihrer Flettner-Rotoren waren auf viele Hunderte Kilometer die höchste Erhebung. Oder ...? Einen Augenblick lang glaubte Rudi weit draußen, am Horizont, die Umrisse von Booten und Schiffen zu erkennen, eng beieinander, wie zusammengeschnürt. Er schloss die Augen, zählte bis drei und öffnete sie wieder. Die Umrisse waren verschwunden. Es musste eine Täuschung gewesen sein. Auf Funafuti und den anderen Inseln Tuvalus lebten nur noch Flyboys. Vermutlich waren es Reste des Atolls von Funafuti – vom steigenden Meeresspiegel überspülte, dunkle Schatten.

Dann war die Piste unter ihnen. Der Pilot drückte die Maschine herunter, um ganz am Anfang der Piste aufzusetzen und soviel Beton mitzunehmen wie nur möglich.

Aus der Reihe vor ihm hörte er die Stimme von Beatrice: »Keine Angst. Es geht schon gut.« Rudi schielte durch den Schlitz zwischen den Lehnen und sah, dass Beatrice beruhigend die Hand auf die ihres Nebenmanns gelegt hatte. »Die sieben sind für diese Saison schon durch.«

Der Mann nickte nur. Er wusste ebenso gut wie Rudi, was sie mit sieben meinte. Pro Saison rasten im Schnitt sieben Maschinen über die Piste hinaus und klatschten in den Pazifik. Und Rudi und seine Kameraden wussten noch mehr: Dass 200 Meter zusätzliche Piste fünf von sieben Maschinen gerettet hätten – aber das Dreißigfache kosteten. Also gab es keine Verlängerung. Flugzeuge konnte man nachkaufen. Und Menschen, die alles darum geben würden, Flyboy zu werden, gab es mehr, als die Company je würde verschleißen können.

Mit einem Schlag setzte die Maschine auf. Ihre Heckräder berührten die Piste innerhalb der ersten zwanzig Meter. Einen Moment lang raste die Maschine ungebremst über den Asphalt, dann erfasste ihr Fanghaken eines der über die Piste gespannten Seile, und Rudi und alle übrigen Insassen wurden nach vorne gerissen, als die Geschwindigkeit innerhalb weniger Meter auf null reduziert wurde. Gleichzeitig heulten die Triebwerke auf, als der Pilot Vollschub für den Fall gab, dass der Fanghaken sich vom Seil löste. In dem Fall würde die Maschine durchstarten, eine Runde über Funafuti drehen und eine zweite Landung versuchen.

Der Fanghaken hielt.

Die Maschine bremste ab, rollte anschließend rumpelnd auf ihre Parkposition. Der Beifall für den Piloten hallte schmerzhaft in Rudis Schädel wider. Die Türen wurden geöffnet, und neugierige Flyboys und -girls drängelten wie Schulkinder zu den Ausgängen. Rudi wartete, bis alle an ihm vorbei waren, bevor er sich mit beiden Armen aus dem Sitz wuchtete und ihnen hinterhertorkelte. Als er auf die Gangway trat, stürzten schwüle Hitze und stechende Sonnenstrahlen auf ihn ein. Im letzten Augenblick gelang es Rudi, ein Geländer zu fassen zu bekommen. Salzige Würze lag in der Luft. Wie in Neo-Bangkok. Er dachte an seinen Engel ... Rudi bekam gerade noch rechtzeitig das zweite Geländer zu fassen.

»Willkommen auf Funafuti! Hier lang, Boys!«, rief ein älterer Mann mit Schnauzer. Er trug einen breitkrempigen Hut und eine Company-Uniform in Tropenausführung, die angeblich so leicht war, dass man sie nicht auf der Haut spürte. Rudi konnte nicht sagen, ob das zutraf. Man hatte ihnen die Uniformen im Camp in Norwegen ausgeteilt, bei zehn Grad Minus. Bei der Anprobe hatte es sich tatsächlich so angefühlt, als hätte man nichts an. Allerdings hatte Rudi es keine Minute ausgehalten. Er war nicht für Kälte geboren. Jetzt, in der Hitze ... Rudis Uniform steckte in seinem Gepäck. Er hatte sie eigentlich anziehen wollen für den großen Tag, an dem sein Dasein als Flyboy wirklich begann. Aber als er im Flugzeug nach Funafuti auf halber Strecke aufgewacht war, hatte er dieselben Shorts und das Hemd getragen wie in Neo-Bangkok, bereichert um Schweiß- und diverse andere Flecken, für die Rudi keine Erklärung parat hatte, ganz zu schweigen davon, dass er liebend gern auf eine Erklärung verzichtete.

»Macht euch keinen Kopf um euer Gepäck, Boys. Wir kümmern uns darum!«, rief der Mann wieder. »Hier la...!«

Seine Stimme ging im Startgeräusch einer Patrouille unter. Zwei dreistrahlige Sarayong hoben ab und ritten auf den glühenden Strahlen ihrer Düsentriebwerke beinahe senkrecht in den blauen Himmel. Rudi sah den Maschinen verträumt nach. Dass das Dröhnen ihrer Triebwerke seinen ohnehin bereits dröhnenden Schädel beinahe zerspringen ließ, machte ihm nichts aus. Dort, in den Maschinen, flogen Flyboys, jagten Artefakten nach. Und bald würde er ...

»Tempo, Jungs! Ihr werdet noch Flugzeuge genug sehen. Bewegt euch!«, brüllte der Company-Mann. »Oder wollt ihr, dass die Aliens sich aus dem Staub machen, bevor ihr ein Cockpit von innen gesehen habt?«

Bewegung kam in die Flyboys, die in kleinen Gruppen auf dem heißen Beton standen und sich mit weit offenen Mündern die Köpfe verrenkten, als hätte man sie nicht seit Monaten für diesen Augenblick geschult.

Der Schnauzbärtige führte sie in einen Hangar. In den Schatten, nach dem sich inzwischen jeder sehnte, aber nicht in die erhoffte Abkühlung. Unter dem Dach staute sich die Hitze, trieb den Schweiß aus allen Poren, trotz der kühlenden

Uniformen, die alle außer Rudi trugen. Ein Buffet aus Wasser und Melonen wartete auf der gegenüberliegenden Seite des Hangars. Die Flyboys stürmten es.

Rudi, der nicht nahkampffähig war, bekam nur noch Wasser ab. Es war angenehm kühl, hatte aber einen salzigen Beigeschmack. Er war gerade beim dritten Glas und stellte zu seiner Verwunderung fest, dass er das Salz bereits nicht mehr schmeckte, als die Lautsprecher neben der Bühne knackten.

»Willkommen auf Funafuti, Heimatbasis der stolzen III. Company-Staffel!« Ein weiterer Mann in Company-Uniform, das Alienkreuz auf der Brust. Er war ungewöhnlich bleich, als verbringe er seine Tage gut geschützt vor der Sonne.

»Mein Name ist Kees Schrever, Projektkoordinator für den Stützpunkt Funafuti, Angehöriger der Company seit Tag 16. Ich schmeiße diesen Laden hier, sorge dafür, dass euch weder Kerosin, Klopapier, Trinkwasser noch sonst etwas ausgeht, was ihr zum Leben und Fliegen braucht. Ich bin überall und nirgends, meistens an irgendeinem anderen Ort als Funafuti, und versuche, das Optimum aus dem Geld herauszuholen, das uns Leute weltweit spenden. Für die meisten von euch wird es das erste und letzte Mal sein, dass er oder sie mich zu sehen bekommt – außer, jemand kommt auf die Idee, gegen die Company-Charta zu verstoßen.«

Schrever musterte die Reihen der Flyboys. Rudi beeilte sich, vom Buffet weg und in die Deckung seiner Kameraden zu kommen. Er kannte sich mit Reden aus. In Himmelsberg war kein Tag ohne vergangen. Und er hatte daraus gelernt. Regel eins: Hatte man eine Rede gehört, hatte man alle gehört. Regel zwei: Was immer geschah, man durfte sich nie anmerken lassen, dass man Regel eins kannte.

Schrever nahm keine Notiz von Rudi. »Wisst ihr«, fuhr er fort, »man hat mich vor euch gewarnt. Tut es sogar täglich, wenn ich für euch unterwegs bin. Ihr wärt Abschaum, sagt man mir. Bodensatz. Verräter an der Menschheit. Wir befinden uns in einem Krieg, höre ich, dem letzten Krieg der Menschheit, sollten wir ihn verlieren. Sie oder wir, heißt es.

Wir müssen alles tun, um zu überleben. Alles ist erlaubt. Anständige Bürger sagen mir das. Mütter und Väter, Arbeiter, Angestellte. Menschen, die das Fundament ihrer Gemeinschaft bilden. Menschen, ohne die ihre Gesellschaften in sich zusammenstürzen würden. Sie fangen mich ab, brüllen mich an oder bitten um ein Gespräch unter vier Augen, um ihre Sorgen loszuwerden. Und wenn sie es getan haben, schauen sie mich an, so wie ihr in diesem Augenblick. Aufgeregt, unsicher, hoffnungsvoll. Sie erwarten meine Antwort, die ja eigentlich nur eine sein kann. Denn was die guten Leute mir sagen, muss doch jedem einleuchten, der nur einen Funken gesunden Menschenverstand hat. Nicht wahr?« Eine Pause. »Und wisst ihr, was ich diesen Leuten sage?« Schrever bekam keine Antwort. »Ich sage diesen Leuten: Ich bin stolz auf meine Flyboys, stolz auf meine Flygirls. Denn ihr, die ihr hier vor mir steht, seid die Selbstlosen, die Besten, die Unverzagten. Ihr seid wahre Menschen. Ihr habt viel eingesteckt, um hierherzukommen. Ihr habt Glück gebraucht, viel Glück; manche von euch haben alles gegeben, was sie besessen haben, um für die Company zu fliegen. Ihr kommt aus allen Ländern dieser Erde. Ihr seid schwarz, ihr seid weiß, ihr seid braun. Ihr habt Schlitzaugen, runde Augen, kleine oder große Nasen. Ihr kommt aus einem Leben in Luxus, hattet gute Aussichten, hundertzehn oder älter zu werden. Ihr kommt aus einem Leben in Armut, mit der Perspektive auf dreißig, vielleicht vierzig elende Jahre, bevor ihr an einer Krankheit verreckt, die eine billige Spritze oder eine Hand voll Pillen geheilt hätten. Und ihr alle arbeitet einem gemeinsamen Ziel entgegen, kommt in Frieden miteinander aus. Ich frage euch: Handelt so Abschaum?«

Rufe. Unterdrückte. Noch, ahnte Rudi.

»Ihr gebt alles für die Menschheit. In einigen Monaten, am Ende dieser Saison, wird jeder Fünfte von euch tot sein. Wenn es gut läuft. Schaut euch um, zählt es ab. Stellt euch vor, was das bedeutet. Ihr seid bereit, dieses Opfer zu bringen, sonst wärt ihr nicht hier. Ich frage euch: Handelt so Gesindel?«

»Nein!« Die Antwort kam mit einer einzigen, vielstimmigen Stimme.

»Nein. Gesindel bringt keine Opfer. Gesindel steckt ein, was es in die Finger kriegt. Und wir, jeder Einzelne von uns, die wir zusammen die Company ausmachen, sind kein Gesindel – auch wenn wir alles geben, um an eine ganz bestimmte Sache zu kommen: Alien-Artefakte. Wir wollen sie betrachten, sie berühren, wir wollen sie auf uns einwirken lassen. Wir wollen sie in Stücke schneiden, sie einschmelzen, jedes Molekül einzeln analysieren. Wir wollen wissen! Und wenn wir mit den Artefakten fertig sind, geben wir weg, was von ihnen übrig ist, schenken wir die Erkenntnisse, die wir gewonnen haben, her. Nicht an einen Einzelnen, nicht an eine Kirche oder einen Konzern, nicht an einen Geheimdienst oder eine Armee, nicht an einen Staat oder eine ethnische Gruppe. Nein, wir schenken sie allen Menschen!«

»Jaaa!!!«

»Und ich sage euch noch etwas: Wir werden es schaffen. Die Aliens sind nicht dumm. Sie können es nicht sein. Allein die Tatsache, dass sie den Weg von einer anderen Sonne zur Erde gefunden haben, beweist das. Sie lassen sich Zeit, das ist alles. Was sind ein paar Jahre oder sogar Jahrzehnte, verglichen mit den Jahrtausenden, die ihre Reise zur Erde gedauert haben muss? Nichts. Sie warten und studieren uns. Hören zu, sehen uns zu. Und dann, wenn sie uns lange genug untersucht haben, werden sie ihr Urteil über uns fällen. Sie werden uns, die Menschheit, an den Besten messen.«

Jubel, Beifall.

»Und ihr seid die Besten, die Edelsten, die Selbstlosen!«

Die Männer und Frauen sprangen auf und ab, schrien. Rudi hielt sich die Ohren zu und war dankbar, als Schrever beide Arme hob und den Beifall abwürgte.

»Ihr seid die Besten. Aber ich sage euch: Auch die Besten können scheitern. Aus Hochmut, der nicht angebracht, aber menschlich ist, oder weil ihr nicht stark genug seid oder weil ihr zweifelt. Es gibt viele Wege zu scheitern, doch nur wenige führen zum Erfolg. Vergesst nie: Ihr seid Teil eines Ganzen, das größer ist als der Einzelne. Unermesslich viel größer. Und es wird der Punkt kommen – unweigerlich –, an dem eure eigenen Träume über Kreuz laufen mit dem, wofür ihr steht. Wenn dieser Moment kommt, erinnert euch, was auf dem Spiel steht – und handelt entsprechend.«

Ernste Stille kehrte ein. Die Männer und Frauen vermieden es, einander anzusehen.

»Und jetzt genug! Wenn ich Predigten halten wollte, hätte ich mich den Alienisten anschließen sollen.« Schrever hob die Arme. »Es geht los, Flyboys – findet euch! Je sechs in einer Crew!«

Schrever trat ohne ein weiteres Wort ab.

Zurück blieb eine verunsicherte Hundertschaft. Finden ...? Zu je sechs ...? Rudi begann gerade erst zu verstehen, als alle Übrigen längst handelten. Flyboys riefen und brüllten, rannten hin und her, rempelten Rudi an, fielen einander in die Arme. Als Rudi endlich so weit war, fand er sich allein wieder, umringt von Sechserschaften. Meistens waren es Zimmergenossen, die sich gefunden hatten, andere mussten sich während des Flugs oder in Bangkok nähergekommen sein, während Rudi Engeln nachgejagt hatte. Rudi tappte ratlos zwischen den Gruppen umher. Zu schnell. Alles ging viel zu schnell für seinen dröhnenden Schädel. Zimmergenossen ... das war es. Wo steckten seine? Er fand sie am anderen Ende des Hangars, als hätten sie sich vor ihm versteckt. Eine komplette Crew, eine Sechserschaft. Seinen Platz hatte eine Frau eingenommen, die er noch nie gesehen hatte, eine Asiatin, deren Gesicht entfernt an das von Rudis Engel erinnerte.

»He! Was soll das?«, rief Rudi. »Wir sind doch ...«

Seine Kameraden sahen weg. Beatrice, die ihm schon im Camp zu verstehen gegeben hatte, dass sie etwas für ihn übrighatte, war die Einzige, die es nicht tat. »Tut mir leid, Rudi«, sagte sie und schüttelte den Lockenkopf. »Zu spät. Wir sind komplett.«

»Aber das geht doch nicht. Wir sind Kameraden! Wieso ...«

»Du weißt genau, wieso.«

»Nein, das ist doch Quatsch!« Er sagte es wider besseres Wissen. Natürlich wusste er es. Das Pochen in seinem Schädel sagte es ihm. Wer wollte einen Flyboy in der Crew, der so blöd war, Nutten hinterherzujagen und sich dabei übers Ohr hauen zu lassen?

»Wir müssen los, Rudi«, sagte Beatrice, während Rudi zu begreifen versuchte, was vor sich ging. »Unser Flieger wartet ...«

Rudi blieb im verlassenen Hangar zurück. Flyboy Rudi. Das hatte so unendlich gut geklungen, bis eben. Aber jetzt? Was war ein Flyboy, mit dem niemand fliegen wollte? Was würde aus ...

»Na, prima!«, hörte er eine Stimme hinter sich. Rudi drehte sich um. Eine Frau in Fliegermontur stand vor ihm. Rudi sah einen kurzen Bürstenschnitt, zu viel Lippenstift in der falschen Farbe und eine Landschaft dünner Fältchen, auf der Schweißperlen herabrannen. »Der Kerl soll mit uns fliegen? Das einzige technische Gerät, das er je in den Fingern gehabt hat, ist ein Pferdepflug, so wie er aussieht. Nein danke.«

»Der oder keiner, Diane«, sagte der Mann neben ihr. Er hatte ebenfalls einen Bürstenschnitt und Falten, war deutlich jenseits der Vierzig und hatte sich passabel gehalten, mit Ausnahme des Bauchs, der aus seiner Montur hervorstand.

Die Frau drehte sich auf dem Absatz einmal um die eigene Achse, überblickte den mittlerweile verlassenen Hangar. Sie zog das linke Bein nach. »Sieht so aus.« Sie spuckte auf den Boden.

»Worauf wartest du dann? Klemmen wir uns den Kerl unter den Arm. Wir wollen los.«

»Ich weiß nicht so recht, Wilbur. Sieh ihn dir doch an! Der Kerl kann sich kaum auf den Beinen halten. Was wollen wir mit ihm? Der bringt uns nur Ärger.«

Der Mann zuckte die Achseln. »Wahrscheinlich hat er in Bangkok das eine oder andere Bier zu viel getrunken. So was kommt vor. Gib ihm wenigstens eine Chance.«

Sie reagierte nicht.

»Keine Flüge ohne vollständige Besatzung. Du weißt, dass die Company in der Sache keinen Spaß versteht. Ohne Copiloten lassen sie uns nicht abheben. Und das war die letzte Lieferung Flyboys für diese Saison. Sie sind vergeben. Keine Crew wird einen herausrücken. Einen Ersatz einzeln anzufordern kann Wochen dauern. Falls die Company uns überhaupt Ersatz genehmigt. Willst du den Rest der Saison herumsitzen und den anderen Crews zusehen, wie sie sich Artefakte krallen?«

Sie schüttelte den Kopf, spuckte wieder auf den Boden. »Lieber fahre ich Zug! Also gut, nehmen wir ihn eben ...« Sie wandte sich an Rudi. »Okay, du bist dabei. Aber bild dir nichts darauf ein, klar? Halt die Klappe und lass deine dicken Finger in der Tasche! Die alte Schlampe kann Gefummel nicht ausstehen – und ich erst recht nicht!«

Zehn Tipps für eine gelungene Bahnfahrt

1. Ballast abwerfen
Hemd, Hose, ein paar Schuhe und eine Decke genügen. Im Zug wird es dir immer zu kalt oder zu warm sein, egal, was du bei dir hast. Außerdem lockt Reichtum Räuber an. Also: Weg mit dem überflüssigen Plunder!

2. Dokumente ordnen und sichern
Papier ist dein wichtigster Besitz. Schütze es, als ginge es um dein Leben. Es *ist* dein Leben. Ohne Sozialversicherungsgeschichte und Identitätsnachweis gibt es keine Aussicht auf einen geordneten Ausstieg. (Tipp: Nach § 7 Abs. 3 des Bahngesetzes hast du ein Beschwerderecht. Bestehe darauf.)

3. Der richtige Wagen
Zug ist nicht gleich Zug. Vermeide ehemalige ICE-Züge (Generation III bis VI). Sie sind auf Klimatisierung angewiesen. Doppelstockwagen sind eine ordentliche Wahl. Sie sind auch klimatisiert, aber durch ihr größeres Volumen verträglicher. Ziehe, wo immer möglich, nicht klimatisierte Wagen vor. Sie sind an zur Hälfte heruntergezogenen Fenstern erkennbar.

4. Der richtige Zeitpunkt
Herbst und Frühjahr sind die besten Bahnzeiten (siehe 1. zum Thema heiß & kalt). Zu anderen Zeiten sind sie nach Möglichkeit zu vermeiden (siehe 5. zum Thema Rechte).

5. Kenne deine Rechte!
Auch überschüssige Menschen besitzen Rechte! Mach dich mit ihnen vertraut, tausche dich mit anderen Reisenden aus. Erreiche, dass dein Verfahren in der Schwebe bleibt – ungehinderter Datenterminalzugang ist eines deiner Rechte. Nutze es! (Tipp: Nutze auch die Verwandtschaftsbeziehungen. Der Nachweis einer Arbeitsstelle, die auf dich wartet, ist der sicherste Weg nach draußen!)

6. Mache dich nützlich!
Eine Bahnfahrt ist kein Urlaub. Im Zug gibt es immer kleinere und größere Arbeiten zu erledigen. Die Versuchung, sich vor ihnen zu drücken, ist groß, aber du solltest ihr nicht nachgeben. Du lernst, schützt dich davor, dass die Eintönigkeit dich einlullt, und schließt lebenswichtige Freundschaften (siehe 7.)

7. Schließe Freundschaften
Eine Reise ist erst richtig schön, wenn man sie mit Freunden unternimmt. Deshalb: Mach deine Begleiter zu Freunden. Suche Gleichgesinnte (Arbeit ist immer ein guter Weg, sie zu finden, siehe 6.). In der Gemeinschaft findest du Schutz. (Aber pass auf, dass es dir nicht zu gut gefällt! Sonst nennst du dich allzu schnell stolz Bahnnomade und nicht Überschussmensch, was du eigentlich bist.)

8. Spiel nicht rum! (Teil 1)
Lass die Finger von den Mitreisenden. Die Leidenschaften, die du weckst, können dich teuer zu stehen kommen. Vergiss nicht: Ihr sitzt im selben Zug.

9. Spiel nicht rum! (Teil 2)
Das gilt auch für dein Halsband. Ja, es kratzt. Ja, du hast das Gefühl, dass es dir die Luft abschneidet. Ja, du würdest alles dafür geben, es los zu sein. Aber auch deinen Kopf? Ein guter Rat: Glaube nicht denen, die behaupten, die Sicherheitsschaltung würde nicht ansprechen, wenn man das Band langsam ausleiert.

10. Mach dich locker!
Ein neuer Lebensabschnitt hat für dich begonnen, eine Fahrt in das große Abenteuer – wenn du sie dazu machst. Deshalb: Öffne dich, wirf den Ballast (siehe auch 1.) deines alten Lebens ab. Es ist vorbei. Endgültig. Stürze dich in dein neues Leben! Du wirst dich wundern, wohin es führt!

– *AlienNet Unterforen AlienWatch /Humor und /Tipps&Tricks*
Stand: 10. Februar 2063
89,4 % der User bewerteten den Bericht als witzig, 75,9 % als nützlich

KAPITEL 6

Wieselflink flitzte.

Ein Schatten unter Schatten, huschte er von Deckung zu Deckung, absolvierte er lautlos quietschende Metallgittertreppen, umtänzelte er angetrocknete Blutlachen, öffnete er fest verschlossene Türen.

Bleiche, blank-zentrifugierte Knochen blieben hinter ihm zurück. Die Schädel der Katzen, die keine Katzen waren, vier von ihnen mit einem fingerdicken Loch an der Stelle, an der bis vor Minuten eine Schnittstelle verankert gewesen war, in welcher ein missmutiger Laborant widerspenstige Stecker in den Verankerungen belassen und stattdessen die Kabel abgerissen hatte.

Wieselflink flitzte dahin, getragen von seinen wieselflinken, starken Beinen, und zog im Laufen die Riemen seines Rucksacks an. Es schmerzte, als die Riemen ihm das Blut unter den Achseln abdrückten. Ein gutes Zeichen. Er saß. Der Sack war lang und schmal, schmiegte sich eng an den Körper, verschmolz mit ihm. Federleicht. Wieselflink trug selten mehr als seine Handschuhe – Hygiene war nicht verhandelbar –, eine Flasche Wasser und Zigaretten. Das genügte. Alles Weitere trug er im Kopf oder war zu wertvoll, um es mit sich herumzutragen. Unnötiger Ballast, der einen langsam machte. Und womöglich interessant für andere.

Er erreichte eines der Produktionsbänder. Der Geruch von Desinfektionsmitteln stieg ihm in die Nase, trieb ihm Tränen in die Augen. Der Preis für den schnellsten Weg. Das Band war seine Rennbahn nach draußen, zu seinem Versteck. Keine fünf Minuten ...

Etwas quietschte.

Wieselflink machte einen Satz, drückte sich in eine Türfüllung und horchte.

Nichts, kein Ton. Die anderen Nomaden schliefen, erschöpft von einem zu langen und zu harten Arbeitstag. Sie sammelten Kraft, hoffentlich genug, um am nächsten Tag schnell genug die nächsten toten Tiere zu verarbeiten, ihnen Gelatine, Hundefutter, Tiermehl und Strom zu entlocken, um die Norm zu erfüllen. Wem es nicht gelang, der wurde geschnitten, dem wurden Rationen vorenthalten, der lief schließlich, wenn er sich nicht zusammenriss und sich sputete, Gefahr, einem Unfall zum Opfer zu fallen. Es gab viele Messer in der Fabrik, niemanden von draußen, der nachgefragt hätte, und genug Überschussmenschen, die das Ministerium nachschieben konnte.

Stille. Wieselflink wurde nervös. Kein Geräusch, kein Ton, kein einziger Nomade, der ruhelos durch die Fabrik geisterte, auf der Suche nach Schlaf, nach einer Dose Futter, nach lebendem Fleisch, an dem er sich reiben und für einige Augenblicke vergessen konnte, dass er überflüssig war. Kein einsamer Nomade am einzigen, gesetzlich vorgeschriebenen Terminal der Fabrik, der eine nutzlose Eingabe verfasste.

Etwas war nicht in Ordnung. Aber was?

Wieselflink horchte in die Stille, wartete auf eine Antwort, die nicht kam.

Weiter.

Er flitzte los, so schnell, dass seine Sorgen zurückbleiben mussten. Sie taten es nicht. Sie waren so hartnäckig wie der Nachgeschmack des Hundefutters.

Dann passierte er eine breite Stahltür. Das Kühlhaus. Auch hier kein Ton. Nicht einmal das Brummen der Kühlaggregate. Ein Stromausfall? Nein, die Neonröhren leuchteten, wenn auch vereinzelt. Ein Wartungsintervall? Unwahrscheinlich. Niemand war zu sehen.

Das Kühlhaus blieb hinter ihm zurück. Was kümmerte ihn ein Ausfall? Er war nicht zuständig für das Kühlhaus. Er hatte keine Schläge zu befürchten. Außerdem war er beinahe am Ziel. Eine Lagerhalle noch, dann ein kurzer Sprint, und schon hatte er den Platz hinter dem Nebengebäude erreicht, wo die meisten Leute zum Pinkeln an die frische Luft gingen und wo niemals jemand auf die Idee käme, freiwillig in der Erde zu wühlen ... Seine Stecker würden dort in Sicherheit sein, vorerst. So sicher, wie die Habseligkeiten eines Nomaden nur sein konnten. Wieselflink konnte das Versteck mehrmals täglich kontrollieren. Jeder musste pinkeln, und im Freien zu sein, war die Eigenart, die Wieselflink kultivierte. Die frische Luft tat ihm gut, und die Sonne setzte seinem Halsband zu. Hoffte er.

Die Lagerhalle. Dunkel und verlassen. Am anderen Ende ein rechteckiger Umriss, durch den ein Streifen fahles Mondlicht fiel.

Wieselflink flitzte los.

Auf halbem Weg schlug etwas Hartes gegen sein Schienbein. Er stolperte und knallte hin. Licht flammte auf, blendete ihn.

»He, Kamerad! Wohin so eilig mitten in der Nacht?«

Wieselflink blinzelte aus zusammengekniffenen Augen in das Licht. Er erkannte eine Frau, ein Tuch um den Kopf gebunden, wie ein Pirat in einem alten Film. In einer Hand hielt sie eine Taschenlampe, in der anderen ein Ausbeinmesser.

»Ich ... ich war unterwegs ...«

Seine Augen gewöhnten sich etwas an das Licht. Die Frau war nicht allein. Drei Nomaden standen hinter ihr, Messer und Stangen in den Händen. Sie hatten die großen, schweren Rucksäcke mit ihren Habseligkeiten geschultert, die Halsbänder mit Schlachtresten abgedeckt. Hundedärme. Nach einigen Wochen in der Fabrik hatte man einen Blick für solche Dinge. Zum Ausgleich verlor man den Blick für alles andere, wenn man nicht aufpasste. Hundedärme, glaubten manche der Nomaden, schirmten die Halsbänder ab. Andere schworen auf Kuhdärme oder Schweinefett. Wieder andere, wie Fleischberg, setzten auf Stillsitzen.

»Das haben wir bemerkt«, sagte die Frau. »Hast es ganz schön eilig gehabt. Wohin wolltest du?«

»Ich ... ich ...«

»Ja, wir hören.«

Wieselflink überlegte. Die Wahrheit? Nein, dann würde er seinen neu gewonnenen Schatz gleich wieder loswerden. Und mehr noch, falls die vier in der Stimmung waren, einen Menschen zu schlachten. Die Schnittstellen und Stecker gehörten der Fabrik. Und er hatte sie gestohlen. Darauf stand eine Strafe. Niemand interessierte es, sollte sie etwas strenger ausfallen, als im Gesetz vorgesehen, am allerwenigsten das Gesetz selbst. Was dann? Ihnen sagen, dass er auf dem Weg war, um Fleischberg Büchsen zu besorgen? Der Dicke fraß Tag und Nacht, jeder wusste das. Aber er hatte keine Büchse bei sich. Und er war auf dem Weg nach draußen gewesen, weg von Fleischberg. Sie würden ihm nicht glauben. Und ihre Wut darüber, dass er sie für dumm verkaufen wollte, an ihm auslassen. Losrennen? Er war flink. Flinker als jeder von ihnen, und sie trugen die schweren Rucksäcke. Er konnte sie abschütteln, sich irgendwo verstecken. Aber sie waren mehrere. Sie konnten ihn in die Enge treiben. Und außerdem kam er nicht aus der Fabrik heraus. Früher oder später würden sie ihn finden. Es gab viele Gesichter in der Fabrik, aber nicht so viele, dass er in der Masse hätte auf Dauer untertauchen können.

»Kriegst du den Mund auf, oder müssen wir nachhelfen?«

Die drei Männer schwärmten aus, umringten ihn. Aus mit Flitzen. Er würde nicht davonkommen.

Die Frau trat vor ihn, hob die Hand mit dem Messer. Jetzt. Jetzt oder nie. »Warte!«, brüllte Wieselflink. »Ich ... ich wollte mich freiwillig melden!«

»Was du nicht sagst ...« Die Frau schüttelte den Kopf. »Fällt dir etwas spät ein, nicht?« Sie glaubte ihm nicht.

»Ja, schon. Aber ich ... ich hatte Angst. Ich wusste nicht, wo ...«

»Schon gut. Du bleibst bei uns. Wir werden jede Hilfe gebrauchen können.« Sie bewegte den Lichtkegel zur Seite, um Wieselflink nicht länger zu blenden.

»Danke.«

»Wart's ab. Wir werden sehen, ob du morgen früh auch noch so denkst.«

Kitty.

Schlitzer.

Stahlfaust.

Bongo.

Wieselflinks Gefährten für die Nacht.

Kitty, die Frau mit dem Piratentuch. Sie war irgendwo zwischen 30 und 50, kräftig und bestimmte in ihrem Pack, wo es langging.

Schlitzer und Stahlfaust. Oberarme, dicker als Wieselflinks Oberschenkel, laienhaft zerlaufene Tätowierungen über den Nacken hinauf und bis zu den Ohrläppchen – was ein halbes Jahr in der Fabrik eben mit einem anstellte. Zu wenig Vitamine, zu viel Protein und Fett, zu viele schwere tote Tiere zum Herumwuchten. Irgendwann gaben sich die Nomaden Machonamen, vergaßen, wer sie einmal gewesen waren, bis sie an nichts anderes mehr als an die nächste Büchse Hundefutter und ein Stück warmes Fleisch zum Drüberspritzen denken konnten. Und sich darüber wunderten, dass ihnen die Zähne wackelten.

Der Junge, Bongo, musste neu sein. Er hatte noch keine Tätowierungen und noch alle Zähne. Man sah sie, wenn er lachte. Lachen – allein schon das verriet ihn. Der Junge hatte eine Zwillings-Trommel neben sich liegen. Es war ein kleines Wunder, dass er sie noch besaß. Eigentlich hätte er damit schon längst jemand genug auf die Nerven gehen müssen, dass er der Bongo die Bespannung und dem Jungen die Zähne eintrat.

Die vier saßen auf schmutzigen Decken – wahrscheinlich aus ihren Baracken mitgeschleppt –, lehnten sich gegen ihre schweren Rucksäcke, die sie nicht abnahmen, und spielten mit ihren Messern. Hinter ihnen reihten sich improvisierte Molotowcocktails. Wieselflink saß mit dem Rücken zur kalten Betonwand und wartete.

Alle warteten. Und hielten den Mund. Alle paar Minuten kroch Bongo die wenigen Meter vor, die sie vom offenen Tor der Halle trennten, spähte in die klamme Nacht und kroch wieder zurück. Kitty sah ihn dann fragend an, und der Junge schüttelte den Kopf.

Nichts. Nur: *was* nichts?

Niemand befand es für nötig, darauf einzugehen. Und Fragen hätten Wieselflink verraten.

Wieselflink räusperte sich. »Zigarette?«, flüsterte er.

Kitty zischte, den Zeigefinger vor dem Mund. Wie erwartet. Kitty sagte, wo es langging. Sie war eine Frau an einem Ort, an dem es keine Frauen gab. Die Arbeit in der Fabrik war zu hart. Wenn ein Zug hielt, suchten die Bahnpolizisten nur Männer aus. Ab und zu schlüpfte ihnen eine Frau durch. Aus Kalkül, um ein Ventil und eine Beschäftigung für die Männer in der Fabrik zu haben, aus einem Irrtum heraus oder weil eine Frau es verstand, sich ihren Weg zu bahnen. Wieselflink tippte in Kittys Fall auf Letzteres: Sie wirkte wie eine Frau, die wusste, was sie wollte – und welche Kompromisse sie eingehen musste. Sie ließ Schlitzer und Stahlfaust an sich heran, und im Gegenzug gewährten sie ihr das, was Fleischberg Wieselflink gewährte: Schutz.

Und Kitty musste ihren Teil der Vereinbarung erfüllen, vielleicht sogar übererfüllen, sonst hätten die Männer Bongo nicht geduldet. Der Junge brachte dem Pack keinen Nutzen ein, er war nur ein – wenn auch genügsamer – Extra-Esser. Er war Kittys persönliches Spielzeug. Sie genoss seine Unverbrauchtheit, den Hauch von draußen und Frische, den der Junge mitbrachte. Und wenn er verblasst war, würde der Junge auf sich allein gestellt sein. Freiwild. Falls er es überlebte, würde er zum dumpfen Muskelpaket wie Schlitzer oder Stahlfaust werden, mit einem neuen Namen und einem neuen Leben.

Die Übrigen sahen auf. Schlitzer und Stahlfaust mit dem Argwohn des Veteranen, der jeder uneigennützigen Geste misstraute, Bongo mit großen Augen, in denen etwas aufleuchtete.

Da war er: Wieselflinks Türspalt. Der Schlitz, den er zu weiten, durch den er zu entwischen gedachte.

»Chinesische«, flüsterte er. »Ganz frisch von draußen. Mit Nikotin. Und ohne Filter.«

Kitty zischte lauter. Schlitzer und Stahlfaust hörten auf, mit ihren Messern zu spielen, warteten ab. Kitty entschied. Andererseits ... echte Zigaretten. Bongo war zu aufgeregt, um sich zu zügeln. »Chinesische?«, fragte er. »Das glaub ich nicht. Wie hast du das angestellt?«

»Betriebsgeheimnis.« Wieselflink hatte sie dem schlafenden Fleischberg aus dem Rucksack gezogen. Fleischberg handelte mit ihnen. So erfolgreich, dass er sich oft der Schufterei entziehen konnte. Er ließ andere schuften. Zigaretten waren Leben. Die meisten Fabriknomaden taten alles für eine Schachtel. »Willst du welche?«

»Klar!«

Wieselflink verdrehte den Arm und tastete nach dem Seitenfach seines Rucksacks, ohne ihn abzunehmen. Er wollte ihn auf dem Rücken haben, wenn er flitzte. Außerdem hätte Kitty sonst auf die Idee kommen können, nachzusehen, was er außer Zigaretten mit sich herumtrug. Sie würden ihm die Stecker abnehmen. Ohne irgendeine Vorstellung zu haben, wozu sie taugten. Wenn jemand mit ihnen durch die Nacht flitzte, mussten sie was wert sein. Was, würde man sehen.

Er riss die Schachtel mit dem Bild von dem schlitzäugigen Mädchen auf und hielt sie in die Runde. Bongo stürzte vor und zog sich eine Zigarette. Schlitzer und Stahlfaust taten einige Augenblicke lang, als interessiere sie das Angebot nicht, warfen verstohlene Blicke zu Kitty und holten sich schließlich ebenfalls jeder eine. Kitty? Es war ihr anzusehen, dass ihr die Sache nicht behagte. Wieselflink hatte etwas vor, sie spürte es. Andererseits ... Zigaretten!

Sie nahm eine.

Schlitzer kramte ein Feuerzeug hervor, zündete die Zigaretten der Reihe nach an.

»Nicht übel, was?«

Bongo nickte. Er nahm lange, hastige Züge. Das übrige Pack bemühte sich mit unterschiedlichem Erfolg um Beherrschung. Niemand widersprach dem Jungen, auch nicht Kitty.

»Noch eine?«, fragte er Bongo.

Eifriges Nicken.

»Hier, nimm. Ihr auch?«

»Du rauchst nicht?«, fragte Schlitzer und nahm sich eine zweite Zigarette. Der tätowierte Arm, den er Wieselflink entgegenstreckte, war mit Schnitten übersät. Großen und tiefen, wie sie die Ausbeinmesser gruben, wenn man am Ende einer zu langen Schicht müde war und kurz nicht aufpasste. Und kleineren in der Nähe der Pulsadern.

»Nein, schlecht für die Lunge. Und die brauche ich noch für später, wenn ich wieder draußen bin.«

Bongo lachte laut, würgte den Lacher hustend ab, als ihm sein Fehltritt bewusst wurde. Immerhin, die Übrigen erlaubten sich ein Grinsen. In Form bleiben für draußen, der war gut.

Das Pack leerte die Schachtel. Ein Teil der Anspannung fiel von ihnen ab, als das ungewohnte Nikotin in ihnen wirkte. Schultern sanken ein, Messer blieben unbeachtet liegen, und ein versonnener Glanz trat in die Augen.

»Hast du noch eine?«, fragte Bongo irgendwann.

»Nein, tut mir leid.« Wieselflink schüttelte den Kopf. Es war die Wahrheit. Er hätte seinen Fängern eine ganze Stange hingeworfen, wenn er eine gehabt hätte. Alles, um sie einzulullen.

»Schade. Tun gut.«

»Das tun sie.«

Sie schwiegen. Kitty schickte Bongo mit einer Kopfbewegung zum Tor. Der Junge kroch los, spähte in die Nacht, kam zurück, kopfschüttelnd.

»Beinahe zwei«, sagte Schlitzer. »Sie lassen sich Zeit.«

»Sollen sie doch«, entgegnete Kitty. »Wir haben Zeit, oder?«

»Vielleicht kommen sie gar nicht.«

»Und wenn schon. Wir müssen auf unserem Posten bleiben. So oder so.«

»Eben. Wir hocken hier. So oder so.« Schlitzer griff sich einen der improvisierten Molotowcocktails.

»Was hast du vor, Schlitzer?«

»Reg dich ab, Kitty. Ein bisschen Spaß haben, mehr nicht.« Er zog den Stofffetzen aus dem Flaschenhals. »Überleg mal. Wenn sie nicht kommen, was dann? Dann haben wir hier die ganze Nacht gehockt und uns die Ärsche vor Kälte und Schiss abgefroren. Für nichts. Und morgen geht es wieder auf Schicht, sonst setzt es Schläge. Na ja, und wenn sie doch noch kommen, dann haben wir wenigstens noch mal was von unserer Freiheit gehabt.«

»Lass den Mi...«

Schlitzer setzte die Flasche an und trank. »Baaaah! Brennt im Hals besser als auf einem verdammten Bahnbullen, wenn ihr mich fragt!« Er hielt die Flasche in die Runde. »Sonst noch wer?«

Bongo riss ihm die Flasche aus der Hand und nahm tiefe Schlucke, als wäre es Wasser. Hustend und würgend setzte er sie wieder ab.

Wieselflink sah aus dem Augenwinkel zu Kitty. Der Moment der Entscheidung. Würde Kitty dazwischengehen?

Sie war zu klug dazu. Kitty griff sich die Flasche und trank sie in einem Zug aus. »Du hast recht, Schlitzer. Brennt wirklich gut. Hast du noch eine?«

Schlitzer hatte. Flaschen kreisten, der Vorrat der Molotowcocktails schmolz dahin. Wieselflink nahm das Zeug in den Mund – die Alkohol-Öl-Mischung brannte wie Feuer – und spuckte so viel wie möglich davon zurück in die Flasche. Keiner bekam es mit.

»Schmeckt fast wie das Zeug, das mein Schwager früher

gebrannt hat«, bemerkte Stahlfaust, nachdem sie den vierten Cocktail geleert hatten.

»Muss ein Scheißbrenner gewesen sein, dein Schwager«, sagte Schlitzer.

»Scheißbrenner und Scheißkerl. Hat mich dazu überredet, meine Kohle in so 'nen Gentech-Fonds zu stecken. Und noch einen Kredit zu nehmen, um mehr reinzustecken. Rinder so groß wie Elefanten, hat er mir versprochen. Schmecken nach Strauß. Mager, so wie's die Leute wollen. Todsichere Sache. Stellt sich raus, dass die Elefantenrinder einen bitteren Nachgeschmack haben. Keiner will die Viecher fressen, nicht mal andere Viecher. Das war's gewesen. Jetzt hock ich hier und zerschnitzel tote Riesentiere und fress Hundefutter. Ich sag euch, wenn ich jemals rauskomm, ist er dran.«

Wieselflink tränkte den taub gewordenen Mund mit Molotows, setzte den interessierten Blick auf, den er bei Fleischberg gelernt hatte, und stellte die Ohren auf Durchzug. Die üblichen sentimentalen Geschichten. Er konnte sie nicht mehr hören. Verschuldet. Übernommen. Irgendwie nicht klargekommen. Einmaliger Fehltritt. Ein Versehen. Nicht so gemeint. Hätte ich nur gewusst! Immer hatte jemand anderes Schuld. Der böse Nachbar. Ein Verwandter, ein Kumpel, der einen hat hängen lassen. Ein Boss, der einen gefeuert hat. Grundlos. Die Umstände. Die verdammten Aliens, die die Wirtschaft abwürgten. Die Flut, die einem das Haus unter den Füßen weggespült hat. Die Sonne, die einem die Ernte weggebraten hat. Eine Weile schafften es die Leute meistens noch, sich über Wasser zu halten. Dank neuen Krediten. Irgendwann aber holten die Kredite sie ein, oder sie kamen dem Gesetz in die Quere – und fanden sich in einem Zug wieder.

Der süße Bongo hatte ein Lockstoffdeo mitgehen lassen. Die Sensoren an der Ladenschleuse hatten ihn erschnüffelt, bevor irgendein Mädchen dazu Gelegenheit gegeben hatte. Schlitzer hatte man bei einer Alienisten-Demo aufgegriffen. Ein furchtbarer Irrtum, beteuerte er, er war nur zufällig vorbeigekommen. Aber irgendwie hatte er es nicht hingekriegt, den Irrtum auszuräumen. Wieselflink bezweifelte, dass er es je hinkriegen würde. Und selbst wenn es ihm gelang: Einer wie Schlitzer gehörte nicht mehr nach draußen.

Kitty schwieg sich aus, jammerte nicht herum. Das gefiel ihm. Wie ihr Piratentuch. Wieselflink hätte sogar darüber weggesehen, dass sie mindestens so kräftig wie Schlitzer oder Stahlfaust war. An einem anderen Ort, zu einer anderen Zeit hätte sie ihn angezogen. Aber hier ... Wieselflink hatte keinen Sex mehr gehabt, seit man ihn zu den Nomaden verfrachtet hatte. Sex machte krank. Sex brachte immer die Gefahr einer Beziehung mit sich. Und eine Beziehung war nur unnötiges Gepäck. Wieselflink konnte es nicht gebrauchen. Jedes Gramm zählte, wenn er es je wieder nach draußen schaffen wollte. Nach Kairo, wo das Leben auf ihn wartete, das er verdiente.

Bongo, Schlitzer und Stahlfaust ergingen sich in Erinnerungen, begannen bald, sich zu wiederholen. Es ging allen Nomaden so. Das alte Leben schien so weit entfernt und fremd, dass es einem entglitt. Was blieb, war eine Hand voll Schlaglichter, die mit jedem Erzählen wehmütiger machten.

Dann, als Stahlfaust den letzten Molotow anbrach, sah Kitty zu Wieselflink. »Hast du keine Angst?«

»Ja, ein bisschen schon ...« Worauf wollte sie hinaus? »Wer hat das nicht?«

»Du hast dein Halsband nicht abgeschirmt.« Sie langte an den Darm, der ihr eigenes abdeckte.

»Ach so ... ich meine, nichts für ungut, aber ich glaube nicht, dass das was nützt. Nicht bei meinem Band, wenigstens. Aber das muss jeder für sich selbst entscheiden.«

Kitty sagte: »Du lügst.«

»Was willst du damit sagen?«

»Genau das: Du hast keine Angst.«

»Kitty, du ...«

»Du hast keine Angst.« Sie stand auf. Ohne zu schwanken. »Und ich will wissen, wieso. Wieso schleichst du in einer Nacht wie heute alleine durch die Fabrik, ohne dass du eine

Ahnung gehabt hast, was ansteht? Wir kriegen bald Schläge, so oder so. Wenn sie nicht kommen, dann, weil wir morgen unser Soll nicht schaffen. Und wenn sie kommen, dann erst recht. Du bist nicht dumm. Du hast längst gewittert, was los ist. Und trotzdem hast du keine Angst vor den Schlägen.« Sie tastete nach ihrem Ausbeinmesser, trat auf Wieselflink zu. »Ich will wissen, wa...«

Durch das offene Tor flog etwas. Es sah aus wie ein Tennisball. Der Ball kam einige Meter hinter Kittys Rücken auf und explodierte.

»Scheiße! Sie kommen!«, schrie Schlitzer noch, bückte sich nach Messer und Rucksack, dann verschluckte ihn eine Walze aus Rauch. Als sie Wieselflink erreichte, hatte er den Mund fest verschlossen, die linke Armbeuge über den Augen, Zeigefinger und Daumen der rechten Hand über der Nase geschlossen.

Wieselflink hielt die Luft an und flitzte los, spürte etwas Weiches unter den Füßen, trat härter, um wegzukommen. Er rannte in die Fabrik, gegen den Strom. Kittys Pack würde, wenn es überhaupt noch stehen konnte, mit seinen Stangen und Messern den Bahnpolizisten entgegenrennen.

Wieselflink zählte, während er rannte. Eins, zwei, drei, vier, fünf – er senkte den Arm, öffnete die Augen. Geschafft. Die Reizgaswolke war hinter ihm geblieben. Er holte tief Luft. Gleich ...

Aus der Gaswolke stürmten Bahnpolizisten. Sie trugen schrammige Plexiglasschilde und Helme und hatten die Schlagstöcke drohend erhoben.

»Halt!«, rief der Vorderste. »Das ist eine Räumung! Nach Paragraph 35 des Bahngesetzes sind Sie verpflichtet ...«

Wieselflink flitzte weiter. Ein paar Meter, dann war er durch die Tür und ... ein Ziehen im Nacken. Das Halsband schlug an. Aus der Ferne, vom Gas auf merkwürdige Weise gedämpft, hörte er klägliches Jaulen. Kittys Pack. Die Bahnpolizisten mussten ihnen die höchste nicht-tödliche Stufe geben.

Es war vorbei. Er musste reagieren, um sich nicht zu verraten. Wieselflink riss die Arme hoch, jaulte auf, klatschte auf den Boden und blieb liegen. Mit etwas Glück würden sie an ihm vorbeistürmen. Und waren sie erst an ihm vorbei, würde er sich davonschleichen und sich verstecken.

Es klappte beinahe.

Ein Bahnpolizist musste zurückgeblieben sein. Als Wieselflink sich aufrichtete, sprang ein Schemen mit Schild auf ihn zu, zückte den Schlagstock und ...

Aus.

Artikel 1
(1) Die Würde des Menschen ist unantastbar.

Artikel 115 a
(6) Bei einem Angriff auf das Bundesgebiet durch Nicht-Menschen ist die Regierung verpflichtet, alle Anstrengungen zu unternehmen, diesen Angriff abzuweisen.

(7) Zu diesen Anstrengungen zählt die teilweise oder gänzliche Aussetzung der in den Artikeln 1 bis 19 verankerten Rechte.

(8) Die Gewalt über die Exekutivorgane geht in die Hand des Ministers für Alien-Fragen über, der die Verteidigungsorgane koordiniert und leitet.

- *Auszug aus dem Grundgesetz der Bundesrepublik Deutschland. Stand: 1. 1. 2065*

KAPITEL 7

»Uh-oh, Saurierpark!«, sagte Paul, als sie in Köln-Hahnwald aus dem Lieferwagen stiegen. Er und Ekin trugen Blaumänner. Die beiden hatten sich in einem Hunter-Depot, versteckt im untersten Deck einer ehemaligen Tiefgarage, für die Befragung ausgestattet – um gleich darauf in einer Straßensperre festzustellen, dass ihre Tarnung perfekt saß. Die Polizisten hatten sie eine halbe Stunde befragt und den Wagen samt Inhalt bis in alle Einzelheiten inspiziert, ohne Ekins und Pauls Gewehre zu erkennen, die auseinandergebaut in Werkzeugkoffern ruhten.

»Pass auf, dass dein Gebiss gut sitzt, sonst schnappst du demnächst ins Leere! Diese Urtiere können immer ein paar Extra-Hauer gebrauchen.«

»Paul! Halt den Mund! Du weißt gar nicht, wovon ...«

»Von wegen. Ich weiß genau, wovon ich rede.« Er schnupperte demonstrativ. »Riech dich mal um, Partner, hier stinkt's nach Haftcreme, dass es einem die Lunge verklebt!«

Ekin roch gar nichts außer trockenem Laub. Sie wollte es Paul aufs Brot schmieren, aber dann dachte sie an Trixie und daran, was sie besprochen hatten. Ekin atmete tief ein und aus – demonstrativ, das konnte und wollte sie sich nicht verkneifen –, schnappte sich wortlos den Werkzeugkoffer, ging durch den Vorgarten zur Haustür und klingelte.

»Ja?« Das Display der Gegensprechanlage blieb dunkel.

»Werner, Installateur. Wir sind wegen des Ambiental-Systems hier.«

»Ambiental-System?« Eine kurze Pause. »Das muss ein Irrtum sein. Mein System funktioniert einwandfrei ...«

»Was sag ich?«, hörte sie Paul hinter sich brummen. »Saurier, Typ Räuber. Krallt sich alles, was geht, hat aber ein Gehirn wie 'ne Erbse.«

»Sie haben uns angefordert, Frau Vligar.«

»Ich? Ganz bestimmt nicht. Das muss ein Irrtum ...«

»Was soll der Mist, Partner? Wir haben nicht den ganzen Tag Zeit.« Pauls Geduld war zu Ende. Er drängte sich an Ekin vorbei und klatschte sein Hunter-Abzeichen gegen das Kontaktfeld der Türanlage. Mehrere elektrische Schlösser entriegelten sich summend, die Tür sprang auf. Sie hatte keine Wahl. Es war in die Hardware der Chips eingebrannt. Dieser Tür, dieses Hauses, jedes Hauses, jedes Fahrstuhls, jedes Autos, jeder Waschmaschine, jedes Spielzeugs, jedes Geräts, das einen Chip implantiert hatte. Also praktisch allem. Die zweiten Alien-Gesetze wollten es so. Hunter hatten Vorrang.

Eine Frau stand im Gang.

Ekin schätzte sie auf etwa siebzig, wohlhabend – das belegte allein schon die Villa – und im Genuss der Dienste eines ausgezeichneten Gerontologen. Sie stand kerzengerade, ihre Haut war straff, ohne unnatürlich zu wirken. Ekin holte sich ihre Akte auf die Datenbrille, überprüfte ihre Vermutungen. 77. Sie hatte gut geschätzt. Auch, was das Vermögen anging.

Die Frau wich erschrocken einen Schritt zurück. »Was fällt Ihnen ein! Ich rufe ...«

»Bereits zu Diensten.« Paul hielt ihr das Hunter-Abzeichen vors Gesicht. So nah, dass er ihr beinahe einen Nasenstüber versetzte. »Ich bin Hunter Nelson, das hier Hunter Dekran.«

»Hunter ...?«

»Sie haben uns angefordert, Frau Vligar.«

»Angefordert?«

»Sozusagen. Ihre Eingaben an HunterNet.«

Der Groschen fiel, endlich. Ekin schmeckte Pauls Saurier-Geschwätz nicht, aber sie musste sich eingestehen, dass etwas dran war, was die geistige Beweglichkeit ihres Gegenübers anging.

»Ah, jetzt verstehe ich! Gut, dass Sie hier sind!« Der Frau wurde ihr Fehler bewusst – unangenehm bewusst –, und sie flüchtete sich in Empörung. »Das wurde auch höchste Zeit! Ich habe Dutzende Male ...«

»HunterNet erhält täglich Millionen von Anzeigen«, beschied Paul und ging an der Frau vorbei, als erkläre das alles und als gehöre das Haus ihm.

Die Frau blickte ihm mit offenem Mund nach, sah dann Ekin fragend an.

»Wie mein Kollege sagte, wir erhalten Millionen von Anzeigen. Sie sorgfältig zu prüfen, benötigt selbstverständlich Zeit. Aber jetzt sind wir ja hier. Möchten Sie uns Ihre Beobachtungen schildern? Sie sind uns sehr wichtig.« Ekin hob die Datenbrille an, um direkten Augenkontakt herzustellen, und lächelte entschuldigend.

Paul war in der Zwischenzeit im Haus verschwunden. Von drinnen kam ein Rumpeln.

Die Frau setzte ein tapferes Lächeln auf, als sei ihr eben aufgegangen, dass die Geister, die sie gerufen hatte, nicht ihren Vorstellungen entsprachen. »Aber natürlich. Bitte, kommen Sie doch herein.« Ihre Zähne waren perfekt. Kein Gebiss, Implantate.

»Danke.«

»Kaffee? Ich habe echten.«

»*Sehr* gerne.«

Das Haus war eine komplett entkernte Villa aus den 1920ern, in die man ein System von Treppenliften, Aufzügen und großen, variablen Räumen eingezogen hatte und Fenster, die den Namen verdienten. Mittenraiter, der Alien von gestern, hätte sie entworfen haben können. Das Ganze altersgerecht, nirgends eine Schwelle, Türen und Lichter gingen selbsttätig auf und zu beziehungsweise an und aus, nirgends der Anflug von einer Kante, an der man sich hätte verletzen können. Der Boden erinnerte Ekin an die Haut eines Elefanten, wie sie sie einmal im Zoo getastet hatte. Schön warm und fest und nachgiebig zugleich. Es musste echtes Biomaterial sein. Vielleicht sogar auf der Basis von Elefantenhaut?

Die Frau führte sie durch das Haus, während Paul im weitläufigen Wohnzimmer auf dem Sofa vor der Datenwand herumlümmelte.

Ekin ließ ihn machen. Paul ein paar Minuten los zu sein, würde ihren Nerven guttun, und der Rundgang gab ihr die Gelegenheit, einen persönlichen Bezug herzustellen, die Grundlage für eine erfolgreiche Befragung.

Die Frau erläuterte ihr ausführlich die Schwierigkeiten der Sanierung, während Ekin Zimmer um Zimmer bestaunte, sich in »Ahas« und »Ohs« über die Lichtschöpfungen des Ambientalsystems erging und versuchte, unauffällig einen Blick auf die Schemen zu erhaschen, die sie kontinuierlich aus dem Augenwinkel wahrnahm.

Nicht unauffällig genug. »Geben Sie sich keine Mühe«, lachte die Frau, als sie in das Dachgeschoss gelangten. »Meine Miezis sind schneller.«

»Miezis?«

»Ich zeige sie Ihnen.« Die Frau machte »Miez, Miez, Miez!«, und sie kamen aus allen Ecken gekrochen. GenMods auf Katzenbasis, Dutzende von ihnen. Sie drängten sich an ihr Frauchen und schnurrten. Ihre Vorderläufe mündeten in diverse Greifwerkzeuge. Sie mussten spezialisierte Aufgaben haben.

»Nicht ganz billig, das Vergnügen, aber es lohnt sich. Und wenn man sie erst einmal hat, machen sie keine großen Kosten mehr. Und keinen Ärger. Sie bleiben unter sich. Sind zufrieden mit dem, für das sie gemacht wurden. Nicht so wie diese Leute mit den Halsbändern, die man von der Stadt mieten kann.«

Ekin ging nicht darauf ein. Ihre Aufgabe war die Jagd nach Aliens. Die huschenden Schatten waren zufrieden stellend als Menschenwerk erklärt. »Sie wohnen allein hier?«, fragte sie. Die Villa bot spielend Platz für ein Dutzend Bewohner. Es musste die Frau ein kleines Vermögen kosten, sie frei von Einquartierungen zu halten.

»Ja. Seit ...« Die Frau sprach nicht weiter.

»Seit ...?«

»Oh, mein Gott, der Kaffee!« Die Frau rannte an Ekin vorbei und hinunter zur Küche. »Er wird noch kalt! Setzen Sie sich schon mal zu Ihrem Kollegen ins Wohnzimmer, ich bringe ihn gleich.«

Ekin folgte ihr die Treppe hinunter. Sie blieb auf jeder Stufe stehen, fühlte, wie ihr Fuß in dem weichen Bioboden einsank und festen, straffen Halt fand. Ein angenehmes Gefühl, eines von Geborgenheit. Im Wohnzimmer machte sie es sich in einem Sessel bequem, so gut es ging. Der Sessel war gemütlicher als alles, in dem sie jemals gesessen hatte, kuschelte sich an sie, als wäre er ebenfalls lebendig – und dennoch hing sie stocksteif darin. Ekin fröstelte. Sie war ambientisierte Räume nicht gewöhnt. Sie waren ihr zu glatt, zu schmeichelnd. Zu unwirklich, wie die schlechteren von Pauls Taschenwelten. Und sie kam sich wie ein Fremdkörper vor, ein Eindringling in eine Welt, in die sie nicht gehörte.

»Hier. Milch und Zucker?« Die Frau war mit einem Tablett erschienen.

»Nein, danke.«

Ekin nahm sich eine Tasse und nippte daran. Es war echter Kaffe, wie angekündigt. Kein Magico zwar, aber immerhin ein anständiger Schuss Koffein. Mehr, als Ekin sich von der Befragung erwartet hatte.

Sie sah zu Paul. Ihr Partner ignorierte die Tasse und beschäftigte sich mit der Datenwand. Flugzeuge kreisten um eine mit einem grell leuchtenden Alienkreuz markierte Boje, die auf den Wellen eines unruhigen Meers auf- und abtanzte, während Paul das eigene über einen virtuellen Sidestick steuerte.

Hätte Ekin es nicht besser gewusst, sie hätte geglaubt, er liege auf seinem eigenen Sofa und verdattele den Sonntagnachmittag. Wie stellte er es nur an? Paul führte sich immer so auf, als sei die ganze Welt für ihn gemacht. Er fragte nicht, er bat nicht, er nahm einfach. Unmöglich, eigentlich. Und noch unmöglicher: Er kam damit durch. Die Frau ließ ihn machen, anstatt ihn mit einem Tritt vor die Tür zu setzen, wie er es verdient hatte. Sie sah zur Seite, als existiere die Datenwand für sie nicht. Oder, kam Ekin der Gedanke, konnte sie den Anblick, der sich ihr bot, nicht ertragen? Unsinn, entschied sie, es war nur eine harmlose Flugsimulation.

Ekin stellte sich vor, sie würde sich wie Paul aufführen. Sie war sicher, dass sie kaum Gelegenheit gehabt hätte, sich auf dem Sofa auszustrecken, bevor die Frau sie rausgeschmissen und sich beim Korps über sie beschwert hätte.

»Erzählen Sie bitte.« Ekin stellte die Tasse ab. »Was haben Sie beobachtet?«

»Es geht um einen meiner Nachbarn«, sagte die Frau. Sie trank aus einem Wasserglas. »Er führt sich seltsam auf.«

»Was meinen Sie mit seltsam?«

»Er kommt und geht, wie es ihm einfällt. Manchmal verlässt er das Haus tagelang nicht. An anderen Tagen steht er morgens um fünf auf, fährt auf seinem Roller davon, kommt zehn Minuten später wieder, geht auf und ab, fährt mit seinem Auto davon, kommt wieder, setzt sich hin und liest. Und so geht das den ganzen Tag weiter. Das ist doch seltsam, finden Sie nicht?«

»Was glauben Sie, was hinter diesen Fahrten steckt?«

»Ich weiß es nicht. Aber ich bin sicher, dass es nicht mit rechten Dingen zugeht. Niemand kann sich so viele Berechtigungen kaufen, um einfach hin und her zu fahren. Auch nicht mit viel Geld. Ich meine ...«

Die Frau erzählte. Ekin ließ sie reden und holte sich die Akte des Beschuldigten auf die Datenbrille. Henri Paskawiak. 21, von Beruf Sohn. Die Eltern besaßen eine Fabrik für Spezialtextilien, waren gut im Geschäft mit Regierungsaufträgen. Aramidfasern, wie sie in Körperpanzern Verwendung fanden. Das passte als Erklärung für die Fahrberechtigungen. Verteidigung ging vor, und ein Abglanz dieses Imperativs blieb an all jenen haften, die damit befasst waren. Auch der Rest passte. Henri hatte bereits mehrfach mit den Behörden Bekanntschaft gemacht. Kleinere Ladendiebstähle, die eine oder andere Schlägerei – der übliche Kram für einen jungen Mann, der zu viel Geld und Zeit und keine Vorstellung davon hatte, was er mit seinem Leben anfangen sollte. Aller Wahrscheinlichkeit nach nur eine Phase, bevor er seinem Vater nacheiferte und seine Erfüllung in der Firma fand.

Vorausgesetzt, er geriet nicht in falsche Gesellschaft.

Vor einigen Monaten war er in Kontakt mit Alienisten gekommen. Einige der Fahrten, die seine Nachbarin als ziel- und sinnlos empfand, hatten ihn zu Treffen geführt. Auch das nichts Ungewöhnliches und durchaus legal. Es war erlaubt, davon zu träumen, dass die Aliens als Retter der Menschheit gekommen waren. Aber die Träume waren nicht ungefährlich. Henri wäre nicht der Erste, der bei den Alienisten seine geistige Heimat fand und zum Verräter an der eigenen Rasse wurde.

»... und er trägt diese furchtbaren Bänder.«

»Bänder?«

»Ich zeige sie Ihnen.« Die Frau stand auf, holte einige Blätter aus der Schublade und legte sie vor Ekin auf den Tisch. Es waren Fotos. Abzüge.

Die Frau bemerkte Ekins Zögern. »Das ist Absicht«, sagte sie. »Diese Aliens haben bestimmt schon alle unsere Computersysteme unterwandert. Unser Alien-Minister kann mir erzählen, so oft er will, dass er alles unter Kontrolle hat. Ich mache es diesen Aliens nicht noch leichter, als sie es sowieso schon haben.«

Ekin besah sich die Fotos. Sie waren von hervorragender Qualität und zeigten Henris Kopf in Großaufnahme. Den Kopf – und den Hals. Auf jedem Bild trug er eine Art Binde um den Hals, und jedes Mal eine andere.

»Sehen Sie?«, sagte die Frau. »Er steckt mit den Aliens unter einer Decke, das ist der Beweis. Wahrscheinlich spioniert er für sie die besten Landeplätze für die Invasion aus. Nehmen Sie die Bilder nur mit. Sie können sie behalten! Ich habe die Negative an einem sicheren Ort verwahrt.«

Ekin sagte nichts. Die Bilder bewiesen nur eines: dass die alte Frau in ihrer eigenen Welt lebte. Einer Welt, die mit der Realität nichts zu tun hatte. Henri trug Alienbänder. So wie es

Millionen anderer Leute in der Zwischenzeit taten. Sei es, dass es sich bei den Symbolen, die in die Bänder eingewebt waren, tatsächlich um universelle Freundschaftssymbole handelte, wie die Verkäufer behaupteten, die sie einem überall auf der Straße andrehen wollten. Sei es, dass sie es um der rebellischen Geste willen taten, indem sie die Invasoren zu Brüdern erklärten, sei es einfach gedankenlos, als hippes Accessoire oder weil gerade jeder ein Alienband trug.

Was Henri tat, war nicht ungewöhnlich. Ungewöhnlich wäre es gewesen, hätte ein junger Mann wie er auf die Alienbänder verzichtet. Dennoch, da war unbestreitbar eine Verbindung zur Alienistenszene, wenn auch nur zum geduldeten Teil, der sich gewaltfrei nannte. Es war ein Anfang. Und niemand konnte sagen, wohin er den Jungen führen würde ... Ekin setzte einen Vermerk in seine Akte und brachte den Jungen, mehr war er trotz seines Alters nicht, ins Visier des Korps. Ab sofort würde man ein Auge auf ihn haben. Driftete er ab, würde das Korps sich einschalten. Das Geld und die Beziehungen seiner Eltern würden ihm dann nichts mehr nutzen. Es gab eine Grenze.

»... und er grüßt nie. Im Gegenteil, er sieht immer weg, wenn er einem begegnet, als hätte er etwas zu verbergen ...«

Eine Manifestation? Eher unwahrscheinlich. Henris Verhalten war gleichzeitig zu auffällig und zu gewöhnlich. Es war konsistent mit Verhaltensmustern von Männern seines Alters, Heranwachsenden. Die Ruhelosigkeit, die Suche nach einem Lebensziel. Ein Alien hätte versucht, seinen Zustand zu verbergen, der Junge lebte ihn offen aus. Ekins Hunter-Instinkt schlug nicht an.

Aber wieso hatte Paul sie dann hierhergelotst? Sein Instinkt stand dem ihren in nichts nach. Der Termin war Routine, eine alte Frau mit zu viel Geld und Zeit und zu viel Fantasie, die einen jungen Mann mit zu viel Geld und Zeit und zu wenig Fantasie anschwärzte. Eine Sackgasse unter Millionen. Sie warf einen Seitenblick zu Paul. Der Schweiß stand ihm auf der Stirn, als er den virtuellen Sidestick herumriss, um einen

Jäger der US Alien Force zu verscheuchen, der ihm das Artefakt, dessen Absturzpunkt die Boje markierte, streitig machte.

Also doch. Ein Ablenkungsmanöver. Paul hatte die Meldung der Frau vorgeschoben, um sich ihr zu entwinden, hatte einfach willkürlich eine Meldung herausgegriffen.

Das konnte nur eines bedeuten: Was Paul gekritzelt hatte – »Fischer« und »14.500« –, musste etwas zu bedeuten haben.

»... und vorgestern hat er ...«

»Frau Vligar, ich danke Ihnen«, sagte Ekin bestimmt. Sie stellte die Tasse ab. Ihr Hunter-Instinkt hatte genug geschnuppert. Hier gab es nichts zu holen. Zeit zu gehen. Auch Jäger mussten irgendwann ruhen. Und außerdem wartete Trixie auf sie.

»Aber ich bin doch noch gar nicht fertig!«

»Ich bitte Sie um Verständnis. Wir Hunter sind viel gefragt, und wir wollen natürlich allen besorgten Bürgern die Gelegenheit geben, ihre Beobachtungen zu berichten.« Sie nahm die Fotos an sich. »Ich darf Ihnen für Ihren Einsatz danken. Diese Beweismittel werden uns in unseren Ermittlungen außerordentlich nützlich sein.« Sie steckte die Fotos in die Tasche, um sie in der Kanzlei wegzuwerfen. Sie waren Müll. Diese Alienbänder ... Ekin fragte sich, wieso Paul nicht mit ihnen handelte. Er handelte mit jedem Schund dieser Erde, der auch nur im Ansatz mit Aliens zu tun hatte. Diese Bänder hätten perfekt in sein Sortiment gepasst.

»Selbstverständlich, aber ...«

»Ich danke Ihnen im Namen der Menschheit. Seien Sie unbesorgt. Die Aufzeichnung unseres Gesprächs wird von unseren besten Spezialisten analysiert werden. Und selbstredend haben Sie die Möglichkeit, HunterNet weitere Beobachtungen zu melden. Mehr noch: Sie sind ausdrücklich dazu aufgefordert. Bleiben Sie wachsam!«

»Wollen Sie nicht noch etwas bleiben? Ich ...«

»Tut mir leid. Das ist leider unmöglich.« Sie trank die Tasse aus – wieso guten Kaffee verschwenden – und stand auf. »Kollege ...?«

Paul rammte den amerikanischen Jäger. Das Cockpit, das sich halbtransparent um sein virtuelles Selbst erstreckte, fing Feuer, drehte sich. Erst langsam, wie in Zeitlupe, dann rasend. Teile lösten sich und rasten wie Geschosse weg. Dann schlug Pauls Flugzeug auf das Wasser, in unmittelbarer Nähe des amerikanischen Jägers, der einen Augenblick früher zerschellte.

Paul stöhnte.

»Wir werden Sie über das Ergebnis der Untersuchung benachrichtigen. Einen schönen Tag noch, Frau Vli...«

»Ist das da das Gerät, mit dem Sie den Verdächtigen observieren?«, unterbrach Paul. Er zeigte auf ein Teleskop am Fenster. Das Rohr lagerte horizontal.

»Ja.«

»Darf ich es mir einen Augenblick ansehen?«

»Wenn Sie wollen ...«

Paul ging zu dem Teleskop. Was hatte er vor? Ekin hatte das Teleskop registriert. Im Vorbeigehen, wie es ihr anstand. Zugegeben, es wirkte etwas deplatziert. Das Rohr so wuchtig, dass es an eine Tonne erinnerte. Chromüberladen. Na und? Die Leute deckten sich heutzutage mit allem möglichen Beobachtungsgerät ein. Um ein Auge auf die Nachbarn zu halten, um sich sicherer zu fühlen, Einbrecher abzuschrecken. Das Teleskop der Frau war ungefähr so interessant wie ihr Kaffeeservice.

Paul war anderer Meinung. Er streichelte das Teleskop mit der Rechten – beinahe ehrfürchtig, als handele es sich um eine wertvolle Antiquität oder einen teuren GenMod – und legte das Auge an das Okular. »Wunderbare Arbeit. Erstklassig gepflegt. Ich kann jede Einzelheit in seinem Zimmer erkennen.«

»Es ist ein Zeiss. Aus der letzten Serie ohne Computerschnickschnack.«

Paul nickte. »Hält ein Menschenleben. Mehrere.« Er sah die Frau an. »Hat Alexander oft hindurchgesehen?«

»J... ja.« Die Frau schwankte, als hätte Paul sie gestoßen. »Woher wissen Sie von Alexander?«

Ekins Hunterreflexe übernahmen. Mit einem schnellen

Schritt postierte sie sich für den Fall, dass die Frau die Kräfte verließen, einen Schritt hinter ihr. Sie holte die Akte erneut auf die Datenbrille. Alexander ... ah, hier. Enkel. Der einzige.

»Die High Scores waren von ihm. Der Schluss lag nahe. Übrigens verteufelt gute High Scores. Ich kam nicht einmal im Ansatz an sie heran. Es braucht überragende Koordination, Übersicht, schnelle Reflexe, so weit zu kommen. Wie ein Topp-Pilot.« Paul legte eine Hand auf das Teleskop. Wieder ehrfürchtig. Aber anders diesmal. Nicht, als berühre er eine Antiquität, sondern eine Reliquie. »Es war sein Teleskop, nicht?«

»Ja, wir haben es ihm zum zwölften Geburtstag geschenkt.«

»Und er hat immer zu den Sternen gesehen, nicht?«

»Ja, zusammen mit meinem Mann. So lange er noch lebte. Dann mit mir.«

»Und die Sterne haben ihn nicht mehr losgelassen ...«

»Sie haben ihn mir genommen! Wenn wir ihm nur nie das Teleskop geschenkt hätten! Dann hätte er, statt in den Himmel zu glotzen, sich mehr für die wirkliche Welt interessiert. Dann hätte er Freunde gehabt, vielleicht sogar eine Freundin. Nicht nur immer dieses ewige Hocken. Vor dem Teleskop, vor der Datenwand, über Büchern. Und er ...«

»... er hätte keine Company-Lose gekauft?«, brachte Paul den Satz zu Ende.

»Ja.«

»Bis er das Große Los zog?«

»Das Große Los ...« Tränen traten aus ihren Augenwinkeln. »Ich habe ihn nie so glücklich gesehen wie an dem Tag, als er es gezogen hat. So voller Leben. Ich habe es nicht über mich gebracht, dazwischenzugehen. Ich hätte ihn anzeigen können. Man hätte ihm die Ausreise untersagt. Und er wäre noch am Leben.«

Die Frau merkte nicht, dass Paul sie angelogen hatte. Er zog seine Informationen lediglich aus ihrer Akte. Wie Ekin. *Alexander Vligar*, las sie. *Geboren 10.2.2044, Pilot bei der XI. Staffel der Human Company. Verschollen über dem Südpazifik*

(Letzte Positionsmeldung: 3° 22′ S, 172° 6′ O) mit seinem Flugzeug seit dem 12. 11. 2063. Eineinhalb Jahre. Der Enkel musste tot sein. Hätten ihn die Amerikaner geborgen, sie hätten der Company längst ein Auslöseangebot gemacht. Ein teures.

»Flyboy! Das klingt wie der größte Spaß auf der Welt, nicht? Die Company-Lotterie hämmert es den Leuten ein. Wie ein Kind in der Luft herumtollen, und wenn man mal daneben langt, fängt Papa oder Mama oder irgendein Netz einen auf, und man springt auf, und weiter geht es. Flyboy! Das ist eine Lüge! Sie verheizen die Jungs, das ist die Wahrheit. Nutzen aus, dass sie keine Ahnung von der Welt haben. Schicken sie über das Meer, um dem Müll hinterherzuhechten, den die Aliens wegwerfen. Das ist die Wahrheit!«

Die Frau war blass. Sie zitterte.

Plötzlich stand Paul vor der Frau, eine Armlänge entfernt, und sagte: »Ich weiß, wie Sie sich fühlen. Es tut unendlich weh, nicht? Ihr guter Junge musste sterben, während andere nicht wissen, was sie mit ihrem Leben anfangen sollen.«

»Dieser nutzlose Kerl lebt, und Alexander ist tot. Es ist so ungerecht!«

»Das ist es. Und deshalb gibt es uns. Kommen Sie.«

Er breitete die Arme aus. Die Frau fiel Paul entgegen, ließ sich von ihm auffangen und heulte und heulte und heulte.

Tuvalu (vormals: Ellice Islands)

Wertung Alien-Hotspot: 4,42 von 5 Sternen (6.071.822 User haben abgestimmt)

Lage:
Abgeschiedene Inselkette im Pazifik. Ausgewählte Entfernungen: Neuseeland ca. 3000 km, Australien ca. 3500 km, Marianengraben ca. 4500 km.

Geografie:
Inselkette aus neun Inseln, höchste Erhebung 5 Meter über NN (Tendenz fallend), Fläche 10,1 Quadratkilometer (Tendenz stark fallend).

Prä-Alien-Geschichte:
Diente im Zweiten Weltkrieg in Teilen als Luftwaffenstützpunkt der US Air Force. Aufgrund isolierter Lage geringer Kontakt zur Außenwelt (Ausnahme: Vermarktung der Internet-Domain .tv bis in die 2020er Jahre). Bevölkerungshöchststand um die Jahrtausendwende: etwa 9000. Seitdem Bevölkerungsschwund parallel zum Schwund der Landfläche. Bitten um eine geschlossene Übersiedlung anfangs an Neuseeland und Australien, später an alle unabhängigen Nationen der Welt, wurden abgelehnt.

Post-Alien-Geschichte:
Tuvalu liegt im äußersten Ring der Einschlagszone (jährlich gehen im Schnitt 0,86 von 1000 Artefakten in seinem Gebiet nieder). Im Anschluss an den Zonenkrieg wurde die Bevölkerung von Tuvalu von der Human Company nach Sierra Leone ausgesiedelt, von wo aus sie sich über den Globus zerstreute. Der Nutzungsvertrag mit der Company sichert den Tuvalesen einen hohen Lebensstandard.
Seit 2060 dienen die Inseln Funafuti, Nanomea und Nukufetau als Flyboy-Basen, Grundlage sind die im Zweiten Weltkrieg von der US Air Force angelegten Bomber-Pisten.

Die Nutzung ist saisonal. Die Inseln werden in der Sturmsaison regelmäßig überflutet. Die Übersäuerung des Meerwassers hat zu einem Absterben der Korallenriffe geführt und damit zum Ausfall ihrer Schutzfunktion bei Stürmen. Trotz aufwändiger Befestigungsmaßnahmen räumt man den Pisten eine verbliebene Nutzungsdauer von maximal zehn Jahren ein.
Ausbeute an Artefakten: 38.

– *Auszug aus »AlienWatch – 20 Milliarden Augen sehen mehr!«, Alien-Net-Subprojekt*

KAPITEL 8

Die Schlampe hieß *Strawberry Bitch* und verdankte Namen und Anstrich dem Bomber, den ein Vorfahr Wilburs im Zweiten Weltkrieg geflogen hatte. Sie glänzte erdbeerrosa, hatte eine Spannweite von 40 Metern, einen Radarbuckel, auf beiden Seiten unter den Cockpitscheiben ein Pin-up mit überirdischen Kurven und einem glubschäugigen Alienkopf – und Propeller.

Vier Propeller, die wie hässliche Warzen aus den Flügeln wuchsen.

Rudi blieb fassungslos stehen. Wilbur, der ihn zusammen mit Diane im Hangar aufgelesen hatte, schlug ihm mit der flachen Hand auf den Rücken. Eine Geste, angesiedelt irgendwo zwischen Kameradschaft, Väterlichkeit und Verletztheit. Wilbur war der Bordingenieur. Nicht der Mann, der die *Bitch* flog, das übernahm allein Diane. Nein, der Mann, der dafür sorgte, dass Diane ein Flugzeug hatte, das flog. Wilbur, sollte Rudi in den nächsten Wochen feststellen, schlief wahlweise in, auf oder unter der *Bitch*. Und wenn er gerade nicht bei seiner *Bitch* schlief, fummelte er an ihr herum. Sie war wie alles auf Funafuti Company-Inventar, aber tatsächlich gehörte sie ganz und gar Wilbur. Die *Bitch* war ein Teil von ihm, und wer an ihr herummäkelte, mäkelte an seiner Person herum.

»Krieg den Mund wieder zu, Junge. Düsen machen auch nichts anderes, als Luft nach hinten zu schieben, klar?«

»K-klar.«

»Gut, dass wir uns da einig sind. Und jetzt an deinen Platz mit dir. Wir haben hier lange genug herumgehockt!«

Einer der Propeller lief krachend und knatternd an, wie in

einem Film aus dem vorigen Jahrhundert. Die Übrigen folgten, kamen – widerwillig, wie es Rudi schien – auf Touren. Über eine wacklige Treppe, die aus dem Rumpf ausklappte, stieg Rudi in den Bauch der *Bitch*. Eine einzige lange Kabine erwartete ihn, keine Abtrennung teilte das Cockpit ab. Es roch nach altem Schweiß und kaltem Rauch, der sich nach den ersten Atemzügen in Rudis Lunge und Magen ausbreitete und ihn merkwürdig benommen machte. Zwei Gestalten in Fliegermonturen – seine neuen Kameraden – beschäftigten sich mit Displays oder beugten sich über Ausrüstungsgegenstände und überprüften ihre Befestigung.

Als sie ihn hereinkommen sahen, unterbrachen sie ihre Beschäftigung und gingen auf Rudi zu.

»Hero«, sagte der eine, schüttelte ihm die Hand und verbeugte sich gleichzeitig vor ihm. Er war ein Asiate, mit heller, fast bleicher Haut, schwarzem Haar und faltigem Gesicht. Er war klein, ging Rudi nur bis zur Brust.

»Rodrigo«, sagte der andere. Auch sein Gesicht war faltig, aber sonnenverbrannt – zumindest der Teil, der nicht von der großflächigen Datenbrille verdeckt wurde.

»Freut mich«, entgegnete Rudi. »Ich hoffe, wir ...« Er brach ab. Hero und Rodrigo hörten nicht mehr hin. Sie hatten kehrtgemacht, widmeten sich wieder ihren Startvorbereitungen. Rudi stand da, wusste nicht, wohin mit sich, und war froh, als Diane sich im Sitz umdrehte und ihn nach vorn winkte, wenn auch in der Art, wie man ein lästig gewordenes Haustier herumkommandierte.

»Schnall dich an, Junge. Wir starten!«

Rudi nickte. Er war zur Company gestoßen, um zu fliegen und Aliens ins Auge zu sehen. Nur: *So* hatte er sich das nicht vorgestellt. Er sah an sich herunter und sagte: »Aber ...«

»Aber was?«

»Ich habe noch keine Montur.«

»Keine Zeit. Das Wetter stimmt, wir haben eine Startfreigabe, und ich platze, wenn ich nur eine Minute länger am Boden bleiben muss. Du kannst dich darum kümmern, sobald du zurück bist. Das da ...«, sie deutete mit einem langen, dünnen Finger auf seine Shorts und das Hemd, »... passt prima für deine Aufgabe. Stell dir einfach vor, du bist Tourist. Du glotzt dir alles an, und gut. Also: Rein in den Sitz, und behalt deine Finger bei dir!«

Rudi blieb die nächsten 38 Stunden im Sitz und behielt seine Finger bei sich. Alle paar Stunden kratzte er den Mut zusammen, aufzustehen und unter den »Weichei!«-Blicken Dianes mit mörderisch prickelnden, eingeschlafenen Beinen zur Toilette im Heck der *Bitch* zu stapfen. Dann hockte er auf dem viel zu kleinen Sitz, bohrte die Knie in die Plastiktür und fragte sich, womit er dieses Schicksal verdient hatte und ob er nicht besser in Himmelsberg geblieben wäre. Dort hatte es nur Latrinen gegeben, in denen die Exkremente der Gemeinschaft zu Dünger für die Felder faulten, und sie hatten noch viel schlimmer gestunken als die Toilette der *Bitch*, aber wenigstens hatte man so oft ein Geschäft machen können, wie man wollte, ohne dass einen jemand schräg ansah. Und die Knie waren dabei heil geblieben.

Rudi behielt sein Display im Auge. Er fasste es nicht an, aber er sah genau hin. Und sobald er etwas sah, rief er es hinaus. Nach dem zehnten Mal – Rudi hatte sieben Hybridsegler, einen Vogelschwarm, ein Verkehrsflugzeug, eine amerikanische Drohne und null Artefakte gesichtet – erhob sich Wilbur von seinem Platz, ging neben ihm in die Hocke, legte ihm eine Pranke auf die Schulter und flüsterte ihm ins Ohr: »Das ist genug, Junge. Ich verstehe ja, dass du aufgeregt bist, aber noch so ein Schrei, und du gehst über Bord. Verstanden?«

Rudi nickte und hielt von diesem Moment an den Mund. Seine Zeit in Himmelsberg, das auf Gehorsam und Sanktionen setzte, wo Hingabe an die Sache nicht ausreichte, hatte ihm ein feines Ohr für Drohungen verschafft. Wilbur meinte es ernst.

Rudi saß steif in seinem Sitz, getraute sich kaum, die Arme auf den Lehnen abzulegen, und schimpfte sich in Gedanken für den Trip nach Neo-Bangkok – um Engeln nachzujagen! –

als den größten Trottel des Universums. Er stellte sich vor, wie es sich anfühlen würde, mit seinen Zimmergenossen zu fliegen, in einem echten Flugzeug, vielleicht sogar einer Pemburu, und nicht in einem vorzeitlichen Relikt, und mit echten Kameraden, anstatt mit Leuten, die ihm ungefähr dieselbe Beachtung schenkten wie den Kabinenlichtern.

Rudi beneidete alle Flyboys dieser Welt. Sie hatten es besser als er, es musste einfach so sein. Der lebende Beweis saß neben ihm.

Diane flog die *Bitch* eigenhändig, wechselte das Steuerhorn zwischen der linken und der rechten Hand, je nachdem, ob sie eine Zigarette rauchte oder an ihrer Wasserflasche nuckelte. Soweit Rudi es beurteilen konnte – gnädigerweise gelang es ihm, hin und wieder wegzunicken –, überließ Diane während der gesamten 38 Stunden nur ein halbes Dutzend Mal dem Bordrechner die Steuerung. Drei Mal, um selbst auf die Toilette zu gehen. Drei andere Male, um die *Bitch*, ihre Kameraden, die Company und die ungerechte Welt ausführlich zu beschimpfen, als unerklärliche Radarreflexe sich nicht als die erhofften Artefakte, sondern als Störungen oder Verkehrsflugzeuge erwiesen.

Die übrige Zeit tanzte sie. Es war keine fliegerische Disziplin, die man Rudi im Company-Lager bewusst vorenthalten hatte, sie war den Ausbildern schlicht unbekannt gewesen. Tanzen war die Spezialität der *Bitch* und ihrer Mannschaft, ihre ganz persönliche Chance – hofften sie – auf ein Artefakt. Niemand sonst tanzte über Ozeanien.

Tanzen hieß segeln. Unter anderem. Den dicken Hintern der *Bitch* – wie Wilbur ihn nannte, der das als Einziger ungestraft tun durfte – in Thermik zu baden, die schwere Propellermaschine wie einen leichten Segler zu fliegen. Mit ausgeschalteten Triebwerken, um Kerosin zu sparen. Mit dem Wind, wenn es darauf ankam, Strecke zu machen. Gegen ihn, wenn es darauf ankam, an Ort und Stelle zu bleiben.

Tanzen hieß, alle Pläne und Vorhaben in einer Augenblicksentscheidung über Bord zu werfen, wenn Rodrigo, der

Lauscher der *Bitch*, einen viel versprechenden Infobrocken oder einen Radarreflex aufschnappte.

Tanzen hieß, aus 10.000 Meter Höhe wie ein Stein dem Meer entgegenzufallen und die Maschine knapp über den Wellen abzufangen.

Tanzen hieß, eine halbe Stunde mit Höchstgeschwindigkeit in eine bestimmte Richtung zu fliegen, dann umzukehren, in die Gegenrichtung zu fliegen, wieder umzukehren, wieder umzukehren und wieder umzukehren, bis man nicht mehr wusste, wo einem der Kopf stand und was, zum Teufel, man hier draußen eigentlich trieb, über diesem endlosen Meer, das eine Welt für sich darstellte. Und zwar eine, wie der Quasi-Nichtschwimmer Rudi spürte, die nicht für Menschen geschaffen war.

Und Tanzen hieß zurückzukommen. Es mit den letzten Litern Kerosin zurück nach Funafuti oder wenigstens nach Nanomea oder Nukufetau zu schaffen, auch wenn das Letztere eine unschöne Delle im Ansehen einer Crew hinterließ. Es war Ehrensache, zum eigenen Stützpunkt zurückzukehren. Aber das war nichts im Vergleich dazu, über dem offenen Meer ohne Sprit dahinzutrudeln, denn Rudi hatte die *Bitch* im Verdacht, ein noch schlechterer Schwimmer zu sein, als er selbst es war.

Tanzen hatte ein Ziel: oben zu bleiben, in der Hoffnung auf eine unschlagbare Ausgangsposition, wenn ein Artefakt herunterkam. Und je länger man oben und draußen über dem Meer blieb, desto besser die Aussichten.

Deshalb die Propeller. Die *Bitch* hatte mit den 550 Kilometern in der Stunde, die ihre Triebwerke am Anschlag hergaben, gute Chancen, den Preis für den langsamsten U-Boot-Träger der Company zu gewinnen. Dafür besaß sie Ausdauer, »Sitzfleisch«, wie Wilbur es nannte. 38 Stunden, sollte Rudi erfahren, saß die *Bitch* auf einer Backe ab. Je nachdem, wie kerosinstrapazierend eine Patrouille ausfiel, konnte diese drei ganze Tage und Nächte dauern. Der Rekord der *Bitch* stand bei 81 Stunden. Diane hatte die *Bitch* im Gleitflug – mehr in der Luft stehend als sonst etwas – nach Funafuti gebracht und genau so auf die Piste gesetzt, dass sie einen Meter vor ihrem Hangar ausgerollt war. Der Beifall der Flyboys am Boden war lauter gewesen, als die Motoren bei Vollschub dröhnten. Behauptete jedenfalls Wilbur.

Es war Rodrigos Schuld gewesen. Diane bestimmte, mit welchen Schritten die *Bitch* tanzte, Rodrigo wohin.

Der langhaarige Brasilianer kauerte reglos vor seinem Display und klickte sich per Augenblinzeln von Kanal zu Kanal, von Quelle zu Quelle, und war zu jedem beliebigen Zeitpunkt damit beschäftigt, ein halbes Dutzend von ihnen zu knacken oder auszuwerten. Amerikaner, Chinesen, Europäer, Rumpf-UNO, AlienNet, Knalltüten von überall auf der Welt ... wer immer glaubte, etwas zu sagen zu haben, war Rodrigo willkommen – der Lauscher war vorurteilslos mit System. Bei ihm klang das so: »Auch das dümmste Huhn findet ab und zu ein Korn, sonst wäre es längst verhungert.« Es roch nach dem Bauernhof, auf dem Rodrigo mit seiner Familie trotzig und weil es keinen anderen Ort gab, an den sie hätten gehen können, gegen die Dürre im Amazonasbecken angekämpft hatte, bevor er das Große Los gezogen hatte. Unter dem Strich lief es auf eines hinaus: Das entscheidende Byte Information konnte von überall herkommen, aus dem Nichts, ohne Vorwarnung. Wie das Alienschiff.

Also lauschte Rodrigo, machte sich – unterstützt von diversen Expertensystemen, die auf seiner vom Bordrechner der *Bitch* unabhängigen Rechnereinheit liefen – seinen persönlichen Reim auf das, was er sah, hörte oder las, knackte unknackbare Verschlüsselungen und versuchte Authentisches von absichtlich Gefälschtem zu unterscheiden, um keiner falschen Spur hinterherzuhetzen. Für gewöhnlich lief es darauf heraus, konsequent eigene Wege zu gehen und sich von der Meute fernzuhalten. Flog die halbe Company-Flotte samt der geballten Konkurrenz nach Nordwesten, dirigierte er die *Bitch* nach Südosten. Oder nach Osten, oder nach Westen. Irgendwohin, Hauptsache weg von den anderen. Es war ihre einzige

Chance; die *Bitch* war zu langsam, um einem anderen Flieger die Beute vor der Nase wegzuschnappen – es sei denn, das Artefakt klatschte zufällig neben ihr in den Pazifik, und sie war im Umkreis von 300 Kilometern das einzige Flugzeug.

Trat dieser Fall ein, war Hiroyuko, genannt Hero, an der Reihe. Es war ein merkwürdiger Spitzname für einen Mann, der bislang Tapferkeit nur in einer einzigen Disziplin bewiesen hatte, wenn auch in übermenschlichem Maße: der Geduld. Hero war Steuermann, Kapitän, Maschinist und Matrose – kurz: die Gesamtbesatzung – des Mini-U-Boots, das im Bauch der *Bitch* auf seinen ersten echten Einsatz wartete, zusammen mit Hero. An dem Tag, an dem es einem Artefakt einfiel, in unmittelbarer Nähe von ihnen herunterzukommen, würde die große Stunde des Japaners schlagen. Die *Bitch* würde Hero samt U-Boot im Tiefflug ausklinken. Hero aber würde dem Artefakt hinterhertauchen, der Hitzeschleppe folgen, die es hinterlassen hatte, es dann mit den Greifern seines U-Boots packen und nicht mehr loslassen, selbst wenn die Amerikaner ihm eine komplette Flottille Jagd-U-Boote auf den Hals hetzen sollten, und seine Beute schließlich ans Tageslicht zerren. Und Hero würde von diesem Tag an nicht nur dem Namen nach ein Held sein.

Soweit die Theorie. In der Praxis beschäftigte sich Hero mit den Aufgaben des Bord-Stewards, brachte Diane Nachschub an Zigaretten und Wasser, Wilbur und Rodrigo an Essen, was immer die Company günstig auf dem Weltmarkt hatte besorgen können und zu den Stützpunkten verfrachtet hatte, und Rudi, nach 24 Stunden, eine Wasserflasche und drei Scheiben Brot mit halb verdorbener Margarine sowie eine Decke gegen die Kälte, die einem beim langen Sitzen in die Knochen kroch. Es war das erste Anzeichen dafür, dass die Crew ihn, wenn schon nicht als menschliches, dann immerhin als lebendes Wesen einstufte.

Und irgendwann in den Stunden nach dem Brot, dessen ranziger Geschmack ihm nicht von der Zunge wollte, als Rudis Kreislauf endlich die letzten in seinen Adern kursierenden

Reste Neo-Bangkoks aufgespalten und ausgeschieden hatte, sein Hintern, sein Rücken und seine angeschwollenen Beine einsprangen, um ihm das Dasein zu verleiden, als draußen immer nur Meer zu sehen war – Wellen, Wellen, Wellen, end- und bedeutungslos – und er in einen Schlaf mit viel zu vielen lockenden Engelerscheinungen abdriftete, als dass er erholend hätte sein können, und Rudis Gehirn den Aus-Schalter nicht fand, weil er doch eigentlich genau an dem Ort war, an den er sich gesehnt hatte, seit er das erste Mal von den Flyboys und der Company und den Aliens gehört hatte, da kapierte er.

Die Crew der *Bitch* hatte etwas zu verbergen.

Kein Zweifel, trotz des Schandmaulduells, das sich Diane und Wilbur lieferten. Während Hero endlos und schweigend an seinem Mini-U-Boot hantierte und Rodrigo lauschte, meckerten Diane und Wilbur.

Über die Verpflegung: »Immer dieser Scheiß-Reis!«, beklagte sich Wilbur. Er hielt ein Schälchen und wedelte wild mit der freien Hand, an der Reiskörner wie angeklebt hafteten. »Hat unser geliebter Projektkoordinator noch nie von Proteinen gehört? Oder von F-L-E-I-S-C-H?«

Über das Wetter: »Sonne, Sonne, Sonne!« Diane rollte die Augen. »Ist das alles, was dieser Arsch der Welt zu bieten hat?«

Über die ständig viel zu knappen Kerosinzuteilungen: »Sollen wir mit Luft und Liebe fliegen oder was? Ich frage mich, wohin die ganzen Lotteriegelder verschwinden!«

Und natürlich über die Amerikaner: »Wieso müssen sie ihre dicken Wurstfinger überall reinstecken? Großer Gott, erbarme dich und lass ihnen endlich den Sprit ausgehen!«

Das kam von Wilbur. Amerikaner waren seine Spezialität. Er konnte nicht anders, er war früher selbst einer gewesen, wenn auch nur ein Golf-Amerikaner. Es musste Wilbur nicht gerade gefallen haben, nach der Heftigkeit zu schließen, mit der er über seine ehemaligen Landsleute herzog.

Dennoch, das Ganze war lediglich harmloses Gerede. Rudi kannte es vom Himmelsberg und vom Company-Lager, den beiden Orten, an denen er nennenswerte Teile seines Lebens verbracht hatte. Und jetzt hier, an Bord der *Bitch* ... sich zu beklagen, schloss Rudi, gehörte zur menschlichen Natur wie Essen und Trinken. In Himmelsberg war es jedenfalls so gewesen. Schlimmer noch: Dort hatte es nie zu viel zu essen gegeben, dafür aber umso mehr Gerede. Im großen Haus von Himmelsberg war kein Augenblick vergangen, ohne dass sich irgendwo irgendjemand beklagt hätte. Wie hätte es auch anders sein können, mit 50 Erwachsenen und 200 Kindern unter einem Dach? Manchmal, eigentlich ständig, war das Geschimpfe in Gebrüll und Streit umgeschlagen. Ausgetragen mit einer Vehemenz, als würden sich die Angehörigen der Gemeinschaft jeden Augenblick gegenseitig an die Kehle gehen. Was von Zeit zu Zeit auch geschehen war, aber das Band zwischen den Himmelsbergern, ihr Glaubenssatz, hatte der Belastung standgehalten.

Rudi, der nichts anderes als Himmelsberg kannte, hatte von früh an gelernt, sich herauszuhalten, wegzuhören. Und gleichzeitig genau hinzuhören. Er lernte, das Gesagte zu ignorieren und sich stattdessen auf das zu konzentrieren, was *nicht* gesagt wurde.

Das nicht Gesagte war das eigentlich Gesagte.

Und die Crew der *Bitch* sagte so viel nicht, dass Rudi bald wieder der strapazierte Kopf schwirrte. Diane und Wilburs bissige Bemerkungen waren authentisch, die beiden spielten ihm nichts vor. Doch eigentlich waren sie nur ein Ritual, eine Art Warmlaufen, bevor man im Kreis der Vertrauten zum eigentlichen Kern kam. Mit Rudi, dem ungeliebten Neuen an Bord, blieben die beiden in der Anbahnung stecken, drehten sie sich – zunehmend frustriert – im Kreis und steigerten sich in immer extremere Bemerkungen, die schließlich in Wilburs Wunsch gipfelten, dass die Aliens endlich ihre dicken Hintern hochbekommen sollten, die Waffentürme ihres Schiffs ausfahren und das Geschwür der USAA vom Angesicht der Erde brennen sollten. Das würde zwar für die ersten paar Jahre oder Jahrzehnte eine unangenehm stinkende Rauchwolke geben, die sich um den Globus legte, so Wilbur, aber dafür hätte der Rest der Menschheit die Aussicht auf Millionen von Jahren frischer Luft. Zumindest so lange, bis sich neue Kohlenflöze gebildet hatten, die unvorsichtige Leute verbrennen könnten, um den Kohlendioxid-Anteil der Atmosphäre in die Höhe zu treiben.

Rudi blieb ruhig, äußerlich. Er war ein guter Lauscher, Himmelsberg hatte es ihn gelehrt. Im Flyboy-Lager hatten ihm die Ausbilder angeboten, den Kurs zu wechseln. Sie hatten ihm einen Platz als Lauscher für die Company geboten, ihn gedrängt, die Flyboy-Sache fallen zu lassen. Rudi schlage sich nicht übel, hatten sie durchblicken lassen, aber es gebe viel zu viele Möchtegern-Flyboys ... was, wenn er nicht gut genug wäre?

Rudi hatte abgelehnt. Er hatte Himmelsberg nicht hinter sich gelassen, um zu lauschen. Er wollte Flyboy sein, seinen eigenen Flieger in den Himmel jagen, den Aliens hinterher. Er wollte die Aliens kennenlernen, herausfinden, wie sie fühlten und dachten, was sie zur Erde geführt hatte. Und vielleicht – nur vielleicht, er getraute es kaum, sich selbst den Gedanken einzugestehen – würden sie ihn mit zu den Sternen nehmen.

Als die *Strawberry Bitch* kurz nach zwei Uhr auf dem Lichtstreifen aufsetzte, in den sich Funafuti bei Nacht verwandelte, hatte Rudi seinen Entschluss gefasst.

Er würde nicht nur dasitzen und sich den Hintern wund sitzen. Er würde fliegen.

Und er würde herausfinden, was die Crew der *Bitch* zu verbergen hatte.

Das Gesicht seines Engels legte sich über den vollen Mond, als er mit steifen Beinen auf die Piste kletterte.

Es lächelte wohlwollend.

1. Was ist AlienNet?

In drei Sätzen:
Unsere letzte und einzige Hoffnung.
Die Bastion des Lichts.
Der Leuchtturm der Vernunft.

In einigen Sätzen mehr:
AlienNet ist der einzige Ort des Sonnensystems, an dem alles geht. Du bist hier richtig, wenn du einer oder mehrerer dieser Aussagen zustimmst:

Ich hasse die Aliens, ich will meine Wut hinausschreien!
Ich liebe die Aliens, ich will meine Liebe teilen!
Aliens? Mir #%&$-egal!
Sex mit Tieren/GenMods/Kindern/Menschen/Aliens ist abscheulich/das Größte überhaupt!
He, heute war ein schöner Tag. Der Marmorkuchen ist mir ganz toll gelungen!
Politiker sind Schweine!
Meine Datenwand will nicht mehr. Sie zeigt immer nur die Fehlermeldung #3871 an! Steckt das Hunter-Korps dahinter?
Hinter dem Attentat auf das EU-Parlament am 30. November 2043 steckt der Mossad/CIA/ein Alien-Stoßtrupp/mein komischer Nachbar – ich habe Beweise!
Alles Lüge!
Wieso habe ich keine Freunde?
Ich bin ein Alien und suche Gleichgesinnte.

AlienNet lehnt die weltweiten Alien-Gesetzgebungen in allen ihren Ausformungen ab.

AlienNet ist die letzte Zuflucht aller intelligenten Wesen unseres Sonnensystems.

– *Auszug aus: AlienNet FAQ, Abschnitt allgemeine Fragen. Stand 8/2065*

KAPITEL 9

An.

»He, sieh dir den an!«

Schritte. Sie kamen auf ihn zu. Hielten ein, bevor sie ihn erreichten. Schwere Schritte, auf hartem Metallboden. *Schwankendem* Boden. Es ratterte.

»Mann, was ein Brummer! So was hab ich noch nicht gesehen.«

Wieselflink war unterwegs. In einem Zug.

»Kreuzung zwischen Nilpferd und Mensch, wenn du mich fragst.«

Noch bevor Wieselflink die Augen öffnete, tastete seine Hand über den Rücken. Sie fand den Rucksack, tastete weiter, fand die Ausbuchtungen, die die Stecker verursachten. Die Bahnpolizisten hatten sie ihm nicht genommen. Das war das Wichtigste, alles Weitere würde sich finden.

»Wetten, der ist ihnen aus dem Labor ausgebüchst?«

Lachen. Es kam aus nächster Nähe. Wieselflink öffnete die Augen. Ein Eisenbahnwagen. Ein großer Raum, an einem Ende eine schwere Schiebetüre, geöffnet und groß genug, um einen Menschen liegend ein- oder auszuladen.

»Wäre kein Wunder. Frisst bestimmt wie ein Nilpferd.«

Ein Schlusswagen. Der einzige Zu- und Ausgang jedes Zuges, in maximaler Entfernung zur Lok. Wieselflink hatte in seiner Zeit unter den Bahnnomaden mehr von ihnen gesehen, als ihm lieb war. Aber dieser hier ... er war anders. Wieselflink brauchte einige Momente, bis er darauf kam, was der Unterschied war: Der Wagen war sauber, frisch gekehrt, vielleicht sogar mit Wasser ausgespritzt. Er stank nicht. Beinahe. Ein schwacher Geruch nach Urin lag in der Luft, als wäre er in das Metall eingedrungen.

»Wenn der sich umdreht, bekommt der Wagen Schlagseite.«

Kalter Wind drang durch die offene Tür, ließ Wieselflink frösteln.

»Können wir nicht gebrauchen, so einen wie den.«

»Nein, ganz bestimmt nicht. Der frisst uns den ganzen Proviant auf, noch bevor wir am Saturn vorbei sind. Falls wir überhaupt hochkommen mit ihm.«

Zwei Männer standen an der Tür. Sie hatten kurz geschorene Haare, trugen schwarze, glänzende Uniformen mit breiten Gürteln – und Halsbänder. Wie war das möglich? Hatte das Ministerium begonnen, Hilfs-Bahnpolizisten unter den Nomaden zu rekrutieren? Die Ausstrahlung passte. Eine demonstrative Lässigkeit, die sich aus dem Gefühl speiste, Teil eines größeren Ganzen zu sein und an dessen Macht teilzuhaben. Das – und Missachtung für alle, die nicht daran teilhatten.

»Okay, raus mit ihm!« Der Mann hatte einen Knopf im Ohr. Er musste in Funkkontakt stehen mit ... mit wem eigentlich?

Die Männer gingen in die Knie. Sie stemmten sich mit beiden Armen gegen einen Umriss, der wie ein Berg vor ihnen aufragte.

»Mann, wenn der Typ eine Kreuzung ist, dann zwischen Nilpferd und Elefant!«

Ein Fleischberg.

»He, ihr da! Packt mal mit an!«, rief der Anführer mit dem Knopf im Ohr.

Fleischberg!

Zwei weitere Männer traten hinzu. Sie wirkten wie Brüder der anderen beiden: kurz geschorene Haare, dieselben glänzenden, schwarzen Uniformen, die merkwürdig steif wirkten, als seien sie aus demselben Material gefertigt wie die Hand voll schwerer Schutzschürzen, die es in der Fabrik gegeben hatte, und Halsbänder. Zu viert stemmten sie sich gegen Fleischberg. Sie ächzten vor Anstrengung. Von Fleischberg kam kein Ton. Er musste bewusstlos sein. Der Schlag seines Halsbands wirkte noch nach. Das Stillhalten hatte nichts genützt.

»Auf drei! Eins, zwei, drei!«

Fleischberg kam in Bewegung, blieb auf der Seite liegen, eine Handbreit vor der offenen Tür. Wieselflink erhaschte einen Blick nach draußen. Häuser zogen an ihnen vorbei. Schemen. Der Zug war schnell. Das Ministerium musste es eilig haben, ihn von der Fabrik wegzubekommen.

»Ich glaub, ich spinn! Wir haben echt Schlagseite!«

»Noch mal auf drei. Diesmal schaffen wir's!«

Der Mann behielt recht. Als die vier sich mit ihrem gesamten Gewicht gegen ihn stemmten, kam Fleischberg über der Kante zum Liegen, verharrte für einige Augenblicke und kippte dann weg. Wieselflink hörte einen dumpfen Schlag, wie ihn die großen Tiere in der Fabrik machten, wenn sie vom Haken rutschten und auf den Boden klatschten, gefolgt von einem Zischen.

Der Anführer trat an die Tür, streckte den Kopf hinaus. »Schade ...« Er zog den Kopf wieder ein, schüttelte ihn. »Hätte geschworen, dass der Kerl einen Krater reißt!«

Die übrigen Männer lachten und wischten sich den Schweiß von der Stirn. Der Mann, der den Witz gemacht hatte, lachte mit, wenn auch am leisesten, und schlug sich schließlich auf die Oberschenkel.

»Okay, weiter jetzt. Wir müssen die Lieferung abfertigen, sonst fallen wir noch weiter hinter den Plan zurück, als wir es sowieso schon sind.«

Die Aufforderung genügte. Die Männer hörten auf zu lachen, als hätte er einen unsichtbaren Knopf gedrückt, salutierten und gingen wieder an die Arbeit.

Ihre Arbeit waren Nomaden.

Sie lagen überall im Wagen. Bewusstlos, von den Schlägen ihrer Halsbänder betäubt, verharrten die meisten in merkwürdig verrenkten Positionen. Die Übrigen hielten es wie Wieselflink. Sie lagen oder saßen da und sahen sich vorsichtig um, versuchten ihre neue Umgebung zu verstehen. Verstehen war wichtig. Überlebenswichtig. Ein Bahnnomade verstand das entweder schnell, oder er würde es nie verstehen, weil er nicht lang genug am Leben wäre. Und das war unnötig. Nomaden konnten alt werden. Wieselflink hatte welche kennengelernt, die Zug fuhren, seit das System der Überschussmenschen etabliert worden war, vor beinahe einem Vierteljahrhundert. Manche von ihnen hatten sich ganz nach oben gearbeitet, führten ihr eigenes Pack an, andere gaben sich mit einem unscheinbaren Platz am Rand zufrieden. Gemeinsam hatten die Veteranen eines: Sie besaßen ein Gespür dafür, dass man den Ort, an dem man landete, verstehen musste. Gelang das, waren die Überlebensaussichten nicht viel schlechter als draußen. Man schlug sich durch, irgendwie. Und wenn nötig, schlug man jemand anders. Nicht anders als draußen. Mit einer Ausnahme: der Übergänge. Jede Veränderung brachte Gefahr mit sich. Ein neuer Zug, eine neue Fabrik, ein neuer Arbeitseinsatz draußen – solange man sich noch nicht eingelebt hatte und die Regeln des Ortes nicht verstand, an den einen das Ministerium verschlagen hatte, war man in Gefahr.

»Was ist mit dem da?«

Einer der Männer in Uniform beugte sich über einen Nomaden. Der Anführer trat hinzu. Er wuchtete den Bewusstlosen in einer Bewegung, die Wieselflink an die Schlachtfabrik erinnerte, auf den Rücken, zwang seinen Kiefer mit einer Hand auseinander und besah sich die Mundhöhle. »Sieht gesund aus. Die Zähne sind okay.«

»Behalten wir ihn?«

Der Anführer überlegte, dann nickte er. »Ja. Er könnte Sterngarde-Material sein.«

Die beiden Männer packten den Nomaden rechts und links und schleiften den Bewusstlosen ans andere Ende des Wagens, reichten ihn durch – eine schmale Tür führte in den nächsten Wagen – und kamen zurück.

Schlitzer vielleicht? Stahlfaust? Eher nicht. Der Mann war weder tätowiert, noch hatte Wieselflink Narben auf den Armen erkennen können oder Stahlhülsen um die Finger. Die beiden mussten in einem anderen Zug sein. Oder sie waren in der Fabrik geblieben. Die Bahnpolizisten ließen bei einer Räumung für gewöhnlich einen gewissen Teil der Nomaden zurück. Es steigerte die Produktivität, auf erfahrene Arbeiter zurückgreifen zu können, die die Neuen einwiesen.

Die Männer arbeiteten sich vor. Drei Nomaden gingen durch, schafften es durch die schmale Tür in das Innere des Zugs, in Sicherheit, wie Wieselflink mutmaßte. Es waren kräftige Männer. »Sternengarde-Material« hörte Wieselflink. Und: »Der zeugt kräftige Kinder!« Oder: »Sieht aus wie einer, der anpacken kann!« Zwei Nomaden gingen über Bord. Schmächtige Kerle. Nicht mehr die Jüngsten. Wie Wieselflink.

»Was haben wir denn da? Ein Mädel.«

Drei Bewusstlose noch, dann war Wieselflink an der Reihe.

»Das nennst du ein Mädel? Dieses Mannweib? Wenn du mich fragst, könnte sie was mit diesem Nilpferd von vorhin gehabt haben. Ist bestimmt seine Freundin gewesen.«

»He, mach mal halblang. Sie ist immer noch eine Frau. Wenn man ihr dieses Piratentuch abzieht ... wir brauchen Frauen.«

Piratentuch ... Kitty! Wieselflink wagte es, genauer hinzusehen. Die Männer in den schwarzen Uniformen waren zu beschäftigt mit ihrem Fund, um es zu bemerken. Ja, Kitty.

Der Anführer beugte sich vor, hantierte an ihr. Derb wie ein Tierarzt, der das fünfzigste Tier des Tages untersucht, und wie ein Mann, der sich ein wenig Spaß bei einer eintönigen, ungeliebten Arbeit gönnt. Kitty japste und wälzte sich, als erwache sie gerade langsam aus einem schlechten Traum.

»Sie wacht auf!«

»Vor den meisten Typen. Sie ist hart im Nehmen, das muss man ihr ...«

»Au! Sie beißt!« Der Mann sprang auf, streckte dem anderen die Hand entgegen. »Sieh dir das an, sie hat mich gebissen.«

»Raus mit ihr! So eine können wir nicht gebrauchen!«

Kitty war jetzt wach. Sie versuchte aufzuspringen, aber die beiden Männer packten sie an Armen und Beinen und trugen sie zur offenen Schiebetür. Der Zug hatte die Stadt hinter sich gelassen. Bäume, die an ihm vorbeiwischten, waren an die Stelle der Häuser getreten. Die Grenze zum nächsten Verteidigungsbezirk konnte nicht mehr weit sein. Wenn Kitty nur noch ein paar Minuten durchhielt ...

Kitty kämpfte. Sie musste denselben Gedanken wie Wieselflink gehabt haben. Ein paar Minuten noch, dann würde man dem Zug den Strom abdrehen und er würde ausrollen und zum Stehen kommen, und ein Sturz würde ihr zumindest nicht auf der Stelle ...

Kitty wand sich, kratzte, biss. Sie bekam ein Bein frei, trat einem der Männer ins Gesicht. Der Mann fluchte, bekam ihr Bein wieder zu fassen und zog es an sich. Etwas knackte in dem Bein. Kitty brüllte schrill auf. Sie stemmte sich im Griff der Männer hoch, angetrieben vom Schmerz und der Verzweiflung. Es nützte nichts. Im Gegenteil. Die Männer nutzten geschickt den Schwung ihrer Bewegung. Im hohen Bogen flog Kitty aus dem Zug.

Wieselflink hörte einen dumpfen Schlag, als sie auf dem Kies des Bahndamms aufkam. Einige Sekunden später folgte aus der Ferne ein Zischen, als der Sensor ihres Halsbands feststellte, dass sie sich unerlaubt und mit hoher Geschwindigkeit von dem ihr zugewiesenen Zug entfernte, und einen tödlichen Schlag auslöste.

»Geschieht dir recht, blöde Schlampe!«

Der Anführer, den Kitty gebissen hatte, schimpfte ihr mit drohend erhobener Faust hinterher, dann zog er ein Tuch aus der Tasche und wickelte es sich um die blutende Wunde.

»Los, weiter!«, sagte er. »Sie wachen langsam auf. Auf noch so eine Nummer kann ich verzichten!«

Der nächste Nomade. Kräftig, gute Zähne. Gute Gene. Er blieb.

Der nächste. Gesund und kräftig, gute Zähne. Den Unterschenkel bei der Räumung der Fabrik gebrochen. Schade, aber konnte man nicht ändern. Er flog.

Der Zug fuhr ungebremst weiter. Was war los? Wieselflink konnte sich an keinen Zug erinnern, der so viel Strom zugeteilt bekommen hätte. Wenn er nicht bald anhielt, dann ...

Wieselflink war an der Reihe. Die Männer machten sich

nicht die Mühe, ihn zu betasten oder ihm in den Mund zu sehen.

»Oh, Mann, was für ein Hemd. Der hält den Start niemals durch. Raus mit ihm!« Der Mann beugte sich vor. Wieselflink starrte zu ihm hoch, starrte auf den breiten Gürtel seiner Uniform. Er war mit Dutzenden von bunten Knöpfen übersät, wie das Spielzeug eines Kindes.

»Nein, nicht!«, rief Wieselflink. »Wartet! Bitte!« Er wedelte flehend mit den Armen, ihm fiel nichts Besseres ein.

Die Männer hielten inne, sahen einander verblüfft an. »Der Typ ist ja wach. Richtig wach«, sagte der Linke. »Man sollte denken, ein Schlag von seinem Halsband würde reichen, um ihm für immer das Licht auszuknipsen.«

»Schmeißt mich nicht raus, bitte!«

»Und wieso nicht, Männchen?«, fragte der Rechte, der Anführer. »Sag mir einen Grund, wieso sich das Große Pack mit einem Wicht wie dir abgeben soll?«

Das Große Pack? Wieselflink hatte noch nie davon gehört. Egal, er musste eine Antwort geben, schnell. »Weil ... weil ... ich halte was aus. Ich bin zäh.«

»So, so.«

»Ja, das seht ihr doch. Ich bin wach. Richtig wach. Als Einziger. Ich bin zäh.«

Der Anführer stemmte die Arme in die Hüften.

»Also gut, du bist zäh. Auf eine Art. Du steckst Schläge besser weg als andere. Aber das ist uns egal. Wo wir hingehen, gibt es keine Schläge mehr.«

Wieselflink verstand gar nichts. Aber er *musste* verstehen. Sonst war er über Bord. »Wo ... wo geht ihr hin?«

»Das geht dich nichts an. Du gehörst nicht zu uns. Und wir wollen dich nicht. Der Zug ist sowieso schon zu voll. Der Stopp an der Fabrik war nicht eingeplant. Sie haben uns ein paar unserer besten Gardisten für ihren Schlachthof genommen. Und was haben wir dafür bekommen? Vier Dutzend Zuchtbullen und eine Hand voll Wichte wie dich. Nein«, er schüttelte den Kopf, »vergiss es. Du wärst nur ein nutzloser Esser.«

»Das stimmt nicht. Wirklich nicht! Ich bin nicht nutzlos! Ihr könnt mich gebrauchen! Ich verdiene mir mein Essen!«

»Du?« Die beiden Männer grinsten, als hätte er einen guten Witz erzählt. »Wie willst du das anfangen?«

»Ich ... ich kann euch helfen.« Wieselflink lag auf dem Rücken. Er sah die Gesichter der beiden Uniformierten, die auf ihn herunterstarrten, registrierte ihre Halsbänder, die ebenso schwarz waren wie ihre Uniformen. Und in dem Schwarz glitzerten Lichtpunkte, wenn sie sich bewegten. Wie Sterne am Nachthimmel. Er sah an den Gesichtern vorbei zur Decke. Ein langer, dunkler Schmierer zog sich schräg an ihr entlang, ansonsten war sie sauber. In regelmäßigen Abständen waren Lampen angebracht. Sie brannten. Bis auf eine. Das war es! »... ich bin Elektriker!«

»Natürlich. Und dass du Zug fährst, ist eigentlich ein furchtbarer Irrtum, nicht wahr? Du gehörst nicht hierher.«

Die beiden Männer nickten einander zu, packten Wieselflink an den Armen und zogen ihn hoch.

»Glaubt mir doch! Ich bin Elektriker, ich kann es beweisen!«

»Ja, natürlich. Und wir sind Aliens auf Abenteuerurlaub – deshalb fahren wir Zug!« Sie schleiften Wieselflink in Richtung Schiebetür.

»Ich bin es wirklich!«

Die Männer machten sich nicht die Mühe zu antworten. Sie hielten vor der offenen Tür, stellten sich breitbeinig hin, um guten Halt für den Wurf zu haben. Draußen wischte die Ruine eines verlassenen Landhauses vorbei.

»Seht in meinem Rucksack nach!«, brüllte Wieselflink. »Ihr werdet sehen, ich bin Elektriker. Ich kann euch viel nützen. Das Licht reparieren! Alles!«

In den Augen der Männer blitzte etwas auf. Wieselflinks Rucksack. Beute. Beute ließ keinen Nomaden kalt – auch diese hier nicht.

»Zeig her!«

Sie ließen ihn achtlos wie ein totes Tier auf den Boden fallen. Wieselflink streifte den Rucksack ab, wollte ihn aufmachen. Der Anführer riss ihm den Sack aus den Fingern, fummelte ihn auf und wühlte mit einer Hand darin herum. Als sie wieder zum Vorschein kam, hielt sie Stecker.

»Das ist nur ein kleiner Teil von meinem Material«, versicherte Wieselflink. »Ich war unterwegs, um eine Maschine zu reparieren, als mich die Räumung überrascht hat. Mein Werkzeugkoffer ist in der Werkstatt in der Fabrik geblieben.«

Der Anführer kramte weiter in dem Sack, fand die Handschuhe.

»Hm, Handschuhe ... komische Buchsen ...«, sagte der zweite Mann. »Vielleicht lügt er doch nicht.«

»Vielleicht.«

»Irgendwie hat er ja dieses Schlachthaus überlebt. Muss sich also nützlich gemacht haben.«

»Möglich ...« Der Anführer rollte mit den Augen und sah nach oben, als horche er auf eine unsichtbare Stimme, schließlich nickte er knapp. Eine unbewusste Geste, an sich selbst gerichtet.

Der Anführer nahm die Handschuhe an sich. Die Stecker schob er zurück in den Rucksack – und hielt ihn Wieselflink hin.

Wieselflink war zu überrascht, um zu reagieren.

»Na los, nimm schon!«

Ein Nomade, der sich ohne Not einen Teil der Beute entgehen ließ?

»Ich sagte, nimm schon!« Der Mann schob ihm den Rucksack entgegen. »Du kannst bleiben. Vorerst.« Er zeigte auf die Tür, die ins Innere des Zugs führte. »Fischer erwartet dich. Er zeigt dir deinen Platz und erklärt dir unsere Gesetze. Hör gut zu!«

Wieselflink streifte den Rucksack über. »Danke.« Er hastete los, plötzlich von der Furcht ergriffen, dass sich das Ganze, wenn er nur einen winzigen Augenblick zögerte, als grausamer Scherz entpuppen könnte und die beiden Männer ihn packen und über Bord werfen würden.

Niemand hielt ihn auf.

Ich schwöre*, der Menschheit allzeit treu zu dienen und sie auf Befehl des Hunter-Korps gegen jeden Feind zu schützen.

Ich schwöre*, an der Seite unserer internationalen Bruderinstitutionen als Soldat des Korps jederzeit bereit zu sein, unsere Rasse gegen alle Feinde zu verteidigen.

Ich schwöre*, meine Kräfte und Gedanken in den Dienst des Korps zu stellen und die Erfordernisse der Menschheit über die eigenen zu stellen.

Ich schwöre*, die Befugnisse und Machtmittel, die mir das Korps im Namen der Menschheit überträgt, stets gewissenhaft und maßvoll einzusetzen.

Sollte ich jemals meinen Eid an der Menschheit verletzen, verdiene ich es nicht länger, ihrer Gemeinschaft anzugehören.

* Es ist dem Anwärter gestattet, an dieser Stelle die Anrufung »so wahr mir Gott helfe« oder die Entsprechung seiner Religions- oder Weltanschauungsgemeinschaft einzufügen. Die Anrufung von Gottheiten, die als Aliens definiert sind, ist nicht gestattet.

– *Eidesformel des Hunter-Korps, überarbeitete Fassung vom 19.7.2064*

KAPITEL 10

In dem Klo stank es, als hätten die Aliens die gesamten Vorräte der Erde an WC-Reiniger gestohlen.

Ekin atmete durch den Mund, als sie den Kajal und den übrigen Schwung dicken Make-ups auftrug, sich aus dem Blaumann schälte und ihn achtlos in die Ecke warf.

Sie betrachtete sich in dem wasserfleckigen Spiegel. *Nicht übel,* urteilte sie, *gar nicht übel.* Ihr Gesicht war ihr gewöhnliches Selbst geblieben. Nicht hässlich, ganz bestimmt nicht hübsch, mit Sicherheit eines: bieder. Eine umwerfende Kombi im Kontrast mit dem Lederanzug und dem Make-up, eine mehrdeutige Botschaft.

Und das Beste daran war: Sie war gegen die Regeln.

Make-up und Lederanzug stammten aus dem Fundus des Korps, waren öffentlich finanziert und strikt für den Einsatz im Sinne der Menschheit gedacht. Ekin hatte sie mitgehen lassen, eine Tat, die ihr niemand zugetraut hätte, nicht das Korps und ganz bestimmt nicht Paul, der keinen Tag verstreichen ließ, ohne sie darauf hinzuweisen, dass sie den Vorschriften mit der hechelnden Ergebenheit eines gut erzogenen Hundes folgte.

Wenn Paul wüsste ...

Das war ein Teil des Vergnügens, vielleicht sogar der wichtigste überhaupt: sich vorzustellen, wie Paul bei ihrem Anblick die Kinnlade herunterklappte. Wie er – dieses eine Mal wenigstens – um eine bissige Bemerkung verlegen war. Ansonsten ... es war ein cooles Gefühl, in eine andere Rolle zu schlüpfen. Befreiend. Als Hunter gehörte es zu ihrem Job. Den einen Tag gab sie den Elektriker oder Installateur, den nächsten Tag den nicht tot zu bekommenden Versicherungsvertreter, an einem anderen den reisenden GenMod-Trainer. Viel Abwechslung, die sie in Atem hielt, ihr keine Zeit ließ, innezuhalten und nachzudenken. Viel Aufregung. Aber etwas fehlte: der Kick des Verbotenen, das Gefühl, Grenzen zu überschreiten. Und das brauchte Ekin von Zeit zu Zeit. Jeder Mensch – so lautete Ekins Überzeugung, die in ihr nicht zuletzt dank Trixie herangereift war – hatte mehr Seelen in der Brust, als es Kostüme gab.

Ekin rückte ihres zurecht und betrat die Kneipe. Es war nicht viel los. Montagabend. Ein paar Stammgäste saßen über den Raum verteilt, glotzten auf die Datenwand. Und an der Bar ... ah, Super-Mausi. Nicht ganz taufrisch, aber stramm und blondiert. Perlenkette und züchtiger Businessrock. Sie saß auf der Kante ihres Hockers, als habe sie sich auf dem Weg von der Arbeit nach Hause verlaufen und traue sich jetzt nicht mehr, auch nur einen weiteren Schritt zu tun. Mausi hielt sich an einem Mineralwasser fest. Ekin bestellte zwei Bier und ging zu ihr.

»Bier?«, fragte Ekin, hielt ihr eine Flasche hin und leckte sich über die Lippenstiftlippen.

»Danke, ich ...«, machte Mausi.

»Hier, nimm schon!« Ekin schob es ihr hin. »Wie heißt du?«

»Maria. U-und du?«

Ekin trank einen Schluck und sagte: »Mein Name tut nichts zur Sache. Vielleicht sage ich ihn dir später. Wenn du brav bist.«

Ekin klackte ihre Flasche gegen Marias. Maria nippte an ihr, als vermute sie in ihr Gift.

»Was treibst du in einem Loch wie diesem hier, Maria?«

»Es regnet. Ich habe meinen Schirm im Büro liegen lassen. Und da dachte ich, ich könnte ...«

»Keine Angst, der Regen kann dir nichts mehr anhaben«, sagte Ekin und strich mit der freien Hand über ihr Knie. Mausi zitterte. »Bei mir bist du sicher ...«

Das erste Bier brauchte noch etwas Nachhilfe, um durch

Maria-Mausis Kehle zu verschwinden, die nächsten rannen beinahe von alleine herunter. Irgendwann, als sie vom Barhocker zu rutschen drohte, ließ Ekin großzügig ein Taxi kommen, schaffte ihr Wild in ein Hotelzimmer und machte sich darüber her. Mausi ließ sie gewähren, was genau das war, was Ekin brauchte. Als Ekin fertig war, verzog sie sich ins Bad. Die herrische Ekin, die für diese Nacht ihren Teil getan hatte, abbrausen. Bevor sie die Tür hinter sich zu machte, streckte sie noch einmal den Kopf durch den Schlitz und beschied Mausi: »Stell keinen Mist an, solange ich weg bin, klar?«

Mausi nickte eifrig.

Als Ekin eine halbe Stunde später erleichtert, sauber geschrubbt und entspannt wie seit Wochen nicht mehr aus dem Bad kam, leuchtete die Datenwand. Der tägliche Statusreport lief. 113 Alien-Verdächtige in Zentraleuropa in Gewahrsam gekommen. 19 erschossen oder auf andere Weise zu Tode gekommen, als sie Widerstand leisteten. 0 entkommen, zumindest nicht offiziell. Ein Artefakt über dem Pazifik beim Eintritt in die Atmosphäre verglüht. Ein Alien-Pogrom in einer baskischen Kleinstadt. Proteste gegen Flüchtlingszuweisungen in Unterfranken, der Eifel und ein paar anderen Regionen. Eine erfolgreiche Razzia in München: 245 Menschen mit ungültigen Papieren verhaftet. Das Übliche.

Ekin blieb auf halbem Weg zum Bett stehen. »Muss das sein? Wir hatten eine Abmachung.«

Mausi, das sich ein Kissen zwischen Rücken und Wand geschoben hatte, schaltete zu einer Tierdoku. Große Tiere, mit drei Rüsseln, stapften über eine staubige Ebene. Elefanten? Indische, die hatten drei Rüssel, nicht? Oder vielleicht ausgewilderte GenMods. Früher, als Ekin sich als Kind eine Tierdoku nach der anderen angesehen hatte, war es noch einfacher gewesen, den Überblick zu behalten.

»Bitte!«, hakte Ekin nach.

»Sorry, Berufskrankheit.« Mausi schaltete die Datenwand ab. »So besser?«

Ekin nickte.

»Komm her, Ekin.« Mausi klopfte mit der flachen Hand auf die Bettkante. »Süße.«

Ekin setzte sich. Vertraute Arme legten sich um sie. Freundschaftlich. Tröstend. »Du hattest keinen guten Tag, was?«

Ekin schüttelte den Kopf. »Nein. Eher beschissen. Völlig total beschissen.«

»Das hat man dir angesehen.«

»Ja?«

»Aus hundert Metern. Du hast sehr wütend ausgesehen. Und rattenscharf. Unwiderstehlich, um es auf den Punkt zu bringen.«

Ekin kuschelte sich enger an sie. »Danke, Trixie, dass du für mich da bist.«

»Keine Ursache. Nächste Woche bist du dran, mich aufzubauen, okay?«

Nächste Woche, ja. Und wenn nicht nächste, dann bestimmt die übernächste. Oder die danach. Und Trixie würde sich nicht Maria nennen, sondern Lara oder Felicity oder Bettina, oder sie würde ihren Namen gar nicht sagen, sondern sich »Gebieterin« nennen und Ekin herumkommandieren, wie es ihr einfiel, und hinterher ohne ein weiteres Wort verschwinden. Oder sie würde mit Ekin einfach spazieren gehen und mit ihr den ganzen Tag Händchen halten, und nachts würden sie sich unschuldig wie beste Freundinnen aneinanderkuscheln.

Alles gehabt, seit Ekin und Trixie ineinandergerannt waren. Es war im vierten Stock des KaDeWe-Museums geschehen, an einem von Ekins endlos langen Nachmittagen nach einem Außeneinsatz, wenn das Adrenalin noch für Stunden in ihren Adern brannte und die Unruhe sie endlos auf den Beinen hielt.

Ekin hatte die Haushaltswarenabteilung durchstreift – ein guter, vielleicht sogar der beste Ort, um nach einem Zugriff herunterzukommen, wie sie im Lauf der Jahre herausgefunden hatte. Das war das stolze Eintrittsgeld, welches das Museum verlangte, mehr als wert. Zwischen Handmixern, Kartoffelschälern und Servierpfannen im Design der frühen 10er-Jahre hatte das Bild des Aliens im ewigen Fadenkreuz ihres Visiers schlechte Aussichten. In Gedanken versunken, war Ekin durch die Abteilung spaziert – und mit Trixie zusammengestoßen. Im Fallen hatte Ekin ein halbes Regal Porzellan abgeräumt.

Trixie war einfach großartig gewesen. Sie hatte sichergestellt, dass Ekin nichts geschehen war, hatte dann das aufgeregte Personal beruhigt, um schließlich zu verkünden, dass selbstverständlich ihre Versicherung den Schaden übernehmen werde. Auf den Schreck hin hatten die beiden beschlossen, einen Schluck zu trinken. Aus einem waren viele geworden, aus dem Nachmittag ein Abend und schließlich eine Nacht.

Ekin hatte Trixie rasch mögen gelernt. Vielleicht sogar mehr als das. Trixie war für sie in einer Weise da, in der Paul für sie hätte da sein sollen: bedingungslos. Und das war nur der Anfang. Trixie war gut im Bett – überaus gut sogar –, sie konnte zuhören, wusste immer Rat, als wäre sie eine große Schwester. Bei Trixie konnte Ekin sich ausheulen, einfach so, stundenlang, wie bei einer Mutter. Und mit Trixie konnte man Spaß haben, mehr als Ekin je gekannt hatte, selbst in der Zeit, bevor die Aliens gekommen waren – und bevor sie sich unversehens auf der anderen Seite des Grabens wiedergefunden hatte. Ihre Eltern und Geschwister waren damals über Nacht zu strammen Alienisten mutiert, mit großen Herzen, einem tiefen, unbegründeten Glauben an das Gute im Universum und frei von Hirn. Eine Verwandlung, die Ekin, die zu fantasielos war, um sich irgendeinen Erlöser vorzustellen, sei es in Menschen-, Alien- oder göttlicher Gestalt, schlimmer erschüttert hatte als das Erscheinen des Alienschiffs.

Ekin und Trixie hatten sich wieder getroffen. In Berlin, in Köln, in München, in Krefeld, in Pforzheim und Was-wusste-Ekin-wo. Die Orte waren austauschbar, ebenso wie die Außeneinsätze. Während der Anfahrt konzentrierte sich Ekin auf den bevorstehenden Zugriff, sah die Akte des Aliens durch, machte sich mit den Umständen vor Ort vertraut, koordinierte sich mit den übrigen, an dem Zugriff teilnehmenden Huntern. Die physische Umgebung verlor sich aus Ekins Wahrnehmung. Sie war wie eine Kulisse, austauschbar, irreal. Real waren das Korps, die Aliens, der bevorstehende Zugriff. War dieser erfolgt, galt es, möglichst schnell herunterzukommen, ein Auge auf mögliche Alienisten zu haben und sich mental auf den nächsten Zugriff vorzubereiten. Es gab keinen Augenblick, um innezuhalten, kein Zuhause, in das man sich verkriechen konnte, keine Freundschaften und Beziehungen, die das Tempo mitgehalten hätten. Eigentlich.

Trixie hielt mit. Hob Ekin nachmittags in Stuttgart ein Alien-Nest aus, war Trixie am Abend zur Stelle. Verschlug es Ekin in die hinterste Ecke der Sächsischen Schweiz, hatte sie gute Aussichten, dass Trixie sie in der Kneipe zwei Dörfer weiter erwartete und schon für sie mitbestellt hatte.

Zu zuverlässig, um ein Zufall zu sein. Ekin hatte sich schnell an das neue Gefühl gewöhnt, eine Gefährtin zu haben. Vielleicht sogar mehr, als gut für sie war. Aber nicht so sehr, dass ihr Verstand ausgesetzt hätte. *War es möglich, dass Trixie ebenfalls …?*, hatte sie sich gefragt. Ekin hatte den Gedanken weggeschoben. Hatte es wenigstens versucht. Es war ihr nicht gelungen. Ekin war Ekin. Sie nahm die Dinge ernst. Sie glaubte an Regeln, insbesondere die Regeln des Korps. Die Umstände diktierten sie. Hunter arbeiteten im Verborgenen, so besagten die Regeln, sie pflegten geheime Identitäten. Keiner Menschenseele bekannt und – so der Plan – auch keiner Alienseele. Für die Psyche des Hunters sorgte der Partner – niemand verstand einen Hunter so gut wie ein Hunter – oder die Psychologen des Korps. Was bedeutete, dass Ekin leer ausging. Ekin hatte Paul zum Partner, und was die Psychologen des Korps anging: Mit ihnen war schlecht kuscheln, und was Rollenspiele sexuellen Charakters anging … Ekin konnte es sich ausmalen.

Außerdem: Ihre Beziehung zu Trixie war ein klarer Regelverstoß. Kein einmaliger Ausrutscher, sondern eine feste Einrichtung. Würde sie einem Korps-Psychologen davon erzählen, so würde es das sichere Ende ihres Hunter-Daseins bedeuten. Das Korps konnte sich keine undisziplinierten Angehörigen leisten.

Ihr Verdacht aber war geblieben: Was, wenn Trixie auch Hunter war? Und, was die Sache nicht einfacher gemacht hatte: Was, wenn Trixie erriet, was sie selbst war? Ekin war ihr eigenes Alibi von der Wärmepumpenvertreterin auf Reisen – wie sie bei ihrer ersten Begegnung improvisiert hatte – so durchsichtig erschienen, dass sie im Grunde erwartet hatte, von Trixie ausgelacht zu werden. Nicht, dass Trixie sich nennenswert besser geschlagen hätte: Sie hatte von sich behauptet, Support für ein Warenwirtschaftssystem aus den Neunzigern des vorigen Jahrhunderts zu leisten, das bei manchen Firmen noch lief, hundertfach gepatcht und in der vierten oder fünften Emulationsschicht. Es gab diese Systeme und diese Firmen, Ekin hatte es recherchiert. Aber das erklärte noch lange nicht, dass Trixie jede zweite Woche am selben Tag in derselben Stadt wie Ekin zu tun hatte ...

Irgendwann hatte Ekin ihren Mut zusammengenommen.

»Trixie?« Es war nach dem Sex, nach dem Kuscheln und nach dem Reden gewesen, in einem Hotelzimmer in der Hamburger Speicherstadt, eine Handbreit über der Brandung. Trixie hatte die Rechnung übernommen, wie meistens.

»Ja?«

»Ich muss dich was fragen.«

»Okay, schieß los!«

»Du bist keine Support-Spezialistin, oder? Das ist nur eine erfundene Geschichte, nicht?«

»Meinst du?« Trixie hatte frech gegrinst. »Und was bin ich dann?«

»Ein Alien Hunter.«

»Hmmmm ...« Trixie hatte noch frecher gegrinst. »Tut mir leid: daneben.«

»Was? Ich ...«

»... aber nicht allzu weit. Ich jage keine Aliens, ich hole nur die Wahrheit aus ihnen heraus. Ich bin Psychologin beim Korps.«

»W-was? Du ...«

»Glotz nicht so. Ist auch nicht so viel anders als deine Alien Hunter. Wir sitzen im selben Boot.«

»D-du ... weißt, dass ich ...«

»Seit unserer ersten Begegnung, Schätzchen. Ich *bin* Spezialistin, wenn auch von einer anderen Sorte, als ich dir bislang gesagt habe. Spezialistin für Vernehmungen. Es ist mein Job, den Leuten von den Lippen und vom Gesicht abzulesen, was in ihnen vorgeht. Hatte mich schon gefragt, wann du endlich dahinterkommst, was ich bin. Ihr Hunter bildet euch immer so viel auf eure feinen Schnüffelnasen ein ...«

»Du hast gleich gewusst, was ich bin, und hast trotzdem weitergemacht? Das ist gegen die Regeln!«

»Ja ... und?« Die Antwort hätte von Paul kommen können, genauso wie der herausfordernde Ton.

»Du hättest den Kontakt sofort abbrechen müssen. Du ...«

»Wenn das so ist ...« Sie hatte die Bettdecke zur Seite geschlagen. »Das können wir nachholen. Gib mir zehn Minuten, dann bin ich hier mit halbwegs anständiger Frisur raus, und du bist mich für immer los! Und keine Angst: Ich kann den Mund halten. Niemand wird erfahren, was zwischen uns gelaufen ist.«

Trixie hatte sich aus dem Bett geschwungen – und Ekin hatte sie mit aller Kraft festgehalten.

»Lass mich los! Wir zwei sind gegen die Regeln, das hast du doch selbst gesagt!«

»Scheiß auf die Regeln!« Ekin hatte Trixie noch fester gepackt. »Bitte bleib!«

Trixie war geblieben. Gegen die Regeln. Anfangs war Ekin dabei nicht wohl gewesen. Bis zu ihrer Aussprache hatte sie sich vor sich selbst damit herausreden können, dass – genau betrachtet – kein Regelverstoß vorgelegen hatte. Was waren schon Mutmaßungen? Dann, nach ihrer Aussprache ... Hunter agierten in Teams, der Kontakt zu anderen Korps-Angehörigen war eingeschränkt auf anonymen Informationsaustausch via HunterNet.

Ekin hatte eine Grenze überschritten.

Nach einiger Zeit hatte sie verblüfft festgestellt, dass sie es genoss. Trixie hatte ein Neuland für sie aufgestoßen, und Ekin hatte sich darangemacht, es zu erforschen. Sie hatte die Maske fallen lassen, hatte nicht mehr den Großteil ihrer Konzentration darauf verwenden müssen, ihr Alibi aufrechtzuerhalten, was ihr auf der Seele lag zu verklausulieren, um keine Korps-Geheimnisse auszuplaudern. Trixie gehörte dem Korps an – sie und Ekin waren Kämpfer für dieselbe Sache. Es existierte kein vernünftiger Grund, wieso es zwischen ihnen Geheimnisse geben sollte. Ekin hatte damit begonnen, sich auszuleben. Besser: auszukotzen. Sie benannte Orte, Vorfälle und Namen. Vor allem einen: Paul.

Trixie hörte sich Ekins Klagen mit einer Geduld an, die nicht von dieser Welt war. Es musste ihre Ausbildung sein. Vernehmen, das hieß, das Gegenüber zum Reden zu bringen – was bei Ekin nicht weiter schwerfiel, im Gegenteil, sie war nicht aufzuhalten – und anschließend zuzuhören. Es reden zu lassen.

Bei Ekin und Trixie kam das Reden nach dem Sex. Sie lagen oder saßen im Bett, kuschelten, und Ekin packte aus. Was Ekin anging, fühlte sich das Auskotzen meistens noch besser als der Sex an. Was Trixie anging ... es war der Punkt gekommen, an dem sich Ekin fragte, was sie aus ihrer Beziehung zog. War es Trixies Ding, zuzuhören? War sie deshalb Vernehmungs-Spezialistin geworden? Es musste so sein. Es einfach zu genießen, war die einzige schlüssige Erklärung. Es erklärte auch den leisen Verdacht, der Ekin nicht mehr loslassen wollte. War es möglich, dass Trixie sie aushorchte, sie sich in ihr Vertrauen geschlichen hatte und jetzt die Saat, die sie gestreut hatte, erntete?

Es blieb bei dem Verdacht. Er verflog, sobald Trixie sie in den Arm nahm. Was zwischen ihr und Trixie geschah, war echt – und ihr Verdacht nur eine abstruse Idee. Was bildete sie, Ekin, sich ein? Sie war nur ein einfacher Hunter, der seinen Job so gut wie möglich erledigte. Nichts an ihr war wichtig, schon gar nicht ihre Probleme mit Paul. In Hunter-Teams knirschte es, das war der Lauf der Welt. Dem irgendeine weiterreichende Bedeutung beizumessen, hätte eine gesteigerte Form der Eitelkeit bedeutet, wie sie zu Paul gepasst hätte. Aber nicht zu ihr, Ekin.

Außerdem beließ Trixie es nicht dabei zuzuhören. Sie nahm Anteil, sie versuchte zu helfen.

»Das hat er gesagt? Was für ein Schwein!«, schüttelte sie angewidert den Kopf, wenn Ekin von einer neuen Gemeinheit Pauls erzählte. Oder: »He, das ist Mobbing! Glasklares Mobbing!«

Sie spielte mit Ekin durch, wie sie sich gegen Paul wehren konnte, schrieb ihr schlagfertige Entgegnungen auf. Oberflächlich gesehen fruchtete es wenig. Im entscheidenden Moment klebte Ekins Zunge fest, gegen besseres Wissen überrascht von der Heftigkeit, mit der Paul sie attackierte. Trotzdem nutzte ihr Trixies Coaching unendlich: Allein das Wissen, dass es jemanden gab, der bedingungslos an ihrer Seite stand, machte Ekin stärker. Paul konnte nicht mehr einfach so durch sie durchschneiden. In Ekin war ein Kern herangewachsen, an den er nicht herankam.

»... und diese Frau fällt ihm in die Arme und heult, als hätte sie ihren persönlichen Erlöser gefunden?«, holte Trixies Stimme sie wieder in die Gegenwart zurück. »Das gibt es doch nicht!«

»Das gibt es. Glaub mir.«

»Ich glaube dir. Ich glaube dir immer, Süße. Ich muss es nur verdauen. Erst dieses Gekritzel. Dann das Ablenkungsmanöver. Und dann *das.*« Trixie sog die Luft laut ein, drückte Ekins Arm. »Das muss wehtun.«

»Weißt du was? Mir reicht's! Endgültig! Morgen stelle ich ihn zur Rede. Ich will wissen, was es mit seinem Gekritzel auf sich hat. Mit diesem Fischer und den 14.500! Und wenn er diesmal nicht auspackt, dann ist es aus!«

Trixie sagte nichts.
»Für wen hält er mich? Für wen hält er sich? Ich ...«
Schweigen.
»He, stell dir sein Gesicht vor, wenn ich ihm sage, dass ich ihn beim Korps verpfeife, wenn er nicht sofort ...«
Immer noch kein Wort.
»Trixie, was ist los mit dir?«
»Mit mir? Nichts.« Trixie lag neben ihr, steif.
»Nichts? Das glaube ich nicht.«
»Wieso soll etwas mit mir sein?« Trixie sah weg, vermied Augenkontakt.
»Du sagst gar nichts!«
»Muss ich das?« Trixie hatte Schwierigkeiten damit, anderen in die Augen zu sehen. Es war eine Eigenart, die Ekin nicht gefiel, aber keine ungewöhnliche. Die meisten Leute, die wie Trixie die meiste Zeit eine Datenbrille trugen, teilten sie. Zu viele Bilder neben- und übereinander. Nach einigen Monaten mit Datenbrille brauchte es eine bewusste Anstrengung, sich auf ein einziges Bild zu konzentrieren.
»Nein. Aber ...«
»He, ich war einen Moment in Gedanken. Was ist schon dabei? Hast du dir schon einmal überlegt, dass du vielleicht nicht die Einzige bist, die mit Dingen klarkommen muss, die ihr gegen den Strich gehen?« Trixie gab ihr keine Gelegenheit, darauf zu antworten. Sie drehte sich weg. »Und was deinen Paul angeht ... du ...« Sie brach ab.
»Ja?«
»Mach dir nicht zu viele Gedanken. Es wird schon werden. Und jetzt lass uns endlich schlafen. Morgen sieht die Welt schon wieder anders aus.«
Trixie drehte sich weg und rollte sich zusammen. Sie wandte Ekin den Rücken zu.

Test: Sind Sie ein Alien?

Hinweis: Bitte beantworten Sie folgende Fragen, ohne länger über sie nachzudenken. Für ein akkurates Ergebnis ist eine Erfassung Ihrer spontanen Reaktionen unerlässlich.

1.
Fühlen Sie sich morgens oft erschöpft und abgespannt – und das, obwohl Sie gut geschlafen haben?
  a) ja
  b) manchmal
  c) nein

2.
Was empfinden Sie, wenn Sie in den Sternenhimmel sehen?
  a) Furcht
  b) Ehrfurcht
  c) Sind die Sterne nicht wunderschön?

3.
Geraten Sie in letzter Zeit öfters in Streit mit anderen, meist über Nichtigkeiten?
  a) ja
  b) manchmal
  c) nein

4.
Wie oft trinken Sie Alkohol?
  a) täglich
  b) mehrmals die Woche
  c) bei besonderen Anlässen oder gar nicht

5.
Entwinden sich Ihnen im Alltag gelegentlich Begriffe? Wissen Sie, was Sie sagen wollen, brauchen aber einige Augenblicke, um den passenden Begriff zu finden?

a) ja
b) manchmal
c) nein

6.
Überkommt Sie manchmal allumfassende Furcht, gefolgt von dem Gefühl, »noch einmal davongekommen« zu sein?
a) ja
b) manchmal
c) nein

7.
Glauben Sie manchmal, mit offenen Augen zu träumen?
a) ja
b) manchmal
c) nein

8.
Versetzt Sie die Vorstellung, Wasser zu berühren, in Hochstimmung?
a) Ja – woher wissen Sie das?
b) Wie kommen Sie darauf?
c) nein

9.
War Ihre berufliche Entwicklung in den letzten Jahren zufriedenstellend?
a) nein
b) Das geht Sie nichts an!
c) ja

10.
Wirft man Ihnen in letzter Zeit schräge Blicke zu?
a) ehrlich gesagt, ja
b) nicht, dass ich wüsste
c) nein

Auswertung:

Überwiegend »a«
Nehmen Sie umgehend Kontakt mit dem Alien-Korps auf – bevor es zu spät ist!

Überwiegend »b«
Es besteht kein Grund zur Beunruhigung, dennoch sollten Sie in den nächsten Wochen einen Termin mit ihrer lokalen Korps-Beratungsstelle aufnehmen. Das Korps ist für die Menschen da – auch für Sie!

Überwiegend »c«
Gratulation, Sie sind ganz Mensch! Aber für Hochmut besteht kein Anlass, bleiben Sie weiter wachsam.

- *AlienNet Unterforen AlienWatch /Humor und /Tipps&Tricks und /Selbsterfahrung*
  Stand: 7. November 2064
  95,7 % der User bewerteten den Bericht als witzig, 84,6 % als nützlich, 89,9 % gaben an, mehr über sich gelernt zu haben.

KAPITEL 11

Es machte *bong!*

Stahlträger erbebten. Wasser perlte von ihnen ab und übergoss Rudi und Beatrice mit feinem Regen. Die Tropfen vermengten sich mit dem Schweiß, der auf ihrer nackten Haut glänzte.

Beatrice lachte hell. »Knackig aufgekommen. In dem Flieger wollte ich nicht sitzen!«

Rudi nickte. »Zu hohe Sinkgeschwindigkeit, aber immerhin noch vor dem letzten Fangseil. Dein Tipp?«

»Hm, so wie es geschüttelt hat ... Sarayong 412. Oder vielleicht sogar eine 415.«

Sarayongs, die Arbeitspferde der Company. Solide Handarbeit aus Indonesien, mit einem Minimum an politisch-diplomatischen Verwicklungen zu haben. Präsident Irian fuhr einen pragmatischen Kurs. Er duldete, dass die USAA die Arterie durch die Straße von Malakka führte, und nahm im Gegenzug Devisen, wo er sie bekommen konnte – natürlich unter Wahrung der Diskretion. Die Devisen, die seine umtriebige Politik einbrachte, investierte er in sein Programm zur Wiederaufforstung, in der beharrlichen Hoffnung, dass damit eines Tages der Regen wiederkommen würde. Die Sarayong hatte etwas von dieser Beharrlichkeit auf den Weg bekommen. Sie war weder das Schnellste noch das Modernste auf dem Markt – dabei natürlich viel schneller als die *Bitch* –, doch sie kam mit wenig Kerosin und Wartung aus, verzieh die meisten Pilotenfehler und hielt sich stur in der Luft.

Beatrice flog auf einer 412. So wie Rudi es jetzt getan hätte, wäre er in Bangkok im Hotel geblieben, um sich mit den übrigen Flyboys zu betrinken, anstatt in Neo-Bangkok ätherische Himmelwesen zu jagen.

Die 415 war eine vergrößerte Version der 412, eine schwere Maschine, die bis zu vier Mini-U-Boote tragen konnte.

»Wahrscheinlich«, sagte Rudi. »Oder eine Morgenwind, die es eilig hatte herunterzukommen.«

Das leichteste Flugzeug der Company. Ein Aufklärer aus Macau, die Raubkopie eines volkschinesischen Modells. Die Morgenwind flog, wenn es darauf ankam, so langsam, dass es vom Boden aus so erschien, als stünde sie still. Die Company setzte sie dazu ein, anstelle von Hubschraubern, die für ihre Zwecke eine viel zu kurze Reichweite besaßen, über dem Einschlagspunkt eines Artefakts zu kreisen. Manchmal. Die meiste Zeit spürte die Morgenwind Wrackteilen verschwundener Company-Flugzeuge nach.

»Bei dem Aufschlag?« Beatrice schüttelte den Kopf. »Niemals! Was glaubst du, wen du vor dir hast! Ein dummes Anfänger-Flygirl, dem man alles erzählen kann?« Beatrice zog an seinem schlaffen Glied. Es war eine neckische Geste, ohne sexuellen Gehalt.

Rudi machte ein todernstes Gesicht, schüttelte den Kopf. »Bestimmt nicht. Trotzdem: eine Morgenwind.«

Beatrice zog stärker an seinem Glied. »Ruuudi!«

»Eine Morgenwind ... und der Pilot ist Fagureios.«

»Fagureios ...?«. Sie ließ los und kicherte. Der fetteste Pilot Funafutis, ein Stellvertreter, der sich sein Großes Los erkauft hatte. »Au ja, das passt! Fagu...«

Bong!

Die Stahlträger der Landebahn, die tief in die bröckelnden Korallen Funafutis getrieben waren, schüttelten sich. Rudi und Beatrice wurden eine Handbreit in die Luft geworfen, dann kamen sie hart auf, in einem Nebel salziger Tropfen.

Allein die regelmäßigen Duschen, die einem die Landungen bescherten, wären nach Rudis Meinung schon Grund genug gewesen, um die glitschigen Träger der Stahlkonstruktion der Piste entlangzukriechen, bis fast ganz nach draußen, unter sich das Meer, das jeden Moment einen Wellenfinger nach einem ausstrecken konnte, und sich in der Höhle auszustrecken. Die

»Höhle« war eine Plattform aus einer Hand voll Brettern, vergessen von den Arbeitern, die die Piste nach der Sturmsaison wieder instand gesetzt hatten. Die Höhle war, fand Rudi, der beste Platz auf Funafuti. Schattig, mit unregelmäßig regelmäßigen Abkühlungen und vor neugierigen Augen und Ohren geschützt. Ein Ort, um für sich zu sein, ein Ort, um dem Flyboy-Alltag für eine Stunde zu entkommen. Rudi gefiel es, mit Beatrice zu schlafen und dabei den Fischen zuzusehen, die die beiden Menschen mit einer Neugierde und Beharrlichkeit beobachteten, als handele es sich bei ihnen um Aliens.

Außerdem: Niemand machte Rudi die Höhle streitig. Ein echter Pluspunkt gegenüber den Artefakten, die am breitesten Punkt der Insel ausgestellt waren. Es waren elf Stück – die gesamte Ausbeute der Funafuti-Staffel bislang. Sie waren in einem Kreis um das Wrack eines B-24-Bombers angeordnet, ein Überbleibsel aus dem Zweiten Weltkrieg, als die Amerikaner die erste Piste auf Funafuti gebaut und sie einige Monate genutzt hatten, um dann weiterzuziehen, als ihr Feldzug sie immer näher an Japan herangebracht hatte.

Rudi hatte einige Tage über die Symbolik gerätselt – was sagte der Bomber im Kreis der Artefakte? –, bis ihm Beatrice erzählt hatte, dass die Einwohner Funafutis darauf bestanden hatten, dass das Wrack an Ort und Stelle blieb. Die Company, niemals verlegen um eine pragmatische Lösung, war ihrem Wunsch nachgekommen und hatte die Artefakte um das Bomberwrack angeordnet. Platz war Mangelware auf Funafuti und wurde mit jeder Sturmsaison, die über die Insel fegte, knapper. Jeder Quadratmeter wurde gebraucht.

Am Ende jeder Saison wurden die Artefakte von der Company abgeholt, um sie in der neuen Saison, zusammen mit der gründlich untersuchten Ausbeute der vergangenen, wieder auszustellen. Die Flyboys sollten vor Augen haben, wonach sie jagten.

Der Kreis der Artefakte – ihre Kreuzform hatte das Alienkreuz der Company inspiriert –, blieb nach Nordosten hin offen, in die Richtung, in der die Haupteinschlagszone lag. Es war eine Symbolik, die Rudi unmittelbar einleuchtete: Die Company hatte keine Geheimnisse, besagte sie. Die Artefakte standen den Flyboys offen, den Männern und Frauen, die ihre Bergung möglich gemacht hatten. Und der Kreis war nicht vollständig; Ausdruck der Hoffnung auf Beute in der laufenden Saison.

In den ersten Tagen hatte Rudi beinahe jede freie Stunde bei den Artefakten verbracht. Manchmal war er in das Bomberwrack geklettert, hatte sich auf den Platz des Piloten gesetzt und war dort geblieben. Für Stunden. Manchmal war er zwischen den Artefakten auf- und abgegangen und hatte sich ausgemalt, wie die Aliens sie herstellten. Als das Alienschiff in die Umlaufbahn um die Erde eingeschwenkt war, hatte es einen Durchmesser von weniger als hundert Metern besessen. Dann hatte es kleinere Schiffe ausgespuckt, die sich über die Monde und Planeten des Sonnensystems verteilt hatten, und nach kurzer Zeit war ein stetiger Strom von Zubringerschiffen von und zu dem Mutterschiff in Gang gekommen. Die Artefaktschauer waren zu einem Regen geworden, das Mutterschiff auf einen Durchmesser von über 500 Metern angewachsen. War es das Werk von unbemannten Systemen? Oder waren die Aliens so perfekt an den Weltraum angepasst, dass sie keinen gesonderten Schutz vor dem Vakuum und der Kälte benötigten? Rudi versuchte sich vorzustellen, wie solche Wesen aussehen mussten. Es gelang ihm nicht.

Manchmal hatte Rudi auch die Hände auf Metall gelegt, das beim Eintritt in die Atmosphäre der Erde von der Reibungshitze kohlenschwarz verbrannt worden war, ein Ohr dagegen gedrückt und gelauscht. Es war ihm wie bei einer Muschel vorgekommen, die man am Strand findet und an das Ohr hält, um das Rauschen des Meeres zu hören. Legte man das Ohr auf die raue Oberfläche eines Artefakts, hörte man kein Rauschen, sondern Stille.

Die Stille des unendlichen Universums.

»Uff, das muss eine 415 gewesen sein!«, rief Beatrice und schüttelte sich wie ein Hund mit nassem Fell. Ihre langen Lockenhaare flogen hin und her und kitzelten Rudi im Gesicht. Sie lachte unbeschwert. In Augenblicken wie diesem gelang es Rudi zu vergessen, dass er nur dem Namen nach ein Flyboy war. Und das Gesicht seines Engels, das ihm nicht aus dem Kopf gehen wollte, verblasste, vertrieben von Beatrices Lebensfreude.

Beatrice war das Beste, was Rudi auf Funafuti bislang begegnet war. Und Rudi hatte es auf einige Begegnungen gebracht. Er war neugierig. Die physische Landkarte des Stützpunkts hatte sich innerhalb einer guten Stunde erschöpft. Funafuti war winzig, eine bessere Hautunreinheit auf dem Gesicht des Pazifiks, und wäre längst im steigenden Wasserspiegel abgesoffen, wenn die Aliens der Insel nicht zu Hilfe gekommen wären. Im höheren Sinn. Im praktischen hatte sich die Company der weit verstreuten und von Gott und der Welt vergessenen Ellice Islands angenommen, die zusammen die Nation Tuvalu bildeten.

Die Company hatte befestigt, was von den Atollen Funafuti, Nanomea und Nukufetau geblieben war, und ihre Pisten aufgesetzt, an denselben Stellen, an denen die Amerikaner die ihren vor über hundert Jahren im Zweiten Weltkrieg gebaut hatten. Im Frühjahr 2060 waren die ersten Flyboys gekommen und hatten ihre Patrouillen begonnen. In den folgenden Monaten waren sie mit steigendem Einsatz von Menschen und Material geflogen, bis die Herbststürme der Saison ein Ende gesetzt hatten. Der Erfolg war mager ausgefallen. In sechs Jahren war die Company auf 27 Artefakte gekommen, keines davon der erhoffte große Fund, der mit einem Schlag alles über die Aliens und ihre Absichten verraten würde. Mehr war nicht drin gewesen, die Flyboy-Stützpunkte lagen zu weit ab von der Kernzone der Einschläge, um auf mehr als einen seltenen Erfolg hoffen zu können. Aber immerhin: besser eine kleine Chance als keine und besser einige winzige Stützpunkte am Westrand der Zone besitzen als eine große Insel am Ostrand. Die Chinesen hatten eine – Taiwan –, für deren Eroberung Millionen ihr Leben gelassen hatten und die jetzt nur noch ein rauchendes

Kraterfeld darstellte, umgepflügt von hoch hereinkommenden Artefakten, zäh gehalten von der Volksbefreiungsarmee, die sich diese Basis um keinen Preis nehmen lassen wollte.

In der Zone der Company ging ein Bruchteil der Artefakte nieder - und die Company gab die Hoffnung nicht auf, dass sich eines davon als das Große Los für die gesamte Menschheit erweisen würde.

Das war der Daseinszweck der Flyboy-Stützpunkte - und dementsprechend waren sie ausgestattet. Den Großteil der Fläche verschlang die Piste - Sperrzone für die Mannschaft -, die Streifen links und rechts davon erschöpften sich in Hangars, Werkstätten, Hangars, Werkstätten, Hangars, Unterkünften, Hangars, Werkstätten, einer Kantine und einer Krankenstation sowie Hangars und Werkstätten. Einen Tower besaß Funafuti nicht, die Flugkontrolle wurde durch ein dynamisches Netz übernommen, geknüpft von den Bordcomputern der Flugzeuge auf der Insel und in einem Umkreis von 100 Kilometern.

Die Bauweise auf Funafuti war einfach: Auf massiven Fundamenten ruhten zerbrechliche Plastikkonstruktionen, dazu bestimmt, im Herbst vom ersten Sturm ins Meer gefegt zu werden. Hatte man einen Hangar gesehen, hatte man sie alle gesehen.

Ganz im Gegensatz zu den Flygirls.

Rudi machte sich daran, die menschliche Landkarte Funafutis zu erforschen. Zeit dazu hatte er im Überfluss. Die *Strawberry Bitch* flog lange Missionen, die längsten aller U-Boot-Träger, aber dazwischen lagen ebenso lange Perioden der Wartung, in denen Rudi nichts zu tun hatte. Wilbur ließ ihn die *Bitch* am Boden ebenso wenig anfassen, wie Diane es in der Luft tat, und sich mit dem Neuen zu unterhalten, fiel seinen vorgeblichen Crew-Kameraden nicht im Entferntesten ein. Sie gaben ihm zu verstehen, nicht erwünscht zu sein. Also trieb Rudi sich herum. Anfangs in anderen Hangars, doch er stellte schnell fest, dass er auch hier nicht willkommen war. Es war, als hätte sein Abenteuer in Neo-Bangkok ihm unwiderruflich ein Verliererschild auf die Stirn geheftet. Offiziell hatte sich Rudi nichts zuschulden kommen lassen, dafür hatte der Company-Arzt gesorgt, der ihn im Hotel in Empfang genommen hatte, nachdem Rudi ihn auf Knien angebettelt hatte, ihm zu helfen. Rudi hatte in der ungewohnten tropischen Hitze einen Schwächeanfall erlitten, besagte der Bericht des Arztes. Kein ungewöhnlicher Vorgang und mit Sicherheit kein Eintrag in Rudis Akte, der ihm behilflich sein würde, aber immerhin auch keiner, der seine Flyboy-Laufbahn zu einem abrupten Ende brachte, bevor sie überhaupt richtig angefangen hatte.

Seine Kameraden wussten es besser. Man hatte gesehen, wie er sich aus dem Hotel geschlichen hatte, und auch, in welchem Zustand ihn die thailändische Polizei zurückgebracht hatte. Was dazwischen geschehen war, war perfekter Stoff für Spekulationen. Fest stand, dass Rudi keinen empfehlenswerten Umgang darstellte. Statt Aliens hatte er offenbar andere Dinge im Kopf. Die endlosen Runden der Fachsimpelei der Flyboys über ihre Flugzeuge und über Möglichkeiten, Reichweite oder Geschwindigkeit zu verbessern, die Klagen darüber, mit Funafuti ausgerechnet den Stützpunkt erwischt zu haben, der am weitesten von der Kerneinschlagszone entfernt lag, blieben Rudi verschlossen. Niemand legte Wert darauf, dass er sich an den Spekulationen beteiligte, wo das nächste Artefakt einschlagen würde und wieso sie es ausgerechnet im Pazifik taten. Ein Zufall? Wollten die Aliens ungestört sein? Oder hatten die Amerikaner einen Weg gefunden, die Artefakte anzulocken? Selbst seine ehemaligen Zimmergenossen hatten keinen Blick mehr für Rudi übrig.

Rudi war allein, fand sich an einem Punkt wieder, den er dank seines Flyboy-Loses für abgeschlossen gehalten hatte. Damals, in den letzten Monaten in Himmelsberg, hatte man ihn ähnlich geschnitten, als die Gemeinschaft gespürt hatte, dass er im Geiste mit ihr abgeschlossen hatte. Und jetzt? Seine Crew schloss ihn aus, die übrigen Flyboys taten es ...

Rudi versuchte die Wand, gegen die er lief, mit Gewalt zu durchbrechen. Er mischte sich ein, fiel ins Wort, handelte sich eine Abreibung ein. Rudi verkroch sich unter die Piste, stieß schließlich auf die Höhle, saß dort stundenlang und schmollte. Bis ihm die Erleuchtung kam: Was kümmerten ihn Flyboys? Wer interessierte sich schon für Männer?

Ganz einfach: Frauen.

Rudi stellte fest, dass er die Flygirls anzog wie das Licht die Motten. Er musste sich nur zeigen, ihnen Gelegenheit geben, und der Ansturm ging los. Die Frauen wollten ihn. Und sie wollten ihn aus genau dem Grund, aus dem ihn sonst niemand wollte: des Verliererschilds auf seiner Stirn wegen. Sein Trip nach Neo-Bangkok hob ihn aus der Masse heraus. Natürlich, das Ganze war ungefähr die größte Dummheit gewesen, auf die ein Mensch verfallen konnte. Der Trip hätte ihn das Flyboy-Los kosten können, sogar das Leben, wenn der Zuhälter in der Bar seine Droge falsch dosiert hätte oder er einfach in schlechter Laune gewesen wäre. Menschen gab es im Überfluss, und eine weitere Leiche, die im Golf von Bangkok trieb, kümmerte niemanden. Aber: Sich einfach davonzumachen bewies Rudis Mut – und dass er seinen eigenen Kopf hatte. Seine buchstäblich traumhafte Begegnung mit dem Engel, Biochemie und bewusstseinsverändernde Drogen hin oder her, barg zudem unbestreitbar eine gewisse Romantik in sich.

Rudi schlief sich durch den Stützpunkt und betätigte sich damit auf einem Gebiet, auf dem er glaubte, überreichlich Erfahrung zu besitzen. In Himmelsberg hatte man es von ihm und den anderen Jungen erwartet, kaum, dass sie die Geschlechtsreife erreicht hatten. Das Ende der Welt stand bevor, und jeder zusätzliche Mensch erhöhte die Aussichten, dass genug den Untergang überleben würden, um der Rasse eine Zukunft zu ermöglichen.

Rudi irrte sich. Was zwischen ihm und den Flygirls geschah, wies nur eine oberflächliche Ähnlichkeit zu den Beischlafzeremonien Himmelsbergs auf. Es war freiwillig. Es geschah, wann und wie lange es Rudi und das jeweilige Flygirl wollten. Wo sie es wollten, wie sie es wollten. Und es war einfach zum Spaß, nicht um einen Beitrag zur Rettung der Rasse zu leisten. Es bot eine Leichtigkeit, deren Existenz Rudi bislang nur erahnt hatte.

Eine Ahnung dessen, was Rudi sich von seinem Engel erträumt hatte. Also machte er weiter. Und irgendwann war Beatrice an der Reihe. In Norwegen hatte er sie auf Abstand gehalten – wie alle Flygirls, denn Himmelsberg war ihm noch zu nahe gewesen, um sich auf irgendetwas einzulassen –, aber auf Funafuti schlief er zwei von drei Malen mit ihr. Er mochte Beatrice. Sie war hübsch, aber nicht so sehr, dass sie ihn einschüchterte. Sie war klug, aber nicht klüger als er. Und sie sprach schön. Sie war Frankokanadierin, aus Quebec, und hatte es irgendwie geschafft, aus ihrer Enklave herauszukommen. Wie, darüber ging sie mit einem Scherz hinweg, wenn Rudi sie fragte. Beatrice besaß einen weichen, gehauchten Akzent, als wäre Englisch ihre zweite Sprache, im Nachhinein gelernt. Was nicht stimmte, denn sie war zweisprachig aufgewachsen, aber was zählte, war das Gefühl, das sie Rudi vermittelte, und das war gut. Wenn er mit Beatrice sprach, schämte er sich nicht seines eigenen Akzents.

Beatrice fragte ihn nie nach seinem Engel aus. Das war das Beste von allem. Die anderen Flygirls schienen nach einiger Zeit wie besessen von seinem Engel. Sie wollten alles ganz genau wissen. Wie sie aussah, was sie gesagt hatte, wie es sich angefühlt hatte – es gab nichts, was sie nicht aus Rudis Innerstem heraus ans Licht zerren und sezieren wollten. Wie hieß sein Engel?, wollten sie wissen. Würde er ihn je wiedersehen? Wie hielt er es aus, von seinem Engel getrennt zu sein? Schweigen half nichts. Je beharrlicher er schwieg, desto drängender fragten sie. Meistens ergab sich Rudi in sein Schicksal und erzählte. Irgendwas. Was ihm gerade einfiel. Die Flygirls glaubten ihm jedes Wort.

»Hast du schon gehört?«, wechselte Beatrice das Thema. »Die Amerikaner haben wieder ein Artefakt geborgen. Keine zweihundert Kilometer südlich von Majuro!«

Majuro. Bei den Marshallinseln, weit außerhalb der Company-Zone und am äußersten nördlichen Zipfel des Gebiets, in das sich Company-Patrouillen offiziell wagten.

»Sagen sie. Es gibt bisher keine Bestätigung dafür, keine Bilder.«

»Das will nichts heißen. Im Gegenteil. Vielleicht haben sie

ein richtig großes Ding gefunden und zeigen deshalb nichts. Sie wollen es in Ruhe untersuchen.«

»Und wenn schon.« Rudi passte das Thema nicht. Er wollte nicht von den Erfolgen anderer hören. »Was hat das mit uns zu tun? Majuro ist zu weit weg, von uns wäre sowieso keiner rechtzeitig hingekommen, um den Amerikanern den Brocken wegzuschnappen. Sie hocken fett auf den Marshalls und allem, was dahinter kommt. Wenn wir schneller wären ...«

Wenn wir schneller wären ... Die Bemerkung, die Beatrice todsicher in Rage brachte. Der Rest lief gewöhnlich nach Drehbuch: »Was soll das heißen, ›wenn wir schneller wären‹?«, zischte sie. Süß, aber bestimmt. Dann ein paar geharnischte Bemerkungen, die sich gegenseitig aufschaukelten, ein paar Tränen und ein paar Schläge, die erst in wilden und schließlich in zärtlichen Sex übergingen. Keine üble Achterbahnfahrt, fand Rudi, seit er das System begriffen hatte. Und nicht unpraktisch. Er musste nur den Knopf drücken, und es ging los.

Aber irgendwie klemmte der Knopf an diesem Tag. Beatrice legte eine Hand auf seine Hüfte und sagte ernst: »Wir haben aufgegeben, Flyboy, was?«

»Wie kommst du darauf?«

»Ganz einfach: Ich sehe und höre.«

»Ach ja. Und was siehst und hörst du?«

»Jemanden, der blind und taub ist.«

»Was willst du damit sagen?«

»Dass ich mir Sorgen um dich mache. Große Sorgen.«

»Das brauchst du nicht. Das erledige ich schon selbst!« Seine Schroffheit war teils kalkuliert, um Beatrices Knopf doch noch gedrückt zu bekommen und ihrer Aufmerksamkeit zu entgehen, teils kam sie von innen, gespeist vom Instinkt des Himmelsbergers, der Ärger wittert, wenn er über Gebühr Beachtung findet.

»Das hoffe ich«, sagte Beatrice ruhig. »Aber ich würde mir wünschen, es auch zu sehen.«

»Was willst du? Ich fliege meine Missionen wie jeder andere auch. Ich ...«

»Die eine Hälfte der Zeit verkriechst du dich in deiner Höhle, die andere hockst du auf deinem Sitz in der *Bitch* und starrst Löcher in die Luft!«

»Was? W-woher ...«

»Sei nicht so naiv. Funafuti ist ein Dorf. Hier gibt es keine Geheimnisse. Jeder weiß, dass Diane dich nicht einmal das Kabinenlicht ein- und ausschalten lässt.«

»He! Das ...«

»Still!« Sie legte ihm einen Finger auf den Mund. »Ich will dir nichts Böses. Ich will dir nur die Augen öffnen. Du fliegst mit den übelsten Freaks der Company, Flyboy. Ist dir das klar? Karikaturen, Zombies, Irre – such dir ein eigenes Wort für sie aus, jedes passt. Im Stützpunkt machen hundert von ihnen die Runde. Und das in einer lahmen Kiste, die nur der Gebisskleber ihrer Crew davon abhält, auseinanderzufallen. Die *Bitch* hat nur dann jemals eine Chance, ein Alien-Artefakt zu bergen, wenn es sich senkrecht durch ihr Cockpit bohrt. So sieht es aus.«

»Mag sein, aber ich habe mir die Crew und das Flugzeug nicht ausgesucht. Niemand sonst wollte mich.«

»Richtig. Niemand sonst wollte dich, mein süßer Verlierer. Die Betonung liegt auf ›wollte‹. Das ist Wochen her. Die Zeiten ändern sich. Alte Sünden rutschen nach hinten weg, werden vergeben.«

»Meine nicht.«

»Red keinen Mist. Du hast mit mehr Flygirls geschlafen als jeder andere Typ auf dem Stützpunkt. Du bist der König der Verlierer, noch nicht gemerkt? Deine Aktien steigen, und wenn du dich nur ein wenig bemühen würdest ... du könntest der *Bitch* und ihrer fliegenden Freakshow entkommen. Nicht auf der Stelle, aber vielleicht rechtzeitig genug, damit du noch etwas von dieser Saison hast. Bestimmt! Du musst dich nur bemühen. Guten Willen zeigen. Dann kommt man voran, glaub mir. Ich könnte ein gutes Wort für dich einlegen ...«

Rudi sagte nichts.

Beatrice erlaubte ihm eine Minute des schweigenden Nachdenkens, dann sagte sie: »Was meinst du? Stell dir doch vor! Ein echtes Flugzeug, mit einer echten Crew und einer echten Chance ...«

»Ja, schon ...«

»Aber?«

»Aber ... ich weiß nicht. Die Crew ...« Es war merkwürdig. Jedes Wort, das Beatrice sagte, stimmte. Er sollte, nein, musste die Beine in die Hand nehmen und sehen, dass er auf ein anderes Flugzeug wechselte, sonst war die Saison vorüber, und aller Wahrscheinlichkeit nach würde die Company ihm keine zweite erlauben. Dennoch, Rudi fühlte sich in der Pflicht, die Crew der *Strawberry Bitch* zu verteidigen. Die Crew, die alles tat, ihn auszuschließen. Diane, Wilbur, Rodrigo, Hero ... ja, ›Freaks‹ war der passende Begriff. Aber sie waren Freaks, die etwas drauf hatten, daran zweifelte Rudi längst nicht mehr. Gut möglich, dass die *Bitch* nur von Gebisskleber zusammengehalten wurde, aber das war ein Kunststück, das ihrer Crew erst einmal jemand nachmachen musste. Seine Kameraden, die keine waren, waren keine Idioten. Sie flogen lange Patrouillen, und das nicht die erste Saison. Sie wussten genau, was sie taten – und wie sie es anzustellen hatten. Und sie hatten einen Plan, auch wenn Rudi ihn noch nicht durchschaut hatte. Sie flogen nicht einfach kreuz und quer über den Pazifik und warteten auf das Große Los. Da war noch mehr. Vielleicht viel mehr, als jedes Artefakt bedeuten konnte.

»Rudi«, ermahnte Beatrice ihn, »die *Bitch*-Crew ist das Altersheim und das Irrenhaus der Company in einem, das weißt du so gut wie ich. Amateure. Also, raus damit: Was haben sie mit dir angestellt? Haben sie dich gedopt wie dieser Zuhälter? Oder hast du eine masochistische Ader, und es gefällt dir, wie ein Stück Scheiße behandelt zu werden?«

»Das ist nicht fair, Beatrice! Sie sind vielleicht Freaks, aber keine Amateure. Sie wissen, was sie tun.«

»Ach ja. Und was ist das?«

»Ich ... ich ...«

»Alles klar: Du weißt es nicht! Also, was verschwendest du

noch deine Zeit mit den alten Leuten? Lass sie mit ihrer Erdbeer-Kiste tun, was sie wollen. Sie brauchen dich nicht.«

»Beatrice, ich ...«

»Du bist ein Idiot!« Der Knopf hatte sich gelöst. Beatrice hatte genug. Sie nahm ihre Hand von seiner Hüfte, ließ dabei die Nägel in seine Haut kratzen. »Krieg endlich deinen Hintern hoch und hau ab, Rudi! In Bangkok ist dir das doch auch nicht schwergefallen, nicht? Hau ab, bevor ... bevor ...« Sie brach ab.

»Bevor was?«

»Frag nicht so blöd. Jeder weiß über die *Bitch* und ihre Crew Bescheid.«

»Jeder? Ich nicht!« Wovon redete Beatrice? Wusste sie am Ende, was die *Bitch*-Crew verbarg? Aber wenn ja, woher? Er hatte niemandem von seinem Verdacht erzählt. »Sag es mir!«, bat er.

Sie hörte nicht hin, war damit beschäftigt, ihre Kleider zusammenzuraffen und ihren Slip anzuziehen.

»Beatrice, bitte!«

Sie schlüpfte in ihre Hose, entwand sich ihm und kroch los, den Stahlträger entlang zurück zum Stützpunkt.

»Beatrice!«

An der Stelle, an der man vom Träger zur Seite auf das erste, kniehoch unter Wasser stehende Stück Land springen musste, hielt sie an, drehte sich um und rief: »Hast du dich eigentlich schon einmal gefragt, was aus deinem Vorgänger im Copilotensitz geworden ist?«

Rudi wollte nachfragen, ihr nachschreien, aber im selben Moment machte es wieder *bong!* Salzwasserspritzer ergossen sich von allen Seiten auf Rudi, drangen ihm in die Augen und brannten.

Als er wieder sehen konnte, war Beatrice fort.

Liebe Mama, lieber Papa!

Bitte entschuldigt, dass ich Euch jetzt erst schreibe. Ich habe nicht gewollt, dass ich Euch Sorgen bereite. Ihr braucht euch keine Sorgen zu machen. Die Fahrt zum Lager war länger, als ich dachte, und wir mussten am Ende viel marschieren (meine Füße tun jetzt noch weh!), und der Strom war alle, als ich endlich an den Terminal kam ...

Ich weiß, man hört viel Schlimmes von den Lagern, aber das meiste ist blödes Gerede. Unser Lager ist nicht schlimm. Es stimmt schon, es ist alles sehr einfach. Ein paar zugige Hütten und darum ein Zaun, aber in den Hütten ist es trocken, und das zählt schon viel. Außerdem gibt es jeden Tag zu essen, manchmal sogar Fleisch. Das ist gut so, denn wir alle arbeiten ganz hart. Wir stehen auf, wenn es hell wird, und schuften, bis es dunkel wird.

Die Wärter sind streng, aber gerecht. Wenn man tut, was sie sagen, kommt man gut mit ihnen klar. Das habe ich zum Glück von Anfang an kapiert. Jetzt macht es mir schon fast Spaß zu schuften. Ich meine: Hier war nur eine öde Wüstung, bevor wir gekommen sind! Und wenn wir fertig sind, können hier Menschen leben wie ihr und ich. Das ist doch was, nicht?

Das sagt auch Charlie. Charlie ist mein bester Freund hier. Er ist immer für mich da. Charlie kennt sich aus. Ist schon in ein paar Lagern gewesen. Ist viel Zug gefahren, herumgekommen. Er weiß, wie man mit den Wärtern quatscht. Und wenn ich dabei bin, was Blödes anzustellen (ich bin immer noch Euer kleiner Schussel!), hält er mich davon ab. Er hat Geduld mit mir, obwohl ich ständig was Blödes mache. Charlie hilft mir. Hat mir Strom besorgt, damit ich auf dem Terminal diesen Brief tippen kann (die Spracheingabe ist kaputt).

Charlie hat viele Kumpels. Das sind auch meine, sagt er. Ein ganzes Lager voller Kumpels ... stellt Euch das vor! Wir sind füreinander da, bei uns wird keiner hängen gelassen. Zusammen stehen wir das Lager durch und ... eigentlich darf ich das niemandem sagen, aber Charlie gibt mir gerade das Okay, denn Ihr beide könnt es niemandem verpfeifen. Also ... vielleicht kommen wir sogar früher aus dem Lager. Charlie hat da eine Idee (Charlie hat immer Ideen!). Es gibt nämlich zwei Arten von Wachen, Menschen und GenMods.

Die GenMods sehen ganz schlimm aus, und am Anfang habe ich immer ganz viel Angst vor ihnen gehabt. Sie haben riesige Gebisse, wie von dem Dino, den wir mal im Museum gesehen haben, bevor wir von zu Hause wegmussten. Sie bellen ganz laut, und ständig läuft ihnen der Sabber den Hals herunter. Aber Charlie sagt, vor ihnen muss man keine Angst haben. Haben schlimme Gebisse, aber kein Hirn im Kopf. Wie die Dinos. Gefährlich sind die Menschenwächter, die haben etwas Gehirn im Kopf, und die GenMods sind ihre Gebisse.

Also, sagt Charlie, müssen wir nett zu den Wärtern sein, dann sind sie auch nett zu uns. Alles andere ist Quatsch. Auch das Wegrennen, von dem viele im Lager tuscheln. Wohin wegrennen? Draußen warten nur leeres Land und andere Lager und irgendwann Städte. Und überall gibt es Wärter. Die ganze Welt ist ein großes Lager, sagt Charlie. Alles ist ein großes Lager. Kapieren die Leute nur nicht, wenn sie von den Aliens quatschen und sagen, woanders ist es besser. Fallen nur auf die Schnauze, sagt Charlie. Ist überall Scheiße, überall Lager. Man muss das Beste daraus machen, sich einrichten.

Deshalb ... Charlie hat mir eine Stange gegeben. Rostig und mit Nägeln. Wir, Charlie und ich und alle unsere Kumpels haben Stangen. Heute Nacht zeigen wir es den GenMods, machen wir sie fertig. Und dann ... rennen wir nicht weg. Die Wärter, sagt Charlie, können die GenMods selbst nicht ausstehen. Werden froh sein, dass wir sie erledigt haben. Und dann kriegen wir die Plätze der GenMods. Mit unseren Stangen sind wir genauso gut wie die GenMods. Besser, sagt Charlie, wir haben nämlich Gehirn im Kopf. Und dann soll uns noch einer blöd kommen!

Mama, Papa, ich ... ich ... ach, macht Euch keine Sorgen um mich!

Euer Pitbull*

* Das ist mein neuer Name. Charlie hat ihn mir gegeben. Er sagt, dass ich nie wieder meinen alten gebrauchen darf.

KAPITEL 12

Es war kein übler Zug, fand Wieselflink, als er sich wieder in der Gewalt hatte. Und dieser Fischer war eigentlich kein übler Kerl. Nur: beide – Zug wie Mann – waren wunderlich. Und bedrohlich.

Der Zug: insgesamt 14 Wagen, die Türen – mit Ausnahme der Schiebetür des Abschlusswagens – verschweißt, die Fenster versiegelt. Angehängt an eine Lok aus dem vorigen Jahrhundert. Eine 111er, von den Nomaden gern gesehen. 111er waren alt, aber zuverlässig. Mit einer 111er blieb das Risiko im Rahmen. Die Verteidigungsbezirke hatten selten genug Geld, um Fahrstrom zu bezahlen, und andere Prioritäten; das Ministerium hatte spätestens nach seiner Umstrukturierung keine Mittel mehr, die Kompetenzen und Zuständigkeiten überlappten. Es konnte Wochen dauern, bis sie geklärt waren und ein liegen gebliebener Zug geborgen wurde. Wochen, in denen kein oder nur geringer Proviant durchkam, geschweige denn Trinkwasser.

Fischer: ein Wirbelwind mit Computerunterstützung. Ein drahtiger, alter Mann mit kurzen grauen Haaren. Kein Augenblick verging, ohne dass er nicht ungeduldig von einem Bein aufs andere getreten wäre, als müsse er sich beherrschen, um nicht auf der Stelle weiterzurennen. Immerzu spielten die Finger seiner rechten Hand auf dem Touchscreen seines implantierten Unterarmcomps. Und was immer er sonst tat: Er redete.

»Hier, trink!« Fischer hielt ihm eine Flasche entgegen, als Wieselflink mit zitternden Knien in den Wagen trat. »Dein Flüssigkeitshaushalt dürfte deutlich unter dem Optimum liegen. Mit einem Halsband-Schlag ist nicht zu spaßen. Als Angehöriger des Großen Packs ist es deine Pflicht, deine Gesundheit zu erhalten und zu fördern.«

Wieselflink starrte den alten Mann nur an. Eben hatte man ihn mit Dutzenden anderen Nomaden aus dem Zug werfen wollen, und jetzt ...

»Nimm schon. Niemand will dich vergiften. Es ist Wasser. Der optimale Flüssigkeitsspender.«

Wieselflink nahm die Flasche und trank. Ja, es war Wasser. Aber kein Nomadenwasser. Nomadenwasser hatte immer einen Beigeschmack. Von nachlässig überdosiertem Chlor, wenn ein Arbeiter sich nicht die Mühe gemacht hatte, das Wasser für die Überschussmenschen korrekt aufzubereiten. Nach Schlamm und Krankheit, wenn der Arbeiter sich die Aufbereitung gespart hatte und die Chlorlösung auf dem Schwarzmarkt gegen Nützlicheres getauscht hatte. Fischers Wasser war anders. Es schmeckte herrlich nach nichts, frisch. Wie das Wasser, das Wieselflink in seinem früheren Leben in Flaschen gekauft und getrunken hatte, ohne je einen Gedanken an sein Glück zu verschwenden.

»Gut, nicht?«, bemerkte Fischer, der Wieselflink genau beobachtete. »Es ist Regenwasser. Wir fangen es über Rinnen auf. In den letzten zwölf Monaten ist es uns gelungen, durchschnittlich über ein Drittel unseres Wasserbedarfs durch eigene Anstrengungen zu decken. Ein Ergebnis, das sich durchaus noch übertreffen lässt. In den nächsten zwölf ... ach, egal.« Fischer brach ab. Wieselflink kam er vor wie ein Mann, der vom Eifer getragen über das Ziel hinausgeschossen war und sich nun über sich selbst ärgerte.

Wieselflink trank die Flasche zur Hälfte leer. Fischer hatte recht, er war durstig. Er hatte es bislang nicht bemerkt. »Regenrinnen«, sagte er. »Ich wusste nicht, dass das Ministerium es Nomaden erlaubt, an den Außenseiten der Wagen Arbeiten vorzunehmen.«

»Du weißt vieles nicht.« Es klang wie ein Verweis, aber es war keiner. Fischer musterte ihn mit einem Anflug von Respekt. »Aber du scheinst mir ein kluger Kopf zu sein. Und Elektriker, sagst du?«

»Ja, Elektriker«, bestätigte Wieselflink. Wieso fragte Fischer? Er hatte einen Knopf im Ohr, einen Rechner im Arm und trat auf, als gehöre der Zug samt seinen Insassen ihm persönlich. Fischer musste den Männern in der Uniform die Anweisung gegeben haben, ihn zu verschonen.

»Kluger Kopf und Elektriker ... ich bin gespannt«, murmelte Fischer zu sich selbst und tippte mit dem kleinen Finger der rechten Hand auf seinem Unterarmcomp herum. »Wir werden sehen. In Ordnung, du bist eingebucht. Willkommen beim Großen Pack!« Fischer streckte ihm die Hand entgegen. Wieselflink schüttelte sie. Fischers Händedruck war ernst, als besiegele er einen Pakt. Fischer hielt Wieselflinks Hand fest, länger als ihm angenehm war, und fixierte ihn mit seinem Blick. Schließlich ließ er sie los, zog aus einer Tasche ein schwarzes Stoffband – eines, wie es die Männer mit den Uniformen getragen hatten – und streifte es über Wieselflinks Halsband. Als Fischer den Stoff dehnte, sah Wieselflink, dass er nicht komplett schwarz war. Weiße Punkte schimmerten darin.

»Wir sind Kinder der Sterne«, verkündete Fischer. »Wir gehören zu den Sternen. Gemeinsam werden wir zu ihnen zurückkehren. Gemeinsam werden wir Dinge sehen, die nie zuvor das Auge eines Menschen erblickt hat«, sagte Fischer feierlich. Er hatte die Augen geschlossen, als schaue er in innere Weiten. Als er sie wieder öffnete, war sein ruheloser Alltagsblick zurückgekehrt. »Die Flasche kannst du behalten«, beschied er Wieselflink. »Sie gehört dir. Mit ihr kannst du deine tägliche Wasserration in Wagen 6 abholen. Heute ist dein erster Tag, deshalb ist sie unbegrenzt. Ab morgen gelten für dich dieselben Zuteilungen wie für alle Angehörigen des Großen Packs: 2,5 Liter pro Tag bei Innentemperaturen bis 20 Grad Celsius. Für jedes weitere Grad, jeweils gemessen um 14 Uhr, stehen dir weitere 0,1 Liter zu. Eine knappe Ration, ich weiß, aber wir haben nicht mehr zu verteilen. Wenn du mich fragst, ist das gut so. Wolf sagt, dass unsere Reise lang und voller Widrigkeiten sein wird. Es nützt uns allen, wenn wir lernen, vernünftig mit knappen Ressourcen umzugehen. Verstanden?«

»Ja. Aber ... wer ist Wolf?«

»Eine gute Frage. Du kommst zur Sache. Das gefällt mir. Wir werden uns verstehen.«

»Das hoffe ich. Und die Antwort?«

»Ich zeige sie dir. Komm mit!« Fischer führte ihn mit hektischen Schritten in den Zug.

»Hier, das ist Wieselflink. Ein Neuer«, stellte Fischer ihn in jedem einzelnen Wagen vor. Wieselflink schüttelte Dutzende Hände. Hätte ihm nicht bald die Hand wehgetan, er hätte geglaubt zu träumen. Händeschütteln, Vorstellungen – es waren Kategorien aus seinem alten Leben, in dem man Kraft und Raum für Floskeln und Höflichkeiten gehabt hatte.

Die Posten, die an beiden Enden jedes Wagens die Türen überwachten, schüttelten Wieselflink in aufrichtiger Freude die Hand.

»Willkommen, Bruder. Auf eine gute Lange Reise!«, begrüßten sie ihn.

Ein warmes Gefühl breitete sich in Wieselflink aus. Ein gefährliches. Dieselben Männer, die ihm jetzt begeistert die Hand schüttelten, hätten ihn, ohne einen Gedanken an ihn zu verschwenden, aus dem Zug geworfen, wenn Fischer es ihnen befohlen hätte. Er durfte sich nicht einlullen lassen, musste wachsam bleiben.

Es wurde eine harte Prüfung. Der Empfang der Nomaden, denen er und Fischer auf den Gängen begegneten, übertraf noch den durch die Gardisten.

»Elektriker?«, rief es ihm entgegen. »Du bist Elektriker! Gut, dass du bei uns bist! In unserem Abteil ist die Lüftung kaputt!«

»Elektriker! He, meine Lampe, die ...«

»Elektriker!? Du musst unbedingt nach der Schicht bei mir ...«

Fischer bremste die Nomaden. »Langsam, bitte! Er ist eben

erst zu uns gestoßen. Er hat eine anstrengende Reise hinter sich.« Fischer hob den Arm mit dem implantierten Computer. »Hier!«, zeigte er auf ihn. »Seht, ich nehme alle Wünsche auf. Wieselflink wird sich ihrer in der Reihenfolge ihrer Dringlichkeit annehmen. Gerecht, wie es Wolf will.«

Er zog Wieselflink weiter, von Wagen zu Wagen. Der Hauptgang war frei. Kein Abfall, kein Hindernis weit und breit beeinträchtigte ihr Fortkommen, keine Engstellen an Orten, an denen einzelne Packs ihre Abteile auf die gesamte Zugbreite vergrößert hatten. Nirgends jemand, der sich den Durchgang bezahlen ließ. Niemand, der ruhelos auf und ab ging oder herumlungerte. Niemand, der ein Ventil für den Druck des Eingesperrtseins suchte, welcher ihn zu zerreißen drohte. Die wenigen Leute, die unterwegs waren, wirkten nicht wie Nomaden, sondern wie ganz normale Leute auf dem Weg von und zur Arbeit. Sie hatten eine Aufgabe, ein Ziel.

Und da war noch etwas, was nicht stimmte. Es war so ungeheuerlich, dass es Wieselflink erst nach dem siebten Wagen auffiel.

Er blieb stehen. »Wieso trägt hier niemand einen Rucksack?«

»Ah«, machte Fischer. »Ich hatte mich schon gefragt, wo dein scharfer Verstand hin ist.«

»Ich verstehe das nicht. Keine Rucksäcke. Niemand trägt hier einen Rucksack. Besitzen die Leute denn nichts?«

»Nicht ›hier‹«, wies ihn Fischer zurecht. »Beim Großen Pack. Und was deine Frage angeht: Wir besitzen mehr als gewöhnliche Bahnnomaden. Jedem Einzelnen stehen 20 Kilogramm zu.«

»Wenn das so ist, wieso tragen die Leute sie dann nicht bei sich?« Langsam wurde es Wieselflink zu viel. Fischer erzählte Unsinn. Er erlaubte sich einen Spaß, spielte irgendein krankes Spiel mit ihm. Nomaden ohne Rucksäcke? Niemand war so dumm, den Rucksack irgendwo stehen zu lassen. Vielleicht, wenn einer vom eigenen Pack darauf aufpasste. Aber nur vielleicht. Und nur, wenn es nicht anders ging. Kein Pack war ein Bund für die Ewigkeit, und ein gut gefüllter Rucksack stellte eine nahezu übermächtige Versuchung dar. Man traute seinen Kameraden, und wenn man zurückkam, stellte man fest, dass man nichts mehr besaß. Keine Kameraden, keinen Rucksack, keinen Schutz.

»Ganz einfach: Sie haben sie in ihren Fächern.«

»In ihren *Fächern*?«

»Sieh mich nicht an wie einen Alien. Du gehörst jetzt zum Großen Pack, bei uns sind die Dinge anders. Gerecht.«

Fischer klopfte an der Tür eines Abteils. Klopfte, nicht hämmerte. Unaufdringlich, wie der Hotelangestellte, der das Frühstück brachte.

»Darf ich euch einen Augenblick stören?«, rief er. »Ich möchte einem Neuen zeigen, wie gut man bei uns lebt.«

Die Tür glitt einen Spalt auf. »Muss das sein? Das bringt uns nur einen unnötigen Rückstand auf den Plan und ...«

»Er ist Elektriker.«

Die Tür glitt mit einem Ruck auf. Eine Frau streckte den Kopf in den Gang. Wieselflink konnte nicht anders, als zu registrieren, dass sie gute Zähne hatte. »Wieso sagst du das nicht gleich? Bei mir ist ...«

»Später. Ich setze es auf die Liste. Wärst du so freundlich und würdest kurz aufstehen?«

»Aber mein Soll! Ich ...«

»Wir brauchen nicht lange. Und dir wird ein Alienband gutgeschrieben. Das ist das Doppelte von dem, was du in der Zeit weben könntest. In Ordnung?«

Die Frau nickte, löste ihre Finger aus den Ringen der Maschine, die vor ihr auf dem Ausklapptisch ruhte, und verließ ihren Platz. Wieselflink hatte noch nie solch eine Maschine gesehen. Sie erinnerte ihn an eine Nähmaschine, war aber flacher und kompakter.

Er besah sich das Abteil. Es hatte die Originalgrundfläche, und zwischen den Sitzen war eben genug Platz, um zu zweit nebeneinander zu stehen. Das Fenster war mit einer schwarzen Folie abgeklebt. An der Decke war eine starke Lampe angebracht, so grell, dass man die Augen zusammenkneifen musste, blickte man auf. Der Boden war sauber, wie überall in diesem Zug. Und links und rechts waren jeweils drei ... *Fächer.* Wieselflink fiel kein besseres Wort dafür ein. In fünf der Fächer hockten Nomaden, Männer und Frauen, über Klapptischchen gebeugt, an den Köpfen Stirnlampen. Ihre Finger, die in den Ringen der Webmaschinen steckten, bewegten sich in schnellem Rhythmus auf und ab, wie die eines Klavierspielers. Auf einer Seite zogen die Maschinen das Garn ein, auf der anderen Seite schob sich in gleichmäßigem Tempo ein Stoffstreifen hinaus.

»Später!«, wehrte Fischer ab, bevor die übrigen Nomaden ihre Bitten vorbringen konnten. »Später. Ich setze euch alle auf die Liste. Mit der Priorität, die euch zusteht. Ihr kommt an die Reihe. Gerecht.«

Er ging vor der verlassenen Nische in die Knie und zog einen prall gepackten Rucksack hervor. »Hier. Glaubst du mir jetzt?«

»Die Leute lassen ihre Rucksäcke unter ihren ... ihren ...«

»Plätzen. Unter ihren Plätzen. 100 Prozent korrekt.«

»Und jeder hat einen solchen *Platz*?«

»Jeder. Und jeder Platz ist identisch. Gerecht. Jeder Angehörige des Packs hat denselben Wert.«

»Und jeder bleibt auf seinem Platz?«

»Exakt. Jeder hat seine Aufgabe. Und jeder hat seine Zeiten, in denen er Gemeinschaftsplatz nutzen darf.«

»Was bedeutet das?«

»Zeiten, in denen er seinen eigenen Platz verlassen darf.«

»Die Leute dürfen nicht einfach aufstehen?«

Fischer schüttelte den Kopf. »Nein, natürlich nicht. Wohin würde das führen? Platz ist eine viel zu knappe Ressource, als dass das Große Pack es zulassen könnte, dass sie ungeregelt bleibt. Die Reibungsverluste wären viel zu groß. Und die Stärksten würden sich durchsetzen, die Schwachen blieben auf der Strecke.«

Wunderlich.

Wieselflink dachte an die Fabrik, an die toten Tiere, an

Fleischberg, der ihn beschützt hatte. Er dachte an die vielen Züge, mit denen er gefahren war. Das Ministerium kümmerte sich nicht um die inneren Angelegenheiten seiner Schützlinge. Es stand ihnen offen, wie sie mit seinen Zuteilungen umgingen, wie sie diese aufteilten. So lange das Soll erreicht wurde und die Abnutzung des rollenden Materials sich in den vorhergesehenen Regionen bewegte, überließ es die Bahnnomaden sich selbst. Himmel oder Hölle – es lag in der Hand der Nomaden.

Wieselflink war in keinem Zug gefahren, in dem das Pendel nicht in Richtung Hölle ausgeschlagen hätte.

»Was ist, wenn jemand pinkeln muss?«, fragte Wieselflink.

»Dann geht er. Was sonst? Die Wahrscheinlichkeit, dass sich zur selben Zeit eine übergroße Zahl an Menschen erleichtern muss, ist gering. Außer natürlich morgens und abends. Für diese Zeiten gelten Sonderregelungen. Unser System ist effizient, weil es auf die Bedürfnisse der Menschen eingeht. Deshalb sind wir so erfolgreich. Wolf kennt die Menschen.«

»Und ... und was ist mit Schlafen? Wo schlafen die Leute?«

»Hier natürlich!«

Fischer zog an einem Griff an der Vorderseite des Sitzes der leeren Nische. Der Sitz klappte zu einer Liege aus, die Wieselflink um ein Haar von den Beinen gerissen hätte. Die Liege kam in einem 45-Grad-Winkel zu stehen, das Fußende reichte in die Mitte des Abteils hinein. »Darf ich vorstellen: dein Bett!« Bevor Wieselflink etwas sagen konnte, fuhr Fischer fort: »Und es kommt noch besser!« Er streckte sich, zog an einem weiteren Griff, und ein dicht gewebtes, blickdichtes Netz entfaltete sich über der Liege. »Dein privater, ganz eigener Raum!«

»Ist ... ist das nicht etwas eng?« Wieselflink mutete die Liege wie eine Kreuzung von Sarg und Leichensack an.

»Man gewöhnt sich daran. Es ist natürlich nicht wie draußen. Aber besser als alles, was es jemals drinnen gab. Und außerdem stellen die Kokons eine gute Vorbereitung für die Lange Reise dar. Wir werden an Bord nur wenig Platz haben, das steht fest.« Fischer klappte die Liege wieder ein. »Gehen wir weiter. Wir haben die Arbeit hier schon zu lange gestört. Der Plan bezieht selbstverständlich Produktionsstörungen mit ein, aber das ist keine Einladung dazu, sie leichtfertig herbeizuführen.«

Sie verließen das Abteil. Die Frau kehrte auf ihren Platz zurück und nahm die Arbeit an der Webmaschine wieder auf.

»Der Plan? Die Leute arbeiten nach einem Plan?«

»Ja. Dem Großen Plan des Großen Packs. Wolfs Plan.«

»Und alle hier weben diesen Halsschmuck?«

»Es ist mehr als Schmuck. Die Alienbänder zeigen universelle Freundschaftssymbole.«

»Universelle Freundschaftssymbole?«

Wunderlich.

»Ja. Sie werden von intelligenten Wesen überall im Universum verstanden.« Fischer kramte in einer Tasche und brachte ein Alienband zum Vorschein.

Wieselflink nahm es. Die Grundfarbe war dunkelbraun, darauf ein Muster aus gelben Kreisen. Große und kleine Kreise reihten sich ohne ersichtliche Ordnung aneinander, einer von ihnen – der sechste von links – mit einem waagrechten Balken, wie durchgestrichen.

»Eine schematische Darstellung unseres Sonnensystems. Es zeigt an, dass sein Träger ein intelligentes Lebewesen ist, das die grundlegende Beschaffenheit seiner Heimat im Universum kennt.«

Fischer nahm ihm das Alienband wieder ab. »Aber genug davon. Ich weiß deine Neugier zu schätzen – Neugier macht den Menschen zum Menschen, sagt Wolf –, aber du drohst meinen ohnehin bereits durcheinandergekommenen Tagesplan völlig umzuwerfen. Ich habe anderweitig zu tun«

Sie waren am letzten Abteil von Wagen 13 angekommen. Fischer zog die Tür auf. »Hier, dein Platz. Und deine Werkstatt.«

Wieselflink sah eine große Holzplatte, die unter dem abgeklebten Fenster montiert war. Auf der Platte und auf dem Boden verstreut lagen Kabel, Werkzeuge und Elektrogeräte in verschiedenen Stadien der Demontage. Das Abteil wirkte, als hätte es sein Besitzer vor einem Augenblick erst verlassen. Und als wäre das alles andere als freiwillig geschehen.

»Schrauber, dein Vorgänger, hat sich gewehrt, so gut er konnte, aber es waren zu viele. Sie haben ihn mitgenommen. Eine furchtbare Verschwendung von Ressourcen, für das Große Pack ebenso wie für die Menschheit im Allgemeinen. Wir hoffen, dass wir ihn bald wieder aus der Fabrik herausholen können. Rechtzeitig. Aber leider haben auch wir unsere Grenzen.«

»Das Abteil gehört mir ... *allein*?«

»Hast du mir nicht zugehört?« Fischer schüttelte den Kopf. »Niemand gehört irgendetwas, außer den Dingen, die sich in deinem Rucksack befinden und zusammen nicht mehr als 20 Kilogramm wiegen. Der Platz gehört niemandem, er gehört allen. Und das Große Pack stellt dir seine Nutzung zur Verfügung, solange es für die Erfüllung deiner Aufgabe erforderlich ist.« Er schob Wieselflink in das Abteil. »Am besten räumst du erst mal auf. Die Bahnpolizisten waren bei der Räumung nicht gerade zimperlich. Sobald du wieder Ordnung hast, kannst du dich einarbeiten. Schrauber war sehr eifrig. Du wirst dich anstrengen müssen, um die Lücke auszufüllen, die er hinterlassen hat. Ich erwarte von dir für den Anfang mindestens zwei Drittel seiner Leistung. Und wenn du aufgeräumt hast, leg dich schlafen.«

»Schlafen? Das ist nicht dein Ernst? Nach all dem, was ...«

»Du wirst sehen, du schläfst. Du brauchst Ruhe. Und etwas Zeit, damit du die Botschaft deines Alienbands erfühlst. Der Verstand ist wichtig, aber ohne das Herz ist er nichts. Du wirst sehen, du wirst die Welt ganz anders betrachten. Gute Nacht!«

Fischer schloss die Tür hinter ihm. Wieselflink blieb auf dem Fleck stehen. Ratlos. Wohin war er nur geraten? Er fand keine Antwort auf seine Frage. Nach einiger Zeit bückte er sich, räumte die gepolsterte Bank frei, um sich hinsetzen zu können. Das Stehen strengte ihn an. Er trank aus seiner Flasche. Nur wenige Schlucke; er hatte vergessen, sie auffüllen zu lassen. Und hinauszugehen, den ganzen weiten Weg nach Wagen 6, dazu fehlte ihm die Kraft. Fischer hatte recht: Er brauchte Ruhe. Wieso sollte er sich nicht hinlegen? Es war bequemer so. Niemand konnte etwas dagegen haben. Fischer hatte es ihm sogar aufgetragen.

Wieselflink streckte sich aus. Das Alienband war größer als sein Halsband, verdeckte es vollständig. Es fühlte sich warm und stark an, wie eine Hand, die ihn sanft, aber unnachgiebig festhielt.

Wieselflink schlief.

Im Schlaf sah er Fleischberg und Kitty. Er hörte die dumpfen Aufschläge ihrer Körper auf dem Schotter, das Zischen der finalen Schläge. Und was er hörte, barg eine Botschaft für ihn. Eine Bestätigung. Er durfte niemals ruhen, sich niemals in sich selbst zurückziehen und unbeweglich werden. Nicht wie Fleischberg. Und er durfte sich niemals gegen Gewalten aufbäumen, die stärker waren als er. Nicht wie Kitty.

Fleischberg und Kitty waren tot. Er lebte. Er wollte, dass es so blieb. Er musste der sein, der er war, weiter seinen eigenen Weg gehen. Er sorgte für sich selbst besser, als jedes Pack es vermochte, das Große Pack eingeschlossen.

Er musste schnell sein.

Geschmeidig.

Wieselflink.

»Erzählen Sie uns von Ihren Träumen!«

»W-was für Träume?«

»Nun, Ihre Träume eben. Nachts. Wenn Sie schlafen.«

»Nachts ... ich ... ich träume nicht.«

»Jeder Mensch träumt.«

»Ich nicht! Hören Sie? Ich nicht!«

»Ich bitte Sie, es besteht kein Grund zur Aufregung. Wir unterhalten uns doch nur. Niemand will Ihnen Böses. An Träumen ist nichts Böses. Jeder von uns träumt. Ich auch.«

[Keine Antwort]

»Und es ist auch ganz normal, dass man sich am nächsten Morgen nicht mehr an seine Träume erinnert. Völlig normal.«

[keine Antwort]

»Man glaubt, der Traum wäre verpufft. Nur eine Ahnung bleibt, und fasst man nach, ist es, als versuche man Nebel zu greifen. Ist es nicht so?«

»J... ja.«

»Schön, dass Sie wieder mit uns sprechen. Wie Nebel also. Aber der Nebel ist nur ein unvollkommenes Bild. Es gibt ein besseres: Regen. Der Regen rinnt über die Kleidung auf die Haut, und schnappt man mit der Hand danach, erwischt man immer ein paar Tropfen.«

[Keine Antwort]

»Tasten Sie nach diesen Tropfen! Sie sind in Ihrer Hand aufgereiht, wenn Sie sich nur konzentrieren! Was sehen Sie in ihnen?«

»Ich ... bitte ...«

»Die Tropfen. Was sehen Sie in ihnen?«

»... bitte ... bitte ... ich ...«

»Was sehen Sie?«

»Bitte ... nein, LASST MICH!«

Verdächtige/r: Tino Salvator
Alter: 27
Zugriff: 26.03.2065, nach Anzeige aus Nachbarschaft. Starke Gegenwehr.
Symptomatik: Alkohol- und Substanzmissbrauch, stark eingeschränkte soziale Funktionsfähigkeit, gewalttätige Übergriffe (23 aktenkundig)
Status: positiv (fünf Stimmen pro Manifestation, null kontra, null Enthaltung)
Empfehlung: indefinite Sicherheitsverwahrung nach § 12 Alien-Gesetz, II. Novellierung 2062, reguläre verschärfte Vernehmung

KAPITEL 13

Der Tag der Abrechnung.

Ekin stand früh auf und ging, ohne die schlafende Trixie zu wecken. Es war eine lange Nacht für Ekin gewesen, die Decke über den Kopf gezogen, ihren eigenen Gedanken ausgeliefert. Alle paar Minuten hatte sie die Decke etwas angehoben, um frische Luft in ihr Versteck einzulassen, und hatte den Umriss von Trixie vor sich gehabt.

Trixie, die schlief – ihr Atem war zu gleichmäßig, als dass es anders hätte sein können –, während Ekin sich ruhelos hin- und herwälzte. Trixie, die Ekin nicht verstand. Was war los mit ihr? Wieso hatte sie sich abgewandt? Trixie war noch nie um Rat verlegen gewesen, wenn es um Paul ging.

Die Straßenbahn kam zu spät, sie war in eine mobile Kontrolle geraten, wie die Fahrerin über Lautsprecher durchsagte. Drei Leute waren vorläufig festgenommen worden. Unregelmäßigkeiten in den Papieren. Ekin erkämpfte sich in der übervollen Bahn mit den Ellenbogen Platz und steckte ihrerseits ein paar Ellenbogenstöße in die Hüfte ein. Die Leute unterhielten sich über die Festnahmen, darüber, ob es sich nur um ein paar Flüchtlinge gehandelt hatte, die ihren Radius überschritten hatten, oder vielleicht um Aliens. Die Diskussionen wurden lauter, nachdem das Alien-Wort gefallen war. »Wieso erschießt man die Aliens nicht auf der Stelle?«, fragte ein Mann brüllend. »Dann wäre der Spuk schnell vorbei!« Mehrere Leute stimmten ihm zu. Ein anderer rief: »Wo sind die Hunter? Nie sieht man sie!« Wieder Zustimmung. Von einigen Leuten. Andere schwiegen, vermieden es, mit irgendjemandem Blickkontakt aufzunehmen. Besonnenere Köpfe, hoffte Ekin. Oder wenigstens Leute, die einfach nur versuchten, ihr eigenes Leben zu leben, und die Aliens ignorierten. Oder Alienisten-Sympathisanten, die es vorgezogen hätten, wenn sich die Menschheit der Gnade der Aliens ausgeliefert hätte, aber klug genug waren, ihre Meinung für sich zu behalten.

Ekin hielt sich an einer Stange fest, starrte auf den Boden und wünschte sich, die Stadt könne die Fahrtzuteilungen strenger handhaben. Das hätte die Abnutzung am rollenden Material verringert – und eine Entzerrung der Spitzenlasten hätte es effizienter genutzt. Sie waren im Krieg, sie konnten sich keine Verschwendung leisten.

Einige Stopps weiter hatte sie sich einen Platz am Fenster erkämpft. Die Türme des Kölner Doms kamen in Sicht, zogen seitlich vorbei, blieben hinter ihr zurück. Ekins Stopp kam, aber sie stieg nicht aus. Sie fuhr die Linie bis zur Endstation und blieb sitzen, als die Bahn in die Wendeschleife fuhr. In einem Spiegel konnte Ekin das Gesicht der Straßenbahnfahrerin sehen. Sie trug ein Alienband mit einem Muster, das aus der Entfernung wie ein Schachbrett aussah. Die Frau glotzte sie an, als wäre sie ein Alien. Niemand, der seinen Verstand beisammen hatte, fuhr mit der Bahn spazieren.

Ekin war es gleich. Nein, das stimmte nicht. Wenn sie ehrlich zu sich selbst war, *hoffte* sie, dass die Fahrerin sie ansprechen würde. Sie stellte sich vor, wie sie ihr Hunter-Abzeichen aus der Tasche zog und die Frau, die sich eben noch selbstgerecht aufgeplustert hatte, in sich zusammenfiel, als hätte man die Luft aus ihr gelassen, und sich stammelnd entschuldigte. Ganz wie Paul es getan hätte ...

Paul.

Es lief alles auf ihn hinaus, nicht? Ekin konnte heulen oder schreien, ihn ignorieren, konnte sich auf ausgefallene sexuelle Rollenspiele mit einer Person einlassen, der sie nach den Korps-Regeln nicht einmal die Hand hätte schütteln dürfen, es nützte nichts. Was immer sie tat, ihr Maßstab war Paul.

Es war krank. Sie war eine erwachsene Frau. Ein Hunter. Angehörige der Elite der Menschheit. Paul war ihr Teampartner, ein Kollege in einem Feld, in dem alles darauf ankam, nüchterne Distanz zu wahren. Sie hätte diese Distanz längst wieder herstellen müssen, um ihrer selbst willen, um ihres professionellen Anspruchs willen. Um der Menschheit willen.

Paul hatte heimlich gekritzelt.

Im Korps gab es zwei Bezeichnungen für einen solchen Vorgang. Einen sperrigen in Bürokraten-Sprech: Vorenthaltung von dienstlichen Informationen. Und einen zweiten, der den Kern traf: Verrat.

Aber natürlich, Paul wäre nicht Paul gewesen, hätte er sich mit einfachem Verrat begnügt. Er hatte einen, nein, zwei draufgesetzt: ein Ablenkungsmanöver - die Befragung einer Bürgerin - und einen Tritt in den Unterleib für Ekin. Das Geheul, mit dem die alte Frau sich in Pauls Arme hatte fallen lassen, hallte jetzt noch in ihren Ohren nach.

Paul hatte eine Grenze überschritten. Sie durfte ihn nicht damit durchkommen lassen. Nicht, wenn sie einen letzten Deut Respekt vor sich selbst bewahren wollte. Nicht, wenn sie ihren Eid, das Wohl der Menschheit über alles andere zu stellen, nicht brechen wollte. Sie musste Paul dem Korps melden. Danach ... was immer danach geschehen würde, lag nicht mehr in Ekins Händen. Das Korps würde rasch und entschlossen handeln, das stand fest. Und es würde nicht ruhen, bis es der Angelegenheit auf den Grund gegangen war. Das Korps würde herausfinden, was »Fischer« und »14.500« bedeuteten und ob noch weiteres Gekritzel existierte. Die Sache konnte in einer Woche geklärt sein, sie mochte ebenso gut Jahre in Anspruch nehmen - die Geduld des Korps war buchstäblich unerschöpflich. Eines aber würde die Sache niemals sein: erledigt. Etwas würde an Paul hängen bleiben, ein Zweifel an seiner Loyalität, den das Korps nicht dulden konnte.

Paul, der Hunter, wäre Vergangenheit.

Und sie, Ekin, würde die Schuld tragen.

Die Straßenbahn hielt erneut an Ekins Stopp. Der Haltestelle zu ihrer - Pauls und Ekins - Kanzlei. Ekin gelang es, sich im letzten Moment durch die dicht an dicht stehenden Menschen durchzuquetschen und auszusteigen. Einen Augenblick lang blieb sie an der Haltestelle stehen. Ihre Hoffnung, dass die frische Luft ihre Gedanken ordnen könnte, erfüllte sich nicht.

Es war ihre Pflicht, Paul zu melden.

Ekin überquerte die Straße. Radfahrer klingelten wütend, schossen links und rechts an ihr vorbei. Ein vereinzeltes Auto bremste scharf.

Was dann geschah ... nein, es war nicht ihre Schuld. Paul war ein Erwachsener, er hatte gewusst, was er tat.

Sie drückte die Tür des Bürogebäudes nach innen. Sie war schwer. Schwerer als sonst, schien es Ekin. Sie ging durch das Foyer, vorbei an den Schildern der verschiedenen Mieter. Es waren kleine Ein- oder Zwei-Mann-Firmen, einige Kanzleien wie ihre eigene, vorgebliche, die übrigen Agenturen, Therapeuten, Berater.

Paul war ein erwachsener Mensch. Es war seine Entscheidung gewesen, dem Korps Informationen vorzuenthalten.

Die Kanzlei war im dritten Stock. Ekin begegnete niemand auf ihrem Weg. Wie an einem gewöhnlichen Tag. Ekin begegnete selten jemandem im Treppenhaus, und wenn sie es tat, grüßte man einander mit einem knappen »Hallo« oder »Guten Morgen/Abend« oder auch nur mit einem wortlosen Nicken. Ekin, dem Hunter, kam es gelegen. Die Kanzlei war Mittel zum Zweck. Soziale Kontakte brachten nur unnötige Risiken für die Tarnexistenz, benötigten Energie. Und je weniger Energie sie aufwenden mussten, ihre Tarnexistenz abzusichern, desto mehr blieb für ihre eigentlichen Aufgaben. Ekin, der Mensch, hätte nichts dagegen einzuwenden gehabt, ab und zu ein harmloses Schwätzchen zu halten. Einfach nur so. Es hätte ihr gutgetan.

Einmal, in einer schwachen Minute, hatte sie es Paul eingestanden – und sich im nächsten Augenblick dafür verflucht. Eingeständnisse waren Schwächen, und in Schwächen hakte Paul gnadenlos ein. Nicht an jenem Tag. Erst hatte er geschwiegen, hatte sie einfach angeschaut – hatte sie eine Art Sehnsucht in seinen Augen schimmern sehen oder war es nur Wunschdenken gewesen? –, und dann hatte er gesagt: »Ist dir schon einmal der Gedanke gekommen, dass die anderen Firmen im Haus ebenfalls Deckfirmen sein könnten? Dass hier zwei Dutzend Hunter-Teams auf einem Haufen sitzen und mit korpsverordnetem Tunnelblick Tag für Tag den gesammelten Scheiß der Menschheit in sich hineinfressen, ohne zu ahnen, dass eine Tür weiter ihre Seelenbrüder und -schwestern hocken?«

Dann hatte er gelacht, Paul-mäßig von seiner skurrilen Idee über alle Maßen begeistert. Und Ekin hatte mitgelacht, während ihr Hinterkopf den Gedanken durchgekaut hatte – skurril, ja, aber dachte man ihn zu Ende, musste man zu dem Schluss kommen, dass es eher ein Wunder wäre, wenn es sich bei ihren Nachbarn *nicht* um Tarnfirmen handelte –, um schließlich ein Häkchen auf der zugegeben kurzen Liste der Dinge zu setzen, die sie es mit Paul aushalten ließen.

Ja, auch *das* war Paul.

Die Tür zur Kanzlei stand offen. Ekin blieb einige Stufen unterhalb des Treppenabsatzes stehen. Sie blickte im schrägen Winkel in die Kanzlei und konnte lediglich einen Ausschnitt der Decke sehen.

Paul?, fragte sie sich. Sie sah auf die Uhr. Kurz vor zehn, trotz ihrer verqueren Stadtrundfahrt – viel zu früh für ihn.

Das Reißen von Karton drang aus der Tür. Das war die Erklärung. Paul musste eine neue, heiß ersehnte Lieferung erhalten haben. Ekin stellte sich vor, wie Paul sich über ein Paket mit Taschenwelten beugte, mit dem Finger die Naht der Schutzfolie entlangfuhr, bis er eine Stelle fand, die weit genug herausstand, um ihm einen Angriffspunkt zu bieten. Paul weigerte sich, seine Pakete mit Messer oder Schere zu öffnen. Viel zu gefährlich, sagte er. Was, wenn er zu tief schnitt? Das Schicksal von Welten stand auf dem Spiel! Außerdem hätte es den Spaß genommen. Mit den Fingern dauerte es länger – viel länger –, und das war gut so. Es erlaubte ihm, die Vorfreude bis zum Limit auszukosten.

Ekin nahm die letzten Stufen. Das Begutachten einer neuen Lieferung war so etwas wie ein heiliger Moment für Paul. Ein heiliger Moment im Leben eines Mannes, der die übrige Zeit damit verbrachte, Spott und Häme über alles zu gießen, was dem Rest der Menschheit heilig war. Und Ekin würde ...

Ekin hielt an. Nein, sie brachte es nicht fertig, Paul zu verpfeifen. Und wenn es tausendmal ihre Pflicht war. Nein! Wenigstens nicht, ohne dass sie ihm noch eine Chance gegeben hätte. Sie würde ihn zur Rede stellen, und bestimmt würde er verstehen, was auf dem Spiel stand, wenn sie es ihm nur klar genug machte. Und bestimmt war alles halb so schlimm, wie sie es sich ausmalte. Er würde eine gute Erklärung haben, vielleicht rang er sich sogar durch, selbst Meldung beim Korps zu erstatten. Paul war ein verdienter Hunter, und das Korps würde bestimmt ...

Ekin trat durch die Tür.

»Paul, ich ...«

Weiter kam sie nicht.

Paul war nicht da. Vier Männer standen im Büro. Sie trugen Blaumänner, auf dem Rücken und der Brust Schriftzüge: »Transit Umzüge«. Die Schubladen von Pauls Schreibtisch standen offen, ihr Inhalt war über die Tischplatte und den Boden verstreut. Einer der Männer begutachtete ihn nach vorne gebeugt, die übrigen drei waren damit beschäftigt, sich durch Pauls Berge von Taschenwelten, Modelleisenbahnen und Alien-Plunder zu wühlen.

»Was ... was tun Sie da?«

Ekin war alleine, ihr G5 ruhte, in seine Komponenten zerlegt, in dem Transportkoffer, den sie in der linken Hand trug. Die Männer waren zu viert. Nicht die cleverste Idee, auf diese Weise Einbrecher zu konfrontieren. Nur: Es waren keine Einbrecher. Auch keine Möbelpacker, wie ihre Kleidung vorgab. Sie waren ...

Einer der Männer drückte die Tür hinter Ekin ins Schloss. Der Mann am Schreibtisch legte den Schlüsselanhänger, den er gerade untersucht hatte, auf der Schreibtischplatte ab – eine vielbusige, vielarmige und vielköpfige Alien-Fruchtbarkeitsgöttin, die stöhnte, wenn man sie drückte. Dann langte er in die Tasche und ließ sein Korps-Abzeichen aufblitzen.

»Internes Ermittlungskommando«, sagte er und steckte das Abzeichen wieder weg. »Wo haben Sie gesteckt, Hunter? Sie sind seit 20:36 gestern Abend weder erreich- noch lokalisierbar gewesen.«

»Ich ... ich ...«, setzte Ekin an und brach wieder ab, als sie an ihre Nacht mit Trixie dachte. *Gegen die Regeln.*

»Schon gut, verschlucken Sie nicht Ihre Zunge. Wo Sie gesteckt haben, können wir später klären. Es ist im Augenblick nicht weiter wichtig.« Der Mann hatte große Hände wie ein echter Möbelpacker. Mit der Rechten bedeutete er Ekin, sich auf den Stuhl an ihrem Ende der Kanzlei zu setzen. Einen Augenblick später fand sie sich auf dem Polster wieder – die brave Ekin, die immer tat, was man ihr befahl. Die Erkenntnis und die hilflose Wut, die sie begleitete, kamen zu spät. Ekin war auf dem Stuhl gefangen. Der Mann beugte sich über sie, stützte sich mit beiden Armen auf die Lehne.

»Wo steckt Ihr Partner?«, fragte er.

»Was geht Sie das an?«, schnappte sie, angefeuert von der Wut auf sich selbst.

»Wo steckt Ihr Partner? Antworten Sie, Hunter!«

»Was fällt Ihnen ...« Ekin brachte den Satz nicht zu Ende. Der Mann hatte eine Möbelpackerhand erhoben. »Was weiß ich? Zu Hause im Bett. Paul kommt immer spät in die Kanzlei.«

»Er ist nicht zu Hause«, stellte der Mann fest.

»Dann ...«, Ekin schnappte nach Luft, »... keine Ahnung. Nicht die geringste Ahnung. Wahrscheinlich in irgendeinem Puff!«

Die Möbelpackerhand, die drohend über Ekin hing, zuckte. Ekin rollte sich schutzsuchend zusammen, beugte den Kopf nach vorne. Der Schlag blieb aus. Der Mann senkte die Hand, richtete sich auf. »Nicht die geringste Ahnung?« Er dachte nach. »Ja, nicht die geringste Ahnung. Ich glaube Ihnen. Das passt. Nicht die geringste Ahnung von irgendwas.«

Die körperliche Drohung war verschwunden. Der Mann sah abschätzig auf sie herunter, wie auf ein Kind oder einen dummen GenMod, der er es nicht besser wusste. Ekin traf der Blick mit einer Wucht, die jeden körperlichen Schlag übertraf.

»Sie bleiben sitzen, halten den Mund und stören uns nicht! Verstanden?« Der Mann wandte sich ab, widmete sich wieder Pauls Sachen und bedachte sie keines weiteren Blickes – eine Steigerung der Verachtung, die Ekin für unmöglich gehalten hätte.

Innerhalb einer halben Stunde räumte das Kommando die Kanzlei leer. Pauls Ramsch wurde Stück für Stück fotografiert, in eine Inventarliste aufgenommen, von den Männern einer ersten, oberflächlichen Untersuchung unterzogen und verschwand schließlich in einer der Umzugskisten, die sie mitgebracht hatten.

Ekin zerriss es bei dem Anblick das Herz. Die Männer waren nicht grob, sie behandelten jedes Stück – sei es eine Taschenwelt von 2041, dem ersten Jahrgang, den echte Sammler als authentisch anerkannten, die Behälter mit dem Anti-Alien-Spray, das Paul noch nicht weiterverkauft hatte, die Modell-Replika eines Regionalexpress-Triebkopfs aus der Jahrtausendwendezeit – mit äußerster Sorgfalt, trugen bei ihrer Arbeit Gummihandschuhe. Ekin hegte keine Zweifel, dass Pauls Stücke keine Spuren, geschweige denn Schäden davontragen und selbst noch den Erwartungen anspruchsvoller Sammler genügen würden.

Dennoch, Ekin drehte es den Magen um. Pauls Zeug war Ramsch. Plunder, Tand, Kram, Schrott – es gab kaum einen abwertenden Begriff, mit dem Ekin ihn in den vergangenen Jahren nicht belegt hätte. Und sie hatte damit den Kern getroffen. Ramsch polarisierte. Für den einen war er lächerlich, bemitleidenswert oder eine unzumutbare Verschwendung knapper Ressourcen. Der andere lebte für Ramsch.

Den Männern aber, die in diesem Augenblick in der Kanzlei standen, war er egal. Sie transportierten Pauls Sachen ab, als bedeuteten sie nichts, als sei er tot.

Aber das war er nicht. Der Mann hatte Ekin nach ihm gefragt. Also musste Paul den Bogen überspannt, mit seinen Geschäften eine Grenze überschritten haben.

Als das Kommando bei den letzten Kisten angelangt war, nahm Ekin ihren Mut zusammen.

»Ich verstehe das nicht«, sagte sie laut. »Wieso tun Sie das? Paul war ... ich meine, Paul ist ein hervorragender Hunter.«

Der Anführer des Kommandos, der sich eben anschickte, mit der letzten Kiste in den Händen die Kanzlei zu verlassen, blieb kurz stehen und schüttelte mitleidig den Kopf.

»Sie kapieren wirklich überhaupt gar nichts, was? Ihr Partner ist kein Hunter. Nicht mehr. Er ist ein Alien.«

»Wie bitte?«

Der Mann hörte sie nicht mehr. Die Tür fiel hinter ihm ins Schloss, und Ekin blieb allein in der Kanzlei zurück. Es war nicht mehr länger die ihre. Der Raum wirkte einschüchternd groß. Ihre Worte hallten an den kahlen Wänden wider.

Paul – ein Alien?

Unmöglich.

Und sie sollte es nicht bemerkt haben?

Unmöglich. Völlig unmöglich.

Sie, der erfahrene Alien Hunter?

Unmöglich. Völlig unmöglich. Ausgeschlossen.

Ekin stand auf, schaffte es irgendwie zur Kaffeemaschine, die das Kommando ignoriert hatte, stellte einen Becher darunter und drückte die Taste für einen Latte Magico.

Die Maschine fuhr an, mahlte eine Hand voll Bohnen. Sie zischte – und brach jämmerlich ab. Ekin drückte den Neustart-Knopf und produzierte ein Würgen. Verfluchte Mechanik! Sie nahm das Verdeck ab, um die Verstopfung zu beseitigen. Es kam ab und zu vor, dass gemahlener Kaffee klumpte, besonders, wenn die Maschine länger nicht benutzt worden war. Im Einsatz steckte kein Pulver. Eine Art Stumpf ragte hervor. Ekin zog ihn heraus. Es war eine Spielzeuglok.

Einen langen Augenblick wog Ekin die Lok in der Hand, starrte auf ihr Rücklicht, das rot glimmte, dann angelte sie sich mit der freien Hand ein Telefon und wählte.

Trixie. Sie brauchte Trixie.

Klage auf Herausgabe von Alien-Artefakt, am 30. Juli 2064 in den Pazifik gestürzt (3° 11′ N, 150° 43′ O). Aktenzeichen MC 387-64 Z

Kläger: Vereinigte Staaten von Amerika und Arabien
Vertreten von: William C. Forstchen III, Generalkonsul (Hamburg)

Beklagter: Human Company (registriert in Freetown, Sierra Leone)
Vertreten von: Pablo Parra, Justiziar

Richter: Vierter Seegerichtshof, kybernetisches Expertensystem

Urteil:

Die Klage wird abgewiesen. Es wurde nachgewiesen, dass – wie vom Kläger angeführt – das Artefakt an der angeführten Position niederging, die in internationalem Gewässer zu lokalisieren ist.

Zurückgewiesen wird der Anspruch des Klägers auf den Erwerb eines Eigentumstitels auf das Artefakt. Die Sichtung durch eine unbemannte Überwachungsdrohne und der anschließende physische Kontakt durch ein unbemanntes U-Boot konstituieren keine ausreichende Begründung.

Wie in Präzedenzfall MC 672-60 Z vom 9. September 2060 etabliert, ist für den Erwerb eines Eigentumtitels die Bergung eines Objekts durch Menschen zwingend erforderlich.

Die Begleitklage des Klägers auf Schadenersatz für das bei der Artefakt-Bergung irreparabel beschädigte unbemannte U-Boot wird abgewiesen. Es konnte nicht zweifelsfrei nachgewiesen werden, dass die Bergungsmannschaft des Beklagten das U-Boot absichtlich beschädigte.

Eine Berufung und Wiederaufnahme der Klage durch menschliche Richter wird ausgeschlossen.

Urteil und Urteilsbescheid wurden ohne menschliche Einwirkung erstellt und sind ohne Unterschrift gültig.

KAPITEL 14

Rudi schlich sich in der Nacht davon, nach einer 53-Stunden-Patrouille – seiner längsten bislang –, in der er zwar hin und wieder ein Auge zugetan hatte, wenn auch widerwillig, aber niemals die Ohren.

Rudi hatte auf der Lauer gelegen.

Umsonst, dieses Mal wenigstens. Diane und Wilbur hatten sich wie ein altes Ehepaar aufgeführt, schlimmer noch als die Himmelsberg-Gründer. Den kompletten, ereignislosen Flug lang hatten die beiden sich das Maul zerrissen, vorzugsweise über fettsüchtige Amerikaner, die übrige Zeit über die arabischen Hunde, die es sich im Bett mit den Amerikanern bequem gemacht hatten, oder über Company-Klatsch, ungerechte Zuteilungen von Kerosin und Ersatzteilen.

Rudi hatte kurz davor gestanden, aufzugeben, die *Bitch*-Crew als einen Haufen verbohrter, alter Zyniker abzuschreiben, die den letzten Bezug zur Realität verloren hatten. Nur: Diane, Wilbur, Rodrigo und Hero waren keine gewöhnlichen Alten. Die Company war unbeugsam, was ihre Effizienz-Maxime anging. Zu viel stand auf dem Spiel. Die *Strawberry Bitch* mochte ein besserer Schrotthaufen sein, aber die Company hätte nicht einmal einen Rasenmäher in die Hände von Stümpern gegeben. Freaks, ja. Zyniker, ja. Verbitterte Alte, ja. Amateure, niemals.

Was, wenn sie ihm etwas vorspielten? Was, wenn ihre Sprüche in einen Code mutiert waren, der ihn außen vor ließ?

Seine Kameraden waren nicht dumm, und sie waren zu viert, ein eingespieltes Team. Rudi konnte sich nur zu gut vorstellen, wie Diane schmutzig in sich hineingrinste, während sie sich mit der Crew besprach und ihr kleiner Flyboy brav wie ein Zirkusbär auf seinem Platz saß und nichts mitbekam.

Möglich. Doch wenn es so war, würde Diane das Grinsen bald vergehen.

Rudi ließ sein Zimmer in den schallgedämmten Plastikhütten der Crews hinter sich – er hatte es für sich allein, ein Vorteil seines Verliererstatus und ein geradezu unfassbarer Luxus für einen Ex-Himmelsberger, der ohne das Konzept eines privaten Raums aufgewachsen war – und trat in die Nacht hinaus.

Sie war blendend hell.

Funafuti, der kleinere Teil des Stützpunkts, der nicht zur Piste gehörte, lag im Licht der Scheinwerfertürme. Das Licht war grell und hart und warf messerscharfe Schatten. Auf Funafuti gab es keine Nacht. Die Company war global – mehr noch, interplanetar, ihre erste Mission befand sich auf dem Weg zum Mars –, und die klassische Einteilung in Tag und Nacht war für sie sinnlos. Über der Company ging die Sonne nie unter, über der Company lag ewige Nacht. Die Aktivitäts- und Ruhephasen ihrer Angehörigen wurden allein von ihren Aufgaben bestimmt. Im Großen, wenn etwa die Hauptziehung der venezolanischen Lotterie anstand und die Einnahmen unter den prognostizierten Werten lagen. Im Kleinen bei den Patrouillen der Flyboys. Die Flyboys flogen nach Gutdünken, dem Company-Radar, Gerüchten im AlienNet, Intuition, Verfügbarkeit von Kerosin und Ersatzteilen und persönlichem Schlafbedarf.

Mit anderen Worten: Irgendwelche Flyboys flogen immer. Zu jeder Tages- und Nachtzeit starteten und landeten Maschinen auf Funafuti, machten sich zu ihren langen Patrouillen auf oder kehrten von ihnen zurück. Alles Übrige richtete sich danach: die Essenszeiten, die Arbeitszeiten der Wartungstrupps, die Erholungszeiten. Die Crews lebten auf weniger Raum als Überflussmenschen – so der abgedroschenste Flyboy-Spruch – und gleichzeitig in verschiedenen Zeitzonen. Es war verrückt: Menschen aus allen Teilen der Welt kamen nach Funafuti, fanden sich in multinationalen Crews zusammen, um Wesen aus einer anderen Welt auf die Spur zu kommen – und lebten die meiste Zeit aneinander vorbei, je nachdem, wie es der Rhythmus ihres Flyboy-Daseins diktierte.

Manchmal fragte sich Rudi, was in den Köpfen der Aliens – sollten sie welche haben – vorging, wenn sie aus ihrem Schiff auf die Erde herunterblickten. Dass sie es taten, stand für Rudi außer Zweifel, trotz des Bauprogramms, das ihr Schiff jeden Monat wachsen ließ. Auch die Aliens mussten sich ausruhen, zumindest wenn sie überhaupt irgendwas mit Menschen gemeinsam hatten, und das mussten sie ja, denn sonst hätten sie keinen Grund gehabt, zur Erde zu kommen und zu bleiben, oder nicht? Wenn die Aliens also nach einer anstrengenden Schicht, um ihr Schiff zu vergrößern, müde vor ihren Bullaugen saßen und nach unten auf den Planeten sahen, was ging dann in ihnen vor? Was dachten sie, nachts, unter ihnen das riesige schwarze Loch des Pazifiks und darin verstreut wie glitzernde Perlen die Stützpunkte?

Die Aliens konnten sie unmöglich übersehen. Im Ausbildungscamp hatte Rudi so etwas wie Freundschaft mit Jonathan geschlossen, einem Millionärssohn aus Wales, der sein Erbe dafür hatte springen lassen, sich einen Flyboy-Platz zu kaufen, und später bei den Reflextests durchgefallen war. Es war für Rudi alles andere als überraschend gekommen. Jonathan war in allen Dingen bedächtig gewesen, und Gedanken brauchten Zeit. Machte man sich zu viele, standen sie im Weg. Jonathan hatte Rudi ein Bild gezeigt, das letzte eines Satelliten, den man zum Alienschiff hochgeschickt hatte und der wie alle seine Vorgänger und Nachfolger ausgefallen und anschließend vom Alienschiff absorbiert worden war. »Das sehen die Aliens, wenn sie aus dem Fenster sehen, Rudi«, hatte ihm Jonathan gesagt. Mit demselben Ernst, mit dem er alles sagte und weswegen er später den Test und sein Leben vermasseln sollte.

Rudi war nicht beeindruckt gewesen. Was er sah, war wie eine Karte von Ozeanien. Nur eben mit anderen Farben, schwarz für den Pazifik, weiß für die größeren Inseln und Stützpunkte.

»Ganz schön viele Lichter.«

»Richtig«, sagte Jonathan und dann nichts, während er geduldig darauf wartete, dass bei Rudi der Groschen fiel.

»Und?«, fragte Rudi. »Was soll daran so besonders sein?«

»Ach, nichts. Nur, dass diese Lichter künstlich sind. Sie verschlingen Energie. Die Lichter selbst, die Triebwerke der Flugzeuge, die Maschinen der Versorgungsschiffe – hast du gewusst, dass auf jeden aktiven Flyboy 3000 Company-Angehörige kommen, die es ihm mit ihrer Arbeit erst ermöglichen zu fliegen?«

»Ja ... und?«

»Die Aliens haben die besten Plätze für das letzte große Feuer der Erde. Es sind nicht mehr viele übrig. Uns geht der Sprit aus. Vor fünfzig Jahren konnte man bei Nacht aus der Umlaufbahn die Umrisse der Kontinente erkennen. Die großen Küstenstädte zogen sich wie ein Leuchtband an ihnen entlang. Das ist lange her. Wenn man weiß, was man sucht, kann man heute noch Europa, Japan oder die chinesische Küste erkennen. Aber nur dann. Und selbst die Ost- und Westküste Nordamerikas, der Golf, die Arterie, die die verschiedenen Teile der USAA verbindet ... mit jedem Jahr verblassen die Lichter weiter. Nur nicht in Ozeanien. Die Company, die übrigen Staffeln, die sich in der Einschlagszone tummeln, sie verbrennen Kerosin in einem Tempo, als brauchte man nur irgendwo mit dem Spaten in die Erde stechen, um mehr davon zu finden.«

Von den Lichtern hörte Rudi das erste Mal; davon, dass der Welt der Sprit ausging, nicht. Oh, nein. In Himmelsberg war kein Tag vergangen, an dem man es ihm nicht während der Lektionen bei den Mahlzeiten aufgetischt hätte. Der Sprit ging aus, die Welt stand vor einer Wende. Möglich, sogar wahrscheinlich, dass die Gründer damit recht hatten – wenn selbst Jonathan daran glaubte, musste etwas dran sein –, aber die Schlüsse, die sie daraus zogen, waren für Rudi nicht nachvollziehbar. Eine neue Steinzeit zog herauf. Und aus Angst davor stürzte man sich vorsorglich in eine selbst gemachte Steinzeitexistenz. Tödlicher Hunger drohte der Menschheit, also erhöhte man die Zahl der zu stopfenden Münder um jeden Preis.

Jonathan missdeutete Rudis Schweigen. »Ich sage dir was, Rudi. Das hier ist unsere letzte Runde. Der letzte Einsatz. Wir wetten alles darauf, dass die Aliens den Karren für uns aus dem Dreck ziehen.« Er schüttelte den Kopf. »Sie haben mehrere Lichtjahre überbrückt. Mit einem Raumschiff, das in der Lage ist, seine Fühler in das ganze Sonnensystem auszustrecken, um den eigenen Ausbau - wozu auch immer - zu betreiben. Das allein ist Beweis, dass sie uns technisch unendlich überlegen sind. Wenn sie sich entscheiden, uns zu helfen, beginnt ein neues Zeitalter für uns. Ein Zeitalter der unbegrenzten Möglichkeiten. Wenn nicht, dann ist es aus. Dann gehen bei uns die Lichter aus. Und wir verlöschen mit ihnen.«

»Du siehst das zu schwarz«, wandte Rudi ein. »Wir ...«

»Sagt der Himmelsberger.« Rudi hatte ihm anvertraut, woher er kam. Und Jonathan hatte ihm mit derselben Ernsthaftigkeit zugehört, wie er allem zuhörte. »Weißt du, dass deine Leute in ihrer Grundannahme gar nicht so weit daneben liegen? Aber egal, natürlich, das Leben geht weiter. Es wird auf kleiner Flamme brennen. Es wird unbequemer sein, kürzer, gemeiner. Und es wird viel weniger Menschen geben. Aber die Menschheit an sich wird überleben, glaube ich. Nur ...«, Jonathan wand sich, sah nach links und rechts, als wolle er sich versichern, dass er und Rudi ungestört waren, »das ist nicht das Schlimmste. Nicht, was mich angeht, wenigstens.«

»Nicht?«

Der traurige Jonathan wirkte trauriger als je zuvor. »Die Katastrophe ist, was die Aliens von uns denken müssen. Sie haben eine Reise über Lichtjahre hinter sich, eine Entfernung, die wir niemals auch nur im Ansatz begreifen werden. Eine Reise über Jahrtausende oder länger und ohne Rückkehr für den Einzelnen, durch das lebensfeindliche Vakuum. Und dann stoßen sie auf die Erde. Eine Welt, die vor Leben wimmelt. Stell dir vor, welche Wirkung die Erde auf sie haben muss, ein Hort des Lebens in der unendlichen Schwärze und Kälte! Sie gehen in eine Umlaufbahn und sehen sich dieses unermesslich wertvolle Kleinod an. Und was sehen sie? Wie wir es zuschanden reiten – und den letzten Sprit dazu benutzen, uns gegenseitig ihre Artefakte abzujagen. Und jeder, der einen Moment ehrlich zu sich ist, muss eingestehen, dass es sich dabei wahrscheinlich um ihren Müll handelt, den sie über Bord kippen. Weißt du, was ich an ihrer Stelle täte? Ich würde meine Sachen packen und wieder abziehen. Woanders nach intelligentem Leben suchen, das die Bezeichnung verdient. Und das wäre die letzte Tragödie für uns. Die Chance, dass wir jemals wieder Besuch von einer anderen Welt bekommen, ist gleich null. Dazu ist das All zu groß und unser Leben zu kurz.«

Kein Wunder. Im Gegenteil, es wäre ein echtes Wunder gewesen, wenn Jonathan durch die Tests gekommen wäre, mit dem Ballast im Kopf. Jonathan war bald aus dem Camp verschwunden, um irgendeinen Schreibtischposten anzutreten, wie sie die Company gescheiterten Möchtegern-Flyboys anzubieten pflegte, um sie nicht ins Bodenlose stürzen zu lassen. Und Rudi war abgelenkt gewesen. Zu viele Tests, zu viele Sorgen, ob er selbst es schaffen würde. Insbesondere der Schwimmtest. Jonathans Prophezeiungen waren vergessen.

Beinahe.

Zwei Dinge waren haften geblieben. Erstens der Wunsch, die Lichter Neo-Bangkoks zu sehen, solange es sie noch gab. Die Engel. Jonathan hatte Rudi von ihnen erzählt. Und in seinen Augen hatte ein wehmütiger Glanz gelegen, den Rudi bei ihm niemals sonst sah, nicht einmal, wenn er darüber sprach, was für eine Welt der Wunder die Aliens der Menschheit erschließen könnten.

Und zweitens ein geradezu schmerzhaftes Gefühl von Dringlichkeit, das blieb. Die Aliens waren ohne Vorwarnung gekommen, sie konnten ebenso wieder gehen. In diesem Augenblick konnten sie bereits Fahrt aufnehmen und die Erde für immer hinter sich lassen.

Der Gedanke trieb Rudi um, trieb ihn nach der überlangen Mission aus seinem Bett, hinaus in das Licht der Scheinwerfer ans andere Ende von Funafuti und in den Hangar der *Bitch.*

Sie kauerte im Halbdunkel der Halle, umringt von Mechaniker-Karren und ölverschmierten Ersatzteilen, und schlief. Nur das Alien-Pin-up wachte mit seinen weit aufgerissenen Glubschaugen über sie. Rudi legte einen Finger auf die Lippen, winkte ihr verschwörerisch zu und sah sich um. Wo steckte Wilbur? Rudi schlich auf Zehenspitzen durch den Hangar und fand den Mechaniker schließlich eng an den Flügel auf der abgewandten Seite der *Bitch* gekuschelt. Wilbur schlief so fest wie seine Maschine.

Weiter. Rudi stieg in die *Bitch.* Die übrige Crew war kein Hindernis. Diane, Rodrigo und Hero liebten die *Bitch,* aber im Gegensatz zu Wilbur nicht so sehr, dass sie an sie geknutscht schlafen mussten. Die drei hatten ihr Quartier in einer Hütte an der Rückseite des Hangars, die sie sich aus Reissäcken gebaut hatten. Luftiger als der Standardplastikcontainer der Company, behaupteten sie. Das mochte zutreffen, aber die Kühle hatte den Preis, dem Lärm der Tag und Nacht startenden und landenden Maschinen schutzlos ausgesetzt zu sein. Der Crew machte es nichts aus. Als Rudi einmal seinen Mut zusammengenommen und Diane darauf angesprochen hatte, hatte sie nur abschätzig mit den Achseln gezuckt. »Besser als Scheiß-Zugfahren, Junge«, hatte sie dann gesagt. Was sich Rudi hätte denken können, wie er sich eingestehen musste. Es war Dianes Standardantwort auf die Beschwerlichkeiten des Lebens.

Rudi tastete sich durch die Kabine. Das wenige Licht, das hereinfiel, machte nicht mehr als grobe Umrisse erkennbar. Und Licht einzuschalten ... Rudi konnte darauf verzichten, schlafende Bordingenieure von den Flügeln ihrer Träume zu scheuchen.

Sein Ziel war der Platz Rodrigos. Diesen, genauer gesagt das Fach, das für die Schwimmweste bestimmt war, hatte Rudi als den Ort bestimmt, an dem die Crew ihr Geheimnis versteckte. Zumindest sprach alles dafür. Rudi hatte ein halbes Dutzend ermüdender Missionen und den passenden Sonnenstand gebraucht, der die Cockpitscheibe im richtigen Augenblick in einen Spiegel verwandelt hatte, um einen ersten Hinweis auf ihn zu bekommen. Rodrigo hatte von seinen Displays aufgeblickt und ein Stück Stoff erfühlt, um es erschrocken unter dem Sitz zu verstecken, als Diane, die die Spiegelung ebenfalls wahrgenommen haben musste, sich in ihrem Sitz umgedreht hatte, beiläufig »Rodrigo, diese Radardaten – sei so gut und werte sie noch einmal aus? Sofort!« gesagt und ihm dabei einen giftigen Blick zugeschossen hatte.

Schnell und besonnen reagiert, aber zu spät. Rudi hatte gesehen, was er sehen musste, um ihn davon zu überzeugen, dass ihm die Prise Neo-Bangkok den Verstand nicht komplett aus dem Schädel geblasen hatte.

Ein Fetzen Stoff. Nur, was hatte der zu bedeuten? Funafuti lag so nahe am Äquator, dass Stoff das Letzte war, mit dem man in Berührung kommen wollte, mit Ausnahme der Uniformen, die kühlten und die UV-Strahlung abblockten. Und das Stück, das Rodrigo in der Hand gehalten hatte, war dicker Stoff gewesen. Er erinnerte Rudi an die warmen Pullover, die man ihnen im Ausbildungslager gestellt hatte. Sie hatten grobe Elchmuster gehabt. Rodrigos Stoff hatte ebenfalls Muster gehabt, weniger grob als jene der Pullover, aber Rudi hatte in dem kurzen Moment so etwas wie stilisierte Männchen zu erkennen geglaubt.

Jetzt gelangte er an den Sitz des Lauschers. Es war heller hier, Rodrigos ausgeschaltete Displays gaben ein fluoreszierendes Leuchten von sich. Rudi bückte sich und fingerte nach dem Fach unter dem Sitz.

Er war drangeblieben, hatte weiter während der Missionen den braven Jungen gegeben, der an seinem Platz vor sich hindämmerte. Es war ein Kunststück, das ihn alle seine Kräfte kostete und regelmäßig damit endete, dass er tatsächlich wegdämmerte. Aber Rudi war weiter drangeblieben, hatte versucht, sich nichts anmerken zu lassen, wenn er aus dem Dämmerschlaf hochgeschreckt war, und schließlich hatte er die Belohnung für seine Mühen geerntet: Am Ende eines langen, monotonen Flugs hatte Diane die *Bitch* dem Bordcomputer überantwortet, ihren Wasserbecher in einem Zug geleert und war zu Rodrigo gegangen. Der Lauscher hatte ihr ein Stoffstück gegeben, anders, aber ebenso rätselhaft gemustert wie das erste, und sie hatte es genommen und es über den Kopf und um den Hals gezogen. Es hatte ausgesehen, als hätte man den Kragen eines Rollkragenpullovers ausgerollt und abgeschnitten. Diane hatte die Augen geschlossen und in sich hineingehorcht.

»Und?«, hatte Rodrigo gefragt, »spürst du etwas?«

Diane hatte lange nichts gesagt, dann hatte sie sich den Kragen wütend über den Kopf gezogen und ihn auf den Boden geworfen. »Scheiße – nein!« Und sie war zurück auf den Pilotensitz gegangen, das kaputte Bein nachziehend, als handele es sich um einen Stock, den man ihr an den Körper geschnallt hatte, während Rodrigo den Kragen aufgehoben hatte, so vorsichtig, als könne er bei der leisesten falschen Bewegung in seinen Händen zerbrechen. Diane hatte den Bordcomputer ausgeklinkt, die *Bitch* in einen Sturzflug gezwungen und so spät abgefangen, dass Rudi den erschreckten Fischen in die Augen hatte sehen können.

Eine Menge Aufregung um einen Fetzen Stoff, fand Rudi.

Er zog an dem Fach. Es rührte sich nicht. Großartig. Das hätte er sich denken können. Er bückte sich tiefer, fingerte nach dem Schloss, mit dem das Fach gesichert war, bekam Metall zu fassen und ...

... und das Licht ging an.

Rudi blickte in den Lichtkegel einer Taschenlampe. Er kam ihm grell wie ein Scheinwerfer vor.

»Keine falsche Be...«, hörte Rudi von hinter der Lampe. Dann: »Verdammt noch mal, was treibst du hier, Junge?«

Es war Wilbur, aufgeweckt von seinem sechsten Sinn für die Unversehrtheit seiner Maschine.

Wilbur schwenkte die Taschenlampe ein wenig zur Seite,

um Rudi nicht länger zu blenden. Rudi sah, dass er in der anderen Hand eine Pistole hielt – ein Verstoß gegen das Gewaltverbot der Company-Charta, den Rudi nicht einmal Wilbur zugetraut hätte. Die Pistole schwenkte nicht zur Seite.

»Red schon, Junge! Was treibst du hier? Diane hat gesagt, dass du deine Finger bei dir behalten sollst – das gilt gleich dreimal, wenn wir am Boden sind.«

»Ich ... ich konnte nicht schlafen ...« Es war ungefähr die blödeste Nicht-Antwort, die man sich vorstellen konnte. Rudi wusste es, aber ihm fiel keine bessere ein.

»Aha, du kannst nicht schlafen. Und dann fällt dir nichts Besseres ein, als meiner *Bitch* auf die Pelle zu rücken, was?«

»Nein! Oder ... na ja ... ich ...« Rudi kam eine Idee: Was hatte er zu verlieren? »Ich dachte, ich sehe mich um, ungestört.«

»Ungestört?«

»Ja! Ohne dass mir wer auf die Finger klopft. Ich bin Flyboy! Und Diane lässt mich nirgends ran. Ich wollte etwas auf dem Trockenen üben, mich mit der *Bitch* vertraut machen.«

»Was du nicht sagst!«

»Genau so war es! Irgendwie muss ich ja lernen, sie zu fliegen, oder? Und es juckt mich eben in den Fingern. Die *Bitch* ist kein gewöhnliches Flugzeug.«

»Nein, das ist sie ganz bestimmt nicht.« Wilbur mochte es, wenn man die *Bitch* lobte.

»Im Lager haben sie uns an den Simulatoren nur die Standardtypen beigebracht. Also bin ich losgezogen. Konnte eben nicht schlafen. Geht dir das nicht auch manchmal so?«

Wilbur senkte den Lauf der Pistole ein Stück. »Manchmal? Immer. Alte Säcke wie ich brauchen keinen Schlaf mehr. Nichts, was der Rede wert wäre, wenigstens.«

»Da geht es uns fast gleich, was? Wir ...«

»Quatsch nicht rum, Junge.« Der Lauf der Pistole hatte sich wieder gehoben, zielte genau auf Rudi. »Für was für einen Idioten hältst du mich, dass du denkst, du könntest mich mit ein paar platten Komplimenten für die *Bitch* einwickeln? Raus damit: Was treibst du hier?«

»Ich ...« Mist! Was nun? »Ich ...« Es gab nur eines: die Flucht nach vorn. Schräg nach vorn. »Okay, ich sage dir die Wahrheit. Ich wollte herausfinden, was aus ihm geworden ist.« Rudi zeigte auf den Platz des Copiloten. »Meinem Vorgänger.«

»Oh, Melvin«, sagte Wilbur und holte tief Luft. »Schätze, das hat wohl früher oder später kommen müssen«, brummte er dann. »Im Stützpunkt wird viel geredet, was?«

»Was ist mit ihm passiert?«, fragte Rudi.

»Melvin? Das, mein Junge, ist eine sehr gute Frage. Wenn du mich ...«

Sirenen schnitten Wilbur das Wort ab. »Alarm!«, rief er übergangslos, »Verdammt, Alarm!«, und steckte die Pistole in den Gürtel. »Ein Artefakt! Los, Junge, worauf wartest du? Wir müssen sehen, dass wir Luft unter die Flügel bekommen!«

Wilbur rannte ins Cockpit, warf die Triebwerke an. Und einen Augenblick bevor die übrige Crew in die *Bitch* stürmte, drehte er sich zu Rudi, der hilf- und ratlos an Ort und Stelle verharrt war.

»Ich erzähle dir später von Melvin, Junge. Nachdem wir das hier hinter uns haben, okay? Diane wird das nicht schmecken, aber soll sie der Teufel holen! Wenn du mich fragst, hast du ein Recht darauf, es zu erfahren.«

Fürchtet euch nicht!

Hört nicht auf diejenigen, die schwachen Glaubens sind, auf die, die das Ende des Menschen in Verderbnis gekommen sehen!

Hört nicht auf die Schwarzseher, die Verstockten, auf diejenigen, die blind sind für die Wahrheit, selbst jetzt, da sie über ihren Köpfen schwebt!

Der MESSIAS ist gekommen, er ist zurückgekehrt! Der Stern von Bethlehem, der IHN einst zu uns Menschen gebracht hat, ist von neuem erschienen!

Das Jüngste Gericht steht bevor, das Paradies ist denjenigen sicher, die nach den Geboten des Herrn leben!

Deshalb: Kehrt um! Behindert nicht den Heiligen Geist, der sich in den Auserwählten manifestiert! Beschützt sie, behütet sie! Sorgt euch nicht um das Fleisch, es ist sterblich, das Ewige Leben ist denjenigen sicher, die für den Heiligen Geist sterben!

Fürchtet euch nicht, frohlocket!

- *Flugblatt, beobachtet durch Hunter-Korps, Beobachtungszeitraum KW 12/2065*
  Popularitätsrang digital: 60 (Vorwoche 57)
  Popularitätsrang Papier: 69 (Vorwoche 71)

KAPITEL 15

Das Große Pack ließ ihn schlafen, beinahe 24 Stunden lang, dann stand Fischer in Wieselflinks Abteil, in der einen Hand ein in Plastikfolie gewickeltes belegtes Brot, in der anderen ein Blatt Papier, die Liste von Wieselflinks Arbeiten für den Tag.

»Hier, deine Ration!«, sagte er. »Iss sie, und dann los – du bist eingeplant.«

Wieselflink aß. Er packte mit einer Hand das Brot aus der Folie, kaute langsam das weiche, mit Käse belegte Weißbrot – er hatte keine solche Köstlichkeit bekommen, seit er unter die Nomaden gefallen war – und betastete mit der anderen das Blatt Papier, als stamme es nicht aus dieser Welt.

Es war ein sauberer Ausdruck. Laserdrucker. DIN A4. Keine Knicke, keine Flecken, die Rückseite unbedruckt. Eigens für diesen Zweck erstellt. Selbst draußen keine Selbstverständlichkeit mehr. Drinnen ... ein kleines Wunder.

Es sollte nicht das Einzige bleiben. Jeden Morgen erhielt Wieselflink die Liste seiner Arbeiten. Manchmal brachte Fischer ihm das Blatt persönlich, manchmal stellte es ein Gardist zu, manchmal fand er es durch den Türschlitz geschoben auf dem Boden der Werkstatt vor.

Die Liste sagte ihm, in welchen Wagen und in welches Abteil er zu gehen und welche Arbeit er dort zu verrichten hatte. Das war alles. Keine Zeiten waren vorgegeben, es gab keine Reihenfolge, in der er die Arbeiten zu verrichten, keine Vorschriften, auf welche Art und Weise er sie auszuführen hatte. Es gab keine Spalte, in der er seine Arbeit zu dokumentieren hatte. Niemand erwartete von ihm, dass er die Liste am Abend abgab oder Bericht erstattete.

Wieselflink hatte alle Freiheiten – solange er die Liste bis zum Abend abarbeitete.

Jeden Morgen legte er den Blaumann an, den er am ersten Tag in der Werkstatt vorgefunden hatte, nahm den Werkzeugkoffer in die eine Hand, die Liste in die andere und machte sich auf den Weg.

Überall, wo er erschien, wurde er mit Begeisterung begrüßt. Wieselflink war der Mann, der das Licht brachte.

Jeden Morgen erhielt jeder Weber, ähnlich wie Wieselflink, ein Blatt Papier. Darauf war das Muster abgedruckt, das er an diesem Tag in seine Alienbänder zu weben hatte, und eine Zahl. Die Zahl variierte mit den Mustern. War das Muster ohne großen Aufwand zu weben – der Regelfall –, war die Zahl höher, war das Muster komplizierter, sank die Zahl entsprechend.

Die Zahl war das Soll. Wer es erfüllte, hatte sich einen weiteren Tag als wertvolles Mitglied des Großen Packs bewiesen, wer nicht, tat gut daran, seine Fehlleistung am nächsten Tag wieder wettzumachen. Nicht jedem gelang das, denn selbst die einfachen Motive waren zwingend bis ins Detail vorgeschrieben. Wer von ihnen abwich, lief Gefahr, seinen Platz zu verlieren, und beim nächsten Stopp, wenn Arbeiter gesucht wurden, vom Großen Pack ausgeliefert zu werden – in dem Wissen, dass das Pack die Lange Reise ohne ihn antreten würde.

Aber gute Arbeit brauchte gutes Licht. Fehlerfrei weben konnte nur, wer sah, was er tat. Sonnenlicht schied aus, es war zu unzuverlässig, und außerdem hielten es die abgeklebten Scheiben bis auf winzige Lichtpunkte draußen. Die Weber punktierten die Folien und erschufen sich damit die Illusion, einen Sternenhimmel zu erblicken. Fischer ließ sie gewähren.

Wieselflink brachte Abhilfe, wenn auch – in den ersten Tagen wenigstens – zitternd und fahrig.

Wieselflink war kein Elektriker. Er wusste nicht mehr über Elektrik als jeder, der sich in seinem früheren Leben bei Defekten nicht augenblicklich einen Fachmann gerufen hatte. Er wusste den Plus- vom Minuspol zu unterscheiden, hatte schon einmal von Erdung und Kurzschluss gehört und davon, dass

Mäuse Kabel anknabberten, damit Kurzschlüsse verursachten und im Anschluss daran nichts mehr ging. Er wusste, dass es immer irgendwo einen Sicherungskasten gab und man dort die Schalter wieder umlegte, damit wieder etwas ging. Dass man die Schalter umlegte, bevor man ein Kabel oder ein Gerät anrührte. Und er wusste, wie man eine Birne auswechselte.

Mit anderen Worten: Wieselflink wusste so gut wie nichts.

Außer, dass er, wenn er nicht schnell genug »Elektriker!« gebrüllt hätte, tot auf dem Bahndamm zurückgeblieben wäre.

Beides zusammen genügte.

Seine Befürchtung, sich um die Webmaschinen kümmern zu müssen, erfüllte sich nicht. Sie waren nicht elektrisch, und ging eine Webmaschine kaputt, sammelte sie Fischer auf einer seiner Runden ein, brachte sie in seinen Wagen und kam mit einer neuen zurück. Die meisten Defekte, um die sich Wieselflink zu kümmern hatte, waren kaputte Birnen. Er tauschte sie aus, solange sein Vorrat reichte. Ging er zur Neige, bat er Fischer um neue. Zu seiner niemals nachlassenden Verblüffung erhielt er sie stets in der gewünschten Menge zur gewünschten Zeit, als kaufe er in einem gut sortierten Geschäft ein. War nicht die Birne einer Lampe kaputt, musste Wieselflink sich bücken. In den Zügen wimmelte es vor Mäusen, die mit Vorliebe an den Kabeln knabberten, als gäbe es nichts anderes zu fressen.

Fischer konnte die Mäuse nicht ausstehen. Immer, wenn Wieselflink Stunden damit verbrachte, ihre Bisse an einem Kabel zu finden, berechnete er auf seinem Unterarmcomp den Verlust, den sie dem Großen Pack zufügten. Dann fluchte er und schwor, dass sie dafür büßen sollten. Ungeziefer wie sie würde nicht an der Langen Reise teilnehmen. Wolf hatte es bereits befohlen, behauptete er.

Doch noch befanden sie sich nicht auf der Langen Reise, und Wieselflink verbrachte den Großteil seiner Zeit auf der Suche nach verkohlten Mäusen. Und mit Zuhören.

Tagaus, tagein hockten die Weber auf ihren Plätzen und webten ihre Alienbänder. Ihre Möglichkeiten zu Ausflüchten waren gering. Sicher, man konnte immer zur Toilette. Aber wer zu oft ging, lief Gefahr, sein Soll nicht zu erfüllen. In einem gewöhnlichen Zug, in dem es nichts zu tun gab, außer sich mit Selbstzweifeln zu quälen und mit dem eigenen Schicksal zu hadern, sahen die Nomaden zu den vergitterten Fenstern hinaus. Dort war draußen. Das Paradies, aus dem man sie vertrieben hatte. Der Ort, an dem Leute zur Arbeit fuhren, sich in ihren Gärten ausruhten oder abmühten, je nach Neigung, oder einfach nur beieinander standen, schwatzten und über Politiker, die Aliens oder die Versorgungslage schimpften. Der Ort, an den die Nomaden nie wieder zurückkehren würden, auch wenn keiner von ihnen es je zugegeben hätte, nicht vor anderen, geschweige denn vor sich selbst. Es war der Ort, von dem die Nomaden weder Augen noch Gedanken abwenden konnten.

Gewöhnliche Nomaden zumindest. Für die Angehörigen des Großen Packs hatte draußen zu existieren aufgehört. Was hinter der abgeklebten Scheibe ihres Abteils geschah, interessierte sie nicht länger. Es war eine Welt, mit der sie abgeschlossen, die sie für das Versprechen einer neuen hinter sich gelassen hatten.

Ihre neue Welt hieß Sigma V. Und was für eine Welt Sigma V war! Während die Nomaden webten, malten sie sie einander aus. Sie war alles und nichts zugleich. Auf Sigma V gab es kein Ministerium, keine Züge, keine Bahnpolizisten. Niemand sagte einem anderen, was er zu tun oder zu lassen hatte, jeder konnte tun, was ihm einfiel, und trotzdem kam es nie vor, dass jemand einem anderen etwas antat. Sigma V war groß, viel größer als die Erde. Dabei war die Schwerkraft um ein Zehntel geringer, gerade genug, um einem Menschen ein Gefühl von Leichtigkeit zu vermitteln, das ihn niemals im Stich ließ. Ein Mensch konnte mehrere Leben damit verbringen, Sigma V zu erforschen, ohne je an sein Ende zu gelangen. Aber natürlich handelte es sich um keine sinnlose, bedrohliche Leere. Jeder fand dort den Ort, den er suchte. Er konnte für sich sein, tagelang über seinen Besitz reiten, ohne auch nur einen Menschen zu sehen, wenn er es wollte. Er konnte das Land bestellen und zufrieden zusehen, wie die Frucht seiner Arbeit gedieh. Vielleicht zog er auch über das Land, wie es ihm einfiel, um sich vom Wild und aus den Wäldern zu ernähren und aus den klaren Bächen zu trinken, die es überall gab. Oder er ging in die pulsierenden Metropolen, die sie errichten würden, um die Gemeinschaft des Großen Packs zu spüren. Wer angenehme Wärme suchte, würde angenehme Wärme finden. Wer angenehme Kühle suchte, würde angenehme Kühle finden. Wer im Regen tanzen wollte, würde im Regen tanzen. Wer nie wieder einen bedrückenden Regentag erleben wollte, würde nie wieder nass werden.

Sigma V war alles für alle. Zusammengewürfelte Wunschträume, die mit sich selbst und allen übrigen querlagen, ein durchsichtiges Versprechen, ohne Substanz, gegeben von dem Mann, dem das Große Pack seine Existenz schuldete: Wolf.

Wolf hatte Sigma V verkündet. Wolf bürgte für die Richtigkeit seiner Botschaft. Wolf war über jeden Zweifel erhaben. Zumindest erweckten die Nomaden den Anschein, und Wieselflink hütete sich, seine eigenen Zweifel zu äußern. Jeder Mensch musste seinen eigenen Weg gehen, und Wieselflinks Weg würde sich nur zeitweilig mit dem des Großen Packs überschneiden. Die Lange Reise – sollte sie jemals stattfinden, Wieselflink erinnerte sie an die Wiedereinbürgerungsversprechen des Ministeriums, bloße Beruhigungspillen, um die Nomaden gefügig zu halten – würde er nicht mitmachen.

Doch einstweilen hörte Wieselflink zu. Jeder Happen Information, den er aufschnappte, konnte nützlich sein, sein Überleben sichern. Und zuzuhören machte unsichtbar. Kaum war die erste Woche vergangen, als die Nomaden bereits aufgehört hatten, ihn zu registrieren. Wieselflink gehörte zum Inventar wie die verklebten Scheiben, die abgewetzten Türgriffe und der ruhelose Fischer, der immerzu durch die Gänge lief und auf seinem Unterarmcomp herumtippte.

Im Schutz seiner neu gewonnenen Unsichtbarkeit machte sich Wieselflink an die Arbeit. Er hatte die Werkstatt. Ein Raum, in dem er ungestört war, ausgestattet mit Mitteln, die Wieselflink sich nie hätte träumen lassen. Sein Vorgänger hatte Ersatzteile gehortet. Der Sinn der meisten blieb Wieselflink, dem Nicht-Elektriker, verborgen. Er ordnete sie, so gut das möglich war, damit sie ihm nicht im Weg waren, und verbrachte seine Zeit mit dem einen Gerät, mit dem er sich auskannte. Ein Rechner. Ein zwanzig Jahre altes Gerät, ein Fossil, dazu abgeschnitten von der Welt: Es war ohne Netzzugang. Aber dennoch, ein Rechner. Ein Botschafter von draußen. Möglicherweise ein Schlüssel nach draußen. Allein schon die Fingerspitzen auf die abgewetzte, schmutzige Tastatur zu legen – der Rechner war zu altmodisch, um über eine virtuelle oder eine Spracheingabe zu verfügen –, fühlte sich danach an, als hätte er ein Stück seines alten Lebens zurückgewonnen.

Wieselflink nahm sich Zeit, den Rechner zu erforschen. Zuerst die Software. Betriebssystem, Standard-Anwendungsprogramme, ein verstecktes Verzeichnis, in dem er das Bild einer Frau mit schlechten Zähnen und einem dick eingepackten Baby im Arm entdeckte, und eine Simulation. Die Simulation zeigte Sigma V, wie Schrauber es sich vorgestellt hatte: der Planet eine einzige endlose Vorstadt, blitzsauber, in jeder Garage zwei oder drei große Autos, die Hunde brave GenMods, die alleine Gassi gingen und ihre Häufchen mit geschickten Pfoten in Plastiktüten packten. Zu Hause seine Frau, die ihn mit strahlend weißen Zähnen immerzu anlächelte. Schrauber hatte den Kopf von dem Foto kopiert, die Zähne nachbearbeitet und der Figur in der Simulation aufgesetzt.

Diese Simulation erinnerte Wieselflink an einen Kollegen, den er in seinem früheren Leben am Institut gehabt hatte. Der Kollege hatte seine freie Zeit mit Taschenwelten verbracht, hatte über nichts anderes geredet. Einmal hatte er Wieselflink dazu überredet, eine auszuprobieren. Wieselflink hatte in eine Welt geblickt, die es an Abstrusität mit der Simulation von Schrauber aufnehmen konnte. Dennoch, Wieselflink hatte sich eingestehen müssen, dass die Taschenwelt eine Intensität besessen hatte, die ihn im Augenblick des Erlebens gefangengenommen hatte. Nicht so wie die primitive Simulation von Schrauber.

Wieselflink löschte das Verzeichnis und knackte das abgeschlossene Rechnergehäuse, um sich einen Überblick über die installierten Komponenten zu verschaffen. Eine Enttäuschung. Keine versteckte Antenne, kein Drahtlos-Chip. Wieselflink schraubte das Gehäuse wieder an, haderte eine Nacht und einen Tag mit der Grausamkeit des Schicksals, das ihm einen Rechner vor die Nase setzte, der sich als bessere Attrappe entpuppte, und kanalisierte seine Wut in Trotz. Dann eben nicht drahtlos. Dann eben Draht. Wenn es etwas gab, was er im Überfluss besaß, waren es Drähte.

Wieselflink bastelte. Sein Ansatzpunkt war die Schnittstelle seines Halsbands. Sie war unmöglich positioniert, am unteren Rand der Innenseite, im 45-Grad-Winkel gegen seinen Hals gerichtet. Wieselflink konnte sie mit dem kleinen Finger ertasten, die Plastikstege zählen. Es waren fünf. Verdrehte er das Halsband einige Zeit lang abwechselnd nach links und rechts, gab das Gewebe nach, getränkt von seinem Schweiß, und er konnte mit einem Drahtstück oder einem Schraubenzieher darin herumstochern. Wieselflink tat es, wütend auf sich selbst. Was konnte er mit dem Herumgestochere schon erreichen? Bestenfalls, einen Kurzschluss oder die Sicherheitsschaltung auszulösen. Dann würde das Halsband seine gesammelte Energie mit einem Schlag abgeben. Dennoch, Wieselflink konnte der Versuchung nicht widerstehen. Die Schnittstelle war wie ein schmerzender Zahn, den man wider besseres Wissen mit der Zungenspitze befühlte.

Nichts geschah.

Wieselflink kramte den Rucksack aus seinem Versteck hervor. Er hatte ihn am ersten Morgen hinter Ersatzteilen verborgen. Fischers Versprechen, dass der Rucksack jedes Angehörigen des Großen Packs sicher war, hatte er nicht getraut. Seine Schätze waren vollzählig. Vier Schnittstellen mit Steckern. Alle stanken furchtbar. Sie hatten sich nicht sauber aus den Schädeln gelöst, und Wieselflink hatte keine Gelegenheit gehabt, sie zu säubern. Er holte es nach, kratzte mit einem Schraubenzieher die Katzenreste weg und sammelte sie in einer Plastiktüte, um sie bei der nächsten Gelegenheit das Klo hinunterzuspülen. Es war seine einzige Möglichkeit, sie loszuwerden, die Fenster und Türen waren fest verschlossen.

Dann besah er sich die Stecker genauer. Achteckig. Wie, möglicherweise, die Schnittstelle an seinem Halsband. Er hielt den ausgestreckten kleinen Finger neben einen Stecker. Ja, mit etwas Glück konnte es hinkommen. Die Halsbänder waren keine aufwändigen Sonderanfertigungen. Das Bahnministerium konnte sich keine leisten. Es musste sich mit dem begnügen, was im Angebot und günstig war. Mit den Beamten, die andernorts überflüssig oder unerwünscht waren, mit dem auseinanderbröselnden Schienennetz, den altersschwachen Zügen – und natürlich mit den überschüssigen Menschen. Die Halsbänder waren so billig wie möglich gefertigt. Aus Aramidfaserresten, die bei der Fertigung von Hunter-Körperpanzern anfielen – so ein Gerücht. Und aus Chips – so ein weiteres Gerücht –, die bei der allgemeinen Umrüstung auf hunterkonforme Hardware angefallen waren. Ersteres hielt Wieselflink für eine Legende. Auf jeden Hunter mussten Hunderte, wenn nicht Tausende von Bahnnomaden kommen. Die Richtigkeit des Letzteren glaubte er am eigenen Leib zu erleben. Veteranen unter den Nomaden wussten, dass es gute und schlechte Bänder gab. Hatte man das Pech, ein schlechtes Band zu erwischen, hielt man nicht lange durch. Selbst eine milde Verwarnung ließ das Herz des Trägers bereits aussetzen. Hatte man ein gutes erwischt, taumelte man unter den Schlägen, fiel aber nicht. Hatte man eines wie das Wieselflinks, war man vom Schicksal auserwählt. Nur, dass Wieselflink nicht an das Schicksal glaubte, sondern an Zufall und Serienstreuung. Die Halsbänder durften nichts kosten, also war es unvermeidlich, dass manche ihren Zweck besser verrichteten als andere – und manche, wie seines, überhaupt nicht. Der schlimmste Schlag, den Wieselflink je verabreicht bekommen hatte, war nicht schlimmer gewesen als der, den ein elektrischer Weidezaun austeilte.

Innerhalb der Züge und Fabriken schenkte ihm das Halsband eine ebenso unerhörte wie brüchige Freiheit. Wieselflink musste sich vorsehen, sich gegenüber anderen Nomaden nicht zu verraten. Zu viel unverdientes Glück beim Nächsten war schwer auszuhalten. Also zog sich Wieselflink zurück, sah zu, dass er auf sich allein gestellt durchkam, oder hängte sich an Einzelgänger wie Fleischberg, mit denen sich niemand anlegen wollte. Dieser Teil störte ihn nicht weiter. Er zog es ohnehin vor, ungestört von anderen seinen Weg zu gehen. Aber da war die Ungewissheit. Der Steuerchip seines Halsbands war defekt, verschonte ihn vor schlimmen Schlägen. Nur: Wie lange würde das anhalten? Was, wenn der Chip komplett ausfiel und das Pendel in die andere Richtung ausschlug? Es konnte jeden Augenblick geschehen. Oder in einer Woche, in einem Monat oder niemals. Oder, wenn er den Schlag selbst auslöste?

Mit einem Katzenstecker, den er einführte.

Er konnte passen. Er war ein Standardbauteil. Sein Halsband war aus Standardbauteilen gefertigt.

Wieselflink verdrehte das Halsband mit der rechten Hand, zwängte den Stecker in die Schnittstelle. Der Winkel reichte nicht ganz aus. Der Stecker bohrte sich in seinen Hals. Wieselflink schluckte den Schmerz herunter, drückte fester, und der Stecker rastete ein.

Es machte »klick«.

Und dann »buh!«.

Nur zum internen Dienstgebrauch!

Anatomische Veränderungen bei Alienverdächtigen
(Manifestationsstufen I bis III) – Resümee

Unsere Studie konnte auf den bisher umfangreichsten Datenbestand zurückgreifen. Einbezogen wurden die Obduktionsergebnisse von insgesamt 4336 Personen, die nach ihrer Festnahme im Gewahrsam des Korps aus unterschiedlichen Gründen verstarben. Von den Untersuchten waren 2134 Personen männlichen Geschlechts, 2202 weiblichen Geschlechts, 156 waren Kinder unter zwölf Jahren.

Auffällig sind ein gegenüber einer gleichwertigen Kontrollgruppe von Manifestationsunverdächtigen erhöhter Prozentsatz an Herz-Kreislauf-Erkrankungen (plus 7 Prozent), signifikante Schädigungen der Leber (plus 11 Prozent), des gesamten Nervensystems (plus 5 Prozent) und des Gehirns (plus 9 Prozent). Erklärbar sind diese Ergebnisse durch die Angaben, die die Untersuchten bei Vernehmungen vor ihrem Ableben machten: der Konsum von Alkohol und anderen schädlichen Rauschmitteln war bei den Untersuchten eher Regel als Ausnahme.

Ob dieses Verhalten eine Folge der Alien-Manifestation darstellt, möglicherweise einen unbewussten Abwehrmechanismus gegen den Übergriff, oder eine derartige Prädisposition die Manifestation eines Aliens begünstigt, muss zu diesem Zeitpunkt offenbleiben.

Eine zweite Auffälligkeit der Untersuchten stellt die veränderte Größe des Hippokampus dar. Bei 84 Prozent der Untersuchten wies diese Hirnregion eine signifikante Schrumpfung oder Vergrößerung auf ($\geq$ 15 Prozent).

Empfehlung: Trotz der bisherigen Anstrengungen des Korps ist die Datenbasis zu dürftig, um robuste Aussagen zu treffen, aus denen Handlungsdirektiven formuliert werden könnten. Der Medizinische Dienst des Korps rät deshalb dringend an, die Basis zu verbreitern. Geschehen könnte dies durch eine raschere Bergung von Lynchopfern und eine Ausweitung der Verhaftungen.

– *Memo, Medizinischer Dienst des Hunter-Korps, 16. Januar 2065*

KAPITEL 16

Paul lächelte. Es war das Lächeln eines großen Jungen, aufrichtig.

»Sigma V ruft«, sagte er. »Folge der Roten Laterne!«

Ekin löste den Anschluss der Taschenwelt von Trixies Hals, ließ das Kabel einrollen und setzte die Lok wieder auf den Tisch, zwischen die beiden Cocktailgläser.

»Und?«, fragte Ekin. »Was hältst du davon?«

Trixie atmete tief durch und massierte sich die Schläfen, als müsse sie sich versichern, dass sie in die reale Welt zurückgekehrt war. »Abgefahren. Völlig abgefahren.« Sie schüttelte sich, ließ den Blick über das beinahe leere Café wandern. Ekin folgte ihm; er blieb einen Augenblick lang an dem großen »Fürchtet-euch-nicht!«-Schriftzug am anderen Ende des Raums hängen. Unter der Schrift war eine Datenwand. Sie zeigte eine rauchende Trümmerwüste und zwei grüne Männchen, die zufrieden spazieren gingen. »Hübsch hier«, sagte das eine. »Nicht?« Und das andere, kopfschüttelnd: »Diese Menschen, wenn wir ihnen nicht unter die Arme gegriffen hätten, wären sie dieses widerliche Grünzeug nie losgeworden!«

»Und weiter?«, hakte Ekin nach, als Trixie keine Anstalten machte, noch etwas zu sagen.

»Nichts weiter. Melde diese Taschenwelt dem Korps. Es wird wissen, was es damit auf sich hat.«

Es war später Nachmittag, der früheste Zeitpunkt, zu dem Trixie sich ihren Pflichten hatte entziehen können. Dabei war es ein mittleres Wunder, dass sie es überhaupt geschafft hatte und dazu noch zufällig in der Stadt gewesen war. Doch Ekin war so aufgekratzt gewesen, dass sie Trixie um ein Haar angebrüllt hätte, was ihr einfiele herumzutrödeln, wenn sie ihre Freundin so dringend brauchte, anstatt sich zu bedanken.

»Das Korps wird Paul einsperren!«

»Anfangs ja.« Trixie zog an dem Trinkhalm ihres Cocktails. Er war tiefrot, nannte sich Alienblut, und er blubberte. Bei jedem Blubbern stiegen dunkle Klumpen an die Oberfläche. Ekin wollte lieber nicht wissen, worum es sich dabei handelte, und wäre es nach ihr gegangen, hätten sie sich sowieso woanders getroffen. Aber Trixie hatte darauf bestanden. Die Lage war praktisch, und ihr gefiel die Atmosphäre. Ekin nicht im Geringsten, ihr war nicht nach schwarzem Humor. Aber Paul ... Paul wäre in das Café eingetaucht wie ein Fisch ins Wasser. In gewissen Dingen waren sich Trixie und Paul ähnlicher, als es Ekin behagte. Zum Beispiel darin, ihren Willen durchzusetzen.

»Was heißt das?«

Trixie zuckte die Achseln. »Nach einigen Monaten wird man ihn herabstufen. Die Manifestation dürfte bis dahin abgeklungen sein, und dann genügt eine einfache Internierung.«

»Für den Rest seines Lebens. Wenn die Manifestation nicht schon zu weit fortgeschritten ist.«

»So ist es.«

»Und vorher wird ihn das Korps durch die Mangel drehen, ihn verhören und ...«

»He, langsam!« Trixie nahm Ekins Hände und drückte sie sanft, aber bestimmt auf den Tisch. »Das heißt *Vernehmung*. Wir *vernehmen* Alien-Verdächtige. Alles andere ist Propaganda von Alienisten-Gutmenschen, die nicht verstehen, was auf dem Spiel steht, okay?«

»Okay ...«

»Paul wird wie jeder andere Verdächtige behandelt, wie es das Gesetz vorschreibt. Du als Hunter weißt, was das bedeutet.«

»Ja, schon. Aber ...«

»Kein Aber. Du und Paul, ihr habt Hunderte Verdächtige

festgenommen. Jedes Kind weiß, dass eine Manifestation jeden treffen kann. Jetzt hat es Paul getroffen. Das ist nicht schön, zugegeben, aber ansonsten ... Wo liegt dein Problem?«

»Ich ... ich weiß nicht.« Ekin suchte nach Worten. Sie nahm ihr Glas, zog an ihrem Cocktail – gepresster Alien laut Karte, aber er schmeckte zum Glück wie Mineralwasser mit einem Schuss Zitrone, für das man hier den dreifachen Preis kassierte –, um sich einen Augenblick zu verschaffen, in dem sie ihre Gedanken ordnen konnte. »Was du sagst, ist richtig. Jedes einzelne Wort. Trotzdem, irgendwie – wie soll ich sagen? – fühle ich mich, na ja ...«

»Schuldig?«

»Ja.« Ekin nickte erleichtert. Endlich. Das war die Trixie, die sie brauchte. Trixie, die verstand.

»Das ist nur natürlich. Du und Paul, ich wart jahrelang ein Team. Ihr seid euch sehr nahe gekommen, ihr wart aufeinander angewiesen. Und jetzt plötzlich das. Du fragst dich, ob du nicht irgendwie schuld daran bist, wie es gekommen ist. Ob Paul noch ein Mensch wäre, wenn du dir die eine oder andere Bemerkung geschenkt oder besser zugehört hättest. Es muss ja Anzeichen gegeben haben. Gut möglich, dass Paul förmlich um Hilfe geschrien hat, während der Alien sich in ihm manifestierte. Eigentlich, wenn man ein wenig darüber nachdenkt, muss es sich ja sogar so verhalten haben, nicht?«

»Ja. Und ich bin taub für ihn gewesen!«

»Mach dir keinen Kopf deswegen. Das ist ein ganz normaler psychologischer Prozess, die Art und Weise, wie Menschen mit Schicksalsschlägen umgehen. Wir können nicht glauben, dass sie einfach so geschehen. Sie *müssen* in irgendeiner Weise mit uns zu tun haben. Dann beginnt die Fragerei im Kopf: War ich vielleicht schuld? Hätte ich nur ...! Wäre ich nicht ...! Und so weiter. Aber das ist Unsinn und hilft keinem weiter.«

Ekin spielte mit der Modelllok, die sie in der Magico-Maschine gefunden hatte, ohne Trixie anzusehen. Sie sagte nichts.

»Und in deinem Fall kommt noch ein zweiter Mechanismus

dazu: Paul, *der Mensch* Paul, ist nicht mehr. Und kürzlich Verstorbene scheinen uns immer halbe Heilige zu sein. Das hat nicht einmal im Ansatz mit irgendwelchen Realitäten zu tun, es ist einfach so. Wir Menschen sind so. Aber ich sage dir noch etwas über uns: Menschen verfügen über immense Potenziale, sich an Veränderungen anzupassen. Gewissheiten stürzen um uns herum in sich zusammen, und wir glauben, nicht mehr weiterleben zu können – und stellen fest, dass wir es sehr wohl können. Das heißt nicht, dass es damit in fünf Minuten getan wäre oder nicht wehtäte. Es ist ein langer Prozess, und er tut höllisch weh. Und du stehst gerade erst am Anfang. Aber glaub mir, morgen früh bist du schon ein gutes Stück weiter. Du bist zäh, Ekin. Sie haben dich nicht umsonst zum Hunter gemacht. Du bist mit so vielem klargekommen, du kommst auch damit klar.«

»Schon ...« Ekin konnte nicht umhin, sich geschmeichelt zu fühlen. »Es ist nur ... Paul ...«

»Eben, Paul. Paul, der dir das Dasein jeden einzelnen Tag verleidet hat. Wenn ich dir seine Gemeinheiten, von denen du mir erzählt hast, einfach nur aufzählen wollte, wäre ich ein paar Tage beschäftigt. Ekin, tret im Kopf ein paar Schritte zurück, sieh dir das Ganze mit etwas Abstand an! Was siehst du?« Trixie sagte es ihr, ohne Ekin zu Wort kommen zu lassen. »Eine Überraschung, klar. Ein Schock, das lässt sich nicht bestreiten. Aber wenn du deine Schuldgefühle für einen Augenblick außen vor lässt, bleibt eines: Du bist ein Glückspilz. Du bist Paul los. Für immer. Freu dich!«

Ekin versuchte es. Sie versuchte es schon seit Stunden. Sie war Paul los! Für immer! Es sollte sich anfühlen, als wäre ein Gewicht von ihr genommen. Eines, das sie zu ersticken drohte. Aber so war es nicht. Stattdessen hatte sie das Gefühl, dass man ihr den Boden unter den Füßen weggezogen hatte. Sie stemmte die Füße fest auf den Untergrund und sah zur Datenwand. Das Bild hatte gewechselt. Durch das Bullauge eines Raumschiffs sah man auf die Erde. Und um das Bullauge standen keine Aliens, sondern Menschen. Ein Hitler, ein Stalin, ein Lap-so. Die drei kicherten. »He!«, rief der Stalin. »Stellt euch ihre Gesichter vor!«

Trixie schüttelte den Kopf. »Schätzchen, du sitzt da wie der armseligste Haufen Elend, der mir je untergekommen ist. Aber keine Sorge: Elend ist mein Beruf. Was ist los? Da ist doch noch etwas.«

»Ich weiß nicht. Wirklich nicht. Irgendwie ...«

»Du kriegst den Klumpen nicht raus, was? Dann lass deine Freundin Trixie das für dich machen. Du schämst dich, Schätzchen. Besser gesagt: Am liebsten würdest du vor Scham vom Angesicht dieser Erde verschwinden. Monate-, vielleicht sogar jahrelang hast du einen Alien vor der Nase und merkst es nicht. Ausgerechnet du, der Hunter! Dazu sage ich dir eines: na und? Jeder macht mal Fehler. Du wirst sehen, dass das Korps nicht so nachtragend ist, wie man flüstert. Du bekommst einen neuen Partner, bewährst dich, und in ein, zwei Jahren ist die ganze Angelegenheit nur noch eine unbedeutende Fußnote in deiner Personalakte. Eine amüsante Episode aus deiner langen, erfolgreichen Laufbahn im Korps, ein erfrischender Farbtupfer.«

Ekin holte tief Luft. »Trixie, danke. Für deine Mühe und deine unendliche Geduld. Ich bin sicher, dass du mit allem, was du sagst, recht hast. Dass ich mich wie eine komplette Idiotin aufführe, die das Glück, das über sie gekommen ist, nicht zu schätzen weiß. Nur ...«

»... es hilft nichts?«

Ekin nickte. »Pauls Taschenwelt. Sie war in der Kaffeemaschine versteckt. An einem Ort, an dem ich sie finden musste. Und mit einer Botschaft versehen, die für mich bestimmt ist. Wenn ich als kühl analysierender Hunter im Kopf ein paar Schritte zurücktrete, bedeutet das zwei Dinge. Erstens: Paul muss gewusst haben, was geschehen würde. Und er war darauf vorbereitet. Und zweitens: Er hat mir etwas mitgeteilt, was für ihn von überragender Wichtigkeit sein muss.«

»Das klingt plausibel«, sagte Trixie. »Und was hat er dir mit ›Sigma V ruft‹ und ›Folge der Roten Laterne‹ mitteilen wollen?«

»Ich habe nicht die geringste Ahnung. Bislang. Aber ich werde es herausfinden.«

»Kann sein. Oder auch nicht. Wie gesagt, gib diese Taschenwelt dem Korps. Es kann nicht lange dauern, bis das Korps Paul gefasst hat. Dann haben die Spezialisten alles in der Hand, was sie brauchen, um Pauls Geheimnisse zu lüften.«

»Nein! Das will ich nicht!«

»Wieso? Genau für solche Fälle gibt es das Korps.«

»Ja ...«

»... aber?« Trixie lehnte sich vor und fixierte Ekin.

»Aber ... ich will es einfach nicht. Und ich habe einen Grund.« Ekin wand sich unter Trixies Blick. »Einen völlig bescheuerten, für den du mich gleich mit bloßen Händen zerreißen wirst. Zu Recht. Nämlich, dass ich es tun muss. Ich habe keine Wahl. Ich bin ihm verpflichtet. Und Paul weiß es. Ich bin ein braves Mädchen. Und brave Mädchen helfen, wenn man sie darum bittet. Sie können nicht anders.«

»Und springen auch aus dem Fenster, wenn der Typ ›spring!‹ brüllt?«

»Wenn es sich lohnt – ja.«

»Und woher willst du das wissen?«

»Das sagst du mir, Trixie.«

»Was?« Trixie holte tief Luft. »Das erklärst du mir besser.«

»Da gibt es nicht viel zu erklären. Du bist die Psychologin, die Expertin, du kennst dich damit aus«, Ekin klopfte sich gegen die Stirn, »was hier oben vor sich geht. Bei einem Menschen. Und bei einem Alien.«

»Und?«

»Ich brauche eine Einschätzung. Von einem Profi. Sag mir, was Paul ist. Ein ganz normaler Gestörter mit einer Vorliebe für Ramsch und Mobbing? Ein aufrechter Hunter, der unter der Last seiner Verantwortung durchgedreht ist? Oder ein Alien in der Endphase der Manifestation?«

»Macht das einen Unterschied?«

»Einen riesigen. Ist Paul einfach nur durchgedreht? Dann bete ich, dass das Korps ihn so schnell wie möglich aufstöbert und ihn in Behandlung bringt. Hat ihm das Hunter-Dasein das Genick gebrochen? Dann muss ihm das Korps wieder auf die Beine helfen. Aber angenommen, das Korps liegt richtig, und in Paul hat sich ein Alien manifestiert – dann hat Paul etwas vor.«

Trixie lehnte sich zurück. »Das verstehe ich nicht. Was willst du damit sagen? Paul ist von einem Alien übernommen. Er kann nichts mehr vorhaben.«

»Wie erklärst du dir dann seine Botschaft an mich?«

»Dass sie gar nicht von Paul ist, sondern von dem Alien, zum Beispiel.«

»Ich bitte dich, Trixie! Der Gedanke ist so selbstverliebt, er könnte glatt von Paul kommen. Was könnte einen Alien dazu bewegen, ausgerechnet mich anzusprechen, einen einfachen Hunter?« Ekin schüttelte den Kopf. »Nein, ich denke, der Alien dominiert Paul; aber zumindest ab und zu und auf eine Weise, nach der du mich nicht fragen darfst, entzieht sich Paul seinem Willen.«

»›Auf eine Weise, nach der du mich nicht fragen darfst.‹ Ekin, du solltest dich hören. Du ...«

»Steckt ein Alien in Paul?«

»Ekin, was erwartest du von mir? Das Korps sagt, dass es so ist. Was willst du mehr?«

»Deine Einschätzung. Steckt ein Alien in Paul?«

»Ekin, das ist Unsinn!«

»Steckt ein Alien in Paul? Sag es mir!«

»Du weißt, was du da tust? Du verlangst etwas Unmögliches von mir: eine Ferndiagnose.«

Ekin grinste. »Ich dachte, Unmögliches ist deine Spezialität.«

Trixie wand sich. »Du kannst ganz schön hartnäckig sein, wenn du etwas willst, Ekin«, sagte sie dann.

»Wenigstens eine Sache, in der ich richtig gut bin. Und jetzt sag mir endlich: Ist Paul wirklich ein Alien?«

»Um das mit auch nur einer Spur von Zuverlässigkeit beantworten zu können, müsste ich ihn eine Woche exklusiv in die Finger kriegen. Alles Übrige wäre reine Spekulation.«

»Dann spekulier!«

Trixie lehnte sich zurück, starrte auf das »Fürchtet euch nicht!« und die Datenwand. Darunter standen zwei grüne Männchen in Arztkitteln, Stethoskope um die Hälse. Der Finger des einen lag auf einem großen, roten Knopf. Draußen, am Rumpf des Raumschiffs, sah man Geschützläufe, die auf die Erde gerichtet waren. »Drück ab«, sagte der eine Alien-Arzt zum anderen. »Es ist das Beste, was wir für diese elenden Kreaturen tun können.«

»Also gut«, sagte Trixie schließlich, »ich spekuliere. Das Korps geht davon aus, dass sich in Paul ein Alien manifestiert hat. Es muss also hinreichende Verdachtsmomente besitzen. Pauls Verhalten. Seine abrupten Stimmungsumschwünge, sein Nichtfunktionieren im sozialen Umfeld. Alkoholexzesse und sexuelle Exzesse, Letztere entweder real oder fantasiert, das spielt keine große Rolle. Und wahrscheinlich ist da noch mehr. Diese Dinge kommen immer geballt. Wahrscheinlich weitere Drogen, Medikamentenmissbrauch, den er vor dir und dem Korps verheimlicht hat. Ach ja, und möglicherweise Gedächtnis- und Wahrnehmungsstörungen, die er vor sich selbst und dem Rest der Welt durch seinen selektiven Umgang mit Ermittlungsdaten kaschiert hat.«

»Klingt erdrückend. Und was spricht dagegen?«

»Der gesamte physiologische Befund. Pauls letzter Monatscheck liegt erst zehn Tage zurück. Und der Befund war so unauffällig wie alle, seit er zum Korps gehört. Wäre es anders gewesen, hätte man ihn auf der Stelle aus dem Verkehr gezogen. Aber da war nichts. Weder auffällige Veränderungen im Nervensystem noch in der Hirnwellenaktivität, noch eine abnorme Vergrößerung des Hippokampus, noch eine abnorme Aktivierung des Mandelkernkomplexes. Das kann mehrere Dinge bedeuten. Erstens, es gibt keine Manifestation, und die ganze Angelegenheit ist ein Riesenirrtum. Zweitens, die Manifestation lief unerhört schnell ab. Innerhalb von Tagen. Drittens, wir haben es mit einem neuartigen Typus von Manifestation zu tun, der nicht mit den bekannten physiologischen Veränderungen einhergeht.«

»Was äußerst unwahrscheinlich wäre.«

»Aber möglich. Das ist der springende Punkt. Es gibt keinen einfachen, hundertprozentigen Test für Manifestationen. Wir sind auf Mutmaßungen angewiesen. Mutmaßungen, die wir über die Jahre verfeinert haben, aber das heißt dennoch, dass ein gewisser Prozentsatz der Leute, die ihr Hunter einbringt, keine Aliens sind. Jede Niete, die wir ziehen, ist eine zu viel, aber sie sind der Preis, den wir zahlen müssen, um nicht unterzugehen. Wir können es uns nicht leisten, Aliens auf freiem Fuß zu lassen. Das Ganze ist ein Spiel mit vielen Unbekannten, aber eines habe ich über die Jahre gelernt: Wenn man jeden wegsperren würde, der eines der bei Manifestationen beobachteten Symptome – physisch wie psychisch – zeigt, wäre keiner mehr übrig, der die Zellen von außen abschließen könnte. Niemand entspricht der Norm.«

»Niemand und alle interessieren mich nicht. Was ist mit Paul? Ist er ein Alien – ja oder nein?«

»Ich habe dir doch eben ...«

»Ja, und ich habe es kapiert. Aber du musst doch ein Gefühl haben, Intuition. Was sagt dir dein Bauch?«

Trixie rang sich durch. »Also gut: Mein Bauch sagt, er ist einer. Wenn man von der Physiologie absieht, habe ich selten jemanden gesehen, der so sehr nach Alien riecht wie dein Paul. Zufrieden?«

»Ja.« Ekin nickte langsam. »Danke«, sagte sie. Und dann: »Jetzt weiß ich, was ich zu tun habe.«

»Und das wäre?«

»Ich muss ihn finden, bevor das Korps es tut.«

»W-was? Bist du völlig ...« Trixie brach ab, begann von neuem. »Ekin, du weißt nicht, was du da sagst. Du bist mindestens so verrückt wie dein Paul!«

Dein Paul. Ekin widersprach nicht.

»Du bist Hunter«, fuhr Trixie fort. »Du weißt genauso gut wie ich, dass in diesem Augenblick das halbe Korps hinter ihm her ist. Ein Hunter, der sich als Alien entpuppt, das ist zu viel. Das Korps wird alles daransetzen, ihn zu fassen. Es muss alles über ihn in Erfahrung bringen. Überleg doch, was das bedeutet! Die Aliens könnten das Korps unterwandert haben! Wahrscheinlich hat das Korps Paul schon längst geschnappt, während wir uns hier die Köpfe heißgeredet haben. Du hast keine Chance, Ekin!«

»Wieso nicht? Ich bin Hunter, du hast es eben gesagt. Ich weiß, wie man einen Alien jagt.«

»Die anderen auch. Und sie sind vernetzt und haben ein unbegrenztes Budget. Du dagegen ... Sobald jemand erfährt, was du vorhast, bist du draußen. Kein Hunter-Abzeichen mehr, das dir alle Türen öffnet, kein Zugang mehr zum HunterNet, keine Spesen mehr.«

»Dann passe ich eben auf, dass keiner etwas erfährt.«

»Ich bezweifle, dass du das hinbekommst.« Trixie hob die Arme. »Nein, keine Angst, ich stecke niemandem da oben, was du tust. Wir sind Freunde, Ekin. Aber, selbst angenommen, du bekommst diese Heimlichtuerei hin, dann hat das Korps immer noch alle Trümpfe in der Hand.«

»Nicht alle. Drei habe ich.«

»Und die sind?«

»Ich habe Pauls Botschaft.«

»Die du nicht verstehst. Und weiter?«

»Ich kenne Paul. Das Korps hat vielleicht eine dicke Akte, aber ich habe zwei Jahre mit ihm gearbeitet und ihn ausgehalten. Das Korps hat nur die Daten und darf sich mit Ferndiagnosen beschäftigen. Bessere Raterei, wie du eben selbst gesagt hast.«

»Okay, da ist vielleicht etwas dran. Und dein dritter Trumpf?«

»Das bist du.«

»Wie bitte? Was soll das heißen?«

»Genau das, was ich gesagt habe: Ich habe dich.« Ekin nahm Trixies Hände, hielt sie mit ihren fest. »Ohne dich hätte ich längst aufgegeben, Trixie. Du warst immer für mich da, wenn ich dich gebraucht habe. Du bist es jetzt, in diesem Augenblick. Und ich kann mir nicht vorstellen, dass du gleich aufstehst und mich allein mit meinem Mist sitzen lässt. Du bist auf deine Art genau so ein braves Mädchen wie ich. Du tust deine Pflicht. Du rennst nicht davon, wenn ein Freund Hilfe braucht.«

Sie blickte Trixie in die Augen.

»Ich ... Ekin, ich ...«, Trixie blinzelte, wollte Ekins Blick ausweichen. »Du weißt nicht, was ...«

»Trixie?«

»Bitte, ich ...«

»Trixie?«

Trixie löste sich aus ihrer Starre. »Natürlich nicht«, sagte sie und drückte Ekins Hand, »ich lasse dich nicht allein, Ekin. Du hast recht. Ich bin ein braves Mädchen. So wie du. Ich tue meine Pflicht.« Trixie blickte auf und grinste Ekin tapfer an. »Ich hoffe nur, dass du das hier niemals bereuen wirst.«

Nauru

Wertung Alien-Hotspot:
4,11 von 5 Sternen (2.823.788 User haben abgestimmt)

Geografie:
Koralleninsel im Pazifik, höchste Erhebung 60 Meter über NN (Tendenz fallend), Fläche 18,7 Quadratkilometer (Tendenz fallend).

Prä-Alien-Geschichte:
Im 20. Jahrhundert wohlhabend dank riesiger Phosphatvorkommen. Nach Erschöpfung der Vorkommen rapide Verarmung. Nutzung als Endlager für australischen Atommüll. Dennoch bis 2038 insgesamt 24 Staatsbankrotte. 2039 von der chinesischen Marine im Windschatten des 2. Taiwankriegs annektiert, wahrscheinlich ohne Autorisation der Regierung. Bis 2058 wiederholte, aber erfolglos bleibende Versuche Chinas, die Annexion wieder rückgängig zu machen.

Post-Alien-Geschichte:
Seit 2059 grenzt die ausschließliche Wirtschaftszone Naurus unmittelbar an die amerikanisch beanspruchte. Nach Ende des Zonenkriegs Ausbau Naurus zu Chinas größtem Flotten- und Luftwaffenstützpunkt im Pazifik. Westlicher Teil der von der chinesischen Regierung bestrittenen »Großen Zange«, die die amerikanische Zone einkreist. Der östliche Teil ist das unter großen Verlusten gehaltene Taiwan.
Jährlich größere Zusammenstöße zwischen US Alien Force und chinesischen Kräften. Bisherige Ausbeute an Artefakten: 35 (von chinesischen Stellen bestätigt), 43 (vermutet).

– *Auszug aus »AlienWatch – 20 Milliarden Augen sehen mehr!«, AlienNet-Subprojekt.*

KAPITEL 17

Die *Bitch* mochte der lahmste U-Boot-Träger der Company sein, in dieser Nacht war sie das erste Flugzeug auf der Piste und das erste, das Funafuti hinter sich ließ.

Rudi saß festgegurtet auf dem Platz des Copiloten und sah zu, wie die Scheinwerfer des Stützpunkts in die Schwärze schmolzen, während Diane der *Bitch* einheizte. Das hier war kein Tanz, keine Routinepatrouille, bei der die Triebwerke im optimalen Drehzahlbereich gleichmäßig vor sich hin wummerten, um die Maschine so treibstoffsparend wie möglich auf optimale Höhe zu bringen. Diane gab alles, ohne Rücksicht auf den Verbrauch. Die *Bitch* vibrierte heftig, machte Sprünge wie ein aufgeregtes Tier. Rudi beneidete sie um die Möglichkeit, ihre Muskeln spielen zu lassen, etwas zu tun. Sein Puls schlug härter, als er es in Neo-Bangkok beim Anblick seines Engels getan hatte, härter noch als an jenem Tag, als er das Große Los gezogen hatte und ihm mit einem Schlag klar geworden war, dass es für ihn ein anderes Leben geben mochte. Eines, in dem er nicht von vor Morgengrauen bis in die Nacht hinein schuftete, um die vielen Münder Himmelsbergs zu stopfen, in dem er nicht als Zuchtbulle diente, um noch mehr Münder hervorzubringen, in dem er nicht auf den Tag hinlebte, an dem das Ende der Welt kam.

Die anderen waren nicht viel weniger aufgeregt. Diane kippte einen Becher des brackigen Company-Wassers nach dem anderen in sich hinein, zermalmte sie mit der freien Hand und warf sie über die Schulter. Niemand protestierte gegen die mutwillige Ressourcenverschwendung. Rudi bezweifelte, dass sie überhaupt jemand wahrnahm. Wilbur murmelte vor sich hin und klickte sich durch die Statusdaten der verschiedenen Bordsysteme. Von Zeit zu Zeit beugte er sich vor und drehte mittels Bordcomputer an den Stellschrauben der *Bitch*. Nicht ohne Erfolg, wie die Sprünge bewiesen. Es fühlte sich an, als verabreiche Wilbur der *Bitch* Peitschenhiebe. Rodrigo war in sein Lauschen versunken. Ohne hinzusehen, kritzelte er etwas in Kurzschrift auf den Notizblock vor sich auf dem schmalen Ausklapptisch und füllte die Seiten so rasch, dass Rudi das Umblättern beinahe wie eine kontinuierliche Bewegung erschien. Hero war nirgends zu sehen, er musste in seinem Mini-U-Boot sitzen und es auf seine Einsatzbereitschaft prüfen.

»Rodrigo, ich brauche die genaue Richtung!«, brüllte Diane.

Die *Bitch* flog jetzt in kompletter Schwärze, in unregelmäßigen Abständen durchbrochen von Lichtpfeilen, die wie Sternschnuppen an ihnen vorbeischossen. Sie kamen vom Heck und verschwanden voraus in der Schwärze. Es waren Flyboys in ihren Düsenmaschinen, Sarayongs und Pemburus. Diane nahm sich bei jedem Einzelnen heraus, Steuerhorn und Plastikbecher in einer Hand zu vereinen, um mit der anderen eine Faust zu machen und den Lichtpfeil anzubrüllen: »Nur zu! Überholt uns! Ihr werdet schon sehen, was ihr davon habt! Die Ersten werden die Letzten sein, schon mal gehört?«

Die Lichtpfeile ließen sich nicht stören.

Rudis Display leuchtete auf, zeigte ihm zum ersten Mal die Daten, die auch die übrige Crew zu sehen bekam. Was hatte das zu ...? Er drehte den Kopf und sah Wilbur, der ihm gönnerhaft zunickte und ihm mit der freien Hand bedeutete, sein Glück zu genießen und den Mund zu halten. Rudi warf einen Seitenblick zu Diane, stellte fest, dass die Pilotin sich nicht um ihn kümmerte, und tat, was Wilbur ihm geraten hatte. Er genoss das – aller Wahrscheinlichkeit nach – kurze Glück, nicht komplett ausgeschlossen zu sein.

»Rodrigo!«, brüllte Diane wieder. »Wo bleibt meine Richtung?«

»Einen Moment!«, brüllte der Lauscher zurück. »Zu viel los,

muss erst ordnen ...« Eine weitere Flyboy-Sternschnuppe zog an ihnen vorbei, verfolgt von Dianes Faust, dann rief Rodrigo: »Ich hab's!«

Eine Schemadarstellung erschien auf Rudis Display. Helle Punkte vor einem dunklen Hintergrund. Kein großer Unterschied zu den Sternschnuppen der Düsenmaschinen, aber ihre Anordnung verriet ihm, was sie darstellten: die ozeanischen Stützpunkte der Company. Funafuti, Nanomea und Nukufetau. Weitere Punkte stießen hinzu, kleiner und in Bewegung. Wie ein Vogelschwarm stoben sie schräg über das Display, dem linken oberen Rand entgegen. Flyboys. Alle, die einsatzbereit waren, alle schneller als die *Bitch*. Aus anderen Richtungen rasten vereinzelte Punkte zu der Stelle des Displays, an die es den Schwarm zog. Flyboys auf Patrouille, die sich der Jagd anschlossen.

»Der errechnete Einschlagspunkt des Artefakts liegt 500 Kilometer von Nauru entfernt!«, rief Rodrigo. »Einschlag in voraussichtlich 37 Minuten!«

Nauru. Heikel, da außerhalb der Company-Zone, aber keine Unmöglichkeit, da es nicht bei den Amerikanern lag. Die Amerikaner hassten die Company von ganzem Herzen, die Chinesen lediglich regierungsamtlich, weil die Company-Lotterie Glücksspiel darstellte und Glücksspiel in China verboten war. Das hatte jedenfalls Jonathan behauptet, und Beatrice tat es auch – also musste etwas dran sein. Und Beatrice behauptete noch mehr: dass die Chinesen die Company heimlich bewunderten. Die Volksrepublik nannte sich zwar immer noch kommunistisch und würde es bis zu ihrem letzten Tag tun, aber ihre führenden Kreise wussten, dass ihr Aufstieg der Initiative und der Opferbereitschaft Einzelner zu verdanken war – wie jener der Company. Die Chinesen spürten eine gewisse Seelenverwandtschaft, und die Tatsache, dass die Company in den USAA erbarmungslos verfolgt wurde, sorgte für den Rest. Dein Feind ist auch mein Feind.

Nauru. Die Chinesen. Das würde ihnen wenigstens eine gewisse Chance lassen – wenn sie rechtzeitig dorthin gelangten.

Was sie nicht tun würden. Nauru war über tausend Kilometer von Funafuti entfernt, knappe zwei Flugstunden für die *Bitch*, ganz gleich, wie viele Plastikbecher Diane zerquetschte oder wie viele Peitschenhiebe Wilbur über den Bordcomputer an die Triebwerke austeilte.

»Na schön, Nauru«, sagte Diane. So gelassen, als könne sie nicht kopfrechnen. Oder wollte sie einfach nicht wahrhaben, was nicht wahr sein durfte? »Sollen sie den Dreck dort fressen und glücklich werden! Rodrigo! Wo bleibt meine Richtung?«

»Kommt!«

Die Lichter der drei Company-Stützpunkte auf Rudis Display rückten zusammen, als die Karte schrumpfte und schließlich eine Ansicht Ozeaniens südlich des Äquators zeigte. Eine Sternschnuppe, die einsam dem Schwarm der Flyboys hinterherzuckelte, leuchtete auf, verwandelte sich in einen strahlenden Stern, der alle übrigen Lichter verblassen ließ, und drehte ab. Die *Strawberry Bitch*.

»Na also! Wieso nicht gleich so?« Diane warf einen Blick über die Schulter und legte die Maschine hart in eine Kurve, dem neuen Kurs folgend, den Rodrigo ihr auf dem Display vorgegeben hatte. Weg von der trampelnden und blökenden Herde, hin zu der Eins-zu-einer-Million-Chance, dass das Alien-Artefakt seine Flugbahn noch einmal änderte.

Und hin zu den Amerikanern.

Im Norden lagen die Marshallinseln, die amerikanische Zone. Die letzte Gegend, in der sich ein Company-Flugzeug blicken lassen sollte, und bestimmt keine, die Wilbur schmecken würde. Jeden Augenblick ... Rudi wartete vergeblich darauf, dass Wilbur über seine Ex-Landsleute herzog, aber er hörte nur das Dröhnen der Triebwerke, unterbrochen von gelegentlichen Schlägen von Metall auf Metall. Rudi verdrehte den Kopf, so gut es die Gurte zuließen. Der Platz des Ingenieurs war verlassen. Was, zum Teufel, hatte das zu ... Rudi erhaschte eben noch einen letzten Blick auf die Beine Wilburs, die in einer Luke in der Decke verschwanden. Der Radar. Wilbur war in den Buckel gestiegen, in dem der Radar der *Bitch* untergebracht war. War er ausgerechnet jetzt ausgefallen?

Nein, unmöglich. Rodrigo kauerte unverändert vor seinen Displays und kritzelte, als handele es sich um Zauberformeln, die das Artefakt zur *Bitch* lockten. Der Lauscher hätte keinen Augenblick stillgehalten, wäre seine Nabelschnur zur Welt auch nur angeritzt gewesen. Noch hätte Hero seelenruhig weiter das Mini-U-Boot mit einem Schraubenschlüssel abgeklopft, um Rissen im Rumpf auf die Spur zu kommen.

Nein, kein Defekt. Wilbur hatte etwas vor.

»He, Wilbur! Was tust du da?«, rief Rudi. Auf einmal hatte er ein mulmiges Gefühl im Magen. Er dachte an Beatrice, die ihn seit ihrer letzten, verunglückten Auszeit in der Höhle zwischen Meer und Piste mied, und daran, was sie über seine Crew gesagt hatte. Beatrice mochte ihn, Rudi. Wahrscheinlich mehr, als ihm recht sein konnte, aber das spielte im Augenblick keine Rolle. Wichtig war, dass Beatrice sich Sorgen um ihn machte. Große Sorgen. Und er hatte nichts davon hören wollen. Er hatte die *Bitch*-Crew verteidigt. »Freaks vielleicht, aber keine Amateure«, hatte er gesagt. »Sie wissen, was sie tun.«

Jetzt, in der sich schüttelnden *Bitch*, deren Tanks sich in beängstigendem Tempo leerten, verloren in der pazifischen Nacht, war er sich seines Urteils nicht mehr so sicher.

»Stimmt etwas nicht mit dem Radar?«, fragte er Diane.

Zu seiner Überraschung antwortete sie ihm. »Kein Grund zur Aufregung, Junge«, sagte sie, ohne ihn anzusehen. »Ist alles in bester Ordnung, klar?«

»Aber was macht Wilbur im Radarbuck...«

»Halt das Maul! Das geht dich nichts an. Du würdest es sowieso nicht kapieren. Also bleib schön sitzen, behalt deine Finger bei dir, genieße den Flug und sei froh, dass wir dir nicht gleich nach dem Start einen Fallschirm umgeschnallt und einen Tritt zur Luke hinaus gegeben haben.« Diane sah wieder auf ihr Instrumentendisplay. »Was immer noch passieren kann, wenn du nicht spurst. Du hast nichts gesehen und gehört, und auf Funafuti hältst du die Klappe, verstanden?«

Es knirschte in dem Buckel, als schiebe Wilbur den festgefahrenen Antennenkranz von Hand an, dann hörte Rudi seine Stimme aus dem Ohrhörer: »Alles klar, Diane. Funktioniert einwandfrei!«

»Gut. Sperr die Augen auf und sieh zu, dass dir kein spontaner Krampf in die Finger fährt! Nur auf mein Kommando, klar?«

»Klar.«

Was, verdammt noch mal, hatte das alles zu bedeuten? Was trieb Wilbur in der Kuppel? Hatte er heimlich einen Apparat konstruiert, mit dem er Aliens anlocken konnte? Eine Art Voodoo-Zauber oder etwas ähnlich Verrücktes? Er hätte es Wilbur und dem Rest zugetraut. Freaks, ja, Freaks! Hätte er nur auf Beatrice gehört!

Aber es war zu spät. Die *Strawberry Bitch* dröhnte weiter durch die Nacht. Rudi verfolgte auf seinem Display, wie der Schwarm der Flyboys Nauru entgegenraste, sich aufzufächern begann, um ein möglichst großes Gebiet abzudecken. Rudi platzte vor Sehnsucht. Da gingen sie dahin. Echte Flyboys in echten Flugzeugen mit einer echten Chance. Keine Bande von alten ...

»Das Artefakt!«, brüllte Rodrigo. »Es ändert seine Bahn!«

»Wohin?«, brüllte Diane zurück. »Wo kommt es runter?«

»Die Bahn wird steiler, weicht nach Norden ab. Es ...« Rodrigo verschluckte sich.

»Verdammt, sperr schon die Klappe auf! Wohin?«

»150 Kilometer. Ziemlich genau nördlich von uns. In 19 Minuten.«

Diane sagte nichts. Sie langte nach einem neuen Becher, zündete sich eine Kippe an und nahm einen tiefen Zug. Dann stieß sie den Rauch aus und sah schweigend zu, wie der Zug der Klimaanlage die Wolke zerrieb.

»Wow«, machte sie schließlich.

Wow. Rudi hätte es nicht besser ausdrücken können. Es war zu gut, um wahr zu sein. Ein Zufall, so unwahrscheinlich, dass es keiner sein konnte. Das Artefakt hatte einen guten Teil des Pazifiks als Aufschlagsfläche und alle Zeit der Welt. Dass es genau zu einer Zeit und an einem Punkt herunterkommen würde, an dem sie lediglich die Hand nach ihm ausstrecken mussten, um es in Besitz zu nehmen, war verrückt. Ein wahnwitziger Zufall. Unmöglich. Unmöglich ein Zufall. Irgendwer oder -was da oben musste sie bemerkt und entschieden haben, ihrer Crew etwas Gutes zu tun und ihr ein Bonbon hinzuwerfen. Als Ausgleich für all den Mist, den sie im Lauf ihres Lebens hatten schlucken müssen. So musste es gewesen sein. Noch verrückter als ein Zufall. Verrückter als verrückt. Die einzig vernünftige Erklärung.

»Okay, dann los!« Diane zerknüllte den Becher in ihrer Hand, warf ihn über den Rücken, dann nahm sie die komplette verbliebene Packung Becher, alle Zigarettenschachteln und schickte sie hinterher. Es wurde ernst. »Hero, steig in dein U-Boot, ihr zwei nehmt gleich ein Salzwasserbad. Rodrigo, ich weiß, dass du deine Lauscher immer aufsperrst, aber halt sie so weit auf, dass du es hörst, wenn jemand auf Hawaii eine Büroklammer fallen lässt, in Ordnung? Und Wilbur ... der Einschlagspunkt ist am Rand der amerikanischen Zone. Du weißt, was das bedeutet?«

»Ja.«

Mehr sagte Wilbur nicht. Kein Fluchen, keine Ausfälle.

Rudi machte es Angst.

»Fürchtet euch nicht!«, rufen sie. »Der Messias ist gekommen! Das Paradies ist nahe, das ewige Leben!«

Hört nicht auf sie! Sie lügen! Sie verdrehen die Worte des Herrn! »Fürchtet euch nicht!«, hat der Herr gesagt. Und: »Fürchtet euch nicht vor denen, die den Leib töten, nicht aber die Seele töten können. Sondern fürchtet euch vor dem, der Leib und Seele in das Verderben der Hölle stürzen kann!«

Nicht der Messias, der SATAN ist über uns gekommen! Er lastet auf uns, greift nach unseren Seelen, lechzt danach, sie in die ewige Verdammnis zu reißen!

Das Jüngste Gericht steht bevor, das Höllenfeuer ist uns allen sicher, wenn wir nicht das Gebot des Herrn befolgen!

Deshalb: Kämpft! Treibt den Satan aus, wo ihr ihn findet! Jagt ihn, spürt ihn auf! Sorgt euch nicht um das Fleisch, denn es ist sterblich, die unsterbliche Seele steht auf dem Spiel!

Fürchtet euch nicht, treibt den bösen Geist aus!

- *Flugblatt, beobachtet durch Hunter-Korps, Beobachtungszeitraum KW 12/2065*
  Popularitätsrang digital: 63 (Vorwoche 68)
  Popularitätsrang Papier: 47 (Vorwoche 46)

KAPITEL 18

»Buh!«

Wieselflink schreckte hoch. Das schweißgetränkte Halsband rutschte ihm aus den Fingern. Der Stecker, der eben erst in die Schnittstelle eingerastet war, blieb an Ort und Stelle, während sein hinteres Ende sich tief in Wieselflinks Hals bohrte. Wieselflink schrie auf und versuchte mit beiden Händen, das Band wieder zu verdrehen. Er verlor das Gleichgewicht, rutschte vom Stuhl ab und knallte auf den Boden. Und im Fallen sah er, von wem das »Buh!« gekommen war.

Ein Mädchen stand in der offenen Tür des Abteils.

Ein Kind.

Ein Gespenst.

Das Gespenst kicherte und flitzte davon, schnell wie der Blitz.

Wieselflink starrte für einen Augenblick mit offenem Mund auf die Stelle, an der es gestanden hatte, dann erinnerte ihn das Stechen am Hals an die Gefahr, in der er schwebte. Die Tür stand offen. Jeder Nomade, der zufällig vorbeikam, konnte ihn sehen. Konnte sehen, dass er sein Alienband abgenommen hatte und etwas aus seinem Halsband ragte. Die Chance, dass dieser jemand erriet, worum es sich dabei handelte, war gering, diejenige, dass er erkannte, wie sehr Wieselflink sich mit allem anderen beschäftigte, nur nicht mit der Mitarbeit am Großen Plan des Großen Packs, eine Sicherheit.

Er rutschte auf Knien zur Tür und schob sie zu. Hastig wischte er sich die verschwitzten Finger an der Hose ab, bekam das Halsband zu fassen und verdrehte es mit einem Ruck. Mit der anderen Hand fasste er nach dem Stecker. Er wackelte, dann war er heraus. Wieselflink schnappte nach Luft. Nach und nach beruhigte sich sein Puls, schaltete von rasend auf hektisch klopfend. Wieselflink horchte, ein Ohr gegen die dünne Tür der Werkstatt gepresst. Keine Schritte, keine aufgeregten Rufe, kein forderndes Klopfen. Die Tür blieb geschlossen. Er hatte noch einmal Glück gehabt. Doppeltes Glück. Der Steuerchip seines Halsbands hatte auf den Stecker nicht mit einem Stromschlag reagiert. Und: Niemand hatte bemerkt, was er trieb. Das zählte. Niemand, der zählte wenigstens. Das Gespenst, dieses Mädchen ... sie war, sollte es sich bei ihr nicht nur um das Fantasieprodukt seiner überreizten Nerven handeln, unwichtig. Sie konnte nichts gesehen, geschweige denn verstanden haben. Selbst wenn sie irgendjemandem von dem Vorfall erzählen sollte, er würde sich herausreden. Die Werkstatt gehörte dem Großen Pack. Sie war ihm, Wieselflink, zugeteilt worden, um seine Pflichten für das Pack zu erfüllen. Andere Angehörige des Packs hatten dort nichts verloren, es sei denn, ihre Pflicht führte sie dorthin. Und welche Pflicht sollte ein kleines Mädchen in seine Werkstatt führen? Und außerdem: Er war der Bordelektriker, ein angesehener und wichtiger Angehöriger des Großen Packs. Es gehörte zu seinen Aufgaben, mit Steckern zu hantieren, oder etwa nicht? Sein Wort würde gegen das ihre stehen. Er – das mittlerweile respektierte Mitglied des Großen Packs, sie – ein Kind, das nichts an Bord eines Zugs verloren hatte.

Nach einer halben Stunde, in der sich niemand für Wieselflink interessiert hatte, stand er auf. Er zog das Alienband über das Halsband und war zum ersten Mal seit seiner Ankunft beim Großen Pack froh über das Stoffstück. Dem großflächigen Schmerz nach zu urteilen, der von seinem Hals ausging, trug er einen Bluterguss mit sich, der weit über den Umfang des Halsbands herausreichte. Das Alienband, das seinen Hals komplett bedeckte, würde ihn verbergen. Niemand würde die Verletzung bemerken. Er musste nur beim Sprechen aufpassen. Jeder Schluck tat ihm weh, vielleicht war seine Stimme verändert. In dem Fall würde er beiläufig über die Erkältung klagen, die ihn plagte. Auch die würde man ihm abnehmen, in der stickigen, verbrauchten Luft des Zugs stellten Erkältungen eher die Regel als die Ausnahme dar. Hielt der Zug, glaubte man in den Nächten oft von allen Seiten Husten zu hören.

Wieselflink beschloss weiterzumachen, als wäre nichts geschehen. Was es ja auch nicht war. Nichts war geschehen. Ein Kind hatte ihm einen harmlosen Streich gespielt, mehr nicht. Wieselflink spielte weiter den Elektriker, tauschte Birnen und flickte Leitungen und hörte zu. Bald hatte er den Vorfall vergessen. Hatte er überhaupt stattgefunden? Mit einem Ohr lauschte er den endlosen Erzählungen der Nomaden über das paradiesische Leben, das sie auf Sigma V führen würden, und ihren Fantastereien, ob und wann sie jemals Wolf gegenüberstehen würden und was für eine Art Mann er wohl war. Und während er Kabel flickte, zuhörte oder zuzuhören vorgab, dachte Wieselflink nach.

Was hatte es mit dem Großen Pack, mit diesem Wolf wirklich auf sich? Wolf lehrte, dass ein Raumschiff kommen würde. Die Aliens würden die Nomaden des Großen Packs als Freunde, ja Seelengenossen erkennen und sie an Bord ihres Schiffs bringen, sie mit auf die lange Reise nach Sigma V nehmen, den Ort, an dem all ihre Träume in Erfüllung gehen würden. Es war eine Geschichte, so wirr und an den Haaren herbeigezogen, dass Wolf, sollte es ihn überhaupt geben, ein Wahnsinniger sein musste. Aber was war dann mit den Tausenden oder Zehntausenden, die seine Geschichte glaubten? Fischer prahlte damit, dass sich immer mehr Züge dem Großen Pack anschlossen, und Wieselflink hatte keinen Grund, seine Angaben zu bezweifeln. Wieselflink passte genau auf, wenn Fischer ihn auf dem Gang passierte, und er hatte auf dem Display seines Unterarmcomp inzwischen genug gesehen, um sicher zu sein, dass Fischer größere Verantwortung trug als nur für einen Zug. Wie kam es, dass Wolf genug Menschen fand, die seinen Irrsinn glaubten, um es ihm zu ermöglichen, seine Herrschaft zu etablieren und auszudehnen?

Sicher, die Verzweiflung unter den Nomaden war groß. Es waren Menschen, denen man den Boden unter den Füßen weggezogen hatte, und sie neigten dazu, selbst Unglaubliches für wahr zu halten. Wenn sich wieder einmal das Gerücht von der Generalamnestie verbreitete, fanden sich zahllose, die es mit einem Eifer glaubten, dass sie bereit waren, jeden, der sich als Zweifler zu erkennen gab, zu Tode zu prügeln. Aber sie taten es nur für einige Tage, dann schenkten sie dem nächsten Gerücht Glauben. Dass die Nomaden an die Küste gebracht würden, um hinter den Deichen Wehrdörfer gegen das Wasser zu besiedeln, oder nach Schwarzafrika, das nicht mehr sehr schwarz war, nachdem die AIDS-Impfung zu spät gekommen war, oder was auch immer. Auch das mit hysterischem Eifer, auch das nur für einige Tage.

Wolfs Lehre war anders. Sie hatte sich als System etabliert. Seit Monaten, möglicherweise Jahren stellte sie eine funktionierende, allumfassende Ordnung dar. Wolf verfügte über loyale Unterführer wie Fischer, seine eigene Hausmacht, die Sternengarde, und über ein Fußvolk.

Dieses Fußvolk webte Alienbänder mit einer Ergebenheit, als hinge das Schicksal der Welt von ihrem Produkt ab, angefeuert von Wolfs persönlichem Versprechen, bei Übererfüllung des Plans einen besseren Platz und bessere Rationen auf dem Alienschiff zu erhalten. Wieselflink für seinen Teil glaubte keine Sekunde daran, dass Wolf sein Versprechen einzulösen gedachte. Gleichzeitig war er überzeugt davon, dass dieses System einem bestimmten Zweck diente und nicht durch Zufall entstanden war; dazu war es zu überlegt, funktionierte es zu reibungslos, war es zu umfangreich.

Die Frage war nur: Welchem Zweck diente es?

Der Zug bestand aus 14 Wagen und einer Lok. Die Lok war gepanzert und ferngesteuert, eine separate Einheit. Wagen 1 war Fischer und den Gardisten vorbehalten. Darüber, was dort vorging, konnte Wieselflink lediglich spekulieren, aber mit Sicherheit webte Fischer in den wenigen Stunden, in denen er nicht im übrigen Zug auf und ab ging, keine Alienbänder.

Wagen 14 war der einzige Zu- und Ausgang des Zugs. Blieben 12 Wagen, jeder besetzt mit ungefähr hundert webenden Nomaden, abhängig vom Wagentyp und dem jeweiligen Innenausbau. Machte 1200 Weber, von denen jeder im Schnitt 20 Bänder am Tag herstellte. 24.000 Bänder am Tag. Eine ansehnliche Anzahl, die sich, da die Alienbänder nur wenig Platz brauchten, in den Kisten unterbringen ließen, mit denen die Gardisten abends durch den Zug gingen und die Tagesproduktion einsammelten. Doch Tag kam auf Tag, und das Große Pack kannte keine freien Tage. Sie stellten Relikte des irdischen Daseins dar, so Wolf, eine Anpassung, die während der Langen Reise hinderlich sein würde. Sie bereits im Voraus abzuschütteln, würde sich auf Sigma V unendlich auszahlen.

In kurzer Zeit kamen viele mit Alienbändern gefüllte Kisten zusammen. Mehr, als irgendwo im Zug dauerhaft gelagert werden konnten. Was geschah mit ihnen? Wieselflink hätte es nicht gewundert, hätten Fischer und die Garde die Tagesproduktion umgehend über Bord geworfen. Das Weben beschäftigte die Nomaden, hielt sie handzahm. War damit der Zweck des Unternehmens nicht bereits erreicht? Der Schluss lag nahe, aber er musste dennoch falsch sein, denn er ließ einen wichtigen Faktor außer Acht: den Nachschub. Die Weber benötigten für ihre Arbeit einen ständigen Zufluss von Garn. Dieser wiederum konnte nur garantiert werden, wenn das Ministerium in die Vorgänge verwickelt, nein, aktiv eingebunden war, und das wiederum konnte Wieselflink nicht glauben, denn ein solches Engagement kostete Geld, welches das Ministerium nicht besaß.

Wieselflink redete sich selbst gut zu. Was kümmerte ihn diese abstruse Heilslehre von Wolf? Er war nur ein Durchreisender in diesem Zug. Er nahm die Annehmlichkeiten – die Werkstatt, die Sicherheit, die regelmäßige Verpflegung – mit und arbeitete an seinem eigenen Großen Plan. Sollten alle um ihn herum von Sigma V träumen, er plante weiter für Kairo.

Was geht es mich an?

Er sagte es sich tausendmal am Tag. Es nützte nichts. Er war auf der Durchreise, gut. Aber noch hatte er den Absprung nicht geschafft. Wenn er die Tür seines Abteils öffnete, betrat er die Welt des Großen Packs. Das Abteil, das er in Gedanken inzwischen als sein eigenes bezeichnete, besaß er ausschließlich von Gnaden des Großen Packs.

Und da war noch etwas: Es nagte an ihm, dass er den Großen Plan nicht verstand. Ein Teil des Bilds entzog sich ihm. Das durfte nicht sein.

Es gab gute Tage, an denen Wieselflink sein Unbehagen beinahe vergaß. Die Arbeit ging ihm glatt von der Hand, sowohl im Zug als auch in seiner Werkstatt. Er machte Fortschritte.

Es gab schlechte Tage, an denen eine Anforderung an den Bordelektriker die andere jagte. In denen er nach viel zu vielen Stunden erschöpft in seine Werkstatt zurückkehrte, sich zur Arbeit an seinem Halsband zwang und dabei mehr zunichtemachte, als er Fortschritte verzeichnen konnte.

Und dann gab es noch die ganz schlechten Tage. Die Buh-Tage, wie er sie bald für sich nannte. Tage, an denen ihm das Kindergespenst auflauerte.

»Buh!«, machte es, und Wieselflink knallte mit dem Hinterkopf gegen die Bank, unter der er gerade ein widerspenstiges Kabel flickte.

»Buh!«, und der schwere Schraubenzieher fiel ihm auf die Zehen.

»Buh!«, und er zerdrückte die Birne, die er eben hatte einschrauben wollen.

Das »Buh!« war überall und nirgends zugleich. Überall dort, wo er es nicht erwartete, und nirgends, wo er damit rechnete. Jeder an Bord des Zugs kannte das Mädchen, jeder wusste ihren Namen – Blitz –, und keiner hatte sie jemals fangen, geschweige denn einen Weg finden können, sich die Plage vom Hals zu halten. Nicht einmal Fischer.

»Blitz ...«, sagte er, als Wieselflink ihn auf das Mädchen ansprach. »Mach dir ihretwegen keine Gedanken. Du gewöhnst dich an sie.«

»Wieso sollte ich? Unsere Effizienz leidet unter ...«

»Ich sagte, du sollst dir ihretwegen keine Gedanken machen, verstanden?« Fischer tippte auf seinem Unterarmcomp herum, ohne Wieselflink anzusehen. »Du willst es auf Sigma V schaffen, nicht? Dann wirst du wohl einmal die Woche einen kleinen Schreck verkraften, oder? Und jetzt lass mich in Ruhe, ich habe zu tun!«

Einmal die Woche. Wieselflink hätte damit leben können, aber das kleine Scheusal musste es auf ihn ganz besonders abgesehen haben. Bald war jeder dritte Tag ein Buh-Tag, bald darauf jeder zweite, und dann gab es nur noch Buh-Tage.

Blitz trieb Wieselflink beinahe in den Wahnsinn. Aber Wieselflink war kein Mann, der widerstandslos in die Knie gegangen wäre. Er lauerte dem Mädchen auf, versuchte, es abzupassen. Keine Spur von Blitz. Es war, als existiere sie nicht. Was nicht sein konnte. Sie befanden sich in einem Zug mit verschweißten Türen und versiegelten Fenstern, durch den ein einziger, von der Sternengarde überwachter Gang verlief. Früher oder später musste sie ihm über den Weg laufen. Und dann würde er ihr ... Wieselflink bemühte seine Fantasie vergebens, das Mädchen lief ihm nicht über den Weg. Daraufhin überlegte er und änderte seine Strategie: Er sicherte die Tür der Werkstatt mit einer Elektrofalle. Alles, was er fing, waren Mäuse. Auf diese Weise kam er Blitz nicht bei. Wieselflink überlegte weiter und besann sich schließlich auf das, was er am besten konnte: flitzen.

Blitz' »Buh!« war sein Startschuss. Wieselflink ließ fallen, was er in diesem Moment in den Händen hielt, schnellte ohne sich umzusehen hoch und stürzte in die Richtung des Rufs. Wie eine Schlange, die auf ein Kaninchen zuschoss. Bildete er sich ein. Doch alles, was er sich einhandelte, waren mehr blaue Flecken, als er zählen konnte, und einmal – ein einziges Mal! – ein Fetzen ihres T-Shirts zwischen den Fingern und der Anblick von Blitz, die auf ihren dürren Streichholzbeinen davonsprintete.

Es war ein ungleicher Kampf. Blitz hatte den Vorteil der

Überraschung, sie war wendig und geschickt, ein Fliegengewicht, welches das seine noch weit unterbot. Eine geborene Sprinterin. Dennoch, Wieselflink war sich sicher, sie nach hundert, spätestens zweihundert Metern einholen zu können – wenn er sie nur zur Verfügung gehabt hätte. Doch im Zug gab es keine ununterbrochene Strecke, die viel mehr als zwanzig Meter gemessen hätte. Dann war der Wagen zu Ende, wartete eine Tür und der unvermeidliche Posten aus Gardisten.

Die Posten schienen ausnahmslos auf Blitz' Seite zu stehen. Keiner machte Anstalten, das Mädchen aufzuhalten. Im Gegenteil, sie rissen die Türen für sie auf, verstellten anschließend Wieselflink den Weg und schüttelten sich vor Lachen, wenn er versuchte, sich an ihnen vorbeizudrängen, mit rotem Gesicht und schimpfend. Wieselflinks Jagd brachte Aufregung und Unterhaltung in ihren eintönigen Dienst, und sie dachten nicht im Traum daran, sich selbst den Spaß zu verderben, indem sie ihm das Mädchen auslieferten. Nicht ohne Not. Und Not bestand keine, denn Fischer ignorierte Blitz hartnäckig.

Wieder etwas, das Wieselflink nicht verstand. Fischer, der penible Perfektionist, der wie ein Getriebener selbst den winzigsten Abweichungen vom Großen Plan nachging, ließ es zu, dass ein Kind durch den Zug streunte und trieb, was ihm gerade einfiel. Blitz tanzte ihm, dem Bordelektriker Wieselflink, dem gesamten Großen Pack auf der Nase herum. Wie konnte Fischer das zulassen? Es wollte einfach nicht zu ihm passen. Oder übersah Wieselflink etwas? Er kam ins Grübeln, nachdem er wieder einmal vergeblich versucht hatte, Fischer davon zu überzeugen, dass er das Mädchen von den Gardisten einfangen ließ. Da war ein Zögern gewesen, eine winzige Unsicherheit, als wäre Fischer nicht ganz wohl bei dem, was er tat, aber als könnte er nicht anders. Was mochte der Grund sein? Wieselflink versuchte, sich in Fischer zu versetzen.

Fischer war ein alter Mann. Hätte sein Leben nicht eine üble Wendung genommen, würde er jetzt draußen seinen Ruhestand genießen. Wieselflink brauchte nicht viel Fantasie, um es sich vorzustellen: Fischer hätte vorgesorgt, er besäße ein Haus mit einem großen Garten, aus dem er sich ernährte. Und in den Pausen und an den Abenden würde er sich ausruhen, zufrieden auf ein erfülltes Leben zurückblicken und sich an seinen Enkeln freuen. Ja, das wäre Fischers Leben draußen. Doch Fischer hatte es unter die Bahnnomaden verschlagen. Er hatte nicht aufgegeben. Er hatte sein altes Leben hinter sich gelassen und sich ganz auf das neue konzentriert. Er hatte es zu etwas gebracht im Großen Pack, wahrscheinlich so weit man es nur bringen konnte; über den Zugführern stand nur Wolf persönlich. Das Große Pack stellte seine neue Familie, seine Angehörigen, seine Kinder. Und Blitz ... vielleicht sah er sie als die Enkelin, die ihm verwehrt geblieben war, die sein Abstieg zu den Bahnnomaden ihm genommen hatte. Es passte. Blitz gab ihm etwas, nach dem er sich sehnte.

Deshalb schützte Fischer sie, ohne mit dem Großen Plan in offenen Konflikt zu geraten: indem er beide Augen zudrückte. Ja, das musste es sein. Einfach eigentlich. Wie meistens, wenn man sich die Mühe gab, etwas zu durchdenken. Und beruhigend. Fischer schien ihm mit einem Mal auf ein menschliches Maß geschrumpft. Das Große Pack, die Lange Reise, Sigma V – trotz der ganzen großen Worte war Fischer letzten Endes nur ein ganz gewöhnlicher Nomade. Jemand, der sein »Früher« nicht hinter sich lassen konnte, auch wenn er so tat. Trotz der neuen Namen, die man sich füreinander ausdachte, um mit der Vergangenheit abzuschließen. Fischer verstand nicht, ebenso wenig wie alle Übrigen. Wer es nach draußen schaffen wollte, musste zuerst das Früher abschütteln, restlos. Nur für den, der wusste, dass es kein Zurück gab, gab es ein Zurück.

Wieselflink hielt sich an dem Gedanken fest. Fischer war kein Übermensch. Er war eine flüchtige Erscheinung, wie dieser Zug und das Große Pack. Stationen auf seinem, Wieselflinks, Weg nach draußen. Blitz war innerhalb dieser Erscheinung nur eine Randfigur, eine lästige zugegeben, ein elender Plagegeist, aber am Ende doch ein Mensch.

Irgendwann würde er sie kriegen. Irgendwann würde er schneller sein. Irgendwann würde sie stolpern, einen Fehler begehen.

Ein einziger genügte, und dann ...

... und dann, eines Tages, würde er sie kriegen.

Und eines Tages kriegte er sie.

Blitz stellte sich.

Astro-News KW 17/2065

Anmerkung: Der Beobachtungszeitraum war von schwierigen Umständen geprägt. Überdurchschnittliche Sonnenflecken-Aktivität, ungünstiges Wetter an den Standorten mehrerer wichtiger Observatorien, Stromausfälle (noch ungeklärter Ursache, in Betracht kommen Alienisten und/oder Agenten der USAA) und das Verschwinden der Spionsonde Luna XVII gestalteten die Datenerhebung schwierig.

Generelle Tendenz: Das Volumen der Alien-Aktivitäten hat im Mittel der Jahre 2063/64 zugenommen, ungefähr um 3,4 Prozent.

Artefakte: insgesamt 74. 60 davon schlugen im USAA-Sektor ein. Es ist nicht bekannt, wie viele davon geborgen wurden. Sieben Artefakte sind beim Eintritt in die Atmosphäre verglüht. Sieben weitere gingen in verschiedenen Zonen des Pazifiks nieder. Eines davon wurde von Company-Flyboys lokalisiert und geborgen. Die Ergebnisse der Untersuchung wurden für KW 20 in Aussicht gestellt.

Alienschiff: Die Erweiterungsaktivitäten konzentrierten sich auf den »rechten Flügel«. Es steht zu erwarten, dass er binnen sechs Wochen den Ausstoß an Artefakten erheblich steigern wird.

Systemweite Aktivitäten: Es ist davon auszugehen, dass die Schürfoperationen auf der Mondrückseite unvermindert weitergeführt werden. Bedingt durch den Ausfall von Luna XVII (siehe oben) ließ sich diese Annahme jedoch nicht bestätigen. Für die vermuteten Alien-Aktivitäten auf den Saturn-Monden Titan, Iapetus und Janus ergaben sich keine weiteren Belege. Vor Eintreffen unserer Erkundungssonden im Herbst 2066 ist keine entscheidende Verbesserung der Beobachtungslage zu erwarten.

Kommunikation: Keine Reaktion auf unsere fortgesetzten Kontaktversuche. Die Botschaft »Fürchtet euch nicht!« wurde mit einer um 1,3 Prozent erhöhten Sendestärke ausgestrahlt. Dies könnte auf eine allgemein erhöhte Energieerzeugung des Mutterschiffs hindeuten.

Allgemein: Die erhöhte Anzahl von Gerüchten, das Alienschiff stünde kurz vor einem Ausbruch von Aktivität, lässt sich aufgrund unserer Beobachtungen nicht substantiieren.

– *219. Wochenbericht des extraterrestrischen Kommandos des Hunter-Korps*

KAPITEL 19

Trixie behielt in einem recht: Am nächsten Tag sah die Welt ganz anders aus.

Sie war glatt und makellos, besaß ein unschuldiges Jungengesicht und hieß Daniel.

Die Kanzlei, vormals Zuflucht für den Ramsch dieser Erde, war aufgeräumt, als hätte Alien-Minister Misfer persönlich seinen Besuch angekündigt.

Es war, als sei ein Traum in Erfüllung gegangen. Ordnung. Sauberkeit. Eine Umgebung, in der es sich professionell arbeiten ließ.

Ekin war übel.

Der Händedruck ihres neuen Partners war fest und zupackend, wie er auf der Akademie gelehrt wurde. Ekin ließ ihn über sich ergehen, zapfte sich aus der Maschine einen Latte Magico – achtete dabei darauf, ihrem neuen Partner für den unwahrscheinlichen Fall die Sicht zu versperren, dass Paul eine weitere Nachricht in der Maschine deponiert hatte –, ließ sich auf ihren Stuhl fallen, legte die Füße auf den Tisch und sah zu, dass sie hinter ihrem Display Deckung fand.

Es gelang ihr bestenfalls leidlich. Ekins neuer Partner war von dem Eifer des Anfängers beseelt, dem man zum ersten Mal in seinem Leben eine wichtige Aufgabe anvertraut hatte. Alles war aufregend und neu für Daniel. Er arbeitete sich durch die Tausende aufgelaufenen Anzeigen, als wären sie kostbare Schätze und die Tatsache, dass es ihm erlaubt war, den Blick auf sie zu richten, ein unerhörtes Privileg. Er machte sich ausführlich Notizen, recherchierte, holte im Zweifel Ekins Rat ein, ließ keine Anzeige, die ihm das System vorschlug, ungelesen. Und das mit einer Hingabe, die keinen Raum für Zweifel ließ und nicht einmal von dem Anflug einer Ahnung befleckt war, dass die Welt möglicherweise nicht in Schwarz und Weiß zerfiel, dass er nicht automatisch auf der Seite der Guten stand, dass ein Partner nicht zwangsläufig den Fels in der Brandung darstellte und einem bedingungslos zur Seite stand, sondern sich wie ein komplettes Arschloch aufführen konnte, und dass dieses Arschloch sich eines Tages als ein Alien entpuppte und abtauchte – woraufhin man feststellte, dass man alles dafür gegeben hätte, ihn wieder zurückzuholen ...

Ekin konnte sich nicht helfen. Immer wieder lugte sie hinter ihrem Display hervor, um einen Blick auf das Bubigesicht ihres neuen Partners zu erhaschen.

Sie sah ihrem jüngeren Selbst ins Gesicht. Sie war einmal nicht anders gewesen.

Es war unerträglich.

Ekin fuhr die Krallen aus. Sie fuhr dem Jungen über den Mund, ignorierte seine Fragen, gab kryptische Antworten oder verspottete ihn. Kurz: Sie machte den Paul. So gut, dass Paul stolz auf sie gewesen wäre.

Ekin war es nicht.

Sie widerte sich selbst an. Einen Tag lang, der nicht zu Ende gehen wollte.

»Erzähl mir von Paul.«

Trixie saß ihr gegenüber im Bett, nackt wie sie selbst. Ihre Knie berührten sanft die ihren. Das Display des Thermostats, das den Raum in sanftes, an eine Kerze erinnerndes Schummerlicht tauchte, zeigte 27,9 Grad. Eine kuschelig warme Höhle, die Ekin beim Auschecken aus dem Hotel teuer zu stehen kommen würde. Die Heizung kam extra. Aber das war es ihr wert. Es war genau das, was sie im Augenblick brauchte: eine warme Höhle, in die sie sich verkriechen konnte, um der rauen Welt irgendwann später mit neuer Kraft ins Auge sehen zu können.

»Was soll ich dir noch erzählen? Du kennst ja meine Klagen zur Genüge. Und du hast dir bestimmt Pauls Akte besorgt, nicht?«

»Klar.« Trixie hatte die Haare zu Zöpfen geflochten. Wären nicht die Fältchen um ihre Augen gewesen, hätte Ekin sie mit ihrem strammen Körper und den kleinen Brüsten für einen Teenager halten können. Wie alt war Trixie eigentlich? Ekin hatte die Frage nie gestellt, weder sich selbst noch Trixie. Älter, das stand fest. Aber wie alt? Vierzig? Oder schon fünfzig? Es gab vieles, was sie nicht über Trixie wusste. »Und ich habe den Tag mit nichts anderem verbracht, als sie zu lesen.«

»Wieso fragst du dann? Du weißt ja sowieso schon alles. Wahrscheinlich kennst du Paul jetzt besser als ich.« Ekin war müde, unendlich müde. Der Tag als Paul hatte Kraft gekostet. Sie wollte nicht diskutieren. Nicht jetzt.

Falls Trixie es bemerkte, überging sie es. »Das bezweifle ich«, sagte sie, statt – wie von Ekin erhofft – sie in die Arme zu nehmen. »Aber nicht gut genug, um weiterzukommen. Wir haben zwei Botschaften von Paul – und ich verstehe weder die eine noch die andere auch nur im Ansatz, genauso wenig wie du es tust. Wir müssen etwas übersehen haben. Ich frage mich, was es sein könnte.«

Ekin raffte sich auf, ging zum Kühlschrank, um sich Wasser mit Eis zu holen. Auf dem Rückweg gab sie dem Zimmercomputer die Anweisung, die Temperatur um zehn Grad herunterzufahren. Die Hitze war gut zum Kuscheln. Zum Nachdenken und Diskutieren dagegen ...

»Also gut«, sagte sie dann und setzte sich betont gerade auf das Bett. »Fangen wir von vorne an. Pauls erste Botschaft. ›Fischer‹ und ›14.500‹. Das ist einfach. Die Botschaft ist gar keine. Paul wollte nicht, dass ich sehe, was er schreibt. Ich habe ihn bei einem seiner Deals erwischt. Mehr steckt nicht dahinter. Wir verschwenden unsere Zeit, wenn wir uns darüber den Kopf zerbrechen.«

»So scheint es. Aber ist es wirklich so?«

»Was sonst? ›Fischer‹ muss der Name des Mannes sein, mit

dem er handelt, ›14.500‹ die Anzahl der Waren oder von mir aus der Preis. Beides passt. Und es ist ziemlich aussichtslos, dem nachzugehen. Der Name und die Zahl können alles oder nichts bedeuten.«

»Da hast du leider recht. Deshalb habe ich meine Beziehungen beim Korps spielen lassen und …«

Ekin fuhr hoch. »Du hast was? Das ist gegen unsere Abmachung! Ich hatte dich gebeten, mir zu helfen, als Freund, vielleicht als mehr. Nicht darum, das Korps einzuschalten!«

»He, kein Grund zur Aufregung. Du hast es ja schon gesagt: Der Name und die Zahl passen zu allem oder nichts. Niemand beim Korps hat Verdacht geschöpft, dass sie etwas mit Paul zu tun haben könnten.«

»Aber …«

»Ekin, vertrau mir!« Trixie lehnte sich vor, streckte eine Hand nach ihr aus. »Du willst doch wissen, was mit Paul ist, nicht? Ich versuche nur mein Bestes, es herauszufinden. Okay?«

»Okay.« Ein Unbehagen blieb. Aber Ekin hatte keine andere Wahl, als ihrer Freundin zu vertrauen. »Was hast du herausgefunden?«, wechselte sie das Thema.

»Dass dein Paul ein reicher Mann ist. Oder besser gesagt: sein sollte.«

»Was meinst du damit?«

»Seinen Ramsch. Dieser ganze Alien-Tand, über den du dich bei mir immer beklagt hast. Er hat damit gehandelt.«

»Das ist nicht neu.«

»Ja, aber wie viel Geld er damit verdient hat, schon. Paul hat Millionen gemacht. Viele Millionen.«

»Unmöglich. Abgesehen davon, dass ich mir nicht vorstellen kann, dass man mit Pauls Ramsch ernsthaft Geld machen kann – das Korps hätte es niemals geduldet. Das Korps hat ihn machen lassen, weil es davon ausgegangen ist, dass es sich um eine harmlose Macke von Paul handelt. Wenn mehr dahintersteckte, wäre Paul nicht damit durchgekommen.«

Trixie schüttelte den Kopf. »Es war mehr. Viel mehr. Und das Korps hat davon gewusst und es geduldet.«

»Aber das ist Unsinn! Wieso sollte das Korps so etwas tun?«

»Um die Hand aufzuhalten. Das Korps hat die Hälfte von Pauls Gewinn einbehalten, als eine Art von Provision. Vielleicht – oder wahrscheinlich – hat Paul noch ein paar Leute geschmiert. Die internen Ermittlungen laufen.«

Ekin nahm den Kopf zwischen die Hände. »Das kann nicht sein! Das Korps würde niemals ...«

»Das Korps hat. Und wird es wieder tun. Wach auf, Ekin! Wir sind im Krieg, du bist Soldatin! Ihr Hunter turnt mit euren G5s durch die Gegend, und niemand, absolut niemand, kann sicher sein, dass er nicht in der nächsten Stunde als Alien verhaftet wird. Neunundneunzig Prozent des atomaren Arsenals der Erde sind auf das Alienschiff ausgerichtet, es gibt keinen Staat, der nicht jedes Jahr sein Verteidigungsbudget aufstockt, um nicht auf dem falschen Fuß erwischt zu werden, wenn die Aliens wirklich kommen. Die Suche nach den Aliens, die Jagd nach ihnen, die Kontrollen, die Vorkehrungen für das Schlimmste – sie fressen uns auf. Wir können es uns einfach nicht leisten, mit der Wahl unserer Mittel zimperlich zu sein. Was zählt, ist der Erfolg. Sonst nichts. Das weißt du so gut wie ich.«

Ja. Ekin wusste es. Ein erheblicher Teil der Hunter-Ausbildung bestand in politischer Schulung. Sie kannte die Lage, die Konzepte, die Theorien. Was sie bislang nicht gekannt hatte, war, wie es sich hautnah anfühlte, wenn aus diesem Teil der Theorie Praxis wurde. Es fühlte sich nicht gut an.

»Also gut«, sagte Ekin schließlich. »Paul hat in großem Maßstab gehandelt, hat viel Geld verdient. Was hat er damit gemacht?«

»Da muss das Korps bislang passen. Das Geld ist weg. Über ein verschachteltes System von Konten so lange verschoben, bis es verschwunden war. Die letzte Station, die das Korps hat festmachen können, war bei einem portugiesischen Aquafarm-Konzern. Wohin es von dort ging ... unsere Leute sind vor Ort. Aber ich bezweifle, dass sie irgendetwas erreichen werden.«

»Und bei diesen Transaktionen fand sich kein ›Fischer‹, nehme ich an?«

»Nein, leider nicht. Aber das ist möglicherweise nicht der Punkt. Nicht der wenigstens, der für dich zählt. Du glaubst, dass du Paul erwischt hast, als er heimlich etwas gekritzelt hat. Was, wenn du da falschliegst? Vielleicht wollte Paul, dass du ihn erwischst.«

»Und wozu das?

»Um dich auf das vorzubereiten, was kommen würde. Paul wusste, oder ahnte zumindest, dass der Zugriff auf ihn bevorstand. Sonst hätte er es nicht geschafft, genau im richtigen Moment unterzutauchen. Er konnte dir nicht mitteilen, was geschehen würde, ohne sich zu verraten. Nicht zu diesem Zeitpunkt. Gut möglich, dass der Alien ihm keine andere Möglichkeit gelassen hat. Auf jeden Fall hat er dich mit seiner Kritzelei aufgewühlt.«

»Das hat er.«

»Du musstest innerlich Position beziehen, dich auf eine Umwälzung vorbereiten.«

»Darauf, dass unser Team nicht mehr länger existieren würde. Nicht wie bislang, auf jeden Fall.«

»Genau. Und er hat erreicht, dass seine eigentliche Botschaft auf fruchtbaren Boden fiel.« Trixie hob die Modelllok hoch. »Diese hier. ›Sigma V ruft. Folge der Roten Laterne!‹ Was hättest du damit angefangen, hätte Paul sie dir ohne Vorbereitung zugespielt? Ich sage es dir: Du hättest sie sofort dem Korps gemeldet und Paul als einen Irren abgeschrieben.«

Trixies Logik war überzeugend. Ekin musste es sich eingestehen. Ob mit Absicht oder nicht, Paul hatte sie vorbereitet. Und ja, auch wenn das Gefühl, von Paul geführt und manipuliert zu werden, nicht schmeckte, sie *war* neugierig.

Was ging mit Paul vor?

Was hatte der Alien mit ihm gemacht?

Was hatte Paul im Auftrag des Aliens gemacht?

»Okay, ich habe dich gehört. Aber selbst wenn du recht hast – was bringt uns das weiter? Wir wissen immer noch nicht, was Paul mit Sigma V sagen will. Oder dieser Roten Laterne.«

»Noch nicht. Fangen wir mit Sigma V an. Was bedeutet ›Sigma‹?«

»Ich habe nachgesehen.« Ekin zuckte die Achseln, wie um anzuzeigen, dass sie sich die Mühe hätte sparen können. »Es ist der achtzehnte Buchstabe des griechischen Alphabets. Wenn man es als Zahl benutzt, steht es für 200. Vielleicht steht ›Sigma V‹ für eine Zahl. 18 mal 5. Oder 18 mal 200. Oder 185200. Alles wäre möglich.«

»Ja. Oder es steht für ein Datum, den 18. Mai. Was hat Paul am 18. Mai dieses Jahres gemacht?«

»Das kann ich dir sagen: dasselbe wie ich. Zwei Zugriffe, einen in einem Vorort von Stuttgart, einen zweiten in einem Dorf auf der Schwäbischen Alb, den Namen müsste ich nachsehen.«

»*Zwei* Zugriffe an einem Tag? Das ist ungewöhnlich, nicht?«

»Ja. Aber nicht sehr. Wir mussten für ein anderes Team einspringen, das auf der Hinfahrt in einen Unfall verwickelt wurde. Die Hunter konnten sich nicht loseisen, ohne ihre Tarnung zu gefährden. Also waren Paul und ich dran.«

»Irgendetwas Besonderes?«

»Nein. Die Zugriffe verliefen ohne Komplikationen. Keine Gegenwehr, keine Alienisten oder andere unliebsame Überraschungen. Paul hat immer viel gequatscht, aber wenn es darauf ankam, konnte man sich auf ihn verlassen.«

»Ist dir an Paul an diesem Tag etwas aufgefallen?«

Ekin überlegte. »Nicht, dass ich wüsste. Ich kann natürlich nicht sagen, was er morgens vor den Zugriffen und abends nach ihnen getan hat.«

»Hm, nicht gerade die Antwort, die ich mir erhofft habe ...« Trixie winkte ab. Es sollte eine beiläufige Geste sein, aber sie misslang ihr. »Lassen wir die Zahlenspiele für den Augenblick. So kommen wir nicht weiter. In welchem Zusammenhang wird Sigma noch verwandt?«

»In Spielen, glaube ich. Ich erinnere mich an ein Computerspiel, das ich als Kind immer spielte. 2D, mit echtem Joystick. Es muss damals schon uralt gewesen sein. Der Schurke hieß Sigma.«

»Und er war ein Roboter, nicht?«, fügte Trixie hinzu.

»Ja, woher weißt du das?«

»Ich war auch einmal Kind. Ich glaube, mein Bruder hatte dasselbe Spiel wie du.« Es war das erste Mal, dass Ekin von Trixies Familie hörte. Sie hatte immer geglaubt, Trixie hätte keine. »Und er hatte noch ein anderes, in dem es einen Planeten gab, der Sigma irgendwas hieß. Dampfende Dschungel und zwischendrin ab und zu ein Reisfeld und eine Ansiedlung menschlicher Kolonisten.«

»›Sigma V ruft!‹ – klingt jetzt noch verlockender.«

»Ich weiß. Und bringt uns keinen Schritt weiter. Sigma hört sich vielleicht geheimnisvoller an, aber es ist ungefähr so beliebig wie der Name Fischer.«

Die beiden Frauen schwiegen, hingen ihren Gedanken nach. Ekin war plötzlich kalt. 16 Grad mochten eine gute Temperatur zum Nachdenken sein, zum Nackt-auf-dem-Bett-Sitzen war es eindeutig zu wenig. Sie stemmte die Arme in die weiche Matratze, um aufzustehen und sich etwas überzuziehen. Die Spielzeuglok, die zwischen ihr und Ekin lag, rollte die plötzlich entstandene Schräge hinunter und fiel auf den Boden. Ekin hob sie auf und wollte sie wieder zurücklegen.

»Ekin, das ist es!«, rief Trixie da. »In deiner Hand, die Taschenwelt! Vielleicht ist Sigma V eine Taschenwelt?«

Ekin besah die Lok zwischen ihren Fingern. Der Lack war an vielen Stellen verfärbt, platzte an anderen ab. Wie bei den echten Zügen, die man ab und zu fahren sah.

»Und wenn es so wäre, was dann?«, fragte sie.

»Dann ... dann ...«

»Soll ich Paul in eine Fantasiewelt folgen? Wenn du mich fragst, das wäre der Beweis dafür, dass Paul verrückt ist – und wir unsere Zeit verschwenden.«

Trixie schüttelte sich, als könne sie selbst nicht glauben, was sie eben gesagt hatte. »Entschuldige, das war voreilig. Ich glaube, ich wollte einfach zu sehr, dass wir weiterkommen ...«

»Schon gut.« Ekin zog ein langes T-Shirt über und setzte sich wieder auf das Bett. »Geht mir genauso. Also bleiben wir dran. Der Rest seiner Botschaft. Diese Rote Laterne.« Ekin drehte die Spielzeuglok in ihrer Hand hin und her, hielt sie schließlich mit der Rückseite nach oben. Ein einzelnes rotes Licht glimmte an der Seite. Die Status-Diode der Taschenwelt, die anzeigte, dass sie geladen war, und zugleich eines der Rücklichter der Lok. Neckisches Design ... und vielleicht mehr als das?

»Trixie, sieh dir das Rücklicht an. Könnte Paul das mit der Roten Laterne meinen?« Sie hielt die Lok von ihnen weg. »Ich meine, aus der Entfernung könnte das durchgehen. Und ich glaube, Paul hat einmal erwähnt, dass man das bei den ersten Zügen so gemacht hat, eine Rote Laterne hinten angehängt, um das Ende zu markieren ...«

»Züge? Das klingt absurd. Was sollte sich ein Alien in irgendeiner Weise mit Überschussmenschen abgeben?«

»Ich weiß nicht, ich ...«

Trixie ließ sie nicht ausreden. »He, da kommt mir eine Idee. Paul hat dir öfters was von einer Roten Laterne erzählt, nicht?«

»Ja, wenn er seine widerlichen Geschichten mit Prostituierten zum Besten gab ...«

»... die ich bislang immer als den Versuch abgetan habe, dich zu verletzen. Schläge, die so richtig unter die Gürtellinie gingen.«

»Das kannst du laut sagen! Ich ...«

Trixie hörte sie nicht mehr. Sie hatte die Datenwand aufgeweckt, führte eine Abfrage durch, arbeitete sich durch die Ergebnisse. Nach einigen Augenblicken nickte sie zufrieden, drehte sich zu Ekin und grinste ihr Was-kostet-die-Welt-Grinsen. »Sag mal, bist du schon einmal in einem Puff gewesen?«

Tagesplan Gemeinschaft Himmelsberg
30. Juli 2064

05:00 Wecken
05:15 Arbeitseinheit I: Versorgung der Tiere
[Überlebenseinheit I: Fasten statt Hungern]
06:30 Frühstück
[Überlebenseinheit II: Die globale Energiekrise und ihre Auswirkung auf die menschliche Population]
07:00 Arbeitseinheit II: Allgemeine Arbeiten im Feld
[Überlebenseinheit III: Pflanzliches Protein – Erzeugung & Verarbeitung]
09:30 Zwischenmahlzeit
[Überlebenseinheit IV: Sexualhygiene – Schutz vor Geschlechtskrankheiten]
11:45 Mittagessen
[Überlebenseinheit V: Wassersparende Bewässerung]
12:30 Mittagsruhe
[in getrennten Räumen, Gelegenheit zur Reflexion über die Überlebenseinheiten I bis V]
14:30 Arbeitseinheit III: Allgemeine Arbeiten in Haus & Keller
[Überlebenseinheit VI: Dehydrierung – Gefahr im Feld!]
16:30 Zwischenmahlzeit
[Überlebenseinheit VII: Orientierung ohne Kompass]
18:30 Abendessen, daran anschließend Debatte
[Überlebenseinheit VIII: Der kommende Weltuntergang und wie wir ihn überleben werden]
19:30 Freizeit
20:00 Zeugung nach Beischlafplan
20:30 Rückkehr in getrennte Quartiere, Reflexion und Abfassung des Tagesberichts »Was habe ich gelernt?«
22:00 Schlaf

– *Genehmigt vom Ministerium zur Rekultivierung des ländlichen Raums*

KAPITEL 20

Innerhalb von 17 Minuten hatte die *Bitch* den voraussichtlichen Einschlagspunkt des Artefakts erreicht, beflügelt von unverhofftem Rückenwind und ihrem dahinschmelzenden Gewicht, als sich ihre Tanks rapide leerten. Was immer sie erwartete, ihr würde allenfalls Zeit für einen kurzen Tanz bleiben, dann musste sie umkehren, wollte sie nicht Gefahr laufen, vom Pazifik verschluckt zu werden.

Diane drosselte die Triebwerke, ließ die *Bitch* in lang gezogenen Kreisen sinken.

Die Crew schwieg. Die Finger von Dianes freier Hand waren in ständiger Bewegung und zerknüllten nicht vorhandene Becher, während sie durch die Cockpitscheibe in die Nacht starrte. Zwischen Zeige- und Mittelfinger der rechten Hand klemmte eine Zigarette, die Diane kommentarlos aus einem Geheimfach gezogen hatte, fünf Minuten, nachdem sie sich ihrer Vorräte demonstrativ entledigt hatte. Rudi beneidete sie darum. Er rauchte nicht – eine Kostprobe des Himmelsberger Tabaks hatte ihm gereicht, um ihn für den Rest seiner Tage eines Besseren zu belehren –, aber er hätte jetzt eine Zigarette gut gebrauchen können, einfach nur, um etwas zu haben, an dem er sich festhalten konnte. Aber Rudi brachte nicht den Mut auf, Diane um eine zu bitten. Jeden Augenblick konnte das Artefakt einschlagen, konnten die *Bitch* und ihre Crew das ganz Große Los ziehen, doch einige Dinge würden bis ans Ende der Zeit bleiben, wie sie immer gewesen waren. Wie etwa, dass es für Rudi nicht in Frage kam, Diane das Wasser zu reichen, geschweige denn, sie um eine Kippe unter Kameraden anzuhauen.

Keine Kippe also. Rudi tat es Diane nach, zerknüllte zwischen den Fingern imaginäre Gegenstände. Er beugte sich vor und starrte in die Nacht, in Erwartung der nächsten Sternschnuppe. Dieses Mal würde es keine Flyboy-Maschine sein, sondern ein Alien-Artefakt.

Artefakt. Ein enger Begriff von ungeheurer Weite. Gemeinsam waren allen Artefakten drei Dinge: Form und Größe sowie das Material, aus dem sie gefertigt waren. 98,1 Prozent – Rudis Ausbilder hatten eine ausgeprägte Vorliebe für exakte Zahlen besessen und sich nie mit einem ungefähren Wert zufriedengegeben – der bislang geborgenen und bekannt gewordenen Artefakte besaßen dieselbe Größe und Form. Sie waren wuchtige Kreuze mit einer Tiefe von 2,41 Metern, einer Höhe von 2,37 Metern und einer Länge von 5,21 Metern. Ihre Form hatte anfangs für erheblichen Aufruhr gesorgt. Christen hatten in den Alienkreuzen entweder einen Beleg für die christliche Gesinnung der Aliens gefunden oder darin eine Blasphemie gesehen, deren anmaßender Frevel in über 2000 Jahren christlicher Geschichte ohne Beispiel war. Andere, weltlichere Naturen hatten sie auf ihre Weise gedeutet. Betrachtete man ein Alien-Artefakt von oben, besaß es dieselbe Form wie das Symbol des Roten Kreuzes. Konnte das ein Zufall sein? Unmöglich, befanden viele, während Spötter sich den Hinweis nicht nehmen ließen, dass das Alien- und Schweizer Kreuz in der Draufsicht eine nicht zu leugnende Ähnlichkeit besaßen. Das konnte ebenfalls unmöglich ein Zufall sein, nicht wahr?

Es waren müßige Diskussionen gewesen – in die Artefakte ließ sich hineinlesen, was man wollte –, aber tödlich ernste. 2059, das Jahr, in dem die Artefakte erstmals auf den Pazifik herabgeregnet waren, hatte mehrere zehntausend Menschen das Leben gekostet – Opfer von Demonstrationen, religiös motivierten Morden und Pogromen. Abgesehen von dem Bürgerkrieg, den die Deutung der Artefakte in Uganda ausgelöst hatte. Wie viele Opfer er gekostet hatte, war unklar. Er dauerte an.

Was immer die Form zu bedeuten hatte, das Alienkreuz verbreitete sich rasch. Hunderte von christlichen Splitterkirchen nutzten es als Symbol, AlienNet und Alienisten bedienten sich seiner, ebenso die Company. Jeder las das hinein, was er wollte.

Die Materialfrage dagegen hatte sich als unstrittig erwiesen. Alle Artefakte bestanden aus derselben Legierung, die hitze- und formbeständig genug war, um der Reibungshitze beim Sturz durch die Erdatmosphäre standzuhalten. Es handelte sich weder um einen Wunderstoff noch um eine Erweiterung des Periodensystems, noch um ein bisher unbekanntes Element, nein, Titan, mit einer Beimengung von Kupfer. Nichts, was irdische Luft- und Raumfahrttechnik nicht längst hervorgebracht gehabt hätte, kein sensationeller Durchbruch. Wenn es eine Sensation gab, dann die Frage, wie die Aliens es anstellten, die Legierung in derart großen Mengen im Weltraum herzustellen. Es musste auf dem Mars und den Saturnmonden und möglicherweise einigen anderen Orten des Sonnensystems geschehen, verborgen vor den Blicken der Menschheit.

Verborgen wie die Antwort auf eine weitere Frage: Was transportierten die Artefakte?

Die vorläufige Antwort, die die Company in den acht Jahren ihres Bestehens hatte ermitteln können, war nicht akzeptabel. 37 der 38 Artefakte – oder 97,36 Prozent –, die Flyboys für die Company hatten sichern können, hatten nach menschlichem Ermessen lediglich ein Gut befördert: nichts. Es konnte nicht sein. Es durfte nicht sein. Die Denkweise der Aliens musste radikal von der menschlichen abweichen, niemand, der einen klaren Kopf besaß, erwartete etwas anderes, aber Dutzende oder mehr Lichtjahre zurückzulegen, um sich anschließend darauf zu beschränken, leere Container in Kreuzform abzuwerfen ... undenkbar.

Es musste eine andere Erklärung für die leeren Alienkreuze geben. Vielleicht patrouillierte die Company am falschen Ort. Dass sie es im praktischen Sinn tat, war jedem ihrer Angehörigen klar: Die Amerikaner herrschten über die Kernzone der Artefakt-Einschläge. In den Außenbereichen, wie der Zone der Company, ging nur ein Bruchteil nieder. Handelte es sich bei ihnen um die schlecht gezielten, die überflüssigen, die außer Kontrolle geratenen Artefakte? Jagte die Company dem nicht repräsentativen Ausschuss hinterher?

Artefakt 22 sprach dafür. A-22 war am Ostersonntag 2063 zwischen Nanomea und Nukufetau niedergegangen, so gleichmäßig zwischen den beiden Stützpunkten platziert, als handele es sich bei dem Artefakt um ein Ostergeschenk für die Company. Und als Geschenk hatte es sich erwiesen: In dem Artefakt hatten sich Überreste organischen Materials feststellen lassen. Bei über 1500 Grad zu Asche verbrannt, aber die Analysen ließen daran keinen Zweifel.

Die Asche von Aliens?

Wenn ja, wie hofften sie, angenommen, der Aufschlag eines Artefakts verlief nach Plan, den Absturz zu überleben? Oder handelte es sich um ritualisierte Selbstmorde? Beerdigungen? Oder womöglich Hinrichtungen?

Und, sollten die Aliens den Aufschlag überstehen, wie überlebten sie unter Wasser? Waren die Aliens eine Art Fische?

Und, waren sie Fische, was trieb sie ausgerechnet in den Marianengraben, den tiefsten und aller Wahrscheinlichkeit nach lebensfeindlichsten Punkt der Erde?

Was hatten sie vor?

Die Einzigen, die möglicherweise den Anflug einer Antwort auf diese Fragen hätten geben können, waren die Amerikaner. Sie kontrollierten die Haupteinschlagszone, sie mussten U-Boote auf den Grund des Grabens in 11.000 Metern Tiefe ausgeschickt haben.

Aber was auch immer die Amerikaner herausgefunden haben mochten, sie schwiegen.

Auf 3000 Metern Höhe stoppte Diane jäh den Sinkflug der *Bitch*. Der Ruck riss Rudi aus seinen Gedanken.

Draußen herrschte die übliche Schwärze, Meer und Himmel waren nicht voneinander zu unterscheiden. Rudi starrte weiter durch die Cockpitscheibe und fragte sich, wie das Artefakt aussehen würde. Würde es einen langen Schweif nach sich ziehen, bunt wie eine Silvesterrakete? Möglich, aber wenn es so sein sollte, würde er ihn erst hinterher sehen, wenn sie auf Funafuti die Aufnahmen der Bordkameras auswerteten. Das Artefakt würde viel zu schnell sein, als dass ein menschliches Auge mehr als einen Blitz wahrnehmen konnte.

»Dreißig Sekunden bis zum Einschlag!«, rief Rodrigo.

Gleich. Rudi ruckte den Kopf hin und her, aus Furcht, den großen Augenblick zu verpassen. Der Himmel war wolkenlos. Rudi, dessen Augen sich in der Zwischenzeit an die Dunkelheit gewöhnt hatten, sah fragend zu den funkelnden Sternen hoch. Einer von ihnen mochte bereits das Artefakt sein. Musste es sogar. Und jeden Augenblick würde der Stern ihm entgegenspringen, wie ein Blitz, und ...

... und plötzlich bockte die *Bitch*. Diane fluchte, packte das Steuerhorn mit beiden Händen und brüllte: »Verdammt! Wilbur, mach schon!«

Beinahe im selben Augenblick knallte es hinter Rudi, im Radarbuckel. Wie ein Maschinengewehr, nur dumpfer. Feuerzungen leckten aus der *Bitch*, erleuchteten die Nacht.

»He!?«, rief Rudi. »Was ist ...«

Dann kam der Blitz und erwischte die *Bitch*.

Das Schütteln brach übergangslos ab. Die *Bitch* machte einen Satz. Es war ein brutaler Schlag, als hätte das Flugzeug mitten in der Luft eine Wand gestreift. Einen Moment lang verharrte es reglos, als wäre ihm nicht begreiflich, dass sich ihm 3000 Meter über dem leeren Pazifik etwas in den Weg stellte, dann kippte sie über den linken Flügel weg und fiel wie ein Stein. Mit einem schrillen Pfeifen, so laut, dass es die aufheulenden Triebwerke übertönte, platzte die Luft aus der lecken Druckkabine. Neue, eiskalte Luft strömte nach. Nadeln stachen in Rudis Lungen, während die taumelnde *Bitch* ihn mit sich riss. Auf seiner Netzhaut tanzten die Nachbilder des Blitzes, brannten ein Feuerwerk ab.

Rudi war überzeugt, dass es das Letzte sein würde, was er je sehen sollte. Das Display vor ihm war tot. Eine schwarze Fläche in der bodenlosen Schwärze der Nacht, an deren Grund mehrere tausend Meter Salzwasser auf ihn warteten. Überall, wohin er sah, war nur Schwarz. Die Systeme der *Bitch* waren tot und damit die *Bitch* selbst. Sie war nur noch eine tote Hülle, der Sarg ihrer Crew, der dem gemeinsamen Grab entgegenfiel. Rudi erwartete, dass ihn die Schwärze auffraß, er in der kalten Luft das Bewusstsein verlor, aber das kam nicht. Ihm war übel, kotzübel sogar, und dabei blieb es. Sie mussten bereits tiefer sein, als er gedacht hatte.

»Sie haben uns erwischt!«, brüllte Diane. Blut strömte aus einer Wunde am Hals und verschwand im Kragen ihres Fliegeranzugs. An ihrer Hüfte bildete sich ein dunkler Fleck. Splitter mussten sie getroffen haben.

Sie kümmerte sich nicht darum. Diane kämpfte. Mit der linken Hand – ihrer Becherhand, musste Rudi selbst in diesem Augenblick denken – bearbeitete sie die Instrumente. Nichts ging mehr. Kein Strom mehr. Kein Druck mehr auf der Hydraulik. Alles tot, tot, tot.

Das Große Los musste sie erwischt haben. Im schrägen Winkel an der Heckflosse der *Bitch* und anschließend am linken Flügel. Abgeschossen von einem Alien-Artefakt. Die *Bitch* würde berühmt werden. Wenn ihre Blackbox den Aufprall aushielt, wenn man sie bergen konnte, wenn man sich überhaupt die Mühe machte, sie zu bergen. Oder wenn die Amerikaner nahe genug dran waren, ihr Ende zu filmen. Wenn einfach nur irgendwer gottverflucht von ihr Notiz nahm. Der Pazifik war groß, jede Woche verschwanden Flugzeuge über ihm, ohne eine Spur zu hinterlassen.

Ein Grunzen kam von der Seite, lauter als das Pfeifen des Winds und das Heulen der Triebwerke. Diane. Sie umklammerte das Steuerhorn mit beiden Händen, zog daran wie eine … Irre. Genau: wie eine Irre. Der Strom war weg. Komplett. Und ohne Strom, kein Steuerimpuls. Was war mit der Hydraulik? Ausgefallen. Der Druck war weg, die Leitungen mussten großflächig durchtrennt sein, und die Hydraulikflüssigkeit regnete auf den Pazifik herunter. So gemächlich, dass sie erst lange, nachdem die *Bitch* in Millionen Teile zerschellt war, auf sie herabregnen würde. Diane hatte keine Chance, sie hätte, was den Absturz anging, ebenso gut an den Einstellungen ihrer Rückenlehne zerren können.

Dachte Rudi.

Diane grunzte lauter, das Steuerhorn ruckte einen Fingerbreit nach hinten, der Sturzflug flachte ein wenig ab. Diane stöhnte, zog weiter, Blut pumpte aus ihrer Halswunde – und die Nase der *Bitch* hob sich. Rudi traute seinen Augen nicht.

»Verdammt, Junge! Glotz nicht so blöd – hilf mir!«, herrschte sie ihn an. »Du willst doch Flyboy sein, oder? Pack endlich mit an!« Rudi verstand, griff nach dem Steuerhorn, das er seit Wochen vor sich gehabt hatte, ohne es je berührt zu haben, und zog daran. Es saß so fest, als wäre es einbetoniert. Das war es – Drähte. Die *Bitch* war so alt, dass ihre Ruder sich noch über herkömmliche Drähte steuern ließen, wenn die übrigen Systeme versagten.

Rudi zog das Steuerhorn mit aller Kraft, die ihm ein Leben harter Arbeit in Himmelsberg verliehen hatte, an sich. Es gab nach. Er und Diane konnten es zusammen schaffen!

»Junge, du ...« Diane brach ab, würgend, ihr Kopf fiel nach vorne. Sie hatte das Bewusstsein verloren. Im selben Moment zog das Steuerhorn weg von Rudi. Es war stärker, die Nase der *Bitch* senkte sich erneut.

Wieder ein Lichtblitz. Er raste an der *Bitch* vorbei und verschwand unter ihr in den Wellen.

Was war das für ein Blitz? Das Artefakt hatte sie längst erwischt. War es beim Eintritt in die tieferen Schichten der Atmosphäre auseinandergebrochen und kam jetzt als eine Art Hagel herunter?

Rudi fand auf die Schnelle keine andere Erklärung, und mehr Zeit blieb ihm nicht. Ein paar Sekunden noch, dann würde die *Bitch* ins Meer knallen. Hoch! Er musste hochziehen! Rudi hob beide Beine, stemmte sie gegen das Armaturenbrett, um mehr Druck aufbauen zu können, und zog mit aller Kraft an dem Steuerhorn. Nichts ging. Die *Bitch*, die offenbar mit dem Leben abgeschlossen hatte, hielt dagegen. Nein! Rudi dachte an Himmelsberg, daran, wie die anderen sich über ihn lustig gemacht hatten, als er davon erzählt hatte, dass er woanders ein besseres, aufregenderes Leben suchen wollte. Und er dachte an die, die ihn gewarnt und ihm ein böses Ende prophezeit hatten, an die viele Arbeit beim Graben der Brunnen, die nie tief genug waren, bei der Ernte, bei ...

Rudi machte es wie Diane: Er zog wie ein Irrer an dem Steuerhorn – und schaffte es. Das Steuerhorn gab nach. Rudi zog es ganz nah an sich heran, hielt es in der Position.

Die Nase der *Bitch* hob sich. Das Flugzeug richtete sich auf, flog in der Horizontalen, mit einer Geschwindigkeit, die Rudi sich heimlich ausgemalt hatte, als vor kurzem eine Düsenmaschine nach der anderen sie überholt hatte, dann zog er die *Bitch* wieder hoch, sanft, um den Geschwindigkeitsüberschuss abzubauen. Die *Bitch* war eine alte Dame, der man einen Arm und ein Bein angeschossen hatte, Rudi wusste nicht, wie viel sie noch einstecken konnte. Nicht mehr viel, fürchtete er.

Sie stiegen. Die Wellen des Pazifiks verschmolzen mit der Schwärze der Nacht. Sie hatten es geschafft. Rudi zitterte. Ihm war kalt, er traute dem Flugzeug nicht mehr. Bei jedem Knacken und Ächzen, das es von sich gab – und das gab es ohne Pause von sich –, zuckte er zusammen und erwartete, dass der alte Kasten auseinander;fiele.

»Gut gemacht.« Eine Hand legte sich auf seine Schulter. Sie gehörte Hero. »Mach weiter so!«

Rudi starrte den Japaner an wie einen Geist. Hero hatte mit ihm gesprochen! Und er hatte ihn gelobt! Rudi fragte sich, ob er nicht tot war, zusammen mit der *Bitch* und seinen Kameraden, die keine waren, auf der betonharten Wasseroberfläche des Pazifiks zerschmettert war, und seine Seele, bevor auch ihr Lebenslicht verblasste, sich in Wunschfantasien jenseits aller Wahrscheinlichkeit gestürzt hatte.

»Halt sie ruhig, okay?«

Heros Hand hob sich. Der Japaner beugte sich über die zusammengesunkene Diane und fühlte ihren Puls. Er nickte sich selbst zu, nahm eine Kompresse aus einem Erste-Hilfe-Kasten und verband damit Dianes Halswunde. Währenddessen setzte sich Rodrigo auf Wilburs Platz, der sich im Radarbuckel längst alle Knochen gebrochen haben musste.

Während Hero Diane verarztete, kam Rudi zu so etwas wie zum Nachdenken. Von einem Artefakt gestreift und überlebt! Sie waren Helden! Es hatte sie wie ein Blitz erwischt und ... Augenblick. Es hatte vorher geblitzt. Und gekracht. Mehrmals. Auf der *Bitch*. Und die Blitze waren aus dem Radarbuckel gekommen. Erst hinterher hatte es sie erwischt. Und dann war da noch diese Sternschnuppe gewesen, die zu ihren Füßen ins Meer gestürzt war. Entschieden zu viele Lichter, Sternschnuppen und Blitze für Rudis Geschmack. Es konnten nicht alle Artefakte ...

Sein Display leuchtete auf. Rodrigo musste wenigstens einen Teil der Systeme wieder zum Laufen gebracht haben.

Der Bordfunk gehörte dazu. »Saubere Arbeit, Diane«, hörte er Wilburs Stimme aus dem Ohrhörer. Sie klang aufgekratzt, als hätten sie eben ein Abenteuer mit ein paar harmlosen Hautabschürfungen überstanden.

Dann, als sie nicht antwortete, frage Wilbur: »Diane? Was ist?«

»Sie ist bewusstlos. Sie hat Splitter abgekriegt. Hero kümmert sich um sie«, sagte Rudi. »Ich fliege die *Bitch*.«

»Du ...?« Er hörte Wilbur schlucken. Dann nachdenken. Und dann sagte er: »Saubere Arbeit, Rudi.« *Rudi*, nicht *Junge*. Nicht Verlierer. Nicht: »Was fällt dir ein, dich mit deinen schmutzigen Fingern an meiner *Bitch* zu vergreifen?« Rudi wäre vor Freude aus dem Sitz gesprungen, hätten ihn nicht die Gurte gehalten.

»Bring unsere tapfere alte Dame nach Hause, Rudi. Sie hat genug gelitten für heute.«

»Aber das geht nicht! Was ist mit dem Artefakt? Es gehört uns. Hero muss nur ...«

»Nichts da«, unterbrach ihn Wilbur. »Diane braucht einen Arzt. Wir ziehen besser den Schwanz ein. Jeden Moment wimmelt es hier vor Amerikanern – und ich kann es nicht mit allen aufnehmen.«

Rudi sagte nichts. Den Schwanz einziehen? Nie. Er ...

»Rudi ...« Er hörte Wilbur laut einatmen. »Hör auf einen alten Mann, der weiß, wovon er redet. Im Leben musst du viele Schlachten schlagen. Aber du kannst nicht alle gewinnen. Die hier können wir nur verlieren. Ich will nicht, dass das hier unsere Schlacht ist. Wir sind für Besseres bestimmt. Verstanden?«

Am Rand von Rudis Display erschienen ein Dutzend Punkte und rasten auf die Mitte zu. Die ersten Amerikaner.

»Verstanden«, sagte er.

»Gut so. Dann bring uns nach Hause, Flyboy!«

Fürchtet euch nicht!

Ein weiser Mann sagte einmal: »Wir haben nichts zu fürchten außer der Furcht selbst«.

Nie waren diese Worte wahrer als heute.

Zehntausende, vielleicht Hunderttausende, sind in Lagern verschwunden, zu Unrecht als Aliens beschuldigt.

Was von unserem Wohlstand geblieben ist, verschwindet im gigantischen Apparat der selbsternannten Alien-Jäger.

Was von unserer Würde geblieben ist, verschwindet mit jedem Tag, den wir mit eingezogenen Köpfen ängstlich in den Himmel starren.

Menschen! Öffnet die Augen, erkennt, dass das, was um euch geschieht, nicht das Werk von Aliens ist.

Es ist Menschenwerk!

Und nur Menschen können diesem furchtbaren Werk ein Ende setzen!

Menschen, schüttelt die Fesseln eurer Furcht ab!

- *Flugblatt, beobachtet durch Hunter-Korps, Beobachtungszeitraum KW 12/2065*
  Popularitätsrang digital: 437 (Vorwoche 428)
  Popularitätsrang Papier: 469 (Vorwoche 476)

KAPITEL 21

Blitz stand in der Werkstatt. Einfach so. Ohne dass er die Schiebetür gehört hätte. Die Tür, die seit Tagen laut quietschte, wenn man sie nur ansah, und die er bewusst nicht ölte, damit es so blieb.

Das kleine Scheusal stand da, die dünnen Arme in die Hüften gestemmt, und sah zu ihm hoch. Er musste nur die Hand ausstrecken, um sie zu ... nein. Sie würde ihm entwischen, er wusste nicht, wie, sah nicht, wie sie es anstellen könnte, und gleichzeitig wusste er, dass sie es anstellen würde. Und dass die Jagd von neuem losgehen würde.

Nicht wie jetzt. Jetzt war anders. Blitz rannte nicht los. Sie zog die Tür hinter sich zu.

Sie nickte, als hätte sie ihm die Gedanken aus dem Gesicht gelesen, und sagte: »Lass uns was anderes spielen. Ich habe keine Lust mehr.« Blitz hatte eine piepsige Stimme, wie eine Maus, und zwei vorstehende Schneidezähne.

»Was willst du nicht mehr spielen?«

»Schrecken.«

»Schrecken?«

»Das, was wir die ganze Zeit gespielt haben!« Sie verdrehte die Kulleraugen. *Blödmann!*

»Du meinst, mich erschrecken. Das war also ein Spiel?«

»Klar, was hast du gedacht?«

»Ich weiß nicht. Am Anfang dachte ich es auch, aber dann ... Du bist ganz schön hartnäckig.«

»Du auch. Keiner hat so lange mit mir gespielt wie du.«

»Ach ja?«

»Ja! Alle tun so, als sähen sie mich nicht. Und flitzen wie du tut sowieso keiner. Hocken alle nur da und weben wie die Blöden.« Sie kniff die Augen zusammen, wie es die Weber taten, wenn sie an komplizierten Mustern arbeiteten, und machte mit den Fingern die Webbewegungen nach. »Aber du nicht. Du webst nicht rum. Du hockst nicht nur da. Du kommst rum. Und wenn ich schrecke, schreckst du zurück. Und du flitzt.«

»Stimmt, ich flitze.«

»Ja, sogar gar nicht übel für einen Großen. Das eine Mal hättest du mich beinahe gekriegt.«

»Beinahe.«

»Klar. Mehr geht nicht. Keiner kriegt Blitz!«

»Da könnte etwas dran sein«, gab er zu.

Sie schob ihre Hasenzähne vor und strahlte. Sie stand immer noch da, keine zwei Schritte von ihm entfernt.

»Und jetzt?«, fragte Wieselflink. »Jetzt hast du keine Lust mehr auf Schrecken?«

Sie schüttelte den Kopf.

»Du lässt mich in Ruhe?«

»Das habe ich nicht gesagt!«

»Du willst etwas anderes spielen?«

Sie nickte.

»Mit mir?«

Sie nickte so eifrig, dass ihr Kinn an der Brust anstieß.

»Und wieso ausgerechnet mit mir? Der ganze Zug ist voll mit Leuten.«

»Habe ich doch schon gesagt, nicht? Die weben alle.«

»Fischer tut es nicht.«

Sie schüttelte trotzig den Kopf. »Fischer ... Fischer zählt nicht.«

»Also gut. Dann die Posten. Sie weben auch nicht.«

»Bah! Die tun so, als ob sie mich nicht sähen.«

»Meistens. Aber manchmal halten sie dir die Tür auf ...«

Sie grinste. »Ja!«

»... wenn du gerade flitzen musst. Also sehen sie dich doch.«

»Schon. Manchmal. Aber dann ...«, sie schüttelte den Kopf, dass ihre Haare hin und her flogen, »sie spielen nicht mit mir. Nicht wie du.«

Also doch. Er hätte sie ignorieren, auf Fischer hören sollen. Irgendwann hätte sie den Spaß daran verloren, ihn zu ärgern – und stünde jetzt nicht in seiner Werkstatt. Aber es war zu spät. Sie tat es.

»Was willst du mit mir spielen?«, fragte er. »Vielleicht Fangen? Das würde mir gefallen.«

Sie kicherte. »Du bist gut. Du bist gut!« Sie hielt sich die Hände vor den Bauch. »Nein, nicht Fangen. Fangen ist langweilig. Keiner kriegt Blitz, schon vergessen?«

»Wenn nicht Fangen, was dann?« Wieselflink konnte sich kein Spiel vorstellen, das er mit dem Kind hätte spielen können. Er konnte sich überhaupt kein Spiel vorstellen.

»Wir reden!«

»Reden?«

»Ja, reden. So wie jetzt. Du sagst was, dann sage ich was, dann sagst du wieder was.«

»Das ist kein Spiel.«

»Sagst du!«

»Wieso redest du nicht mit jemand anders? Die meisten Weber reden den ganzen Tag.«

»Schon, aber sie reden nicht mit mir. Sie reden mit sich selbst. Und immer nur von diesem komischen Sigma V. Das ist langweilig.«

»Du willst nicht nach Sigma V?«

»Mit diesen ganzen Langweilern? Du spinnst!«

»Auf Sigma V sind sie vielleicht keine Langweiler mehr. Sie weben dort bestimmt nicht mehr.«

»Schon. Aber sie sind Langweiler, sie bleiben Langweiler. Niemand kann aus seiner Haut. Sie werden nie mit mir reden!«

»So wie ich jetzt?«

»Genau!« Sie strahlte wieder.

Ein Knoten löste sich in Wieselflinks Magen. Das Gespenst war verschwunden. Das Gespenst war ein Mensch. Damit konnte er umgehen. Ein Mensch. Ein ganz normales Kind. Ohne Halsband. Eindeutig. Blitz trug ein Alienband – nicht der übliche Sternenhimmel des Großen Packs, sondern eine Comic-

Figur, die, alle viere von sich streckend, hochsprang, als ein Blitz in ihren Hintern fuhr –, aber darunter zeichnete sich nur ihr dünner Hals ab, kein Halsband, das sie an den Zug fesselte. Für das Ministerium existierte Blitz nicht. Wie war sie an Bord gekommen? Hatten ihre Eltern sie ausgesetzt? War sie an Bord eines Zugs geboren, dank des unwahrscheinlichen Zufalls, dass die temporäre Sterilisation beider Elternteile nicht angesprochen hatte?

Egal, sie war ein gewöhnliches Kind. Und davon hatte er sich den Schlaf rauben lassen? Er konnte es kaum glauben, wenn er sie ansah. Sie reichte ihm bis zum Bauchnabel, wusste nichts von der Welt und wie sie funktionierte. Wie hatte er nur auf den Gedanken kommen können, dass sie eine Gefahr für ihn darstellte?

»Also?« Sie hatte die dünnen Arme wieder in die Hüften gestemmt. »Redest du mit mir?«

Er ließ sich mit der Antwort Zeit. »Ich weiß nicht.« Ein Kind. Was konnte ihm ein Kind schon anhaben? »Vielleicht habe ich keine Lust zu spielen. Was dann?«

»Dann ...«, sie streckte ein Ärmchen aus und zeigte auf Wieselflinks schmerzenden Hals, »... dann gehe ich zu Fischer und sage ihm, dass du hier etwas treibst, was ganz bestimmt nicht dem Großen Plan weiterhilft!«

»Wie bitte?« Wieselflink ruckte hoch. Ein Kind, ja; eines, das nur seine eigene Welt sah. Nur sah, was es selbst wollte. Das alles tun würde, um das zu bekommen, was es wollte. »Wie kommst du ...? Das ist ...«

»Redest du mit mir?«

Ein Kind. Grausam.

»Blitz, du denkst doch nicht, ich ...«

»Redest du mit mir?«

Unerbittlich.

»Blitz, du ...«

»Zum letzten Mal: Redest du mit mir?«

Am längeren Hebel.

»J... ja«, gab er nach.

Sie redeten.

Sie spielten.

Blitz kam jeden Tag in seine Werkstatt. Wenn er nach der Arbeit zurückkehrte, stand sie bereits vor der Tür, hüpfte aufgeregt auf und ab, um ihm seine wertvolle Zeit zu stehlen. Er öffnete die Tür – sie betrat die Werkstatt seines Wissens nach nie ohne ihn, was Wieselflink als eine Geste des Respekts wertete, die er ihr nicht zugetraut hätte –, und Blitz flitzte hinein. Sie sprang auf Wieselflinks Bett, ihren Lieblingsplatz. Er selbst musste mit dem Hocker oder dem Boden vorliebnehmen. Eine schmerzhafte Erfahrung hatte ihn gelehrt, dass es so besser war. Einmal hatte er sich neben ihr auf das Bett gesetzt. Blitz hatte ihn mit ihren rissigen Fingernägeln quer über den Unterarm gekratzt. Sie hatten lange, blutende Striemen hinterlassen.

»Keiner kriegt Blitz!«, hatte sie geschrien.

Wieselflink hatte verstanden. Keiner kriegte Blitz – und damit es so blieb, musste der Rest der Welt sorgsam auf Abstand bleiben. Er hatte damit keine Schwierigkeiten. Im Gegenteil. Abstand war der Schlüssel. Wer sich zu tief in eine Sache, zu einer Person ziehen ließ, verlor seinen Spielraum. Stück um Stück – bis einen das Netz der Beziehungen so fest einschnürte, dass man keine Luft mehr bekam. Abstand war gut. Abstand war das Leben. Und Blitz war klug, es erkannt zu haben, wenn auch auf ihre intuitive, kindliche Weise.

Blitz hüpfte auf das Bett, schlug die dürren Beine übereinander und wickelte sich in Wieselflinks Decke. Dann spielten sie. Blitz' Lieblingsspiel – ihr Einziges, eigentlich – war Bänderraten. Jeden Tag hatte sie neue Alienbänder dabei, die sie unbemerkt aus Abteilen hatte mitgehen lassen. Sie hielt Wieselflink eines nach dem anderen hin, und zusammen rätselten sie darüber, was die Muster bedeuten mochten.

Sie gaben ein erstaunlich gutes Team ab. Blitz dachte in völlig anderen Bahnen als Wieselflink. Oft, wenn sie ein Band aus ihrer Tasche nahm – was sie mit großem Gestus tat, wie ein Zauberer, der ein Kaninchen aus dem Hut zog –, war Wieselflink komplett ratlos.

»Was ist los? Kriegst du den Mund nicht auf?«, piepste sie dann. »Kapierst du nicht? Ist doch total einfach!«

Er schüttelte nur den Kopf. Wo steckte die universelle Freundschaft in einem Symbol, das aus einem Dutzend Kreisen bestand, bis auf zwei, die sich überkreuzten, in gleichmäßigem Abstand angeordnet?

Blitz sagte es ihm. »Ist doch klar! Das Leben ist ein Kreislauf und jeder geht seinen eigenen Kreis. Viele Leben, viele Kreise. Aber manchmal berühren sich die Kreise, und dann entsteht aus den beiden ein neues Leben. Es ist wie die beiden vorherigen, aber natürlich anders!«

Es waren ungewöhnlich erwachsene Worte aus dem Mund eines Mädchen, das nicht einmal wusste, wie alt es war, und das Wieselflink auf neun oder zehn schätzte. Allenfalls.

Und Blitz' Vorrat an profunden Bemerkungen schien unbegrenzt.

Ein Hund mit Insektenkopf?

»Nicht das Äußere zählt. Intelligenz kommt in allen Spielarten daher. Wie ein Wesen aussieht, ist egal. Und auch, wie es entstanden ist. Chaotische genetische Mutation und künstlich herbeigeführte sind gleichrangig. Und außerdem ist Intelligenz ohnehin überbewertet. Was hat man schon davon, wenn man alles kapiert? Nur Stress. Lieber blöd und glücklich, sage ich dir.«

Ein pinkelnder Mann?

»Wir sind alle nur Menschen, haben alle unsere Bedürfnisse. Über den Abgrund der dunklen, toten Lichtjahre hinweg verbindet uns das Bedürfnis, uns regelmäßig zu erleichtern.«

Weiß. Einfaches Weiß ohne Muster?

»Das Zeichen für Flexibilität und Umfassendheit. Weiß ist eigentlich keine Farbe, sondern umfasst alle Farben des Spektrums. Weiß verträgt sich mit allem, kann zu allem werden.«

»Wie ein unbeschriebenes Blatt«, warf Wieselflink ein.

Blitz machte: »Hä?«

»Oder wie eine Weiße Flagge.«

Noch einmal »Hä?«.

»Und natürlich ein Symbol für Reinheit und Unschuld in den westlichen Kulturen. In China, heißt es, steht Weiß für Trauer und Unglück.«

Ein drittes »Hä?«.

Blitz kannte weder die Redensarten noch die Symbolik. Sie kannte vieles nicht.

Eine stilisierte Darstellung des Lichtpalasts des neuen Europäischen Parlaments in Luxemburg, das man auf den Trümmern des alten errichtet hatte, unter der Kuppel ein riesiges Tor, weit und einladend geöffnet?

»Unser Haus steht euch offen. Aber wieso haben sie so ein komisches Haus gewebt? Niemand wohnt in so einem Haus!«

Die Flagge der ehemaligen UNO, erweitert um eine Darstellung der Raumstation im Orbit um die Erde?

»Was ist das für ein komischer Zweig? Und die Kugel erst! Wie ein Fußball – aber wieso sind da so Flecken darauf?«

Die Gesichter von Menschen aller Hautfarben, dazwischen Alien-Köpfe aller Spielarten, ohne Ausnahme lächelnd?

»Die Menschen sind komisch! Der eine ist so schwarz! Ist er krank? Und die Augen von der einen, wie Schlitze! Was tun überhaupt die Tiere dazwischen?«

Blitz wusste nichts von der Welt draußen, und gleichzeitig drückte sie sich manchmal aus, als käme sie direkt von einer Universität. Dann wieder klang sie wie jemand, der weit herumgekommen war und sich einen Reim auf alles machen konnte. Es ergab keinen Sinn. Wieselflink verstand es nicht. Was ihn eigentlich dazu hätte bewegen müssen, Blitz loszuwerden, trotz ihrer Erpressung. Nicht verstehen war gefährlich. Doch Wieselflink stellte fest, dass es ihn nicht störte. Die Zeit mit Blitz, gestand er sich ein, bereitete ihm Freude; ihr stellenweises Erwachsensein war zwar merkwürdig, aber nicht bedrohlich. Er hörte auf zu überlegen, wie er sie wieder loswerden könnte, genoss die Zeit mit ihr und widmete sich seinem Halsband in den Nächten.

»Kann ich dir helfen?«, fragte Blitz eines Tages, als er sie nach der Raterunde sanft aus der Werkstatt bugsierte.

»Wobei?«

»Bei deiner Arbeit.«

»Du willst mir helfen? Sei mir nicht böse, aber du hast keine Ahnung von Elektrizität. Du kannst keinen Plus- von einem Minuspol unterscheiden.«

»Vielleicht nicht. Aber ich bin nicht dumm, oder? Ich kann lernen.«

»Mag sein, aber ...«

»Und ich bin klein. Ich komme dahin, wohin du nicht kommst. Und ich bin geschickt, oder?«

»Da ist etwas dran.« Er überlegte. Blitz mochte tatsächlich eine Hilfe sein. Die Mäuse schienen bemüht, die Leitungen vor allem an den Stellen anzuknabbern, an die er nur mit größter Mühe kam. Blitz würde oft nur vorkriechen müssen, wo er selbst einen Teil des Abteils aus- und wieder einbauen musste. Sie konnte ihm viel Zeit sparen. Zeit, die er auf die Arbeit an seinem Halsband verwenden konnte.

»Also gut. Probieren wir es.«

»Jaaa!«, rief sie und sprang vor Freude auf und ab, als sie den Gang entlangrannte.

Blitz wurde seine Gehilfin. Von irgendwoher trieb sie eine Latzhose auf – zu groß, wie all ihre Kleider –, die an den Blaumann erinnerte, den Wieselflink trug, und tippelte in seinem Schlepptau durch den Zug. Sie erwies sich rasch als echte Hilfe. Blitz war klug, sie war geschickt, und sie stürzte sich auf jede Reparatur mit einem Feuereifer, als hätte sie ein neues, aufregendes Spiel entdeckt, gegen das das Bänderraten sich wie langweiliger alter Mist ausnahm. Wieselflink ließ sie machen. Die Weber schienen froh, dass es ihm gelungen war, den kleinen Plagegeist zu bändigen. Fischer, glaubte Wieselflink, bedachte ihn zwar mit Seitenblicken, aber er tat sie als das Aufflackern von Eifersucht ab. Der alte Mann sah gewiss weniger von seiner Wahl-Enkelin als früher. Das konnte ihm kaum gefallen. Auf lange Sicht würde das zu einem Problem werden, aber Wieselflink hatte nicht vor, auf lange Sicht dem Großen Pack weiter anzugehören. Und Blitz half ihm dabei nach Kräften: Sie brachte ihm an guten Tagen zwei, manchmal sogar drei zusätzliche Stunden ein, in denen er an seinem Halsband arbeiten konnte. Und das, obwohl die Ratestunden sich zusehends länger dahinzogen, da keiner der beiden sie vorzeitig beenden wollte.

Wieselflink arbeitete wie ein Besessener daran, sein Halsband mit dem Werkstattrechner zu verbinden. Es war ein Glücksspiel auf zwei Ebenen. Die Stecker, die er aus den Katzenschädeln gelöst hatte, erlaubten zwölfadrige Kabel anzuschließen. Zwölf Adern – das bedeutete buchstäblich Tausende von möglichen Kombinationen. Jede von ihnen musste Wieselflink mühsam mechanisch herstellen und anschließend den Stecker in die Schnittstelle am Halsband einrasten lassen, was jedes Mal einen schmerzhaften Kraftakt darstellte. Selbst nachdem er das Halsband Hunderte Male verdreht hatte, hatte es sich nicht fühlbar geweitet. Der Bluterguss wurde von einer einmaligen Verletzung zur Dauereinrichtung.

Wieselflink hatte kein Glück: Die richtige Kombination der Adern wollte sich einfach nicht einstellen. Aber wenigstens hatte er auch kein Pech: Keine der Adern-Kombinationen löste einen tödlichen Schlag aus. Also machte er weiter, probierte neue Kombinationen, gab den Elektriker, spielte mit Blitz.

Es kam vor, dass Blitz ihn nicht begleitete. Morgens, wenn er die Tür der Werkstatt zur Seite schob, wartete sie nicht auf dem Gang. Es gab Wochen, in denen er zwei- oder sogar dreimal vor einem leeren Gang stand, aber auch solche, in denen Blitz jeden Morgen, durch das Geräusch der Tür aufgeweckt, aufgeregt auf und ab hüpfte. Anfangs fragte er sie nach einem Fehltag, wo sie gewesen war, aber Blitz biss nur die Hasenzähne zusammen und zog den Kopf so tief zwischen die spitzen Schultern, dass nur noch ihr Haar hervorlugte. Blieb er hartnäckig und wiederholte die Frage, kam der Kopf wieder zum Vorschein, und sie funkelte ihn zornig an. Stellte er seine Frage ein drittes Mal, fuhr sie die Nägel aus und zischte. »Keiner kriegt Blitz!«

Wieselflink verstand und stellte die Fragerei ein. Blitz war nicht sein Eigentum, sie konnte gehen und bleiben, wo und wohin es ihr einfiel, und tun und lassen, was sie wollte. Wenn sie entschied, Tage ohne ihn zu verbringen, war es ihre Sache. Wahrscheinlich verbrachte sie sie mit Fischer, und das war durchaus in Wieselflinks Interesse, hoffte er doch, es werde die Eifersucht, die er dem alten Mann unterstellte, im Zaum halten.

Und ob mit oder ohne Blitz, Wieselflink arbeitete seine Listen ab. Was wäre ihm sonst geblieben? Er wusste nicht, wo Blitz steckte, und er musste sich sputen, um ohne ihre Hilfe die Liste so schnell zu erledigen, dass ihm dieselbe Zeit blieb, am Halsband zu arbeiten. Dennoch: Blitz fehlte ihm.

Und noch etwas fehlte an Blitz-losen Tagen: die verstohlenen Blicke der Weber. Wieselflinks Gefühl war ebenso eindeutig wie nicht nachweisbar. Kam er ohne Blitz, tauschten die Weber hinter seinem Rücken keine Blicke aus. Das Mädchen machte also einen Unterschied. Aber welchen?

Verstieß es gegen Wolfs Lehren, dass er sich ihrer angenommen hatte? Ihm wollte nicht einfallen, wie. Blitz war ein Kind. Sie lebte für das Spiel, und alles war ein Spiel für sie. Ihre Umwelt, der Zug, das Große Pack nahm sie als gegeben hin, waren ihr keine Erwähnung wert. Wenn sie nach einem Kabel tauchte oder über das Freundschaftssymbol eines Alienbands rätselte, wenn sie einen Reim aufsagte und vor ihm durch den Gang tippelte, was immer sie tat – sie ging stets im Augenblick auf. Nicht anders sicherlich als in der Zeit, bevor Wieselflink sie gekannt hatte. Wenn sie also Missgunst auf sich zog, musste sie es schon seit Langem getan haben.

Hatten die Blicke mit den Tagen zu tun, die sie nicht mit ihm verbrachte? Es schien Wieselflink der einzig mögliche Schluss. Und zugleich ein hypothetischer. Er wusste nicht, wo sie sich an diesen Tagen aufhielt, was sie mit ihnen anfing. Auf seinen Runden durch den Zug begegnete er ihr niemals, er hörte niemals das helle, durchdringende »Buh!«, mit dem sie ihn anfangs erschrocken hatte. Die Posten würden ihm weiterhelfen können, oder natürlich Fischer, aber sie zu fragen schied aus. Er war der Bordelektriker, Blitz gehörte nicht zu seinen Aufgaben. Ihr nachzuforschen hätte in der Tat bedeutet, eine Grenze zu überschreiten.

Wieselflink verlegte sich auf Beobachtung. Verhielt sich Blitz an den Tagen danach anders als gewöhnlich? Er legte ein Protokoll auf dem Rechner an, speicherte sorgfältig jede noch so unwichtig erscheinende Beobachtung ab, betrieb zu seiner eigenen Verwunderung einen Aufwand, der in die kostbare Zeit einschnitt, die er für das Halsband zu Verfügung hatte. Es war verschwendete Zeit, er wusste es. Was kümmerte ihn, was Blitz trieb? Abstand. Das war die Lösung. Blitz nahm sich den Abstand, den sie brauchte. Den er brauchte. Er sollte froh sein, dass es so war. Blitz war eine flüchtige Erscheinung, so oder so. Er würde sie mit dem gesamten Zug von Irren hinter sich lassen, wenn er nach Kairo aufbrach. Doch so sehr er sich bemühte, in Gedanken Abstand zu gewinnen, es half nichts. Das Rätsel Blitz hatte ihn gepackt und ließ ihn nicht mehr los.

Nach zwei Dutzend Blitz-losen Tagen zog Wieselflink ein erstes Fazit: Blitz verhielt sich wie immer. Mal überschäumend im Zorn auf sich selbst, wenn an einem Abend Wieselflink blitzschnell Symbol um Symbol deutete, während sie sie nur anglotzte, ohne sie zu verstehen. Mal überschäumend fröhlich, wenn das Spiel andersherum lief und sie Wieselflink ihre Weisheiten verkündete, die so gar nicht zu einer Zehnjährigen passen wollten. Mal hämisch, wenn sie neben einem angeknabberten Kabel eine gegrillte Maus fand. Mal in Tränen, wenn sie eine gegrillte Maus fand. Wieselflink konnte kein Muster erkennen. Bis auf eines: Blitz war müde. Aber was bedeutete das schon? Was immer das Mädchen an diesen langen Tagen treiben mochte, Wieselflink war sicher, dass sie nicht still auf dem Fleck saß. Nicht länger jedenfalls, als man für eine Runde Bänderraten brauchte. Er traute ihr alles zu, selbst, dass sie sich aus dem Zug und wieder hinein schlich, aber eben nicht stillzusitzen. Blitz blieb in Bewegung. So wie er selbst.

Und dann, eines Abends in der Werkstatt, schlief sie ein.

»Orange Kreise mit grünen Flecken?«, fragte er und strich über das Alienband, das sie ihm eben gegeben hatte. »Keine Ahnung, was das bedeuten soll. Vielleicht: ›Esst ihr Aliens auch so gerne Orangen wie wir?‹«

Kein Kichern.

»Was meinst du, Blitz? Oder vielleicht: ›Ich bin eine Orange – iss mich!‹«

Kein Kichern, keine Antwort.

»Blitz?«

Sie war nach hinten gesunken. Die Arme, die sie um den Leib geschlungen hatte, waren nach vorn gefallen. Auf dem linken Unterarm war ein riesiger Bluterguss, viel größer als das Dauermal an Wieselflinks Hals.

»Blitz? Was ist das?« Er stand auf, beugte sich vor, um sich ihren Arm aus der Nähe anzusehen.

Sie schreckte auf, drückte den linken Arm gegen sich, reckte ihm den anderen abwehrend entgegen. »Bleib weg von mir!«

»He, keine Angst! Ich wollte nur ...«

»Bleib weg! Keiner kriegt Blitz!«

Er sank langsam zurück auf den Boden. »Siehst du? Ich will dir nichts tun. Ich wollte nur sehen, ob du in Ordnung bist.«

»Wieso?«

»Dein Arm. Du hast einen riesigen blauen Fleck.«

»Und wenn schon? Was geht dich das an?«

»Nichts. Ich dachte nur, ich könnte dir vielleicht helfen.«

»Helfen? Mir?« Sie schüttelte den Kopf. »Ich brauche keine Hilfe. Keiner kriegt Blitz!«

Abstand. Hilfe war das Gegenteil von Abstand. »Ich will dich nicht kriegen. Ich will dir helfen«, sagte Wieselflink.

»Helfen ...?« Sie sank zurück, die Augen geschlossen. Die Spannung hatte ihren Körper verlassen. Wieselflink hatte sie noch nie so erschöpft gesehen. Hätte er jetzt versucht, sie zu fangen, er hätte sie gekriegt. Sie hätte niemals schnell genug davonflitzen können.

»Helfen ...?« Sie öffnete die Augen – und sah ihn wieder mit diesem ernsten, erwachsenen Blick an, wie damals, als sie das erste Mal in der Werkstatt gestanden und ihn erpresst hatte, mit ihm zu spielen. »Du willst mir helfen?«

»Ja«, sagte er, obwohl er sich nicht mehr sicher war. Hilfe. Das Gegenteil von Abstand. Eine Dummheit. Blitz war Ballast.

»Dann nimm mich mit.«

»Mit? Was meinst du damit? Ich nehme dich jeden Tag mit auf meine Runde, wenn du es willst. Gerne sogar. Das weißt du doch.«

»Nein, nicht mit durch den Zug. Mit nach draußen.«

»Du ...«

»Erzähl mir nichts. Ich bin nicht blöd. Ich weiß, was du vorhast. Ich habe Augen im Kopf. Kannst so viel aufräumen hier drinnen, wie du willst.«

»Blitz, du weißt nicht, was du da redest.«

»Doch, ich weiß es genau. Du bastelst an deinem Halsband herum. Jede Nacht. Du willst raus, nach draußen. Und ich will es auch. Ich will raus. Weg hier. Du flitzt gut, ich flitze besser. Also, gehen wir zusammen?«

Eine Erpressung. Und ein Angebot. Zusammen. Zwei Flitzer. Zusammen schnell genug?

»Sag schon! Nimmst du mich mit? Ich bin nicht blöd, das weißt du. Ich kann flitzen. Ich kann lernen. Und ich kann dir helfen!«

»Du *mir* helfen? Wie willst du das anstellen?«

»Das wirst du sehen. Also: Gehen wir zusammen?«

»Hm ... in Ordnung.«

»Abgemacht?« Sie hielt ihm die rechte Hand hin.

»Abgemacht.« Er schüttelte sie. Ihre kleine Hand legte sich wie eine Klammer um seinen Daumen und Zeigefinger.

»Ich habe einen Traum. Von einer anderen Welt, einer besseren Welt. Sie ist weit weg und doch ganz nah. Sie ist im Ozean, unter dem Ozean. Sicher. Verborgen. Geborgen. Sie wartet auf mich. Ich muss los. Bitte, lasst mich los. Bitte, bitte, bitte ... ich ... LASST MICH LOS!«

Verdächtige/r: Maya Senft, Dateneinzelhandelskauffrau
Alter: 42
Zugriff: 04.10.2063, nach Anzeige aus Nachbarschaft. Keine Gegenwehr.
Symptomatik: Kopfschmerz, erhöhter Blutdruck, Alkoholmissbrauch, eingeschränkte soziale Funktionsfähigkeit
Status: unentschieden (zwei Stimmen pro Manifestation, zwei kontra, eine Enthaltung)
Empfehlung: indefinite Sicherheitsverwahrung nach § 12 Alien-Gesetz, II. Novellierung 2062

KAPITEL 22

Trixie fuhr manuell.

Mit einer Lässigkeit, wie sie Paul in seinen besten Zeiten nicht hätte überbieten können, hatte Trixie ihr Korps-Abzeichen in den Kartenschlitz des Mietwagens geschoben und alles heruntergefahren: Antischlupfsystem, Abstandswarner, Klimaanlage, Navi-System, sogar den Datenstreifen.

»Ist doch ganz einfach«, sagte Trixie, als sie auf die Autobahn einbog, das Gaspedal durchdrückte und auf 350 km/h beschleunigte. »Paul ist ein Mensch ohne feste Bindungen. Ohne Konstanten. Das hängt natürlich mit dem Lebensstil zusammen, den Hunter zwangsläufig führen. Ein Job, der im Geheimen stattfindet, niemand, dem man sich anvertrauen kann, ständig unterwegs, Überstunden, die Verantwortung – nach einem Jahr als Hunter ist vom sozialen Netzwerk nur noch eine rauchende Trümmerwüste übrig.«

»Danke, das ist genau der Trost, den ich gerade brauche«, sagte Ekin. Sie saß kerzengerade im Sitz. Um vor Trixie zu verbergen, wie fest sie mit ihrer Rechten den Türgriff umklammerte, und – wenn sie ehrlich zu sich selbst war – weil sie nicht anders konnte. Sie konnte Auto fahren, auch wenn sie es selten tat. Auf dem Weg zu Einsätzen überließen sie dem automatischen System die Steuerung. Dieses fuhr mit der unerschütterlichen Gleichmäßigkeit eines Fahrstuhls, die nichts mit der Impulsivität Trixies gemein hatte.

»War nicht persönlich gemeint.« Trixie drehte den Kopf zur Seite und lächelte ihr versöhnlich zu. Die Geste benötigte nur einen Augenblick, aber in der Zeit überholten sie zwei Dutzend Frachter. Diese fuhren auf der rechten Spur, mit kaum mehr als einer Armlänge Abstand zwischen den einzelnen Modulen, um den Windschatten optimal auszunutzen. Normalerweise wirkten sie wie ein endloser, bunter Konvoi. Jetzt, mit Trixie am Steuer und dem Gaspedal am Anschlag, kamen sie Ekin vor wie ein zweiter Lärmschutzwall.

»Ich habe nur beschrieben, was ist.« Trixie sah wieder auf die Fahrbahn. »Hunter ist ein einsamer Beruf. Der eine Hunter hat das Glück, in ihrem oder seinem Partner einen emotionalen Anker zu finden. Der andere nicht. Das sind die ganz armen Schweine, wie du. Und manche dieser armen Schweine haben Glück im Unglück, und das Schicksal schickt ihnen eine Seelenschwester, die einen raushaut. Oder ...«, Trixie scheuchte einen Wagen, der mit 300 auf der linken Spur herumtrödelte, in die Fahrbahnmitte, »... oder man mutiert zum komischen Kauz. So komisch, dass eines Tages ein Alien in einen hineinfährt.«

»Aha. Ein Sprung in der Schüssel macht anfällig für eine Alien-Manifestation?«

»Könnte sein. Zumindest scheint mir das manchmal der kleinste gemeinsame Nenner der Leute zu sein, die wir in die Finger kriegen. Die Frage ist nur, was hier die Henne und was das Ei ist. Manifestieren sich Aliens in Menschen, weil sie psychische Probleme haben? Oder sind psychische Probleme Symptome einer Alien-Manifestation?«

»Woran glaubst du?«

»Fünf Minuten vehement an das eine, die nächsten fünf vehement an das andere. Kommt darauf an, wen ich als Letzten in den Fingern hatte.«

»Klingt ausgesprochen professionell.« Ekin konnte sich die Spitze nicht verkneifen. »Und was ist die Meinung deiner werten Kollegen?«

»Oh, wenn dir deine Haut lieb ist, sprichst du das Thema niemals an. Nimm einen Haufen Vernehmungsspezialisten, sperr sie in eine Halle und wirf ihnen die Frage hin – und du erlebst einen Gewaltausbruch, gegen den der Zweite Taiwan-Krieg ein Picknick war.«

»Verstehe. Und was ist mit Paul? Was trifft auf ihn zu?«

»Keine Ahnung, deshalb bin ich ja mit an der Sache dran. Paul ist besonders.« Trixie bremste auf unter 200, als sie auf die A60 einbog. Im Osten ragten die Türme Frankfurts auf, dunkle Umrisse in der Mondnacht. »Und gleichzeitig tickt er wie du und ich. Er ist ein einsamer Hunter. Er hat eine Partnerin, die ihm viel bedeutet, aber irgendwie kann er nicht zu ihr durchdringen.«

»Red keinen Mist. Paul ...«

Trixie ließ sie nicht ausreden. »Ich dachte, wenigstens das hätten wir geklärt! Paul ist von einem Alien übernommen – und was macht er? Er schickt dir einen Hilferuf! Wenn ich je einen Beweis für Wertschätzung, vielleicht sogar Liebe, gesehen habe, dann den. Und was sein konstantes Mobbing angeht: Wenn man es aus diesem Winkel betrachtet, ergibt es plötzlich Sinn. Paul wollte dich nicht kleinkriegen, nein, er wollte deine Aufmerksamkeit erregen. Aber das hat nicht so funktioniert, wie er gehofft hat. Also hat er immer noch einen nachgelegt. Und noch einen. Und du hast dich jedes Mal tiefer in deine Verteidigungsgräben gebuddelt.«

Die A5. Die dunklen Türme Frankfurts blieben hinter ihnen in der Nacht zurück.

»Diese Puff-Geschichten, die er dir reingedrückt hat, waren sein ultimativer Knüppel. Politisch so unkorrekt, wie man es sich nur vorstellen kann, und dazu noch eine sexuelle Komponente. Schwer zu schlucken für ein – sorry, aber so ist es – braves Mädchen wie dich. Raffiniert. Ein interessanter Bursche, dein Paul.«

Ja, das war er. Und der Knüppel war mächtig. Paul in einem Puff ... die Vorstellung war einfach widerlich. Aber vielleicht ...?

»Du glaubst, das waren nur Geschichten?«

»Das werden wir bald wissen. In Karlsruhe gibt es eine *Rote Laterne*. Und ihr beide wart in den letzten sechs Monaten zweiundzwanzigmal in Karlsruhe und den angrenzenden Verteidigungsbezirken bei Zugriffen, das letzte Mal erst vor sechs Tagen. Paul hätte also Gelegenheit gehabt, dir in der *Roten Laterne* in Karlsruhe eine Nachricht zu hinterlassen.« Trixie zog den Wagen in die Ausfahrt und steuerte die Karlsruher Südstadt an. Die Reifen quietschten, als die innerstädtische Verkehrskontrolle sich in die schlafenden Systeme des Wagens einklinkte und ihn auf 80 km/h herunterbremste.

Unter der Zubringerbrücke zog sich der Bahnhof dahin. Ekin sah hinunter. Auf den Bahnsteigen schliefen Menschen eng aneinandergedrückt. Es mussten Überschussmenschen sein, dachte sie flüchtig. Aber gehörten sie nicht in die Züge?

Ihr war, als blicke sie in eine Welt, ferner als diejenige, von der die Aliens kamen.

Es waren die Augen.

Ekin hatte mit Elend gerechnet, mit mehr oder weniger tapfer ertragenem Leid, mit Schmuddel, notdürftig mit Rotlicht übertüncht. Und sie und Trixie fanden es im Überfluss. Erst in der *Roten Laterne*, dann, als sie dort keinen Hinweis auf Paul fanden, an vielen anderen Orten. Trixie bestand darauf.

»Ekin, wir klären das hier ein für allemal, klar?«, sagte sie und duldete keinen Widerspruch. Also klapperten sie erst Haus um Haus die Brunnenstraße ab, dann, von einem Taxifahrer durch die menschenleeren Straßen kutschiert, von Terminwohnung zu Terminwohnung zu Edelbordell bis schließlich, im ersten Dämmerlicht, zum Straßenstrich. Der Strich, der angeblich nicht existierte und zu dem der Taxifahrer sie erst dann lotste, als er zu der Überzeugung gekommen war, keine Polizeispitzel vor sich zu haben, die eine merkwürdige Variante von Frontalermittlung fuhren, sondern zwei verrückte Hühner, die den besonderen Kick suchten.

Ekin sah Schmuddel, überbordenden, barocken Luxus und roch antiseptische Sauberkeit, die sie an Krankenhäuser erinnerte. Sie sah fette Puff-Mamas, die mit ihren dicken Beinen so unerschütterlich auf dem Erdboden standen, dass sie sich ihnen am liebsten an die Brust geworfen, geheult und ihr Leid geklagt hätte.

Sie sah mit Anabolika aufgepumpte Zuhälter, bei deren Anblick sie bereute, ihr G5 im Kofferraum zurückgelassen zu haben.

Und sie sah in Augen.

Tote Augen.

Die Augen von StimuRobs.

Metallskelette von einer Biegsamkeit, die jede Kinderturnerin ausstach, überzogen von einer fleisch- und hautimitierenden Gummischicht, gesteuert von einem Gespinst von über den Körper verteilten Prozessoren. Die Augen der StimuRobs waren sorgfältig dem Original nachgebildet, manche sogar, versicherte man ihnen, stammten von echten Menschen. Dennoch wurde Ekin das Gefühl nicht los, in leere Höhlen zu blicken.

Die Augen von GenMods.

Die GenMods waren illegal und überall. Sie waren günstiger in der Anschaffung als StimuRobs, günstiger im Unterhalt und – wenn man sie richtig erzog, wie ihnen ein redseliger Zuhälter ungefragt erläuterte – sie waren stubenrein und machten sich sogar dann nützlich, wenn gerade kein Freier anstand. Er hatte recht. Die GenMods waren gut erzogen, ausnahmslos. Ekin beobachtete, wie sie verschiedenste Haushaltsarbeiten verrichteten, stumm und mit der langsamen Methodik, die man eigentlich von Maschinen erwartete. Es gab GenMods in unerschöpflichen Spielarten: natürlich als die unvermeidlichen Katzen- und Hundefrauen, aber die meisten Mischungen waren Ekin nicht erschließbar. Es waren Tiere, die ihr unbekannt waren, Mischungen aus mehreren Tierarten und Mensch oder schlicht Fantasiegeschöpfe, die meisten von ihnen Alien-Menschen mit übergroßen Augen und Köpfen.

Doch ganz gleich, wie groß oder klein ihre Augen waren, ob sie menschlich waren oder von Tieren stammten, sie waren so leer und leblos wie die der StimuRobs.

Die Menschenaugen.

Es gab sie ab und an, eine verlorene Minderheit in der Masse der künstlichen Kreaturen. Sie waren kaum zu unterscheiden von denen der StimuRobs und GenMods, ihnen war die dieselbe Leblosigkeit zu eigen. Was sie verriet, war, was den Menschen insgesamt zu eigen war: ihre Unvollkommenheit. Die Frauen, denen Ekin und Trixie begegneten, waren das genaue Gegenteil der StimuRobs und GenMods, Zufallsprodukte, die ihre besten Jahre bereits hinter sich hatten. Sie waren gezeichnet von zu vielen Zigaretten und zu viel Alkohol und zu vielen Designerdrogen und zu wenig von allem Übrigen. Das Rotlicht oder die Dunkelheit des Straßenstrichs verbargen ihre Fehler nur unvollkommen. Ekin war, als begegnete sie den Letzen ihrer Art. Die Menschenfrauen schienen nur deshalb noch akzeptiert, weil sie sich ebenso willig und billig beugten wie die StimuRobs und GenMods und der eine oder andere Freier mit ausgefallenem Geschmack nach ihnen verlangte.

Einer wie Paul möglicherweise?

Trixie war gut vorbereitet. Sie hatte eine Mappe mit Fotos von Paul bei sich, einige offizielle Aufnahmen, Selbstauslöserfotos, die das Korps von seinem Netcache gezogen haben musste, die meisten Schnappschüsse von Überwachungskameras, körnige Bilder, weit über das Maß vergrößert, das ihre Qualität hergab. Die Mappe war Trixies Köder. Sie trug sie in einem Rucksack, den sie vor den Bauch geschnallt hatte und immer mit einer Hand umklammerte, als befände sich darin ihr wichtigster Schatz in diesem Leben. Trixie ging mit keinem Wort auf den Rucksack ein, schnallte ihn nicht ab, selbst wenn das Vorgeplänkel sich hinzog, fünf oder sogar zehn Minuten dauerte – eine kleine Ewigkeit in den Maßstäben dieser merkwürdigen Welt, wie Ekin rasch erkannte.

Nach der ersten, milden Überraschung – *was wollen zwei Frauen wie die hier?*, stand in den Gesichtern zu lesen – kam das Gespräch schnell auf die Wünsche der Kundschaft. Einer lohnenden Kundschaft: Trixie achtete sorgfältig darauf, mit der freien Linken mit dem Mietwagenschlüssel zu spielen. Gelangweilt lehnte sie die Angebote ab, die meistens auf einen ansehnlichen Zoo verschiedener GenMods hinausliefen, der sich mit Ekin und Trixie in einem Bett versammeln sollte. Ekins Part dabei war simpel, sie spielte die stille, verschüchterte Maus, die dabeistand. Ekin war es zufrieden, mehr als das hätte sie ohnehin kaum hingebracht. Die toten Augen ließen sie nicht los.

Wenn die Angebote sich zu wiederholen begannen, stupste Ekin Trixie an, bedeutete ihr, den Rucksack abzuziehen. Trixie ignorierte sie zuerst, öffnete ihn schließlich - widerwillig, von plötzlicher Scheu befallen - und zeigte das Paul-Album vor.

Sie brauchte die Frage nicht auszusprechen: *Habt ihr so etwas zu bieten?*

Nein, hatten sie nicht. Nirgends.

Ekin und Trixie ernteten Kopfschütteln, eine Mischung aus Verwunderung und Amüsement - *das* hatte noch keiner gefragt! - und regelmäßig Angebote der Zuhälter und Türsteher, für den Mann auf den Fotos einzustehen. Trixie lehnte dankend ab, steckte das Album weg, und die beiden sahen zu, dass sie davonkamen. Zur nächsten Show. Zum nächsten Haus der toten Augen.

»Großartige Idee. Einfach großartig. Ich finde keine Worte für meine Begeisterung.«

»Dann halt eben den Mund.«

Erste warme Sonnenstrahlen fielen in die Bäckerei, in der Ekin und Trixie an einem Stehtisch lehnten. Krümel teilten sich die Tischfläche mit dunklen Ersatzkaffeeflecken, die sich tief in das Plastik gefressen hatten. Bei ihrem Anblick war Ekin, als fräße sich der Ersatz in diesem Augenblick in ihre Magenhaut. Komisch genug dafür fühlte sie sich jedenfalls. Sie wünschte sich weit weg, zurück in die Kanzlei, als wäre nichts geschehen, einen Becher Magico in der Hand, der sie auf andere Gedanken bringen würde. Zumindest weg von dem Impuls, über die Tischplatte zu greifen und Trixie mit bloßen Händen zu erwürgen.

»Ich weiß gar nicht, wie ich so blöd sein konnte! ›Warst du

schon einmal in einem Puff?‹ Nein, bin ich bis heute Nacht nicht gewesen. Und weißt du was? Ich wünschte, es wäre immer noch so. Diese … diese …« Was eigentlich? Frauen? Tiere? Maschinen? Geschöpfe? »Diese … ich …«

»Ich weiß, was du meinst. Nach einem halben Jahrzehnt Alien-Vernehmungen sollte man denken, dass man alles gesehen hat. Ich habe mich geirrt. Ekin, es tut mir leid.« Trixie reichte ihr eine Hand über den Tisch hinweg. Ekin blickte auf die Hand, dann zu Trixie, die, seit Ekin sie kannte, noch nie so abgelebt ausgesehen hatte wie an diesem Morgen. Das gab den Ausschlag. Trixie bedeutete diese irrsinnige Jagd etwas, es war nicht nur das Jagdfieber oder die Suche nach einem Kick, der sie an Ekins Seite hielt. Trixie mochte sie. Sehr. Vielleicht sogar mehr als das.

»Es tut mir leid«, wiederholte Trixie. »Ich wollte dir das nicht antun. Und ich glaube, Paul wollte das auch nicht.«

»Das glaube ich inzwischen auch.« Ekin nahm die Hand und drückte sie. »Aber was sollte dann dieses ewige Gequatsche von seinen Puff-Abenteuern? Diese *Rote Laterne* und der ganze andere Mist, wirklich alles erfunden, alles nur Provokation?«

Trixie erwiderte den Händedruck, zuckte die Achseln. »Scheint so. Sonst hätte irgendjemand auf die Fotos anspringen müssen. Ihr beide habt regelmäßig in der Gegend hier operiert, Paul hatte in den letzten zwölf Monaten viele Gelegenheiten gehabt. Was hat er in dieser Zeit angestellt? Sich einen runtergeholt und dabei Puff-Geschichten ausgedacht, mit denen er dich schocken kann?«

»Immerhin noch besser, als tatsächlich in einen Puff zu gehen …«

»Da ist was dran.« Trixie fand zu einer nur leicht gequälten Version ihres Was-kostet-die-Welt?-Grinsens zurück. »Aber unter uns: Wichsen ist kein abendfüllender Sport. Was hat Paul sonst getrieben? Hat er sich in irgendwelchen Taschenwelten verloren? Hat er in die Datenwand geglotzt? Oder gegen die nackte Wand, während der Alien sich immer tiefer in sein Bewusstsein eingegraben und ihn aufgefressen hat?«

»Kann sein. Aber er muss auf jeden Fall gehandelt haben. Ramsch erstanden und verkauft haben. Das Schwarzgeld verdient haben, mit dessen Hilfe er sich jetzt versteckt.«

»Ja ...«

Das Gespräch erstarb. Es gab nichts mehr zu sagen. Sie hatten sich verrechnet, waren einem Hirngespinst hinterhergejagt, waren mächtig schmerzhaft auf die Schnauze gefallen und mussten jetzt damit klarkommen.

Ekin sah durch die schmutzigen Scheiben auf die Straße. Der Berufsverkehr hatte eingesetzt. Fußgänger waren auf den Gehsteigen in alle Richtungen unterwegs, Leute auf dem Weg zur Arbeit. Auf der Straße tummelten sich Radfahrer, Busse und der ein oder andere Privatwagen.

Paul. Er war da draußen. Unter ganz normalen Leuten, als gehöre er dazu. Irgendwo. In Berlin, Frankfurt oder München, einer der großen Städte, oder vielleicht schon irgendwo im Ausland oder auf einem anderen Kontinent. Oder, wahrscheinlicher, seine Alien-Kumpels hatten ihn auf ihr Schiff gebeamt. Oder ... ja, das war es: Paul war um die Ecke, saß in einem Café und sah zu, wie sie und Trixie ihre Wunden leckten ...

Dort drüben? Nein, das war kein Café. Über der Fensterfront hing ein ausgebleichter, unlesbarer Schriftzug. Und daneben ein großes, leuchtendes Auge, das sie anblickte, rot. Rot ... Ein roter Punkt!

Ekin ruckte hoch.

»Trixie!«

»Was ist?« Trixie sah nicht von der leeren Tasse auf, in die sie starrte.

»Komm!«

Ekin riss ihre Freundin mit sich, die Tasse zerschellte auf dem Boden. Sie rannte im Slalom durch den Verkehr zur anderen Straßenseite, Trixie fest im Griff. Unter dem roten Punkt blieb sie stehen.

»Ekin, was soll das? Du ...«

»Sieh dir das an!«

»Was soll ich mir ansehen? Da ist nur ein Schild. Ein roter Punkt ...«

»Genau. Das hier ist die *Rote Laterne*, die wir suchen!«

Ekin gab Trixie keine Gelegenheit zu einer Antwort. Sie schob die Freundin durch die Tür. Es roch muffig, als wäre der Raum seit langer Zeit nicht mehr gelüftet worden.

Ein bärtiger, bleicher Mann stand an der Theke. Er blickte Ekin und Trixie fragend an.

»Wir möchten tauschen«, sagte Ekin.

Der Mann nickte. »Schön. Habt ihr was?«

»Ja.« Ekin kramte in ihrer Tasche, fand die Modelllok, die Paul in der Magico-Maschine versteckt hatte, und hielt sie dem Mann hin.

»In Ordnung. Die Provision ist 10 Prozent des Schätzwerts. Viel Vergnügen!«

»Danke.«

Ekin zog Trixie in den Raum. Eine Hand voll Matratzen waren in seiner Mitte verteilt, teilten sich den Platz mit ungefähr derselben Zahl Sessel. Etwa die Hälfte der Plätze war belegt. Männer lagen oder saßen auf ihnen, die Köpfe zur Seite gesunken. Manche hatten die Augen geschlossen, andere hatten sie weit offen, starrten aus ihnen blicklos ins Leere.

»Ekin, wo sind wir hier?«

Trixie verlagerte das Gewicht von einem Bein auf das andere, als wolle sie sprungbereit bleiben. Sie fühlte sich nicht wohl, wollte weg. Trixie, die die ganze lange, halbseidene Nacht nicht einmal den Anflug von Nerven gezeigt hatte. Manchmal verstand Ekin ihre Freundin nicht.

»In einer Tauschbörse.«

»Nie gehört. Was ist das? Was machen diese Leute hier?«

»›Hier‹ ist der falsche Ausdruck. Sie sind weg, in anderen Welten.« Ekin deutete auf die Wände des Raums. Lange Reihen von Tischen zogen sich dort entlang. Auf ihnen Kisten. »Hier werden Taschenwelten getauscht. Und natürlich probieren die Leute sie vorher aus. Und manche bleiben dabei eben hängen ...«

»Ich verstehe.« Trixie nickte langsam. »Aber wieso tun sie es hier? Wieso hier, wo jeder sie sehen kann und nicht ...«

»... im gemütlichen Zuhause?«

»Ja.«

»Ich bin sicher, dass sie das auch tun. Aber zu Hause erschöpfen sich die Welten rasch. Kein Nachschub. Der Transport, die Anlieferung sind zu umständlich und zu teuer. Außerdem kann man zu Hause keine Welten vorher probieren. Und das ist wichtig. Es ist nicht einfach, eine Welt zu finden, die einen wirklich anspricht.«

»Wieso ziehen sie sich ihre Welten nicht über das Netz? Wir leben nicht in der Steinzeit.«

»Das ist unmöglich. Jede Welt ist in sich abgeschlossen. Ihr Gehäuse ist eine Art Schutzmauer. Es gibt keine Schnittstellen, über die Taschenwelten miteinander in Verbindung treten können. Der Kontakt mit anderen Welten würde sie kontaminieren. Es ist die Einzigartigkeit, die die Welten ausmacht.« Ein Teil von Ekin staunte darüber, wie selbstverständlich sie Wissen über die Taschenwelten herunterratterte, ein anderer wunderte sich, wie wenig Trixie, der Datenjunkie, über sie wusste.

Trixie sagte nichts. Sie ging an eine Wand und beäugte die Kisten. Hunderte von Taschenwelten lagerten in jeder Kiste, ohne erkennbare Ordnung und scheinbar achtlos abgelegt. Trixie griff in eine Kiste, zog willkürlich eine Taschenwelt heraus. Sie hatte die Form einer Spielzeugpistole, in der Mündung leuchtete eine rote Diode. Statusanzeige und Rote Laterne. Trixie betastete die Welt, nahm schließlich eine weitere.

Ein Tannenzapfen, orange mit grünen Punkten.

Eine weitere, ein Kasten, auf den Gitter aufgemalt waren, und dahinter ein gefangener glubschäugiger Alien.

Eine weitere, ein Feuerzeug.

Eine weitere, eine Mini-Keksdose, nur dass, sah man genau hin, die Kekse Landminen waren.

»Jede Welt eine Welt für sich«, sagte Trixie nachdenklich und legte die Keksdose zurück. »Eigentlich ist das Gehäuse irrelevant. Diese Taschenwelten zeigen, dass man die Technik beinahe beliebig verpacken kann. Sie könnten alle als dünne, schwarze Kästen für den Geldbeutel daherkommen. Aber natürlich tun sie das nicht. Wie menschlich.«

Trixie griff wieder in die Kiste, nahm sich einen Mini-Diskus, musterte ihn. »Eine menschliche Erfahrung, von der ich bis vor kurzem nichts geahnt habe.«

Ekin zuckte die Achseln. »Man kann nicht alles wissen.«

»Nein, aber die Eigenart des Menschen ist mein Beruf. Nur wenn ich den Menschen gut genug kenne, kann ich den Alien von ihm unterscheiden.« Sie hielt Ekin den Mini-Diskus hin. »Ekin, ich kenne nur die Botschaft, die Paul dir zugespielt hat. Ich möchte eine dieser Welten erleben, erfahren, wie es sich anfühlt. Vielleicht verstehe ich dann besser.«

»In Ordnung«. Sie führte Trixie zu einem der Sessel. Trixie ließ sich nieder, legte die Beine hoch. »Hier, der Kontakt.« Ekin öffnete mit dem Nagel des kleinen Fingers eine Klappe in dem Frisbee, zog ein dünnes Kabel heraus. Am Ende des Kabels war ein Plastikstreifen, der einem Pflaster ähnelte. Ekin entfaltete ihn und drückte ihn unter Trixies rechtes Ohr. Er haftete.

»Perfekt. Du ...«

Trixie hörte sie schon nicht mehr. Ihr Kopf kippte zur Seite. Ekin fing ihn auf und stützte ihn, während sie Trixie in die weit geöffneten Augen blickte. Sie starrten ins Leere. Nach einer Minute zog Ekin den Kontakt wieder ab. Trixie zuckte, wollte hochschnellen. Sie gurgelte.

Ekin hielt sie zurück. »Schon gut. Sachte. Du bist wieder zurück. Bei mir.«

Trixie sank zurück. Sie atmete schnell, Schweiß stand ihr auf der Stirn. Ihre Lider flatterten.

»Wie war es?«

»Merkwürdig. Ich habe in der Luft geschwebt, wie ein Geist. Alles war so irreal und gleichzeitig so nah und bedrückend.«

»Was hast du gesehen?«

»Eine Art Wüste. Fels und Sand, so weit ich blicken konnte. Und es war heiß.«

»Das sehe ich.« Ekin wischte Trixie über die nasse Stirn.

»Und das Verrückte war, ich wusste sofort, wie diese Wüste entstanden ist. Ohne dass man es mir gesagt hätte.«

»Wie?«

»Im letzten Jahrhundert hat man eine bestimmte Art von Gasen als Treibgas und für Kühlgeräte benutzt. Fluorchlorkohlenwasserstoffe, FCKW. Nach einiger Zeit hat man herausgefunden, dass sie die Ozonschicht der Atmosphäre anfressen, die die UV-Strahlung der Sonne filtert. Nach längeren Diskussionen fand man sich zusammen und einigte sich darauf, den Einsatz von FCKW zu verbieten. Das Ozonloch, das sich bereits gebildet hatte, schloss sich wieder.«

»Und in der Taschenwelt hat es kein Abkommen gegeben?«

»Nein. In der Taschenwelt benutzte man statt FCKW eine andere Art von Gasen, Halone. Sie haben das Ozon so schnell weggefressen, dass jedes Abkommen zu spät gekommen wäre. Und ohne Ozonschicht hat die UV-Strahlung der Sonne die Erde sterilisiert.« Trixie schüttelte sich. »Keine schöne Vorstellung.«

Ekin legte ihr eine Hand auf die Schulter, drückte sie. »Das kann ich mir vorstellen. Und das meine ich genau so, wie ich es sage. Paul hat mich über die Jahre gezwungen, in eine Menge Taschenwelten zu sehen, und sehr viele sind so.«

»Du meinst, so niederschmetternd?«

Ekin nickte. »Ja, oder himmelhochjauchzend. Welten, in denen wir das Alienschiff aus dem Orbit gefegt haben oder die Aliens sich als die Retter der Menschheit entpuppen. Oder wir die hochmütigen Aliens übers Ohr gehauen, ihnen ihre Technik abgenommen haben und unser eigenes Sternenreich besitzen. Dazwischen scheint den Leuten wenig einzufallen, außer rein privaten Fantasien, in denen alles außer dem eigenen Glück ausgeklammert wird.« Ekin stand auf. »Da hast du deinen Einblick in das Wesen des Menschen. Meinst du, du kannst dich je davon erholen?«

Trixie grinste tapfer. »Ja. Es geht schon wieder. Es war so wirklich ... und so unwirklich.«

»Das ist normal. Jeder Mensch spricht anders auf die Taschenwelten an. Männer mehr als Frauen, und nur die wenigsten werden süchtig. Sonst würden wir alle so herumliegen wie die hier.« Ekin umfasste mit einer Handbewegung die Männer auf den Matratzen und Sesseln.

»Was ist mit dir? Hast du es probiert?«

»Wie gesagt, ja. Paul ist mir mit seinen Welten zu sehr im Nacken gesessen, als dass ich davongekommen wäre.«

»Und?«

»Nichts weiter. Es war nicht viel anders, als in eine Datenwand zu glotzen. Ich bin nie richtig in eine Welt eingetaucht. Vielleicht aus unbewusstem Trotz gegen Paul.«

Trixie wuchtete sich aus dem Sessel. »Womit wir wieder beim Thema wären: Paul. Du glaubst, er hat uns hierhergelotst?«

»Ja, das hier ist ein zu großer Zufall, als dass ich daran glauben könnte. Die Leuchtdioden der Taschenwelten sind seine Rote Laterne. Er muss mir etwas mitteilen wollen. Über eine Taschenwelt. Er kennt sich in der Szene aus. Es kann ihm nicht schwergefallen sein, eine Taschenwelt zu präparieren und für mich zu platzieren.«

»Das leuchtet ein. Und unter den Tausenden Welten, die hier herumliegen, findet das Korps niemals die für dich bestimmte. Selbst wenn es Verdacht schöpfen sollte ...«

»Genau!«

»Aber wie sollst du sie finden? Paul muss dir auch darauf einen Hinweis gegeben haben.«

»Ja, schon. Aber ich wüsste beim besten Willen nicht, was ...«

»Denk nach, Ekin. Denk um die Ecke. Irgendetwas Obskures. Die Rote Laterne war nicht gerade explizit – was könnte es sein?«

Ekin dachte nach. Sie hatte Jahre mit Paul verbracht. Irgendetwas musste doch ...

Es musste, aber es tat es nicht. »Tut mir leid. Ich ...«

»Irgendeine Bemerkung. Paul hat doch Bemerkungen gemacht?«

»Laufend. Viel zu viele.«

»Okay, dann vielleicht eines seiner Spielzeuge. Sein Ramsch. Vielleicht ...« Trixie brach mitten im Satz ab und schlug sich mit der Handfläche gegen die Stirn. »Natürlich! Das ist es! Es liegt doch so nahe ... Die Taschenwelt, die er dir zugespielt hat! Vielleicht haben wir etwas übersehen.«

Trixie hatte recht. Das musste es sein! Ekin zog die Modelllok aus der Tasche.

»Mach schon, schließ sie an!«

Nervös fingerte sie nach der Schutzklappe, bekam sie mit dem Nagel zu fassen und drückte den Kontaktstreifen gegen den Hals.

»Und?«, drängte Trixie.

»Das Übliche: ›Sigma V ruft. Folge der Roten Laterne!‹«

»Sonst nichts? Nichts, was dir jetzt erst auffallen würde? Nichts Neues? Vielleicht löst unsere Anwesenheit hier eine Schaltung aus.«

Ekin konzentrierte sich auf die Taschenwelt, schüttelte schließlich den Kopf. »Nein, tut mir leid.« Sie zog den Kontakt heraus.

»Verdammt!«, brüllte Trixie. »Verdammt! Verdammt! Verdammt! Wenn ich deinen Paul in die Finger kriege, ich werde ihn ...«

Ekin verstand ihre Freundin. Es war zum Aus-der-Haut-Fahren. Sie standen ganz kurz davor, sie spürte es. Sie mussten nur auf den richtigen Gedanken kommen.

Diese Taschenwelt, diese Spielzeuglok, sie war der Schlüssel. Sie musste es sein. Ekin musterte die Lok. Es war eine Diesellok. Blau, mit dunklen Flecken. Kein Fantasiemodell. Ekin glaubte die Lok öfters in echt gesehen zu haben, an der Spitze von Zügen mit Überschussmenschen. In den kurzen Augenblicken, bevor der automatische Wegseh-Reflex einsetzte.

Eine Lok.

Wozu benutzte man Loks? Zum Fahren. Nein, das war nicht richtig, *um* etwas zu fahren. Fracht, Leute. Aber was für eine Fracht? Was für Leute? Es konnte alles Mögliche sein. Aber ... ja, das war es!

»Trixie! Ich hab's! Das ist eine Lok – und eine Lok ist nur ein Teil eines Zugs. Der Rest sind Anhänger. Wir müssen einen Anhänger suchen!«

Sie stürzten sich auf die Kisten.

Als sie etwa die Hälfte der Kisten durchwühlt hatten, rief Trixie laut. »Ekin, hier!«

Es war ein Passagierwagen. Die Fenster unvergittert. Trixie hielt ihn Ekin entgegen. »Hier, mach du! Du hast mehr Erfahrung.«

Ekin stellte den Kontakt her – und zog ihn wieder weg. »Nichts. Sie muss kaputt sein.«

»Das kann nicht sein.«

»Aber es ist so. Taschenwelten sind technische Geräte. Sie gehen irgendwann kaputt.«

»Aber nicht innerhalb von Wochen. Und bestimmt keine, die Paul für dich platziert hat.«

In der Linken hielt Ekin die Lok, in der Rechten den Wagen. Zusammen ergaben sie einen – wenn auch einen kurzen – Zug. Natürlich, sie gehörten zusammen!

Ekin hielt Lok und Wagen aneinander, und eine Magnetkupplung schnappte ein. Sie heftete den Kontakt wieder an und ...

... sah Paul ins Gesicht. Er lächelte ihr zu.

»Hallo, Ekin«, sagte er, »willkommen in meiner Welt!«

Flash Gordon III (Profil) 15.9.2064, 0 Uhr 12
... nö, Leute, nö. Seid ihr noch zu retten? Wir haben's mit Aliens zu tun, nicht mit Zauberern! In den Artefakten soll technisches Gerät stecken? Schon mal was von Reibungshitze gehört? (Tipp: Auf der Company-Site kann man nachlesen, wie heiß die Dinger werden – über 1600 Grad.) Da kommt nicht mal Toast unten an, sondern Asche. Wenn überhaupt!

Glubschauge (Profil) 15.9.2064, 0 Uhr 14
Falsch. »Jede genügend fortgeschrittene Technologie muss uns als Magie erscheinen«, hat ein berühmter Philosoph mal gesagt, mir fällt gerade nicht mehr ein, wer. Wir haben es mit Zauberern zu tun! Die Aliens haben Lichtjahre überbrückt, um zur Erde zu kommen. Sie SIND Zauberer!

Homo sapiens (Profil) 15.9.2064, 0 Uhr 14
Wozu Asche in Containern auf die Erde regnen lassen? Macht doch keinen Sinn! Also muss was in den Artefakten sein, was die Hitze aushält! Oder die Container sind so gut isoliert, dass es innendrin nicht so heiß wird.

Flash Gordon (Profil) 15.9.2064, 0 Uhr 18
Noch nie von A-22 gehört? In dem war Asche!

Homo sapiens (Profil) 15.9.2064, 0 Uhr 19
Na und? Was beweist das? Wer so clever ist, ein Raumschiff zu bauen, das von Sonne zu Sonne fliegt, ist auch clever genug für einen Bluff.

Flash Gordon (Profil) 15.9.2064, 0 Uhr 19
Bluff? Was meinst du damit?

Homo sapiens (Profil) 15.9.2064, 0 Uhr 19
Dass die ganzen Artefakte nur ein Ablenkungsmanöver sind. Wir glotzen wie das Kaninchen auf das, was wir für den Kopf der Schlange halten. Aber vielleicht ist es nur der Schwanz!

Oder: Die Aliens transportieren was ganz anderes. Etwas, dem die Hitze nichts ausmacht.

Flash Gordon (Profil) 15.9.2064, 0 Uhr 20
Aha. Und was soll das sein?

Homo sapiens (Profil) 15.9.2064, 0 Uhr 20
Na ja ... zum Beispiel Bewusstseine, Seelen.

Flash Gordon (Profil) 15.9.2064, 0 Uhr 20
HAAAAAAAAAAAAAAAAAAA! So einen Mist hab ich mein ganzes Leben noch nie gehört!

Glubschauge (Profil) 15.9.2064, 0 Uhr 21
Was gibt es da zu lachen? Die Aliens sind Zauberer! Sie können alles! Ihr werdet es erleben!!!

– *Transkript AlienNet-Forum, Unterforen /Aliens, /Artefakte und /Technische Aspekte*
Gesamtzahl der Unterforen, Stand 1. September 2064: 582
Zahl der täglichen Beiträge (durchschnittlich): 710.000

KAPITEL 23

Lichter schälten sich vor der *Bitch* in einem langen Streifen aus der Nacht.

Nanomea, die Rettung.

Das Flugzeug war herunter auf 900 Meter, hielt die Höhe mit Mühe. Triebwerk 4 war ein ausgebrannter Stumpf, die übrigen drei liefen – der Tankanzeige nach zu urteilen, die seit einer Viertelstunde auf null stand – nur noch aus Treue zu Wilbur. Oder aus Angst vor dem Bordingenieur. Rudi vermutete Letzteres.

Rudi wollte den Kopf wenden, Wilbur zubrüllen, dass er zur Landung ansetzte, aber der Bordingenieur stand bereits hinter ihm. Er schüttelte den Kopf.

»Die Piste ist zu kurz. 200 Meter fehlen. Wenn der Haken nicht greift, ist es aus mit uns. Falls wir überhaupt noch einen haben. Also tanz weiter.«

Rudi gehorchte. Wilbur roch gefährlich, nach scharfem Rauch, seine Hände waren geschwärzt. Als sie Nukufetau passierten, 70 Kilometer vor Funafuti, war die *Bitch* herunter auf 600 Meter und zweieinhalb Triebwerke. Nr. 2 hatte begonnen zu stottern und brachte mehr Unruhe in das Konzert ein als Schubkraft. Rudi schaltete es aus.

»Piste zu kurz?«, fragte er.

Wilbur schüttelte den Kopf. »Nein, aber wir können hier nicht landen.«

»Wieso?« Die Lichter Nukufetaus winkten Rudi zu. »Nukufetau ist ein Flyboy-Stützpunkt. Man wird uns mit offenen Armen empfangen.«

»Ja. Und mit leeren Händen. Dort unten gibt es kein einziges Ersatzteil für die *Bitch.* Wenn wir jetzt landen, kommen wir nie wieder hoch.«

Du denkst doch nicht, dass dieser Schrotthaufen jemals wieder fliegen wird?, dachte Rudi, behielt aber seine Meinung für sich. Die Crew hatte ihn in ihren Kreis aufgenommen, aber mit engen Grenzen. Rudi hatte sich bereits die Zunge verbrannt, als er vor einer Stunde vorgeschlagen hatte, Heros Mini-U-Boot abzuwerfen, um überflüssiges Gewicht loszuwerden. Es hatte nicht viel gefehlt, und die Crew hätte *ihn* als überflüssiges Gewicht aus der Luke gestoßen ...

»Was ist mit Diane?« Die Pilotin hing bewusstlos im Sitz, gehalten von ihren Gurten. Hero hatte ihr Druckverbände am Hals und an der Seite angelegt. Sie schienen ihren Zweck zu erfüllen. »Du hast selbst gesagt, dass sie einen Arzt braucht. Sollten wir nicht zusehen, sie so schnell wie mö...«

»Diane hätte gewollt, dass wir weiterfliegen.«

Rudi zuckte die Achseln. »Okay.«

Die Lichter Nukufetaus blieben hinter ihnen zurück. Rudi versuchte, das Flugleitsystem zu erreichen, um sich von seiner eigenen Angst abzulenken, aber der Funk blieb tot. Sie waren auf sich allein gestellt, allein in der unendlichen Schwärze der Nacht.

Schwärze?

Rudi sah ein Licht in der Ferne. Funafuti? Kaum, die *Bitch* war herunter auf unter 500 Meter, Dunst war aufgekommen und schränkte die Fernsicht ein. Aber da war ein Licht. Es wurde größer und größer – und dann erkannte Rudi es.

Sein Engel. Sein Engel war gekommen!

Sie lächelte ihn aus ihren Mandelaugen an, und dann flüsterte sie: »Keine Angst, Rudi. Du schaffst es. Tu es für mich.«

Rudi saß da, starr.

»Tu es für mich, Rudi!«, flüsterte der Engel. »Tu es für mi...«

Ein Schlag von der Seite vertrieb den Engel. Plötzlich war da nur noch der stechende Schmerz in der Hüfte und die Schwärze und Wilbur, der ihn schüttelte.

»Verdammt, Junge! Was ist los mit dir, träumst du? Da unten ist Funafuti!«

Ja, da war der Lichtstreifen der Piste, unter ihrem linken Flügel. Die *Bitch* hatte die Insel beinahe passiert, während Rudi sein Engel erschienen war. Der Company-Arzt in Neo-Bangkok hatte es ihm prophezeit. Unter extremer Belastung konnte es zu Flashbacks kommen, eine Langzeitwirkung der Droge.

Rudi schloss kurz die Augen, atmete tief durch, öffnete sie wieder. Der Engel blieb verschwunden. Er sah auf das Display. Es war wieder ausgefallen. Rudi fluchte einen Himmelsberger Fluch, nahm aus dem Augenwinkel wahr, wie Wilbur ihn erstaunt und mit einer gewissen Wertschätzung beäugte, und knallte die Faust in das Display. Nichts, es blieb tot. Was nun? Rudi hatte nichts. Höhe, Geschwindigkeit, Windrichtung – die endlosen Reihen der altmodischen Instrumente, die in das Cockpit der *Bitch* eingebaut waren, verwirrten Rudi mehr, als dass sie ihm halfen. Im Camp war keiner auf die Idee gekommen, dass er je ein Museumsstück fliegen würde.

Nichts – und nichts zu verlieren. Rudi setzte zur Landung an. Triebwerk 1 stotterte und setzte schließlich aus, als er die *Bitch* zur Piste hin manövrierte. Rudi fuhr das Fahrwerk aus, es gehorchte ihm, wenn auch knirschend. Er löste den Fanghaken aus. Nichts geschah. Er probierte es ein zweites und drittes Mal, ohne Erfolg. Er hatte sich geirrt. Sie hatten nicht nichts – sie hatten weniger als das.

Dann ging alles sehr schnell. Die fernen Lichter waren auf einmal zum Greifen nahe. Rudi sah Flyboys in alle Richtungen davonrennen, die meisten weg von der Piste, andere zu den Löschfahrzeugen und den Krankenwagen.

»Zieh hoch, Junge!«, brüllte Wilbur von hinter ihm. »Du bist zu schnell! Zieh hoch!«

Rudi ignorierte ihn. Es war zu spät. Die *Bitch* war zu schwer, sie würden nicht mehr hochkommen, nicht mit einem Triebwerk.

Sie setzten auf.

Sie *waren* zu schnell. Mit einem furchtbaren Schlag knallte die *Bitch* auf die Piste, wurde wieder in die Luft geschleudert, setzte erneut auf und blieb am Boden. Sich schüttelnd raste sie über die Piste, die Reihe der Hangars schoss an ihnen vorbei wie ein Schemen.

»Brems, Junge! Verdammt, brems doch!«

Rudi tat es längst. Die *Bitch* jaulte und bockte, Schmorgeruch verteilte sich in der Kabine, der letzte Hangar blieb hinter ihnen zurück, und vor ihnen, hinter den letzten Lichtern, wartete die Schwärze auf sie, griff nach ihnen ...

... und dann stand die *Bitch*, eine Handbreit vor dem Ende der Piste.

Triebwerk 3, das Zittern der Kabine erstarb. Rudi hörte Wellen klatschen, von weiter Ferne Sirenen. Wilburs Hand legte sich schwer auf seine Schulter.

»Saubere Arbeit, danke.«

»Meine arme *Bitch*! Das werden sie mir büßen!«

Rudi und Wilbur waren allein im Hangar. Diane war noch auf der Piste von Sanitätern abgeholt worden, Rodrigo und Hero hatten beschlossen, ihr Beistand zu leisten.

Wilbur tat in der Zwischenzeit das seine für die Maschine. Rudi durfte dabei sein. Mehr noch, Wilbur hatte ihn mit einem »Du bleibst bei mir, Rudi!« an seine Seite befohlen.

Die *Bitch* sah übel aus. Auf der Seite, auf der es sie erwischt hatte, waren von ihrem erdbeerroten Anstrich nur noch vereinzelte Inseln geblieben. Er war entweder abgeplatzt oder von der Hitze verfärbt oder unter einer dicken Rußschicht begraben. Der hintere Teil von Triebwerk 4 war bis tief in die Tragfläche hinein verschwunden. Eine Höhle, schwärzer als die Nacht über dem Pazifik, nahm seinen Platz ein. Unter den starken Hangarlichtern glänzten blanke Metallkanten. Der Propeller des Triebwerks war ein Stumpf, an dem unregelmäßige Stummel die Stellen markierten, an denen die Blätter gesessen hatten. Die Propellerblätter selbst ... sie mussten wie Glas zersplittert sein. Der größte Teil der Splitter war ins Meer gespritzt, wo er vielleicht einem nichts ahnenden Fischschwarm den Tag gründlich verdorben hatte. Der kleinere Teil hatte den Rumpf durchlöchert. Die Längsseite der *Bitch* sah aus, als hätte sie ein Wochenende lang auf einem Volksfest für Schießübungen mit Schrotflinten hergehalten. Löcher, überall Löcher. Ein paar der Splitter hatten sich hinter Rudis Rücken durch den Rumpf gebohrt, waren in schrägem Winkel weitergerast und hatten Diane erwischt, andere hatten sich mit den Hydraulikschläuchen, den elektrischen Leitungen und – soweit Rudi es von seinen Erfahrungen beim Rückflug her beurteilen konnte – dem primären und sekundären Bordrechner und Teilen des tertiären begnügt. Ein paar Splitter mussten auch in die Drähte gerast sein, welche die Ruder der *Bitch* anbanden – und hatten sich daran ihre scharfen Kanten ausgebissen, sonst hätte sich die Maschine längst beim Aufschlag auf dem Wasser ihrerseits in Milliarden Splitter zerlegt.

Aber das war noch nicht alles. Die Schwanzflosse der *Bitch* wirkte, als hätte ein Riesenhai sich von hinten angeschlichen und sich einen herzhaften Bissen gegönnt. Vom großen Seitenruder waren oben und unten nur traurige Reste geblieben, die zusammen vielleicht ein Drittel der ursprünglichen Fläche ausmachten. Kein Wunder, dass die *Bitch* nur noch mit großer Verzögerung auf seine Steuerausschläge reagiert hatte. Rudi hatte es der Steuerung über die vorsintflutlichen Zugdrähte zugeschrieben.

»Diese Schweine! Schau dir nur an, was sie meiner armen *Bitch* angetan haben!«

Wilbur ging auf und ab und betastete die Einschlaglöcher der Rotorblattsplitter mit einer Behutsamkeit, als handele es sich bei ihnen um Wunden und als befürchte er, dass die *Bitch* bei jeder unvorsichtigen Berührung vor Schmerzen aufschrie.

»Ich bin sicher, dass es keine Absicht gewesen ist«, versuchte Rudi, ihn zu beruhigen, ohne zu erwarten, dass es ihm gelingen würde. Ihm fiel nur kein besserer Trost ein. Seit er aus der Maschine geklettert war und Muße und Gelegenheit gehabt hatte, den Schaden in seiner Gänze zu überblicken, wollten seine Knie nicht mehr aufhören zu zittern. Gleichzeitig fühlte er sich seltsam leicht, beinahe schwerelos, als schwebe er über dem

Boden. Im Simulator hatte er eine Menge Katastrophen trainiert. Turbulenzen, Ausfall eines Triebwerks, aller Triebwerke, der Hydraulik, Beinahezusammenstöße, Amok laufende Crew-Mitglieder ... alles, was nach menschlichem Ermessen schiefgehen konnte, nur nicht, dass ein Alien-Artefakt ihnen einen Teil des Flugzeugs glatt wegrasierte.

»Keine Absicht? Die Schweine wussten ganz genau, was sie tun!«

»Das ist doch ...« *Verrückt* wollte Rudi sagen, aber hielt sich zurück. Er war jetzt Teil der Crew, aber erst seit ein paar Stunden. Zu früh, um ungeliebte Wahrheiten auszusprechen. »Denk doch nur, wie unwahrscheinlich das ist! Ein Artefakt stürzt aus seinem Orbit – und die Aliens sollen ausgerechnet auf uns gez...«

»Aliens? Hast du Aliens gesagt, Junge?«

Junge. Da war es wieder. »Ja ... ich ... was denn ...«

»Komm, ich zeig dir was. Na los, ganz nah ran. Mach schon, ich beiße nicht und die *Bitch* auch nicht. Nicht jetzt. Ist ein braves Mädchen. Beißt nur, wenn ich es ihr sage.« Wilbur war unter dem Flügel mit dem zerstörten Triebwerk stehen geblieben.

»Sag mir, was du siehst!«

»Was soll ich schon sehen? Einen Haufen verkohlten Schrott. Die Explosion ...«

»Danke, das reicht.«

»Was ...?«

»Du hast das Stichwort schon gesagt: die Explosion. Hier ist etwas explodiert. Hier und am Heck.« Wilbur zeigte auf das »angebissene« Seitenruder. »Nur: An einem Ruder gibt es nichts, was explodieren könnte. Und was unsere Triebwerke angeht: Sie brennen vielleicht aus, aber sie explodieren nicht.«

»Dann muss eben das Artefakt explodiert sein.«

»Theoretisch möglich. Aber das würde bedeuten, dass zu dem Eins-zu-einer-Billion-Zufall einer Kollision mit einem Artefakt der Zufall gekommen wäre, sie mit einem Artefakt gehabt zu haben, das anders als alle bisherigen beschaffen war. Nein, ein Artefakt hätte wie ein scharfes Messer durch die *Bitch* geschnitten und glatte Kanten hinterlassen.«

Das leuchtete ein. »Aber was hat uns dann erwischt?«

»Herrgott, Junge, bist du eigentlich so naiv, oder tust du nur so?«

»Ich ... ich ...«

»Mach den Mund wieder zu. Ich zeig dir was, bei dem es sich wirklich lohnt, die Kinnlade wieder runterzuklappen.«

Wilbur verschwand im Rumpf der *Strawberry Bitch*. Rudi hörte seine Schritte hallen, dann war einen Augenblick Ruhe, und es quietschte und knarrte metallisch.

»He, Junge!«

Wilburs Stimme kam von oben, aus dem Radarbuckel. Ein schmales Rechteck, das an eine Schießscharte erinnerte, hatte sich darin geöffnet. Wilbur streckte den kahlen Kopf durch den Schlitz und stützte sich dabei auf den Lauf eines Gewehrs. Eines sehr dicken Gewehrs. Eher wie eine ...

»Dank dem Schätzchen hier auf den Knien, dass du noch am Leben bist!«, rief Wilbur und tätschelte den Lauf. »Darf ich vorstellen: der Stachel der *Bitch*. AN/GAU-11 30mm Compact Avenger. Sieben Läufe, gegenüber der Standardversion auf halbe Länge verkürzt, 4000 Schuss die Minute. Nicht ganz taufrisch, aber gute amerikanische Wertarbeit. War eigentlich mal dazu gedacht, Panzer zu knacken. Nichts, was durch Menschenhand fliegt, hält ihr stand.«

Eine Kanone. In einem Company-Flugzeug, das potenziell in den Erstkontakt mit Aliens treten sollte, sie von den guten und friedlichen Absichten der Menschheit, ihrer moralischen Reife überzeugen sollte. Keine Kanone eigentlich, sondern eine Bombe, die die Company, ja die gesamte Menschheit unermesslich teuer zu stehen kommen würde, käme es je zu der Begegnung. Rudi musste an Beatrice denken. Sie hatte den richtigen Riecher gehabt. Freaks, aber harmlos? Von wegen! Die *Bitch*-Crew war ...

»Klapp deinen Kiefer besser wieder hoch, Junge. Und wenn du gerade dabei bist, dich zu beherrschen, hör auf, mich wie einen Serienkiller anzustarren, der seinem nächsten Opfer seinen Werkzeugkoffer zeigt, bevor er über es herfällt. Die Kanone ist reine Selbstverteidigung. Wenn die Amerikaner nicht als Erste losgeballert hätten, wäre ich nie auf den Gedanken gekommen abzudrücken.«

Das war es! Wilbur hatte als Erster geschossen – aber nur scheinbar. Die amerikanischen Raketen waren bereits auf dem Weg gewesen, als er das Geschütz abgefeuert hatte. Und Wilbur musste getroffen haben. Die Tatsache, dass die *Bitch* noch existierte, bewies es. Die Amerikaner hätten ein Company-Flugzeug nie davonkommen lassen.

Wilbur zog den Kopf wieder ein, die Luke schloss sich. Der Flugingenieur kletterte aus der Maschine. »Manchmal versteh ich nicht, was sich die Company denkt. Holt sich Grünschnäbel wie dich, trimmt sie in Turbolehrgängen zu einer Art Pilot, die sich Flyboy nennt und dann noch stolz auf den Titel ist, damit sie uns allen die Tür in eine neue Welt aufstoßen. Und dann kommt raus, dass die Jungs und Mädels keine Ahnung haben, wie die Welt tickt. Es wäre schön, wenn man keine Kanonen brauchte. Hier unten wäre das Paradies, und wir müssten nicht wie die Deppen in den Nachthimmel starren und beten, dass uns irgendwelche glubschäugigen Viecher von einem anderen Planeten vor uns selbst retten. Aber so ist es eben nicht, gewöhn dich besser daran. Als ich in deinem Alter war, habe ich auch daran geglaubt, dass Menschen ohne Kanonen besser dran wären. Für ein halbes Jahr oder so, um es meinem Vater reinzudrücken. Dann hat mich die Armee geholt, und seitdem weiß ich, dass da draußen entschieden zu viele Verrückte mit entschieden zu vielen Kanonen unterwegs sind, um selbst ohne eine zu sein. Aber das ist lange her, und jetzt bin ich schlauer und weiß, dass es immer eine gute Idee ist, was zum Schießen in der Tasche zu haben. Nur für den Fall. Aber was rede ich, es hat ja sowieso keinen Sinn. Musst erst selber auf die Schnauze fallen, bevor du kapierst. Ging mir genauso.«

Er trat zu Rudi, legte ihm einen Arm um die Schultern. »Komm jetzt, vergessen wir den Mist. Ich könnte heulen, wenn ich die *Bitch* so sehe, aber Heulen bringt nichts, und die anderen warten bestimmt schon längst.« Er führte Rudi zum Ausgang des Hangars, ohne den Arm zu heben. Vor der Tür hielt er an. »Ach ja, noch was, Junge. Was ich dir eben gezeigt habe, behältst du für dich. Sonst zeige ich dir persönlich, wie böse die Welt einem mitspielen kann, verstanden?«

Wilbur griff Rudi fester um die Schulter und schob ihn durch die Tür.

Five fuckin' freakin' Aliens

Platz 5
Julio »Terminator« Juárez.
Der Klassiker. Juárez tötete bei einem Amoklauf am 1. März 2060 durch ein Einkaufszentrum und daran anschließende Märkte in Guadalajara (im mexikanischen Bundesstaat Jalisco) insgesamt 439 Menschen und verletzte 721 weitere. Juárez gab an, nachdem er von Sicherheitskräften überwältigt wurde, dass sein Name Burkan, der Eroberer, laute und er gekommen sei, die Erde für seine Rasse von den Menschen zu reinigen. Weitere Aussagen sind nicht bekannt geworden. Juárez starb kurz darauf unter ungeklärten Umständen. Der im AlienNet kursierende Clip, der zeigt, wie er von einer aufgebrachten Menge gelyncht wird, wurde als Fälschung der mexikanischen Polizei entlarvt.
Juárez wurde oft kopiert, aber seine Abschusszahl wurde nie übertroffen.

Platz 4
Walter Ackerer
Galt lange Zeit als der Erneuerer des Benediktinerordens. Anfangs verlacht. Begann im Jahr 2050 mit dem alleinigen und eigenhändigen Aufbau der süddeutschen Klosterruine Hirsau.
Erhielt ab Mitte des Jahrzehnts starken Zulauf und machte Hirsau schließlich zum Zentrum einer religiösen Erneuerungsbewegung. Setzte sein Offenheitsprinzip auf allen Ebenen durch. Stattete die neue Abtei Hirsau mit Kameras aus und sparte dabei weder Mönchszellen noch Toiletten- und Baderäume aus. »Wir haben kein Geheimnis, weder vor Gott noch vor den Menschen«, so Ackerer.
Ab den frühen 2060ern zeigte Ackerer Verhaltensstörungen, die rasch ein Millionenpublikum anlockten. Im Juli 2063 wurde er bei einem Hunter-Einsatz festgesetzt, die Abtei wurde geschlossen.

Platz 3
Viktor Woronzow
Ukrainischer Bauunternehmer, der seinen Aufstieg dem Bauboom der Hafenstadt Odessa verdankte. Investierte seine Gewinne in den Aufkauf umfangreichen Grundbesitzes im Dnjepr- und Schwarzmeertiefland. Öffentlich äußerte er die Absicht, durch ein umfangreiches Bewässerungsprojekt die Ukraine wieder zu der Kornkammer zu machen, die sie für die längste Zeit ihrer Geschichte gewesen war.
Woronzow wurde von Präsidentin Khokun mit dem Orden *Held der Ukraine* ausgezeichnet, das Bankett zur Eröffnung der Erdarbeiten war mit über 10.000 geladenen Gästen der größte Empfang in der ukrainischen Geschichte.
Woronzow selbst übernahm die Leitung der Arbeiten. Innerhalb von drei Monaten entstand ein System von Gräben, durch die nie ein Tropfen Wasser fließen sollte. Stattdessen zeigten Satellitenaufnahmen, dass sie verblüffende Ähnlichkeit mit den Scharrbilden im peruanischen Nazca aufwiesen. Der Zugriff auf Woronzow durch ukrainische Sicherheitskräfte misslang. Woronzow war untergetaucht, um sieben Tage später im Zentrum seines Grabensystems wiederaufzutauchen. Er überschüttete sich mit Benzin, zündete sich an und starb winkend. Neben seinem Leichnam wurde eine Erklärung gefunden, in der er angab, Alien-Kundschafter zu sein und einen Ersatz für den verloren gegangenen Landeplatz von Nazca erstellt zu haben.

Platz 2
Lady Layla
Das erste und nach wie vor erfolgreichste Alien-Medium.
Lady Layla, ihr bürgerlicher Name ist unbekannt, behauptet von sich, in Kontakt mit dem Geist von T'ima T'iar zu stehen, der Prinzessin des Sternenreiches des Felidenvolkes der T'an-T'uar. Ihre Channeling-Sitzungen füllen Fußballstadien und locken regelmäßig Zehntausende von zahlenden Besuchern an.
Prinzessin T'ima T'iar ist eine weise, aber launische Frau. Sie weiß zu allem Rat, behält ihn aber oft für sich oder kleidet ihn in

Worte, die Kritiker als »orakelhaft« bezeichnen. Ihre Stellung zu den Aliens, ob sie ihnen überhaupt angehört, ist trotz Hunderter öffentlicher Channelings weiter unklar. Ihr einziges Statement zu dem Komplex lautet: »Liebt das Fremde, umarmt es, es ist die Milch des Lebens.«
Lady Layla fordert das Hunter-Korps bei ihren Auftritten regelmäßig auf, sie festzunehmen und zu untersuchen, um ihren Alien-Status zu belegen. Bislang hat das Hunter-Korps nicht auf die Aufforderung reagiert.

Platz 1
Der unbekannte Alien
Du hast ein Denkmal verdient, viele Denkmäler. Du bist überall und nirgends. Du steckst in der patzigen Verkäuferin, unseren schwierigen Verwandten, in unseren Kindern und Partnern.
Du steckst hinter den Katastrophen dieser Welt, groß und klein. Hinter den Sturmfluten und dem Glas, das wir Ungeschickten fallen lassen. Du steckst hinter der wundersamen Heilung. Und manchmal, wenn ein Geräusch mich in der Nacht weckt und ich mich auf der Suche nach Schlaf wälze, glaube ich zu spüren, dass du in mir steckst.
Hau ab!
Lass uns nicht allein!

– *AlienNet Unterforen AlienWatch/Humor/ und /Listen*
Stand: 10. Februar 2063
96,4 % der User bewerteten den Bericht als witzig, 80,2 % als lehrreich.

KAPITEL 24

»Hier, für dich!«

Blitz stand in der Tür und hielt ihm eine Plastiktüte entgegen. Ein länglicher Gegenstand steckte darin – ein Stift oder ein Werkzeug oder einfach nur ein Stück Abfall. Wieselflink wusste nie im Voraus, was Blitz ihm am Abend bringen würde.

»Pst!«, machte er. »Komm rein – oder willst du, dass dich Wolf persönlich hört?«

Blitz zog die Tür hinter sich zu und rannte in die Werkstatt. Seit das Mädchen ihm ihren Pakt aufgezwungen hatte, verging beinahe kein Abend, ohne dass sie nicht mit etwas aufgewartet hätte, von dem sie glaubte, dass es Wieselflink dabei helfen könnte, sich von seinem Halsband zu befreien.

»Hier, sieh es dir an!«, forderte sie ihn auf, als Wieselflink keine Anstalten machte, ihre Gabe entgegenzunehmen. Sie stellte sich auf die Zehenspitzen und streckte ihm die Tüte auffordernd entgegen.

Wieselflink nahm sie widerwillig.

»Na los, mach sie schon auf! Sieh es dir an! Damit wird alles gut, ich schwör's dir!«

Er öffnete die Tüte und nahm den Gegenstand heraus, der ihn erlösen sollte. Es war ein vermackter alter Kugelschreiber.

»Na, was sagst du jetzt?« Blitz hüpfte aufgeregt auf und ab.

»Das ... das ist großartig. Danke.« Es klang nicht echt, er wusste es, aber es war alles an Begeisterung, was er in diesem Augenblick vorzuspielen in der Lage war. Ein weiteres nutzloses Geschenk. Müll, den er zu dem Übrigen in die Kiste legen würde, sobald Blitz die Werkstatt verlassen hatte, zu der Ausbeute der vergangenen zwei Wochen. In die Kiste auf dem obersten Regal, in der zweiten Reihe, dort, wo die kleine Blitz nicht hinlangte und sein Blick nicht aus Versehen hinwanderte. Es schmerzte einfach zu sehr. Wie hatte er sich nur gestatten können, sich Hoffnungen zu machen? Wie war er selbst auch nur für einen Moment auf den Gedanken verfallen, ein Kind, das nie etwas anderes als die Züge gekannt hatte, könnte ihm helfen, nach draußen zu kommen?

Am ersten Abend hatte sie ihm eine Schere gebracht. Wieselflink hatte ihr erklärt, dass die Aramidfasern des Halsbands nicht mit einer gewöhnlichen Schere durchtrennt werden konnten. Sie musste mikroverzahnt sein.

Drei Abende später war sie mit einer weiteren Schere erschienen – »Hier! Mikro-verdingst!« – und hatte sich gewundert, dass er das Halsband nicht auf der Stelle durchschnitten hatte. Wieselflink erklärte ihr, dass das nicht gehe – noch nicht. Der Steuerchip hätte ihm einen finalen Schlag versetzt.

»Dann ist es aus mit mir!«, hatte er hinzugefügt. »Dann bin ich tot, verstehst du?«

»Oh ...«, hatte Blitz gehaucht. »Und wenn du ganz schnell machst? Dann merkt der Chip nicht, was los ist.« Wieselflink hatte sich zusammengenommen und ihr erklärt, dass der Chip sich auf diese Weise nicht überlisten ließ.

Und so war es weitergegangen. Jeden Abend war Blitz mit einer neuen kindlichen Idee und dem passenden Werkzeug erschienen, jeden Abend hatte Wieselflink ihr geduldig erklärt, dass es auf diese Weise nicht gehe. Und mit jedem weiteren Abend, an dem Blitz ihm mit den besten Absichten vorführte, wie aussichtslos sein Unterfangen war, wuchs seine Verzweiflung. Er kam nicht weiter. Die korrekte Belegung des Steckers wollte ihm nicht gelingen, er hatte erst einen Bruchteil der möglichen Kombinationen erprobt. Es konnte noch Monate dauern, bis er die korrekte Kombination erriet. Er musste jede von Hand bestücken und dabei übervorsichtig arbeiten, damit die Adern nicht zerfaserten. Und das würde lediglich der erste Schritt sein; der nächste – der Versuch, über den Rechner auf den Steuerchip zuzugreifen – würde ungleich schwieriger sein.

Wieselflink brauchte unverschämtes Glück – und Zeit, die er nicht hatte.

Er spürte es. Die Stabilität, die Wolfs Lehre vom Paradies Sigma V dem Zug verlieh, war nicht von Dauer. Sie konnte es nicht sein. Wolf versprach dem Pack kein besseres Schicksal im nächsten Leben, er versprach es für das Hier und Jetzt. Der Zug war lediglich das Sprungbrett, eine Art Trainingslager, in dem sich die Nomaden auf die Lange Reise vorbereiteten. Immer wieder wurde der Alltag an Bord von Alarmübungen unterbrochen. Einzelne Wagen wurden geräumt. Niemand teilte je den Zweck dieser Übungen mit. Was nicht nötig war: Selbst der dümmste Nomade konnte sich ausrechnen, dass man die Evakuierung des Zugs für den Tag übte, an dem das Alienschiff kam.

Es war diese Unmittelbarkeit, die die strenge Ordnung funktionieren ließ, die jeden von ihnen mit aller Kraft auf einen Punkt zuarbeiten ließ. Wolf musste sein Versprechen in nicht allzu weiter Zukunft einlösen, sollte seine Ordnung nicht in einem Ausbruch enttäuschter Hoffnungen zerbrechen.

Fischer schien sich dessen bewusst. Der Zugführer, der bislang immer eine Minute übrig gehabt hatte, um eine Planübererfüllung oder eine neue Weisheit von Wolf mitzuteilen, war mit einem Mal kurz angebunden. Statt die Nomaden mit Beschwörungen des gemeinsamen Ziels und Lob anzufeuern, hörte Wieselflink ihn immer öfter brüllen. Seine Bewegungen waren fahrig, und wenn er etwas sagte, traten die Adern auf seiner Stirn hervor, als bedeute es eine übermäßige Anstrengung für ihn, sich auf die jeweilige Situation zu konzentrieren. Etwas beschäftigte ihn, nagte an ihm. Ging der Große Plan nicht nach Plan?

»Willst du ihn nicht ausprobieren?«, holte ihn Blitz wieder in die Gegenwart zurück.

»W-was? Oh, natürlich ...« Er hielt den Kugelschreiber immer noch unschlüssig zwischen den Fingern. Ein Kugelschreiber – was erwartete Blitz von ihm? Er zog eine der alten Listen aus dem Stapel und kritzelte mit dem Kugelschreiber Strichmännchen. Die Mine war eingetrocknet, er musste jeden Strich mehrfach nachfahren.

Blitz gefiel nicht, was er tat. »Nicht so!«, rief sie.

»Nein? Wie dann?«

»Ich zeig's dir!« Sie riss ihm den Kugelschreiber aus der Hand und zog eine Kappe ab. Ein Stecker kam zum Vorschein. Sie bückte sich, verschwand unter dem Tisch und steckte den Kugelschreiber in eine Schnittstelle des Rechners.

»Und, was sagst du jetzt?«, grinste sie ihn an, als sie wieder hervorkroch.

Ein Speicherstick. Mindestens so überholt wie der Rechner selbst. Wieso war er nicht sofort darauf gekommen? Der Zug stumpfte ihn ab, er musste sehen, dass er endlich von hier verschwand.

»Blitz, woher hast du das?«

Sie winkte ab. Beiläufig, in Ist-doch-meine-leichteste-Übung-Manier. »Blitz weiß, wie sie Dinge kriegt. Hauptsache, du hast es. Mach schon, sieh es dir an!«

Wieselflink rückte den Hocker zurecht und setzte sich vor den Rechner. Er rief den Speicherstick auf. Er war leer, bis auf ein Dokument und ein Programm.

Er öffnete das Dokument. Es war der Belegungsplan für die Schnittstelle der Halsbänder.

Er startete das Programm. Es stammte vom Bahnministerium. Es war die Steuersoftware für die Halsbänder.

»He, was ist los?«, drängte Blitz. »Du hockst nur da und sagst nichts. Ist es nicht gut?«

»Doch ... doch. Sehr gut. Sehr, sehr gut.« Wieselflinks Stimme war belegt.

»Wieso bist du dann so still? Du freust dich gar nicht!«

Der Schlüssel. Blitz hatte ihm den Schlüssel nach draußen gebracht. »Doch, doch, ich freue mich«, brachte er hervor.

»Und? Kannst du jetzt raus? Nimmst du mich ...«

»Blitz.« Er löste sich von dem Hocker, ging in die Knie, um ihr aus gleicher Höhe in die Augen zu sehen. »Blitz, ich habe eine Bitte.« Er nahm ihre Hände in die seinen. Sie ließ ihn gewähren, auch wenn sie sich wand.

»J... ja?«

»Bitte lass mich allein, gib mir etwas Zeit!«

»Das ... das ... dann willst du heute nicht mit mir spielen?«

Er schüttelte den Kopf. »Nein, das ist es nicht. Ich spiele immer gern mit dir. Es ist nur ... was du mir gebracht, *geschenkt* hast, ist sehr, sehr wichtig.«

»Ja?«

»Ja. Ich glaube, du hast mir den Schlüssel hierzu gebracht.« Er fasste mit einer Hand an das Halsband. »Jetzt muss ich nur noch ausprobieren, ob er passt. Dazu muss ich einige Stunden ungestört sein, verstehst du?«

»Ich ... ja.«

»Danke.«

Er ließ ihre Hände los.

»Wir sehen uns morgen? Du rennst nicht weg ohne mich?«

»Nein, das tue ich nicht.«

Blitz nickte tapfer. Es war eine sehr erwachsene Geste. »Viel Glück!«, sagte sie dann und ging.

Wieselflink starrte ihr lange nach. Wie hatte Blitz es nur angestellt? Hatte sie Fischer benutzt? Ihm fiel keine andere Möglichkeit ein.

Er gab sich einen Ruck, setzte sich an den Rechner, verband Kabel und Stecker nach dem Belegungsplan, den Blitz ihm gebracht hatte, schloss beides an den Rechner und startete die Ministeriumssoftware.

Eine Stunde später war er frei.

Erschöpft und überreizt fiel Wieselflink ins Bett und schlief.

»Wieselflink!«

Der geflüsterte Ruf drang in Wieselflinks Träume von einem sorgenfreien Leben in den USAA.

»Verdammt, Wieselflink! Sperr die Augen auf!«

Dünne Finger legten sich um seine Schulter, zerrten an ihm. Wieselflink öffnete die Augen, spürte Fischer mehr, als dass er ihn in der nahezu absoluten Dunkelheit der Zugnacht hätte sehen können.

»W-was ist los?«

Die Achsen des Zuges schlugen laut und in rascher Folge. Der Zug fuhr, schnell.

»Pack deine Sachen, wenn du welche hast, die du mitnehmen willst«, sagte Fischer. »Aber leise, verstanden?«

Wieselflink richtete sich auf. »Mitnehmen? Wohin?«

»Das wirst du sehen. Und jetzt beweg dich endlich!«

Wieselflink hörte, wie Fischer sich zum Gehen wandte.

»Fischer, warte!«, rief er dem Zugführer hinterher, so laut, wie er sich getraute. Zu seiner eigenen Überraschung blieb Fischer stehen.

»Was willst du noch?«, zischte er.

»Sag mir, was los ist! Bitte!«

Es dauerte einen Augenblick, bevor Fischer antwortete, als habe er es sich erst überlegen müssen. »Also gut«, sagte er dann. »Die Zentrale hat uns gewarnt. Unser Zug wird noch diese Nacht geräumt. Und frag mich nicht, wie das sein kann! Zu neunundneunzig Prozent haben wir das Ministerium im Griff. Aber es bleibt eben ein Restrisiko, mit dem wir leben müssen. Ich stelle sicher, dass wenigstens die wichtigsten Leute die Räumung überstehen.«

Er gehörte zu den wichtigsten Nomaden? Wieselflink wusste nicht, wie er zu der Ehre kommen sollte. Er wollte Fischer danach fragen, besann sich dann aber eines Besseren. Die Frage konnte warten. Eine andere nicht.

»Wie willst du das anstellen?«

»Indem wir gehen.«

»Auf einen anderen Zug?«

»Kann sein.«

»Du weißt es nicht?«

»Die Zentrale wird es uns mitteilen, wenn es so weit ist.« Er hob den Arm und zog den Ärmel hoch. Das Display seines Unterarmcomps tauchte die Werkstatt in bleiches Licht. »Ich stehe in ständiger Verbindung. Man wird uns beizeiten sagen, wie es weitergeht.«

Er musste Wieselflinks zweifelnden Blick bemerkt haben. Fischer zog den Ärmel wieder herunter, seufzte und sagte:

»Wolf ist in unmittelbarer Nähe. Es ist möglich, dass wir auf seinen Zug evakuiert werden. Beruhigt dich das?«

Er wartete Wieselflinks Antwort nicht ab. »In zehn Minuten bin ich zurück«, zischte Fischer. »Dann geht es los – also steh endlich auf und pack!« Er zog die Schiebetür mit einem Ruck hinter sich zu.

Wieselflink blieb in der Dunkelheit zurück und versuchte zu verstehen, was hier vor sich ging. Eben hatte er noch geglaubt, die Freiheit in Griffweite gehabt zu haben. Jetzt ... er musste weg von diesem Haufen von Wahnsinnigen.

Er drehte sich zum Regal und zog fahrig seinen Rucksack hinter den Ersatzteilen hervor, hinter denen er ihn versteckt hatte. Ja, weg vom Großen Pack. Am besten, er versteckte sich irgendwo im Zug. Wenn das Räumkommando anrückte, würde er den Bahnpolizisten entgegenrennen und sich mitnehmen lassen, in einen normalen Zug, ein normales Arbeitslager oder eine normale Fabrik. Wieselflink war es egal, solange er nur weg vom Großen Pack kam. Alles Weitere würde sich irgendwie finden.

Er öffnete den Rucksack. Was sollte er mitnehmen? Wasser auf jeden Fall. Wieselflink hatte sich eine zweite Flasche organisiert, sich einen Liter von seiner Ration abgespart.

Aber was, wenn Fischer oder seine Gardisten ihn in seinem Versteck fanden? Der Zug war vollgestopft mit Nomaden, die Anzahl der Verstecke war gering. Wenn Fischer zurückkehrte und ihn nicht in seiner Werkstatt vorfand, würde er ihn dann nicht suchen lassen? Und sie würden ihn finden, wenn ihnen nur genug Zeit blieb, und die Aussichten dafür waren nicht schlecht, es konnte noch Stunden bis zur Räumung dauern. Dann würde Fischer klar sein, dass er nicht loyal zum Großen Pack stand. Und dann ... Wieselflink dachte an Fleischberg und Kitty und an den dumpfen Ton, mit dem sie auf dem Schotter aufgeschlagen waren, das Zischen, mit dem sich ihre Halsbänder entladen hatten.

Er wagte es, das Licht einzuschalten. Wasser, ja. Was noch? Auf dem Tisch lagen Stecker verstreut, dazwischen das Kabel und der Speicherstift, den Blitz ihm gebracht hatte. Er raffte alles drei zusammen und stopfte es in den Rucksack. Es war widersinnig, sogar gefährlich, doch er konnte nicht anders. Die Gegenstände würden ihn verraten, wenn man ihn aufgriffe, egal ob es die Bahnpolizisten des Ministeriums oder die Sternengardisten waren. Aber Wieselflink hatte zu lange um sie gekämpft und gezittert, als dass er es über sich gebracht hätte, sie einfach zurückzulassen. Er kam zu einem Entschluss. Nein, er würde sich nicht im Zug verstecken. Er musste raus, so schnell er konnte, und Abstand gewinnen. Viel Abstand. Sein Halsband war abgeschaltet, es konnte ihn nicht hindern; die Gardisten dagegen würden ihm nicht folgen können.

Er verstaute die mikroverzahnte Schere im Rucksack. Draußen konnte er sich des Halsbands entledigen. Das Mal, das ihn als Überschussmenschen kenn... Wieselflink machte im Türrahmen halt und griff wahllos in die kleine Kiste, in der Blitz die Alienbänder für ihre Ratespiele aufbewahrte. Er brauchte etwas, um den großflächigen Bluterguss an seinem Hals zu kaschieren, und er wollte kein Halsband des Großen Packs tragen. Abgesehen davon, dass es sich anfühlen würde, als hätte Fischer ihn nach wie vor im Griff, konnte es ihn auf der Stelle verraten.

Als er das Alienband in die Hosentasche stopfte, dachte er an Blitz. Ohne ihre Hilfe hätte er keine Chance gehabt davonzuschlüpfen. Und er hatte versprochen, sie mitzunehmen, wenn er es tat. Er wusste, dass er im Begriff war, sein Versprechen zu brechen. Aber was blieb ihm anderes? Er musste schnell sein, jeden Augenblick konnte Fischer mit einer Abteilung Gardisten zurückkehren, und er hatte keine Ahnung, wo Blitz steckte. Und selbst wenn er sie gefunden hätte – Blitz war nur ein Kind, ein pfiffiges und geschicktes vielleicht, aber dennoch ein Kind. Eine Flucht durch die Nacht, an den Gardisten und den Bahnpolizisten vorbei, würde gemeinsam mit ihr unmöglich sein.

Wieselflink trat auf den dunklen Gang und lauschte. Die

Achsen des Zugs schlugen. Er raste durch die Nacht, dem Bahnhof entgegen, an dem die Bahnpolizisten ihn erwarteten. Aus dem hinteren Teil, der Richtung, in die sich Fischer gewandt hatte, drangen laute Rufe, dann Schreie. Dort lag Wagen 14, der Ausgang. Wieselflink hatte gehofft, hindurchschlüpfen zu können, während Fischer, auf Heimlichkeit bedacht, die rettenswerten Nomaden des Zugs zusammentrommelte. Es hatte nicht funktioniert, das Geschrei bewies es. Was nun? Doch auf Fischer warten? Wieselflink wand sich, sah in die Gegenrichtung. Die Tür zu Wagen 1 stand auf, gedämpftes Licht drang aus dem Schlitz.

Wagen 1. Fischers Wagen. Der Wagen der Gardisten. Der Wagen, der einem gewöhnlichen Nomaden wie ihm verschlossen war. Und nun stand die Tür offen. Einladend.

Wieso eigentlich nicht?

Wieselflink huschte zu der Tür, lauschte. Nichts. Vorsichtig schob er sich durch den Schlitz. Der Wagen war verlassen. Es war ein Großraumwagen, ohne Abteile. Auf einer Seite zog sich eine lange Reihe Matratzen hin. Sie bildeten eine gemeinsame Fläche. Decken und Kissen lagen verstreut auf und neben den Matratzen, als wären die Gardisten, die hier schliefen, aufgesprungen und hätten alles liegen und stehen lassen. Nein, nicht alles, stellte Wieselflink fest, als er in das Innere des Wagens trat. Auf der gegenüberliegenden Seite der Matratzen standen hohe, schmale Schränke. Die Türen waren geöffnet. In den Schränken waren Holzgestelle angebracht, nicht für Kleidung, eher für ... nein, das konnte nicht sein. Das Große Pack war furchterregend effizient, Wolf und seine Zugführer wie Fischer verstanden es, mit dem Ministerium umzugehen, aber eine mit Gewehren ausgerüstete Garde?

Wieselflink ging weiter. Er schwankte, der Zug bockte und sprang bei dem hohen Tempo auf den ausgeleierten Schienen. Am Ende des Wagens war ein Abteil. Wieselflink ging hinein. Es musste Fischer gehören. Ein Rechner stand auf einem Tisch, daran angeschlossen ein Drucker, auf dem der Zugführer die Listen für Wieselflink und die Mustervorlagen für die

Weber drucken musste. Auf dem Boden lag eine Matratze, zwei auf zwei Meter, eigentlich viel zu groß für den kleinen, alten Mann. Zwei Decken und zwei Kissen lagen unordentlich darauf.

Wieselflink tastete die Fenster ab. Sie waren versiegelt, wie überall im Zug. Er überprüfte die Tür. Sie war verschweißt. Weiter. Wieselflink klopfte die Wände ab. Eine Seite, dann die andere. Er schob die Matratze weg und ... fand eine Klappe! Er beugte sich vor, drehte an dem Griff und ...

... wurde von allen vieren gerissen, als der Zug quietschend eine Notbremsung vollführte. Er kam zum Stehen. Einige Sekunden lang herrschte überraschte Stille, dann explodierte der ängstliche Aufschrei von hunderten Nomaden, die sich unsanft aus dem Schlaf gerissen fanden. Von draußen glaubte Wieselflink gebrüllte Kommandos zu hören, hörte weitere, die durch den Zug hallten. Dann knallten Schüsse. Seine Vermutung hatte zugetroffen: Die Gardisten hatten Gewehre.

Raus! Nur weg hier!

Wieselflink sprang auf, nahm Ziel und trat gegen die Tür. Blind warf er sich durch die Öffnung, kam mit der Schulter hart auf dem Schotter auf und rollte sich ab.

Grelles Licht aus Scheinwerfertürmen blendete ihn, warf harte Schatten auf eine Landschaft aus Gleisen, Weichen und rostenden Güterwagen. Es regnete.

Wieselflink schnappte nach Luft – sie schien ihm nach den Monaten im abgeriegelten Zug unnatürlich kalt und frisch – und flitzte los. Er hatte keine Zeit, die Lage zu überblicken. Er musste Abstand gewinnen, irgendwo in dem Gewirr der Schienen und Wagen verschwinden, sich gegen den Boden drücken, mit ihm verschmelzen und darauf warten, dass die Räumung vorüber war. Es konnte nicht lange dauern. Jeden Augenblick würden die Bahnpolizisten sie über ihre Halsbänder ausschalten. Dann konnte er den Morgen abwarten, sich in Ruhe umsehen, das Halsband durchschneiden und sehen, wie er nach draußen kam.

Er war schnell. Gut im Antritt, wie er es immer gewesen

war. Wieselflink flitzte von Gleis zu Gleis, und mit jedem Sprint blieb der Zug weiter hinter ihm zurück, die Schreie, die jetzt verzweifelt schrill waren, die Schüsse – und der Wahnsinn des Großen Packs.

Nachdem er zwei Dutzend Gleise hinter sich gebracht hatte, kroch er unter einen Containerwagen und schnappte nach Luft. Genug. Flitzte er weiter, kam er dem Rand des Geländes zu nahe. Dort würde ein Kordon Bahnpolizisten auf Nomaden warten, die es irgendwie geschafft hatten, aus dem Zug zu entkommen und glaubten, sie hätten es gesch...

Eine Hand legte sich auf seine Schulter. Sie gehörte Fischer. »Sauberer Sprint«, sagte er anerkennend. »Du trägst deinen Namen zu Recht. Und jetzt komm mit – Wolf wartet!«

Fischer versetzte ihm einen Schlag auf die Schulter und kroch die Schwellen entlang. Wieselflink folgte ihm. Die Gardisten, die mit Fischer gekommen waren, ließen ihm keine Wahl.

Wieselflink hatte ausgeflitzt.

Haben Sie keine Angst!

Die Aliens sind keine Invasoren – sie können es nicht sein. Wieso? Ich zeige es Ihnen. Schließen Sie die Augen!

Was sehen Sie? Schwärze, endlose Schwärze. Das ist das Universum, in dem wir leben. In dieser Schwärze schweben Tropfen. Große Tropfen, die wir Galaxien nennen, kleine Tropfen wie unsere Sonne, winzige Tropfen wie unsere Erde.

Doch verglichen mit dem Universum sind sie nichts. Es gibt mehr als 50 Milliarden große Tropfen, Galaxien. Und jeder große Tropfen enthält ungefähr 100 Milliarden kleine Tropfen, Sonnen. Und jeder kleine Tropfen besitzt ungefähr … wir wissen es nicht. Es sind mehr, als wir Menschen erahnen können.

Ich frage Sie: Wieso sollten die Bewohner von Tröpfchen A daran interessiert sein, zu Tröpfchen B zu fliegen und seine Bewohner zu versklaven, wenn doch eine unendliche Zahl von Tröpfchen existieren muss, die ohne Kampf zu haben sind?

Und wieso sollten sie überhaupt Waffen mit sich führen? Wer Raumschiffe bauen kann, kann auch rechnen. Und er rechnet sich Folgendes aus: Unvorstellbar weite Abgründe der Leere stehen zwischen den Tröpfchen. Ein Flug von Tröpfchen A nach B nimmt Jahrhunderte, wenn nicht Jahrtausende in Anspruch.

Was, wenn die Aliens vor 10.000 Jahren die Erde erreicht hätten? Sie wären allenfalls auf Höhlenmenschen gestoßen!

Was, wenn die Aliens die Erde erst in 10.000 Jahren erreicht hätten? Hätten sie überhaupt noch Menschen angetroffen?

Deshalb: Haben Sie keine Angst! Nicht vor Aliens, wenigstens …

– *Aus dem Programm »Aliens: die Wahrheit« von Bernhard Ratschik, Sommer 2063. Die Tour führte durch 68 Städte, alle Auftritte waren ausverkauft.*

KAPITEL 25

Der dicke Junge ist allein. Immer allein. Er sitzt auf dem Fenstersims, viele Stockwerke über dem Boden. Er schaut hinunter, manchmal beugt er sich weit vor, um einen besseren Blick auf etwas zu bekommen, was sein Interesse erregt hat. Oder sucht er in sich selbst den Mut zu springen?

Nachmittags kommt sein Vater nach Hause. Ein großer Mann mit übergroßen Händen, wie Schaufeln. Müllgestank haftet an ihm wie der Schweiß. Er bringt Fertigpizza und will die Hausaufgaben des Jungen sehen. Ist er zufrieden damit, teilt er die Pizza mit ihm und sitzt vor der Datenwand, bis der Tag vorüber ist. Ist er es nicht, bekommt der Junge seine Schaufelhände zu spüren.

So gehen die Tage dahin. Blicke ins Leere, Pizza, Schweiß und Schläge.

»Wenigstens nummerieren hätte er sie können!«

Trixie ging vor der großen Datenwand auf und ab. Auf der Wand hatte Ekin in drei Reihen Standfotos angeordnet. Die meisten zeigten Paul.

Die Freundinnen hatten das größte Zimmer in einem Autobahnhotel im Südosten von Regensburg genommen. Letzteres ein geografischer Zufall, Ersteres wohlkalkuliert. Sie brauchten Platz, um ihre Beute auszubreiten, Raum für ihre Gedanken. Es war keine schlechte Wahl. Sah man aus dem Fenster, blickte man auf ein bröckelndes Industriegebiet. In der Ferne zeichnete sich ein dünner Streifen Wasser ab, es musste die Donau sein.

»Wozu? Wir kommen auch so klar.« Ekin wählte ein Standfoto, anschließend ein zweites. Sie vertauschte ihre Position, besah sich einige Augenblicke lang das Arrangement und machte den Tausch wieder rückgängig.

Der Vater geht nicht mehr. Er stinkt nicht mehr nach Müll. Seine Schaufelhände halten eine Flasche in der Hand. Er hat seine Arbeit verloren. Überschussmenschen machen sie für umsonst. Der Vater erinnert an einen alten Boxer, der einen Schlag zu viel eingesteckt hat und nicht mehr hochkommen wird. Aber noch kann er austeilen. Er tut es.

Der Junge steckt ein, fleht nach seiner Mutter, aber sie hört ihn nicht. Sie hat ihn noch nie gehört. Sie ist zu weit weg, um ihn zu hören, sagt sein Vater. Der Junge schließt sich in seinem Zimmer ein, verlässt es nur, um in die Schule zu gehen, wo andere als sein Vater ihn schlagen. Er sitzt jetzt öfters auf dem Fenstersims, beugt sich immer weiter vor, sammelt seinen Mut.

Eines Tages findet er auf dem Schulweg eine Plastikschachtel. Jemand muss sie verloren haben. Sie erinnert an ein Brillen-Etui, nur dass sie viel kleiner ist. Sie passt in seine Hosentasche, als wäre sie dafür gemacht. Er steckt sie ein. In derselben Nacht erblickt er eine andere Welt.

15 Clips, 15 Taschenwelten, die Ekin und Trixie gehortet hatten, ein Modellzug, der vor ihnen auf dem Boden stand – ein Zug, der sie direkt zu Paul führen würde. Wenn sie es nur verstanden, alles richtig zu kombinieren.

Drei Wochen waren vergangen. Drei Wochen, jede Nacht in einem anderen Hotel, jeder Tag in mehreren Tauschbörsen, immer auf der Suche nach neuen Wagen für Pauls Zug. Eine Menge Spesen waren zusammengekommen, bezahlt vom Korps, dem Ekin eine Rechnung nach der anderen untergeschoben hatte. Es war ganz einfach gewesen: Man griff einfach in das Becken der Millionen Anzeigen, die im HunterNet kursierten, konstruierte den gewünschten Zusammenhang, meldete eine Dienstfahrt an – und es ging los. Man musste sich nur trauen.

»So …« Ekin saß auf der Bettkante und steuerte die Datenwand über eine Virtuelltastatur, die über ihrem Schoß schwebte. »So kommt es hin, glaube ich.«

»Dein Wort in alle Ohren, die uns helfen können!« Trixie ließ sich neben ihr auf das Bett fallen.

Trixie war treu an Ekins Seite geblieben, allerdings zunehmend entnervt. »Ich bin es ja gewohnt, dass meine Kundschaft wirr daherredet«, hatte sie irgendwann gestöhnt. »Aber das da!«

Eine verständliche Klage, aber unangebracht. Paul redete. Auf die einzige Art, die ihm möglich war.

Die Aliens sind da. Ihr Schiff hängt über dem Südpazifik, es lastet auf den Menschen. Sie starren in ihre Datenwände oder zu Boden, in Erwartung des Schlags, der kommen muss. Der Junge – er ist jetzt ein Teenager – sieht nicht zu Boden. Er hat keine Furcht. Im Gegenteil. Er kennt sich aus. In den Taschenwelten hat er viele Schiffe gesehen, mehr als er zählen kann. Sein Vater wollte nichts davon hören. Fantastereien, an denen nichts dran ist. Fantastereien, die ihm seine Aussichten in der echten Welt zunichtemachen. Fantastereien, die der Junge mit handfesten Schlägen bezahlte.

Jetzt steht das Schiff am Himmel. Alle können es sehen.

Alles wird gut, er spürt es.

Und es wird gut. Eines Tages kommt sein Vater vom Bierholen nicht zurück. Der Junge wartet ängstlich, er kann sein Glück nicht fassen. Aber es ist so echt wie das Schiff am Himmel. Der Vater kehrt nie wieder zurück.

Paul hatte Taschenwelten aufgezeichnet, nein, er hatte sie als eine Art Papier benutzt, auf dem er seine Geschichte niedergeschrieben hatte. In Bruchstücken, die Taschenwelten unter die Abertausenden gemischt, mit denen er gehandelt hatte. Sie waren in der Masse untergegangen, bis Ekin sich auf die Suche nach ihnen gemacht hatte. Verständlich nur im Zusammenhang und nur für Ekin und zu öffnen nur mit der kleinen Lok als Schlüssel, die er Ekin über die Magico-Maschine zugespielt hatte.

Ein Käufer, der zufällig eine von Pauls Taschenwelten ausprobierte, würde sie rasch wieder zur Seite gelegt haben, ohne sich viel dabei zu denken. Es gab viel Schrott unter den Welten. Entwürfe, die so absurd waren, dass sie selbst bei direkter Maschinen-Gehirn-Verbindung unglaubwürdig blieben, abstoßend oder einfach nichts sagend. Bruchstücke, Splitter, die die Bezeichnung »Welt« nicht verdienten.

Wie die Welten, aus denen Pauls Botschaft an Ekin bestand.

Paul schlägt sich durch. Der ein oder andere Job findet sich immer, trotz der Überschussmenschen. (Zu denen jetzt sein Vater gehört?, fragt er sich, als er einen Zug vorbeifahren sieht und sich ihm Arme flehend durch die vergitterten Fenster entgegenstrecken.)

Er bleibt auf der Schule, zu seiner eigenen Überraschung. Er trainiert mit Gewichten, die anderen Schüler trauen sich bald nicht mehr an ihn heran. Und jetzt, da sein Vater ihn nicht mehr zwingt, entdeckt er, dass er gern zur Schule geht. Die Schule ist ein Fenster, wie die Taschenwelten. Sie eröffnet Möglichkeiten. Keine unendlichen, aber immerhin. Paul ist strebsam. Das wenige Geld, das er übrig hat, steckt er in Taschenwelten, die kaum einer will und kaum etwas kosten, und in Flyboy-Lose.

Er zieht nur Nieten.

»Nicht gerade der Gipfel der Originalität«, kommentierte Trixie. »Inhaltlich, wenigstens. Kleiner dicker Junge aus armen Verhältnissen, der es schwer im Leben hat. Hat nur den Vater. Die beiden kommen zurecht, bis der Vater die Arbeit an einen GenMod oder Überschussmenschen verliert, zu saufen anfängt, und der Sohn flieht vor der grimmigen Realität in Traumwelten ...«

»Bis zu dem Punkt schon«, räumte Ekin ein. »Aber dann ...«

Paul lebt in seinen Welten. In einer kehrt seine Mutter zurück, und sie ziehen in ein schönes, großes Haus. Das gefällt ihm. In einer anderen nehmen die Aliens mit ihm Kontakt auf, ziehen heimlich bei ihm ein, um die Menschen aus nächster Nähe zu beobachten. Das gefällt ihm besser. In einer anderen nehmen ihn die Aliens in ihrem Raumschiff mit zu den Sternen. Das gefällt ihm am besten.

Paul ist ein kluger Junge. Er versteht, dass er sich in die Taschenwelten flüchtet, um die Welt, in der er unentrinnbar festsitzt, ertragen zu können. Eines Tages will er anders leben, das weiß er. Er wird es tun. Aber bis dahin ... die Taschenwelten sind eine Stütze, eine Phase. Sie kommen aus ihm, er hat sie unter Kontrolle. Er kommt mit ihnen klar.

Wenn da nicht ... manchmal findet er sich in fremden Welten wieder. Wirklich fremden Welten. Nichts in ihnen kommt aus ihm, er spürt es. Alles ist anders dort: das Licht, die Farben, die Bäume, die keine sind – und er selbst. Er hält die Hand vor Augen und stellt fest, dass er drei Hände besitzt. Oder Krallen oder Tentakel oder Flossen.

»Du denkst, er sieht die Welten, von denen die Aliens stammen?«, fragte Trixie. »Dass es sich nicht um eine Rasse handelt, sondern um verschiedene?«

Ekin nickte. »Das liegt doch auf der Hand. Paul hat große Erfahrung mit Taschenwelten. Er versteht, dass er in ihnen nur wiederfindet, was er selbst in sie hineinlegt. Und er kann sich nicht erklären, woher die Eindrücke dieser Welten stammen. Sie kommen nicht aus ihm.«

»Glaubt er, ja. Und das bedeutet rein gar nichts, lass dir das von deiner guten Psychologen-Freundin sagen. Es gibt für jeden von uns einen Menschen, den man nie verstehen wird: sich selbst.«

»Du hältst diese Welten also nicht für ungewöhnlich?«

»Nein ...« Trixie hielt einen Augenblick inne, ihre langen Finger griffen ineinander und rangen miteinander, als denke sie nach, wie viel sie Ekin verraten durfte. »Ekin«, sagte sie dann, »poste das, was ich dir jetzt sage, gefälligst nicht sofort im AlienNet, klar?«

Ekin nickte.

»Diese Traumwelten sind nicht ungewöhnlich. Praktisch *alle* Menschen, in denen sich ein Alien manifestiert, träumen. Ohne den Umweg über Taschenwelten und, zugegeben, nicht so plastisch wie Paul. Das Korps verfügt über einige tausend Spezialisten, die nur damit beschäftigt sind, diese Träume auszuwerten.«

»Aha. Und wieso hat man mir in der Ausbildung ...«

»Weil es für die Hunter nicht relevant ist. Die Betroffenen schweigen über ihre Träume. Viele haben sie im Augenblick des Erwachens bereits wieder vergessen, wie es bei den meisten gewöhnlichen Träumen passiert. Zurück bleibt eine Unruhe, das Gefühl, dass etwas nicht in Ordnung ist – und das ist, unter anderem, die Ursache für die Verhaltensauffälligkeiten, denen die Hunter nachgehen.«

»Nicht relevant ...« Ekin ließ die Worte einsinken. Es gefiel ihr nicht, dass man Dinge vor ihr verbarg. Gut, sie kannte das Credo des Korps, die Zellenstruktur, die jedem Angehörigen nur so viel Informationen zukommen ließ, wie er oder sie zur Bewältigung seiner Pflichten benötigte. Eine notwendige, aber dennoch unangenehme Wahrheit. Vielleicht lag es daran, dass Trixie sie verkörperte. Ekin fiel es schwer, sie zu akzeptieren. Trixie wusste so viel mehr als sie. Wie Paul. Und ab und zu warf Trixie ihr einen Brocken ihres Wissens hin. Wie Paul ...

»Dann sind Pauls Welten belanglos?«, fragte sie.

»Diese hier ja, glaube ich.« Trixie zeigte mit dem Finger auf das nächste Standbild in der Reihe. »Aber die hier bestimmt nicht!«

Immer öfter findet sich Paul in fremden Welten wieder. Es sind immer andere, als wäre ihr Vorrat unerschöpflich. Nie kehrt er ein zweites Mal in dieselbe Welt zurück. Mit einer Ausnahme: Es ist eine Unterwasserwelt. Eine riesige Stadt, eine Insel des Lichts in der Schwärze der Tiefsee.

In dieser Welt ist er nicht allein. Paul hat einen Führer. Ein muskulöser Wassermensch, herrisch und stolz. Er nennt sich Pasong. Lange Stunden führt Pasong ihn durch seine Stadt, spricht von den goldenen Zeiten, die anbrechen werden, wenn sie eines Tages fertig gestellt ist.

Paul weiß nicht, wann dieser Tag kommen wird. Die Stadt ist verlassen.

»Du glaubst, diese Unterwasserstadt liegt auf Sigma V?«

»Möglich. Aber im Prinzip könnte jede dieser Welten Sigma V sein – oder keine von ihnen.«

»Was ist dann das Besondere an dieser Stadt? Kennt das Korps sie?«, fragte Ekin.

Trixie schüttelte den Kopf.

»Diesen Wassermenschen Pasong?«

Trixie schüttelte den Kopf ein zweites Mal. »Nein. Aber genau deshalb ist das hier so interessant. Es ist – soweit ich das beurteilen kann, mein Rang ist nicht so hoch, dass man mir alles mitteilen würde – einzigartig. Die Manifestierten träumen ab und an von Unterwasserwelten, aber nicht in dem Detail, nicht von einer Unterwasserstadt und nicht mit der Konstanz, mit der es Paul offenbar getan hat.«

»Was nichts heißen muss, wie du mir eben erst erklärt hast.«

»Aber kann. Auf diese Unterwasserstadt trifft zu, was Paul in einer der Welten behauptet: Es kommt nicht aus ihm. Ich kenne Paul aus deinen Erzählungen, ich kenne seine Akten. Er hat mit Wasser nichts am Hut. Schwimmen hat er erst im Ausbildungslager gelernt, das Meer hat er zum ersten Mal als Hunter bei einem Außeneinsatz mit eigenen Augen gesehen.«

»Na und? Er kann es aus einem Film haben oder ... Trixie?«

Trixie hörte ihr nicht zu. Sie hatte eine zweite virtuelle Tastatur aufgerufen.

Der junge Paul wird wohlhabend. Die Nachfrage nach Taschenwelten springt an. Die Menschen haben genug von dem Verhängnis, das über ihnen hängt, sie suchen die Flucht in bessere

Welten. Die Wohnung, die er von seinem Vater übernommen hat, wird zu einem Warenlager.

Bald ist es zu klein. Paul leistet sich eine neue Wohnung in einem besseren Viertel.

Er kauft sich ein Auto, einen Benziner, kauft sich Freunde. Und Freundinnen. Sein Leben gefällt ihm, aber nicht gut genug. Nie verlässt er das Haus, ohne sich die Taschen vorher mit Welten vollzustopfen. Für den Fall. Er kauft Flyboy-Lose im Stapel.

Nieten, nichts als Nieten.

Eines Tages sieht er eine Werbung. Ein Mann – oder ist es eine Frau? Unmöglich zu sagen. Er oder sie trägt Körperpanzer, einen Helm mit Visier. Es ist ein Hunter. Er jagt Aliens, beschützt die Menschheit.

Der Hunter schwingt sich von Dach zu Dach. Ein Schemen, ein Blitz, dank neurobeschleunigter Reflexe. Er ist überall zugleich, vernetzt, er sieht und hört Dinge, die andere Menschen nicht sehen und hören.

Er ist mehr als ein Mensch.

Paul bewirbt sich für das Korps.

»Mal sehen ...«, murmelte Trixie.

Sie rief die Clips auf, in denen die Unterwasserstadt zu sehen war, schoss mehrere Dutzend Standbilder und legte sie auf der rechten Seite der Datenwand ab. Die Standbilder zeigten die Unterwasserstadt aus verschiedenen Winkeln. Sie wirkten wie reale Fotos, nicht wie Bilder, die Paul im Geist erzeugt hatte und die Trixie über ihre Beziehungen zum Korps aus den Gehäusen ihrer Taschenwelten befreit und in Clips transformiert hatte.

Trixie rief ein zweites Set Bilder auf und füllte mit ihm die linke Seite der Datenwand. Sie zeigten das Alienschiff. Im Ursprungszustand, in dem es in den Orbit eingeschwenkt war, gefolgt von weiteren Bildern, aufgenommen im Abstand von jeweils drei Monaten. Das Schiff wuchs sprunghaft an, legte Schicht um Schicht zu, spuckte in unregelmäßigen Abständen

Artefakte aus, einzeln und in Gruppen. Trixie wischte die Alienkreuze mit knappen Bewegungen auf der Virtuelltastatur von den Bildern.

»Stören nur ...«, murmelte sie dabei.

Die Grundausbildung ist hart, auf Auslese angelegt. Das Korps kann es sich leisten. Es hat tausendmal mehr Bewerber, als es gebrauchen kann.

Paul macht es nichts aus. 1 : 1000, das schlägt die Chancen der Flyboy-Lotterie um Lichtjahre. Und: Er ist es gewohnt, schikaniert und geprügelt zu werden. Er hat von seinem Vater – dem starken Vater mit den Schaufelhänden, die noch keine Flasche hielten – gelernt, wie man sich behauptet.

Paul ist härter als die Ausbilder, hat das größte Maul, steckt nie zurück. Wird der Druck zu groß, zieht er eine Welt aus der Tasche und stürzt sich in sie.

Der Typ hat keine Chance, flüstern die anderen Rekruten einander zu. Was will das Korps mit einem aufsässigen Kerl wie ihm?

Paul wird zugelassen.

Trixie spielte mit den Bildern der Unterwasserstadt und des Alienschiffs. Stellte sie in zufälliger Auswahl nebeneinander, transformierte sie zu 3D-Modellen, drehte sie, betrachtete sie von allen Seiten.

Aber so sehr sie Unterwasserstadt und Alienschiff drehte und wendete, es nützte nichts. Beide waren flach, erinnerten an Plattformen – und damit begannen und endeten die Ähnlichkeiten bereits. Das Alienschiff war von einem dunklen Grau, die Unterwasserstadt von einem intensiven Schwarz, als handele es sich bei ihr nicht um einen realen Gegenstand, sondern um einen boden- und lichtlosen Abgrund.

Ekin verfolgte Trixies zunehmend fahrige Bemühungen eine Zeit lang. Schließlich legte sie ihr eine Hand auf die wirbelnde Rechte. »Lass es gut sein. Du ...«

Trixie stieß die Hand weg. »Ekin, sieh dir das an!«

»Trixie …«

»Sieh hin!« Es waren zwei Bilder. Sie zeigten die Stadt und das Schiff jeweils von oben. Rechts unten im Bild des Schiffs war ein Datum eingeblendet: 23.09.2064.

»Es ist offensichtlich, oder? Die Form ist beinahe identisch!«, fuhr Trixie fort. Sie blendete Zahlenreihen ein. »Und weißt du was? Ich habe die Größen ungefähr überschlagen. Der Wassermensch hat mir dabei als Maßstab gedient. Die Größen sind nahezu identisch! Das kann doch kein Zufall …«

Ekin packte Trixies Hände und hielt sie fest. »Doch, das ist es. Das Alienschiff ist seit seiner Ankunft gewachsen. Natürlich hat es zu einem bestimmten Zeitpunkt eine bestimmte Größe besessen.«

»Schon, aber …«

»Komm herunter, Trixie. Du willst sehen, was du sehen willst. Aber überleg, was wir wirklich sehen! Das eine sind Bilder aus Taschenwelten, von Pauls Gehirn erschaffen, ihm möglicherweise von einem Alien eingegeben, und durch einen mehrstufigen Softwarewolf gedreht. Die anderen … zugegeben, es sind Fotos, aber weißt du, wie viel ich auf die Wahrheitstreue eines Schnappschusses des Mutterschiffs gebe?«

Trixie schwieg. Sie starrte auf die Datenwand.

»Ich sage es dir: einen feuchten …«

»Schon gut.« Trixie holte tief Luft. Dann wischte sie die Darstellungen mit einem Schrubben über die Virtuell-Tastatur weg. »Ich sehe es ja ein. Es ist Unsinn. Entschuldige.«

Die Ausbildung. Zwei Jahre. Training an der Waffe, wie in der Werbung, ja, Häuserkampf, Blitz-Einsätze, aber sie machen nur einen Bruchteil aus. Paul lernt traditionelle Polizeiarbeit, Ermittlung, angewandt auf Aliens in der Manifestation.

Paul bereut seinen Entschluss. Das Korps ist nicht, was er sich davon versprochen hat. Hunter sind nicht überlebensgroß, keine Übermenschen, sondern Rädchen in einer großen Maschine. Seine Klappe wird noch größer, vor dem Einschla-

fen weint er leise in das Kissen. Er flieht in seine Taschenwelten. Sie sind seine feste Burg, ein Ort, den niemand erreichen kann.

Oder doch? Mit welcher Taschenwelt auch immer er sich verbindet, er findet sich in der Stadt unter dem Ozean wieder. Pasong führt ihn lange Stunden durch seine werdende Stadt, seine Augen – sie sind merkwürdig starr und kalt, wie die eines toten Fischs – leuchten, wenn er von der Zukunft seiner Stadt erzählt. Eines Tages, sagt er, wird die Stadt leben. Und dann ... Pasong führt es nie aus.

Paul kehrt schweißnass und verstört aus der Unterwasserstadt zurück. Er versteht die Welten nicht mehr. Er will mit jemand anderem darüber reden, aber er spürt, dass er das nicht darf. Die Taschenwelten sind seine Welt, niemand darf von seinen Träumen erfahren, schon gar nicht die Psychologen des Korps.

Paul will abhauen. Nur weg, dann wird er sehen. Vielleicht kann er sich nach Ozeanien durchschlagen, zu den Flyboys. Vielleicht nehmen sie ihn auch ohne Los.

Er tut es nicht. Eines Tages, in der Unterwasserstadt, legt Pasong ihm den Arm auf die Schultern und sieht ihn aus seinen kalten Fischaugen an. »Du darfst nicht davonrennen, Paul«, sagt er. Es ist das erste Mal, dass Pasong ihn mit Namen anspricht. »Ich brauche dich. Wir brauchen dich.«

»Aber ... aber wozu?«, bringt Paul hervor.

Pasong sagt es ihm.

»Was jetzt?«

Trixie zuckte die Achseln. »Wir duschen kalt und fangen von vorne an.«

»Ist das dein Ernst?«

»Das mit dem Von-vorne-Anfangen schon.«

»In Ordnung. Wie willst du es anstellen?«

»Indem wir von dem ausgehen, was Fakt ist.«

»Und das ist?«

»In Paul hat sich ein Alien manifestiert. Das da ...«, sie zeigte auf die Datenwand, die jetzt wieder die Standbilder von Pauls Taschenwelten zeigte, »... lässt keinen anderen Schluss zu. Er hat es getan, noch bevor sich Paul für das Korps beworben hat. Vielleicht hat ihn sogar der Alien dazu gebracht, sich zu bewerben.«

»Wieso sollte er das tun?« Ekin behagte die Sicherheit nicht, mit der Trixie Paul beurteilte. Sie wollte nicht, dass ein Alien Paul übernommen hatte. Auf der anderen Seite ... was Paul ihnen zeigte, war aufregend.

»Gibt es einen besseren Ort, unbemerkt zu bleiben, als im Haus deines Gegners?«

»Aber die physiologischen Tests. Sie hätten die Manifestation verraten müssen.«

»Hätten, haben sie aber nicht. Wir müssen davon ausgehen, dass es verschiedene Spielarten von Manifestation gibt. Offenbar hat Paul eine erlitten, die wir mit den Standardtests nicht erfassen. Das schmeckt mir überhaupt nicht.«

»Mir auch nicht. Und das da auch nicht.« Ekin zeigte auf das Standbild der nächsten Taschenwelt.

Dann sieht er sie.

Sie ist die schönste Frau, die er je gesehen hat. Beinahe ein Engel. Unauffällig, zugegeben, still. Einfach, zugegeben, ohne Make-up. Nicht die Schnellste, zugegeben, aber mit ganzer Hingabe bei der Sache.

Paul begibt sich auf die Jagd. Er ist immer noch ein kluger Junge. Er versteht, was er tut. Die Taschenwelten waren seine Stütze, jetzt sind sie es nicht mehr. Der Traum von Ozeanien, die Flyboys ein Notbehelf, jetzt sind sie unerreichbar. Gegen Pasong kommt er nicht an.

Paul trickst sich in die Nähe von Ekin. Belegt dieselben Kurse wie sie. Ist zufällig auf dem Vorplatz, wenn sie abends zu einem der langen Spaziergänge aufbricht, die ihre Gewohnheit sind. Schließlich spricht er sie an.

Als die zwei Jahre zu Ende gehen, bittet er sie, seine Team-Partnerin zu werden.

»Ein Notbehelf«, sagte Ekin. »Mehr bin ich von Anfang an nicht für ihn gewesen.«

Tränen stiegen ihr in die Augen. Trixie bemerkte es, legte einen Arm um sie. »He, nimm es nicht so schwer.«

»Du hast leicht reden. Dich trifft es nicht.«

»Eben. Deshalb kann ich auch klarer sehen als du.«

»Und was siehst du?«

»Erstens: In dem Camp sind ungefähr 500 andere potenzielle Notbehelfe herumgelaufen. Aber Paul hat sich für dich entschieden. Ich finde, das sagt etwas. Und zweitens: Das da war der Anfang. Das sagt nichts darüber aus, wie sich seine Gefühle entwickelt haben.«

»Ach ja?«

»Ja. Oder wie erklärst du sonst das hier?«

Im Team. Paul ist eifrig bemüht. Er tut, was er kann, er sagt liebevolle Dinge zu Ekin. Aber – Paul weiß nicht, wie oder wieso – seine Worte sind wie verwandelt, wenn er sie ausspricht.

Sie macht sich lustig über seinen »Ramsch«, die Modelleisenbahn, die Taschenwelten. Paul ist getroffen. Er sagt Dinge, die er niemals sagen wollte. Verwundert steht er neben sich, will sich selbst den Mund verschließen, aber er ist machtlos.

Was ist nur los?

Im Einsatz. Pauls Körperpanzer liegt eng an. Er trägt eine Maske, die sein Gesicht bis auf Mund, Nase und Augen verdeckt. Seine Augen haben einen kalten Glanz, als wäre er nicht wirklich bei sich.

Paul ist ein guter Hunter, ein hervorragender Schütze. Der Lauf seines G5 zittert nie. Er und Ekin nehmen die Aliens ins Visier und ...

... und die Aliens, die Aliens haben keine Menschengestalt. Sie sind furchterregende Ungeheuer, mit gewaltigen Mäulern und Raubtiergebissen, Paul und Ekin zu zerreißen. Statt zweier Arme besitzen sie eine Vielzahl von Gliedern und lange Krallen.

Es nützt ihnen nichts. Paul und Ekin, das Team, ist gerisse-

ner. Sie überwältigen die Ungeheuer, fesseln sie, damit die Spezialisten des Korps sie abtransportieren und verhören können.

Nur: In dem Augenblick, in dem sie die Fesseln mit einem Ruck festzurren, geschieht etwas Merkwürdiges. Die Ungeheuer schrumpfen, als handele es sich um aufblasbare Puppen, aus denen man die Luft ablässt. Zurück bleiben hilflose Kreaturen, die aus ihren Wunden bluten und in hohen Tönen klagen.

»Okay, zwei Dinge sehe ich hier«, sagte Trixie. »Du bedeutest Paul eine Menge. Und der Hunter-Job hat ihm mächtig zugesetzt ...«

Paul ist gefangen. Er hat Gefallen daran gefunden, Hunter zu sein. Das Fieber der Jagd. Das Schlüpfen in verschiedene Rollen. Das Wissen, für die Menschheit zu arbeiten. Die Anerkennung – Paul ist gut. Er setzt sich an die Spitze der internen Rangliste des Korps.

Ein aufregendes Leben.

Ein Leben, das ihn zur Verzweiflung treibt. Er hat Mitleid mit den Aliens. Er hat ihre wahre Gestalt gesehen, sie sind keine Bedrohung. Nun fantasiert er davon, zu jagen – und seine Beute, einmal gefangen, ziehen zu lassen. Wie ein Fischer, der den gefangenen Fisch streichelt, ihm Glück wünscht und ihn ins Wasser zurückwirft.

Eine unmögliche Fantasie. Er kann nicht aufhören. Pasong hat es ihm verboten.

»Das ist stimmig«, sagte Trixie. »Paul, der Chefzyniker. Er muss etwas tun, was er längst für falsch erkannt hat – und das, ohne dass er sich jemandem mitteilen könnte. Nicht einmal dir.«

»Also fährt er die Krallen aus und verteilt links und rechts Gehässigkeiten.«

»Ja. Aber es nützt nichts. Er ist weiter gefangen, und du hörst ihn immer noch nicht.«

»Also legt er immer wieder nach.«

»Genau.«

»Das leuchtet ein. Für Paul. Aber wie erklärst du, dass dieser Alien, Pasong, ihn daran hindert aufzuhören? Das passt nicht. Paul und ich haben Hunderte von Alien-Verdächtigen überwältigt. Das kann der Alien nicht wollen.«

»Wahrscheinlich nicht. Aber was hätte es für einen Unterschied gemacht, wenn Paul das Korps verlassen hätte? Ein anderer hätte seine Stelle übernommen.«

»Und Paul hätte nicht mehr ungehindert agieren können. Hunter führen ein Doppelleben, können ohne Genehmigung reisen, sind unverdächtig.«

»So ist es. Paul muss für den Alien nützlicher gewesen sein als Tausend andere Menschen mit gewöhnlicher Manifestation.«

Pasong steckt jetzt in seinem Kopf. Manchmal, wochenlang oft, macht er sich kaum bemerkbar. Paul spürt dann seine Anwesenheit so, als klebe ein Nahrungsrest an der Wurzel seiner Zunge. Unangenehm und unerreichbar.

Zu anderen Zeiten ist seine Präsenz so stark, dass sich Paul wie ein Nahrungsrest vorkommt.

Er gibt Paul Anweisungen. Paul befolgt sie.

Er baut den Handel mit Taschenwelten aus. Das bringt Geld. Eine Hälfte überlässt Paul dem Korps, das damit zufrieden ist, die andere investiert er.

Er lässt Maschinen bauen. Kleine Webmaschinen, handbetrieben. Pauls Hand zeichnet die Konstruktionspläne, Pasong führt sie. Mittelsmänner holen die Maschinen ab. Bald darauf liefern ihm die Mittelsmänner Halsbänder; bunt, mit Mustern. Pasong befiehlt ihm, sie zu verkaufen. Es gelingt Paul. Auch dann, als es Millionen sind. Das Geld sammelt sich auf einem Konto. Von Zeit zu Zeit verschwindet ein Teil davon. Paul weiß nicht, wohin.

»Webmaschinen? Was, zum Teufel, soll das bedeuten?«

»Ich habe nicht die geringste Ahnung«, antwortete Trixie. »In Pauls Akte steht nichts davon. Zumindest nicht in dem Teil, an den ich herankomme.«

»Vielleicht ist es symbolisch gemeint?«

»Vielleicht. Auch wenn mir dazu nichts einfällt. Aber der Rest stimmt. Paul hat in großem Maßstab gehandelt. Er hat dem Korps Geld zukommen lassen, er hat Korps-Angehörige bestochen. Und er hat das Korps um Geld betrogen, das steht fest.«

Manchmal versucht Paul das Wesen in seinem Kopf zu befragen.

»Wer bist du?«, fragt er.

»Was willst du von mir?«

»Was willst du auf der Erde?«

»Was willst du von uns Menschen?«

Und: »Wieso ausgerechnet ich?«

Das Wesen antwortet nur auf die letzte Frage: »Weil du anders als andere deiner Art bist.«

»Ich?! Wie das?«

»Du wirst es herausfinden.«

»Ich verstehe das auch nicht«, sagte Ekin. »Was soll das Ganze sein? Eine Art Beichte?«

»Ich denke schon. Er redet sich die Dinge von der Seele, indem er sie auf Taschenwelten aufspielt. Es muss der einzige Weg sein, der ihm geblieben ist. Dieser Alien saß – und sitzt – in seinem Kopf und bestimmt, was er tut oder nicht, was er redet und schreibt.«

»Und irgendwann, als Paul mit seinen Taschenwelten herumgespielt hat, hat er bemerkt, dass er sie heimlich beschreiben kann.«

»So muss es gewesen sein. Also hat er seine ›Beichte‹ aufgespielt und die Taschenwelten ausgestreut.«

»Umständlicher geht es kaum.«

»Ja. Vielleicht war es die einzige Möglichkeit, es anzustellen, ohne dass der Alien Verdacht schöpfte. Paul muss seine Absichten vor sich selbst verborgen haben, sonst hätte das Wesen in seinem Kopf es bemerkt.« Trixie nickte. »Wenn es so war, dann muss ich deinem Paul meinen Respekt bezeugen.

Das ist ein außergewöhnlicher Trick. Aber es ist nicht der Punkt, der uns im Augenblick interessiert.«

»Und der ist was? Dieser Alien, Pasong?«

Trixie schüttelte den Kopf. »Nein, du. Paul hat diese Botschaft für dich aufgezeichnet, Ekin. Nur für dich.«

»Du musst gehen«, sagt das Wesen in seinem Kopf.

»Wohin? Weshalb?«

»Sie sind dir auf der Spur. Sie wollen dich festnehmen.«

Festnehmen. Der Gedanke ist verführerisch. Er würde wieder allein sein. Frei. Die Korps-Psychologen würden dafür sorgen. Und dafür, dass er niemals wieder frei sein würde. Er würde nicht mehr ungewöhnlich sein.

»Wohin soll ich gehen?«

»In ein Versteck. Es ist alles vorbereitet.«

»Ein Versteck? Sie werden mich finden.«

»Das werden sie nicht.«

»Sie werden nicht aufgeben. Niemals.«

»Das weiß ich. Du wirst dich nicht lange verstecken.«

»Nicht lange?«

»Ja. Deine große Stunde steht bevor.«

»Er soll es für mich aufgezeichnet haben?«, fragte Ekin. Der Gedanke fühlte sich komisch an. Ein Teil von ihr fühlte sich geschmeichelt, ein anderer hatte Angst. »Aber wieso?«

»Na ja, auch wenn du es immer noch nicht glauben willst, bist du für Paul besonders. Und er will deine Hilfe.«

»Ich soll ihn aus der Sache herausholen?«

»Das glaube ich nicht. Paul will nicht herausgeholt werden.«

»Wieso nicht? Der Alien hat ihn übernommen, lenkt ihn wie eine Marionette.«

»Nicht ganz. Sonst säßen wir beide nicht hier und würden über seine Botschaft rätseln. Und was den Alien angeht, ist Pauls Botschaft alles andere als eindeutig. Er sieht diesen Wassermenschen nicht als Feind. Er respektiert ihn, manchmal fürchtet er sich vor ihm und vor dem, auf das er sich eingelassen hat. Auf jeden Fall will Paul herausfinden, was der Alien plant. Was hat es mit dieser Unterwasserstadt auf sich? Wofür diese Webmaschinen? Wofür hat er den Rest des Geldes benutzt?«

»Ja, aber das heißt noch lange nicht, dass ...«

»Vergiss nicht, es geht um Paul. Paul mit dem überlebensgroßen Ego. Dieser Alien kitzelt es. Paul will etwas Besonderes sein, will Großes vollbringen. Das hat ihm nicht der Alien eingeimpft, das *ist* einfach Paul. Und der Alien ist Pauls große Chance.«

Ekin überlegte, nickte schließlich. »Okay, das leuchtet ein. Sonst hätte er das Korps alarmiert. Mit diesen Clips steht fest, dass er etwas von mir will. Aber was?«

»Ich glaube, Paul verfolgt seinen eigenen Plan. Und er braucht deine Hilfe, um ihn zu verwirklichen.«

»Einen eigenen Plan? Wie soll der aussehen?«

»Ich weiß es nicht. Aber ich weiß eines: Du wirst wieder von Paul hören.«

Marianengraben/Witjastiefe I

Wertung Alien-Hotspot: 4,86 von 5 Sternen (592.386 User haben abgestimmt)

Geografie:
Halbmondförmiger Tiefseegraben, beherbergt mit der Witjastiefe (11.034 Meter) den tiefsten Punkt der Erde. Verläuft nördlich und südlich der amerikanischen Insel Guam im Pazifik.

Prä-Alien-Geschichte:
Seit Mitte des 20. Jahrhunderts erforscht und vermessen. Höhepunkt Tauchgang des bemannten Tauchboots »Trieste« am 23. Januar 1960 auf eine Tiefe von 10.912 Meter. Die international finanzierte bemannte Jubiläumstauchfahrt der »Trieste II«, geplant für den 23. Januar 2060, wurde durch den Zonenkrieg verhindert.

Post-Alien-Geschichte:
Teil der Kerneinschlagszone. Am 10. Januar 2059, nach Einschlag des ersten Artefakts, erklärten die Vereinigten Staaten eine Tausend-Meilen-Sperrzone um Guam. Die Aufrechterhaltung der Sperrzone durch Anwendung militärischer Gewalt gilt als Auslöser des Zonenkriegs.

Seit 2059 Erkundungsfahrten durch unbemannte U-Boote sowie durch die beschlagnahmte »Trieste II«. Letzte gemeldete Tauchfahrt der Trieste: 27. Oktober 2063. Das Boot muss als ausgemustert oder verschollen gelten.

Jüngstes relevantes Update 21. April 2065:
Aussage von Col. Joseph H. Harper, vom Dienst der US Alien Force suspendiert aufgrund psychischer Probleme. Harper arbeitete an der Auswertung der Mess- und Kameradaten unbemannter U-Boote. Er glaubte, auf Sonaraufnahmen künstliche Strukturen zu erkennen, die er als »Unterwasserstadt« bezeichnete. Mehrere Aufnahmen begleiteten seine Krankenakte. Sie zeigen keine der von ihm geschilderten Strukturen. Allerdings ist seine Akte unvollständig, da der Hack der Aktivisten bemerkt wurde und der Download unvollständig blieb.

– *Auszug aus »AlienWatch – 20 Milliarden Augen sehen mehr!«, AlienNet-Subprojekt*

KAPITEL 26

Sie gingen feiern. Zumindest nannte es die Crew der *Bitch* so.

»Na, endlich!«, empfing Diane Wilbur und Rudi in der Krankenstation des Stützpunkts. Sie saß neben dem Bett und zog an einer Zigarette. In der anderen Hand hielt sie einen Wasserbecher. »Was habt ihr so lange getrieben – Händchen gehalten auf den kleinen Schreck in der Nacht?«

Vier Liter Blutplasma, drei Dutzend Stiche und fachmännische Verbände am Hals und an der Hüfte hatten genügt, um Diane wieder Oberwasser zu verschaffen.

»Los, verschwinden wir hier! Ich muss hier raus! Dieses Krankenhaus schlägt mir auf den Magen.« Sie stand auf und ging zur Tür. Sie schwankte leicht, als wäre sie angetrunken. Ihr steifes Bein gab nach, als wolle es jeden Augenblick einknicken. Der Rest der Crew folgte ihr, und Rudi ... Rudi blieb ratlos stehen. Diane hatte mit keiner Geste zu verstehen gegeben, dass sie seine Anwesenheit bemerkt hatte. Sollte er ...?

»Ich sagte, wir verschwinden hier!«, kam Dianes Stimme vom Gang. »Wo bleibst du, Junge? Bildest du dir ein, nur weil du uns allen den Arsch gerettet hast, hast du Sonderrechte? Da liegst du falsch, klar? Wenn ich sage ›Spring!‹, springst du, wenn ich sage ›Hau ab!‹, haust du ab. Und wenn ich sage, wir feiern, feierst du, klar? Also los, wir feiern!«

Diane führte sie quer über die Piste. Sie lag brach. Zum ersten Mal, seit Rudi auf Funafuti war, starteten und landeten keine Maschinen. Alles, was fliegen konnte, befand sich in der Luft, schwärmte so nahe an dem Einschlagspunkt des Artefakts, wie es die Amerikaner zuließen, in der Hoffnung, dass auf irgendeine wundersame Weise wenigstens ein Brösel des

Kuchens für sie abfiel. Fragmente, die beim Absturz abgeplatzt waren und von den Amerikanern übersehen wurden. Oder sogar ein weiteres Artefakt, das in der Nähe niederging. Manchmal kam wochenlang überhaupt kein Artefakt herunter, dann hagelte innerhalb von ein paar Tagen ein Dutzend auf ein paar Quadratkilometer herunter.

Am Rand des Stützpunkts angekommen, stieg Diane – rückwärts und auf allen vieren – bröckelndes Vulkangestein hinunter, verschwand unter der Piste und erschien einen Augenblick später wieder mit einem Ruderboot. Wilbur und die Übrigen sprangen mit derselben Selbstverständlichkeit hinein, mit der sie in die *Bitch* kletterten. Rudi schluckte sein »Aber ich kann nicht schwimmen!« hinunter und folgte ihnen. Rodrigo und Hero ergriffen wortlos die Riemen und ruderten los.

Es dämmerte. Bald passierten sie einige kleinere Erhebungen. Es war Land, das den Kopf gerade so über Wasser hielt, solange keine größeren Wellen kamen; Teile des Atolls von Funafuti, zu klein, als dass sich ihre Befestigung gelohnt hätte.

Der Stützpunkt blieb hinter ihnen zurück, die Wellen gingen höher, und bald konnte Rudi nur noch dann einen Blick auf ihn erhaschen, wenn das Boot gerade auf einem Wellengipfel ritt. Ihm wurde übel. Er rutschte auf den Knien an den Rand des Boots, um sich zu übergeben. Ohne Erfolg. Sein Magen war leer, die letzten Stunden hatten zu allem Anlass gegeben, nur nicht dazu, etwas zu essen. Doch sein Magen wollte es nicht einsehen. Er krampfte, ließ Rudi würgen. Rudi streckte den Kopf weiter hinaus, dem Salzwasser entgegen.

Und hatte eine Vision.

Im ersten Licht der Sonne breitete sich ein riesiger dunkler Teppich vor dem Boot aus. Land, hier draußen? Rudis Magen war so überrascht wie er selbst. Er stellte die Krämpfe ein. Rudi hob den Kopf, kniff die Lider zusammen. Nein, keine Insel. Der Teppich schwamm, er ging mit den Wellen mit. Sie setzten sich unter ihm fort, hoben den gesamten Teppich in einer Linie an. Wie das Blatt einer Seerose auf einem Teich, wenn man einen

Stein hineinwarf. Doch dieses Gebilde war Menschenwerk. Als sie näher kamen, konnte Rudi erkennen, dass der Teppich aus Booten und Schiffen gewebt war, verbunden durch ein Spinnennetz aus Tauen und Gangways.

Jemand klatschte ihm hart auf den Rücken. Natürlich Wilbur. »Das wird dir gefallen, Junge. Ist beinahe wie dein geliebtes Neo-Bangkok.«

Weiter hätte Wilbur nicht daneben liegen können. Die Engel, die auf der schwimmenden Insel im Pazifik lebten, waren keine Gefallenen, sie waren Verlorene, die Elendsten der Elenden: Boat People.

Neugierige Gesichter drängelten sich um die *Bitch*-Crew, als sie ihr Boot an einem rostigen Fischkutter festmachte und an einer ihnen zugeworfenen Strickleiter an Bord kletterte. Diane musste ihre Kraft wiedergefunden haben, sie bewältigte den Aufstieg ohne Schwierigkeiten. Die meisten Boat People waren Asiaten, aber Rudi sah auch einige Polynesier, deren Heimatinseln überflutet worden sein mussten, ohne dass eine großzügige Company sie mit einem goldenen Handschlag in die Welt entlassen hatte. Und Rudi sah das eine oder andere europäische Gesicht. Neuseeländer oder Australier, die die Dürre auf das Meer getrieben haben musste.

»Ah, *Bitch*-Crew! Welcome, welcome back!« Ein Asiate empfing sie an Deck. Für Rudi sah er aus wie der Großvater des Zuhälters, der ihm in Neo-Bangkok das Bier mit der Droge angeboten hatte. Er trug einen Klimaanzug wie er, nur in einer abgelebten Ausführung. Seine grauen Haare klebten am Kopf und glänzten ölig.

Diane schenkte ihm ein strahlendes Lächeln, auf das Rudi den Rest seines Lebens vergeblich warten würde. »Thank you, Wang.«

»New boy?« Der alte Mann zeigte mit einem dünnen Finger auf Rudi.

»New boy«, bestätigte Diane.

»Old boy Melvin?«

Dianes Lächeln gefror.

»Melvin go away?« Der Mann fuhr sich mit dem ausgestreckten Finger waagrecht über die Kehle.

Diane sagte nichts. Sie warf einen Arm nach hinten, schmetterte ihn hart gegen Rudis Brust. Rudi, dem das Schwanken des Fischkutters gehörig zusetzte, fiel hin.

»Deine Karte, Junge«, flüsterte Wilbur ihm ins Ohr, als er ihm wieder aufhalf.

»Was?«

»Frag nicht so blöd! Glaubst du, die Leute hier hätten etwas zu verschenken? Gib ihr deine Karte!«

Rudi fummelte seine Company-Soldkarte aus der Tasche und legte sie in Dianes fordernd ausgestreckte Hand. Diane gab sie weiter an den alten Asiaten, der sie lächelnd in der Hemdtasche verschwinden ließ, dann der *Bitch*-Crew bedeutete, ihm zu folgen, und sie über eine hölzerne Gangway in das Innere der schwimmenden Insel führte.

Die Bezahlung war geregelt, die Party konnte beginnen.

Sie war wüst.

Der alte Mann führte sie über eine Abfolge von Laufplanken, von denen jede einzelne noch schlimmer schwankte als die schwimmende Insel an sich, tief in das Innere des Konglomerats. Rudi wurde schwarz vor den Augen. Wilbur fing ihn auf und stützte ihn ab, bis sein Innenohr den toten Punkt überwunden hatte.

Schließlich ragte eine hohe, rostige Wand vor ihnen auf: der Rumpf eines Öltankers. Auf dem rostigen Deck angekommen, öffnete er eine Klappe und stieg eine Leiter hinunter. Die *Bitch*-Crew folgte ihm, ohne zu zögern, Rudi bildete den Abschluss. Am Ende der – langen – Leiter erwartete Rudi der Partykeller, ein Tanksegment.

Es stank nach Öl.

»Lass dich davon nicht stören«, beschied ihm Wilbur, »nach ein paar Minuten riechst du nichts mehr, und der Effekt ist fast noch besser, als wenn du trinkst!«

Diane und die Crew ließen sich in die Polster fallen, die in mehreren Gruppen über dem Stahlboden verstreut waren. Dann kamen sie zur Sache: Sie soffen. Der Rest war Beiwerk: das knappe Dutzend Mädchen in löchriger, tausendfach geflickter Reizwäsche, das ungelenk herumstand; das Plüschmobiliar, das ebenso geflickt war; das Rotlicht, das Löcher und Flicken gnädig überdecken sollte; die lauten Asia-Schnulzen, die von den Stahlwänden hallten.

Der alte Mann kannte seine Kundschaft und ließ – auf Rudis Kosten – unverzüglich auffahren. Hero und Rodrigo begnügten sich mit Bier, Wilbur hielt sich an die harten Sachen, und Diane trank natürlich Wasser. Mit Rum, mit Schnaps, mit Sake, mit ... Rudi verlor rasch den Überblick, obwohl es ihm gelang, sich an einer einzigen Flasche Bier festzuhalten. Die bissigen Kommentare der Crew steckte er weg. Saufen hatte er in Himmelsberg gelernt. Und das Nicht-Saufen: Man stellte einfach die Ohren auf Durchzug, bis die anderen zu betrunken waren, um zu versuchen, einen zum Mittrinken aufzufordern.

»Habt ihr mitgekriegt, wie ich's dem Ami gegeben habe?«, brüllte Wilbur. »Ist mir direkt in die Salve geflogen, der blöde Sack. Gleich, nachdem er seine Raketen abgefeuert hat. Hat sein Feuerwerk gekriegt, ha! Aber wetten, dass er es sich so nicht vorgestellt hat!«

Gläser klirrten aneinander. Die nächste Runde.

»Hat sich bestimmt schon ins Fäustchen gelacht. Dachte, die *Bitch* wäre eine fette lahme Ente, die er einfach so wegpusten kann. Aber er hat sich verrechnet! Ist an den besten Flieger der Company geraten, jawohl! Und die beste Crew!«

Wieder klirrten Gläser, die nächste Runde kam, und Wilbur verstieg sich zu neuen Protzereien. Immer weiter und weiter – bis der alte Mann auf die gute Idee kam, die Asia-Schnulzen abzuschalten, und die schlechte, die Datenwand einzuschalten.

»... ist es der US Alien Force gelungen, ein weiteres Artefakt aus dem Pazifik zu bergen. Das Artefakt schlug um 1:53 Ortszeit südwestlich der Marshallinseln in der amerikanischen Zone ein.«

Die Worte der Sprecherin wurden von Aufnahmen der Bergung untermalt. Rudi sah den Pazifik im Dämmerlicht, dahinter den dunklen Schatten eines Kriegsschiffs. Von dicken Tauen gezogen, stieg ein wuchtiges Alienkreuz aus dem Meer. Der Kran hob das Artefakt über Bordhöhe und setzte es auf dem Heck des Schiffs ab. Es war schwarz.

Es waren weder erhellende noch sensationelle Aufnahmen, dafür sorgte das Pentagon. Rudi hatte Berichte wie diesen schon hunderte Male gesehen. Selbst wenn sich in dem Artefakt eine Luke geöffnet haben sollte und ein Alien herausgekrochen wäre, stünden die Chancen gut, dass Rudi und die übrige Menschheit es nie erfahren würden. Es gab Leute, Jonathan war einer von ihnen gewesen, die behaupteten, dass bereits Hunderte von Aliens aus ihren angeschmorten Landefähren gekrochen waren und an geheimen Orten festgehalten wurden. In erster Linie von den Amerikanern – sie kontrollierten die größte und beste Zone –, aber auch von den Chinesen, Indern, Europäern und allen übrigen Nationen, die Artefakte jagten. Dass bislang keines dieser Geheimgefängnisse enthüllt worden war, störte Jonathan nicht. Im Gegenteil: Gerade das war ja der Beweis, dass sie existieren mussten.

»... an Bord der USS Liberator. Ein Sprecher des Verteidigungsministeriums wollte mit Hinweis auf die noch ausstehenden Untersuchungen und die im Interesse der gesamten Menschheit notwendige Geheimhaltung keine weiteren Einzelheiten bekannt geben. Er bestätigte jedoch, dass bei der Bergung eine unbewaffnete Aufklärungsmaschine des Typs Hawkeye verloren ging. Die Suche nach dem Piloten und dem Copiloten dauert zur Stunde noch an.«

Wilburs Einsatz. Pilot und Copilot, angeblich ein Aufklärer – es musste der Jäger sein, der es auf die *Bitch* abgesehen gehabt hatte, die Vorhut, die mit Mach 3 zum Einschlagspunkt gerast war, um die Beute zu sichern. Und Wilbur und seine Kanone hatten es dieser Kampfmaschine gezeigt.

Aber Wilbur verpasste seinen Einsatz. Er saß da und stierte auf die Datenwand. Tränen standen ihm in den Augen.

Hero sprang für ihn ein. Der Japaner stand wortlos auf, ging zur Datenwand und schmetterte seine Flasche gegen sie. Die Datenwand zerbrach in Millionen Splitter. »Setz es auf die Rechnung!«, beschied er Wang, dem das Lächeln plötzlich vergangen war. »Und bring uns noch was zum Trinken!«

Die Party quälte sich weiter. Die Mädchen brachten neue Drinks. Sie stellten sie auf den niedrigen Tischchen vor den Crew-Mitgliedern ab und sahen zu, dass sie davonkamen. Wang warf die Musik von neuem an, wohl in der Hoffnung, die Stimmung herumzureißen.

Es war zwecklos.

»Es ist unser Artefakt«, sagte Wilbur. »Es gehört uns. Uns allein. Sie haben es uns gestohlen. Diese Schweine. Schießen auf meine arme, alte *Bitch* und klauen unser Eigentum. Aber wenigstens habe ich zwei von den Schweinen erwischt. Geschieht ihnen recht!« Wilbur brüllte das Letztere, aber Rudi nahm es ihm nicht ab. Wilbur trauerte – um das Artefakt, das ihnen im letzten Moment durch die Lappen gegangen war, *und* die beiden Amerikaner, die er mit seiner Kanone vom Himmel geholt hatte.

»Gottverdammt, sie haben es uns gestohlen!«, fluchte Wilbur.

Die Übrigen stimmten ein.

»Wir waren so nah dran. Mussten nur die Hand danach ausstrecken ...«

»Ein paar Minuten früher, und wir hätten unsere Markierung gesetzt, und Hero wäre ihm hinterhergetaucht und ...«

»Wir hatten es so sehr verdient! Wir haben es als Erste gesehen!«

So ging es weiter. Noch eine Runde Alkohol, noch eine Runde Beschimpfungen.

Bis Hero sagte: »Vielleicht, wenn wir Melvins Bänder getragen hätten? Wer weiß, wir ...«

»Halt den Mund!«

»Ich sagte doch nur ›vielleicht‹, Diane. Vielleicht ist ja etwas dran gewesen. Vielleicht hatte Melv...«

»Und ich sage: Halt den Mund!«

»Diane, ich ...«

»Ich will das nicht hören. Kein Wort davon, verstanden? Es hätte keinen Unterschied gemacht. Keinen. Er war krank. Verrückt. Durchgedreht. Er hat sein Leben weggeworfen. Er hat uns im Stich gelassen.« Diane saß kerzengerade im Polster. »Das ist alles. Jeder Gedanke, den wir an ihn verschwenden, ist einer zu viel. Außerdem sind wir zum Feiern hier, nicht?« Sie ging zu Hero, zog ihn mit einem Ruck aus dem tiefen Sessel, auf die Tanzfläche und in ihre Arme. Er ließ es mit sich geschehen.

Rudi, Wilbur und Rodrigo sahen den beiden einen Augenblick nach, dann rief Rodrigo: »Verdammt, Diane hat recht! Dieses Gequatsche macht mich noch total verrückt!« Rodrigo wuchtete sich aus dem Sessel, schwankte zu den Mädchen, die sich hinter der Bar verschanzt hatten, und zog eine von ihnen mit sich auf die Tanzfläche. Die Erstbeste. Er zog sie ganz eng an sich und schloss die Augen.

»Such dir eine aus, Junge«, sagte Wilbur. »Geh schon!« Er klatschte Rudi auffordernd auf den Schenkel.

»Und du?«

»Ich halte hier die Stellung.« Er zeigte auf das Meer von gefüllten Whiskygläsern, das sich vor ihm auf dem Tisch erstreckte. Wilbur hatte auf Vorrat geordert. »Das da habe ich schon hinter mir.« Als Rudi keine Anstalten machte, sich ein Mädchen auszusuchen, rief er: »Was ist los, Junge? Bist du schwul?«

»Nein.«

»Eben. Hätte mich auch gewundert, nach allem, was man von dir auf Funafuti hört. Was ist es dann? Müde? Oder denkst du etwa immer noch an deinen komischen Engel aus Neo-Bangkok?«

»Nein!«

Eine glatte Lüge. Rudi wusste nicht, wieso, aber er dachte an nichts anderes mehr. Die Mädchen, die Musik, das Bier ... sie mussten die Erinnerung an Neo-Bangkok in ihm hochgeholt haben, die die Droge unauslöschlich in sein Gehirn gebrannt hatte. Ihr Duft hing schwer in der Luft, hatte den Ölgestank verdrängt. Er atmete sie mit jedem Zug ein. Es hatte nichts zu bedeuten, versuchte er sich zu beruhigen. Es war kein besonderer Duft, ein billiges Parfüm, mehr nicht. Es hatte irgendwie den Weg zu diesen Boat People gefunden – und wenn schon?

»Gut so. Sie war nur eine billige Nutte, Junge. Sie wollte dich mit ihren Kumpanen übers Ohr hauen. Das kannst du mir glauben, ich kenne mich mit billigen Nutten aus. Aber hier brauchst du keinen Schiss zu haben. Wang ist so ungefähr die ehrlichste Haut, die auf den Weltmeeren treibt. Solange man ihn nicht reizt. Und außerdem passt deine Crew schon auf dich auf. Also – worauf wartest du noch?«

»Ich ...« Die großen Augen seines Engels sahen ihn an. Aufrichtig, lockend. Nein, sie war keine Nutte gewesen! Wenigstens keine billige. Ganz bestimmt nicht. »... ich weiß nicht.«

»Dir steckt der Flug noch in den Knochen, was?«

»Ja. Der Flug. Und ... und ...«

»Und was?«

»Na ja. Ich ... di...«

»Diane, nicht? Es ist Diane.«

»J... ja.« Es war nicht gerade ins Schwarze getroffen, aber es stimmte, auch Diane beschäftigte ihn. Er hatte ihr das Leben gerettet, und sie behandelte ihn immer noch wie einen Putzlappen.

»Ist nicht immer einfach mit ihr, was? Sie ...« Wilbur rückte so eng heran, dass sein Ellenbogen Rudi in die Seite stach. Der Bordingenieur hatte eine Fahne, aber seine Augen blickten so klar, als führe er eine schwierige Reparatur aus. »Sie hat viel durchgemacht, bevor sie zur Company gekommen ist. Gilt für uns alle. Deswegen haben wir uns damals so schnell gefunden, im Company-Camp. Wir sind alte Schlachtrösser, die ein paar Gefechte zu viel mitgemacht haben. Ist ein verdammt komisches Gefühl für uns gewesen, plötzlich mit ein paar Hundertschaften von Leuten eingesperrt zu sein, die das ganze Leben noch vor sich haben und fest dran glauben, dass sie es im Griff haben. Macht dich neidisch und traurig zur gleichen Zeit, und manchmal, wenn du in der Nacht aufwachst, überkommt dich der Drang, dir die warme Decke um den Hals zu schnüren und dich daran aufzuhängen. Dich selber aus dem Weg zu schaffen, so ausgelutscht, wie du bist. Zu nichts mehr nutze. Aber du tust es natürlich nicht. Irgendwo in dir ist immer noch ein Funke Hoffnung, dass es einen Platz gibt für dich. Ein neues Leben. Ein besseres. Dein kleiner Zipfel Glück.«

Er griff in das Whiskymeer, fand ein volles Glas und trank es aus.

»Weißt du, wir fünf haben uns aneinander festgehalten, haben durchgehalten. Und als wir letzte Saison nach Funafuti gekommen sind ... die *Bitch* war für uns gemacht, das war uns auf den ersten Blick klar. Eine tausendmal geflickte alte Dame, von ein paar Amerikanern mitgebracht, die sich verflogen hatten und die die Company in ihrer verdammten Menschenfreundlichkeit nicht abgeschossen hat. Niemand wollte die *Bitch*. Sie hatten sie ganz am Rand abgestellt, damit der nächste Sturm sie mitnimmt. Wenn wir nicht gekommen wären ... aber egal. Diane. Sie hat viel gesessen. Erst zu Hause in Amerika, später dann, als man sie deportiert hatte, in anderen Ländern.«

»Deportiert. Wieso das?«

»Sie war eine Politische, hat sich nicht den Mund verbieten lassen. Wenn du mich fragst, sieht man das nirgends gern, aber am wenigsten in den USAA. Glaube ich.«

»Glaubst du?«

»Ja. Ich war nie dort.«

»Aber du bist doch Amerikaner?«

»Ex-Golf-Amerikaner, bitte.« Wilbur schüttelte den Kopf. »Ich bin in Dubai geboren, habe mein ganzes Leben am Golf verbracht, bevor ich hierherkam. Mein Vater war Flieger bei der Air Force. So wie sein Vater und dessen Vater und so weiter, bis in den Ersten Weltkrieg. Und ich wäre auch einer geworden und hätte meine Tage damit verbracht, Geleitschutz entlang der Arterie zu fliegen und arme Teufel wie diese Boat People zu versenken, wenn der Wind und die Strömung sie den USAA in die Quere treibt ... Aber egal, wen interessiert das schon? Ich bin abgehauen, weil ich nichts Besseres mit mir anzufangen wusste. Aber Diane, sie ist anders. Sie hat für etwas gekämpft. Deshalb haben sie sie später auch in einen Zug gesteckt.«

»Darum kommt sie einem dauernd mit diesem ›Immer noch besser als Zug fahren!‹?«

Wilbur nickte. »Muss wohl. Hab selber nie in einem Zug gesessen. Hört sich auf jeden Fall wie der Hinterhof der Hölle an. Aber wie gesagt, sie lässt nicht viel raus. Der Einzige, den sie richtig an sich herangelassen hat, war Melvin.«

»Mein Vorgänger.«

»Sagen wir, der Typ, der vor dir auf dem Copilotenplatz gesessen hat. Du bist nicht Melvin. Und glaub mir: Du willst es auch nicht sein.«

Das glaubte ihm Rudi. »Wieso Melvin? Waren sie zusammen?«

»Ja, seit Diane 13 war. Wenn du mich fragst – und Diane würde mir dafür die Augen auskratzen –, hat er gesagt, wo's langgeht.«

»Und wohin war das?«

Wilbur stoppte das Glas, das er eben hatte leeren wollen, auf halbem Weg. »Du bist ganz schön frech, Junge, weißt du das?« Es war ein Kompliment, kein Verweis. »Zur Gerechtigkeit, schätze ich«, fuhr er fort. »Ich habe nie einen Menschen kennengelernt, der einen derart ausgeprägten Sinn für Gerechtigkeit besaß wie Melvin. Es war wie ein Zwang, eine Besessenheit. Er wollte nie glauben, dass es nicht genug für alle gibt. Man muss die Dinge nur gerecht verteilen, meinte er, dann ist genug für alle da, dann ist die Welt ein besserer Ort. Wenn du mich fragst, ist es ein mittleres Wunder, dass man ihm dafür nicht längst den Hals umgedreht hatte. Versucht hat man es auf jeden Fall, mehr als einmal. Als die Aliens kamen, hat die Regierung ihn und Diane abgeschoben. Man hatte plötzlich andere Prioritäten, und Deportation schien der schnellste und unkomplizierteste Weg, Unruhestifter wie sie loszuwerden. Die beiden haben sich durchgeschlagen, aber irgendwann war Schluss damit, und sie wurden mit anderen Überschussmenschen in einen Zug gesteckt.«

Wilbur leerte sein Glas. »Das hätte eigentlich das Ende der Geschichte sein sollen. Ich weiß nicht, wie, aber irgendwie trieb Melvin das Geld für Company-Lose auf. Wahrscheinlich irgendein Schlupfloch in den Gesetzen – Melvin hatte einen siebten Sinn für so was. Sie kauften also Lose. Und dann haben sie gewonnen. In derselben Ziehung. Am nächsten Tag waren sie raus aus dem Zug und auf dem Weg zum Camp.«

»Das ist doch ... die Chancen, gleichzeitig ein Gewinnlos zu ziehen, sind gleich null. Nicht ...«

»Nicht von dieser Welt, ich weiß. Und, wenn du mich jetzt fragst, würde ich sagen, das Los war ihre Rettung – und der Anfang von Melvins Ende. Er kam nicht klar damit. Es war ungerecht, dass ausgerechnet er und Diane herauskamen, alle Überschussmenschen hatten es seiner Meinung nach verdient. Das war das eine. Er fühlte sich schuldig, weil er davongekommen war. Das andere war der Zufall. Er war zu groß, um einer zu sein. Aber wenn es kein Zufall war, was dann? Bestimmung? Das wollte ums Verrecken nicht in sein Weltbild passen. Melvin war so nüchtern, dass es wehtat. Die Aliens interessierten ihn nicht. Nicht, dass er sie verleugnet hätte. Nein, sie änderten seiner Ansicht nach nur nichts. Rein gar nichts. Für Melvin war die Welt ein ungerechter Ort, weil wir Menschen sie dazu gemacht haben. Und sie würde aufhören, einer zu sein, wenn wir Menschen es änderten. Die Aliens hätten damit nichts zu tun. Das war Melvins felsenfeste Überzeugung. Aber dann kam dieses Doppellos und zog ihm den Fels unter den Füßen weg.«

»Bis er durchdrehte?«

»So nennen es die meisten.« Wilbur machte eine wegwerfende Handbewegung. »Ich würde sagen, ihn quälte etwas. Er und Diane fingen an zu streiten, bis wir dachten, sie kratzen einander die Augen aus. Aber dazu kam es nicht. Melvin ist abgehauen. Nach einer langen Mission mit der *Bitch* hat er sich eine Pemburu geschnappt und ist davongeflogen.«

»Eine Pemburu?«

»Keine Ahnung, wie er das angestellt hat. Er hat sein Geheimnis mitgenommen. Als Diane aufwachte und merkte, dass Melvin weg war, war er schon ein paar Tausend Kilometer weiter. Diane kam gerade noch rechtzeitig, um mitzukriegen, wie der Reflex seiner Maschine vom Radar verschwand.«

»Abgestürzt?«

»Ja. Treibstoffmangel. Ist einfach über dem Marianengraben runtergekommen. Aber abgestürzt?« Wilbur schüttelte den Kopf. »Nein. Melvin war zu clever für so was. Er wusste, was er tat. Er kannte die Reichweite einer Pemburu genau. Wenn du mich fragst, hat er sich fallen lassen. Mit der ganzen Maschine. Oder er ist mit dem Fallschirm ausgestiegen.«

»Er hat sich umgebracht?«

»Hm ...«, Wilbur sah einen Augenblick zu Diane, die auf der Tanzfläche stand und Hero umklammerte. »Melvin hat auf jeden Fall einen Abschiedsbrief hinterlassen. Na ja, so eine Art wenigstens. ›Ich werde sie finden. Ich liebe dich, Diane.‹ Sie hat ihn zwei Tage später zufällig unter dem Bett gefunden.«

»Das war alles?«

»Alles.«

»Was ist das eben mit Hero gewesen? Was er über Melvin gesagt hat und diese komischen Bänder ...«

»Du willst es jetzt ganz genau wissen, was? Aber in Ordnung, wenn du nicht wärst, wäre mein Arsch jetzt auf dem Grund des Pazifiks. Die Alienbänder, das ist ein ...«

Rudi hörte nicht, was er sagte.

Da ... hinter der Theke. Ohne Reizwäsche, ohne Make-up. Sie brachte einen Kasten Bier, bückte sich, um ihn zu verstauen, kam wieder hoch.

Sein Engel!

Rudi rutschte die halb volle Flasche mit dem abgestandenen Bier weg. Sie zerbrach auf dem Stahlboden. Er wollte aufstehen – er kam nicht hoch. Er wollte ihr zurufen – er brachte kein Wort heraus. Er bekam kaum Luft, und die, die er bekam, war in ihr Parfüm getränkt und fühlte sich klebrig an. Er wollte ihr zuwinken, sie irgendwie auf ihn aufmerksam machen – es ging nicht. Er konnte nur dasitzen und seinem Puls zuhören, der in einem rasenden Rhythmus und mit der Kraft von Wilburs Kanone schlug, nach Luft hecheln und zusehen, wie sie etwas zu einem der Mädchen hinter der Bar sagte, ein Lächeln wie einen Sonnenaufgang lächelte, durch eine Luke in das angrenzende Tanksegment verschwand und ...

... und dann stand Wilbur vor ihm und packte ihn an den Schultern.

»He, Junge! Was hast du? Alles in Ordnung?«

Rudi sagte nichts. Wilbur schüttelte ihn durch, sagte: »Komm zurück, Junge! Hörst du mich? Komm zurück!« Wilbur schüttelte ihn weiter, und Rudis Puls kam herunter, und seine Zunge gehorchte ihm wieder, leidlich wenigstens.

»E-es ... g-geht ... schon ...«, brachte Rudi hervor. »Es geht schon wieder.«

Wilbur ließ ihn nicht los. »Mach keinen Mist, Junge, klar? Ich will dich nicht verlieren.«

»Keine Angst. Ich ... ich ...«

»Du solltest dich im Spiegel sehen. Siehst beschissen aus, als hättest du einen Geist gesehen.«

»Ich ... der Flug ... ich ...«

»Ist schon gut. Brauchst dich nicht zu entschuldigen. Ist meistens so, wenn man dem Tod von der Schippe springt. Im ersten Augenblick spürt man gar nichts, als stünde man neben sich und das Ganze ginge einen überhaupt nichts an. Und dann, ein paar Stunden später, wenn man denkt, dass man alles hinter sich hat, haut es einen um. Ist ganz normal. Passiert den Besten.« Wilbur nahm eine Hand von Rudis Schulter, tastete ohne hinzusehen über den Tisch, fand, was er suchte, und hielt Rudi ein Whiskyglas vor die Nase. »Hier, trink den hier. Der holt dich wieder zurück.«

Rudi kippte das Glas auf ex.

Das erste und das Dutzend danach.

Testbericht

AlienSchreck Mini (Modell 3b, Revision 4)
Hersteller: Bay-Sandoz

Vorteile: Schreckt zuverlässig, genüg- und folgsam, leichte Entsorgung

Nachteile: Steuerflüssigkeit teuer, stinkt wie eine tote Kuh, wenn es heiß wird!

Auspacken:
Der AlienSchreck Mini wird in einem praktischen Käfig geliefert. Auspacken ist ganz einfach: Bloß den Hebel umlegen! Aber Achtung: Vorher die Anleitung lesen, sonst geht der Schreck in die Hose!

Handling:
Idiotensicher! Der AlienSchreck ist pheronomgesteuert. Einmal unter der Achsel schnuppern lassen, dann ist er auf dich geeicht. Willst du jemand schrecken, spritzt du ihn (oder sie!) mit der mitgelieferten Spritzpistole an. Sie hat eine Reichweite von 50 Metern, und das Anspritzen macht fast so viel Spaß wie der Schreck selbst!

Schreckwirkung:
Umwerfend! Der AlienSchreck beruht auf einer Mischung aus den Genen von Gans, Javaneraffen und Mastiff. Im Käfig braucht er kaum Platz, er passt bequem unter den Tisch. Aber wenn man den Schreckmodus aktiviert ... das bläst dich weg. Er plustert sich auf, bis er dreimal so groß ist, reißt ein Maul auf, das so hässlich ist, dass man schon allein davor wegrennen will. Und die Zähne erst! Hat bei mir immer funktioniert. Auf der Straße ist mir keiner mehr krumm gekommen, seit ich den AlienSchreck hatte!

Kosten:
Das Futter ist sehr billig. Der AlienSchreck frisst alles: Küchenreste, Abfälle jeder Art, Holz. Spart sogar teure Müllgebühren! Richtig ärgerlich ist aber, dass man die Ph-Flüssigkeit nur von Bay-Sandoz kaufen kann! Für fünf Füllungen kann man sich schon einen neuen AlienSchreck kaufen! Es gibt auch Ph-Flüssigkeit von anderen Anbietern, aber da würde ich die Finger von lassen. Wenn sie nicht funktioniert, bleibt nicht genug von einem übrig, um den Hersteller zu verklagen ...

Langzeittauglichkeit:
Der Schreck-Effekt ist echt eine Wucht und nutzt sich auch nach Monaten nicht ab. Blöd dagegen: Der AlienSchreck stinkt im Sommer wie ein totes Tier! Ich habe meinen im März gekauft, und sobald es im Mai über 35 Grad ging, war es mit ihm nicht mehr auszuhalten. Der Support von Bay-Sandoz hat mir nicht helfen können. Am Ende blieb mir nichts anderes übrig, als meinen AlienSchreck zu entsorgen – schade!

Entsorgung:
Idiotensicher. Der AlienSchreck ist nach der neuesten GenMod-Richtlinie hundert Prozent biologisch abbaubar und nachweislich nicht gen-kontaminierend. Man kann ihn in jedem Tierheim in die GenMod-Klappe einwerfen.

– *AlienNet Unterforum Testberichte/Tiere/GenMod/legal*
Stand: 03. August 2064
73,8 % der User bewerteten den Bericht als hilfreich

KAPITEL 27

Sie krochen eng an die Schwellen gepresst.

Fischer führte sie an, hinter ihm folgten Wieselflink und dahinter die Gardisten. Fischer arbeitete sich unter dem Güterzug entlang, konzentriert und unaufgeregt, ließ sich weder von dem Gestank nach Urin und Exkrementen stören noch von den Kampfgeräuschen, die von dem hinter ihnen zurückbleibenden Zug zu ihnen drangen.

Es waren schrille Schreie, verzweifelt und von unbändiger Wut. Die Nomaden mussten erkannt haben, dass die Lange Reise für sie zu Ende war, bevor sie überhaupt begonnen hatte. Dazwischen peitschten immer wieder Schüsse. Wieselflink hielt einen Augenblick an und blickte zurück. Ungefähr ein Dutzend Gardisten folgten ihm. Die Übrigen – im Zug hatte es nach seiner Zählung über dreißig gegeben – mussten zurückgeblieben sein, um die Bahnpolizisten mit ihrem Widerstand von der Flucht Fischers und seiner Leute abzulenken. Wieselflink fragte sich, wie Fischer sie dazu gebracht hatte. Die Bahnpolizisten würden keinen von ihnen am Leben lassen. Glaubten die Gardisten, dass Wolf sie im letzten Moment heraushauen würde?

»Es sind Freiwillige«, sagte Fischer, der seine Gedanken erraten haben musste. Er war zurückgekrochen, kauerte jetzt an seiner Seite. »Die Gardisten wissen, was sie erwartet. Sie haben sich entschlossen, sich für die Sache des Großen Packs zu opfern.«

»Was für ein Unsinn.« Wieselflink gab sich keine Mühe, seine Gedanken zu verbergen. Fischer war mit keiner Bemerkung darauf eingegangen, aber ihm musste klar sein, dass Wieselflink versucht hatte zu fliehen. Er hatte nicht mehr viel zu verlieren. »Sie opfern sich umsonst. Sie reizen nur die Bahnpolizisten. Jeden Augenblick werden sie die Halsbänder auslösen und die finalen Schläge auslösen. Dann ist der Spuk vorüber.«

»Glaubst du.«

»Ja, glaube ich. Ich kenne mich aus.«

»Das bezweifle ich nicht. Aber du hast vergessen, dass die Bahnpolizisten es nicht mit gewöhnlichen Nomaden zu tun haben.«

»Was für einen Unterschied sollte das machen?«

»Den entscheidenden.« Fischer langte an sein Alienband. »Die Bahnpolizisten und ihre Halsbänder können uns nichts anhaben. Unsere Bänder schützen uns. Wolf hat es uns gesagt.«

»Und du glaubst das?«

»Du hast Ohren und Augen – unsere Gardisten halten sich tapfer gegen die Übermacht. Sie lenken die Bahnpolizisten ab, um uns die Flucht zu ermöglichen. Wie erklärst du dir, dass sie nicht längst ausgeschaltet sind?« Wieselflink erhielt keine Gelegenheit zu antworten. Fischers Unterarmcomp piepste. Der Zugführer hielt das Display so, dass Wieselflink nicht darauf sehen konnte, dann sagte er: »Weiter jetzt! Sie sind schneller als erwartet. Wir haben nur noch fünf Minuten, um den Rendezvouspunkt zu erreichen!«

Wieselflink folgte ihm zitternd. Die ungewohnte Kälte, die Nässe setzten ihm zu. Aus der Ferne kamen weiter Schreie und Schüsse. Er dachte an Blitz, die im Zug zurückgeblieben war, an Kairo, wo ein Labor, ein fürstliches Einkommen, ein Haus mit Angestellten, Garage und Dienstwagen auf ihn warteten – ein echtes neues Leben, keine Wunschfantasie –, und er versuchte nicht daran zu denken, was vor ihm lag. Das Große Pack hatte ihn wieder. Das Große Pack erachtete ihn für wichtig genug, um ihn zusammen mit einem Dutzend seiner treuesten Angehörigen zu retten, während es tausend im Stich und zwei Dutzend von ihnen sterben ließ ...

»Er kommt!«, zischte Fischer.

Aus dem Regen schälte sich ein Zug, rollte langsam, im Schritttempo, an ihnen vorbei und blieb schließlich stehen. Er tat es lautlos, abgesehen von dem tiefen Brummen der beiden Dieselloks, die an der Spitze und am Ende des Zuges angekuppelt waren.

»Los jetzt!«, rief Fischer.

Er kroch unter dem Güterzug hervor. Ein Gardist versetzte Wieselflink einen Stoß, als er sich nicht augenblicklich rührte. Sie rannten los, den eben eingefahrenen Zug entlang. Es war ein Zug, wie Wieselflink ihn nie zuvor gesehen hatte. Er war kurz, nur acht Wagen waren zwischen den beiden Loks zusammengekuppelt, sein Anstrich war grau und fleckig – und er war fensterlos. Nirgends konnte Wieselflink die Nähte von zugeschweißten Türen erkennen, geschweige denn Türen an sich.

Sie hatten fünf Wagen hinter sich gelassen, als sich vor ihnen wie in Zeitlupe eine Luke öffnete. Gedämpftes Licht drang heraus. Fischer hielt vor der Luke an und steckte Kopf und Oberkörper hinein. Einige Augenblicke später trat er einen Schritt zurück und bedeutete Wieselflink und den Gardisten mit einer Geste einzusteigen. Zwei Gardisten packten Wieselflink, stellten ihn vor die Luke. Arme kamen aus dem Licht, zogen ihn in den Zug und setzten ihn an der kühlen Innenwand ab. Die Gardisten folgten, dann steckte Fischer wieder den Kopf in den Zug.

»Willkommen in Wolfs Reich! Wir sehen uns später!«, rief er und verschwand wieder in der Nacht.

»He, was ...?« Fischer hörte ihn nicht mehr.

»Hier, trink! Das wird dich wieder in Schwung bringen.«

Ein Gardist kniete vor ihm, hielt ihm eine Flasche hin. Er trug das Sternenhimmel-Alienband des Großen Packs und eine schwarze Gardistenuniform – verziert mit einem Sternenemblem und dem Schriftzug »Sigma V« auf der Brust –, eine spiegelnde Datenbrille, in der Wieselflink sein elendes Selbst erblickte, und den üblichen, breiten Spielzeuggürtel mit bunten Knöpfen. Und einem Extra-Spielzeug: einer Pistole.

Wieselflink starrte ihn an, wie es angebracht war: wie ein Wesen von einem anderen Stern.

»Du musst doch Durst haben?« Der Gardist lächelte. Es war ein offenes, Vertrauen erweckendes Lächeln.

»Was ist mit Fischer? Wieso ist er wieder nach draußen?«

Der Gardist zuckte die Achseln. »Eine persönliche Angelegenheit. Nichts, was dich bekümmern sollte. Was ist jetzt? Willst du trinken?«

»Ja.« Wieselflink nahm die Flasche, führte sie an die Lippen – und hätte die Flüssigkeit um ein Haar wieder ausgespuckt, als sie seine Zunge berührte. »W-was ist das? Das ist kein Wasser!«

»Nein, natürlich nicht. Multivitaminsaft. Die meisten, die zu uns stoßen, stehen kurz vor dem Skorbut. Die Verpflegung in den gewöhnlichen Zügen ist leider nicht so vollwertig, wie wir uns das wünschen würden. Aber wenn du willst, kannst du natürlich auch Wasser haben. Willst du?«

»Nein!« Der Gardist redete daher wie Fischer. Nicht nach seinem Geschmack. Sein Magen aber hatte sich entschieden. Wieselflink trank den Saft in einem Zug leer. Als er die Flasche wieder absetzte, hielt der Gardist eine dampfende Schale in der Hand. »Hast du Hunger? Du solltest etwas zu dir nehmen. Wolf will dich sehen. Bei der Besprechung solltest du voll da sein.«

Wieselflink nahm die Schale entgegen, ohne hinzusehen, kaute das Gemüse, ohne es zu schmecken. *Wolf will dich sehen.* Die Bestätigung, die er längst nicht mehr gebraucht hatte. Anstatt diesen Irrsinn hinter sich zu lassen, war er in seinem Zentrum gelandet.

Er leerte eine zweite und dritte Schale – galt hier die Rationierung des Packs nicht? Oder war es sein Willkommensgeschenk? – und sah zu, wie Fischers Gardisten in ihre neuen Quartiere geführt wurden, nachdem auch sie gegessen und getrunken hatten.

Wieselflink blieb zurück. Nach einiger Zeit fuhr der Zug an, sanft und geräuschlos. Dann kniete wieder der Gardist vor ihm.

»Fühlst du dich jetzt besser?«

»Ja«, antwortete Wieselflink aus Mangel an einer besseren Antwort. Ihm war schlecht. Er war keine großen Portionen mehr gewöhnt. Und Wolf lag ihm im Magen.

»Gut. Dann komm mit. Wolf wartet schon!«

Der Gardist führte ihn an das andere Ende des Zugs, in eine Art Vorraum. Wieselflink nahm seine Umgebung wie aus weiter Ferne wahr. Was konnte Wolf von ihm wollen? Was konnte ihn so wichtig für das Große Pack machen? Wieselflink fühlte sich eingesperrt, ihm war, als laste die Decke des Zuges auf ihm.

»Zieh das an!«

Der Gardist hielt ihm einen Pelzmantel entgegen.

»Wieso? Mir ist nicht kalt.«

»Das kommt noch. Tu, was ich dir sage.«

Wieselflink zog den Pelzmantel an. Er roch nach Tier und Schweiß. Der Gardist wandte sich ab, flüsterte etwas, dann nickte er. Auf seiner Datenbrille musste die Rückmeldung eingetroffen sein.

Er wandte sich wieder an Wieselflink: »Wolf empfängt dich jetzt!«

Der Gardist öffnete die Tür für ihn – schwer und gepanzert wie alle Türen dieses Zugs –, und Wieselflink trat in das Innerste von Wolfs Reich. Es stank. Ein strenger Geruch hing in der Luft, der Wieselflink an einen Zoo erinnerte. Der stählerne Boden war mit Stroh bedeckt. Es war kalt. So kalt, dass sein Atem Wolken bildete.

Der Raum besaß keine Einrichtung, bis auf ein Stehpult an einer Wand. Und gegen dieses Stehpult gelehnt, mit dem Rücken zu Wieselflink, stand ein ... ein haariges Etwas. Das Etwas wandte sich um und blickte Wieselflink aus hellen, klaren Augen an.

Es war Wolf.

Wolf war ein Wolf.

Und ein Mensch.

Er stand aufrecht. Er besaß die Beine, die Geschlechtsteile

und den Unterkörper eines Menschen, wenn auch so stark behaart, dass Wieselflink die Behaarung einen Pelz genannt hätte. Wolfs Brust war eingefallen und schmal, seine Arme waren Ärmchen, der Hals so dick wie die Brust. Der Kopf war der eines Wolfes, breit, mit spitzen Ohren und einer spitzen Schnauze – und zugleich der eines Menschen. Wie bei den toten GenMod-Katzen, denen er die implantierten Schnittstellen aus den Schädeln gebrochen hatte, kam es Wieselflink vor, als hätte man das Gesicht eines Menschen wie eine Folie über das Tiergesicht gelegt. Den einen Moment sah man hin und hatte einen Wolf vor sich, dann blinzelte man und hatte einen Menschen vor sich.

»Hallo, ich bin der große, böse Wolf!«, sagte Wolf und heulte. Und fügte hinzu, bevor Wieselflinks wackelige Knie die Gelegenheit hatten, unter ihm einzuknicken: »Keine Angst, das ist nur ein Scherz, um das Eis zu brechen. Das erste Treffen mit Menschen ist erfahrungsgemäß problematisch.«

Wolf besaß ein Raubtiergebiss, aber es war nicht sichtbar, wenn er sprach. Seine Stimme war angenehm, vielleicht etwas dünn – eine Folge des kleinen Brustkorbs? –, und hätte Wieselflink ihr mit geschlossenen Augen gelauscht, er hätte nie geahnt, *was* er vor sich hatte.

»Du ... du bist ein ...«

»Wolf? Wie du siehst. Ein Mensch? Das auch. Ich trage Gene beider Arten in mir, wenn es dich interessiert. Mich tut es das allenfalls am Rande. Körperlichkeit wird allgemein überschätzt.«

»Das ... du ...«

Wolf schüttelte tadelnd den Wolfsschädel, und obwohl er einen Kopf kleiner war als er selbst, kam es Wieselflink vor, als tue er dies von oben herab, aus einer mentalen Position der Überlegenheit, die unangreifbar war. »Ihr Menschen. Ich verstehe euch nicht. Ihr seid alle gleich. Gleich fassungslos. Ihr nehmt euch heraus, Gene nach euren Launen zusammenzuwerfen. Ihr lasst euch von euren selbst gemachten Geschöpfen die Möbel abstauben, ihr schlachtet sie, ihr schickt sie in den Krieg. Ihr versetzt ihnen Tritte und Schlimmeres, wenn euch danach ist, oder ihr spritzt über ihnen ab. Und dann seid ihr überrascht, wenn eines von ihnen die logischen Konsequenzen daraus zieht und sich an die Spitze der Befehlskette stellt, anstatt sich sein kurzes, elendes Leben lang von der Kette prügeln zu lassen?«

Was ging hier vor? Wieselflink hatte einen von der reinen Lehre abgefallenen Alienisten erwartet, einen alten Offizier, der es nicht hatte verwinden können, keine Befehle mehr geben zu dürfen, oder auch nur einen gewöhnlichen Verrückten oder Verbrecher. Er hatte erwartet, dass Wolf ihn befragte, ja verhörte, ihn als den Betrüger, der er war, bloßstellte. Und nun ...

»Weshalb hast du mich zu dir bestellt?«, fragte Wieselflink.

»Um dich persönlich kennenzulernen. Ich will alle kennen, die für mich arbeiten. Ihren Stallgeruch schnuppern, wenn du so willst. Wenn es möglich wäre, würde ich alle Angehörigen des Großen Packs kennenlernen wollen. Aber das ist aus praktischen Gründen unmöglich. Also tue ich mein Bestes, wenigstens diejenigen zu Gesicht zu bekommen, die ihr Weg in meinen Zug führt. Also: Wie gefällt dir mein Zug?«

»Er ist ... ich hatte noch keine Gelegenheit, viel davon zu sehen. Ich bin eben erst ...«

»Ich weiß.« Wolf ließ sein Wolfsgebiss blitzen. »Was ist dein erster Eindruck?«

»Nun, er ist anders.«

»Ja. Inwiefern?«

»Sauber.«

»Ja. Und was noch? Ich höre.«

»Ich ...« Was wollte Wolf hören? »Ich meine ...«

»Du fragst dich, wie das hier möglich ist?« Wolf klopfte mit einer ausgefahrenen Kralle gegen die Wand. Es machte ein kratzendes Geräusch. »Du fragst dich, wie es sein kann, dass ich einen Panzerzug besitze? Dass dieser Zug offenbar nach Belieben fährt, unbehelligt vom Ministerium? Dass ich über eine Garde verfüge, uniformiert *und* bewaffnet? Dass diese

Garde mir gehorcht, einem GenMod? Wie es kommt, dass ich, ein GenMod, nicht nur unter Menschen bin, sondern über ihnen stehe, ihnen befehle, und dass ich kein Halsband trage?«

Wieselflink machte einen Schritt zurück in Richtung der Tür, die hinter ihm eingerastet war. Wolf rückte auf.

»Das fragst du dich, nicht? Das – und noch viel mehr.« Wolf strich über die Haare seines Pelzes, die sich aufgerichtet hatten. »Du bist neu bei uns, nicht?«, sagte er dann, in einem Plauderton, der Wieselflink beinahe mehr Angst machte als seine Fragen.

»Ich glaube schon«, antwortete er vorsichtig. »Ich bin seit einem halben Jahr beim Großen Pack.«

Wolf nickte sich selbst zu. »Fischer hat mir von dir erzählt. Du machst dich gut, hat er gesagt. Erfüllst deine Pflichten.«

»Natürlich. Alles für das Große Pack. Die Lange Reise verlangt uns allen das Optimum ab.«

Wolf öffnete das Maul und fletschte die Zähne. Beiläufig. Und drohend. »Du bist neu, deshalb lasse ich es dir dieses eine Mal durchgehen. Es gibt eine Regel bei mir: In meinem Zug darf nur einer lügen, und das bin ich. Verstanden?« Wolf ließ sich auf alle viere fallen und war mit einem Sprung bei Wieselflink, bevor dieser zurückweichen konnte. »Weißt du, ich rieche es, wenn jemand lügt. Ich habe eine feine Nase, nicht wie ihr Menschen.« Wolfs Schnauze wanderte schnuppernd über Wieselflink, immer höher, verweilte einen Augenblick vor seiner Scham, wanderte dann höher, um unter der linken Achsel zu verweilen und schließlich direkt vor seinem Gesicht zu verharren. Eine warme Zunge leckte Wieselflinks Kinn.

Dann sprang Wolf mit einem Satz wieder zurück. Er lachte. »Du hast mir geglaubt, nicht? Ihr glaubt vieles, was? Und ich rieche vieles, das stimmt. Aber deine Lüge brauchte ich nicht zu riechen. Man hat sie dir angesehen. Du glaubst nicht an das Große Pack?«

Wieselflink sagte nichts.

»Und ebenso wenig glaubst du daran, dass die Aliens uns

holen und uns auf die Lange Reise mitnehmen werden, nach Sigma V, den wahren Ort des Glücks, neben dem die Versprechungen aller menschlichen Religionen zusammengenommen kümmerlich erscheinen. Das ist doch so, nicht?«

Es war eine Falle. Wieselflink spürte es.

»Gib es zu!« Wolf zeigte seine Zähne.

Wieselflink nickte.

»Du bist kein Dummkopf, das ist gut. Die Wahrheit ist nämlich: Es gibt keine Lange Reise.«

»Es gibt keine Lange Reise?! Aber ... aber ...« *Aber was ist das dann für eine Lüge, die du den Menschen erzählst?*, führte Wieselflink den Satz in Gedanken weiter. *Was willst du mit ihr erreichen? Und wieso erzählst du ausgerechnet mir davon?*

»Nein, keine Lange Reise. Aber dafür eine kurze. Sie wird uns zu den Sternen führen. Wenn du willst, kannst du unseren Zielort Sigma V nennen, der Name spielt keine Rolle. Ich werde zu den Sternen reisen, das Große Pack wird es tun – und wenn du es willst, auch du.«

»Du bist verrückt!«, platzte es aus Wieselflink heraus. Er wollte nicht zu den Sternen. Er wollte nur weg. Weg von diesem Verrückten, von allen Verrückten und in sein klimatisiertes Haus in Kairo.

Wolf fletschte nicht die Zähne. Wolf sprang ihn nicht an und verbiss sich nicht in seine Kehle. Er stand einfach nur da und fragte: »Wieso?«

»Was?«

»Ich frage dich, wieso. Wieso hältst du mich für verrückt?«

»Weil die Vorstellung allein einfach absurd ist! Komplett verrückt!«, brach es aus Wieselflink heraus. »Die Aliens haben kein Interesse an uns. Das kann sich jeder ausrechnen, der den Mut besitzt, eine Minute lang den Tatsachen ins Auge zu sehen. Seit Jahren hängen die Aliens im Orbit und arbeiten an ihrem Schiff, ohne uns zu beachten. Wieso sollten sie sich jetzt plötzlich an uns erinnern?«

»Vielleicht weil die Zeit reif ist? Die Aliens endlich so weit sind?«

»Du denkst, sie bauen im Orbit eine Art Arche?«
»Es wäre denkbar, nicht?«
»Ja, aber ich glaube es nicht. Sie kümmern sich einen Dreck um uns. Und selbst wenn sie es sich eines Tages anders überlegen sollten, wird es Leuten wie uns nichts bringen. Wir sind Überschussmenschen, Dreck. Unsere eigene Rasse will uns nicht, wieso sollten die Aliens ein Herz für uns entdecken und sich uns auf den Hals laden?«
»Von Auf-den-Hals-Laden war nicht die Rede.« Wolf wandte sich ab, ging zu dem Stehpult und öffnete die Schublade. Er nahm etwas heraus und hielt es Wieselflink entgegen.
Es war ein Alienband.
Wieselflink nahm es zögernd entgegen. »Für mich? Was soll ...«
»Nein. Es gehört mir. Du darfst es auf keinen Fall beschädigen.«
Wieselflink besah sich das Band. Er konnte nichts Besonderes an ihm erkennen. Seine Grundfarbe war ein helles Braun, darin eingewebt fanden sich schwarze Striche, angeordnet in einer Art Keilform, die ihn an einen Fischschwarm erinnerte. Vor der Spitze des Keils war ein Kreis.
»Das habe ich nicht vor.« Er betastete das Band mit den Fingern. Vielleicht ging es nicht um das Motiv, sondern um das Material? Der Stoff fühlte sich an wie jedes andere Alienband. Was immer dahintersteckte, Wieselflink wollte es nicht. Er wollte nichts von Wolf. Er hielt ihm das Band auffordernd entgegen.
Wolf schüttelte den Kopf. »Nein. Behalte es. Ich will, dass du es für mich untersuchst. Ich will wissen, woraus es besteht, ob es sich in irgendeiner Weise von anderen Bändern unterscheidet. Du hast drei Tage Zeit.«
Die Falle. Sie war zugeschnappt. Wieselflink versuchte sich herauszuwinden. »Ich bin nur Elektriker! Ich wüsste nicht, wie ich ...«
»Ein einfacher Elektriker?« Wolf ging zum Stehpult, zog ein Blatt Papier aus der Lade. »Dann wollen wir mal sehen ... Rai-

ner Hegen, geboren am 20.3.2028 in München. Abitur, zwei Jahre freiwillige Verpflichtung beim Euro-Korps, Einsatz in Weißrussland, verwundet im Kampf gegen Post-Lukaschenkisten, Studium der Materialforschung in Gießen, Belgrad und Kairo, drei Jahre nach dem Abschluss von einem Multi abgeworben – ein Benziner zur freien persönlichen Verfügung und das dreifache Gehalt winkten. Zuletzt Teil eines Teams, das an Mensch-Maschine-Verbindungen arbeitete. Anwärter auf die Projektleitung, auf dem besten Wege, sich selbst unersetzlich zu machen ... wäre deinem Benziner nicht dieses Kind in den Weg gesprungen. Zu schnell gefahren. Deine alte Schwäche. Geflitzt. Vor Gericht hast du deinen Kopf aus der Schlinge gezogen, dank der Anwälte, die dafür dein Geld auffraßen. Aber du hattest ja dein gutes Gehalt ... gehabt. Im Labor ließ man dich fallen. Kindermörder nannten sie dich. Unfair eigentlich, du hast dem Kind ja nichts Böses gewollt. Was hatte es nur auf der Straße spielen müssen? Aber das war der Preis dafür, dass du auf deinem Weg nach oben nicht zimperlich gewesen bist. Alte Rechnungen wurden beglichen, und es war aus mit dir. Kein Job, kein Gehalt, und die laufenden Kosten rannten dir davon – keinen Monat später hast du dich in einem Zug wiedergefunden, unter Überschussmenschen.

Du hast dich nicht gehenlassen. Du hast einen neuen Namen angenommen – Wieselflink – und hast ihn mit Leben gefüllt. Du bist deinen eigenen Weg gegangen, und irgendwann hat sich der deine mit dem des Großen Packs gekreuzt. Das Große Pack hat dich aufgenommen, dich geschützt, hat geduldet, dass du deine eigenen Pläne verfolgst. Im Wissen, dass die Vernunft die Oberhand gewinnen würde und du dich uns mit ganzem Herzen anschließen würdest. Doch noch ist es nicht so weit. Du willst nur weg von hier, nach Kairo, in die USAA, wo alte Freunde aus der Studienzeit auf die Gelegenheit warten, dir auszuhelfen, und wo man gute Leute zu schätzen weiß und nicht fragt, woher einer kommt und was er getan hat, wenn er nur seine Arbeit macht.«

Wolf legte das Blatt wieder in die Lade. »In meinem Pack ist das nicht anders. Mir ist egal, woher du kommst, was du getan hast oder was du bist. Mach deine Arbeit, und ich lasse dich ziehen!«

Die Panzertür hinter Wieselflink öffnete sich.

»Wir sehen uns in drei Tagen wieder!«

Stellen Sie sich vor, Sie sind ein Alien!

Ihr Name ist Rüptütsch, und ihre Rasse sind die Tüsker vom Planeten Tüsk, einer erdähnlichen Welt der Milchstraße. Tüsker sind stolze Wesen, immer bereit, einem anderen Tüsker wegen einer Nichtigkeit den haarlosen Schädel mit einem ihrer vielen Tentakel einzuschlagen.

Eines Tages, als Sie gerade das Gehirn eines Erschlagenen genüsslich schlürfen, kommt Ihnen eine Idee. Wieso nicht den Krieg auf eine andere Welt tragen? Das Universum ist so groß, es muss dort viele köstliche Gehirne zu schlürfen geben, nicht wahr? Und wie Sie gerade so gemütlich dasitzen und zum Himmel aufsehen, fällt ihnen auch gleich ein passendes Objekt in die Glubschaugen: eine unscheinbare kleine Sonne, die so unschuldig tut, als unterscheide sie nichts von den 100 Milliarden anderer Sonnen der Milchstraße.

Sie wissen es besser. Sie erzählen den übrigen Tüskern von Ihrem Plan und treffen auf helle Begeisterung. Sofort lässt ganz Tüsk alles stehen und liegen und macht sich an den Bau eines Invasionsschiffes. Dreißig Jahre arbeitet ganz Tüsk auf das große Ziel zu, dreißig Jahre lang verschlingt das Schiff alles, was Ihr Volk hervorbringt. Tausende sterben beim Bau, Millionen geben die besten Jahre ihres Lebens.

Doch die Tüsker lassen sich von den Opfern nicht von ihrer großen Vision abbringen: Allein die Vorstellung, dass eines Tages 200 ausgewählte Tüsker gehirnschlürfend über einen ganzen, jungfräulichen Planeten herfallen können, lässt ihre Tentakel in Ekstase erzittern.

Schade nur, denken Sie, dass lediglich Ihre fernen Nachfahren in den Genuss dieser Genüsse kommen werden: Der Flug wird Jahrtausende benötigen. Aber egal. Das Invasionsschiff begibt sich auf den Weg.

Und der Plan gelingt: Eines Tages blickt ein ferner Nachfahr von Rüptütsch, nennen wir ihn Rüp 148, aus der Umlaufbahn auf das Gehirnschlürfer-Paradies, und ihm läuft das Wasser im Maul zusammen. Aber er ist ein vorsichtiger Tüsk und sich seiner Verantwortung bewusst. Er schickt Sonden aus. Sie bringen Nachrichten, die die wildesten Hoffnungen seines fernen Vorfahren verblassen lassen: Diese Welt wimmelt vor Leben. Insbesondere eine Art – Halbintelligenzen, die sich selbst Menschen nennen – ist außerordentlich zahlreich und verfügt über Gehirne, die wunderbar in einem Tüsker-Tentakel liegen werden.

Alle Strapazen haben sich gelohnt! Rüp 148 will gerade den Invasionsbefehl geben, als ein Wissenschaftler sich Zugang zu ihm verschafft. Rüp 148 zügelt seine Leidenschaft und erfährt die furchtbare Nachricht: Der Planet wimmelt vor Leben. Aber es basiert auf Kohlenstoffverbindungen – pures Gift für die Tüsker …

– *Aus dem Programm »Aliens: noch mehr Wahrheiten« von Bernhard Ratschik, Sommer 2064. Die Tour führte durch 73 Städte, alle Auftritte waren ausverkauft.*

KAPITEL 28

Zu viel. Einfach zu viel.

Ekin gab auf. Es hatte keinen Sinn mehr. Je länger sie über Pauls Botschaften grübelte, desto mehr verlor sie den Halt, sich selbst. War wirklich geschehen, was geschehen war? Oder hatte sie sich in einen irren Trip verstiegen? War sie auf dem besten Weg, sich zu den Huntern zu gesellen, die nach zwei oder drei Jahren auf ihrem Posten abgelöst wurden, weil ihre Psyche so stark angeknackst war, dass sie nur noch zum Bleistiftspitzen unter Aufsicht zu gebrauchen waren?

War sie einfach zu fantasielos, zu dumm? Hätte eine andere an ihrer Stelle vor langer Zeit bemerkt, dass mit Paul etwas nicht stimmte? Behielte eine andere an ihrer Stelle die Übersicht, hätte ihre Gefühle im Griff? Wüsste sie, was richtig wäre – ob sie darauf hoffen sollte, dass Paul sich meldete, oder darauf, dass sie nie wieder von ihm hören würde? Und: Wüsste sie, diese bessere, klügere Ekin, was sie zu tun hätte, sollte Paul sich melden?

Ekin wusste es nicht. Sie war einfach nur Ekin. Bestimmt nicht dumm, aber sie brauchte eben ihre Zeit für Dinge. Und Ruhe. Sie gab alles, aber sie hatte eben ihre Grenzen – und die kannte sie.

Es war Zeit, einen Schritt zurückzutreten, tief Luft zu holen, wieder zu sich selbst zu finden. Ekin brauchte Abstand.

Sie schüttelte Trixie ab. Es fiel ihr nicht leicht. Aber Trixie erinnerte sie immer mehr an einen Jagd-GenMod, der an einem abgerissenen Hosenbein die Witterung eines Flüchtlings aufgenommen hatte und nun nicht mehr ablassen konnte, bevor er sein Wild nicht gestellt hatte. Trixie war ganz

Spannung, angefangen vom Kiefer, der wie mit einem Schraubstock auf »grimmig« festgezurrt war, bis hinunter zum letzten Muskel ihres Körpers. Sie war eine bis zum Bruchpunkt angespannte Feder, hatte jedes Maß verloren. Ja, es ging um Paul, um *ihren* Paul – Ekin zuckte bei dem Gedanken längst nicht mehr zurück –, aber bei allen glubschäugigen Aliens, die eines Tages aus dem Schiff im Orbit klettern würden, um die Menschheit zu versklaven, eben das war es. Es ging um einen einzigen Menschen – unendlich wertvoll und unersetzlich und ebenso wertlos und überflüssig wie jeder andere seiner zehn Milliarden Artgenossen – und nicht um das Schicksal der Art insgesamt. Alles Weitere – Sigma V, Pasong, die Unterwasserstadt – war Spekulation, ebenso haltlos wie die Millionen von Taschenwelten, die auf der Erde kursierten.

Ekin predigte es Trixie hundert Mal am Tag und brüllte es ihr schließlich ins Gesicht, während sie die Finger tief in die Schultern ihrer Freundin bohrte.

Zwecklos. Trixie wollte weitermachen. Noch eine Nacht durchdiskutieren, noch eine Tour durch Tauschbörsen – vielleicht hatten sie eine Taschenwelt übersehen, vielleicht sogar die alles entscheidende. Also weiter! Ekin ging zum Schein darauf ein, ließ reihenweise weitere Weltentwürfe über sich ergehen, deren Absurdität sie an der Intelligenz der Menschheit zweifeln ließen, rätselte ein weiteres Mal über die Bilder, die längst vor ihren überanstrengten Augen verschwammen, und bog die Angelegenheit zu einem Austausch von Zärtlichkeiten mit Trixie um. Es fühlte sich an, als hätte sie Sex mit einem Holzbrett.

Das gab den Ausschlag. In der Nacht schlich sich Ekin ins Bad, kritzelte »Nichts für ungut, aber es hat keinen Sinn mehr. Ich melde mich« auf einen Zettel, fügte ein PS – »DANKE für alles!« – hinzu und machte sich davon.

Sie fühlte sich schäbig. Sie fühlte sich befreit.

Ekin stürzte sich in ihr neues altes Leben. Der Junge – er hieß Daniel, fiel Ekin gerade noch rechtzeitig ein, als sie die Kanzlei betrat – war nicht halb so unerträglich, wie sie gedacht hatte. Er stellte ihr keine dummen Fragen, was sie in den letzten vier Wochen getrieben hatte, und er hielt den Laden sauber. Man musste nicht ständig sehen, wohin man trat, ohne Gefahr zu laufen, auf einer Taschenwelt oder einem Spielzeugwaggon auszurutschen. Und Daniel gab keinen üblen Hunter ab. Ekin ging mit ihm die vergangenen Wochen durch. Daniel hatte recherchiert und von dem mittleren Stausee an unerledigter Arbeit, den Paul ihm hinterlassen hatte, erheblich Wasser abgelassen. Er hatte seine Sache überraschend gut gemacht. Natürlich war er mehr als einer Falschanzeige aufgesessen. Unvermeidlich, ihm fehlte einfach die Erfahrung, der Spürsinn, den man im Lauf der Jahre entwickelte. Außerdem waren die Leute raffinierter als zu der Zeit, als Ekin angefangen hatte. Früher, in den Pionierjahren, waren die meisten Versuche, einen Nachbarn anzuschwärzen, sehr durchsichtig gewesen. Inzwischen waren sie oft so raffiniert, dass sie selbst einen erfahrenen Hunter wie Ekin täuschen konnten, wenn sie nicht ganz bei der Sache war.

Sie sparte nicht mit Lob, Daniel seinerseits nicht mit Bewunderung. Es war eine ungewohnte Erfahrung, tröstend in einem Maße, dass es sie schon wieder unruhig machte. Ekin war es seit so langer Zeit gewohnt, konstant in Frage gestellt zu werden, sich pausenlos auf die Zehenspitzen zu stellen und sich zu strecken, um wenigstens mit dem Fingernagel an die Decke zu reichen, dass sie vergessen hatte, wie leicht das Leben sein konnte.

Nach einer Woche hörte sie auf, überrascht zu sein, wenn sie vom Schreibtisch aufblickte und ihr Daniel gegenübersaß und nicht Paul. Daniel, der sie freundlich anlächelte.

In der zweiten Woche ging der Kaffeemaschine der Magico-Vorrat aus. Als Daniel sich anbot, Nachschub zu besorgen, lehnte sie dankend ab. Drei herzrasende, schwitzende Tage später hatte Ekin den Entzug hinter sich.

In der dritten Woche stellte sie fest, dass es ihr schwerfiel, sich Paul vorzustellen, wie er an Daniels Schreibtisch saß.

Paul, die bohrende Frage, wo er steckte, wie es ihm ging

und was er vorhatte, hatte die Spitze verloren, war zu einem dumpfen Hintergrundrauschen geworden, das sich leicht vergessen ließ.

Sie hatte keinen Grund zu klagen. Sie hatte ihren Job. Den Job, den sie immer gewollt hatte und um den sie Millionen beneideten. Einen wichtigen Job, vielleicht den wichtigsten überhaupt, im Dienst der Menschheit. Und sie machte ihn gut.

Was wollte sie mehr?

Eines vielleicht: Action.

Nichts leichter als das. »Genug Planschbecken«, verkündete sie Daniel nach der dritten Woche. »Wir gehen raus auf See!«

Ekin meldete ihr Team für Außeneinsätze, und das Korps gab sie ihnen. Mächtig. Vier Zugriffe in der ersten Woche, fünf in der zweiten.

Sie fingen die Bälle auf, die ihnen das Korps hinwarf, und jonglierten sie mit Bravour. Daniel erwies sich als ein Reflexwunder, beinahe, als trieben in seinem Blut konstant Restkonzentrationen von Neurobeschleunigern. Im Einsatz redete er nur das Nötigste, war er ganz auf die Aufgabe konzentriert. Eine angenehme Professionalität, die Ekin rasch zu schätzen lernte. Er und Ekin griffen sich acht von neun Aliens dank ihrer effizienten Arbeit als Team. Den neunten schnappte ihnen ein anderes Team weg. Nicht gerade auf die feine Art, fand Ekin: Die Konkurrenz arbeitete mit Neurobeschleunigern. Ärgerlich auf der einen Seite, auf der anderen schon wieder so etwas wie ein unfreiwilliges Kompliment. Nur Fouls konnten sie und Daniel aufhalten.

Fouls – und Ekins Gedanken.

Ekin war auf der Hut vor ihnen, fühlte sich, dank ihrer neu gefundenen Ausgeglichenheit, vor dem Schlimmsten gewappnet.

Nur: Es kam noch schlimmer.

Ein Grundsatz der Hunter war Schnelligkeit. Kein Zögern. Hatte man den Alien im Visier, drückte man ab. Schnelligkeit minimierte das Risiko für den Hunter. Schnelligkeit erhöhte die Chance, dass sich die Manifestation nicht verflog, dass die

Vernehmungsspezialisten Aussichten hatten. Schnelligkeit gab den Alienisten keine Chance, sich zu sammeln und über die Hunter herzufallen, die im Augenblick des Zugriffs nur noch ihr Wild sahen und leichte Beute darstellten. Schnelligkeit. Und Umsicht. Ekin hatte schon Monate, bevor das Korps es verboten hatte, keine Geschenke mehr von Zivilisten angenommen. Zu groß war die Chance, dass das Geschenk ein Sprengsatz war oder das Glas Wasser vergiftet.

Ekin war schnell, aber nicht so schnell wie ihr neuer Partner. Kein Problem, sagte sie sich, Daniel war jünger, unverbrauchter, und schüttelte den Gedanken ab. Aber er ließ sich nicht abschütteln. Im Einsatz trennte sich ein Teil von ihr ab, betrachtete ihre Handlungen, als stünde er neben ihr. Und was dieser Teil sah, war, dass sie sich anlog. Sie war nicht langsamer als Daniel. Sie legte an, zielte so schnell wie ihr neuer Partner. Was sie unterschied, war ein Sekundenbruchteil des Zögerns, bevor sie abdrückte. Ein Zögern, das nicht sein durfte.

Der nächste Einsatz kam.

Das Setting war perfekt. Eine Wüstung auf dem flachen Land, eine Hand voll verlassener Häuser, die mit jedem trockenen Sommer und jedem schneereichen Winter näher an den Punkt rückten, an dem sie in sich zusammenrutschen würden – das hieß keine Alienisten, die ihnen in den Rücken fielen, und freies Schussfeld. Die halbe Miete. Der Alien versteckte sich im Erdgeschoss einer Ruine. Daniel gab ihr Feuerschutz. Ekin wollte ihn aus dem Weg haben.

Kein Zögern!

Sie holte tief Luft. Ihr Stiefel rammte in die Tür. Holz splitterte, dann rutschten die beiden Hälften der Tür mit der Trägheit eines schweren Bühnenvorhangs zur Seite und gaben die Sicht frei auf ... ein Ungeheuer. Ein vielarmiges, vielklauiges, glubschäugiges Monster mit dem Gebiss eines Raubsauriers.

Kein Zögern!

Ekin drückte ab, noch bevor die Trümmer der Tür auf den Boden prallten, sah, wie sich die Betäubungspatrone aus dem

Lauf löste, sich in die Seite des Ungeheuers bohrte, sah, wie es stürzte.

Kein Zögern!

Ekins Hunter-Training übernahm. Sie sprang vor, um den Alien zu sichern, beugte sich über das Ungeheuer, in der einen Hand das G5 im Anschlag, in der anderen die Plastikschnüre für die Handgelenke. Sie packte einen muskulösen Arm – er war fiebrig heiß –, riss ihn hoch, wollte die Plastikschnur um ihn schlingen, bemerkte, dass sie viel zu kurz war, dass es unmöglich war ... unmöglich ... und dass ...

... dass sie kein Ungeheuer vor sich hatte.

Keinen Alien.

Einen Menschen.

Ein Bündel stinkender alter Mensch.

»Ekin, was hast du?«, brüllte Daniel hinter ihr, adrenalinaufgekratzt. Unsicher. »Alles in Ordnung?«

»Ja ...« antwortete Ekin. Ihr Hunter-Training übernahm wieder, sie setzte die Bewegung fort. Sie schlang die Plastikschnüre um die dünnen Handgelenke; sie waren viel zu weit. »Ja, alles in Ordnung«, log sie.

Nein, nichts war in Ordnung.

Ekin wollte es nicht wahrhaben. Sie machte weiter. Ein neuer Einsatz, ein neues Ungeheuer, das sich als Mensch erwies, erwartete sie. Dann noch eines. Und noch eines.

Nach zwei Wochen hatte Ekin genug. Sie setzte die Zugriffe aus, begründete es mit der Ruhe, deren der Neuling an ihrer Seite bedurfte. Daniel brauchte Zeit, die neuen Erfahrungen zu verarbeiten. Das Korps gab seine Zustimmung. Daniel bekam seine Ruhe, kam wunderbar klar mit ihrer Erfolgssträhne. Er war braun gebrannt, und die winzigen Fältchen, die die Sonne in seine Haut gegraben hatte, schenkten seinem Gesicht die Männlichkeit, die ihm bisher gefehlt hatte.

Ekin bekam die Ruhe weniger gut. Sie war zu wütend.

Paul, gottverfluchtnochmal, wieso hast du mir das angetan?

Es war seine Schuld. Paul hatte ... was? Ihr die Augen geöffnet? Sie in seine groteske Sicht der Dinge hineingezogen?

Ekin wusste es nicht. Sie wusste nur, dass sie nicht mehr konnte. Ein Hunter spürte das Wild auf, jagte ihm hinterher, stellte es, schnürte es zu einem Päckchen – und erhielt vom Transportteam eine Quittung für die Übergabe des Aliens. Der Hunter blieb noch eine Weile an Ort und Stelle, für einen seltenen Schwatz unter Kollegen oder um den Ort des Zugriffs zu dokumentieren. Dann kehrte er zurück in seine Tarnexistenz, bis zur nächsten Festnahme. Was mit dem Wild geschah, entzog sich seiner Kenntnis, seiner Zuständigkeit. Spezialisten auf ihrem Gebiet, Leute wie Trixie, nahmen sich der Aliens an. Dem Hunter blieb nur das Vertrauen, dass die übrigen Glieder in der vordersten Verteidigungskette der Menschheit so gewissenhaft arbeiteten wie er oder sie selbst.

Verdammt, Paul, was soll ich damit anfangen?

Ekins Vertrauen war dahin. Sie sah in den Aliens keine Feinde mehr. Sie sah, gegen besseres Wissen, Opfer.

Paul, melde dich! Was soll ich tun?

Keine Nachricht von Paul. Auch keine von Trixie. Sie hätte ihr Bescheid gesagt, wenn sich etwas Neues in Sachen Paul ergeben hätte, Ekin war sich sicher. Paul musste immer noch irgendwo da draußen sein, sich vor dem Korps verbergen und auf neue Befehle des Aliens warten, der sich in seinem Kopf eingenistet hatte.

Ekin schlich sich nachts in die Kanzlei, stellte sie einmal auf den Kopf und wieder zurück, auf der Suche nach einer übersehenen Nachricht von Paul. Taschenwelten kamen in allen erdenklichen Formen und Größen. Alles war möglich. Sie fand nichts. Eine hirnrissige Idee – was hatte sie sich erwartet? Die Spurensicherung verstand sich auf ihre Arbeit.

Bis auf ... Ekin zerlegte die Kaffeemaschine in ihre Einzelteile. Nichts. Sie handelte sich nur schmierig schwarze Finger von alten Kaffeeresten und eine versiegte Kaffeequelle ein. Eine Hand voll Teile blieben übrig, als sie die Maschine wieder zusammensetzte, ganz gleich, wie sie es drehte und wendete. Als sie sie einschaltete, drang heißer Dampf aus den Ritzen. Kaffee kam keiner mehr. Besser so. Sie war so deprimiert, dass sie versucht gewesen wäre, wieder in ihre Sucht zurückzufallen und sich einen Magico zu genehmigen.

Ekin ging zu Fuß nach Hause, ließ sich Zeit. Sie fand sich an einem Bahndamm wieder, folgte ihm eine Zeit lang. Kein Zug, aus dem Paul ihr zuwinkte. Überhaupt kein Zug. In einer ganzen Stunde nicht. War das normal? Ekin hatte keine Ahnung. Ekin ignorierte die Züge für gewöhnlich, wie jeder andere. Sah man bei einem Zug genau hin, streckten die Überschussmenschen einem die Arme durch die vergitterten Fenster entgegen, als könne ein einzelner Passant ihr Schicksal wenden.

Zu Hause. Ekin aß etwas, duschte, aß noch etwas, duschte wieder. Sie überlegte, Trixie anzurufen – wen sonst?–, und ließ es sein. »Ich melde mich«, hatte sie der Freundin hinterlassen. Und das würde sie, bestimmt. Aber nicht als winselndes Nervenbündel, das sich selbst nicht ausstehen konnte. Nein, mit der großen Erleuchtung, einer neuen, der entscheidenden Nachricht von Paul, oder abgeklärt, diese ganze Paul-Geschichte eine längst abgeschlossene Episode, mit dem Vorschlag auf eine unverbindliche Verabredung.

Die Datenwand. Ekin hatte sie in den drei Jahren, die sie in dem Apartment campierte, vielleicht zwei- oder dreimal angeschaltet. Sie hätte ganz auf sie verzichtet, aber sie war schon in der Miete enthalten gewesen. Es gab kaum noch Apartments ohne.

Zu viele Daten, zu viel Gerede, zu viel von allem. Zu viel. Ekin schaltete die Datenwand ein. Ihr schwirrte entschieden zu viel durch den Kopf, doch vielleicht half Feuer gegen Feuer: noch mehr Info-Babbel. Und außerdem: Irgendwie hatte sie sich daran gewöhnt. Trixie war ein Info-Junkie, konnte ohne ihre Nabelschnur zur Welt nicht sein. Ekin hatte in den letzten Wochen, in denen sie Pauls Taschenwelten hinterhergejagt waren, ihre Portion davon abbekommen, ob es ihr gepasst hatte oder nicht.

Die Welt kam durch die Datenwand zu Ekin.

... dreitausend Flüchtlinge, die den Mittelmeerwall bei Barcelona überwunden hatten. Eine Flut von Menschen, die gegen den Stacheldrahtzaun anbrandete und ...

... eine Simultanselbstverbrennung radikaler Alienisten. 43 Orte global, 43 lebende Fackeln, 43 Landelichter ...

... amerikanische Trägerrakete von Cape Canaveral gestartet. Geschätzte Nutzlast: zwölf Tonnen. Art der Nutzlast: unbekannt. Ziel der Mission: unbekannt ...

... Sturmsaison im Südpazifik begonnen. Flyboy-Stützpunkte standen vor der Räumung. »Ein erfolgreiches Jahr«, sagte ein Company-Sprecher. Nicht, worin der Erfolg bestand ...

... Familiendrama in Litauen. Vater erschoss seine Familie (Frau und acht Kinder), anschließend sich selbst. Ein Abschiedsbrief gab an, sie seien von Alien-Teufeln besessen gewesen und es habe nur eine Möglichkeit der Erlösung für sie gegeben ...

Ekin verstand die Welt nicht. Nicht die Welt und nicht Trixie. Was sollte es für einen Sinn haben, sich *das* ständig reinzuziehen? Die litauische Familie und die Alienisten waren tot, und was die Flüchtlinge am Mittelmeerwall, die Rakete und die Stürme anging – an nichts konnte Ekin auch nur das Geringste ändern. Es geschah, was geschah. Und morgen würde sich das Spiel fortsetzen: eine Familie aus Ghana tot, eine chinesische Rakete, neue, schnell heruntergebrannte und vergessene menschliche Fackeln ...

Trixie konnte nie genug davon kriegen. Ekin war es zu viel.

Paul, was soll der Mist?

... ein Ministerrücktritt; ein Container voller chinesischer Eunuchen im Amsterdamer Hafen, die »Asyl, Asyl!« riefen; der Appell eines Tierheims, ausgebrauchte GenMods abzugeben, damit sie »in die richtigen Kanäle« geleitet werden konnten ...

Paul!

... ein Baby mit großen Alien-Glubschaugen und Schwimmhäuten in Kolumbien; ein Ex-Eurokorps-Offizier stellte seinen Plan vor, den stillgelegten Partikelbeschleuniger am Genfer See in eine Art Supergeschütz umzubauen und damit das

Alienschiff abzuschießen; Flyboy-Lose mit Gewinn-Garantie, jedes Los ein Freiflug ...

Melde dich endlich!

... Guerillero-Attacke auf eine Polizeistation auf Sizilien; das Geheimnis faltenfreier Haut von chinesischen Wissenschaftlern entschlüsselt ...

Gib mir ein Zeichen, Paul!

... Beweise, dass das Alienschiff von den Geheimdiensten der USAA gebaut worden war. Seine Besatzung bestand aus Menschen, und sie planten ...

Bitte!

... Züge in Richtung ...

»Stopp!«

Die Datenwand hörte auf Ekins Kommando, das Bild fror ein.

»Noch mal von Anfang! Verknüpfte Berichte lokalisieren und laden!«

Züge.

Ekin sah ihnen zu. Verfolgte, wie sie fuhren, wie sie standen. Dann rief sie Trixie an.

»H-hallo?« Trixie klang zerknautscht.

Ekin warf einen Blick auf die Uhr. Beinahe halb fünf morgens. Sie hatte geglaubt, sie hätte die Datenwand eben erst eingeschaltet.

»Ich bin's. Ekin«, sagte sie.

»Ekin! Du ... du weißt nicht, wie froh ich bin, von dir ...

»Später«, schnitt sie ihr das Wort ab. »Sag mir das nachher. Jetzt komm – schnell! Ich brauche dich!«

Sie legte auf, sah wieder zur Datenwand. Das Bild hatte gewechselt. Es zeigte jetzt Paul – und Trixie.

Der Moment war gekommen.

Paul hatte sich gemeldet.

»Paul, du Schwein«, flüsterte Ekin. »Du bist zu viel für mich. Einfach zu viel.«

Fünf Methoden, ein Alienschiff *nicht* loszuwerden

Methode 1: Lasergeschütze

Synchroner Angriff der – bis zu diesem Augenblick nach Bekunden aller Beteiligten nicht existierenden – Killersatelliten der Europäischen Union, Chinas, Singapurs und der USAA am 29. Oktober 2058. Ergebnis: Mehrere Hundert durch Überlastung ausgebrannte Satelliten, das größte Feuerwerk aller Zeiten für die wenigen Bewohner der pazifischen Inseln und ein einmalig geschlossenes Agieren der Menschheit.

Feststellbare Wirkung am Alienschiff: keine.

Methode 2: Kamikaze

Durchgeführt von Vera Gagarin, der Ururenkelin des Raumfahrtpioniers Juri Gagarin. In Absprache mit ihrer Mannschaft rammte sie das Alienschiff mit dem Space Shuttle »Putingrad« (vormalig »Atlantis« und 2014 von den damaligen USA an die damalige Russische Föderation verkauft). In ihrer Abschiedsrede an die Menschheit, die sie in den Minuten vor dem Einschlag hielt, forderte Gagarin ihre Mitmenschen auf, niemals aufzugeben. Der Tag des Angriffs, der 21. Mai 2059, wird von vielen Menschen im russischen Sprachraum seitdem als Feiertag begangen.

Feststellbare Wirkung: Eine ungefähr vier auf vier Meter große Delle, nach drei Tagen nicht mehr feststellbar.

Methode 3: Sand

Eine Idee, deren Wurzeln in den Kalten Krieg des vorigen Jahrhunderts zurückreichen. Bei den hohen Geschwindigkeiten, die im Orbit erreicht werden, genügt bereits der Aufprall von kleinsten Partikeln, um verheerende Schäden am getroffenen Objekt anzurichten. Aus einem gehackten Bericht des chinesischen Alien-Ministeriums geht hervor, dass die Volksrepublik im Zeitraum zwischen Februar und September 2063 eine Gesamtmenge von 33,46 Tonnen Sand in unterschiedliche Orbits entließ und auf das Alienschiff zielte. Die Kosten der Transporte schätzt der Bericht auf etwa 0,6 Prozent des chinesischen Inlandprodukts.

Feststellbare Wirkung: keine. Die Wachstumsrate des Schiffs lag im Zeitraum der chinesischen Aktion um 7,9 Prozent über dem langjährigen Mittel. Die Vermutung, dass die Aliens den ausgestreuten Sand benutzten, um ihr Bauvorhaben zu beschleunigen, liegt nahe, lässt sich aber nicht belegen.

Methode 4: Flak

Der auf Hawaii ansässige Reiseveranstalter Alien Shootout bietet seit 2060 seine beliebten Pazifik-Kreuzfahrten an. Das erste Schiff, die ausgemusterte und zum Kreuzfahrtschiff umgebaute USS Vicksburg, wurde rasch von weiteren Kreuzern ergänzt. Höhepunkt jeder Fahrt ist die Full Moon Shootout Night, an der die Passagiere mit allem, was das Schiff zu bieten hat, auf die im Vollmondlicht klar sichtbare Station anlegen. Ein unvergessliches Erlebnis, an dessen Perfektionierung Alien Shootout nach eigenen Angaben unablässig arbeitet.

Feststellbare Wirkung: keine. Verluste bislang: 67 Tote und 123 Verletzte. Der überwiegende Anteil der Verluste geht auf die Explosion eines Geschützturms im Januar 2063 zurück. An zweiter Stelle der Todesursachen rangiert das Ertrinken von alkoholisierten Gästen in den Schiffspools.

Methode 5: Gebete

Eine altertümliche, doch zunehmend populäre Methode. Beten ist kostenlos, für den kleinen Mann erschwinglich und ohne Schwierigkeiten auch in einen gedrängten Tag integrierbar. Verschiedene

Kollektiv-Initiativen bieten an, die eigene Anstrengung in einen größeren Kontext zu integrieren. »Pray for Man!« ist die bekannteste von ihnen und weltweit aktiv. Geschätzte 500 Millionen Menschen bekennen sich zu der Gruppe und erbitten nach ausgeklügelten Plänen die Zerstörung der Station, die die Einzigartigkeit der Menschheit bedroht.

Feststellbare Wirkung: keine. »Pray for Man!«-Aktivisten erklären dies durch die Gebete der Gegeninitiativen, die sich unter dem Dach der »Pray for Aliens!«-Bewegung gesammelt haben und mit ihren Anstrengungen die Wirkung ihrer Gebete annullieren.

– *AlienNet Unterforum AlienWatch/Humor/*
Stand: 25. November 2064
93,2 % der User bewerteten den Bericht als witzig

KAPITEL 29

Die Pemburu war der Fleisch gewordene Traum jedes Flyboys.

Sie kam aus Singapur, entwickelt auf der Basis des sowjetischen Überschallbombers Tu-160, einem Relikt des Kalten Krieges des vorigen Jahrhunderts. Die Tu-160 war der ultimative Keil dieser Steinzeit gewesen. Ein Überschallbomber, der vier Mann Besatzung und 40 Tonnen Bomben mit zweifacher Schallgeschwindigkeit über eine Entfernung von mehr als 12.000 Kilometern beförderte. Eine Tötungsmaschine, die alles das beherrschte, was im neuen Jahrtausend unbemannte Maschinen mit höherer Effizienz, größerer Genauigkeit und zu einem Bruchteil der Kosten verrichteten.

Eine überflüssige Maschine.

Singapur hatte die Pläne und Rechte an der Tu-160 für ein Trinkgeld gekauft, als Teil der Konkursmasse des Herstellers Tupolev – und war darauf sitzengeblieben.

Dann waren die Aliens gekommen, setzten sich im Orbit um die Erde fest und begannen damit, Artefakte auf den Pazifik herabregnen zu lassen.

Binnen Wochen hatten die größeren Nationen der Erde ihre Besitzungen zu Luftwaffenbasen umgerüstet, um sich ihren Anteil an dem unverhofften Niederschlag zu sichern. Binnen Monaten herrschte Krieg in Ozeanien, als die Mächte sich um die letzten verbliebenen Inseln und Felsen rissen, die hoch genug aus den Wellen ragten, um als Fundament einer Piste zu dienen. Der Zonenkrieg wurde erbittert gekämpft, kostete wenig Blut – unter 30.000 Tote, selbst den pessimistischsten Einschätzungen zufolge –, viele Flugzeuge – etwa ein Drittel der globalen Flugkapazitäten – und endete wegen Erschöpfung der Beteiligten.

Die Company hatte sich aus dem Krieg herausgehalten. Es hätte ihrer Philosophie der friedlichen Koexistenz widersprochen – und darüber hinaus hatte sie damals nicht über das fliegende Material verfügt, um in Versuchung zu geraten.

Sie kaufte Tuvalu, baute Funafuti, Nanomea und Nukufetau zu Stützpunkten aus, und ihre Jäger, die Besten vom Besten, was auf dem freien Markt zu haben war, gelangten immer wieder als Erste an Einschlagspunkte – und immer wieder gingen sie leer aus. Ein Jäger, stellte sich heraus, ist ein lausiger Wachhund, wenn man ihm die Zähne gezogen hatte. Eine Bewaffnung der Jäger hätte der Company den weltanschaulichen Boden unter den Füßen weggezogen, also zeigte man Zähne vor internationalen Gerichten. Mit Erfolg: Die Company setzte durch, dass der Anspruch auf ein Artefakt auf physischem Kontakt beruhte.

Aber wie das anstellen? Die Company brauchte ein Flugzeug, das mit Überschallgeschwindigkeit an den Einschlagspunkt raste, eine Reichweite von 10.000plus Kilometern besaß und ein oder besser mehrere Mini-U-Boote trug, die den Anspruch der Company auf ein Artefakt durchsetzten.

Mit anderen Worten: eine Art Tu-160 XXL.

Singapur, das dank der Übernahme Malaysias und seiner Lage an der Arterie der USAA über beträchtliche wirtschaftliche Ressourcen verfügte, konnte binnen acht Monaten liefern. Man verpasste dem Flugzeug ein Set moderner Turbinen, einen gegossenen, ultraleichten Faserrumpf, verteilte großzügig Bordrechner über die Konstruktion, und fertig war die Pemburu. Sie trug ein halbes Dutzend Mini-U-Boote und kam mit einer Füllung ihrer Tanks 20.000 Kilometer weit. Die Pemburu war wie geschaffen für die Company. Der einzige Haken: der horrende Preis. Die Company zahlte ihn, wenn auch zähneknirschend. Sie hatte keine Wahl.

Im Ausbildungscamp hatten sich die Flyboys darum gerissen, ihre Simulatorflüge mit der Pemburu zu absolvieren. In echt gab es sie im Camp nicht, genauso wenig wie die übrigen Company-Maschinen, mit Ausnahme einer alten Vorserien-

Sarayong, mit der jeder Flyboy am Ende seiner Pilotenausbildung eine Runde drehen durfte, damit er von sich behaupten konnte, wenigstens einmal in seinem Leben in einem echten Cockpit echte Luft unter den Flügeln gehabt zu haben.

Rudi flog die Pemburu im Simulator, immerhin drei Mal. Und es war so, wie der liebe Herrgott, wenn es ihn tatsächlich geben sollte, Fliegen gemeint hatte: ein Kinderspiel. Die Ingenieure in Singapur beherrschten die hohe Kunst, ein Rechnernetz so zu knüpfen, dass sich die einzelnen Knoten nicht gegenseitig auf die Füße traten, sondern an einem Strang zogen. Die Pemburu flog nicht, sie schwebte.

Zumindest fühlte sie sich im Simulator so an. Real erreichte kein anderer Flugzeugtyp der Company eine so hohe Verlustquote wie sie. Die Company konnte so viele Exemplare kaufen, wie sie wollte - oder es sich leisten konnte -, unter dem Strich blieb nie mehr als eine Hand voll einsatzfähiger Pemburus pro Stützpunkt. Rudi hatte sich oft gefragt, wie das möglich war. Jetzt, nachdem er mit der *Bitch* amerikanische Raketen geschmeckt hatte, wusste er, warum. Die Pemburu war für gewöhnlich das erste Flugzeug der Company vor Ort - und neigte dazu, in der Abwesenheit von Zeugen zu verschwinden. Der Pazifik war groß, die Entschlossenheit der amerikanischen Alien Force grenzenlos.

Dennoch, die Pemburu blieb der Traum jedes Flyboys. Einen, den Rudi im zerknautschten ersten Anflug auf Funafuti für sich hatte begraben müssen. Sein Engel hatte dafür gesorgt. Nur die Besten bekamen ihre Chance.

Und ein weiterer Engel hatte jetzt seinen Traum Wirklichkeit werden lassen: Beatrice.

Sie hatte an seinem Bett gesessen, als er nach der »Party« der *Bitch*-Crew in seinem Zimmer aufgewacht war. Mit ausgereizter Soldkarte, einem Schädel, der jeden Augenblick zerspringen musste, und dem Bild seines Engels vor Augen.

»Hallo, Flyboy!« Beatrice hatte das Buch beiseitegelegt, in dem sie gelesen hatte. Es war ein Western gewesen. Rudi hatte nicht gewusst, was das Wort bedeutete, bis Beatrice es ihm erklärt hatte. Und was er immer noch nicht verstand, war, was sie damit anfangen konnte.

»Gut geschlafen?«

Bevor er eine Antwort zuwege gebracht hatte, hatte Beatrice ihn am Arm gepackt und aus dem Bett gezerrt. »Gut! 20 Stunden sind auch genug, finde ich. Und wir brauchen dich ausgeruht.«

»Wir?«

»Deine neue Crew. Deine neuen Kameraden. Die Leute, zu denen du wirklich gehörst.« Sie hatte ihn festgehalten, als er geschwankt hatte. »Frag nicht, du wirst sehen. Nur so viel: Des einen Pech ist des anderen Glück. Alles weitere würde dir nur den großen Augenblick verderben.« Und sie hatte ihn mit sich gezogen.

Eine halbe Stunde später fand sich Rudi in einem Anti-G-Anzug wieder, vom Gewicht der flüssigkeitsgefüllten Lamellen fast unwiderstehlich zu Boden gezogen. Eine weitere halbe Stunde später schüttelte er ein knappes Dutzend Hände, als Beatrice ihn seinen neuen Kameraden vorstellte, und sank in den Copilotensitz der *Himmelsstürmer*, seiner neuen Maschine. Einer Pemburu DX-11, noch keine Saison alt, gestrichen in einem dezenten Grau. Sie roch nach frischem Plastik und Perfektion, nicht nach kaltem Rauch und Schweiß. Und eine weitere halbe Stunde später lagen Funafuti, die zerschossene *Bitch* und ihre im Komaschlaf liegende Crew tausend Kilometer hinter ihm zurück. Mbelo, der Pilot, übergab ihm die Steuerung. Er kam aus Südafrika und war der größte Flyboy, den Rudi je gesehen hatte. Der Sidestick der Pemburu mutete in seinen riesigen Händen wie ein Kinderspielzeug an.

»Kein schlechtes Gefühl, was?«, fragte Mbelo mit einem wissenden Augenzwinkern, nachdem Rudi die erste Ehrfurcht überwunden hatte und sich traute, den Sidestick zu bewegen.

»Nicht übel«, bestätigte Rudi. Die zehn Flyboys und -girls wussten, dass sie privilegiert waren, die unumstrittene Elite der Company darstellten. Sie flogen ein Flugzeug, dessen Anschaffung die durchschnittliche Jahreseinnahme der chilenischen Company-Lotterie verschlang. Vom Betrieb ganz zu schweigen.

»Sie gehört dir«, sagte Mbelo.

Rudi ließ es sich nicht zweimal sagen. Die *Himmelsstürmer* war zu einer Routinepatrouille aufgebrochen. Keine Artefakte kamen herunter. Der erhoffte Schwarm, der dem Artefakt folgen sollte, das sich die *Bitch* um ein Haar unter den Nagel gerissen hatte, war ausgeblieben. Die *Himmelsstürmer* war frei. Rudi gab Vollschub, drehte erst unmittelbar vor der australischen 200-Meilen-Zone ab. Er tanzte. Es war ein wunderbar leichtfüßiger Tanz, trotz des Andrucks, mit dem ihn die Beschleunigung in den Sitz drückte. Die Anti-G-Anzüge federten das Schlimmste ab, der Rest war Rudi willkommen, bestätigte er ihm doch, dass er nicht nur im Simulator saß. Das hier, die *Himmelsstürmer,* war die Wirklichkeit.

Rudi kurvte kreuz und quer über den Pazifik, probierte aus, wie hoch er kam – immerhin knapp 25.000 Meter, weit in die Stratosphäre, wie man es von einer Maschine erwarten konnte, die sich *Himmelsstürmer* nannte –, und genoss den Anblick der Sterne, die klar am Himmel standen. Keine Atmosphäre von nennenswerter Dichte trübte ihr Bild, veranlasste sie, trügerisch zu funkeln. Rudi sah die Sterne, wie sie die Aliens sahen.

Er schnitt den Schub ab. Das Arbeitsgeräusch der Triebwerke, das sich in der dünnen Luft in erster Linie über Vibrationen verbreitet hatte, brach ab. Die *Himmelsstürmer* fiel zur Erde zurück, den Bug voraus. Kein Trudeln, kein Flattern – sie schnitt wie ein scharfes Messer durch die Luft. Auf zehntausend Metern fing Rudi sie wieder ab. Ein sachtes Ziehen am Sidestick genügte.

Was immer Rudi mit der *Himmelsstürmer* anstellte, sie machte es mit. Mehr noch: Sie half mit. Die vernetzten Bordrechner schienen seine Absichten zu erahnen. Es fühlte sich an, als leite die *Himmelsstürmer* die Manöver ein, kurz bevor er den Sidestick bewegte. Kein Vergleich zu der *Bitch.* Die *Bitch* hatte sich gegen ihn gesträubt, jeden Ruderausschlag hatte er ihr abringen müssen, selbst im simplen Geradeausflug hatte er das Steuerhorn keinen Augenblick loslassen dürfen. Zugegeben, das eine Mal, als er sie geflogen hatte, war sie angeschossen gewesen. Kaum anders als ihre Crew. Rudi dachte an die langen Missionen zurück, in denen er nichts hatte anrühren dürfen. Er dachte an Wilburs Kanone, die seltsame Party bei den Boat People, an das, was Wilbur ihm über Diane und Melvin erzählt hatte. Die Crew der *Bitch* bestand aus Krüppeln, denen das Leben böse mitgespielt hatte. Es hatte sie verrückt werden lassen, sie zu Freaks gemacht. Und er, Rudi, hatte sich in ihre verquere Welt ziehen lassen.

Die *Himmelsstürmer* und ihre Crew rüttelten ihn wach. Hier fand er, was er gesucht hatte, als er Himmelsberg den Rücken gekehrt hatte: nüchterne Zuversicht, gepaart mit Eifer. Seine neue Crew bestand aus Realisten. Sie wussten, worauf sie sich eingelassen hatten, kannten ihre Chancen, die Saison lebend zu überstehen. Aber das machte ihnen nichts aus. Nur weil das Schlimmste möglich war, gingen sie nicht davon aus, dass es auch eintrat. Es war eine Möglichkeit unter vielen, und das Leben war voller Möglichkeiten.

Echte Flyboys. Sie waren echte Flyboys.

Und Rudi gehörte zu ihnen. Nachdem Rudi sich ausgetobt hatte, übernahm Mbelo wieder die *Himmelsstürmer* und steuerte sie im gemütlichen Tempo, knapp unter Schallgeschwindigkeit, zurück nach Funafuti. Einer nach dem anderen kamen Rudis Kameraden zu ihm und gratulierten ihm zu seinem gelungenen ersten Flug. Auch Beatrice kam, die Lockenhaare gebändigt von dem Kopfhörer, den sie als Zweite Lauscherin der *Himmelsstürmer* nie ablegte. Innerhalb einer Stunde erntete Rudi mehr anerkennendes Schulterklopfen als in seinem ganzen bisherigen Leben. Die Flyboys – die meisten von ihnen waren U-Boot-Leute, die *Himmelsstürmer* trug ein halbes Dutzend Boote – sagten ihm, wie sehr sie sich freuten, ihn für ihre Crew gewonnen zu haben, dass sie am liebsten, wenn es die Company-Charta erlaubt hätte, auf der Stelle mit ihm anstoßen oder ihm eine Zigarette anbieten würden, und dass mit ihm an Bord nichts mehr schief gehen könne. Rudi hatte schon einmal bewiesen, dass er das Gespür für Artefakte hatte; es würde ihn – und die *Himmelsstürmer* und ihre Crew – wieder zu einem führen. Bestimmt.

Rudi widersprach nicht. Es tat zu gut, mit offenen Armen empfangen und geschätzt zu werden. Rudi saß da, genoss den Flug und die Wärme, die ihn durchströmte.

Schließlich kam Funafuti in Sicht.

»Schade, dass es Linda erwischt hat«, sagte er zu Mbelo. Linda war Rudis Vorgängerin im Copilotensitz gewesen.

»Ja, schade.«

»Was für ein Pech, sich eine Hepatitis einzufangen. Man sollte denken, die Impfung wirkt zuverlässig.«

»Hepatitis?«

»Ja. Muss sie sich bei den Boat People geholt haben. Beatrice hat mir davon erzählt.«

»Beatrice erzählt viel Mist, wenn der Tag lang ist.«

Rudi sah zu dem Piloten. Dem Riesen haftete nichts mehr von der Gutmütigkeit an, die Rudi für unerschütterlich gehalten hatte.

»Was? Aber ich bin mir sicher, dass ich mich nicht verhört habe.«

»Linda hatte keine Hepatitis. Das ist die Geschichte, die wir der Company erzählt haben, damit sie aus Funafuti ausgeflogen wird.«

»Was war dann mit ihr?«

»Oh, wir haben sie aus der Crew geworfen.«

»Ihr habt was?«

Mbelo zuckte die Achseln. »Sie hatte nicht das Zeug, also musste sie weg. Wir können keine Leute brauchen, die nur 90 Prozent leisten. Wir brauchen 100 Prozent, mindestens.«

Damit war das Thema für ihn erledigt. Der Pilot drückte die Nase der *Himmelsstürmer* hinunter, setzte sie in einer Punktlandung auf. Der Fanghaken erwischte das erste der sechs Seile, die über die Piste gespannt waren, und bremste die Maschine innerhalb von 200 Metern ab.

Die Wartungsmannschaft – eine halbe Hundertschaft, wie es Rudi schien – empfing die *Himmelsstürmer* im Hangar und machte sich umgehend an die Arbeit. Die Pemburu war ein anspruchsvolles Flugzeug; auf jede Stunde, die sie die Himmel stürmte, kamen fünf weitere, in denen man sie für den nächsten Flug fit machen musste. Ein Mechaniker half Rudi aus dem Anti-G-Anzug. Er tat es mit einer merkwürdigen Unterwürfigkeit, die Rudi fremd war und die ihm nicht behagte. Er bedankte sich rasch und schlängelte sich durch das Gewirr der Mechaniker und Geräte zum Ausgang des Hangars. Die Uniform, die er unter dem Anti-G-Anzug getragen hatte, war derart mit Schweiß durchtränkt, dass sie ihm kaum leichter erschien.

»Rudi, warte!«

Es war Beatrice. Sie rannte schwerfällig hinter ihm her, der flüssigkeitsgefüllte Anti-G-Anzug schwabbelte an ihr.

Sie blieb vor ihm stehen. »Und, was denkst du?« Die Hitze, die von draußen in den Hangar drang, drückte ihr Schweißperlen auf die Stirn.

»Hm ...« Rudi dachte an die Sterne, die er zum ersten Mal gesehen hatte, wie sie wirklich waren; an die *Himmelsstürmer* und daran, wie sie sich wie ein Teil von ihm selbst angefühlt hatte; an das Schulterklopfen der Crew. Und an Mbelo. *100 Prozent, mindestens.*

»Ja?«

»... nicht übel.«

Beatrice strahlte. »Ich wusste es. Schon immer. Du gehörst zu uns, Rudi.«

Rudi nickte. »Ja, das tue ich.«

Er hatte diese Worte schon einmal gesagt. Am Abend, bevor er aus Himmelsberg geflohen war.

Hayim Perlmann, 1999–2063
Gelehrter, Visionär, Menschenfreund

Die Welt der Gen-Forschung hat mit dem Tod von Professor Hayim Perlmann einen unersetzlichen Verlust erlitten. Am 20. Dezember 1999 in Shengzen, China, geboren, gelangte er mit seiner Familie 2018 nach Israel. Er absolvierte den dreijährigen Wehrdienst, schloss daran das Studium der Biologie an der Universität von Tel Aviv an, forschte lange Jahre am Weizmann Institute of Science und später an der National University of Singapore, wo er den Lehrstuhl für Crossover Genetics begründete.

Hayim Perlmanns Arbeit fokussierte sich in seinen frühen Jahren auf die Stammzellenforschung. Später konzentrierte er seine schöpferische Kraft und Hartnäckigkeit auf praktische Anwendungen des menschlichen und tierischen Genoms. Es sind seine Durchbrüche auf diesem Gebiet, für die er in Erinnerung bleiben wird.

Perlmanns Schlüsselerlebnis war der israelisch-syrische Golan-Krieg (2027–31), an dem er als Leutnant der Reserve teilnahm. Perlmann wurde mehrfach verwundet und mit dem Orden »Held von Israel« ausgezeichnet. Doch das Leid und das Sterben, das er während des Stellungskriegs in den Gräben und Kellern miterleben musste, ließen ihn nicht mehr los, und er suchte nach Wegen, es zukünftig zu verhindern. Ein mehrmonatiger Lazarettaufenthalt im Jahr 2031 gab ihm schließlich die nötige Ruhe, seine Gedanken zu ordnen.

Hayim Perlmann war ein praktischer Utopist. Er glaubte daran, dass eine bessere Welt möglich sei, aber er glaubte nicht daran, dass es möglich sei, die menschliche Natur zu ändern. Stattdessen suchte er nach Wegen, die menschliche Beteiligung an Konflikten zu minimieren. Er fand schließlich einen solchen Weg in seinem ureigenen Fachgebiet, der Biologie.

Seine Vision: Stellvertreter, die dem Menschen das Leid abnehmen.

Es war, zugegeben, zeitlebens keine unstrittige Vision. Aber Hayim Perlmann verfolgte sie mit der ihm eigenen Hartnäckigkeit, verteidigte sie gegen Kritiker jedweder Art als einen Dienst an der gesamten Menschheit. Um ein Haar bezahlte er dabei mit seinem Leben. Als im israelischen Bürgerkrieg ein aufgeputschter Mob seine Forschungsstätte stürmte und in seiner blinden Wut sein bisheriges Lebenswerk vernichtete, gelang ihm nur durch einen Zufall die Flucht.

Aber er gab nicht auf, weder in seinem unerschütterlichen Glauben an das Edle im Menschen noch in seinem Entdeckerdrang. Hayim Perlmann nahm das großzügige Angebot unseres Freistaats an und führte seine Forschungen weiter.

Der Tod Professor Hayim Perlmanns ist ein unwiederbringlicher Verlust nicht nur für die Wissenschaft, sondern für die gesamte Menschheit. Es ist sein Verdienst, dass Menschen in aufgeklärten Gesellschaften bereits heute von der Last zahlloser niedriger und gefährlicher Tätigkeiten befreit sind. Damit ist ein Teil seiner Vision bereits erfüllt. Wir schulden es Professor Perlmann, sie zur Gänze zu verwirklichen.

- *Aileen Koh*
  President National University Singapore

KAPITEL 30

Wieselflink versuchte das Beste aus den drei Tagen zu machen, die Wolf ihm gegeben hatte.

Er erlegte sich einen strengen Plan auf. Jeder Arbeitsstunde folgte eine Viertelstunde der Erholung. Nach vier Arbeitsstunden nahm er eine längere Pause von einer ganzen Stunde, in der er schlief. Oder, wenn das nicht funktionierte, zumindest sich hinlegte und ruhte. Danach reduzierte er das Pensum auf jeweils eine Dreiviertelstunde Arbeit, unterbrochen von Viertelstundenpausen. Er aß und trank gut. Wasser und Nahrung waren in Wolfs Zug unrationiert. Die Bordküche war rund um die Uhr in Betrieb und bot eine Auswahl an, die Wieselflink an die Buffets erinnerte, die er in besseren Zeiten auf Fachkongressen als Selbstverständlichkeit angesehen hatte. Wieselflink stopfte sich mit Obst, Gemüse und Salaten voll – die Monate in der Fabrik hatten seinen Appetit auf Fleisch fürs Erste gestillt –, unterstützt von dem ebenso dicken wie mütterlichen Bordkoch. Die übrigen Erholungszeiten verbrachte Wieselflink damit, im Zug spazieren zu gehen. Zu seiner Verwunderung hinderte man ihn nicht daran.

Überall, wo er hinkam, waren Gardisten konzentriert an der Arbeit. Überall, wo er hinsah, erblickte er makellose Sauberkeit, blitzende, polierte Oberflächen, roch er dieselbe Duftnote, die er am zweiten Tag endlich richtig einzuordnen vermochte. Es war derselbe Geruch, der in seinem Benziner gehangen hatte, als er ihn vom Händler abgeholt und in der Sommerhitze die erste Spritztour mit ihm unternommen hatte, schweißnass auf den Plastikfolien der Sitze klebend, die er noch nicht hatte abziehen wollen, um den Zauber des Augenblicks festzuhalten.

Wolfs Zug war fabrikneu – und eine von außen abgetrennte Welt für sich. Ein U-Boot wäre der richtige Vergleich gewesen – die Panzerung mit ihrer niedrigen Decke löste in Wieselflink ein Gefühl des Eingesperrtseins aus, das sich nicht abschütteln ließ –, doch er befand sich in Wolfs Reich, der passende Vergleich war ein Raumschiff.

In Wolfs Gebilde gab es weder Fenster noch Türen. Klopfte man in Fensterhöhe gegen eine Wand, antwortete unweigerlich ein dumpfer, leiser Ton, Produkt der Panzerplatten, mit denen der Zug durchgängig armiert war. Die Luft roch immer gleich, hatte – mit Ausnahme von Wolfs Quartier – stets die optimale Temperatur: in den Arbeitsräumen 21 Grad, in den Schlafräumen 16 Grad. Ob der Zug stand oder fuhr, war nur mit Mühe festzustellen. Die Panzerung dämmte den Schall. Von außen komplett und innerhalb des Zugs so nachhaltig, dass Wieselflink sich lange Minuten konzentrieren und den Atem flach halten musste, um aus weiter Ferne das Gemurmel von Stimmen zu hören und dazwischen – manchmal, nur manchmal und möglicherweise Einbildung – das Schlagen der Räder auf den Schienen. Es war, als wäre Wolfs Zug von einer großen Leere umgeben, wie das Vakuum ein Raumschiff umgab. Und passte man nicht auf, erlaubte man sich nur einen Augenblick der Untätigkeit, begann der Verstand, diese Leere mit seinen Fantasien zu füllen.

Wieselflink sah sich um. Um bei Verstand zu bleiben, aber auch, um einen Ausweg zu finden, einen Weg nach draußen, das immer noch existieren musste, auch wenn es ihm nach kurzer Zeit in Wolfs Zug schwerfiel, es sich vorzustellen.

Es gab nicht viel zu sehen. Ein zentraler Gang führte durch den Zug, band Küche samt Kantine, eine winzige Krankenstation sowie Schlaf- und Arbeitsräume an. Überall waren Gardisten. Eine Hälfte lag in den Betten, die sich jeweils zwei Gardisten im Wechsel teilten, und ruhte sich von einer Zwölf-Stunden-Schicht aus – der Vorgang optimiert durch auf den Einzelnen abgestimmte Dosen von Schlafmitteln –, die andere saß vor ihren Displays. Niemand patrouillierte oder stand

Posten – wer es in Wolfs Zug geschafft hatte, schien über jeden Zweifel an seiner Treue zu Anführer und Sache erhaben.

Am ersten Tag hielt Wieselflink noch scheu Abstand von den Arbeitsräumen. Mehr als einen Seitenblick im Vorbeigehen auf die Displays schien ihm für einen Neuling nicht angeraten. Am zweiten, nachdem niemand ihn für seine Neugierde zurechtgewiesen hatte, getraute er sich, hin und wieder vor einem Arbeitsabteil stehen zu bleiben – und am dritten rief ihn ein Gardist zu sich.

»He, Wieselflink, streune nicht wie eine Katze herum – komm herein!«

Es war Fischer. Er trug eine neue Uniform, in der Wieselflink ihn um ein Haar nicht erkannt hätte. Ihr Schnitt, der dem Anti-G-Anzug eines Piloten nachempfunden war, gab vor, dass mehr Fleisch an dem dürren Fischer hing, als tatsächlich der Fall war. Sie stand ihm gut.

»Na los, komm schon! Wir beißen nicht!«

Fischer wirkte verwandelt, um Jahre verjüngt. Er stand von seinem Platz auf, winkte Wieselflink aufmunternd zu. Wieselflink trat zögernd in das Abteil. Fischer begrüßte ihn wie einen alten Kameraden, nicht wie einen Deserteur, den er persönlich in letzter Minute eingefangen hatte.

»Lebst dich ein, was?«

»Ja, so ungefähr.«

»Und hast wieder eine Werkstatt bekommen.« Fischer schüttelte anerkennend den Kopf. »Kaum zu glauben. Aber du bist eben ein Typ, der immer auf die Füße fällt, das habe ich mir von Anfang an gedacht.«

»Eigentlich ist es ein Labor.«

»Was auch immer. Man sagt, dass Wolf dir einen Spezialauftrag erteilt hat ...«

Was wusste Fischer? »Na ja, so könnte man es ...«

»Schon gut, schon gut!« Er klopfte Wieselflink auf den Rücken. »Ich will dich nicht aushorchen. Wolf weiß, was er tut. Das genügt mir.« Fischer hob beide Arme, breitete sie aus. »Und, was sagst du zu Wolfs Zug? Atemberaubend, nicht?

Einem Mann, der das möglich gemacht hat, ist nichts unmöglich!«

»Das kann man wohl sagen«, stimmte Wieselflink zu, in einer Zweideutigkeit, die Fischer entgehen musste. Es war offenkundig: Fischer ahnte nichts. Wolf hatte ihm nicht eröffnet, dass der Große Plan eine Täuschung war. Weder ihm noch – es war nur folgerichtig – den übrigen Gardisten. Wolf hatte es nur ihm, Wieselflink, gesagt. Wieso? Was bezweckte er damit?

»Und, wie geht die Arbeit voran?«, fragte Wieselflink. Um sich selbst von dem Gedanken abzulenken, um zu verhindern, dass der euphorische Fischer anfing, sich über seinen Mangel an Begeisterung Gedanken zu machen.

»Bestens. Die Geschäfte laufen so gut wie nie zuvor.«

»Die Geschäfte?«

»Du weißt nicht ...?« Fischer schüttelte den Kopf, verwundert. »Hat Wolf dir nicht gesagt, was wir hier tun?«

»Ja ... und nein. Er hat mir meinen Auftrag erteilt und mir die, na ja, er hat mir das nötige Hintergrundwissen mitgegeben. Für mehr ist ihm wohl keine Zeit geblieben. Er ist ein viel beschäftigter Mann.«

»Das ist er. Gerade jetzt, wo der Start unmittelbar bevorsteht.«

»Was?«

»Mann, er hat dich aber ganz schön im Dunkeln tappen lassen, was? Muss ein unschönes Gefühl sein, kann ich mir vorstellen.«

»Wann ist dieser Start?«

»In drei Tagen frühestens, spätestens in zehn. Die Aliens haben den Fahrplan nicht ausgehängt. Wolf wird uns rechtzeitig Bescheid geben. Und dann heißt es ›Auf Nimmerwiedersehen, Erde!‹ Ich für meinen Teil werde ihr keine Träne nachweinen. Sigma V ist bestimmt nicht das Rundum-Sorglos-Paradies, für das es die meisten halten – ich bin zu alt, um an so etwas zu glauben –, aber das Leben dort wird bestimmt hundertmal besser sein als alles, was die Erde uns zu bieten hatte!«

Start in spätestens zehn Tagen. Das Verfallsdatum des Großen Packs. Etwas musste bis zu diesem Zeitpunkt geschehen, sonst würde es das Große Pack zerreißen – und ihn mit.

»Das verschlägt einem den Atem, was?«, sagte Fischer, als Wieselflink schwieg.

»Das sind großartige Aussichten!«, brachte dieser schließlich hervor. »Aber ...«, er zeigte auf das halbe Dutzend Displays, das sternförmig angeordnet war, »... was hat das mit diesen Geschäften zu tun? Was sind das für Geschäfte?«

Fischer gönnte sich ein herablassendes Grinsen. »Für jemanden, der sich Wieselflink nennt, bist du manchmal ganz schön schwer von Begriff ... aber gut, ich erkläre es dir. Wir machen Geschäfte damit.« Er fasste an sein Alienband. »Wir verkaufen die Bänder der Weber an einen Mittelsmann.«

»Und das Ministerium lässt das zu?«

»Es bekommt seinen Anteil.«

»Aber was macht der Mittelsmann mit den Alienbändern?«

»Nichts. Er verkauft sie auf der Stelle weiter. Sie sollen gut gehen, hört man. Die Leute draußen sind verrückt nach ihnen, sie tragen sie als Modeschmuck. Viele haben auch schon angefangen, sie nach Motiven zu sammeln, und bezahlen viel Geld dafür.«

»Viel Geld?«

»Kaum zu glauben, ich weiß, aber so ist es. Die Leute draußen haben Sorgen, sage ich nur. Wie auch immer, bei uns kommen ein paar Krümel des großen Kuchens an. Hauptsache, für uns bleibt noch genug übrig. Und das tut es. Die Stückzahlen sind so groß, dass selbst ein geringer Schnitt sich aufsummiert.«

»Und was machen wir mit dem Geld? Bezahlen bei den Aliens unseren Flug?«

»Das ist ein guter Witz!« Fischer lachte. »Nein, natürlich nicht. Wir kaufen damit das hier, diesen Zug, die Autonomie in den Zügen des Großen Packs. Zugegeben, das funktioniert nicht hundert Prozent – du und ich, wir haben es ja am eigenen Leib erlebt. Manchmal ist ein Beamter nicht zufrieden mit dem, was wir ihm geben, manchmal ordnet ein Beamter eine Räumung an, damit nach außen hin kein Verdacht entsteht. Aber im Großen und Ganzen funktioniert das System zuverlässig. Hunderte von Zügen gehören inzwischen zum Großen Pack, und mit jedem von ihnen steigt unsere Produktivität, wachsen unsere Mittel, gewinnen wir ein weiteres Stück Unabhängigkeit.«

»Und das Ministerium schöpft keinen Verdacht?«

»Nein, wieso sollte es? Es glaubt ja, es hätte uns im Griff.« Er zog sein Alienband zur Seite und langte an das Halsband. »Aber da täuschen sie sich. Unsere Alienbänder neutralisieren ihre Halsbänder. Und selbst wenn irgendein Beamter Verdacht geschöpft haben sollte, fehlt ihm die Fantasie, die richtigen Schlüsse zu ziehen. Die bestechlichen Schweine glauben, es mit ihresgleichen zu tun zu haben, Menschen, die nur Gier und sich selbst kennen. Nein, die Beamten machen alles mit, solange wir sie nur gut genug schmieren.«

»Ich verstehe. Und ihr, wir, schmieren sie so großzügig wie nie zuvor, weil unser Start unmittelbar bevorsteht?«

»So ist es. Auf Sigma V werden wir für Geld keine Verwendung mehr haben. Wir lassen es zurück. Und wenn du mich fragst, werden wir auf Sigma V auch kein neues mehr einführen. Geld hat auf der Erde genug Unheil angerichtet. Wir verzichten darauf. Aber noch sind wir hier, und das Geld, das wir verdienen, dient dazu, das gesamte Große Pack rechtzeitig zum Startplatz zu manövrieren.«

»Und dieser Platz ist ...?«

»Der Hauptbahnhof in Frankfurt.«

Wieselflink kehrte in das Labor zurück und untersuchte Wolfs Alienband ein letztes Mal, weniger, weil er sich endlich einen Durchbruch erhoffe, als um sich zu beschäftigen.

Ihm blieb eine Stunde, bis Wolf seinen Bericht erwartete. Persönlich. Und Wieselflink war sich sicher, dass ihm sein Bericht nicht behagen würde, denn er bestand aus nur einem Wort: nichts. Wieselflink hatte nichts Auffälliges gefunden, trotz der erstklassigen Ausstattung, über die er verfügte. Wolf musste einen nennenswerten Anteil des Geldes, das der Verkauf der Alienbänder erbrachte, in das Labor gesteckt haben. Wieselflink hatten, als er das Labor zum ersten Mal betreten hatte, Dutzende von Analysegeräten erwartet: Spektroskope und Chromatographen verschiedenster Ausführungen, in schützende Folien verpackt, mit denen die Hersteller sie ausgeliefert hatten. Wieselflink hatte sie ausnahmslos eingesetzt, mit ausnahmslos demselben Ergebnis: Polyethylenterephthalat, kurz PET. Eine Wald-und-Wiesen-Kunstfaser, reißfest und witterungsbeständig, mit geringer Wasseraufnahme.

Das war alles. Keine zwischengewebte weitere Faser, keine Spuren anderer Stoffe, kein Gift – musste Wolf nicht in diese Richtung denken, angesichts des Aufwands, den er betrieb? –, nicht einmal Spuren von Schweiß. Niemand hatte das Band bislang getragen.

Damit blieb das Motiv des Bands. Die Striche und der Kreis. Die teuren Geräte konnten Wieselflink bei der Interpretation nicht weiterhelfen. Blitz hätte es gekonnt. Wäre sie bei ihm gewesen, er wäre Wolf mit mindestens einem halben Dutzend Interpretationen unter die Augen getreten. Die Fantasie des Mädchens war unerschöpflich. Aber Blitz war weit weg. Es konnte nicht anders sein. Sie war in Fischers Zug zurückgeblieben und schlug sich irgendwie durch. Oder die Bahnpolizisten hatten sie erwischt, und dann war alles möglich, angefangen von einem Platz in einer fürsorglichen Pflegefamilie für die süße Waise ohne Halsband bis hin zu einer Kugel im Kopf. Nicht aus Grausamkeit, sondern weil es der einfachste Weg war, sich einer Störung zu entledigen, die nicht ins System passte. Man ignorierte ihre Existenz – oder beendete sie, ohne dass das Geschehen aktenkundig wurde und Arbeit und Fragen nach sich zog. Nur eines stand fest: Blitz hatte es nicht in Wolfs Zug geschafft, auch wenn Wieselflink in jeder Nacht im Labor aufgeschreckt war und in der unheimlichen Stille geglaubt hatte, das Trappeln ihrer kleinen Füße zu hören, einmal sogar einen schrillen Schrei. Einbildung. Wieselflink war klug genug, es zu wissen. Es waren Manifestationen der Schuld, die in ihm nachhallte. Er hatte Blitz versprochen, sie mitzunehmen. Er hatte sein Versprechen gebrochen. Er hatte Blitz verloren. Selbst wenn sie es auf irgendeine wundersame Weise geschafft hätte, sich an Bord von Wolfs Zug zu schmuggeln, sie hätte keine Stunde durchgehalten. Im Panzerzug gab es keine ungenutzten Winkel, in denen sich ein Gespenst einnisten konnte, weder im Zug selbst noch in den Köpfen der Gardisten, die ihn bemannten.

Ein Gardist holte Wieselflink, gerade als er die letzte Testreihe mit dem üblichen Ergebnis beendet hatte, und brachte ihn zu Wolf. Wieselflink legte im Vorraum den Pelzmantel an und trat in die Kälte.

Wolf war gerade beim Essen. Er saß im Schneidersitz auf dem Boden, beugte den Oberkörper weit vor und hatte die Schnauze in einem großen Metallnapf stecken, der vor ihm auf dem Boden stand.

Als er Wieselflink hörte, hob er den Kopf. »Und?«, fragte er kauend. »Was hast du herausgefunden?«

Wieselflink sagte es ihm.

Wolf biss ihm wider Erwarten nicht die Kehle durch. Er beugte sich vor, senkte den Kopf, und als er wieder hochkam, war das blutige Fleischstück, das in dem Napf gelegen hatte, verschwunden. Es war Wolfs gewöhnliches Betragen. Der gutmütige Koch hatte Wieselflink davon erzählt. Die meiste Zeit ernährte sich Wolf wie ein Mensch, ein gesundheitsbewusster dazu. Viel Gemüse, viel Obst, komplexe Kohlenhydrate, wenig oder kein Fleisch. Doch in Abständen von Tagen orderte er rohes Fleisch, mehrere Kilo, um es in einer einzigen Mahlzeit zu verschlingen.

Jetzt schluckte Wolf den letzten Bissen des Fleischs herunter und leckte die Blutreste auf der Schnauze mit der Zunge weg. »Meine Gardisten sagen mir, dass du dich im Zug umgesehen hast?«

»Ja ... ein wenig. In den Pausen zwischen der Arb...«

»Du brauchst dich nicht zu rechtfertigen. Und?« Er schob

den Napf weg und stand auf. »Hast du einen Fluchtweg gefunden?«

»Wie kommst du darauf? Ich wollte mich nur ...«

»Ich sagte, keine Rechtfertigungen! Ich an deiner Stelle würde nicht anders handeln. Du willst nur eines: weg von hier. Glaub mir, ich kenne das Gefühl. Nur zu gut sogar. Seit ich denken kann, hat es mich nicht einen Tag losgelassen. Es hat mich aus dem Labor geführt, in dem man mich gezeugt hatte, aus den vielen Käfigen, in denen man mich als Tier einsperren wollte, und schließlich hierher, in mein eigenes Reich, das ich bald gegen einen Ort eintauschen werde, an den ich wirklich gehöre. Also: Hast du einen Fluchtweg gefunden?«

»Nein.«

»Das überrascht mich nicht. Es gibt keinen. Außer dem, der über mich führt.«

Wieselflink überlegte. Wolf hatte recht, so sehr es ihm widerstrebte. »Also gut: Wie kann ich deinen Weg gehen?«

»Indem du mir mit diesem Band weiterhilfst.« Er zeigte auf das Alienband, das Wieselflink mitgebracht hatte und in der linken Hand hielt, weil er nicht wusste, was er sonst mit ihm anfangen sollte.

»Ich habe getan, was ich konnte. Es ist eine einfache Kunstfaser, mehr nicht. Glaubst du mir nicht?«

»Doch. Du denkst, dass du alles getan hast. Aber das ist falsch. Du hast lediglich einen ersten, unvoreingenommenen Anlauf unternommen, das ist alles.«

»Und beim zweiten wird das anders sein? Wie das?«

»Indem ich dir den wahren Großen Plan enthülle.«

»Du w-willst was ...?«

Wolf beachtete Wieselflinks Gestotter nicht. Er fixierte ihn mit seinen schrägen Wolfsaugen und fragte: »Glaubst du an Alien-Manifestationen?«

»Ich weiß es nicht«, antwortete Wieselflink ehrlich. Er sah keinen Grund, Wolf anzulügen. »Möglich, dass es sie gibt. Sie scheinen mir zumindest nicht verrückter als ein Alien-Raumschiff, das über der Erde hängt. Möglich aber auch, dass die

Alienisten recht haben und sie nur ein Vorwand für Regierungen sind, um ungestört verhaften zu können, wen sie wollen.«

»Es gibt sie. Die Manifestationen sind der Weg, auf dem die Aliens zu uns kommen. Ihr Schiff im Orbit, die Artefakte, die in den Pazifik stürzen, sind nur eine Ablenkung.«

»Angenommen, du hast recht – wieso sind die Aliens nicht längst unter uns?«

»Weil sie bislang nicht sehr erfolgreich sind. Die Hunter setzen ihnen zu. 99 von 100 vermeintlichen Aliens, die sie aus dem Verkehr ziehen, erweisen sich als Menschen mit gewöhnlichen psychischen Störungen, aber sie verhaften so viele Menschen, dass sie auch die Aliens zu fassen bekommen. Wichtiger noch sind die Betroffenen selbst. Ein Mensch, in dem sich ein Alien zu manifestieren versucht, wehrt sich gegen den Eindringling, bewusst in manchen Fällen, in den meisten unbewusst, auf jeden Fall aber mit großem Erfolg. Die Manifestationen stagnieren, sind unvollständig, verflüchtigen sich selbst bei geringfügigen Störungen. Und jetzt stell dir vor: Was würde geschehen, wenn ein Mensch sich *nicht* gegen einen Alien wehrt, der sich zu manifestieren sucht? Was, wenn dieser Mensch mit seinem Dasein auf der Erde bereits abgeschlossen hätte, sein ganzes Sehnen und Streben darauf ausgerichtet wäre, es für immer hinter sich zu lassen?«

Wieselflink verstand. »Deshalb diese Geschichte mit der Langen Reise? Deshalb das Paradies Sigma V? Das Ganze ist eine Art mentale Vorbereitung, nicht?«

»So ist es. Die Lange Reise ist tatsächlich eine kurze. Sie dauert nicht einmal einen Augenblick – so lange, wie eine Seele benötigt, um von einem Körper zu einem anderen zu springen. Die Alien-Seele springt in den Körper des Menschen, die des Menschen im Gegenzug in den des Aliens. Das ist alles.«

»Und keiner deiner Leute ahnt davon?«

»Kein Einziger, und das ist gut so. Es würde mit Sicherheit den einen oder anderen geben, der bereit wäre, seinen eigenen Körper aufzugeben, aber in der großen Mehrzahl würde die Angst den Ausschlag geben. Und das darf nicht sein. Angst ist ein schlechter Ratgeber. Hätte ich auf sie gehört, hätte ich mich vor langer Zeit im hintersten Winkel in meinem Käfig verkrochen und wäre verbrannt. Und wüsste das Große Pack die Wahrheit, die Angst würde die Menschen dazu bringen, hierzubleiben, auf dieser Erde, auf der sie niemand will, wo man sie Überschussmenschen nennt, sie in Züge sperrt, hin und her schiebt und darauf hofft, dass möglichst viele von ihnen dabei wegsterben. Sie *dürfen* die Wahrheit nicht erfahren!«

»Und wieso erzählst du sie mir?«

»Weil du nicht zu ihnen gehörst. Du hast nie an die Lange Reise geglaubt. Du glaubst daran, dass du für dich und durch dich selbst lebst, du glaubst an die Werte, die deine Laborinstrumente ermitteln, und das Haus und die Stellung, die in Kairo auf dich warten. Du willst uns nicht begleiten, egal auf welchem Weg. Du hast als Einziger in meiner Reichweite den Abstand, unser Unternehmen mit einiger Nüchternheit zu betrachten, mich eingeschlossen. Deshalb brauche ich deine Hilfe.«

»Das leuchtet ein. Aber was hat dein Großer Plan mit diesem Alienband zu tun?«

»Es ist ein Geschenk.«

»Von den Aliens?«

»Nicht ganz. Von meinem Mittelsmann. Demjenigen, der mir die Wahrheit über die Aliens enthüllt hat. Der den Handel mit den Alienbändern begründet und damit erst ermöglicht hat, dass das Große Pack entstanden ist.«

»Das Große Pack hat Millionen von Alienbändern gewebt. Wieso soll dies eine besondere Bedeutung haben?«

»Der Mittelsmann hat mich aufgefordert, es beim Transfer zu tragen. Ich traue der Sache nicht.«

»Das ist absurd! Du rufst auf seine Enthüllungen hin das Große Pack ins Leben, du bist bereit, deine eigene Existenz und die von Tausenden Menschen aufs Spiel zu setzen – und dann das?«

»Es ist nur folgerichtig. Die Aliens wollen auf die Erde. Sie kommen nicht weiter. Der Seelentransfer wird das Tor für sie weit aufreißen. Ihre Motive sind klar und nachvollziehbar. Dieses Band hier ... es ist ein Geschenk. Niemand schenkt ohne Hintergedanken. Ich will wissen, was hinter diesem hier steckt.«

»Was soll daran besonders sein? Es ist ein Alienband wie jedes andere. Ein Symbol der Zusammengehörigkeit für das Pack, etwas Handfestes für deine Anhänger, ein Produkt, das man dem Rest der Menschheit verkaufen kann – das ist alles, was hinter den Alienbändern steckt, nicht? Ich kann mir nicht vorstellen, was ...«

»Genau das ist es. Ich auch nicht. Und das macht mich unruhig. Deshalb will ich, dass du dieses Band weiter untersuchst. Wenn ich zufrieden mit deiner Arbeit bin, kannst du gehen, wohin du willst. In die USAA, was weiß ich. Das Große Pack stattet dich mit den nötigen Geldern aus, um jeden Weg gehen zu können, für den du dich entscheidest. Wir haben genug übrig.«

Wenn ich zufrieden mit deiner Arbeit bin – das konnte alles oder nichts bedeuten. Aber Wieselflink hatte ohnehin keine Wahl: Er musste Wolf vertrauen. Wieselflink stellte zu seiner Verwunderung fest, dass er es tat. Wolf schien ihm nicht grausam, nicht ohne Not wenigstens. »In Ordnung«, sagte er. »Ich versuche mein Bestes. Aber versprich dir nicht zu viel davon, ich ...«

»Ich weiß. Du hast alles versucht, was in deiner Macht steht. Deshalb wirst du ab jetzt im Team arbeiten.«

»Mit wem?«

»Sie wartet draußen. Du wirst dich freuen.«

»Ich ...«

»Geh! Ihr habt Arbeit.« Wolf wandte sich ab.

Wieselflink verließ Wolfs Bau.

Vor der Tür stand Blitz.

Frieden im Universum, Frieden auf der Erde

Ich sage Ihnen: Die Aliens kommen in Frieden. Und das ist kein Glaube, das ist das Ergebnis empirischer Wissenschaft, der jahrtausendelangen Beobachtung einer intelligenten Spezies.

Welcher Spezies? Ganz einfach: des Menschen.

Der Mensch ist ein Spross desselben Universums wie die Aliens. Für seine Entstehung und Entwicklung galten und gelten dieselben Gesetze wie für die Wesen, die im Augenblick nur wenige Tausend Kilometer über unseren Köpfen schweben.

Aber bleiben wir beim Menschen. Betrachten wir seine Geschichte. Viele sehen sie als eine einzige Abfolge von Kriegen und Gewalt an. Ich nicht. Ich sehe Frieden.

Wie ist das möglich? Nun, Krieg ist laut, er zerstört Leben, Lebenspläne und Träume. Krieg kann nicht übergangen werden. Er ist die Katastrophe, die den normalen Gang der Dinge unterbricht.

Und das ist der Punkt: Menschen *sind* friedlich. Sie kooperieren und tolerieren einander, leben den leisen und unsichtbaren Kompromiss. Diese unsere wichtigste Eigenschaft ist so selbstverständlich, dass sie meist übersehen wird.

Aber was ist dann mit den furchtbaren Kriegen der Vergangenheit?, ruft man mir an dieser Stelle oft entgegen. Den beiden Weltkriegen, den Taiwan-Kriegen und den zahllosen anderen? Diese Menschen sind aufrichtig – und sie liefern gleich die Antwort mit. Es sind Kriege der *Vergangenheit*.

Die Kriege mit den höchsten Opferzahlen haben im vergangenen Jahrhundert stattgefunden. Sie waren – in nüchterner Analyse – das Resultat des raschen technischen Fortschritts.

Die Möglichkeiten, Menschen zu töten, waren der Reife der Menschheit vorausgeeilt und gipfelten schließlich in der Atombombe.

Aber unsere Spezies hat mittlerweile aufgeholt. Der Dritte Weltkrieg ist nicht gekommen. Seit 1945 wurden keine Atomwaffen in Kriegen eingesetzt. Kein Staat hat, trotz übervoller Arsenale, chemische und biologische Waffen in nennenswertem Maßstab eingesetzt. Der Terrorismus, den viele den Platz der großen Kriege hatten einnehmen sehen, erlosch nach einem Aufflackern am Anfang unseres Jahrhunderts. Beides zusammengenommen ist für mich ein Zeichen der Reife, sowohl des Individuums als auch der Menschheit insgesamt.

Und hier schließt sich der Kreis zu den Aliens: Ihre Technik ist uns unendlich überlegen, ihre Möglichkeiten, sich selbst und andere zu töten, sind es ebenfalls – aber sie haben es nicht getan, ihr Schiff ist der handfeste Beweis.

Die Aliens kommen in Frieden, sie bringen den Frieden!

- *Aus dem Programm »Aliens: die frohe Botschaft« von Bernhard Ratschik, Sommer 2065. Die Tour führte durch 128 Städte, alle Auftritte waren ausverkauft.*

KAPITEL 31

Trixie benötigte keine Viertelstunde, um in der Tür von Ekins Apartment zu stehen – beinahe, als hätte sie nur auf ihren Anruf gewartet.

»Danke, dass du gekommen bist«, sagte Ekin, nahm Trixie in die Arme und drückte sie. Trixie erwiderte die Geste, aber mit einer starren Unbeholfenheit, die Ekin unter gewöhnlichen Umständen als Trotz gedeutet hätte. Was sonst? Trixie hatte in der Stunde der Not alles liegen und stehen lassen, hatte wochenlang an ihrer Seite ausgeharrt, und sie, Ekin, hatte sich davongeschlichen. Dass Trixie überhaupt noch mit ihr redete, war mehr, als sie von Rechts wegen erwarten durfte.

Es sei denn, Paul hatte mit seiner neuesten Botschaft recht, und Trixie war ... Sie schob den Gedanken beiseite. *Nein, Paul, lass mich in Ruhe!*

»Ich habe dich vermisst, Schätzchen«, sagte Trixie und machte sich los. »Weißt du das?«

»Ich dich auch.«

»Das hoffe ich!« Trixie sah sich neugierig in dem Apartment um. »Lass mal sehen, was wir da haben ...« Es war das erste Mal, dass Ekin Trixie in ihrer Wohnung traf. Nicht, weil die Korps-Regeln es verboten hätten – und selbst wenn sie es getan hätten, sie hatte schon so viele Regeln übertreten, dass es auf eine mehr oder weniger nicht mehr ankam –, sondern aus dem Gefühl heraus, dass sie beide damit eine Grenze überschreiten würden. In der eigenen Wohnung die Nacht verbringen – das roch nach fester Bindung, dem Letzten, was sich ein Hunter leisten konnte.

»Eine Frau auf der Durchreise, was?«, kommentierte Trixie,

während ihr Blick rasch durch den leeren Raum wanderte. Es gab nicht viel, an dem er hätte hängen bleiben können: eine Couch, ein niedriger Tisch, eine Küchennische, die ausgeschaltete Datenwand. »Wohin bist du unterwegs?«

»Zum Bahnhof«, antwortete Ekin ernst. »Und danach ... mal sehen.« Ekin knipste die Datenwand mit einem Klatschen an, ließ den Clip laufen, der sie dazu gebracht hatte, Trixie anzurufen.

Das Rumpeln einer Eisenbahn drang aus den in den Wänden eingelassenen Lautsprechern. Ein Sprecher sagte: »... nach Angaben eines Vertreters des Bahnministeriums zufolge besteht keinerlei Anlass zur Beunruhigung.«

Das Bild wechselte. Anstelle des Zugs mit den vergitterten Fenstern trat der Kopf eines Mannes mit Doppelkinn. »Es handelt sich bei den derzeitigen Zugbewegungen um reine Routineumgruppierungen«, entgegnete er. »Es besteht kein Grund zur Sorge.«

»Aber das Ausmaß der ...«, hakte der Sprecher ein.

»... ist im langjährigen Rahmen. Der Bedarf an Arbeitskräften ist regional unterschiedlich. Es ist die Aufgabe unseres Ministeriums, dafür zu sorgen, dass Nachfrage und Angebot sich die Waage halten. Und wir sind stolz darauf, auch auf abrupte Schwankungen angemessen reagieren zu können.«

Der Kopf des Bahn-Vertreters wurde durchsichtig. Züge rollten durch seine Augen und den Mund, kreuz und quer über das Gesicht. Erst waren es einzelne Züge, aufgenommen im Vorbeifahren, dann schwang sich die Kamera in die Höhe und zeigte das Geschehen aus der Vogelperspektive. Ein verästeltes Netz von Schienen legte sich wie Adern über das Gesicht. Dunkle Linien, auf denen bunte Striche hin und her schossen – und schließlich in einer Sackgasse stecken blieben, zwei oder sogar drei Dutzend parallele Linien, die gegen eine unsichtbare Wand prallten.

»Sicher«, sagte der Sprecher. »Aber diese ... hm ... Umgruppierung scheint außergewöhnlich tief greifend. Viele Bürger fragen sich, was dahintersteckt. Was geht im Raum Frankfurt vor sich, das eine derartige Massierung von Arbeitskräften nötig macht?«

Der Bahn-Vertreter räusperte sich. »Ich bin leider nicht befugt, das mitzuteilen. Diese Information fällt unter die Geheimhaltung im Rahmen des dritten Alien-Gesetzes ...«

»Stopp!«, befahl Ekin. Die Stimme erstarb im Satz, das Bild fror ein.

Trixie bedachte Ekin mit einem zweifelnden Blick von der Seite. »Deshalb hast du mich hergerufen?«

Ekin nickte.

»Dann hilf mir auf die Sprünge. Das da soll mit Paul zu tun haben, oder?«

Ekin nickte erneut.

»Wie das? Es sind nur verdammte Züge mit Überschussmenschen. Sie werden hin- und hergeschoben, wie man sie braucht oder nicht braucht. Das hat dieser fette Bahnmensch richtig gesagt. Was also hat das mit Paul zu tun? War er irgendwo im Bild? Hat er durch irgendein Fenstergitter den Kopf gesteckt und uns aus dem fahrenden Zug zugewunken, und ich habe es verpasst?«

Trixie wollte verletzen. Ekin überging es, grinste stattdessen. »*Das* hätte mich nicht überrascht. Aber nein, das war es nicht. Du hast nicht richtig hingesehen. Vergiss, was gesagt wird, okay?«

»Okay.«

Ekin ließ den Clip erneut ablaufen – und beobachtete dabei Trixie. Ein dünner Schweißfilm stand ihr auf der Stirn. Als sie sich angestrengt auf die Aufnahmen konzentrierte, zog sich die Haut um ihre Augen zu einem Netz von Fältchen zusammen, das Ekin in einer Hinsicht an das erinnerte, was sich auf der Datenwand entfaltete.

Alle Linien liefen auf einen einzigen Punkt zu ...

Trixie sah sich den Clip noch ein drittes und viertes Mal an, dann hob sie den Arm, schwenkte ihn, als halte sie eine Flagge in der Hand. »Ich gebe auf, Schätzchen. Kapitulation. Ich sehe nichts Besonderes. Bis auf den einen Zug, der statt Gitter schwarz verklebte Fenster hat. Aber was kümmern uns die Launen, auf die das Bahnministerium verfällt, um seine Schäfchen im Stall zu halten?«

»Kapitulation angenommen. Ich zeig's dir.« Ekin rief das Netzwerk der parallelen Linien auf. »Das hier. Das ist der ehemalige Frankfurter Hauptbahnhof – in Schemaansicht. Ein Kopfbahnhof, alle Gleise enden.«

Trixie zuckte die Achseln. »Und? Der Sprecher sagte ja, dass die Züge in Frankfurt zusammengezogen werden. Was soll daran besonders sein?«

»Trixie, ich kenne dieses Schema.«

»Wie das?«

»Paul. Seine Modelleisenbahnen. Er hat stundenlang mit ihnen herumgebastelt. Maßlos, wie mit allem anderen. Ich glaube, am Schluss muss er Hunderte von Schienenstücken und Weichen, Dutzende von Loks, Hunderte von Wagen gehabt haben. Viel zu viele für den wenigen Platz. Seine Züge sind nie gefahren. Sie haben sich immer gegenseitig blockiert. Ich habe mir nichts weiter dabei gedacht. ›Typisch Paul‹, habe ich mir gesagt, ›vergeudet seine Zeit auf Kram, während die Aliens die Erde übernehmen.‹ Aber jetzt ... dieses Schema. Ich kenne es von den Anlagen, die Paul in den Wochen aufgebaut hat, bevor er verschwunden ist. Wenn ich mir einen Kaffee geholt habe und von oben auf sie heruntergesehen habe, war das Bild ganz ähnlich. Er hat das Schienennetz des Frankfurter Bahnhofs nachgebaut. Und wahrscheinlich die Schienen, die dorthin führen.«

»Du denkst, dass ...« Trixie brachte den Satz nicht zu Ende. Sie schüttelte sich wie ein nasser Hund, dem eine kalte, unangenehme Flüssigkeit das Fell durchtränkte und der das nicht wahrhaben wollte.

»Dass Paul hinter dem Ganzen steckt? Dass er diese – was? – Zusammenballung organisiert hat? Trixie, ich wünschte, ich könnte es genau sagen. Doch ich weiß nur eines: Das kann kein Zufall sein. Paul hat diese Zusammenballung geplant, in einer Simulation aus Modelleisenbahnen. Und ich spüre, dass er noch mehr tun wird. Der Alien hat ihm prophezeit, dass seine große Stunde bevorsteht.«

»Das hat er. Und wir wissen, dass Paul noch viel mehr Geld zur Seite geschafft hat, als wir ursprünglich angenommen haben. Viel Geld, mit dem sich viel bewegen lässt. Auch Züge. Aber angenommen, Paul steckt tatsächlich dahinter und hinter Paul der Alien – was könnte der Alien davon haben, Dutzende oder Hunderte von Zügen mit Überschussmenschen in den Frankfurter Hauptbahnhof zu bugsieren?«

»Keine Ahnung. Aber ich werde es herausfinden. *Wir* werden es. Paul steckt hinter der Sache – also steckt er auch mittendrin. Wir müssen nach Frankfurt, sofort!«

»Aber dieser Bahnhof ist eine Sackgasse, du hast es selbst gesagt. Eine perfekte Falle, aus der er nie wieder herauskommt. Paul ist zu klug, um ...«

»Das ist müßig. Ich sage dir was: Ich gehe jetzt pinkeln, schnappe mir mein G5, und dann mache ich mich auf den Weg zu Paul.« Sie ging ins Bad, ließ Trixie stehen. »Du kannst dir ja in der Zwischenzeit überlegen, ob du mitkommst.«

Als Ekin die Tür hinter sich schloss, zitterte sie. Sie stand da, mit weichen Knien.

Scheiße, Paul, wieso hast du mich nicht in Ruhe gelassen?

Sich setzen, tief durchatmen, vielleicht eine rauchen. Das war es. Die Kloschüssel schien Ekin als der verheißungsvollste Ort der Welt. Sie könnte einfach pinkeln, wie sie es behauptet hatte, und anschließend würde sie wieder hinaus zu ihrer Freundin Trixie gehen. Trixie, die sie verstand, die immer für sie da war, die sie nie hatte hängen lassen – ganz im Gegensatz zu Paul.

Aber es ging nicht. Ekin hatte auf der Datenwand gesehen, was sie gesehen hatte. Dieses eine Mal war sie sich sicher. Paul. Und Trixie. Und jetzt ...

Sie trat ans Waschbecken, wühlte fahrig durch den Medikamentenschrank, fand das Röhrchen eines Vitaminpräparats. Eine einzige Pille verlor sich darin, zu klein für den Behälter. Ekin hob das Röhrchen wie ein Glas an den Mund und schluckte die Pille herunter.

Nichts geschah. Und das musste es auch nicht. Die Pille musste keine Bedeutung haben. Sie war für den Fall, dass Paul recht hatte ... Hatte er es nicht, würde Trixie niemals davon erfahren. Ekin musste nur aufpassen, sich nicht zu schnell zu bewegen, so wenig wie möglich überhaupt, um sich nicht zu verraten. Trixie gehörte dem Korps an, sie war geschult.

Sie nahm den Koffer mit ihrem G5 unter dem Waschbecken hervor. Ihre Finger hörten auf zu zittern, als sie das vertraute, kalte Metall spürte. Mit schnellen Bewegungen setzte sie das Gewehr zusammen, überprüfte die Waffe. Einsatzbereit. Sie zerlegte das Gewehr wieder, verstaute es im Koffer und klappte ihn zu. Dann verharrte sie, öffnete eine Schublade, entnahm ihr zwei in Plastik eingeschweißte Ballen und quetschte sie in den Waffenkoffer. Extra-Munition. Hatte Paul recht, würde sie sie gebrauchen können.

Ekin stand auf, erinnerte sich daran, artig zu spülen, atmete tief durch und öffnete die Tür zur Welt.

Sie blickte in die Mündung einer Pistole.

»Tut mir leid, Ekin«, sagte Trixie. »Ich kann dich nicht gehen lassen.«

»W-was? Wieso das?«, machte Ekin, ein Teil von ihr aufrichtig überrascht, ein anderer bestätigt und unendlich enttäuscht.

Trixie! Wie kannst du mir das antun?

»Mach dir keine Sorgen. Dir wird nichts geschehen. Ich werde mich gegenüber dem Korps für dich verwenden. Du hast dir nichts zuschulden kommen lassen, du konntest nicht wissen, wer Paul in Wirklichkeit ist, noch was er plant.«

»Trixie! Was soll das? Steck die Pistole weg!«

»Das kann ich nicht. Bei aller Liebe – echter Liebe –, hier geht es um unendlich viel mehr als um mich oder dich oder uns beide. Um viel mehr als Paul. Nicht, dass es mir gefallen würde, aber so ist es eben.«

»Trixie, was hast du?«

Ekin spürte keine Angst, nicht einmal eine Bedrohung. Ihr war, als müsste sie nur mit dem Finger schnippen, um Trixie die Waffe abzunehmen.

Ihr war heiß.

»Ich folge meinem Eid, Ekin. Ich stelle das Wohl der Menschheit über alles.«

»Und das fällt dir ausgerechnet jetzt ein? Du hättest Paul längst an das Korps verraten können.«

»Das war nicht nötig.«

»W... was?!« Ekin brauchte einen Moment, um zu verstehen. »Dann hat das Korps die ganze Zeit ... das kann nicht sein!«

»Verdammt, Ekin, spiel mir nicht das naive Dummerchen vor! Das Ganze hier fällt mir so schon schwer genug, okay? Natürlich hat das Korps gewusst, was du treibst! In deinem Partner manifestiert sich ein Alien, und als man ihn festnehmen will, taucht er unter – was erwartest du in einer solchen Situation? Wie würdest du handeln, wenn du in einem kuscheligen Büro in der Führungsebene hocktest und die Verantwortung für Hunderte Hunter und das Schicksal der Menschheit trügest? Wie, Ekin?«

Natürlich. Wieso war sie nicht längst darauf gekommen? Trixie, die auf wundersame Weise wochenlang zur Stelle gewesen war. Ihre Korps-Beziehungen hatte spielen lassen, ohne dass das Korps Misstrauen geschöpft hätte. Die um keinen Preis hatte aufgeben wollen. Und das Korps, das Ekin hatte agieren lassen. Natürlich ...

Ekin schüttelte sich aus der Starre. »Ich würde ein wachsames Auge auf seine Partnerin haben«, sagte sie. »Vielleicht weiß sie Dinge über ihren Partner, die sie bei der offiziellen Vernehmung verschwiegen hat. Vielleicht führt über sie ein Weg zu dem Flüchtigen. Hunter-Teams verwachsen miteinander.«

»Na also. Doch noch ein Gehirn irgendwo in dem hübschen Kopf«, nickte Trixie, betont flapsig. Ekin erkannte ihren Versuch, der Situation die Spitze zu nehmen.

Doch Trixie erreichte das Gegenteil. *O nein, so einfach kommst du mir nicht davon!*

»Das Korps hat mich durchleuchtet, was? Hat mich unter sein Mikroskop gelegt, festgestellt: ... Hoppla, diese Ekin hat ja heimlich eine Bettfreundin. Gehört sogar zum Korps. Setzen wir sie auf sie an, die dumme Pute kapiert das nie! ...«

Trixie schüttelte langsam den Kopf.

»Gib es zu! So war es doch!«

»Nein.«

»Hör auf, mich anzulügen! Hörst du? Ich will endlich die Wahrheit wissen! Paul war verschwunden, ich war verzweifelt, ich wusste nicht mehr, wo oben und unten und was richtig und falsch ist, und ich habe mich an meine beste – meine einzige! – Freundin gewandt ... und sie hat nichts Besseres zu tun, als mich auf der Stelle beim Korps zu verpfeifen!«

»Ich habe dich nicht verpfiffen!«

»Steh wenigstens dazu!«

»Ekin, du ...«

»Na los, steh zur Wahrheit. Du bist doch ...«

»EKIN!«

Ekin schwieg.

Trixie fuhr leise fort: »Du willst unbedingt die Wahrheit wissen? Also gut, ich sage sie dir. Die ganze Wahrheit. Aber ich bin nicht schuld, wenn du dir hinterher wünschst, du wärst dem Korps nie beigetreten und stattdessen bei einer Steinzeitkommune versumpft, blöd, aber glücklich. Klar?«

Ekin nickte.

»Natürlich hat mich das Korps auf dich angesetzt, was sonst? So weit stimmt, was du denkst. Aber der Rest ... überleg doch. Unser erstes, zufälliges Treffen im KaDeWe-Museum – wie stehen die Chancen, dass zwei Korps-Angehörige einander über den Weg laufen, ins Bett steigen und daraus eine Dauereinrichtung machen? Wahrscheinlich besser als die, vom Blitz erschlagen zu werden, aber nicht viel, wenn du mich fragst. Das Korps ist groß, die Zahl seiner Angehörigen ist jedoch verschwindend gering, verglichen mit der Gesamtbevölkerung. Und denk an die Zeit danach, unsere Treffen, unsere Nächte – wie oft war ich ›zufällig‹ gerade in der Nähe? Vier, fünf Mal den Monat?«

»Du ... du hast die ganze Zeit ...?«

»Richtig. Das Korps hatte dich längst im Visier. Und ich war sein Auge und sein Ohr. Aber ich sage dir eins: Ich habe gelitten wie ein Schwein. Ich mag dich, Ekin. Ich mag dich sehr. Das Ganze hat als Job begonnen, als unangenehmer – ganz bestimmt keiner, um den ich mich gerissen hätte –, dann wurde es erstaunlich angenehm, und dann wurde es viel ... Ach, Mist, das alles hatte ich dir längst sagen wollen. Aber nicht so ...« Sie suchte Blickkontakt mit Ekin. »Auf jeden Fall, als Paul abtauchte, wollte ich es auch tun. Nach ein paar Jahren im Korps entwickelt man ein Gespür dafür, wann es besser ist, die Beine in die Hand zu nehmen. Mein Magen machte einen Kopfstand. Was immer kommen würde, es würde mir nicht schmecken. Besser dich gar nicht mehr sehen, dachte ich mir, als dir etwas antun müssen, was ich niemals wollte. Ich war am Kofferpacken. Und dann hast du mich angerufen ...«

»... und habe dich in die Sache hineingezogen.«

»Ja.«

Ekin kaute an dem Gesagten, die eine Hand um den Griff des Gewehrkoffers, die andere um den Türgriff, und versuchte es in kleine Portionen zu zerteilen; Stücke, klein genug, um sie hinunterschlucken zu können, ohne daran zu ersticken. Es gelang ihr knapp.

»Du warst also von Anfang an auf mich angesetzt – wieso? Ich bin unwichtig, ein einfacher Hunter, eine von vielen.«

»Das, Schätzchen, würde ich inzwischen bestreiten. Aber du hast recht, es ging nicht um dich.«

»Um Paul ...?«

»Natürlich. Um wen sonst?« Trixie grinste. »Es geht *immer* um Paul. Das Korps hat die Manifestation in ihm bereits in der Frühphase festgestellt. Wie früh, weiß ich nicht genau – den Zugang zu diesem Teil der Akte hat man mir verwehrt, dafür bin ich nicht wichtig genug. Vielleicht schon während der Ausbildung.«

»Aber wieso hat das Korps ihn dann nicht ausgeschaltet, ihn vernommen?«

»Die Möglichkeit hätte ja jederzeit bestanden. Und Paul konnte uns nicht davonlaufen – dachten wir wenigstens.«

»Aber was ist mit den Informationen, die er sammeln konnte? Ein Insider im Korps. Er ...«

Trixie machte eine wegwerfende Handbewegung. »Nichts für ungut, Schätzchen, aber was weiß schon ein einfacher Hunter? Nichts, was man sich nicht von außen zusammenreimen könnte. Ihr seid Fußsoldaten. Niemand sagt Leuten wie dir die Wahrheit. Das ist noch nie anders gewesen, auch bevor die Aliens gekommen sind. Und das hat einen guten Grund: Wenn Fußsoldaten zu viel wissen, laufen sie Gefahr, in die falsche Richtung zu rennen.«

Wieder ein Brocken zu schlucken. Wieder einer, der zu groß war.

»Aber das geht doch nicht!«, begehrte sie auf. »Einen Alien einfach agieren lassen – wer weiß, was er angerichtet hat! Ihr hättet irgendwann zugreifen, ihn vernehmen müssen. Er hätte bestimmt wertvolle ...«

»Das bezweifle ich.« Trixie schüttelte den Kopf. »Wenigstens nichts, was wir nicht bereits von anderen gehört hätten. Glaub mir, ich hatte ein paar Hundert Aliens in den Fingern, ich weiß, wovon ich rede.«

»Aha. Und weißt du, was ich weiß? Ich glaube dir kein Wort. Wenn auch nur ein Funken Wahrheit an dem ist, was du sagst, wieso sollte dann das Korps überhaupt noch Hunter ausschicken? Wieso sollten Leute wie ich und Paul überhaupt noch unseren Arsch hinhalten?«

»Um den Deckel draufzuhalten. Wir vernehmen die Aliens, die ihr Hunter bringt, holen an Informationen heraus, was zu holen ist, und dann früher oder später – puff! – verschwinden, ent-manifestieren sie. Wenn das Korps nicht wäre, die Aliens hätten uns vielleicht längst überrannt. Eigentlich reicht das allein schon als Grund, aber da ist noch etwas: Vergiss das ›Fürchtet euch nicht!‹ Wir alle haben Schiss vor den Aliens. Furchtbaren Schiss, wenn wir nur einen verfluchten Moment ehrlich zu uns sind. Dieses Schiff, das über uns hängt – die Aliens haben die Nase so weit vorn, dass wir ihre noch nicht einmal gesehen haben. Wenn es ihnen einfällt, knipsen sie uns morgen früh aus. Wer so ein Schiff bauen kann, baut auch Waffen, gegen die wir keine Chance haben. Dafür haben die Aliens die Wahl: Wie wollen sie uns ausrotten? Mit einem Atomschlag? Ein schönes Feuerwerk, aber eine Menge Kollateralschaden an der Immobilie, nicht? Dann vielleicht lieber chemisch oder biologisch? Ein sauberer Schnitt. Zehn Milliarden Menschen weg, und schon sieht die Welt ganz anders aus. Und uns bleibt nur, dazuhocken und in den Himmel zu starren und uns zu fragen, ob das Ende der Welt heute oder erst morgen auf dem Programm steht. Nein, wir müssen uns wehren, *sichtbar* wehren. Wir brauchen Helden, Helden, die man sieht – Leute wie dich, Ekin!«

»Ich bin keine ...«

Trixie stampfte auf dem Boden auf. »Doch, genau das bist du: eine gottverfluchte Heldin, Ekin, wann kapierst du das endlich? Ich weiß so gut wie du, dass ungefähr die Hälfte der Menschheit die Hunter am liebsten erschlagen würde. Aber ich sage dir was: Genau deshalb bist du eine. Du hast nachgedacht, erkannt, was richtig ist – und kämpfst dafür, koste es, was es wolle. *Das* nenne ich eine Heldin. Also reiß dich zusammen und führ dich endlich wieder wie eine auf! Vergiss Paul, du kannst nichts mehr für ihn tun. Ich kann nichts mehr für ihn tun. Niemand kann es!«

Eine Heldin? Es hörte sich gut an. Zu gut. Trixie wickelte sie ein, versuchte sie am Nachdenken zu hindern. Paul aufgeben ...? Nein! »Wieso habt ihr Paul nicht geholfen? Das Korps hat seit Jahren gewusst, dass sich in ihm ein Alien manifestiert. Hättet ihr ihn damals festgenommen, der Alien hätte sich verflüchtigt, nicht? Spurlos verflüchtigt!«

»Das kann ich nicht bestreiten.«

»Und ihr habt es nicht getan? Ihr habt Paul verraten! Ihr habt ihn zu einem Alien werden lassen! Trixie, verdammt, ich kenne dich, ich kenne jeden Quadratzentimeter deines Körpers und ich dachte, auch deiner Seele – wie konntest du mir das antun?«

»Ich musste es. Die Vernehmungen treten längst auf der

Stelle, wir haben herausgefunden, was auf diese Weise herauszufinden ist. Wir mussten neue Wege gehen.«

»Paul dabei zusehen, wie er wegdriftet?«

»Unter anderem. Das hat uns wichtige Aufschlüsse gegeben. Wir wissen inzwischen viel über die Symptomatik der Frühphase der Manifestation, aber über die späteren Phasen ... wie sollen wir lernen, außer durch Beobachtung? Das war allerdings nur ein willkommener Nebeneffekt. Uns ging es darum, den Alien in seiner Gesamtheit, im Kontext zu beobachten. Die Geschichte hinter der Geschichte, verstehst du? Mit jedem Tag, den Paul sich unerkannt glaubte, hat er, ohne es selbst zu wissen, uns Dinge über die Aliens verraten.«

»Dafür hast du dich hergegeben? Einen Menschen sehenden Auges verloren zu geben? Trixie, das ...«

»Du kapierst immer noch nicht. Es geht hier nicht um einen einzelnen Menschen – es geht um die gesamte Menschheit. Der Einzelne zählt nicht. Dass es Paul getroffen hat, ist ein Zufall. Pech. Es hätte ebenso gut dir oder mir passieren können. Vielleicht ist es das schon, vielleicht manifestiert sich längst ein Alien in uns, ohne dass wir es gemerkt hätten. Was dann?«

»Dann kümmert man sich um uns, hoffentlich. Wir wären Opfer!«

»Sagt der Hunter. Ich dachte, in euren Kreisen heißt das ›Wild‹ oder ›Beute‹?«

»Ja, das ist so! Und weißt du was? Wenn ich diese Wörter nur höre, wird mir anders. Und weißt du, warum? Ich sage es dir – auch wenn du mich dann für völlig bescheuert hältst: wegen Paul. Weil ich an ihn denken muss und es nicht ertragen kann, dass er leidet. Und wegen dem, was er uns mitgeteilt hat. Die Aliens sind keine Aggressoren oder Invasoren. Es geht mir nicht mehr aus dem Kopf. Und wenn ich hundertmal wie ein verdammter Alien-Freund klinge: Was, wenn wir einen furchtbaren Fehler begehen? Was, Trixie?«

Trixie holte tief Atem. »Ekin ... was würdest du sagen, wenn mir dasselbe schon längst durch den Kopf spukte? Und was, wenn ich dir sage, dass es mir Alpträume macht? Dass ich seit Jahren keine Nacht, die ich nicht mit dir verbracht habe, ohne die Datenbrille und einen Satz Schlaftabletten, die mir langsam die Niere zerfressen, habe schlafen können? Was, wenn ich dir sage, dass das Korps recht hat – und Paul? Dass die Aliens Invasoren sind *und* Opfer? Was würdest du dann sagen, Ekin?«

Nichts. Lange Zeit nichts. Dann: »Trixie, ich ... du ...«

»Erinnerst du dich daran, wie du mir von Pauls Verschwinden erzählt hast, damals in dem Café?«

Ekin nickte.

»Du hast mich gefragt, ob ich Paul für einen Alien halte. Und ich habe dir meine Einschätzung genannt und dir die Symptome aufgezählt, die mit den meisten Alien-Manifestationen einhergehen.«

»Abrupte Stimmungsumschwünge«, zählte Ekin auf. »Nichtfunktionieren im sozialen Umfeld, Alkoholexzesse, sexuelle Exzesse, entweder real oder fantasiert, Drogen- und Medikamentenmissbrauch, Gedächtnis- und Wahrnehmungsstörungen.«

»Gut aufgepasst. Und?«

»Was – und?«

»Verdammt, bist du nie auf die Idee gekommen, in ein Psychologie-Lexikon zu gucken? Schon gut, mach dir keinen Kopf, keiner tut das. Ich helfe dir auf die Sprünge, okay? Du findest diese Symptome gesammelt unter dem Eintrag ›Kriegsneurose‹! Oder von mir aus auch ›Post Traumatic Stress Disorder‹ oder ›Shell Shock‹. Du kannst es dir aussuchen. Mit anderen Worten: das, was nach einem massiven Trauma bleibt. Nach einer Vergewaltigung etwa, nach Kindesmissbrauch, nach einer Naturkatastrophe, nach einem Krieg. Und das macht die Sache für das Korps so verteufelt schwierig: Die Welt ist ein Scheißort, da draußen spazieren zwischen 500 Millionen und einer Milliarde Menschen – Minimum – herum, die irgendwie versuchen, mit dem Mist klarzukommen, der ihnen irgendwann zugestoßen ist.«

»Aber das muss nichts heißen. Du hast es selbst gesagt, dass psychische Probleme ...«

»Ja, das ist möglich. Sogar wahrscheinlich. Aber bei Paul kommt etwas dazu: seine Taschenwelten. Was dein Paul fantasiert, ist eben *kein* Standardzeug. Fremde Welten, exotische Wesen – okay. Bei den meisten Leuten spielen sich in diesen Welten jedoch furchtbare Dinge ab. Gewaltexzesse, bei denen es dir schlecht wird. Massaker.«

»Aber dann steht doch fest, dass diese Wesen Opfer sind! Wir müssen ihnen helfen!«

»Nein, genau das nicht. Ekin, du hast recht, alles spricht dafür, dass diese Aliens Flüchtlinge sind. Kriegsflüchtlinge, Flüchtlinge vor einer ethnischen Säuberung, vor einem Konflikt, von dem wir nichts wissen, außer dass er in einer Größenordnung ablaufen muss, die alle Kriege, die wir uns hier auf der Erde geliefert haben, auf Sandkastenspiele schrumpfen lässt. Die Aliens sind uns technisch haushoch überlegen, aber das nützt ihnen offenbar nichts. Sie sind Verzweifelte, die nichts zu verlieren haben. Wir *dürfen* diesen Flüchtlingen nicht helfen, wenn wir nicht Gefahr laufen wollen, in diesen Konflikt hineingezogen zu werden. Ekin, wenn die Flüchtlinge es schaffen, sich zu manifestieren, dann werden es auch die schaffen, vor denen sie fliehen. Dann wird die Erde, werden unsere Körper zu ihrem Schlachtfeld. Das ist die Wahrheit, die du unbedingt hören wolltest. Das ist der Grund, warum ich hier mit einer Pistole in der Hand stehe und auf die Frau ziele, die mir mehr als jeder andere Mensch bedeutet. Das ist der Grund, weshalb ich dich nicht gehen lassen kann. Mit Paul ist etwas Furchtbares geschehen. Durch Paul wird in nächster Zukunft etwas Furchtbares geschehen – wenn ihm das Korps nicht zuvorkommt. Ekin, wenn du jetzt gehst, wirst du mitten hinein geraten, zwischen die Fronten. Und ich spüre eines: Du wirst es für den Rest deines Lebens bereuen – wenn du überhaupt überlebst. Ich will dir helfen, Ekin, verstehst du?«

»Ja.«

»Und?«

»Nein danke.«

Ekin löste die Hand vom Türgriff, packte Trixies Pistole und entwand sie ihr mit einem Ruck. Eine Bewegung, in Trixies Augen schneller als ein Blinzeln. Ekin, in deren Blut der Neurobeschleuniger zirkulierte, erschien sie gewöhnlich. Es war Trixie, die starr wie eine Puppe dastand. Ekin überprüfte das Magazin der Pistole, stellte sicher, dass eine Betäubungsladung in der Kammer steckte, und drückte ab.

Trixie fiel bewusstlos in sich zusammen.

Ekin rief der Datenwand ein Kommando zu und sah sich noch einmal die Botschaft an, die Paul ihr geschickt hatte. Ein Blick in eine Welt, der Ekin die Augen geöffnet hatte: Trixie, die ihre Berichte an das Korps durchgibt. Trixie, die Ekin durch ihre Datenbrille mit der Kälte einer Schlange beobachtet, jede Kleinigkeit registriert. Trixie schließlich, die Ekin mit einer Waffe bedroht.

Und Ekin. Im Bad. Allein vor dem Spiegel. In einer Hand ein Plastikröhrchen. Und Pauls Stimme sagt: »Der Moment der Entscheidung ist gekommen. Was wird Ekin tun?«

Ekin löschte die Botschaft, schaltete die Datenwand ab und war gerade dabei, das Apartment zu verlassen, als ein leises Geräusch sie einhalten ließ.

Aus dem Druckerschlitz der Datenwand war ein Blatt gefallen.

Ekin nahm es.

Es waren Pauls Instruktionen für die Ekin, die sich entschieden hatte.

Es geht nicht mehr. Wir müssen ein Ende machen. Katja sagt es. Und Katja weiß, wovon sie redet. Sie war die Erste, die besessen wurde. Sie weiß, wie es ist, mit einem Alien im Kopf zu leben.

Katja, du bist so stark.

Jeden Tag wird der Druck stärker, jeden Tag werden wir mehr. Wenn wir uns treffen, um Mitternacht, sind wir schon Dutzende. So viele, dass ich mir nicht mehr die Namen merken kann.

Nicht so wie du, Katja.

Jetzt spüre ich den Alien schon am Tag. Nicht wie am Anfang, als du uns erst hast dazu hinführen müssen, in uns hineinzufühlen und zu erkennen, was mit uns los ist.

Katja, du bist so einfühlsam.

Ich spüre seine glitschigen Tentakel. Sie haben mein Gehirn gepackt und drücken zu, ganz fest. Die Aliens wollen uns herausquetschen. Und sie wollen ins Wasser, immer ins Wasser. Katja, ich tue alles, was ich kann, aber wenn ich einen Augenblick nicht aufpasse, finde ich mich schon unter der Dusche wieder. Und der Fluss … früher bin ich gern an ihm spazieren gegangen und habe nachgedacht. Jetzt traue ich mich nicht mehr in seine Nähe.

Katja, hilf mir!

Ich kann so nicht mehr leben. Du sagst, wir dürfen so nicht mehr leben. Wir dürfen nicht nachgeben, sagst du. Wir müssen ihnen zeigen, dass wir stärker sind. Sie wollen ins Wasser, also geben wir ihnen … Es ist so einfach, wieso bin ich selbst nicht darauf gekommen?

PS: Liebe Mama, lieber Papa, bitte kümmert euch um Vania. Er wird sehr traurig sein, wenn ich weg bin. Aber das muss er nicht sein. Er ist ein starker Hund, er wird es schaffen.

– Letzter Eintrag des Tagebuchs von Alice Zehner (15) vom 4. Februar 2064

KAPITEL 32

Das Boot wartete an seinem alten Platz auf Rudi.

Er stieg im Streulicht der Scheinwerfer, die entlang der Piste Funafutis aufgereiht waren, und im ersten Licht des Vollmonds über bröckelndes Urstein in die Aussparung unter dem Beton.

Er betastete beide Riemen, um sicherzugehen, dass sie nicht beschädigt waren, nahm seinen Mut zusammen, löste die Taue – er musste sie zerschneiden, die Seemannsknoten gingen über den Horizont eines ehemaligen Himmelsbergers –, stieß sich ab und in See. Es war eine ruhige Nacht. Angenehm warm, wie alle Nächte auf Funafuti, wenn man einfach nur dalag oder bei einem Krug brackigem Company-Wasser saß, unangenehm heiß, wenn man den Fehler beging, sich zu bewegen. Rudi war schweißnass, noch bevor er weit genug von der Insel entfernt war, um die Piste in ihrer ganzen Länge überblicken zu können.

Rudi vermied es hinzusehen. Genau so, wie er es vermied, über den Rand des Bootes zu blicken. Wasser machte ihm Angst, auch wenn die Pillen, die er aus der Krankenstation gestohlen hatte, ihm die schlimmste Übelkeit ersparten. Stattdessen sah er – in träumerischen Momenten – zum Mond hinauf, halb in der Erwartung, ihr Gesicht zu sehen. Wohlwollend lächelnd. »Du schaffst es!«, hörte er ihre Stimme in sich flüstern. Die meiste Zeit aber sah er auf das Display des Navis, das er organisiert hatte. Das Gerät war sein Führer. Beim letzten Landeanflug der *Himmelsstürmer* – dem elften, den er mitgemacht hatte – hatte Rudi sich den Luxus einiger Schleifen in großer Höhe über Funafuti erlaubt. Die Crew, insbesondere Beatrice, die einen heiligen Zorn an den Tag legen konnte, wenn ihr etwas gegen den Strich ging, hatte ihn mit missbilligenden Blicken gestraft. Die Flyboys waren müde und gereizt gewesen. Rudi, ihr Glücksbringer, hatte ihnen bislang kein Glück gebracht, und das Kerosin ging zu Ende, was es auf der *Himmelsstürmer* unweigerlich zu früh tat. Rudi hatte getan, als bemerke er die Blicke nicht, hatte die Pemburu weiter kreisen lassen – und gerade in dem Moment, als er im Begriff gewesen war, die Geduld seiner Kameraden überzustrapazieren, hatte er gefunden, was er suchte.

Die Boat People.

Ihr Floß war schwerer auszumachen gewesen, als Rudi erwartet hatte. Ihr verzurrtes und vertäutes Konglomerat unterschied sich nur wenig von den dunklen Schatten, die dicht unter der Meeresoberfläche liegende, abgestorbene Korallenbänke erzeugten, und so gut wie gar nicht von den Quadratkilometer durchmessenden Inseln schwimmenden Mülls, auf die die Flyboys hin und wieder stießen. Die rostigen und schmutzigen Gefährte der Boat People unterschieden sich in erster Linie im Maßstab von dem Müll, und genau das fehlte Rudi: eine Vorstellung vom Maßstab. Der endlose Pazifik bot keine Bezugspunkte.

Am Ende hatte der Tanker, um den herum sich die übrigen Boote gruppierten, Rudi auf die Sprünge geholfen: Seine lange, wuchtige Form war unverkennbar. Rudi hatte sich die Position der Boat People eingeprägt, ungeduldig auf eine ruhige Nacht wie diese gewartet und gebetet, dass ihr Floß in der Zwischenzeit nicht zu weit abgetrieben war.

Rudi kam gut voran. Das Meer war still wie ein Teich, stellte ihm keinen Wellengang in den Weg. Er wurde ruhiger. Der Schweiß, der ihm in Strömen über den Körper lief, das schwere Wuchten waren Rudi vertraut. Er war damit aufgewachsen. Himmelsberg hatte wenig anderes für die seinen bereitgehalten: Schweiß, Schufterei, geplante Fortpflanzung, die nichts anderes als Schufterei darstellte. Dazu ständige Lektionen und Ermahnungen. Und als Belohnung die vage Aussicht, den Jüngsten Tag zu überleben und das seltene Privileg zu genießen, bis an den eigenen Jüngsten Tag schwitzen, schuften und sich fortpflanzen zu dürfen.

Rudi war, nachdem er seinen Rhythmus gefunden hatte, als könne er ewig weiterrudern, seinem Engel entgegen, durch die ruhige See.

Es war eine Illusion. Rudis Arme würden ermüden, und was die See anging ... der September ging dem Ende zu. Nicht mehr lange, und die Sturmsaison würde beginnen. Manchmal tat sie es Ende Oktober, manchmal bereits Anfang des Monats. Es gab kein Muster, zumindest kein verlässliches, das die Meteorologen der Company hätten aufspüren können. Aber die Veteranen unter den Flyboys – die bereits die dritte oder sogar die vierte Saison abschlossen, das Maximum, das die Company zuließ – behaupteten von sich, ein Gefühl dafür zu haben. Vor dem ersten großen Sturm, behaupteten sie, lag eine Woche der Ruhe. Unnatürlicher Ruhe. Und dann ...

Rudi ruderte schneller. In irgendeinem abgelegenen Winkel mochte sich bereits der erste Sturm zusammenbrauen, vielleicht tat er es auch erst in Wochen. Für Rudi war der Unterschied marginal: Kam der Sturm, würde Funafuti augenblicklich geräumt werden, und die Chance der *Himmelsstürmer* auf ein Artefakt wäre vorüber; blieb er aus, würde ihre Crew jede menschenmögliche Minute in der Luft verbringen. Rudi würde keine Gelegenheit mehr bekommen, sich seiner eigenen Suche zu widmen. Der Suche, die mit Jonathans Schwärmereien in norwegischen Polarnächten begonnen und mit einer Flasche gedoptem Bier in Neo-Bangkok geendet hatte und ihn nicht loslassen wollte. Der Company-Arzt hatte ihm gesagt, die Droge hätte Nachwirkungen – aber konnte das, was er fühlte, wirklich nur der Langzeiteffekt einer chemischen Verbindung sein? Es gab nur einen Weg, es herauszufinden.

Und nur einen Zeitpunkt: jetzt. Rudi bezweifelte, dass die Company ihm eine zweite Saison genehmigen würde. Er hatte sich gewisse Verdienste erworben. Ja, er und die *Bitch* hatten beinahe ein Artefakt erbeutet, er selbst hatte die zusammengeschossene Maschine sicher gelandet. Aber das machte seinen Trip nach Neo-Bangkok nicht ungeschehen. *100 Prozent.* Die Company im Großen ereiferte sich derselben Strenge wie die Crew der *Himmelsstürmer.* Und selbst wenn Rudi das unwahrscheinliche Glück hätte und eine zweite Saison erleben würde, die Boat People wären fort, ihr Konglomerat zerrissen und zerstreut von den Stürmen, viele von ihnen ertrunken, vielleicht alle. Niemand würde ihnen nachtrauern. Eine neue Saison brachte neue Boat People, angelockt von den Scheinwerfern der Flyboy-Stützpunkte und der Arbeit, die ihre Wiederherstellung im Frühjahr mit sich brachte. Die Überschussmenschen gingen nie zur Neige.

Aus der Ferne hörte Rudi das Dröhnen von Triebwerken. Einige Augenblicke später fiel in einer schrägen Linie ein Lichtpunkt aus dem Himmel und verschwand hinter dem Horizont. Eine Sarayong, wahrscheinlich. Mit Beatrice hätte er sich darüber gestritten, neckisch, und danach hätten sie miteinander geschlafen und ... Beatrice würde ihm die Augen auskratzen, wenn sie erfuhr, was er tat. Sie hatte ihn auf die *Himmelsstürmer* gebracht. Und er, der undankbare Rudi, warf sein Glück einfach weg ...

Ein dunkler Schatten schälte sich vor ihm aus der Nacht. Er zog sich beinahe den gesamten Horizont in Fahrtrichtung entlang und hob und senkte sich gemächlich mit dem flachen Wellengang. Rudi sah auf das Display des Navis. Ja, das musste es sein.

Vor ihm warteten die Boat People.

Sein Engel.

Er legte an einem Fischerboot an. Von über ihm kamen aufgeregte, hohe Stimmen, dann fiel ihm ein Tau vor die Füße, einige Augenblicke später gefolgt von einer Strickleiter. Rudi machte das Boot fest, so gut er konnte, und kletterte hoch.

Zwei Dutzend Boat People erwarteten ihn. Männer, Frauen, Kinder, ausnahmslos Asiaten und ausnahmslos zu mager. Einer der Männer hielt eine Taschenlampe in der Hand, strahlte ihm damit ins Gesicht. Er gestikulierte, rief »Wait! Wait!«

und schwenkte den Lichtstrahl auf eine Gangway, die ins Innere des Konglomerats führte. Ein Junge flitzte über sie und verschwand in der Nacht.

Nach einigen Minuten, in denen die Boat People ihn unverwandt wie einen Alien musterten und sich Kommentare zuriefen, die Rudi nicht verstand, kam der Junge zurück. Bei ihm war der alte Mann, den Rudi von der Party-Nacht mit der *Bitch*-Crew kannte. Wang – so hatte Diane ihn genannt, nicht?

Der alte Mann ließ sich Zeit, die schwankende Gangway in Würde hinter sich zu bringen, und blieb dann vor Rudi stehen. »Hello, Flyboy! Alone?«

»Alone«, bestätigte Rudi.

Wang machte eine fragende Geste. *Was willst du hier?*

»Girl«, sagte Rudi. »Girl.«

»Girl?« Er schüttelte tadelnd den Kopf, so, als hätte er von Rudi mehr Format erwartet. Dann sagte er: »Girl no problem. Come!«

Rudi folgte ihm zum Deck des Öltankers. Wang bedeutete ihm zu warten und verschwand unter Deck. Einige Minuten später kehrte er zurück, im Gefolge ein halbes Dutzend Mädchen. Das Übliche. Dick aufgetragenes Make-up, Reizwäsche. Sein Engel war nicht dabei.

Wang sah ihm seine Enttäuschung an. »Girls no good?«

»Girls good«, beeilte Rudi sich ihm zu versichern. »But ... party ... party girl.«

»Oh?! No problem!«

Diesmal musste Rudi länger warten. Geschrei drang aus der Luke und der Ferne, als Wang die Mädchen für ihn zusammentrommelte. Schließlich standen sie vor ihm. Ein verschüchterter, müder Haufen – die meisten sahen so aus, als seien sie eben aus dem Bett getrommelt und in Arbeitskleidung gesteckt worden –, der eng zusammengedrängt vor Rudi stand und sich fragte, was das Ganze sollte.

Sein Engel war dabei.

Rudi zeigte auf sie und rief, lauter, als er es wollte: »This one!«

Wang nickte. »Fine.«

Wang führte Rudi und seinen Engel auf einen kleineren Frachter, der längsseits des Tankers vertäut war. Vor einer Kabine blieb er stehen, öffnete die Tür. Rudis Engel ging hinein. Rudi wollte ihr folgen, aber Wang hielt ihn zurück. »Please«, sagte er, lächelte und hielt Rudi die geöffnete Hand hin. Rudi fummelte die Soldkarte aus der Brusttasche seines Hemds und gab sie Wang.

Das Lächeln des alten Mannes vertiefte sich. Er deutete eine Verneigung an und gab den Weg frei. »Have fun!«

Rudi schloss die Tür hinter sich. Endlich. Sein Engel. Allein mit seinem Engel. Die Kabine war groß, besaß ein Doppelbett und roch muffig. Rudis Engel stand vor dem Bett und sah ihn aus großen, hastig geschminkten Augen an. Was nun?

»Spr... sprichst du englisch?«, fragte Rudi auf englisch.

»Ja ... ein bisschen.« Ihre Stimme war viel höher, als Rudi sie sich vorgestellt hatte, und sie lispelte etwas. Es musste die Aufregung sein. Aber das war egal. Er war auch aufgeregt, und das war gut so.

»Ich bin Rudi. Wie heißt du?«

»Nenn mich, wie du willst.«

»Nein, das will ich nicht. Sag mir deinen Namen.«

»Ich ...« Sie hatte einen wunderschönen Mund. Voll und weich. Rudi musste sich beherrschen, sie nicht auf der Stelle in seine Arme zu ziehen und sie zu küssen.

»Nur zu«, munterte er sie auf. »Sag ihn nur!«

»Ich ...« Ihre Befangenheit bezauberte ihn. Die Mädchen in Himmelsberg hatten keine Scham gekannt, ebenso wenig wie die Flygirls der Company.

»Nur zu!« Er malte sich ihren Namen aus. Er würde wie ein Windhauch der Verheißung sein. Ein ...

Rudis Engel machte einen entschlossenen Schritt nach vorn, ging in die Knie und versuchte, den Reißverschluss seiner Hose zu öffnen.

Einen Augenblick stand Rudi starr da, unendlich verblüfft. Ungläubig. Dann taumelte er zurück. Angeekelt. Nein, das konnte nicht wahr sein. Sie war sein Engel, nicht? »Lass das!«, brachte er hervor. »Bitte, ich will das nicht!«

»Nein?« Sie blieb auf den Knien, als könne sie nicht glauben, was sie gehört hatte. »Was willst du dann?«

»Ich weiß nicht. Das jedenfalls nicht.«

Sie stand wieder auf. Langsam.

»Können wir vielleicht einfach reden?«

»Reden?« Sie sah ihn an, als hätte er den Verstand verloren.

»Ja, reden.«

»Das ist alles?« Sie machte einen Schritt zurück.

»Ja. Das heißt ...« Rudi verstand. Er war ihr unheimlich. Sie hatte Angst vor ihm. Sein Engel! Aber ... aber ... Rudi suchte Erklärungen, mildernde Umstände. Sein Engel hatte es nicht einfach gehabt, sagte er sich. Die Boat People waren bestimmt nicht zimperlich. Sie war es nicht gewohnt, dass jemand sie mit Respekt behandelte. Er musste ihr Zeit geben, dann würde sie zu schätzen lernen, dass er anders war, kein gewöhnlicher Mann. Ja, das war es, nur noch etwas Zeit ... Er sagte: »Das heißt, später vielleicht mehr, okay?«

»Okay.«

»Aber jetzt will ich mit dir reden.«

»Worüber?«

»Na ja ... zum Beispiel: Wo kommst du her?«

»Von weit weg.«

»Wie heißt dein Land?«

»Kayin.«

»Davon habe ich noch nie gehört«, sagte Rudi ehrlich. »Ist es ein schönes Land?«

»Wieso willst du das wissen?«

»Einfach so. Ich ...«

»Du lügst!«

»Nein! Ich will nur ...«

»Du lügst!« Sie sagte es laut. So laut, dass man es draußen hören musste. Die Tür war nur eine Lage dünnes Pressholz.

»Beruhige dich!«

Sie sagte nichts, wich bis ganz an die Bordwand zurück. Unter dem Bullauge blieb sie stehen, fummelte mit einer Hand an der rostigen Verriegelung.

»Bitte, ich will dir nichts tun. Du brauchst keine Angst vor mir zu haben. Wirklich! Ich will dich nur kennenlernen.«

Wieder keine Antwort. Sie hantierte mit beiden Händen an dem Bullauge. Es war zu viel für sie, er hatte sie überfordert. Sie hielt ihn für einen Irren. Er hatte seine Chance vertan. Sie würde ihm nicht mehr zuhören, egal, was er jetzt noch sagte. Außer, wenn er ... ja, jetzt oder nie.

»Bitte entschuldige. Ich habe gelogen.«

Sie hörte auf, an dem Bullauge zu hantieren, sah ihn an.

»Bitte sei mir nicht böse. Es ist nur so ... wir ... wir kennen uns eigentlich schon. Da dachte ich ...«

Ihre großen Augen weiteten sich.

»Wir sind uns schon einmal begegnet, vor ein paar Monaten in Neo-Bangkok. Weißt du nicht mehr?«

»Nein. Ich habe dich noch nie gesehen.«

»Doch. Doch, das hast du. Okay, nur für einen Moment. Aber dieser Moment ... ein Zuhälter hat mir etwas ins Bier gekippt und mich zu dir gebracht. Wir haben uns nur einen Augenblick gesehen, aber seitdem kann ich dich nicht mehr vergessen – du *musst* dich erinnern!«

Ihr Mund öffnete sich zu einem Schrei.

Rudi kam ihr zuvor, brüllte: »Du bist mein Engel! Du musst mich erkennen!«

Ihr Schrei war schrill und durchdringend.

Nein! Rudi stürzte zu ihr, drückte ihr die Hand auf den Mund. Nicht, um ihr wehzutun, einfach nur, um einen Moment der Ruhe zu bekommen. Dann würde sich alles klär...

Die Tür sprang auf. Männer rannten in die Kabine, kleine, halb verhungerte Asiaten. Die ersten beiden knallte Rudi gegen die Wand, so hart, dass sie nicht mehr aufstanden. Es nützte ihm nichts, es kamen immer mehr von ihnen. Es waren zu viele. Sie rissen ihn weg von seinem Engel, an dem er sich jetzt verzweifelt festhielt, zerrten ihn hinauf auf das Deck.

Wang erwartete ihn. Der alte Mann sah ihn einen Augenblick lang traurig an, dann gab er ein Zeichen. Es war eindeutig: »Über Bord mit ihm!«

Rudi schrie. »Nein, nicht! Ich kann nicht schwimmen!« Niemand hörte auf ihn. Rudi zappelte und strampelte mit aller Kraft, die ihm die lebenslange Schufterei am Himmelsberg beschert hatte, bekam ein Bein frei, stieß einen seiner Fänger weg. Innerhalb eines Augenblicks nahmen zwei andere seine Stelle ein, hielten sein Bein fester als zuvor.

Dann war Rudi halb über der Reling, und die Angst vor dem Wasser verlieh ihm für einen Augenblick übermenschliche Kraft. Er bekam eine Hand frei, klammerte die Finger um die Reling. Sie bekamen sie nicht los. Einer der Männer rannte weg, kam mit einem Messer zurück, setzte es an Rudis Handgelenk an und ...

Ein Schuss.

Aus nächster Nähe, laut wie ein Geschütz. Die Männer erstarrten.

»Lasst ihn los, sofort!« Ein zweiter Schuss. Die Männer sahen zu, dass sie wegkamen. Sie ließen Rudi fallen. Er kam hart auf, wäre beinahe abgerutscht und ins Meer gestürzt. Er zog sich weg von der Reling, blickte in die Richtung, aus der die Schüsse gekommen waren. Er sah den alten Wang und neben ihm, eine Silhouette im Mondlicht, einen zweiten Mann. Er hielt ein Sturmgewehr, den Lauf nach oben gerichtet, die Haare kurz rasiert.

Wilbur!

Wilbur drückte Wang ein Bündel Scheine in die Hand, ging zu Rudi, packte ihn an einem Arm und zog ihn wie einen Sandsack über das Deck und über eine Gangway zu dem Boot, mit dem er gekommen war. Niemand versuchte, sie aufzuhalten.

»Danke, Wilbur«, sagte Rudi, als das Floß der Boat People hinter ihnen zurückfiel. »Ich weiß nicht, wie ich dir je dafür danken kann.«

»Ich schon«, antwortete Wilbur.

13,4 %
Durchschnittlicher Anstieg patentierter GenMod-Varianten in Europa pro Jahr seit 2055

3,7 %
Durchschnittlicher Artenverlust wildlebender Spezies in Europa seit 2055

71/29
Verhältnis GenMods/unmodifizierte Tiere, die 2064 in europäische/n Tierheimen abgegeben/gebracht wurden

8,1 %
Anteil der von europäischen Tierheimen an neue Halter übergebenen GenMods/unmodifizierten Tiere

114
Anzahl der Menschen, die 2064 in den USAA für die Durchführung sexueller Handlungen mit GenMods hingerichtet wurden. Amtliche Angabe

587
Anzahl der Menschen, die 2064 in den USAA für die angebliche Durchführung sexueller Handlungen mit GenMods gelyncht wurden. Schätzung

14
Anzahl der Staaten, in denen die Kreuzung von menschlichem und tierischem Erbgut legal ist

0
Anzahl der Staaten, die GenMods mit menschlichem Erbgut Bürgerrechte einräumen

92,4%
Anteil der europäischen Haushalte, die sich einen GenMod als Helfer wünschen

- *AlienNet Unterforum Welt/Statistik*
  Stand: 21. Februar 2065
  Zahl der täglichen Abrufe: 5,6 Millionen

KAPITEL 33

Blitz, das Gespenst, war fort.

Blitz, die keiner zu fassen bekam, die überall und nirgends zugleich war, immer dort auftauchte, wo man sie am wenigsten erwartete, die auf der Stelle auf und ab sprang, weil sie es nicht aushielt, einfach so dazustehen und nichts zu tun, die brüllte, wenn sie etwas sagte, und laut sprach, wenn sie flüsterte, die nicht zu merken schien, dass sie noch ein Kind war und bereits ganz unten angekommen war, oder, falls sie es doch tat, sich nicht darum kümmerte.

Die Blitz, die Wieselflink vor Wolfs Bau von einem Gardisten übergeben wurde, war ein in sich zusammengesunkenes Bündel. Sie starrte ins Leere, gegen die gepanzerte Zugwand. Als Wieselflink sie begrüßte, hob sie den Kopf, etwas blitzte in ihren von dunklen Ringen unterlegten Augen auf – dann war es wieder verschwunden, und sie senkte den Kopf und trottete ihm brav hinterher, schlurfend, als müsse sie ihre ganze Kraft aufwenden, um die Beine zu heben.

Wieselflink konnte den Anblick nicht ertragen. Er sah nicht hin, während er sie durch den Zug führte. Was hatte er nur angerichtet? Was war mit Blitz geschehen?

»Blitz, was ist los mit dir?«, fragte er, als sie im Labor angekommen waren. Blitz ließ sich auf den Boden fallen und kroch unter das Bett.

Sie antwortete nicht.

»Bist du mir ... bist du mir *böse*, dass ich dich nicht mitgenommen habe?«

Sie kroch tiefer unter das Bett.

»Ist es das? Weißt du, ich kann verstehen, wenn es so ist. Ich habe mein Versprechen gebrochen. Aber du musst auch wissen, dass es nicht meine Schuld ist. Alles ging so schnell, plötzlich stand Fischer in der Werkstatt, und du warst fort, und ich wusste nicht, wo du steckst – du hast es mir ja nie gesagt! –, und dann haben sie angefangen zu schießen, und ich ... ich musste sehen, wo ich bleibe. Wenn ich einen Moment länger gewartet hätte, ich hätte es nicht geschafft, wirklich! Und außerdem dachte ich mir, Blitz wird es schon schaffen. ›Keiner kriegt Blitz!‹ Ist doch so, oder? Und du hast es ja geschafft, irgendwie, sonst wärst du ja nicht hier ...«

Irgendwie. Ja, irgendwie. Während Blitz Stück für Stück tiefer unter Wieselflinks Bett kroch, rutschten ihr Ärmel und Hosenbeine hoch. Blitz hatte zu große Kleider getragen, seit Wieselflink sie kannte. In den Zügen gab es keine, die einem Kind gepasst hätten. Sie hatten betont, wie zerbrechlich und klein Blitz war, und gleichzeitig hatten sie Blitz etwas Erwachsenes verliehen, den unbestimmten Eindruck, dass es sich bei ihr um mehr als ein Kind handelte. Die Arme und Beine, die zum Vorschein kamen, waren spindeldürr, als hätte das Mädchen seit Tagen nichts mehr gegessen. Und sie waren bunt, übersät mit großflächigen Blutergüssen und einem tiefen, oberflächlich verheilten Schnitt an der Pulsader.

»Blitz! Was ist mit dir passiert?« Wieselflink beugte sich vor, um sich das Mädchen genauer anzusehen, sich davon zu überzeugen, dass er in diesem Zug der Verrückten nicht den Verstand verloren hatte, er seinen Sinnen trauen konnte. »Was ist los? Hattest du einen Unfall?«

Sie wich vor ihm zurück, als wolle er sie schlagen, bis ganz an die Wand, wohin das Licht des Labors nicht drang.

Wieselflink beließ es dabei. Er hätte eine der Lampen abschrauben und damit den Raum unter dem Bett ausleuchten können, aber was hätte es ihm eingebracht? Blitz wollte sich in das letzte Eck verkriechen – und wenn Blitz etwas wollte, bekam sie es. Zumindest hatte das für die Blitz gegolten, die Wieselflink gekannt hatte.

Die Nacht, sie wurde in Wolfs Zug durch ein Abdimmen der

Wagenbeleuchtung signalisiert, verbrachte Wieselflink auf seinem Bett. Er saß gegen dieselbe kalte Panzerung gelehnt, gegen die sich Blitz drückte, hing düsteren Gedanken nach und lauschte dem gleichmäßigen Atem des Mädchens, der ihm anzeigte, dass sie wenigstens Schlaf gefunden hatte. Als der Bordcomputer den Schichtwechsel ansagte, schlich Wieselflink sich aus dem Labor und fragte den Bordkoch nach einem großen Glas Milch und Schokolade. Der Koch gab ihm das Verlangte mit der Selbstverständlichkeit, als hätte er um ein Glas Wasser gebeten.

Als er in das Labor zurückkam, saß Blitz im Schneidersitz auf dem Boden. »Lass mich nie wieder allein!«, zischte sie. Und flüsterte, nach einem Augenblick: »Bitte!«

Wieselflink versprach es ihr. Blitz stürzte die Milch hinunter, für die Schokolade ließ sie sich Zeit. Als sie mit ihr fertig war, waren ihre Finger und Hände mit geschmolzener Schokolade verklebt. Blitz leckte sie sich von der Haut, sah einen Augenblick auf und sagte: »Noch mal!«

»Was? Schokolade?«

»Ja. Und Milch. Und Wasser.«

»Aber dann muss ich dich allein lassen. Ich habe dir eben versprochen, dass ich das nie wieder tun werde.«

»Dann mach schnell!«

»Du kannst mitkommen, wenn du ...«

»Schnell!«, brüllte sie und packte ein großes Glasgefäß, das zu einem der Analysegeräte gehörte, am Hals und schwenkte es drohend. »Keiner kriegt Blitz! Ich passe auf mich auf.«

Wieselflink ging ein zweites Mal zum Koch und brachte Blitz das Verlangte. Damit war das Muster für die kommenden Tage etabliert: Blitz tat keinen Schritt aus dem Labor. Nur wenn Wieselflink auf die Toilette ging, hängte sie sich an ihn dran, bestand darauf, mit ihm in die Kabine zu kommen, und anschließend, dass er vor der Tür wartete, während sie ihr eigenes Geschäft verrichtete. Wieselflink ließ dem Mädchen seinen Willen. Etwas Furchtbares war Blitz geschehen – und auch wenn sie sich niemals einen Hinweis darauf entlocken ließ, was es gewesen war, hegte Wieselflink einen Verdacht. Sie musste den Bahnpolizisten in die Hände gefallen sein. Und die Bahnpolizisten hatten sich an ihr vergangen, hätten sie wahrscheinlich tot liegen lassen, wenn sie sich nicht im letzten Moment durch einen Zufall hätte retten können. Oder gerettet worden wäre. Von Fischer. Kein anderer kam in Frage. Der alte Mann hätte das Kind nie im Stich gelassen. Er war, nachdem er Wieselflink und seine wichtigsten Gardisten sicher zu Wolfs Zug gebracht hatte, zurück in die Nacht geschlichen, um Blitz zu retten. Und es war ihm gelungen, wenn auch im letzten Moment.

Ja, so musste es gewesen sein.

Er, Wieselflink, hatte versagt, während Fischer Blitz gerettet hatte.

Wieselflink stellte seine Versuche ein, etwas aus Blitz hervorzulocken. Er hatte den Kern erfasst. Die Einzelheiten würde er später erfahren, wenn sie aus diesem Zug der Verrückten erst einmal heraus waren. Doch dazu mussten sie Wolf zufrieden stellen. Wieselflink konnte nicht sagen, was Wolf von ihnen hören wollte. Dass es sich um ein Alienband wie jedes andere handelte und er sich umsonst Sorgen machte? Dass das Band eine Falle war? Dass dieses Band sicherstellte, dass er, der große Anführer, in einen eigens für ihn ausgesuchten Alien-Körper transferiert wurde? Wieselflink vermutete, dass Wolf es selbst nicht wusste. Ihm an seiner Stelle wäre es jedenfalls so ergangen. War erst einmal Misstrauen geweckt, ließ es sich nicht mehr besänftigen. Wieselflink und Blitz blieb nur eines: Sich so sehr ins Zeug zu legen, dass Wolf ihnen zumindest nicht den Vorwurf machen konnte, nicht alles versucht zu haben.

Wieselflink besorgte Alienbänder. Der gutmütige Koch versorgte ihn bei jedem Besuch mit einem Dutzend neuer Exemplare. Blitz wusste nichts von dem Auftrag, den Wolf ihnen gegeben hatte, und Wieselflink hütete sich, ihr davon zu erzählen. »Komm, lass uns spielen!«, forderte er sie auf. »Wie früher, Bänderraten!« Blitz war ein Kind, sagte er sich, egal, wie übel man sie misshandelt hatte. Sie würde spielen wollen. Spielen würde sie auf andere Gedanken bringen, vielleicht vergaß sie sogar darüber, was man ihr angetan hatte. Es funktionierte leidlich. Manchmal gelang es ihm, die alte Blitz zu wecken. Das Kind, das selbstvergessen und mit Feuereifer bei der Sache war. Manchmal spielte sie widerwillig mit. Dann saß sie wenigstens bei ihm und hörte ihm zu, wie er schneller redete, als er denken konnte, in der Hoffnung, dass sein Geplapper das Mädchen mitreißen würde. Und manchmal starrte Blitz einfach ins Leere oder verkroch sich unter dem Bett.

Wieselflink begann eine Strichliste zu führen. Heimlich. Mit der alten Blitz in seiner Nähe wäre es unmöglich gewesen. Ihr hatte man nichts verheimlichen können. Das Führen der Liste tat Wieselflink gut. Es gab ihm das Gefühl, etwas zu tun, den Dingen nicht nur ausgeliefert zu sein. Und die Liste spendete ihm Hoffnung: Mit jedem Tag, der verstrich, kam mehr von der alten Blitz zum Vorschein. Ein wenig nur, aber die Richtung war eindeutig. Es ging aufwärts.

Irgendwann beim Bänderraten legte er ihr das Band vor, das ihm Wolf gegeben hatte. »Und, was siehst du?«

Blitz sagte lange nichts. Dann flüsterte sie: »Hinaus!« So leise, dass Wieselflink nicht sicher war, dass er sie richtig verstanden hatte.

»Was hast du gesagt, Blitz?«

»Hinein!«, flüsterte sie, wieder kaum hörbar.

»Hinein? Hinaus? Was meinst du damit?«, drang er auf sie ein, obwohl er wusste, dass er Blitz nicht drängen durfte. Aber er musste einfach etwas vorweisen können. Sonst würde Wolf … »Blitz, sprich mit mir. Wenn wir nicht …«

Es war zu spät. Blitz verkroch sich unter dem Bett und blieb dort. Und von da an wollte sie nicht mehr mit Wieselflink spielen.

Schließlich stand Fischer in der Tür des Labors. Er zeigte auf Wieselflink. »Wolf will dich sehen!« Es war ein Befehl. Sein kumpelhaftes Benehmen war verflogen.

»In Ordnung.« Wieselflink stand auf, Blitz tat es ihm gleich.

»Nein, du nicht!«

Blitz schreckte zusammen. Sie japste. Natürlich, sie wollte nicht allein zurückbleiben.

»Fischer, ich bin sicher, Wolf will uns beide ...«

»Nein. Wolf will dich sehen. Dich alleine.«

Dagegen gab es keinen Widerspruch. Wieselflink ging in die Knie, auf Augenhöhe mit Blitz. »Es wird nicht lange dauern. Bestimmt nicht.«

»Lass mich nicht allein! Bitte, du hast es versprochen!«, bettelte Blitz.

»Ja, und ich halte mein Versprechen. Du bist nicht allein.«

Blitz sprang auf ihn zu, klammerte sich an ihn.

»Blitz, beruhige dich. Du bist nicht allein. Fischer ist bei ...« Blitz schrie verzweifelt auf, ihre Fingernägel bohrten sich in seine Haut, und plötzlich krachte der Knauf von Fischers Pistole auf ihn und Blitz herunter, schlug auf die Finger des Mädchens ein. Blitz ließ nicht los und Fischer brüllte, lauter noch als Blitz: »Verdammt, lass ihn los, du Miststück!« Und dann waren plötzlich überall Gardisten. Sie packten Wieselflink, sie packten Blitz, rissen die beiden auseinander. Und Blitz schrie und schrie und schrie. »Keiner kriegt Blitz! Keiner kriegt Blitz! Keiner kriegt Blitz!« Und die Gardisten schleiften Wieselflink mit sich, und er sah noch, bevor das Labor hinter ihm zurückblieb, wie Fischer mit dem Knauf auf Blitz eindrosch, und dann schrie er selbst: »Blitz! Blitz!« Er schrie, als die Gardisten ihn durch den Zug schleiften. Er schrie, als sie vergeblich versuchten, ihm den Pelzmantel überzuziehen, und er schrie immer noch, als sie ihn schließlich in zerrissenen Kleidern und blutend in Wolfs Bau warfen.

Sie hätten sich keinen besseren Ort aussuchen können.

»Du hast es gewusst!«, brüllte er Wolf an. »Fischer vergeht sich an Blitz! Und du Monstrum hast es gewusst!«

»Du etwa nicht?«, entgegnete Wolf ruhig. Er stand an seinem Stehpult und kritzelte mit einem Kugelschreiber Bemerkungen auf ein Papier. »Das überrascht mich. Du hast als Nomade überlebt, weil du deinen Mitmenschen immer die finstersten Absichten unterstellt hast. Und jetzt das? Was hast du geglaubt? Dass Fischer der verhinderte Opa ist, der Blitz durchpäppelt, weil er in ihr den Enkel sieht, den er nie hatte? Oder dass in der Zeit, bevor sich Fischer ihrer angenommen hat, ihre Mitmenschen sie aus purem Mitgefühl durchgefüttert haben?«

»Du hast es gewusst! Du hast von Anfang an gewusst, wer ich bin und wie ich dir nützen kann! Du weißt alles, was in den Zügen vorgeht! Du hast gewusst, was Fischer mit ihr macht! Wie hast du zusehen können, ohne etwas zu unternehmen?«

»Ich weiß nicht, was du hast. Blitz lebt. Das ist mehr, als ein Kind in den Zügen erwarten kann. Das weißt du genauso gut wie ich. Und seit sich Fischer um sie kümmert, ist sie in Sicherheit. Er ist nicht zu rau zu ihr – solange der Druck seiner Verantwortung nicht übermächtig wird, wenigstens – und gibt ihr regelmäßig zu essen. Und kein anderer Mann kriegt sie in die Finger. Ist das nichts?«

»Er ... er hat sich an ihr vergangen! An einem unschuldigen Kind! Ist so wenig Mensch in dir, dass du das nicht verstehst?«

»Ich glaube nicht, dass diese Frage mit Mensch sein oder nicht Mensch sein zu tun hat.«

»Ach ja? Womit dann?«

»Mit Möglichkeiten. Oder besser noch: mit fehlenden Möglichkeiten. Sag mir, was hätte ich unternehmen sollen? Fischer bei den Bahnpolizisten anzeigen? Sie hätten sich bestenfalls nicht dafür interessiert, im schlimmsten Fall hätten sie Blitz mitgenommen, ihren eigenen Spaß mit ihr gehabt und sie anschließend entsorgt. Hätte ich als Anführer des Großen Packs Fischer wegsperren lassen sollen? Wenn ja, wohin – in den Zügen ist kein Platz – und wie lange? Oder hätte ich ihn töten lassen sollen? Das hätte einen Mord bedeutet.«

»Du bist Wolf! Du hättest es Fischer verbieten können! Er verehrt dich, er tut alles, was du von ihm verlangst.«

»Das ist nicht ganz richtig. Er *versucht*, alles zu tun, was ich ihm sage. Wenn ich ihm befehlen würde, sein Leben für die Sache des Großen Packs zu opfern, er würde es auf der Stelle tun. Aber was er mit Blitz macht, ist etwas anderes. Er handelt aus einem inneren Zwang heraus. Er *kann* nicht aufhören. Hätte ich es verlangt, er hätte es mir versprochen – und sein Versprechen innerhalb kürzester Zeit gebrochen. Dann hätte ich ihn dafür bestrafen müssen. Mit dem Ergebnis, dass ich meinen besten Mann verloren hätte. Fischer ist ein glänzender Organisator, ein Mann mit der seltenen Gabe, ein Auge für das Detail zu besitzen, ohne dabei die großen Zusammenhänge aus der Sicht zu verlieren. Er hat viele Züge für das Große Pack gewonnen, hat ihre Ordnung entworfen und verfeinert. Unsere Effizienz geht zu großen Teilen auf ihn zurück. Ihm wird es zu einem nicht unerheblichen Teil zu verdanken sein, dass in einigen Stunden alle Züge des Großen Packs in Frankfurt eingetroffen sind. Ohne Fischer wäre das Große Pack um viele Tausend Seelen ärmer. Wir alle stehen in seiner Schuld.«

»In der Tat, ein hervorragender Mann. Und deshalb hast du darauf verzichtet, ihm mitzuteilen, was wirklich hinter dem Großen Plan steckt?«

»In den praktischen Einzelheiten, ja. Im Geiste, nein. Und das ist, was wirklich zählt. Fischer wird verstehen, wieso ich nicht anders handeln konnte. Er wird es gutheißen.«

»Da wäre ich nicht so sicher! Du träumst von einem Paradies, in dem es keine Konflikte und keine Ungerechtigkeiten gibt. Angenommen, dieser irrsinnige Transfer gelingt dir tatsächlich: Was für eine schöne neue Welt kann dein Sigma V schon werden – bevölkert von Kinderschändern, Verbrechern, Abschaum und Asozialen?«

»Mit denen du nichts gemein hast, nicht wahr? Du bist ja etwas Besseres. Du gehörst nicht in die Züge, ein dummer Zufall hat dich hierher verschlagen. So ist es doch? Aber das wird sich schon richten. In den USAA beginnst du dein eigenes schönes, neues Leben. Das, was du dir verdient hast. Und dieser ganze Mist hier bleibt zurück ...«

»So ist es! Und es wird nicht einfach sein, das weiß ich. Aber ich schaffe es! Zumindest sind meine Chancen tausend Mal besser, als dass dein irrer Plan Wirklichkeit wird!«

Wolf musterte ihn schweigend, schüttelte schließlich traurig den Kopf. »Du hast nichts verstanden, was? Du denkst, die USAA sind eine andere Welt. Aber das sind sie nicht. Sie sind hier auf der Erde. Und auf der Erde wirst du niemals aus deiner Haut schlüpfen können, ganz gleich, wo du dich verkriechst. Wir dagegen ... mit dem Transfer schlüpft jeder von uns in eine neue Haut, in ein wahrhaft neues Leben. Unsere alten Körper bleiben zurück, eine Bürde, die von uns genommen ist. Denk nur an Fischer! Der Trieb, der ihn quält, der Schatten, der auf diesem tadellosen Mann lastet, wird mit einem Schlag verschwunden sein. Und so wird es uns allen gehen. Zum ersten Mal in der Geschichte der Menschheit wird eine Gemeinschaft wirklich neu anfangen können!«

»Eine schöne Vorstellung. Und so naiv, dass ich nicht glaube, sie könnte von dir kommen! Du belügst dich selbst! Du zwingst mich dazu, dieses Alienband zu untersuchen, das dir dein Mittelsmann gegeben hat, weil du Angst hast, dass es eine Falle darstellt – und zur selben Zeit bist du bereit, dich auf diesen angeblichen Transfer einzulassen! Und reißt Tausende mit! Auf einen Trip, von dem es keine Rückkehr gibt! Hast du dich nie gefragt, wieso deine Aliens so scharf auf diesen Transfer sind? Wieso sie ihre Heimat, ihre Körper für immer hinter sich lassen wollen? Ich sage es dir: Weil die Erde, sogar für Überschussmenschen, ein Paradies sein muss, verglichen mit der Hölle, aus der sie kommen – deshalb!«

»Jedes Paradies birgt zahllose Höllen. Jede Hölle birgt zahllose Paradiese. Ich weiß nicht, was uns erwartet. Aber ich weiß sehr genau, was ich hier zu erwarten habe. Ich habe das Leben auf der Erde gekostet, es schmeckt mir nicht. Ich bin der Einzige meiner Art. Was immer ich versuchen werde, ich werde niemals irgendwo dazugehören.«

»Bist du blind? Du bist eine Legende. Du bist der große Wolf, Tausende gehorchen jedem Wink, den du ihnen gibst!«

»Meine Legende ist nicht von Dauer. Das weißt du so gut wie ich. Die Menschen folgen mir, weil ich ihnen eine Erlösung verspreche. Irgendwann muss ich mein Versprechen einlösen, sonst werden sie in mir den Schuldigen suchen. Und sie werden keine Gnade kennen, wenn sie sehen, dass ich kein Mensch bin wie sie. Außerdem: Bist nicht du der Blinde? Du lässt dich von meiner Macht blenden, aber was bedeutet sie schon? Ich bin einsam, ganz allein in diesem Universum. So ist es gewesen seit dem Tag meiner gesteuerten Geburt, und in diesem Zug hat es den Gipfel erreicht. Meine Leute verehren mich, aber sie bleiben auf Abstand. Niemand kommt freiwillig in meinen Bau. Verlasse ich ihn, sorge ich für so viel Unruhe im Zug, dass ich längst gelernt habe, darauf zu verzichten. Dieser Körper, der nicht Mensch und nicht Wolf ist, ist ein Gefängnis. Der Transfer wird mich daraus befreien. Ich werde endlich Gleicher unter Gleichen sein!« Stille folgte. Nach einiger Zeit schüttelte sich Wolf, als widere er sich selbst dafür an, dass er Wieselflink einen Einblick in sein Innerstes gewährt hatte.

»Was habt ihr herausgefunden?«, fragte er und streckte ihm fordernd eine Hand entgegen.

Wieselflink verstand und reichte ihm das Band. »Ich habe es für dich aufgeschrieben«, sagte er.

»Zeig her!«

Er nahm das Blatt entgegen und las, während er zum Stehpult ging und das Blatt in die Lade legte. Als seine Hand wieder zum Vorschein kam, hielt sie ein Bündel Bargeld, Reisegenehmigungen und zwei Ausweise, einen für Wieselflink und einen für Blitz.

»Ihr habt getan, was ihr konntet. Viel Glück, ihr werdet es brauchen!«

Wieselflink betrachtete die Ausweise und das Geld in seinen Händen. »Wieso tust du das? Das ist mehr, als du versprochen hast.«

»Vielleicht möchte ich, dass jemand auf der Erde zurückbleibt, der sich im Guten an mich erinnert? Betrachte es als eine Art kleine Wiedergutmachung: Was ich mit dir machen musste, gefällt mir nicht. Noch weniger, was Fischer getan hat. Ich musste und muss es in diesem Augenblick dulden, weil mir keine andere Wahl bleibt. Das wird in einigen Stunden anders sein. Also tue ich, was ich kann. Du und Blitz, ihr könnt es schaffen. Die Dokumente sind echt.«

»Danke.« Es war das Einzige, was Wieselflink einfiel. Er wandte sich zum Gehen. Als er in der Tür stand, hielt ihn Wolf mit einem Ruf zurück.

»Du hast noch einige Stunden. Das sollte dir reichen, dein Halsband durchzuschneiden.«

»Du ... du weißt von der Scher...«

»Natürlich. Im Großen Pack geschieht nichts ohne mein Wissen. Ich dachte, du hättest das verstanden.«

37 Mädchen verbrannt

Eifel-News | 5.4.2064 | 06:02:11

37 Mädchen sind heute am frühen Morgen in einem Waldstück in der Nähe von Hellenthal verbrannt. Nachbarn wurden durch die starke Rauchentwicklung auf das Feuer aufmerksam. Die Freiwillige Feuerwehr des Ortes rückte unverzüglich aus, in der Annahme, ein in Brand geratenes Holzlager zu löschen.

Am Ort des Geschehens angekommen, fanden die Feuerwehrleute die Überreste von 37 (nach erster Zählung) Leichen vor. Vermisstenanzeigen von Eltern deuten darauf hin, dass es sich bei den Toten um Mädchen aus den umliegenden Ortschaften handelt. Sie waren zwischen 13 und 17 Jahren alt.

Erste Untersuchungen am Tatort ergaben, dass die Mädchen aus Feuerholz einen Scheiterhaufen errichtet und ihn mit mehren Kanistern brennbarer Flüssigkeit übergossen hatten. Anschließend ketteten sie sich mit Fahrradschlössern aneinander, bestiegen den Scheiterhaufen und entzündeten ihn.

Feuerwehr und Polizei gehen von einem Selbst-Exorzismus der Mädchen aus. Der Tathergang deckt sich mit vergleichbaren Vorgängen der letzten Jahre. Zudem wurde das Tagebuch eines der Mädchen am Rand der Lichtung vorgefunden.

Die Feuerwehrmänner stehen unter Schock und werden derzeit von einem Psychologen-Team des Hunter-Korps betreut, das sich unmittelbar nach Bekanntwerden des Vorgangs auf den Weg machte.

KAPITEL 34

Der Wagen kroch über die Autobahn. Der Wagen raste.

Stillstand, signalisierten Ekins neurobeschleunigte Sinne. Still standen die Frachter-Konvois, die auf der rechten Spur ihre endlosen 100-Kilometer-die-Stunde-Runden drehten, still hingen die Vögel in der Luft, still standen die Regentropfen, die vom Himmel fielen, aufgespießt von den starken Scheinwerfern ihres Wagens.

Stillstand, wohin Ekin sah – nur nicht in ihr selbst.

Es fiel ihr schwer, den Wagen auf der Fahrbahn zu halten. Es war ein schneller Benziner, ein Mietwagen, von Trixie freundlicherweise vor der Tür geparkt. Eine Kugel aus dem Lauf von Ekins G5 hatte das Schloss zerschmettert, eine zweite den Bordcomputer, eine dritte das Navi-System. Der Wagen war elektronisch unsichtbar, und Ekin drückte das Gaspedal ganz durch, damit er für die übrige Welt nicht mehr als einen vorbeihuschenden Schatten abgab. Ein Phantom wie sie selbst.

Ekin schwitzte. Der frühe Morgen war schwülwarm, die Klimaanlage wollte ohne Bordcomputer nicht laufen und der Neurobeschleuniger brannte in ihren Muskeln. Er machte sie zu einem Blitz in einer bewegungslosen Welt – und heizte sie auf knapp unter 41 Grad auf. Ein Fieber, das zwei, maximal drei Stunden anhalten würde. Dann würde es Ekin ausgebrannt haben, sie würde zurückstürzen in die gewöhnliche Welt und danach ... Danach konnte sie nur beten, dass sie einem Notarzt in die Arme fiel, der sein Fach verstand.

Es war die geringste ihrer Sorgen. Sie dachte an Pauls letzte Botschaft.

Der Moment der Entscheidung ist gekommen. Was wird Ekin tun?

Sie hatte sich für Paul entschieden.

Die denkbar dümmste Entscheidung. Ein Alien beherrschte Paul. Nicht vollkommen, sonst hätte er ihr keine Botschaften zukommen lassen, aber vollkommen genug, um Paul seit Jahren in seinem Sinn agieren zu lassen. Und eben dieser Paul verfolgte in seinem Größenwahn einen eigenen Plan. Einen Plan, in dem er sie zur Komplizin gemacht hatte.

Mit allen Konsequenzen.

Ekin hatte sich gegen das Korps entschieden. Das Korps würde es ihr nicht verzeihen, konnte es nicht. »Das hier ist größer als du und ich«, hatte Trixie gesagt. *Trixie.* Allein schon ihren Namen in Gedanken zu formen, schmerzte. Trixie hatte immer zu ihr gehalten. Und Trixie hatte sie von Anfang an betrogen.

Lichter blieben zu ihrer Rechten zurück. Koblenz. Der Horizont vor ihr leuchtete fahl: das Konglomerat Wiesbaden/Mainz/Frankfurt.

Das Korps hatte sie manipuliert und benutzt. Und sie rannte davon. Paul entgegen, der niemals etwas anderes getan hatte, als sie zu manipulieren und zu benutzen, und in diesem Augenblick mit Sicherheit nichts anderes tat.

Als die Ausfahrt Frankfurt-Mitte kam, nahm Ekin sie, ohne zu zögern, folgte der Ausschilderung und fuhr rechts ran, nachdem ihr die Dichte der Mannschaftswagen, mit denen sie die Straße teilte, unangenehm wurde. Sie warf einen kurzen Blick – ein Blinzeln nur – auf die Instruktionen, die Paul ihr zugespielt hatte, prägte sie sich ein und steckte das Blatt in die Tasche. Es würde sie an den Hundertschaften Bahnpolizei vorbeiführen, die den Hauptbahnhof in der Zwischenzeit belagern mussten. Oder besser: unter ihnen hindurch. Ekin leerte die Wasserflasche in einem Zug – ihr Durst war mörderisch –, schnappte sich das G5 und rannte los.

Sie näherte sich dem Bahnhof von der Ostseite. Ekin sah die Kuppel der Bahnsteighalle, eine sich hoch auftürmende

Glaskonstruktion. Das Glas war dumpf und schmutzig, seit einem Vierteljahrhundert hatte es keinen Putztrupp mehr gesehen. Vor dem Bahnhof stand ein Gewirr von Fahrzeugen, zwischen denen aufgeregte Bahnpolizisten in Zeitlupe hin- und herrannten.

Ekin hielt mit der Geschwindigkeit eines Geschosses auf sie zu.

»H-A-L-T!«, rief ein Polizist. Es war ein merkwürdig lang gezogener Laut.

Ekin ignorierte ihn.

»H-A-L-T! O-D-E-R W-I-R ...«

Kugeln bohrten sich hinter ihr in den Asphalt. Ekin schlug einen Haken, dann – von plötzlichem Übermut ergriffen – einen doppelten Salto und rammte mit ausgestreckten Beinen in eine Haustür. Ihre schweren Hunter-Stiefel spalteten das Holz. Ekin kam auf, schnellte weiter, die Kellertreppe hinunter. Eine Tür. Aus Stahl. Ekin angelte das G5 von der Schulter, legte an und pulverisierte das Schloss. Ein Tritt, die lädierte Tür sprang auf und ...

... vor ihr lag ein staubiger Gang.

Kerzen am Boden. Dicke Stumpen in Gläsern, die sie gegen den Luftzug schützten.

Kerzen, vor kurzem angezündet. Für sie.

Sie folgte der Spur. Treppen hinunter, Treppen hinauf, nach rechts, nach links – und zu einer Tür.

Sie stieß sie auf, sprang durch den Türrahmen, das G5 im Anschlag.

Hunderte von Kerzen erwarteten sie. An einer Seite des Raums lag eine nach Schimmel stinkende Matratze, umgeben von zu Bergen aufgehäuften Taschenwelten. Die andere Seite war eine Datenwand. Sie zeigte Ekins Apartment, die Couch und Trixie. Zumindest einen Teil von ihr: ihre Füße. Sie regten sich nicht. Vor der Datenwand saß, im Schneidersitz und von Kerzen umringt, Paul.

Er trug Körperpanzer und Helm.

Paul grinste, als er Ekin sah. »Weißt du, wie lange ich auf

diesen Augenblick gewartet habe?«, sagte er. »Du und ich allein im Kerzenlicht?«

Die Spitze des G5 ruckte vor, hielt auf Pauls Stirn, zwischen den Augen inne – in einer ruckartigen Bewegung, die selbst die neurobeschleunigte Ekin überraschte.

Es hatte nur diese eine Bemerkung gebraucht, dieses eine Grinsen. Sie hatte keinen Alien vor sich. Es war viel schlimmer. Es war Paul. Paul, der über allem stand. Paul, der alles besser wusste und konnte. Paul, den sie ...

»Du elendes Schwein!«, sagte sie. *Brüllte* sie in grenzenloser Wut auf sich selbst. Wie hatte sie nur so naiv sein können und Paul folgen? »Was soll dieser Mist? Was stellst du mit mir an? Wieso hast du mich hierhergelockt? Los, krieg das Maul auf, oder ...!«

»Langsam, Hunter.« Paul schien den Lauf, der gegen seine Stirn drückte, nicht zu bemerken. »Du willst doch bestimmt nichts übereilen, nicht wahr? In deinem Zustand ...«

Sie unterbrach ihn. »In meinem Zustand kann ich für nichts garantieren. Also rede!«

Das Grinsen verschwand. Wenigstens das.

»Dein Wunsch war schon immer mein Befehl«, sagte Paul. »Was willst du wissen? Wie es mir geht? Danke der Nachfrage, den Umständen entsprechend gut.«

»Dir geht es gleich den Umständen entsprechend schlecht. Sehr schlecht.« Ekins Finger am Abzug juckte. Sie zog ihn ein Stück zurück, bevor der Muskel zucken konnte, einen spontanen Impuls umsetzte und abdrückte, schneller, als sie es hätte verhindern können. Es war ein Nebeneffekt der Neurobeschleunigung, Muskeln eilten den Befehlen des Gehirns zuweilen voraus. »Raus damit!«, fuhr sie fort. »Was soll dieses absurde Versteckspiel? Wozu lässt du mich wochenlang durch das ganze Land hecheln, um dein bescheuertes Bilderbuch zusammenzusuchen? Was bugsierst du mich hierher – ausgerechnet an einen Bahnhof? Wieso verschwindest du nicht endlich aus meinem Leben und lässt mich einfach in Ruhe?«

»Das sind viele Fragen auf einmal. Ich fange mit der letzten an: Bist du dir sicher, dass du das willst? Ich bezweifle es. Nehmen wir an, du lieferst mich dem Korps aus – was dann? Sie werden darüber hinwegsehen, dass du zu mir gerannt bist. Vielleicht geben sie dir sogar einen Orden und eine Prämie, und dann bist du wieder zurück in deinem Hunter-Dasein. Im Wissen, dass das Korps dich betrogen hat. Es hat dich benutzt, es hat dich belogen, es hat dich im Dunkeln gelassen. Das Korps verdient dich nicht.«

»Rede nicht so über das Korps!«

»Ekin.« Paul stand auf, streckte eine Hand nach ihr aus. Sie wich zurück, den Lauf ihrer G5 weiter auf ihn gerichtet. »Ekin, du klingst wie deine Freundin Trixie.«

»Lass Trixie aus der Sache heraus!« Ekin versuchte, nicht auf die Datenwand zu sehen.

»Das tue ich. Ich will nur sagen, dass du anders bist als sie. Du hast einen eigenen Kopf. Das kann ganz schön wehtun. Und dabei habe ich dir über die Jahre genug wehgetan. Das tut mir leid, ich wollte dir nicht wehtun. Es ging nicht anders. Du hast meine Botschaft bekommen, du weißt warum. Ich hatte keine Wahl. Er brauchte Abstand, ich wollte Nähe. Beides ging nicht.«

»Wieso hast du dich nicht gestellt, als du gemerkt hast, dass sich ein Alien in dir manifestiert? Gottverdammt, du bist ein Hunter!«

»Ich war es. Darin sind wir uns doch einig, trotz dieses Kostüms ...«, er klopfte gegen den Brustpanzer. »Und was Pasong angeht: Ich habe lange Zeit gebraucht, bis ich bemerkt habe, was mit mir los ist. Diese Dinge sind nicht so einfach, wie du sie dir vorstellst.«

»Das ist keine Entschuldigung. Gleich beim ersten Verdacht hättest du ...«

»Hätte ich mich melden müssen. Ja, sicher. Aber, abgesehen davon, dass Pasong es sicher nicht zugelassen hätte, was wäre geschehen? Man hätte mir den Alien ausgetrieben, und das Korps hätte mir eine Abfindung gezahlt und mich vor die Tür gesetzt. Unter lebenslanger Observation. Was hätte die Menschheit dadurch gewonnen? Nichts. Wieder einen Alien abgewehrt, na und? Ich wollte uns voranbringen, einen Alien einfangen.«

»*Du* willst *ihn* eingefangen haben? Das ist Irrsinn! Er beherrscht dich. Du hast seit Jahren getan, was er dir aufgetragen hat!«

»Das und anderes. Ich habe ihn beobachtet, von ihm gelernt. Über Jahre hinweg.«

»Und er hat sich in deinem Kopf eingenistet. Jahrelang. Denk nur, was er alles von dir erfahren hat!«

Paul grinste. »Was wohl? Alles über mich, ja, aber ich bin nur ein gewöhnlicher Mensch. Und was alles Weitere angeht: Ich bin nur ein einfacher Hunter. Ich denke, du hast inzwischen selbst festgestellt, wie wenig das bedeutet.«

»Trotzdem! Du hast einen Eid geschworen. Es wäre deine Pflicht gewesen ...«

»Ich habe meine Pflicht erfüllt, mehr nicht.«

»Du ... du ... das sieht dir ähnlich!« Gut, dass sie den Finger zurückgezogen hatte. Er zuckte, hätte den Abzug betätigt. »Der großartige Paul, der die Menschheit im Alleingang vor den Aliens rettet – so hast du es dir doch gedacht, nicht? Kennt dein verdammtes Ego keine Grenzen?«

Paul zuckte die Achseln. »Ich wüsste nicht, wozu Grenzen gut sein sollten. Und hast du dir schon einmal überlegt, dass man vielleicht ein großes Ego braucht, um das durchzustehen, was ich durchgestanden habe?«

»Oh, natürlich, du Märtyrer! Was hast du nicht gelitten, du Armer! Und wozu? Um dich aufzuspielen, wie immer! Um dir selbst das Gefühl zu geben, jemand ganz Besonderes zu sein! Um die ganze Welt nach deiner Pfeife tanzen zu lassen – eine Welt, die dich einen feuchten Dreck schert!«

Paul schüttelte den Kopf, der Lauf des G5 folgte seiner Bewegung mühelos. Er würde es auch tun, wenn er versuchte, ihn zur Seite zu schlagen. Ekin war hundertmal schneller als Paul. Das Gefühl der Überlegenheit, das ihr der Neurobeschleuniger verschaffte, packte sie, und sie hielt sich an ihm fest.

»Wie lange kennen wir uns schon, Ekin?«, sagte Paul. »Vier Jahre, oder sind es schon fünf? Wir sind Partner, ein Team. Du kennst mich besser als jeder andere Mensch. Und du hast nichts verstanden! Bist du niemals auf den Gedanken gekommen, dass mein Zynismus eine Maske sein könnte? Dass diese Maske einen Schutz darstellt? Einen Wall, hinter dem ich mich verstecke, weil die Welt mir größeren Schmerz verursacht, als ich ertragen kann?«

»Gerede! Nichts als Gerede - darin bist du groß! Du kannst einen um den Verstand reden, alles so hindrehen, wie es dir gefällt. Das weißt du!«

»Es ist mir ernst. Ich drehe nichts hin.«

»Meinst du! Aber sag mir lieber etwas anderes: Wenn dir die Welt und die Menschen so viel bedeuten, wie kannst du uns dann sehenden Auges in einen Krieg hineinziehen?«

»Trixie hat dich eingeweiht? Das hätte ich nicht erwartet. Nachdem sie dich jahrelang in ...«

»Lenk nicht ab! Trixie sagt, dass dort draußen, zwischen den Sternen, ein furchtbarer Krieg tobt. Sie sagt, dass die Aliens in Wirklichkeit Flüchtlinge sind. Stimmt das?«

»Ja. Es deckt sich mit dem, was ich von Pasong erfahren habe.«

»Wie kannst du dich auf ihre Seite schlagen? So schwer es uns fällt, wir müssen diese Flüchtlinge abwehren. Ihr Krieg geht uns nichts an! Aber wenn wir sie aufnehmen, wird der Krieg zu uns kommen. Ihre Verfolger werden sie aufspüren, und sie werden keinen Spaß verstehen, wenn sie herausfinden, dass wir ihren Feinden Zuflucht gewährt haben, ob freiwillig oder nicht. Wir werden in einen Krieg hineingezogen, bei dem wir nur verlieren können. Die Aliens sind uns unendlich überlegen. Das beweist schon ihr Raumschiff im Orbit!« Sie redete wie Trixie, und sie wusste es. Aber sie konnte nicht anders. Nicht gegenüber diesem Paul, der alles besser wusste, der sie immer im Griff zu haben schien, selbst in diesem Augenblick, in dem ein Fingerzucken genügte, ihn zu töten.

Paul grinste wieder. »Redet da Trixie oder Ekin?«

»Lenk nicht ab! Das macht keinen Unterschied!« Ekin brüllte, ertappt.

»So ist das? Wieso bist du dann hier bei mir und nicht bei Trixie?« Paul winkte ab. »Aber egal. Kommen wir zurück zur Sache. In einem Punkt stimme ich dir zu: Die Aliens *sind* uns unendlich überlegen. Wir haben keine Chance gegen sie. Das bedeutet aber in letzter Konsequenz, dass wir gegen *keine* der Kriegsparteien eine Chance haben werden. Nicht gegen die Flüchtlinge – das Raumschiff im Orbit gehört übrigens ihnen –, noch gegen ihre Verfolger. Im Augenblick können wir die Flüchtlinge noch zurückhalten. Wir Hunter und die Angst der Menschen sind der Damm, der ihre Manifestationen abblockt. Aber die Flüchtlinge werden nicht nachlassen. Ihre Verzweiflung ist zu groß. Der Druck auf den Damm steigt und steigt. Er wird mit jedem Tag löchriger, und bald werden wir mit dem Stopfen nicht mehr nachkommen.«

»Und? Mag sein, dass wir kaum eine Chance haben, sie aufzuhalten. Aber es ist unsere *einzige* Chance. Wir müssen sie nutzen!«

»Nein, das ist ein Trugschluss. Unsere Chance ist eine ganz andere.«

»Welche? Dass wir kapitulieren und uns ihrer Gnade anvertrauen? Oder dass wir uns auf die Seite derer schlagen, vor denen sie fliehen? Das Risiko wäre ...«

»... unverantwortlich hoch. Nein, das meine ich nicht. Du denkst bereits in der Logik des Krieges, in der es nur Sieg oder Niederlage gibt, nur Freund oder Feind. Wer diese Logik annimmt, muss sich ihr beugen. Nein, Ekin, tritt in Gedanken einen Schritt zurück und vergiss den Krieg. Was hat uns das Erscheinen der Aliens gelehrt? Wir sind nicht allein im Universum. Es gibt Leben auf anderen Welten, andere Intelligenzen. Und diese Intelligenzen waren in der Lage, ein Raumschiff zur Erde zu schicken, über den unendlichen Abgrund von Lichtjahren hinweg. Ihr Raumschiff ist der Vorbote, das Vehikel für ihren großen Plan. Seit das Schiff in der Umlaufbahn um die Erde steht, arbeitet es an seiner Erfüllung, bereitet es den Transfer vor.«

»Woher willst du das wissen? Das Raumschiff könnte alles Mögliche ...«

»Pasong hat es mir gesagt.«

»Also gut, was ist dieser Transfer?«

»Eine Massen-Manifestation. Mehrere hunderttausend Aliens werden an ihr teilnehmen.«

»Aber das ist Wahnsinn! Denk nur an die Menschen, in denen sie sich manifestieren! Die Aliens werden sie versklaven und ...«

»Das werden sie nicht. Die Manifestation wird ein Seelenaustausch sein. Die Seelen der betroffenen Menschen werden im selben Augenblick in die Körper der Aliens schlüpfen. Verstehst du, was das bedeutet? Die Aliens werden für uns das Tor zu den Sternen sein!«

»Und dafür liefern wir ihnen die Erde aus?«

»Wenn es nötig ist, ja.«

»Das ist Irrsinn!«

»Das ist das Leben. Leben ist Veränderung. Wo war die Menschheit vor 200 Millionen Jahren? Vor einer Million, vor hunderttausend Jahren? Es gab sie noch nicht. Aber es gab unsere Vorfahren. Wesen, aus denen wir uns irgendwann entwickelten. Wesen, die so anders waren, dass eine Verwandtschaft zwischen ihnen und uns unmöglich erscheint, und doch besteht sie. Und was wird in hunderttausend Jahren sein? Unsere Nachfahren werden anders sein – vielleicht bis zur Unkenntlichkeit anders. Sie werden sich vielleicht nicht einmal mehr Menschen nennen. Aber das ist egal. Was zählt, ist, dass sie existieren.«

»Paul, ich rede nicht von hypothetischen Menschen, die eines Tages, wenn du und ich längst tot sind, existieren werden. Ich rede vom Hier und Jetzt, von unseren Mitmenschen!«

»Ich auch. Von allen zehn Milliarden. Oder sind es bereits elf? Und wir alle drängen uns auf diesem winzigen Planeten, der uns nicht mehr lange aushalten wird. Und dann ...«

»Erspar mir den Katastrophenmist. Seit hundert Jahren wird davon geredet, dass die Erde am Abgrund steht. Und was ist passiert? Hier sind wir – und wir leben noch!«

»*Noch.* Das ist der richtige Ausdruck. Wir leben noch. Aber wir leben heute schlechter als vor zehn Jahren. Und vor zehn Jahren haben wir schlechter gelebt als vor zwanzig und so weiter. Es geht abwärts. Das steht fest. Alle spüren es, aber niemand will es zugeben. Wo wird es enden? Ich weiß es nicht. Ich habe meine Befürchtungen – schlimme Befürchtungen –, aber ich bin kein Prophet. Eines weiß ich aber: Es ist keine gute Idee, alles auf eine Karte zu setzen, sich in eine Lage zu bringen, in der man keine Alternative mehr hat. Ekin, ein kluger Mann hat einmal gesagt, dass es nicht klug sei, alle Eier in ein einziges Nest zu legen ... Diese Aliens sind unsere große Chance. Das Universum steht uns offen!«

»Und für diese große Chance war dir jedes Mittel recht? Du hast mich belogen und betrogen, du hast das Korps betrogen und Gesetze im Dutzend gebrochen?«

»Ja.«

»Und du hast Geld zur Seite geschafft?«

»Ja.«

»Was hast du damit gemacht? Dir diesen hübschen Bunker eingerichtet, um in Ruhe deine Lebensgeschichte aufzeichnen zu können?«

»Unter anderem. Ob du mir glaubst oder nicht: Es war mir ein persönliches Bedürfnis. Aber lassen wir das. Das Geld? Das meiste habe ich weggegeben.«

»An wen?«

Paul schob den Lauf ihres G5 zur Seite. Sie ließ es geschehen. Er lehnte sich vor, schnippte mit dem Finger. Der Blick in Ekins Apartment verschwand. Stattdessen sah Ekin – in körnigem Schwarzweiß – auf eine große Halle herunter. Züge reihten sich dicht an dicht, dazwischen standen Menschen, bepackt mit schweren Rucksäcken. Es mussten viele Tausende sein. Sie sahen aus wie Überschussmenschen. Auf eine Weise, wenigstens: gebeutelt, über die Jahre gealtert. Aber da war noch mehr. Entschlossenheit und freudige Erwartung. Ihre Augen leuchteten, als sähen sie in eine ferne Welt. Eine bessere Welt.

»An sie«, sagte Paul.

»Was sind das für Leute?«

»Pioniere. Die ersten Menschen, die zwischen den Sternen zu Hause sein werden.«

WC-130 HERCULES

Aufgaben:
Wettererkundungsflugzeug mittlerer Reichweite, Modifikation des Militärtransporters C-130. Die WC-130 dringt in einer Höhe zwischen 150 und 3000 Metern in tropische Zyklone und Hurrikane ein und sammelt dort Messdaten.

Technische Daten:
Länge: 30,10 Meter
Höhe: 11,67 Meter
Spannweite: 40,15 Meter
Gipfelhöhe: 10.000 Meter
Reichweite: 6440 Kilometer
Geschwindigkeit: 550 km/h

Geschichte:
Die US Air Force stellte 1964 insgesamt zehn Einheiten der WC-130 in Dienst. Um die Jahrtausendwende wurden sie aus dem aktiven Dienst genommen. 2058 wurden die Maschinen entmottet und der US Alien Force eingegliedert. In den darauffolgenden Jahren wurden die Maschinen regelmäßig von Satelliten und Einheiten diverser Suchflotten gesichtet, allerdings nahm ihre Zahl beständig ab. Es ist davon auszugehen, dass Überalterung in Kombination mit riskanten Einsätzen die Ursache für die Verluste darstellt.

Im März 2061 wurden Trümmerteile einer WC-130 an der Südspitze Japans angetrieben.
Im August 2063 gelang einer WC-130 die Notlandung auf den chinesischen Babuyan-Inseln, die Besatzung beantragte politisches Asyl.

Seit 2064 wurde keine WC-130 der US Alien Force mehr gesichtet. Es ist davon auszugehen, dass die Maschinen entweder aus dem Dienst gezogen wurden oder auf hoher See verloren gegangen sind.

– *Auszug aus »AlienWatch – 20 Milliarden Augen sehen mehr!«, Alien-Net-Subprojekt*

KAPITEL 35

Funafuti brummte.

Rudi hörte die Insel lange, bevor sie sich am Horizont aus den Wellen schälte. Es war ein Geräusch, das Rudi an das der Bienenschwärme erinnerte, die in Himmelsberg auf einem alten Anhänger in Stöcken gehalten wurden und den Honig erzeugten, der ihnen die letzten Tage vor der großen Katastrophe versüßen sollte. Es war wie das Schlagen von vielen Tausend Flügeln, nur tiefer und kräftiger.

»Was ist los?«, wandte er sich an Wilbur, der schweigend weiterruderte. »Kommt ein Artefakt herunter?« Rudi musste brüllen, das Brummen war zu laut geworden. Hohe Spitzen, die in den Ohren schmerzten, mischten sich jetzt in den Grundton – auf Volllast hochfahrende Düsentriebwerke, wenn ein weiteres Flugzeug beschleunigte und abhob.

Wilbur schüttelte nur den Kopf. Er stellte das Rudern für einen Moment ein und beugte sich vor. Er nahm das Sturmgewehr, das er vor sich abgelegt hatte, ließ es ins Wasser gleiten und ruderte weiter.

Rudi drang nicht weiter auf ihn ein. Mit klopfendem Herzen sah er zu, wie eine Maschine nach der anderen abhob – Dutzende Sarayongs, Morgenwind, andere Typen, alles, was der Stützpunkt zu bieten hatte. Auch Pemburus. Drei von vieren, die es auf Funafuti gab. Blieb noch eine. War es seine Maschine, die *Himmelsstürmer*? Warteten seine Kameraden auf ihn? Wenn ja, würde er es Beatrice zu verdanken haben. Beatrice, in deren Schuld er bis über beide Ohren stand. Hätte er auf sie gehört, er säße jetzt nicht hier in diesem Boot, zitternd vor Hunger und Müdigkeit und Scham. Er hätte längst mit der *Bitch* abgeschlossen. Seine Zeit bei ihrer Crew wäre nur noch eine Erinnerung, eine skurrile Fußnote, mit der er seine Flyboy-Kameraden unterhielt, während sie auf das nächste Artefakt warteten. Und was seinen Engel anging ... er hatte ihr Bild immer noch vor Augen. Mit weit aufgerissenen Augen, den Mund zu einem Schrei geöffnet. Ein armes Mädchen vom Land, das sich irgendwie durchschlug. Ein Mensch.

Das Brummen hatte nachgelassen, als sie am befestigten Teil der Insel anlegten. Die meisten Maschinen waren gestartet, hatten sich in alle Himmelsrichtungen zerstreut.

»Es ist kein einzelnes Artefakt, nicht? Ein ganzer Schwarm kommt herunter!«, drang er wieder auf Wilbur ein. »Wie viele sind es?«

»Keines. Komm!«

Rudi folgte ihm durch ein Funafuti, wie er es noch nie gesehen hatte. Die Bodenmannschaften arbeiteten fieberhaft. Vor den Hangars waren Container ohne erkennbare Ordnung verstreut, als handle es sich um Bauklötze, die ein Kind nach dem Spielen hatte liegen lassen. Menschenketten zogen sich von den Containern in die Hangars, Mechaniker reichten schwitzend Ersatzteile und Werkzeuge durch.

Rudi hielt an. »Was ist hier los? Wieso packen alle?«

Wilbur drehte sich um, kam drei Schritte zurück zu Rudi. »Junge, bist du schwer von Begriff? Meinst du, die Welt hätte aufgehört sich zu drehen, während du billigen Nutten hinterherjagst? Es ist aus! Die Saison ist vorüber. In ein paar Stunden zieht der erste Sturm über Funafuti. Der Unterdruck hebt den Meeresspiegel, und was dann noch nicht abgesoffen ist, wird weggefegt. Die Flyboys fliegen ihre letzte Patrouille. Sie kommen nicht zurück. Sie landen an der Küste der Antarktis und warten auf das nächste Frühjahr. Alles, was es wert ist, mitgenommen zu werden, wird auf das Versorgungsschiff verladen.«

»Jetzt schon? Aber wir haben erst Ende September. Normalerweise ...«

»Sag das dem Sturm. Und jetzt beweg dich – wir haben nicht viel Zeit!«

»Aber ...« Rudi dachte nicht daran, Wilbur zu folgen. Eine Hand voll Hangars weiter ragte die Spitze einer Pemburu aus dem Tor. Sie war grau. Es war die *Himmelsstürmer*. Sein Flugzeug! Beatrice und seine ...

»Schlag dir das aus dem Kopf! Du kommst mit mir!« Wilbur riss ihn mit sich.

Rudi hielt dagegen. »Lass mich los! Ich will nicht ...«

»Verdammt, Junge!« Wilbur baute sich vor ihm auf. Er war einen Kopf kleiner als Rudi, musste zu ihm hochsehen. »Eben noch warst du mir zu ewiger Dankbarkeit verpflichtet - und jetzt kommst du mir so?«

»Aber die *Himmelsstürmer*! Ich ...«

»Von mir aus kannst du mit deinem Supermodel-Team für den Rest deines Lebens den Himmel und den Rest des Universums stürmen, wenn es dich glücklich macht. Alles, was ich will, ist, dass du für fünf Minuten mit mir kommst!«

»Das ist alles?«

»Das - und dass du Augen, Ohren und Hirn aufsperrst. Ist das zu viel verlangt?«

Rudi sah zur *Himmelsstürmer*. Er konnte Schemen sehen, die auf ihr und um sie herum kletterten. Die Maschine wurde startbereit gemacht. Was waren schon fünf Minuten? Seine Kameraden mussten schon seit Stunden auf ihn warten, sie würden es auch noch ein paar Minuten länger aushalten.

»In Ordnung«, sagte er zu Wilbur. »Fünf Minuten. Und hinterher lässt du mich gehen. Keine Tricks! Keine Waffen, die du mir unter die Nase hältst.«

»Keine Waffen. Du hast mein Wort. Und jetzt komm endlich!«

Sie gelangten zum Hangar der *Bitch*. Kein Container stand vor ihm, die Tore waren geschlossen. Wilbur öffnete die Personentür an der Seite einen Spalt weit, und er und Rudi schlüpften hinein. Drinnen war es kühl. Die Beleuchtung war ausgeschaltet. Die *Bitch* stand in einem Meer von Werkzeugen und Ersatzteilen im Halbdunkel. An einer Flügelspitze standen Rodrigo und Hero und unterhielten sich leise. Sie wirkten bedrückt. Als sie Wilbur und Rudi hereinkommen sahen, blickten sie auf und grüßten die beiden mit angedeutetem Kopfnicken.

»Was macht der Junge hier?«, brüllte es von hinten. Es war Diane. Sie kroch hinter dem Heckfahrwerk hervor und stürmte auf Wilbur und Rudi zu, einen schweren Schraubenschlüssel in der Hand.

Wilbur legte Rudi eine Hand auf die Schulter. Um Diane zu beschwichtigen. Und, so schien es Rudi, um ihn daran zu hindern, auf dem Absatz kehrtzumachen.

»Er ist nur zu Besuch hier«, sagte er zu Diane. »Kein Grund zur Beunruhigung.«

»Zu Besuch? Was fällt ihm ein? Wochenlang lässt er sich nicht blicken. Und dann das ...«

Diane war bleich. Ihre Augen waren groß und lagen tief in den Höhlen. Sie hatte abgenommen. Als Rudi sie kennengelernt hatte, war sie drahtig gewesen, zäh. Eine Frau, die sich von nichts und niemand unterkriegen ließ. Jetzt hätte es Rudi nicht überrascht, wäre sie im nächsten Augenblick umgekippt und nicht wieder aufgestanden.

»Wilbur, sag ihm, er soll es kurz machen. Wir haben nicht viel Zeit, das weißt du. Wir müssen endlich los!«

Sie wandte sich ab, ging zur *Bitch* und klopfte mit dem Schraubenschlüssel prüfend gegen den Rumpf. Sie arbeitete sich weiter, überprüfte die Ruder, verschwand hinter dem Rumpf, kam wieder zum Vorschein und begann ihre Runde von neuem. Eine von vielen, vermutete Rudi.

»Was ist los mit ihr?«, flüsterte Rudi, als er sich sicher war, dass Diane nicht in seine Richtung sah.

»Es ist zu viel für sie«, sagte Wilbur. »Die Saison ist vorüber, ohne dass wir irgendetwas erreicht hätten. Sie hält es nicht aus.«

»Was tut sie dann hier? Sie gehört auf die Krankenstation.«

»Von dort kommt sie. Sie ist weggerannt.«

»Dann bring sie wieder zurück.«

»Das geht nicht.«

»Wieso nicht? Du bist sonst nicht so zimperlich, wenn es darum geht, Leute dorthin zu schaffen, wohin du willst.«

»Das ist es nicht. Diane ist weggerannt. Sie will nicht auf der Krankenstation sein. Ich respektiere das. Ich habe ihre Wünsche immer respektiert.«

»Auch diesen hier? Im Kreis um die *Bitch* rennen, bis sie die Kräfte verlassen und sie umkippt? Dann kommt sie sowieso in die Krankenstation.« Rudi trat von einem Fuß auf den anderen. Er wäre am liebsten weggerannt, aber er konnte sich nicht helfen: Diane tat ihm leid.

»Sie rennt nicht herum, sie checkt die *Bitch* durch. Diane will fliegen.«

»Wilbur, sieh sie dir an! Sie kann kaum gerade stehen – sie kann nicht fliegen!«

»Das ist mir klar.«

»Was soll das Ganze also? Ich weiß nicht, auf was ...«

»Du fliegst die *Bitch*.«

Nur fünf Minuten. Dann kannst du zu deiner Himmelsstürmer. Rudi hätte es besser wissen müssen. Wilbur war ihm nicht zu den Boat People gefolgt, weil er sein Herz für seinen jungen Kameraden entdeckt hatte. Er hatte jemanden gesucht, der seine Maschine in die Luft bekommen konnte, das war alles.

»Nein«, sagte Rudi.

»Junge, du ...«

»Nein! Gib dir keine Mühe ...«

»Du weißt nicht ...«

»... du kriegst mich nicht rum. Ich ...«

»Rudi! Du ...«

»Nein. Das kannst du nicht verlangen. *Das* nicht! Die Saison ist vorbei – na und? Die nächste Saison kommt bestimmt, und ihr ...«

»Rudi.« Wilbur hatte seine Handgelenke gepackt. »Du hörst mir jetzt zu! Es gibt keine nächste Saison für die *Bitch*.«

»Für die *Bitch* vielleicht nicht. Aber ihr habt Erfahrung, die Company gibt euch ein anderes Flugzeug und ...«

»Ich bezweifle es. Aber darum geht es nicht. Es geht um Diane. Für sie geht es zu Ende.«

»Unsinn! Bring sie auf die Krankenstation. In ein paar Monaten …«

»… ist sie tot.«

»W-was?« Wilbur ließ Rudis Handgelenke los. Rudi schwankte. »Was hast du da gesagt?«

»Diane hat Magenkrebs. Sie hat bestenfalls noch ein paar Wochen. Wenn sie nicht so ein sturer Dickkopf wäre, hätte es sie längst umgebracht.«

»Woher willst du das wissen?«

»Von der Krankenstation, von der du die ganze Zeit redest. Sie haben den Krebs gefunden, nachdem uns der Amerikaner beinahe heruntergeholt hätte. Diane ist damals abgehauen, bevor sie es ihr sagen konnten.«

»Und sie weiß es immer noch nicht?«

Wilbur schüttelte den Kopf. »Nein. Aber sie spürt, dass etwas nicht in Ordnung ist. Sie will es nur nicht wahrhaben. Ihr Magen macht ihr schon seit Jahren Probleme. Deshalb kippt sie ständig Wasser. Wegen der Säure, um sie zu verdünnen. Sie hat auf der Krankenstation nach Tabletten für ihren Magen gefragt. Sie haben ihr welche gegeben, aber nicht die, die sie dachte. Diane schwimmt bis über die Ohrläppchen in Schmerzmitteln, sonst könnte sie längst nicht mehr stehen.«

Rudi sah zu Diane, die weiter den Rumpf abklopfte und nach jedem Schlag ein Ohr gegen das Aluminium drückte und horchte.

»Deshalb ist sie so …«

»… bestenfalls nur noch halb auf dieser Welt? Ja. Und in ein paar Wochen wird Diane ganz weg sein.«

Rudi stand da, mied Wilburs Blick. Er wollte die Hände vor die Augen schlagen, über die Ohren, weder hören noch sehen. Einfach davonrennen und alles hinter sich lassen. Er hatte es einmal geschafft. Himmelsberg war nicht untergegangen, nur weil er sich davongemacht hatte. Er würde es wieder …

»Also was ist, Junge?« Wilbur hatte ihn am Oberarm gegriffen. »Fliegst du die *Bitch*?«

Rudi wollte Wilburs Hand abschütteln. Es ging nicht, der Griff war zu fest. »Habe ich eine Wahl? Wenn ich es nicht freiwillig tue, zwingst du mich eben.«

»Du hast nicht gerade eine hohe Meinung von mir, was?« Wilbur ließ Rudi los, trat einen Schritt zurück und hob beide Arme. »Hier, jetzt hast du die Wahl. Geh zu deinen fliegenden Models! Ich mache dir keine Vorwürfe. Diane muss dich nicht kümmern. Sie hat dir weiß Gott genug eingeschenkt. Du schuldest ihr nichts.«

»Wilbur!«, rief Diane von der *Bitch* herüber. »Komm endlich, wir müssen los! Was gibst du dich mit dem nichtsnutzigen Jungen ab?«

Wilbur drehte sich zu Diane und brüllte: »Einen Augenblick noch!« Dann wandte er sich wieder zu Rudi: »Na los, worauf wartest du noch? Geh!«

»Wilbur, komm!«, rief Diane.

»Geh, Junge!«

»Wilbur, hörst du?«

»Geh schon, Junge!«

»Wilbur!«

»Hörst du nicht? Hau endlich ab, Junge!«

Rudi hörte nicht.

Die *Bitch* rollte an den Start.

Wilbur hatte für seine alte Schlampe getan, was er konnte, aber es war nicht viel gewesen. Er hatte sich beim Schrotthaufen neben der Anlegestelle bedient, wo die Wracks notgelandeter Company-Flugzeuge darauf warteten, von Versorgungsschiffen mitgenommen zu werden, um ihre Metalle wiederzuverwerten. Eine Schwanzflosse hatte er auf diese Weise improvisiert, die zahllosen Löcher im Rumpf und der Druckkabine hatte er ebenfalls geflickt.

Im Übrigen hatte Wilbur passen müssen. Die Hydraulik hatte ihm widerstanden. Er hatte geflickt, neue Leitungen verlegt, keinen Arbeitsdruck hinbekommen, wieder geflickt, neue Leitungen verlegt, keinen Arbeitsdruck hinbekommen, bis ihm

Geduld und Zeit ausgegangen waren. Der Bordcomputer hatte sich anfangs besser angelassen. In den Wracks auf dem Schrottplatz Funafutis gab es eine große Auswahl an Komponenten. Sie einzupassen, war eine Sache von einigen Stunden gewesen. Mechanisch zumindest. An der Softwareabstimmung waren er und Rodrigo gescheitert. Die Simulationsläufe liefen glatt, für Stunden oder sogar Tage, dann hing sich das System auf. Im Lauf der Wochen hatten sie es mit einem halben Dutzend neuer Komponenten ausprobiert, dann hatten Wilbur und Rodrigo entschieden, dass im vorigen Jahrhundert Flugzeuge auch ohne Computer hoch- und wieder heruntergekommen waren, und hatten es sein lassen. Hauptsache, Rodrigos Rechner lief, und das tat er. Der Lauscher konnte lauschen.

Blieb noch die eine Reparatur, von der Wilbur komplett die Finger gelassen hatte: Triebwerk 4. Hier hatte es nichts zu reparieren gegeben. Das Triebwerk war explodiert, hatte ein rußiges Loch in den hinteren Teil der Tragfläche gerissen. Wilbur hatte das Loch in Ruhe gelassen, die Tragfläche verstärkt und eine Verkleidung angebracht, die den Schaden vor den Blicken der Welt abschirmte und die Aerodynamik der *Bitch* mehr schlecht als recht auf den ursprünglichen Stand zurücksetzte.

»Okay, weg hier!« Diane saß auf dem Platz des Piloten, neben sich einen Vorrat Wasserflaschen geschnallt, beide Hände am Steuerhorn. Sie brachte die Triebwerke auf Touren, und die *Bitch* setzte sich träge in Bewegung. Diane nickte sich zufrieden zu. »Na also, geht doch!« Sie drehte sich zu Rudi: »Und mach mir ja keinen Scheiß, Junge, verstanden?«

Rudi dachte an den Krebs, der Diane von innen zerfraß, und schluckte seine Entgegnung herunter. Er sah nach draußen, wo die *Himmelsstürmer* zurückblieb – das letzte Flugzeug auf Funafuti, wie es schien –, halb in der Hoffnung, halb in der Angst, Beatrice in die Augen zu blicken. Es kam nicht dazu. Rudi sah nur ein Dutzend Mechaniker hektisch auf dem Flugzeug herumklettern. Pemburus waren Diven. Einmal in der Luft, tanzten sie wie entfesselt, am Boden wollten sie Pflege, Aufmerksamkeit und noch einmal Pflege.

Die Markierung, die das Ende der Piste signalisierte, kam auf sie zu. Zu langsam, viel zu langsam. Der *Bitch* fehlte ein Triebwerk, und sie hatte schwer zu tragen. An Heros Mini-U-Boot, das nie fehlen durfte, und Tanks, die zum Überlaufen gefüllt waren.

Dann war die Rampe heran. Rudi wurde in die Höhe geworfen, die Triebwerke jaulten, Diane jaulte lauter, die *Bitch* sackte weg, streifte um ein Haar die Wellenkämme, schüttelte sich und machte sich los. Rudi hielt das Steuerhorn fest. Bockend stieg die *Bitch*, brachte Meter um Meter Luft zwischen sich und das Meer.

»Rodrigo, gib mir einen Kurs!«, rief Diane schneidig. Wie immer stürzte sie einen Becher Wasser hinunter, warf ihn achtlos über die Schulter, zündete sich lässig eine Zigarette an, zog daran – und ahnte nicht, dass Rudi es war, der die Maschine steuerte. Diane war zu schwach, um es ohne die Unterstützung der Hydraulik zu können.

Rodrigo gab ihr einen Kurs, und Diane, unbemerkt gelenkt von Rudi, steuerte in eine sanfte Kurve. Sie flogen nach Nordwesten, registrierte Rudi. So gut wie jede andere Richtung, solange sich keine Artefakte abzeichneten, und das war nicht der Fall. Allerdings flogen sie dem Zyklon entgegen, der sich auf Funafuti und die übrigen Company-Stützpunkte zubewegte. Es war ein mittelgroßer Sturm, 1500 Kilometer in der Breite und nichts, was der *Bitch* Kopfzerbrechen bereiten musste. Sie konnten jederzeit kehrtmachen und ihm davonfliegen, selbst ohne das vierte Triebwerk.

Eine Stunde lang hielten sie Kurs. Die *Bitch* brummte vor sich hin, Diane leerte eine Schachtel Zigaretten, drei Flaschen Wasser und scheuchte Wilbur nach den Tabletten für ihren »verdammten Magen«. Als Wilbur ihr welche brachte, zog sie ihm die Schachtel aus der Hand und schluckte drei Tabletten gleichzeitig.

Alles blieb ruhig. Hero hantierte an seinem Mini-U-Boot, Rodrigo lauschte, und Wilbur sah zu, dass die *Bitch* weiter zufrieden vor sich hinbrummte.

Als sie bis auf 300 Kilometer an den Zyklon heran waren, schnappte Diane: »Junge, du übernimmst die Kiste für fünf Minuten! Das kriegst du doch hin, oder?«

Sie ging nach hinten. Rudi hörte die Tür zuschlagen, glaubte anschließend ein Würgen zu hören, das sich in das Brummen der Triebwerke mischte. Als Diane zurückkam und sich in den Pilotensitz fallen ließ, schien sie Rudi noch blasser. Kalter Schweiß stand ihr auf der Stirn.

Als sie noch 200 Kilometer von dem Zyklon trennten, übergab sich Diane wieder. Und wieder bei 100 Kilometer.

Der Zyklon war jetzt mit dem bloßen Auge zu erkennen: eine verwaschene, dunkle Wolkenwand, die den gesamten Horizont ausfüllte. Und er war zu spüren: Die *Bitch* bockte und sprang, als die ersten Ausläufer des Wirbels sie erfassten.

Zeit umzukehren. Mit etwas Glück wartete die *Himmelsstürmer* auf ihn, und er konnte eine letzte echte Patrouille fliegen.

Niemand rührte einen Finger.

»Wir geraten in den Sturm«, sagte Rudi. »Wir sollten ...«

»Halt das Maul und dich selber fest!«, schnappte Diane, ohne ihn anzusehen.

Es war zu viel. Was konnte er für ihr verpfuschtes Leben? Dafür, dass es bald mit ihr zu Ende ging? »Das würde dir so passen, was?«, schnappte Rudi zurück. »Was bildest du dir eigentlich ein? Nur weil du ...«

Eine Hand legte sich auf seinen Mund. Fest. Wilburs Hand. »Keine Beleidigungen, bitte. Wir sind eine Crew. Wir gehen vernünftig miteinander um. Verstanden?« Der Kopf des Bordingenieurs war nur eine Handbreit von Rudis entfernt. Wilburs Augen flehten.

Rudi nickte langsam.

»Gut.« Wilbur nahm die Hand von seinem Mund. »Jetzt versuch es noch mal, Junge. Sag, was dir auf der Seele lastet.«

Rudi schnappte nach Luft. »Wir fliegen direkt in den Sturm!«

»Ja.«

»Wieso? Der Pazifik ist groß! Die Chance, dass ein Artefakt irgendwo herunterkommt, ist gleich. Wir ...«

»Es geht nicht um Artefakte.«

»Ach ja, worum dann? Dazu hast du mich auf die *Bitch* gelockt? Ein letzter Flug, hast du gesagt!«

»Ein letzter Flug, ja. Aber ich habe keinen Ton von Artefakten gesagt.«

Es stimmte, musste Rudi sich eingestehen. Die Artefakte hatte er als gegeben genommen. Was sollte es sonst hier draußen geben? »Also gut, du hast nichts von Artefakten gesagt«, räumte Rudi ein. »Aber was sollen wir dann hier draußen? Und was wollen wir in dem Sturm?«

»Nichts. Er hat den Vorteil, dass er uns die Amerikaner vom Hals hält. Ansonsten steht er uns nur im Weg. Er ist zu groß, als dass wir ihn umfliegen könnten.«

»Im Weg? Im Weg wohin?«

»Zu Mel...«

Die *Bitch* bäumte sich auf und kippte zur Seite, als der Wirbel des Zyklons sie mit voller Wucht erwischte. Wilbur wurde gegen den Pilotensitz geworfen, dann gegen die Decke. Schließlich kam er mit einem dumpfen Schlag auf dem Boden auf, wo er mit jedem Aufbäumen der *Bitch* hin und her geworfen wurde. Diane stöhnte laut, dann sackte sie schlaff zusammen. Die Gurte hielten sie im Sitz fest.

Und Rudi klammerte sich an das Steuerhorn, versuchte, dem Wirbel zu widerstehen, zog und zerrte und keuchte, bis ihm klar wurde, dass er keine Chance hatte, gegen den Sturm anzukämpfen, und er dem Wirbel nachgab, mit ihm ging.

Die Sprünge verwandelten sich in ein konstantes Beben des Rumpfs, als die Maschine mitgerissen wurde, der Wirbel sich anschickte, die *Bitch* von sich zu schleudern und ...

... und da legte sich Wilburs Hand auf Rudis Arm.

»Junge, nicht!«, keuchte der Bordingenieur. Er blutete aus einem tiefen Schnitt in der Wange. »Nicht hinaus. Steuer hinein, in das Auge!« Und als Rudi nicht reagierte, sagte er: »Bitte, Junge, in das Auge. Bring uns dorthin, und ich erzähle dir alles. Alles, hörst du?«

Rudi hörte.

Lieber Toni,

DANKE!

Danke für deinen Beitrag.
Danke, dass du in einer Zeit gegeben hast, in der wenige glauben, etwas zu geben übrig zu haben.
Danke, dass du an das Gute im Universum glaubst.
Danke, dass du an das Gute im Menschen glaubst.

Die Vernunft wird siegen!
François & Jan

PS: Kennst Du schon unser Dauerlos? Es ist bequem, günstig, und deine Chancen, einen Flyboy-Platz zu gewinnen, steigen im Quadrat!

– *Bestätigungsmail für Loskauf 10. Juli 2063*
Anzahl der weltweit täglich versandten Bestätigungsmails:
≥ 110 Millionen

KAPITEL 36

Ein Gardist führte Wieselflink zurück ins Labor. Es war ein junger Mann, beinahe ein Junge. Er erinnerte Wieselflink an Bongo, den er in der Nacht der Räumung in der Fabrik kennengelernt hatte. Der Gardist hatte die Datenbrille lässig hochgeschoben; die Gardisten-Uniform mit ihrem breiten Gürtel und den bunten Knöpfen wirkte an ihm wie das Kostüm für eine Party. Nur, dass der Junge alles andere als Partylaune ausstrahlte.

»Bist du gar nicht aufgeregt?«, fragte er Wieselflink, als sie Wolfs Bau hinter sich ließen.

»Doch, natürlich.« Wieselflink wünschte, der Junge würde ihn in Ruhe lassen. Er dachte an Blitz. Daran, wie Fischer sie geschlagen hatte, was er ihr jahrelang angetan hatte. An das, was ihm Wolf eröffnet hatte. Die Reise zu den Sternen war real, sie war ein Seelentransfer. Glaubte Wolf.

Er musterte den Jungen an seiner Seite - was hatte ihn unter die Nomaden verschlagen? Hatte er seine Papiere vergessen und war in eine mobile Kontrolle geraten? Ein Haus, das zu nahe am Meer gestanden hatte und ihn und seine Familie erst heimatlos und anschließend überflüssig gemacht hatte? Und was sah Wolf in ihm, dass er ihn in seinen engsten Kreis aufgenommen hatte? Knete in seinen Klauen? Oder einen viel versprechenden jungen Mann, dem das Leben übel mitgespielt hatte und dem er eine bessere Zukunft eröffnete? Und was würde der Junge sagen, wenn er die Wahrheit über die Lange Reise erführe? Wieselflink schätzte ihn auf bestenfalls achtzehn. Mit etwas Glück lagen vor ihm noch fünfzig oder sechzig Jahre, bis sein Körper aufgab, selbst als Nomade. Wie lange hatte der Alien-Körper, in den er nach Wolfs Willen schlüpfen sollte, noch zu leben?

»Du bist so ruhig.«

»Das sieht nur so aus. Jeder geht eben anders mit seinen Gefühlen um.«

Sie liefen schweigend durch die Gänge. Niemand begegnete ihnen. Im Vorbeigehen sah Wieselflink, dass die Terminals doppelt besetzt, die Schlafräume leer waren. Also hat Wolf ihn nicht belogen. Bald war es so weit. Wie immer »es« aussehen mochte.

»Ich frage mich, wie sie aussehen?«, meinte der Gardist.

»Wer?«

»Wer schon? Die Aliens.«

»Ich weiß es nicht.« Wieselflink zuckte die Achseln. »Vielleicht nicht viel anders als wir? Es heißt, die Natur findet für dasselbe Problem immer wieder dieselben Lösungen.«

»Hoffentlich nicht wie Spinnen«, sagte der Gardist, als hätte er Wieselflink nicht gehört. »Ich ekele mich vor Spinnen. Wenn ich mir nur vorstelle, dass mich eine berührt ...«

»Ich glaube, darüber musst du dir keine Sorgen machen.«

»Meinst du?« Der Gardist schien beruhigt. Dann schluckte er, als ihm etwas einfiel. »Woher willst du das so genau wissen?«

»Ich weiß es eben.«

Sie hatten das Labor erreicht. Wieselflink zog die Tür auf, schlüpfte hinein und schob sie wieder zu. Der Gardist blieb mit offenem Mund auf dem Gang zurück. Wieselflink war sich darüber im Klaren, dass er sich eben nicht gerade einen Freund gemacht hatte. Aber es war egal. In ein paar Stunden würde es keinen Unterschied mehr machen. In ein paar Stunden würden der Gardist und das übrige Pack in den Körpern von Aliens stecken. Oder in einem Speziallager des Ministeriums. Oder sie wären tot.

Das Labor war leer. Wieselflink ging auf die Knie, sah unter das Bett. Keine Blitz. Sie musste immer noch bei Fischer sein. Und Fischer ... Fischer ...

Er holte seinen Rucksack hervor, den er aus Gewohnheit

versteckt hatte, und legte die Papiere und das Geld hinein, die er von Wolf geschenkt bekommen hatte. Dann nahm er die Schere, die Blitz ihm gegeben hatte. Es hatte keinen Sinn, sich weiter in Wut hineinzusteigern. Weder Blitz noch ihm war dadurch geholfen. Was geschehen war, war geschehen. Die Zukunft aber ... Er zog die Schutzhülle von der Schere. Waren ihre Schneiden wirklich mikroverzahnt? Blitz hatte das Wort nicht einmal aussprechen können. Er setzte sich auf das Bett, setzte die Schere an, als der Lautsprecher knackte.

»S minus 120 Minuten«, verkündete die Stimme des Zugs. »Alle Mann auf ihre Stationen. Ich wiederhole: S minus 120 Minuten. Alle Mann auf ihre Stationen!«

»S«. Die Gardisten würden es als »Start« lesen. Wieselflink wusste es besser. Es stand für »Seelentransfer«.

Er legte die Schere ein zweites Mal an – und rutschte ab. Die Spitze einer Schneide bohrte sich in seinen Hals. Er fummelte nach einem Tuch und zog es unter dem Halsband durch und über die Wunde, fixierte damit gleichzeitig das Band und saugte das hervorquellende Blut auf. Er schnitt weiter, mit minimalem Druck. Peinlich genau darauf bedacht, nicht auszugleiten, und begleitet von regelmäßigen Durchsagen.

»S minus 100. Entkopplung vorbereiten!«

»S minus 93. Versorgung auf Bordsauerstoff umstellen!«

»S minus 89. Defensivmodus B!«

»S minus 79. Mannschaft sichern!«

»S minus 77. Entkopplung!«

Ein metallischer Schlag dröhnte. Wieselflink wurde gegen die Wand geworfen, als der Zug in voller Fahrt das Gleis wechselte. Er hatte Glück und kam mit einer geprellten Schulter davon. Die Schere war ihm aus den Fingern geglitten und unter den Labortisch gerutscht, ohne ihn zu verletzen.

Wieselflink bewegte die Schulter auf und ab, bis der Schmerz etwas nachließ, und angelte sich mit dem unversehrten Arm die Schere.

Bei S minus 61 durchtrennte er das Halsband.

Er hielt es in der Hand und starrte auf den zerschnittenen

Stoff. Er hing schlaff herab, wie ein harmloser, unschuldiger Fetzen.

Wieselflink atmete tief ein. Er war frei. Niemand und nichts konnte ihn jetzt noch aufhalten. Er ...

Die Tür glitt zur Seite.

Es war Fischer. Neben sich, an seiner Hand, Blitz. Sie blickte teilnahmslos zu Boden – und um ihren Hals trug sie nicht länger das Alienband mit der Comic-Figur, sondern den Sternenhimmel, so wie alle Nomaden.

Fischer sah zu Wieselflink, der das durchtrennte Halsband in einer Hand, die Schere in der zweiten hielt, und schüttelte den Kopf. »Dann stimmt es also doch«, sagte er. »Wolf hat es mir gesagt, aber ich wollte es einfach nicht wahrhaben. Dir wird die Chance auf ein zweites Leben auf einem Silbertablett serviert – und du denkst nur daran, dich davonzumachen. Was bist du nur für ein Mensch?« Er schüttelte langsam den Kopf, in einer Mischung aus Fassungslosigkeit und nahezu grenzenloser Enttäuschung.

»Ich ... ich ...«

»Bemüh dich nicht. Ich will deine Rechtfertigungen nicht hören. Wenn es nach mir ginge, würden wir Menschen wie dich ...« Fischer räusperte sich. »Egal, du hast dir deine Strafe selbst ausgesucht. Du musst auf der Erde bleiben. Komm mit!«

Wieselflink zog den Rucksack über und ließ das Labor hinter sich. Fischer eilte durch den Zug. Blitz, die er an der Hand führte, musste rennen, um mithalten zu können. Sie tat es mit automatischen, leblosen Schritten. Sie gab mit keiner Geste, keinem Blick zu erkennen, dass sie Wieselflink wahrnahm, ja, dass sie ihre Umwelt überhaupt wahrnahm. Ihre Augen waren geweitet, schienen aus den Höhlen zu quellen. Als er näher kam, roch er einen süßlich-klebrigen Duft. Was hatte Fischer mit ihr angestellt?

»Hier!«

Fischer führte sie in einen dunklen Arbeitsraum. Ein Dutzend Displays spendeten Dämmerlicht, zeichneten kantige und entschlossene Linien in die Gesichter der zwei Dutzend Gardisten, die die Terminals bemannten. Sie murmelten leise Befehle in unsichtbare Mikrofone, während vor ihnen in rapider Folge Diagramme erschienen, die Wieselflink an Zeichnungen elektrischer Schaltungen erinnerten.

»Der letzte logistische Feinschliff«, erklärte Fischer. »47 Züge des Packs sind noch nicht in Frankfurt angekommen. Sie müssen bei S minus 40 eintreffen, wenn die Nomaden an Bord eine Chance haben sollen, die Lange Reise anzutreten. Ihre Züge müssen vor der Halle halten, ein Marsch liegt vor ihnen.«

»Was ist mit unserem Zug?«

»Er hat eine andere Aufgabe.«

Fischer nahm vor einem freien Display Platz, rief eine weitere Schemazeichnung auf. »Der Plan des Frankfurter Hauptbahnhofs«, erklärte er. »Er wurde in den Dreißigerjahren komplett saniert. Unter anderem hat die Bahnsteighalle ein neues, freitragendes Dach erhalten - ein teures Vergnügen, das man sich gespart hätte, hätte man gewusst, dass in wenigen Jahren damit begonnen würde, Überschussmenschen auf das Schienennetz auszulagern. Wichtig für uns ist, dass die grundlegende Anlage unverändert blieb. Insgesamt 24 Gleise an der Oberfläche. Unsere Vorauskommandos haben sie temporär unter unsere Kontrolle gebracht. Dazu einen Teil der unterirdischen. Nicht so viele, wie wir uns gewünscht hätten, aber unser Einfluss hat Grenzen. Das unterirdische Schienennetz wird für den öffentlichen Nahverkehr genutzt; das Ministerium konnte es nicht komplett an uns überschreiben, ohne den Argwohn anderer Regierungsstellen zu wecken. Aber das ist zu verschmerzen. Wir haben bei unserer Planung auf Redundanz geachtet. Bei S minus 0 wird das gesamte Große Pack an Ort und Stelle versammelt sein.«

»Und dann?«

»Was interessiert es dich? Du hast dich gegen uns entschieden.«

»Ich habe mich entschieden, nicht mit euch zu kommen. Das ist etwas anderes.«

Fischer dachte nach, nickte schließlich. »Du bist kein Dummkopf. Ich verstehe nicht, wieso du auf der Erde bleiben willst.«

»Und ich verstehe nicht, auf welche Weise ihr die Erde verlassen wollt. Das Große Pack versammelt sich in einem Bahnhof, um das Alienschiff zu besteigen – sag mir, wo soll es landen?«

»Ich glaube, jetzt verstehe ich.« Fischer sah ihn mitleidig an. »Du bist intelligent, besitzt einen scharfen Verstand – deshalb hat Wolf dich damals zum Großen Pack zugelassen, aber dir fehlt etwas: die Fantasie und der Mut, in neuen Bahnen zu denken.«

»Ach ja? Dann hilf mir auf die Sprünge und beantworte meine Frage. Wenn das Große Pack sich vor dem Bahnhof versammeln würde, könnte ich es verstehen. Dort gibt es große Schienenflächen, einen möglichen Landeplatz. Aber ihr versammelt euch im Bahnhof! Wo soll euer Alienschiff landen?«

»Nirgends natürlich! Wir haben es mit Aliens zu tun, nicht mit Menschen. Mach dir das endlich klar. Sie sind über den Abgrund von Lichtjahren zu uns gekommen. Sie sind völlig anders als wir. Ihre Denkweise muss uns vollkommen fremd erscheinen. Sie finden Lösungen, auf die ein Mensch niemals kommen würde. Außerdem sind sie uns unendlich überlegen. Das beweist bereits der Umstand, dass sie unsere Heimatwelt aufgesucht haben und nicht wir die ihre. Die Technologie der Aliens *muss* uns als pure Magie erscheinen.«

»Das ist keine Antwort. Wie kommt ihr an Bord?«

»Das werden wir zu gegebener Zeit erfahren. Aber wenn du mich fragst, ich rechne mit einer Art Traktorstrahl. Möglicherweise beamen sie uns auch einfach zu sich.«

»Das ist nicht dein Ernst. Du ...«

Fischer hatte sich bereits abgewandt. Er wechselte zwischen dem Display, seinem Unterarmcomp und abwesenden Blicken an die Wand, wenn er Durchsagen lauschte, die ihn über seinen Ohrhörer erreichten. Schließlich bellte er einen letzten Befehl.

Einen Augenblick später erklang die Stimme des Zugs: »S minus 49. Defensivmodus A wird eingeleitet!«

Es rumpelte. Metall rieb schwerfällig an Metall. Der Zug erzitterte.

»Keine Angst«, beschied Fischer Wieselflink, als er seinen fragenden Blick auffing. »Es sind nur die Luken der Maschinengewehre und Geschütze.«

»Geschütze?«

»Ja.« Er hob den Arm und klopfte gegen die niedrige Decke. »Was hast du gedacht? Dass es für uns das Größte ist, immer mit halb eingezogenem Kopf durch die Gegend zu spazieren? Das obere Drittel des Zugs nehmen die Geschütz- und MG-Stellungen ein.«

»Ich dachte, ihr wollt weg! Was wollt ihr mit Geschützen? Einen Krieg führen?«

»Wenn möglich, nicht. Wir haben nicht genug Munition. Für ein längeres Gefecht reicht sie nicht aus. Und außerdem sind wir keine Unmenschen, auch wenn uns unsere Mitmenschen so behandeln. Wir wollen uns nicht mit einem Blutbad verabschieden. Nicht, wenn es sich vermeiden lässt.« Fischer zuckte die Achseln. »Aber es war von Anfang an klar, dass die Behörden dem Start nicht tatenlos zusehen würden. Die finale Phase unseres Plans ist zu tief greifend, als dass wir hätten hoffen können, sie bis zum letzten Augenblick geheim zu halten. Auch Bestechung hat Grenzen. Am Frankfurter Hauptbahnhof marschieren Bahnpolizei-Einheiten auf. Wenn wir Glück haben, jagt ihnen unsere Feuerkraft genügend Respekt ein, dass sie sich eingraben und Verstärkung anfordern. Das dauert seine Zeit – hoffentlich lange genug, dass wir bereits weg sind, bevor sie eintrifft. Unsere Gardisten geben, was sie können – und notfalls ihr Leben –, aber gegen Hunter stehen ihre Aussichten schlecht.« Fischer sah auf den Unterarmcomp, nickte sich selbst zu, räusperte sich und sagte: »S minus 45. A-Kompanie: vorbereiten zum Ausschleusen!« Der Bordrechner wiederholte seine Worte über die Lautsprecher des Zugs.

Die Hälfte der Gardisten erhob sich, verabschiedete sich

von den Kameraden und verließ die Kommandozentrale. Einige Minuten lang rannten Gardisten mit schweren Schritten die Gänge auf und ab. Sie trugen ihre üblichen schwarzen Uniformen, ergänzt um Stahlhelme mit Rundumverglasung zum Schutz vor Splittern, die Wieselflink an Raumhelme erinnerten. In den Händen hielten sie Sturmgewehre.

Fischer wandte sich wieder Wieselflink zu. »Sieh dir das gut an!«, forderte er ihn auf. Das Display bildete von neuem den Schemaplan des Bahnhofs ab. »Unser Zug hat sich geteilt. Unser Teil wird die Nordflanke sichern, der zweite die Südflanke. Wir werden auf Gleis 22 einfahren und dort Position beziehen. Von da aus decken wir die Nordseite, den Zugangsbereich zu den Bahnsteigen sowie die Einmündung des Durchgangs von der Haupthalle ab. Ich gehe davon aus, dass genug Verwirrung herrschen wird, damit du dich davonschleichen kannst. Spätestens wenn das Alienschiff eintrifft, wird das der Fall sein.«

Wieselflink bezweifelte es. Er sagte es Fischer: »Die Bahnpolizei wird den Bahnhof komplett abriegeln. Dort wird es kein Durchkommen geben, egal, was passiert.«

»Wahrscheinlich. Aber du durchbrichst den Ring nicht, du untergehst ihn. Hier!« Er zoomte den Plan heran. »In unmittelbarer Nähe des Kopfendes von Gleis 22 gibt es eine still gelegte Rolltreppe, daneben eine Treppe. Sie führt dich in die Katakomben.«

»Wohin? Das ist ein Bahnhof, kein Friedhof!«

»Es gibt dort keine Toten. Noch nicht, wenigstens. Die Katakomben stammen aus dem vorigen Jahrhundert, als über den Bahnhof in großem Maßstab Papierpost umgeschlagen wurde. Die Arbeiter haben die Tunnel Katakomben genannt. Wir haben ihren Verlauf im Vorfeld recherchiert. Bei den Arbeiten in den Dreißigern sind sie praktisch unberührt geblieben. Wolf hat erwogen, sie in unsere Planung einzubeziehen. Wir haben uns dagegen entschieden. Sie sind zu eng, um die Passage großer Menschenmengen in kurzer Zeit zu gestatten. Für dich werden sie genügen.«

Für dich. Nicht *Für dich und Blitz*, registrierte Wieselflink. Er ließ es sich nicht anmerken.

»Was ist mit den Bahnpolizisten? Sie werden auch von ihnen wissen.«

»Möglich. Du wirst es herausfinden …« Er wandte sich ab und sagte in sein Mikrofon: »S minus 38. Einfahrt steht unmittelbar bevor.«

Wieselflink hielt sich mit Mühe auf den Beinen, als der Zug mehrmals hin und her sprang. Er musste in hoher Fahrt das Gleis wechseln. Blitz wurde erst gegen die eine, dann gegen die andere Wand geschleudert. Sie unternahm keine Anstalten, sich festzuhalten, gab keinen Laut von sich. Als der Zug das Springen wieder einstellte, setzte sie sich auf und starrte weiter ins Leere. Wieselflink ging zu ihr, nahm sie in die Arme. Blitz reagierte nicht.

Dann hielt der Zug mit quietschenden Bremsen an.

»S minus 37!«, rief Fischer. »Zielgleis erreicht! A-Kompanie: Ausschleusen! B-Kompanie: Bereitmachen zum Ausschleusen.«

Die verbliebenen Gardisten erhoben sich von ihren Plätzen, gingen zu Fischer, schüttelten ihm die Hand, wünschten ihm Glück und verließen die Zentrale. Wieselflink hörte ihre schweren Schritte, schließlich wieder Fischers Stimme: »S minus 34. B-Kompanie: Ausschleusen!«

»Was ist mit dir?«, wandte sich Wieselflink an Fischer. »Hast du keine Angst, dein Schiff zu verpassen?«

»Doch, riesengroße sogar. Aber jemand muss die Stellung halten.«

Die Reihe der Displays schaltete um, zeigte ein halbes Dutzend unscharfer Bilder. Es waren Innenansichten einer großen Halle – der des Frankfurter Hauptbahnhofs. Der Bordrechner musste sich in das Netz der Überwachungskameras eingeklinkt haben, wahrscheinlich hatte er es sogar übernommen, um es vor dem Zugriff der Bahnpolizei zu schützen. Eine Kamera zeigte die Panzerzughälfte von außen. Durch eine Luke sprang die B-Kompanie Gardist um Gardist auf den Bahnsteig. Wieselflink erwartete, dass sie sich abrollten und die nächstmögliche Deckung suchten. Stattdessen blieben sie aufrecht an Ort und Stelle stehen, bildeten, die Gewehre im Anschlag, einen Halbkreis. Dann kam Wolf. Er sprang mit einem weiten Satz aus dem Zug, kam auf allen vieren auf, verharrte kurz, bevor er sich aufrichtete. Der Sprung war das Einzige, was Wieselflink verriet, wen er vor sich hatte. Wolf trug eine Gardistenuniform, die den ganzen Körper bedeckte – und einen verspiegelten Raumhelm.

»Dein Erlöser will dem einfachen Pack nicht zu viel Wahrheit zumuten, was?« Wieselflink konnte sich den Kommentar nicht verkneifen. »Die Menschen könnten kalte Füße bekommen, wenn sie sehen, was für einer Kreatur sie gefolgt sind.«

»Halt den Mund! Äußerlichkeiten sind nicht von Belang. Aber nicht alle Menschen sind so weit, diese Überzeugung zu leben. Sollen sie deshalb zurückbleiben?«

Wolf setzte sich in Bewegung. Seine Leibwächter umschlossen ihn von allen Seiten. Trug er das Alienband, das er untersucht hatte? Wieselflink vermochte es nicht zu sagen. Das Bild der Überwachungskamera war zu grobkörnig, um es erkennen zu können. Da war ein heller Streifen am Halsstück des Anzugs. Möglich, dass es sich dabei um das Band handelte. Möglich, dass Wolf ein anderes übergestreift hatte. Möglich, dass er, Wieselflink, sich den Streifen nur einbildete.

»Das ist heller Wahnsinn«, kommentierte Wieselflink. »Wieso schwenkt er nicht gleich eine große bunte Flagge und brüllt: ›Hier bin ich!‹? Die Bahnpolizisten haben ihn auf der Stelle erledigt. Sie brauchen nur eine Gelegenheit, um ...«

»Die sie nicht bekommen werden. Wir geben ihnen ein größeres Ziel.« Fischers Finger huschten über die Virtuelltastatur. »Festhalten!«

Der Panzerzug schüttelte sich, als die Maschinengewehre zu feuern begannen. An der Peripherie des Bahnhofs zerplatzten Rauch- und Staubwolken. Dann, nach genau 27 Sekunden – Wieselflink konnte es von der Steuersoftware der Waffen ablesen –, stellte der Zug das Feuer wieder ein. Staubwolken senkten sich langsam. Ihren Platz nahmen

Rauchwolken ein, die von mehreren Dutzend kleineren Feuern aufstiegen.

»Das sollte sie eine Weile beschäftigen«, sagte Fischer und stellte Maschinengewehre und Geschütze auf Automatik. »Und jetzt raus hier! Die Bahnpolizisten werden sich auf den Zug einschießen, und die Panzerung hält das nicht ewig durch. Außerdem ist da ein Schiff, das wir nicht verpassen dürfen!«

Er packte Blitz an der Hand und zog sie mit sich.

»Nein! Nicht so ...«

– *Die letzten Worte des Human-Company-Begründers Jan de Hert vor seiner Ermordung in Freetown, Liberia, am 26. September 2065*

KAPITEL 37

Paul führte, Ekin folgte.

Sie hätte ihn mit einer Armbewegung niederschlagen können, mit einem Zucken ihres Zeigefingers töten, ihm mit einem Satz den Weg versperren oder umkehren und in einem bloßen Augenblick aus seiner Reichweite verschwunden sein können. Sie hätte das Korps alarmieren oder einfach davonrennen können.

Sie tat es nicht.

Tunnel um Tunnel zog an ihnen vorbei, merkwürdig irreal im tanzenden Lichtkegel von Pauls Taschenlampe. Ekin war heiß. Sie schwitzte. Der Körperpanzer, den sie trug, fühlte sich merkwürdig an. Und vertraut. Paul hatte ihn für sie bereitgehalten, fabrikneu und ihr wie auf den Leib geschneidert. Sie trank von der Flasche, die zum Körperpanzer gehörte, teilte sich das Wasser ein und stellte verwundert fest, als vor ihnen ein Lichtpunkt das Ende der Katakomben anzeigte, dass sie die Flasche bereits geleert hatte.

Paul hielt an. »Wir müssen schnell sein«, sagte er.

»Wem erzählst du das?«

»Wir müssen klettern. Du musst uns decken. Hast du genug Munition?«

»Ja.« Paul hatte sie ihr zusammen mit dem Körperpanzer gegeben. Drei Magazine Betäubungsgeschosse, drei Magazine scharfe.

»In Ordnung, los!«

Paul sprintete los. Mit drei Sprüngen war er aus dem Tunnel, mit einem vierten – einem Salto – kam er auf der Menschenmasse auf, stieß sich von einer Schulter ab und kam auf dem Dach eines Zugs auf. Mit langen Sprüngen von Zugdach zu Zugdach arbeitete er sich zum Rand der Halle vor, kam beim letzten Zug an, einer fensterlosen, dunklen Schlange. Der Aufprall von Pauls Stiefeln war dumpf. Paul schnellte zu einer der Säulen, die das Glasdach der Bahnsteighalle trugen, zog im Sprung das Seil an seiner Hüfte, ließ es nach oben schnellen. Seine Spitze ringelte sich um einen Träger. Er zog sich an dem Seil hoch, machte es los, ließ es von neuem schnellen, zog sich weiter hoch, bis er zu einer Plattform unmittelbar unter dem höchsten Punkt der Halle gelangte. Er kam auf, ließ sich flach auf den Boden fallen, angelte noch in der Bewegung sein G5 von der Schulter, legte an und schoss.

Ekin folgte ihm, atemlos vor Anstrengung und Zorn auf Paul.

»Du bist neurobeschleunigt!«, zischte sie, als sie neben ihm auf der Plattform aufkam, das G5 im Anschlag, wie es ihrem Hunter-Training entsprach.

Paul nickte, zielte und schoss erneut. Ekin sah am Durchgang zur Haupthalle eine behelmte Gestalt in sich zusammensinken. Sie trug die dunkelblaue Uniform eines Bahnpolizisten. »Natürlich«, sagte Paul. »Was hast du gedacht? Alles andere wäre Selbstmord gleichgekommen.«

»Aber du ...«

»Du bist enttäuscht, was? Du hast geglaubt, du hättest mich in der Tasche? Tut mir leid. Ich konnte das Risiko nicht eingehen, dass du mich erschießt. Wenn du abgedrückt hättest, ich hätte ...« Er brach ab.

»Was hättest du getan?«

»Ich hätte dich ausgeschaltet. Ungern, aber mir wäre keine andere Wahl geblieben. Der Transfer muss unter allen Umständen stattfinden.«

Es donnerte. Die Plattform erbebte. Unten am Boden, auf den beiden äußersten Gleisen, sah Ekin Lichtblitze.

»Was ist da los?«, brüllte sie.

»Die Artillerie.«

»Was?«

»Unsere Leute – wenn du sie so nennen willst«, brüllte Paul zurück. »Ich schätze, sie haben sich ausgerechnet, dass die Bahnpolizei nicht stundenlang zusehen wird, wie sich 100.000 Bahnnomaden zusammenballen, und ihre Vorbereitungen getroffen.«

Maschinengewehre hämmerten, Rauch drang Ekin in die Nase, reizte sie zum Husten. Es tat höllisch weh, ein Zeichen, dass die Neurobeschleuniger abzuflauen begannen. Die Illusion, unerschöpfliche Kraft und Schnelligkeit zu besitzen, bekam erste Risse. Dem Körper dämmerte, dass er sich hoffnungslos übernahm.

Paul klopfte ihr mitfühlend auf den Rücken. Ekin ließ ihn machen.

»Dieser Transfer – wieso muss er stattfinden?«

»Er ist unsere einzige Chance, in echten Kontakt mit den Aliens zu treten.«

»Weshalb stürzt du dich mitten hinein? Und wieso schleppst du mich mit?«

»Ohne mich kann der Transfer nicht stattfinden.«

»Wer sagt das?«

»Pasong.«

Natürlich. Ekin dachte einen Augenblick nach, dann fragte sie: »Wieso hast du diesen Transfer dann nicht längst eingeleitet? Du bist seit Wochen auf der Flucht! Und was soll dieser Menschenauflauf?« Ekin zeigte nach unten, wo sich nach allen Seiten hin Überschussmenschen drängten. Der Anblick gefiel ihr nicht. Die Leute standen mit ihren Rucksäcken und abgerissenen Kleidern da, so ruhig, als stünden sie unter Drogen. Nicht einmal der Geschützdonner ließ sie zusammenzucken.

»Du überschätzt mich. Ich kann den Aliens weder ihren Zeitplan diktieren noch ihnen sagen, wie sie den Transfer durchzuführen haben. Ich bin nur ein Werkzeug. Pasong hat alles geplant.«

»Und du hast es ausgeführt. Paul, wozu dient dieser Aufmarsch? Was macht es für einen Unterschied, ob die betroffenen Menschen sich gegenseitig auf den Zehen stehen oder ein paar tausend Kilometer zwischen ihnen liegen?«

»Ich weiß es nicht.«

»Du weißt sehr wenig.«

Paul zuckte die Achseln. »Möglich. Aber das macht nichts. Ich weiß, was ich will. Das sollte genügen.«

Er griff unter seinen Körperpanzer. Als die Hand wieder zum Vorschein kam, hielt sie zwei Alienbänder. Eines war schwarz, und helle Punkte funkelten darin, als wären Edelsteine eingewebt. Auf dem anderen waren dünne Striche, angeordnet in einer Art geschwungenem Keil. Ekin erinnerte es an einen Vogelschwarm. Vor der Spitze des Keils war ein Kreis.

»Was willst du mit dem Mist?«, fragte Ekin. »Dich als Alienist tarnen?«

»Du kennst die Alienbänder?«

»Natürlich. Die Leute tragen sie überall. Man erzählt ihnen, sie seien Freundschaftssymbole. Und wenn die Aliens kommen, tun sie ihrem Träger nichts. Glaubst du etwa, dass daran etwas dran ist?«

»Vielleicht. Aber das hier sind besondere Bänder.« Die Finger von Pauls freier Hand spielten mit dem schwarzen Alienband. »Pasong nennt sie Seelentore. Sie sind unabdingbar für den Transfer. Mit ihrer Hilfe ist er über eine beliebige Entfernung möglich. Und der Transfer nimmt nur einen Augenblick in Anspruch, vorausgesetzt der Träger bringt eine geeignete positive Grundstimmung mit. Und das tun diese Menschen da unten. Dafür hat Pasong gesorgt.«

Ekin sagte nichts, sie sah Paul nur an und wartete darauf, dass er loslachte und sich das Ganze als einer seiner zynischen Scherze entpuppte. Sie wartete vergeblich. »Paul!«, sagte sie schließlich. »Das ist Eso-Alien-Mist! Wie soll das nur funktionieren?«

»Ich habe keine Ahnung. Pasong sagt mir, dass die Seelentore funktionieren. Er muss es wissen. Er sagt, dass es nicht der erste Transfer ist. Seinen Leuten gehört das Schiff im Orbit. Sie können Dinge, von denen wir nicht einmal zu träumen wagen.«

Bevor Ekin eine Entgegnung einfiel, wandte sich Paul ab, feuerte vier präzise gezielte Schüsse ab, wartete, bis vier Aufschreie ihm anzeigten, dass er getroffen hatte, und legte das G5 zur Seite. Er nahm das helle Alienband und zog es sich über den Hals.

»Was tust du da?«, rief Ekin, obwohl sie die Antwort auf ihre Frage kannte. Plötzlich verstand sie. *Sigma V ruft!* »Dieser Transfer, er geht nach Sigma V, nicht?«

»So kann man den Ort nennen.«

»Und du machst den Transfer mit!«

Paul griff sich das G5, feuerte, dann wandte er sich wieder Ekin zu. »Sorry, eins nach dem anderen. Noch sind wir nicht weg«, sagte er. Dann schüttelte er den Kopf. »Nein, ich mache den Transfer nicht mit. Ich würde viel dafür geben, es zu tun. Aber das ist leider unmöglich. Meine Aufgabe ist eine andere. Dieser Transfer ist eine heikle Operation. Wären Pasongs Leute nicht so verzweifelt, sie würden ihn nicht wagen. Diese Menschen dort unten – alles, was sie mitbringen, ist der brennende Wunsch, die Erde hinter sich zu lassen. Für einen koordinierten Transfer braucht es aber mehr als nur den bloßen Wunsch, trotz der Hilfe durch die Seelentore. Menschen und Aliens sind nur dürftig kompatibel. Unter normalen Umständen würden sie nie einen Transfer wagen. Aber die Aliens stecken in der Klemme. Sie müssen nehmen, was kommt.«

»Dich, zum Beispiel?«

»Ja. Aus irgendeinem Grund bin ich überdurchschnittlich kompatibel. Deshalb hat sich Pasong in mir manifestiert. Außer mir gibt es nur eine Hand voll Menschen, die so gut geeignet sind wie ich, hat er mir einmal anvertraut.«

»Wenn du den Transfer nicht mitmachst, was tust du dann?«

»Ich werden den Transfer kanalisieren, mich sozusagen vorschalten. Ich werde das große Tor sein, durch das die Aliens kommen, und von dort werden sich ihre Seelen auf die einzelnen Menschen verteilen.«

»Und die Seelen dieser Menschen da unten passieren dich, um zu den Aliens zu gelangen?«

»Nein, das erledigt ein anderer.«

»Wer?«

»Du siehst ihn dort unten.«

Eine leere Fläche hatte sich am Kopfende der Bahnsteige gebildet, ein Kreis. In seiner Mitte ging ein Mann auf und ab. Er trug einen Anzug mit Helm, der Ekin unwillkürlich an einen Raumanzug erinnerte. Ekin nahm ihn in das Visier ihres G5, um ihn sich genauer anzusehen. Das Visier des Helms war verspiegelt, sie konnte sein Gesicht nicht erkennen. Aber das Seelentor, das er um den Hals trug, war unverkennbar. Es war das Gleiche, das Paul trug.

»Wer ist das?«, fragte sie.

»Er nennt sich Wolf. Ich habe ihn nie persönlich kennengelernt, aber er muss ein bemerkenswerter Mann sein. Er hat diese Menschen hierhergebracht. Er hat ihnen eine Ordnung gegeben und die Aussicht auf ein neues Leben eröffnet.«

»Wieso trägt er diesen seltsamen Anzug?«

Paul zuckte die Achseln. »Seine Anhänger glauben, dass das Alienschiff sie abholen und zum Planeten Sigma V bringen wird.«

»Er glaubt es auch?«

»Eher nicht. Ich habe recherchiert. Ohne viel herauszufinden – er hat es verstanden, seine Spuren zu verwischen –, aber das Wenige passt. Er ist Israeli, ein harter Hund. Muss es in der Armee zu was gebracht haben. Später, nach dem Bürgerkrieg, hat er sich als Söldner verdingt, ist viel herumgekommen. Ein geschätzter Spezialist in seinem Fach.«

»Leute von seinem Schlag finden immer ein Auskommen. Wieso sollte ein Söldner die Erde verlassen wollen?«

»Neugierde? Abenteuerlust?« Paul drehte das G5 nach rechts und schoss. Ein Aufschrei antwortete ihm. »Vielleicht hat er einfach genug vom Töten.«

»Ein bezahlter Mörder als Anführer ... ich bin gespannt, ob das neue Leben deiner Pioniere so viel anders sein wird als das alte.«

»Es liegt an ihnen, was sie daraus machen. Aber an Wolf

wird es nicht liegen, wenn sie scheitern. Er wird den Transfer nicht mitmachen. Er ist das große Tor, durch das die Seelen der Pioniere abfließen werden. Wolf selbst bleibt zurück. So wie ich.«

»Weiß er davon?«

»Ich bezweifle es.«

Ekin strich, ohne abzudrücken, mit dem Lauf ihres G5 über den Boden der Halle. Das Visier zoomte das Bild heran. »Diese Menschen ...«, sagte sie dann. »Sie tragen andere Seelentore als dieser Wolf. Schwarz mit eingewebten glitzernden Punkten. So eines, wie du es in der Hand hast. Steht es für die Sterne?«

»So kann man es sehen.«

»Was sollte er sonst ...« Sie brach ab. Paul hielt ihr das Sternentor direkt vor das Gesicht. Seine Geste war nicht zu missdeuten: *Zieh es über!*

Natürlich. *Sigma V ruft!* Das war Pauls Plan gewesen, von Anfang an. Deshalb hatte er sie hierhergelockt. Er wollte, dass sie den Seelentransfer mitmachte.

»Nein!« Ekin wich so weit zurück, wie es die enge Plattform zuließ. »Du bist verrückt! Ihr seid alle verrückt. Das hier ist verrückt. Ohne mich!«

Paul rückte auf. »Ekin, diese Menschen gehen auf eine Reise, wie sie noch nie ein Mensch zuvor angetreten hat. Ins Unbekannte. Ohne die Möglichkeit zur Rückkehr. Ohne jemanden, der sie führt.«

»Und? Es ist ihre Entscheidung!«

»Sie ahnen nicht, was kommt. Sie brauchen jemanden, der sie an der Hand nimmt, der nach ihnen sieht.«

»Und das soll ausgerechnet ich sein? Niemals! Geh du doch mit ihnen, wenn es dir so wichtig ist!«

»Ich würde nichts lieber tun, das habe ich dir doch schon gesagt. Hier wird es sehr, sehr ungemütlich für mich werden. Vorsichtig ausgedrückt. Aber ich muss bleiben. Jemand muss ein Auge auf die Aliens haben, wenn wir von ihnen nicht erdrückt werden sollen. Meine Pflicht ist hier. Aber deine Pflicht ... sie liegt dort draußen. Auf Sigma V oder wohin immer der Transfer euch führen wird. Wir brauchen einen Kundschafter, einen geschulten Beobachter, einen Kämpfer. Diese Menschen gehen in die Hölle – oder ins Paradies. Wir müssen erfahren, was uns dort draußen erwartet!«

»Nein!« Ekin brüllte. Damit Paul kapierte. Damit die Gedanken in ihrem Kopf verstummten. Keines von beiden gelang. Paul ließ sich nicht davon abbringen, wenn er sich zu etwas entschlossen hatte. Und ihre Gedanken ... an dem, was Paul sagte, war etwas dran. Sie würde eine Agentin sein, unerkannt. In einer Stunde würde sie mehr über die Aliens erfahren, als das Korps und die übrige Menschheit in Jahren erfahren hatten.

»Ekin, bitte!«, rief Paul. »Lass mich nicht hängen. Ich brauche dich. Die Menschheit braucht dich. Diese Leute da unten brauchen dich.«

Und mit ihrem neu gewonnenen Wissen konnten sie ... nein.

»Es geht nicht, Paul. So nicht! Du sagst selbst, dass du diesen Seelentransfer nicht verstehst. Du, der du seit Jahren einen Alien in dir trägst! Ich weiß noch weniger als du. Und jetzt sag mir: Wie soll ich jemals zurückkehren? Oder einfach nur mitteilen, was ich erfahre?«

»Ich weiß es nicht. Noch nicht. Mir wird etwas einfallen. Dir wird etwas einfallen. Du bist hartnäckig, Ekin. Wenn du dir einmal etwas vorgenommen hast, ziehst du es durch. Sonst hättest du es nie zum Hunter gebracht, sonst wärst du jetzt nicht hier bei mir.«

»Ja, und wenn mir mein Eid als Hunter irgendetwas bedeuten würde, hätte ich dich längst erschießen müssen.«

»Das ist deine Entscheidung. Aber du solltest eines nicht vergessen: Du hast einen Eid geschworen, das Wohl der Menschheit über dein eigenes zu stellen. Keinen, alles in Stücke zu schießen, was die bestehende Ordnung der Dinge gefährdet. Der Seelentransfer wird stattfinden. Dieser oder ein anderer. Pasong ist umsichtig. Dieser Transfer ist lediglich einer von mehreren.

Aber nur bei diesem haben wir die Chance, einen Kundschafter auszuschicken. Du kannst herausfinden, was sich hinter den Aliens tatsächlich verbirgt!«

»Du trägst bereits einen Alien in dir. Wieso fragst du ihn nicht einfach, was du wissen willst?«

»Weil ›einfach‹ keine Option ist. Er steckt in meinem Kopf, aber er kommt und geht, wie er will. Ich kann ihn nicht zwingen, mir zu antworten. Und selbst, wenn er es täte: Woher sollte ich wissen, dass er die Wahrheit sagt? Ekin, bitte, ich brauche dich!«

»S minus fünf Minuten!«, kam es aus den Lautsprechern des Bahnhofs.

»Was ist das?«

»Der Countdown bis zum Eintreffen des Alienschiffs. Wolf inszeniert ihn für seine Anhänger.«

»Und in Wirklichkeit zählt er bis zum Seelentransfer?«

Paul nickte. »Ekin«, sagte er. »Wir haben nicht mehr viel Zeit.«

Er hatte recht, so oder so. Ekin wandte den Blick von ihm ab, sah hinunter. Der Bahnhof brannte. Die Bahnpolizisten würden bald durchbrechen. Sie selbst oder die Verstärkung, die sie längst angefordert haben mussten. Dass die Überschussmenschen, dass sie und Paul sich so lange hatten halten können, war nur ihrer Unerfahrenheit zu verdanken. Die Bahnpolizisten waren dafür ausgebildet und ausgerüstet, unbewaffnete, eingeschüchterte Menschenmassen in die gewünschte Richtung zu scheuchen. Der Widerstand, mit dem sie es zu tun hatten, beschränkte sich auf improvisierte Waffen. Trafen erst die Hunter ein ... sie und Paul gaben auf der Plattform ein Ziel ab, das kaum zu verfehlen war.

Ekin schoss drei Bahnpolizisten nieder, die im Schutz ihrer Schilde vorzudringen versuchten. Sie tat es beiläufig, ohne bewusst hinzusehen, geschweige denn bewusst über den Vorgang nachzudenken.

»S minus drei Minuten.«

Unter ihr nahmen die Menschen Abschied. Sie fassten einander an den Händen. Ihr Anführer, dieser Wolf, ging langsam in dem menschenleeren Kreis auf und ab und gestikulierte. Er musste eine letzte Rede halten, versuchen, seinen Leuten die Furcht zu nehmen. Die eigene, unnötigerweise. Wolfs Weg würde ihn nicht zu den Sternen führen. Ohne ihn zu kennen, tat er ihr leid. Er war nur ein Werkzeug, das gleich seinen Zweck erfüllt haben würde – und das man hinterher achtlos wegwarf.

»S minus zwei Minuten.«

Und was war mit ihr?

Die Panzerzüge feuerten eine Salve ab. Lautlos. Ekin sah zu, wie die Geschosse die Läufe der Geschütze und Maschinengewehre verließen. Gemächlich flogen sie ihren Zielen entgegen, erreichten sie, barsten langsam, aber mit unwiderstehlicher Gewalt, noch bevor der Schall zu Ekin gelangte. Es war ein doppelter, tiefer Schlag, getrennt von dem Zischen, mit dem die Geschosse auf ihrem Weg in der Luft rieben. Die Überschussmenschen, Wolf ... sie drängten sich unbeweglich unter ihr, reglos, als hätten sich Tausende von leblosen Schaufensterpuppen versammelt.

Das war die Welt, in die sie gehörte. Die Welt, der sie die Treue geschworen hatte. Von oben betrachtet, von der Warte neurobeschleunigter Sinne aus, schien sie fern und unwichtig.

»Ekin!«, rief Paul. In Normalzeit. Er war neurobeschleunigt, auf einer Ebene mit ihr.

Was kümmerte sie diese Welt? Was schuldete sie diesen Menschen dort unten? Sie waren überflüssig, hatten sich selbst überflüssig gemacht. Sie waren auf dem Sprung in die Hölle – was scherte es sie, Ekin?

»Ekin, ich brauche dich! Bitte!«

Drei Sprünge, und sie würde diesen Ort hinter sich lassen. Einen von der Plattform, einen zweiten zu einem der Panzerzüge und der dritte nach draußen. Weg von den Überschussmenschen. Weg von den Aliens. Weg von Paul.

»Ekin, die Menschheit braucht dich!«

Die Menschheit. Die Menschheit konnte sie. Sie hatte der Menschheit genu...

Ein huschender Schemen im Rauch. In Ekins Normalzeit. Neurobeschleunigt. Sie sah einen Helm, den Lauf eines G5, riss den ihres eigenen herum, legte an, aber es war zu spät, und sie wusste es und ...

... ein Schuss. Der Hunter taumelte. Ein zweiter, ein dritter Schuss – scharfe Munition. Der Hunter kippte langsam um. Sein Körperpanzer wies die Geschosse ab, aber ihre kinetische Energie fegte ihn weg.

»Verdammt, Ekin! Das war knapp.« Eine zweite Salve, ein zweiter Hunter ausgeschaltet. »Pass doch auf!«

Es war Paul. Er war an sie herangerückt. So nahe, dass er sie berührte. Zu nahe. Eigentlich. Es fühlte sich gut an. Merkwürdig.

»S minus 60 Sekunden.«

Es war das Ende. Das Korps war eingetroffen. Dutzende von Huntern würden sie ins Visier nehmen. Neurobeschleunigt, zielsicher und sehr wütend auf den Verräter Paul. Und die Verräterin Ekin.

»Ekin, was ist jetzt? Tust du es?«

Sie dachte an Trixie, die in diesen Momenten aus der Betäubung erwachen musste. Es war vorbei. Trixie würde ihr nicht verzeihen. Was Trixie tat, tat sie mit aller Kraft. Die Menschheit verteidigen. Ekin lieben. Und Ekin hassen. Trixie würde nicht verstehen.

»S minus 50.«

Sie dachte an ihr Apartment, in dem sie ab und zu schlief und nicht zu Hause war. Sie dachte an die Kanzlei, in der sie ab und zu schlief und sich manchmal zu Hause gefühlt hatte. An Daniel, ihren eifrigen neuen Partner. Er würde sie nicht verstehen. An ihre Eltern, die sie seit Jahren nicht mehr gesehen hatte und die nie verstanden hatten, dass sie sich für das Korps gemeldet hatte. Sie waren Alienisten geworden, hatten die andere Seite gewählt.

»S minus 40.«

Das Korps ... nein, das Korps würde nicht verstehen. Niemals.

»S minus 30.«

Niemand würde es.

»S minus 25.«

Ein Hunter robbte zwischen verbogenen Stahlträgern in die Halle und legte auf sie an. Ekin erwischte ihn vor Paul. Er blieb liegen.

»Ekin!«, brüllte Paul. »Bitte!«

Nein ...

»S minus 20.«

... sie gehörte nicht mehr hierher. Wieso verstand sie das jetzt erst?

Sie drehte sich zu Paul. »Pass auf mich auf!«, brüllte Ekin.

»Was? Ja, ich ...«

Sie nahm ihm das Sternentor aus der Hand, klopfte mit der flachen Hand gegen ihre Hüfte. »Ich meine auf das hier. Meinen Körper. Pass auf, dass der Alien, der in ihn schlüpft, ihn gut behandelt. Ich will ihn zurückhaben. Wenn ich eines Tages zurückkomme. Falls ich je zurückkomme.«

»Das wirst du! Bestimmt! Du ...«

»Quatsch nicht rum. Versprich es mir!«

»Ich verspreche es.«

»Gut.«

Sie ließ das G5 fallen, zog das Stoffband mit beiden Händen auseinander und zog es über.

»S minus zehn Sekunden.«

Ekin schloss die Augen.

Sieben Sekunden.

Glas splitterte. Es regnete auf sie herab, prallte von ihrem Körperpanzer ab.

Fünf.

»Paul?«

»Ja?«

»Halt mich fest!«

Drei.

Er tat es.

Zwei.

Paul hielt sie fest.
Eins.
Ganz fest.
Null.
Und dann war Paul fort.

»Wir kriegen euch alle, ihr Verräter! Ihr seid keine Menschen!«

- *Bruno Giocanni, der Mörder Jan de Herts bei seiner Festnahme in Freetown, Liberia am 26. September 2065*

KAPITEL 38

»Gut so, Junge!«, brüllte Wilbur.

Der Bordingenieur stand neben Rudi, klammerte sich an die Lehne seines Sitzes. Er blutete aus einer Wunde an der Backe, der linke Arm hing schlaff herab, und sein ganzer Körper bebte, aber ansonsten ging es ihm großartig. Er war ein Mann in seinem Element, ein Mann, der sich nach langen Jahren der Entbehrung und Anstrengung endlich auf dem richtigen Weg wiederfand.

»Geh mit dem Wind, dann schaffst du es!«

»Das tue ich längst!«, entgegnete Rudi trocken, die Steuersäule mit beiden Händen fest umklammert, den Blick auf den künstlichen Horizont auf dem Display gerichtet. Den aus dem Cockpitfenster sparte er sich. Es gab keinen. Regen rammte gegen die Scheibe, keine eigenständigen Tropfen, sondern eine milchige, kompakte Wand. Das Wasser rann in einem dicken, undurchsichtigen Film zu den Rändern der Scheibe, erneuerte sich ohne Unterbrechung. »Die Frage ist, ob die *Bitch* durchhält.«

»Das tut sie, Junge. Verlass dich drauf!«

»Ich weiß nicht, woher du die Gewissheit nimmst! Sie fliegt jeden Augenblick auseinander – hör doch!«

Der Rumpf des Flugzeugs knackte und ächzte, übertönte die Triebwerke, deren Arbeitsgeräusch inmitten des Zyklons zu einem gedämpften Rauschen abgeklungen war.

»Unsinn! Da kennst du die alte Schlampe schlecht. Sie räkelt sich nur! Sie ist für das hier gebaut. Die Amerikaner haben sie zur Sturmforschung eingesetzt. Ein Flug wie der hier war ihr täglich Brot.«

»Kann sein. Aber das war, bevor dieselben Amerikaner ihr eine Luft-Luft-Rakete verpasst haben.«

Wilbur schwieg einen Augenblick, als sei ihm der Gedanke neu, dann bellte er: »Quatsch nicht rum, Junge. Flieg!«

Rudi flog. Mit dem Wind. Die *Bitch* schüttelte sich und ächzte, aber sie hielt durch. Und dann hörte das Schütteln unvermittelt auf, das Triebwerksgeräusch rückte von ihnen weg, als hätte es nichts mit dem Flugzeug zu tun. Die Regenwand blieb zurück, der Wasserfilm auf den Scheiben floss ab und gab den Blick frei auf einen Kessel von stechender Klarheit, begrenzt von dem Waschmaschinenwirbel des Zyklons.

Das Auge des Sturms.

Rudi nahm wortlos eine Hand vom Steuerhorn, wischte sich den Schweiß an der Hose ab, wiederholte den Vorgang mit der anderen Hand.

Wilbur klopfte ihm auf die Schulter. »Na, was habe ich dir gesagt? Die *Bitch* schafft das.« Er beugte sich über Diane, fühlte ihren Puls. »Alles in Ordnung«, verkündete er. »Sie ist nur bewusstlos. Sie wird wieder.« Er wandte sich nach vorn, immer noch auf den Knien, und sah zum Cockpitfenster hinaus. »Ganz schön beeindruckendes Plätzchen, was, Junge? Schau's dir gut an, hol tief Luft und dann weiter, sonst kommen wir zu spät.«

Rudi rührte sich nicht.

»He, hast du mich nicht gehört?«

»Das habe ich. Sehr gut sogar.«

»Wieso tust du dann nicht, was ich dir sage?«

»Weil ich es satthabe, mich von euch ausnutzen zu lassen.«

»Niemand nutzt dich aus, Junge. Ich weiß nicht, wie du auf so einen Mist kommst. Wir sind eine Crew. Wir gehören zusammen.«

»Ach ja, wie kommt es dann, dass es niemand für nötig hält, mir zu erzählen, was hier eigentlich vor sich geht? Dass du dein Versprechen von eben schon wieder vergessen hast? Du hast gesagt, du erzählst mir alles. Also: Wohin fliegen wir? Was versteckt ihr vor mir vom ersten Tag an, an dem ich die *Bitch* betreten habe?«

»Junge, komm schon. Das ist nicht der Moment, um ...«

»Falsch. Genau das ist der Moment. Ich will wissen, was das alles bedeutet – oder wir kreisen in dem Auge, bis der *Bitch* der Sprit ausgeht!«

Wilbur schüttelte ungläubig den Kopf. »Rudi! Das kannst du uns nicht antun! Wir haben keine Zeit. Wenn du nicht ...«

Er kam nicht dazu, den Satz zu Ende zu bringen. Rodrigo trat neben ihn und zog ihn weg von Rudi. »Wilbur, lass es gut sein. Du hast es ihm versprochen. Und wir haben eine Viertelstunde Spiel. Wenn der Junge uns an der richtigen Stelle aus dem Zyklon rausfliegt, bekommen wir genug Extra-Tempo, um den Rückstand wieder einzuholen.«

Wilbur überlegte, dann zuckte er die Achseln. »Wenn du meinst. Du hast den Überblick, Rodrigo.« Er wandte sich ab, um seine Wange zu verbinden.

»Also frag, Rudi!«

Der Lauscher lächelte Rudi aufmunternd zu.

»Das ist keine gewöhnliche Patrouille, nicht wahr?« Rudi ließ die *Bitch* kreisen und achtete mit einem Auge darauf, dass sie dem Rand des Auges nicht zu nahe kamen.

»So ist es.«

»Ihr fliegt nicht nur herum und hofft auf einen Zufall. Ihr habt ein Ziel.«

»Ja. 11° 19′ N, 142° 15′ O.«

»Das ... das ist ...«

»Über dem Marianengraben. 450 Kilometer südwestlich von Guam. Der Ort, an dem Melvin abgesprungen ist. Ja.«

»Aber was soll das? Was wollt ihr da?«

Rodrigo zuckte die Achseln. »Unterschiedlich. Diane glaubt, dass Melvin noch lebt, und will zu ihm. Wilbur tut alles für Diane. Außerdem ist er neugierig, er will wissen, ob etwas dran ist. Und Hero hat es satt, sein U-Boot für den Tag zu warten, der niemals kommt. Und er vertraut Melvin. ›Ich werde sie finden‹, hat Melvin in seinem Abschiedsbrief geschrieben.«

»Und du, was ist mit dir? Glaubst du auch, dass uns dort Aliens erwarten?«

Der Lauscher antwortete nicht gleich. Er senkte den Kopf, als lausche er in sich hinein – was er nicht tat; Wilbur hatte ihm einmal erzählt, dass Rodrigo zwei Ohrhörer implantiert hatte, mit denen er immer zwei unterschiedlichen Kanälen lauschte –, und sagte schließlich: »Ich glaube, dass an dem, was Melvin umgetrieben hat, etwas dran ist.«

»Das ist eine außergewöhnlich präzise Auskunft.«

»Und das ist ein außergewöhnlich zynischer Spruch von einem Jungen, der vor zehn Monaten das erste Mal die Nase aus seiner Weltuntergangskommune gesteckt hat.« Rodrigo grinste. »Langsam gehörst du wirklich zu uns.«

»Red nicht herum. Was hat Melvin umgetrieben?«

»Der Glaube, dass etwas vor sich geht. Und dass niemand es bemerkt, weil alle damit beschäftigt sind, auf das Alien-Raumschiff zu starren oder auf die Artefakte oder in sich selbst, um nicht unbemerkt von einem Alien übernommen zu werden.«

»Und er hat etwas gesehen, was 10 Milliarden anderen Menschen entgangen ist? Das klingt nicht sehr überzeugend.«

»Das verstehe ich.« Rodrigo zuckte die Achseln. »Das kann kaum anders sein. Du hast Melvin eben nicht gekannt. Er besaß eine Art sechsten Sinn. Wenn du mich fragst, hätte er einen besseren Lauscher abgegeben als ich. Ich bin stolz darauf, global das Gras wachsen zu hören. Aber Melvin ... Melvin hörte es schon, wenn der Samen keimte.«

»Und was ist bei den Aliens gekeimt?«

»Das hier.« Rodrigo langte in die Hosentasche und holte ein Stück Stoff heraus. »Dieses Band ist nur eines von Millionen, die überall auf der Welt zirkulieren. Innerhalb von Monaten sind die Alienbänder zu einer globalen Manie geworden. Es gibt sie in allen Farben, die du dir vorstellen kannst. Mit allen Mustern und Motiven.«

»Wozu sind sie gut?« Rudi erkannte das Band, auf das er vor Monaten zufällig einen Blick erhascht hatte, bevor es Rodrigo hastig versteckt hatte. Jetzt hielt es ihm derselbe Rodrigo unter die Nase.

»Es heißt, es handele sich bei ihnen um universelle Freundschaftssymbole. Wer sie trägt, wird von den Aliens als Freund erkannt, wenn sie landen.«

»Wer sagt das?«

»Alle, die sie tragen. Ich konnte nicht ermitteln, woher dieser Glaube kommt. Und allein das sagt mir, dass an der Sache etwas dran sein muss – mir entgeht nichts. Eigentlich.«

»Und Melvin ist auch auf diese Symbole aufmerksam geworden?«

Rodrigo nickte. »Er hatte eine kleine Sammlung von ihnen. Ungefähr zwei Dutzend Motive.«

»Von Tausenden, nehme ich an. Und was er aus diesen Bändern gelesen hat, muss Melvin genügt haben, sich davonzuschleichen, in eine Pemburu zu steigen und in den sicheren Tod zu fliegen?«

»Ja.«

»Das ist doch verrückt. Man kann in diese Motive alles oder nichts hineinlesen. Das, was man eben hineindeuten möchte.«

»Das ist wahr. So benutzen sie die meisten Leute, die sie tragen. Aber Melvin war kein gewöhnlicher Mann, also habe ich nachgeforscht. Niemand weiß, wo diese Bänder hergestellt werden. Aus ihrer Verbreitung kann man Rückschlüsse ziehen, das ist alles. Demnach gibt es neun Regionen, über die Erde verteilt, aus denen die Bänder kommen. Eine davon ist übrigens Deutschland. Aber woher sie auch immer kommen, die Auflagen der einzelnen Motive sind unterschiedlich hoch. Innerhalb kürzester Zeit hat sich ein Sammlermarkt gebildet, dessen Preise die Auflagen der verschiedenen Motive mit erstaunlicher Präzision nachbilden. Melvin hat nur seltene Exemplare gesammelt.«

»Und das ist alles, was du herausgefunden hast? Dass ein paar Verrückte bereit sind, Mondpreise für irgendwelchen Mist zu bezahlen, nur weil er selten ist?«

»Unter anderem. Ich habe auch herausgefunden, welche die seltenste ist. Diese hier!« Er holte ein zweites Band aus der Tasche. Es war schwarz, Lichtpunkte glitzerten in der Schwärze. »Woran erinnert dich das hier?«, fragte Rodrigo.

»An einen Sternenhimmel«, antwortete Rudi, ohne nachzudenken.

Rodrigo nickte. »Die Antwort scheint offensichtlich, nicht? Insbesondere, wenn man weiß, dass dieses Stück Stoff in irgendeiner Weise mit Aliens zu tun hat. Nur: Sie ist falsch. Seit Melvin weg ist, habe ich alle möglichen Sternkonstellationen innerhalb der Milchstraße durchgerechnet. Keine passt.«

»Mit dem *Bitch*-Rechner? Das kann nicht viel ...«

»Mit hunderttausend weltweit. Eine kleine Übung im verteilten Rechnen. AlienNet und gute Beziehungen machen es möglich.«

»Also gut. Wenn es kein Sternbild darstellt, was bedeutet es dann?«

»Ganz einfach. Man muss die Perspektive nur umdrehen. Wir sitzen hier auf der Erde und sehen nach draußen. Die Aliens sehen auf die Erde. Und so passt es plötzlich. Es gibt drei Kategorien von Leuchtpunkten auf dem Band. Die ›normalen‹, von denen es Hunderte gibt, die ›großen‹, von denen es neun gibt, und einen einzigen ›übergroßen‹.«

»Neun? Hast du nicht ...?«

»Genau. Neun Produktionszentren dieser Bänder. Projiziert man dieses Band auf einen Globus, kommt es genau hin. Die Pole bleiben außen vor, aber der Rest passt: die Position der neun großen Lichtpunkte ist mit denen der vermuteten Produktionszentren identisch. Und der übergroße ...«

»... ist der Punkt, an den Melvin geflogen ist.«

»So ist es. Mitten über dem Meer, an der tiefsten Stelle aller Ozeane. Die Witjastiefe im Marianengraben. Ein Ort, an dem es kein Produktionszentrum geben *kann.*« Rodrigo zog die Datenbrille hoch. Er hatte kleine, tief in den Höhlen sitzende Augen. Sie blickten flehend. »Verstehst du jetzt, wieso wir unbedingt dorthin fliegen wollen?«

Rudi antwortete nicht. In Gedanken ging er die Optionen durch. Ihre Position, die Entfernung, die sie vom Marianengraben und den Company-Stützpunkten trennte. Der Treibstoff, der ihnen verblieb. Seine Einschätzung der *Bitch*. Räkelte sie sich im Sturm, wie Wilbur behauptete – oder ächzte sie?

»Junge, jetzt red schon!«

Es war Wilbur, der sich in den letzten Minuten abwechselnd um die *Bitch* und Diane gekümmert hatte. Der Bordingenieur streckte den gesunden Arm aus, als wolle er Rudi packen, und zog ihn auf halbem Weg wieder zurück.

»Mach schon den Mund auf, Junge! Bist du dabei?«

»Was ist, wenn ihr danebenliegt und dort nichts ist?«

»Dort ist etwas. Ich sage es dir. Dort geht etwas vor. Vor vier Stunden hat es an der Stelle ein Seebeben gegeben. Rodrigo hat es gemessen.«

»Und wenn schon? Seebeben sind ein natürlicher Vorgang. Was ist, wenn wir nichts finden?«

»Nichts. Wenigstens haben wir es dann versucht. Und bis Guam schafft die *Bitch* es immer noch.«

»Zu deinen geliebten Amerikanern?«

»Es sind auch nur Menschen ... besser als ersaufen, oder?«

Ja, aber nicht viel besser. Die Amerikaner verstanden keinen Spaß, wenn es um Flyboys ging. Er und die Crew würden ein paar Jahre in einem Internierungslager absitzen, bevor die Company sie für viel Geld freikaufen konnte. Nein, falsch, ihn und Rodrigo und Hero. Wilbur und Diane, sie waren Amerikaner – gewesen, ihrer Ansicht nach. Man würde sie als Verräter betrachten und entsprechend mit ihnen umspringen. Für Diane würde es keinen großen Unterschied machen, sie hatte nicht mehr lange zu leben. Was Wilbur anging ...

Also zurück nach Funafuti? Dort erwarteten ihn die Evakuierung, anschließend sechs Monate Training, vielleicht eine neue Saison. Ohne die *Bitch*, die längst auf den Grund des Pazifiks gespült sein würde. Ohne ihre Crew, für die es ohne die *Bitch* keinen Platz unter den Flyboys gab ... und Rudi würde niemals erfahren, ob er nicht die Chance seines Lebens ausgeschlagen hatte.

»Eine Frage noch«, wandte er sich an Rodrigo. »Wieso gerade jetzt? Melvin ist seit Monaten verschwunden. Ihr hättet schon lange zu dieser Witjastiefe fliegen können.«

»Es hat ein paar Wochen gedauert, bis wir das Band mit dem angeblichen Sternenhimmel enträtselt hatten.«

»Wochen, nicht Monate. Also sind euch Wochen geblieben. Wieso seid ihr nicht längst zu diesem Flug aufgebrochen?«

»Das ist eine lange ...«

Wilbur unterbrach den Lauscher. »Eine lange Geschichte, für die wir keine Zeit haben. Wir müssen weiter!«

»Wilbur, lass uns in Ruhe«, brüllte Rudi. Dann wandte er sich wieder an Rodrigo: »Erzähl!«

Rodrigo schüttelte den Kopf. »Wilbur hat recht. Wir müssen weiter. Ich erzähle sie dir auf dem Weg, in Ordnung?«

»Wie das?«

»Schau auf dein Display, du wirst sehen.« Rodrigo ging an seinen Platz.

»Und was, wenn er es nicht tut?«, wandte er sich an Wilbur.

»Dann drehst du eben ab, Junge. Du bist der Pilot. Du bist der Einzige, der die *Bitch* fliegen kann. Du bestimmst, wo es langgeht.«

Rudi fasste einen Entschluss. Er war zu weit gekommen, um jetzt umzudrehen.

»Okay, ich fliege.«

»Du fliegst! Junge, ich ...« Wilbur war drauf und dran, ihm um den Hals zu fallen.

Rudi kam ihm zuvor. »Ich fliege – und ich befehle! Alle Mann auf ihre Plätze! Anschnallen!« Er wandte sich an den Lauscher. »Rodrigo, gib mir einen Kurs! Wilbur, check die *Bitch* durch!«

Rodrigo gab ihm den Kurs.

Rudi steuerte sie zurück in den Wirbel des Zyklons. Der Sturm riss das ächzende Flugzeug mit und spuckte es aus, genau an der Stelle, die Rodrigo vorausberechnet hatte. Der Himmel, der sie erwartete, war blau und leergefegt. Keine Chinesen, keine Amerikaner, keine Aliens. Er gehörte allein der *Bitch*.

Hero machte eine letzte Runde durch die Maschine, verabschiedete sich und stieg in sein Mini-U-Boot.

Rodrigo hielt sein Versprechen. Auf einem Teil von Rudis Display wechselten sich die Bilder ab. Ihnen gemeinsam war eines: Menschen. Viele Tausend Menschen.

Rudi blickte in ein Fußballstadion, ohne auch nur einen Flecken Rasen zu sehen. Stattdessen blickte er in schwarze Gesichter, erwartungsvoll nach oben gereckt.

Rudi sah eine Ebene, eine Wüste. Und in der Wüste eine dunkle Masse, Menschen, die sich aneinanderdrängten, an den Händen hielten.

Rudi sah einen Bahnhof. Schmutzige, rostige Züge standen auf den Gleisen, und dazwischen drängten sich Menschen mit Rucksäcken, Verzückung im Gesicht, während Rauch sie umhüllte.

Rudi sah weitere Orte, weitere Menschenansammlungen. Und er hörte Stimmen. Sie zählten herunter. »S minus 31 Minuten«, sagten sie. Dann »S minus 25 Minuten« und »S minus 23 Minuten«.

Als Rudi fragte, was am Ende des Countdown geschehen würde, antwortete Rodrigo: »Ich weiß es nicht. Ich weiß nur, dass etwas geschehen wird. An diesen Orten – und bei der Witjastiefe.«

Rudi genügte es. Es klang ehrlich.

Bei »S minus 21 Minuten« kletterte Wilbur in den Geschützbuckel. Als er Rudis zornigen Blick sah, hielt er auf halber Höhe auf der Leiter kurz an und brüllte: »Es ist nicht das, was du denkst!« Eine Zeit lang hörte Rudi nichts, dann ein Schlagen, wie das Einrasten einer Kupplung. Wilbur kletterte die Leiter hinunter, setzte sich an seinen Platz, sagte laut, aber zu sich selbst: »Tut mir leid, Süße. Ich werde dich vermissen.« Er drückte einen Knopf. Im Buckel knallte es, und die *Bitch* schüttelte sich.

»Abgesprengt!«, rief er Rudi zu. »Ohne das Gewicht der Kanone haben wir zehn Minuten Flugzeit extra. Wir können sie gut gebrauchen!«

Sie erreichten den Zielpunkt bei S minus 14 Minuten. Die See unter ihnen war ruhig. Rudi zog die *Bitch* hinunter, dicht über die Wellen. Als sie noch zehn Meter über den Wellen waren, klinkte Hero das Mini-U-Boot aus. Rudi erwartete, dass es wie ein Stein, den man im flachen Winkel in einen Teich warf, über die Wellen hüpfen würde, aber als er die *Bitch* wieder hochzog, hatte der Pazifik das Mini-U-Boot verschluckt.

»Verbindung abgebrochen!«, rief Rodrigo kurz darauf. Seine Stimme zitterte. »Hero ist weg!«

Rudi zog die *Bitch* höher. Bei 500 Metern ging er in den Horizontalflug und begann zu kreisen. Es war hoch genug, um sich vor Überraschungen von unten sicher zu fühlen, und tief genug, um schnell unten zu sein, wenn es nötig wurde.

S minus zehn Minuten.

Kein Lebenszeichen von Hero. Das Meer lag unter ihnen wie ein stiller Teich.

S minus acht Minuten.

Rudi sah auf das Display. Rodrigo spielte ihm jetzt dauerhaft Bilder von dem Menschenauflauf in dem Bahnhof ein. Wieso gerade von dort, wusste Rudi nicht. Wahrscheinlich hatte Rodrigo einen der Orte willkürlich herausgegriffen.

S minus fünf Minuten.

Ein neues Fenster öffnete sich auf Rudis Display. Ein halbes Dutzend Radarreflexe. »Amerikaner!«, rief Rodrigo. »Sie haben mitbekommen, dass hier etwas passiert!«

»Wann sind sie hier?«, brüllte Rudi zurück.

»Frühestens in 20 Minuten. Sie kommen zu spät.«

Zu spät, ja. Aber zu spät für was?

S minus drei Minuten.

Das Meer unter der *Bitch* wurde unruhig. Seegang kam auf.

S minus zwei Minuten.

Die Wellen schlugen höher. Rudi glaubte zwischen der Gischt eine dunkle Fläche wahrzunehmen.

S minus 60 Sekunden.

Eindeutig. Unter Wasser zeichnete sich ein dunkler Schatten ab. Wie ein riesiger, kilometerlanger Wal.

S minus 30 Sekunden.

»Geh tiefer!«, brüllte Wilbur. Rudi tat es.

S minus zehn Sekunden.

Die Menschen in dem Bahnhof waren erstarrt.

Das Meer war jetzt schwarz, die Gischt zog sich zurück, bildete weiße Adern auf dem Schwarz.

Fünf.

Rudi starrte auf das Display ...

Drei.

... fragte sich, was die Menschen erwarteten ...

Eins.

... wandte den Blick ab und ...

Null.

Schwärze sprang ihm entgegen. Wo eben noch Meer gewesen war, war jetzt Land ...

Und er hörte den Aufschrei seiner Kameraden. Den von Wilbur und Rodrigo und Diane, die aus ihrer Bewusstlosigkeit erwacht war, und im Geiste glaubte er Hero schreien zu hören, und er hörte sich selbst brüllen wie nie zuvor in seinem Leben.

Dann rief Wilbur: »Junge, worauf wartest du noch? Geh schon runter!«

Und Rudi ging herunter, setzte zur Landung auf der Landebahn an, die aus vielen tausend am Meeresgrund zusammengesetzten Artefakten bestand.

Die Aliens erwarteten ihn.

»Manchmal schäme ich mich, ein Mensch zu sein.«

- *François Delvaux, Mitbegründer der Human Company, nach der Festnahme des Attentäters Bruno Giocanni*

KAPITEL 39

Nomaden. Überall Nomaden.

Sie quollen aus den Zügen, drängten sich dicht an dicht auf den Bahnsteigen, jeder Einzelne von ihnen einen Rucksack auf den Schultern, in dem er die 20 Kilogramm seiner irdischen Güter mit sich trug, auf die er auch auf Sigma V nicht verzichten wollte.

Die Luke, durch die sie den Panzerzug verlassen hatten, schloss sich automatisch hinter ihnen, als sie über die Schwellen in Richtung der Bahnhofshalle krochen. Fischer machte – natürlich – den Anfang. Ihm folgte Blitz. Merkwürdig steif, als müsse sie sich jede einzelne Bewegung vor der Ausführung von neuem vergegenwärtigen. Wieselflink bildete den Abschluss.

Einen zögerlichen Abschluss. Von Zeit zu Zeit fiel er weit hinter Fischer und der gefolgsamen Blitz zurück, so weit, dass die beiden nur noch kriechende, weit entfernte Schemen im Halbdunkel unter dem Panzerzug waren, und rang mit sich. Wieso sollte er Fischer brav wie ein Hund in das Zentrum des Wahnsinns folgen, wenn es doch einen einfachen Weg hinaus gab? Fischer hatte anderes zu tun, als ihn, Wieselflink, aufzuhalten. Fischer war auf dem Sprung in ein neues Leben, war damit beschäftigt, die seiner Ansicht nach letzten Minuten des Großen Packs auf der Erde zu koordinieren. Wieselflink würde zurückbleiben, so oder so. Er musste lediglich tief Luft holen, seinen ganzen Mut zusammennehmen, kehrtmachen und losflitzen, immer das Gleis entlang, den Bahnpolizisten in die Arme. Ein Überläufer musste ihnen willkommen sein. Insbesondere einer, der bereitwillig Auskunft über das Schauspiel gab, das sich vor ihren Augen abspielte und das für sie unerklärlich sein musste. Und womöglich war dieser auskunftsfreudige Überläufer sogar derart willkommen, dass er sich die anhaltende Dankbarkeit des Ministeriums sicherte, das Ganze in Gestalt einer diskret arrangierten Passage in die USAA ...

... wo ihn der Gedanke an Blitz den Rest seiner Tage nicht mehr loslassen würde, ganz gleich, wie luxuriös der Luxus seines neuen Lebens ausfallen würde, wie herausfordernd die Aufgaben, die ihn erwarteten. Er hätte Blitz ein zweites Mal im Stich gelassen. Hätte sie beim Großen Pack zurückgelassen. Fischer ausgeliefert, sollte der Transfer tatsächlich stattfinden. Tat er es nicht, so hatte er sie den Bahnpolizisten ausgeliefert, die ihre Wut an den Nomaden auslassen würden. Das Feuer der Panzerzüge musste einen hohen Blutzoll von ihnen gefordert haben. Das Große Pack hatte sie in Gefechte verwickelt, für die sie weder ausgebildet noch ausgestattet waren.

Der Gedanke genügte, um Wieselflink jedes Mal hastig wieder aufschließen zu lassen.

Die Schwellen unter ihm erbebten, als der Panzerzug erneut feuerte. Wieselflink hielt an, drückte sich, so fest er konnte, gegen den Beton der Schwellen und den Schotter und wartete, beide Hände fest auf die Ohren gedrückt, bis der Widerhall der hämmernden Maschinengewehre sich in der Bahnsteighalle verloren hatte. Wartete auf den Gegenschlag, der früher oder später kommen musste. Er hob vorsichtig den Kopf, spähte schräg nach oben. Um ihn herum, entlang der Bahnsteigkanten, reihten sich Nomaden. So dicht, dass es weder ein Vor noch ein Zurück, noch ein zur Seite gab. Sie standen da, reckten die Köpfe, stellten sich auf die Zehenspitzen, um einen Blick darauf zu erhaschen, was vor ihnen vor sich ging. Sie waren auf einen Punkt fixiert, als existiere nichts anderes mehr. Als feuerten links und rechts von ihnen nicht die Panzerzughälften, als sprengten ihre Geschosse nicht immer neue Löcher in das Bahnhofsgebäude, als zöge nicht der beißende

Rauch von Dutzenden Feuern durch den Bahnhof, als werde das Inferno sie nicht jeden Augenblick verschlingen.

»S minus 15 Minuten.«

Es war die Stimme des Bordcomputers, die aus dem Lautsprechersystem des Bahnhofs drang. Die Nomaden jauchzten und fassten einander an den Händen, zu gleichzeitig und zu selbstverständlich, als dass die Geste spontan hätte entstanden sein können. Die Zugführer mussten die Nomaden in den letzten Tagen auf diesen Augenblick vorbereitet haben.

»Wieselflink!«

Fischer hatte das Zugende erreicht und bedeutete ihm aufzuschließen. Fischer streckte den Kopf prüfend unter der Lok hervor und kroch schließlich unter den Prellbock, der das Gleis abschloss. Blitz folgte ihm, ohne zu zögern, wie sie ihm überallhin folgte. Wieselflink brauchte eine weitere auffordernde Geste. Nach ihrem Ausstieg aus der Luke war ihm der Panzerzug wie ein Berg vorgekommen, der ihn zu erdrücken drohte; jetzt sträubte er sich, seine Deckung zu verlassen. Aber Wieselflink blieb keine Wahl, wollte er Blitz nicht im Stich lassen.

»Was soll das?«, herrschte er Fischer an, als er sich neben ihn auf eine Schwelle setzte und sich mit dem Rücken gegen den Prellbock lehnte. »Unter dem Zug waren wir geschützt!«

»Fürs Erste schon.« Fischer sah ihn nicht an. Er tippte auf seinem Unterarmcomp herum. »Aber ich bezweifle, dass es bis zum Start reichen würde. Außerdem haben wir hier Aussicht!« Fischer stand auf, kletterte auf den Prellbock, drehte sich einmal um die eigene Achse und sprang wieder herunter. Ohne Wieselflink weiter zu beachten, widmete er sich wieder seinem Unterarmcomp, flüsterte Befehle an die Gardisten, die sich überall im Bahnhof verteilt hatten, um die Bahnpolizisten aufzuhalten, feuerte sie an, beschwor sie, nur noch einige wenige Minuten durchzuhalten.

»S minus fünf Minuten«, kam die Durchsage aus den Lautsprechern. Dann, nach einer kurzen Pause: »Gefährten!« Es war die Stimme Wolfs.

Zum ersten Mal kam Unruhe in die Menschenmenge. Nomaden reckten sich in die Höhe, stützten sich auf ihre Vordermänner, um besser zu sehen, drängten nach vorne. Wieselflink überlegte einen Augenblick, dann kletterte er auf den Prellbock. Er wollte sehen, was jetzt geschah. Die Bahnpolizisten hatten genug andere Ziele, als dass sie ausgerechnet ihn ins Visier nehmen würden. Hoffte er.

Vor ihm, in vielleicht 50 Meter Entfernung, stand Wolf. Alleine. Die Leibwächter hatten einen Ring um ihn gebildet, eine freie Fläche, in der er ungehindert auf und ab gehen konnte. Wolf trug seinen »Raumanzug«, den spiegelnden Helm geschlossen, ein Alienband um den Hals. Aus dieser Entfernung erkannte Wieselflink es mühelos. Es war das, mit dem sich Wieselflink vergeblich abgemüht hatte, der keilförmige Schwarm. Wolf hatte seine Entscheidung getroffen.

»Ich bin Wolf. Der, dessen Ruf ihr gefolgt seid. Und ich sage euch: Der Augenblick ist nahe. Nehmt Abschied! Aber nehmt Abschied auf die einzige Weise, die dem Augenblick angemessen ist: frohen Herzens! Ihr habt euch entschieden, den Ort eurer Geburt für immer hinter euch zu lassen. Eure eigene Wiege, die Wiege der Menschheit. Manchen unter euch mag in diesem Moment ein Anflug von Trauer überkommen, manch einer mag sogar von Trauer überwältigt sein. Diesen will ich einige Worte mit auf den Weg geben, die einmal ein Mann gesagt hat, der seiner Zeit weit voraus war: ›Die Erde ist die Wiege der Menschheit, aber ein Mensch kann nicht ewig in der Wiege bleiben.‹«

Wieselflink ging in die Hocke, hoch genug, um weiter Wolf zu sehen, und tief genug, um unauffällig nach Blitz zu tasten. Sie beachtete ihn nicht.

»Wir schicken uns heute an, unsere Wiege hinter uns zu lassen – eine Wiege, die uns längst verstoßen hat. Wir lassen eine Erde zurück, auf die wir nicht mehr gehören, eine Welt, die verbraucht ist, eine Menschheit, die uns nicht mehr will. Wir sind – jeder von uns ist – im Begriff, einen großen Schritt zu tun. Doch wir tun diesen Schritt nicht für die Menschheit, sondern für uns selbst, um unser Recht auf das Glück wahrzunehmen, das uns auf der Erde verwehrt worden ist.«

Fischer war neben Wieselflink auf den Prellbock geklettert und starrte zu Wolf. Alles Übrige war für Fischer vergessen: Der Unterarmcomp, seine Befehle, die Bahnpolizisten, Wieselflink ... und Blitz. Es war der Augenblick, auf den Wieselflink gewartet hatte. Er sprang vom Prellbock.

»Wir werden den Schmutz dieser Erde abschütteln!«, rief Wolf. »Wir werden geläutert auf Sigma V eintreffen. Unsere Vergehen und Verbrechen, unsere Schwächen und Makel, unsere Süchte und Zwänge werden auf der Erde zurückbleiben. Unbefleckt werden wir Sigma V betreten, unschuldig wie Kinder.

Die Zukunft gehört uns!

Und nun: Öffnet euch!

Nehmt einander an den Händen!

Eure letzten Sekunden als schwache Menschen sind angebrochen ...«

»S minus 60 Sekunden«, kam es aus den Lautsprechern.

Am anderen Ende der Halle explodierte eine Panzerzughälfte. Die Druckwelle ließ die Reihen der Nomaden schwanken wie Getreidehalme im Wind. Einzelne sanken, von Splittern getroffen, in sich zusammen. Sie fielen nicht um, dazu standen die Nomaden zu dicht. Wieselflink warf sich auf den Boden, ließ die Druckwelle über sich hinwegrasen.

»S minus 30.«

Dann bekam er Blitz zu fassen. Sie lag da, steif wie ein Brett. Über ihm rappelte sich Fischer wieder hoch. Er hatte sich an den Prellbock geklammert.

»S minus 20.«

Mit einer Hand riss Wieselflink Blitz hoch, brachte ihren Oberkörper in die Senkrechte. Mit der anderen bekam er das Alienband um ihren Hals zu fassen.

»S minus zehn.«

Das Gewebe des Bands dehnte sich. Wieselflink zog es hoch.

Sieben.

Das Dach barst. Glassplitter regneten herab. Wieselflinks Hände zitterten. Das Alienband blieb am Kinn von Blitz hängen.

Vier.

Der Blick auf den Himmel war frei. Er war bewölkt. Und kein Raumschiff schwebte über dem Bahnhof, sondern Hubschrauber. Wieselflink nahm die zweite Hand zu Hilfe.

Drei.

Das Band kam los. Wieselflink zog es über das Kinn.

Zwei.

Blitz' Hand bewegte sich. Sie fand seinen Schenkel.

Eins.

Sie drückte ihn. Das Alienband rutschte über ihre Augen. Wieselflink zog weiter, blieb an einem Ohr hängen.

Null.

Wolf zuckte wie von einem Schuss getroffen und fiel ohne einen Laut in sich zusammen. Dann, als stelle er den ersten Dominostein in einer langen Reihe dar, kippten die Nomaden nach außen weg. Wieselflink fühlte sich an einen stillen Teich erinnert, in den man einen Stein geworfen hatte. Die Welle raste auf ihn zu, erreichte ihn.

Sie ließ Wieselflink ungeschoren.

Fischer stöhnte leise und stürzte leblos vom Prellbock.

Und Blitz ... die Spannung verließ ihren Körper schlagartig. Sie sank in sich zusammen. Die Hand, die eben noch Wieselflinks Schenkel fest gedrückt hatte, fiel kraftlos zur Seite.

»Blitz! Nein!« Blitz kam auf dem Rücken zu liegen, das Alienband wie ein Stirnband um den Kopf. Ihre Augen waren geöffnet und blickten ins Leere. »Blitz, was ist los mit dir?«, brüllte Wieselflink. »Was hast du? Bleib bei mir! Bitte!«

Er riss Blitz das Band vom Kopf. Nichts geschah, sie reagierte nicht. Er schüttelte sie, schlug ihr ins Gesicht. Ihr Kopf flog zur Seite. Als er ihn mit beiden Händen packte und wieder aufrichtete, war ihr Blick so leer wie zuvor.

Der Transfer hatte stattgefunden.

Blitz war weg.

»Du Schwein!« Er stand auf. Fischer lag neben Blitz, ebenso leblos, mit demselben leeren Blick. »Du gottverfluchtes, perverses Schwein! Du hast sie mitgenommen! Wie hast du das tun können? Hast du ihr nicht genug angetan?« Er trat Fischer weiter, bis sein schlaffer Körper sich um eine Stütze des Prellbocks gewickelt hatte und ihm das Blut in zwei breiten Strömen aus den Mundwinkeln lief.

Wieselflink keuchte, sein Puls raste. Vom Durchgang zur Vorhalle hörte er ein Rumpeln. Steine, Betonplatten, verbogener Stahl und Scherben rutschten zusammen, gaben einen Durchgang frei. Ein gepanzertes Fahrzeug kam zum Vorschein. Bahnpolizisten, Hunter und Soldaten folgten ihm, die Gewehre im Anschlag.

Aus!

Blitz war weg.

Wolf war weg. Fischer, das Große Pack war weg.

Wieselflink musste weg.

Es war zu spät zum Überlaufen. Wieselflink befand sich inmitten eines Meers regloser Körper. Der einzige Zeuge. Die Bahnpolizisten würden ihn niemals mehr ziehen lassen.

Er versetzte Fischer einen letzten Tritt und zog die Riemen des Rucksacks so fest an, dass es schmerzte. Dann packte er Blitz an den Hüften und warf sie sich über die Schulter. Mit drei, vier langen Sprüngen über reglose Nomaden hinweg war er auf der Treppe verschwunden, die in die Katakomben führte.

Wieselflink flitzte in den dunklen Gang.

Irgendwo in der Schwärze verbarg sich sein neues Leben.

»…«

– *Funkbotschaft des Alienschiffs, gesendet kontinuierlich seit dem 26. September 2065, 6 Uhr 57 GMT*